U0501286

回到历史现场

——时代、作者、作品合一角度下的《红楼梦》

樊志斌 著

北京联合出版公司
Beijing United Publishing Co., Ltd.

图书在版编目（CIP）数据

回到历史现场：时代、作者、作品合一角度下的《红楼梦》/ 樊志斌著 . -- 北京：北京联合出版公司，2024.2

ISBN 978-7-5596-6987-2

Ⅰ. ①回… Ⅱ. ①樊… Ⅲ. ①《红楼梦》研究 Ⅳ. ① I207.411

中国国家版本馆 CIP 数据核字（2023）第 107513 号

回到历史现场
——时代、作者、作品合一角度下的《红楼梦》

作　　者：樊志斌
出 品 人：赵红仕
出版监制：刘　凯
责任编辑：申　妙
封面设计：王　鹏
内文排版：北京麦莫瑞文化传播有限公司

北京联合出版公司出版
（北京市西城区德外大街 83 号楼9层　100088）
固安兰星球彩色印刷有限公司印刷　北京联合天畅文化传播有限公司发行
字数 492 千字　787mm × 1092mm　1/16　31 印张
2024 年 2 月第 1 版　2024 年 2 月第 1 次印刷
ISBN 978-7-5596-6987-2
定价：98.00 元

此经开诚言为教本，广众喻以会义，建护法以涉初，睹秘藏以穷原，畅千载之固滞，散灵鹫之余疑。至于理微幽蟠微于微者，则诸菩萨弘郢匠之功、旷舟船之济。请难云构，翻覆周密，由使幽涂融坦，宗归豁然。……始可谓微言兴咏于真丹，高韵初唱于赤县，梵音震响于聋俗，真容巨曜于今日！

而寡闻之士、偏执之流，不量愚见，敢评大圣无涯之典，遂使是非兴于诤论，讥谤生于快心，先觉不能返其迷，众圣莫能移其志，方将沈蔽八邪之网，长沦九流之渊。不亦哀哉！不亦哀哉！……

余以庸浅，豫遭斯运。夙夜感戢，欣遇良深。聊试标位，叙其宗格。岂谓必然窥其宏要者哉?!

——后秦释道朗撰《大般涅槃经序》

论回到作者的历史现场

一

鲁迅先生是了不起的人物，不唯表现在其作为思想家深邃的观察力的一面，还表现为他学人的另一面。

能够把小说创作、小说史发展、小说思想结合起来的人是不多的，而鲁迅是最杰出的代表。

唯有懂得创作，才知道文学的素材和创作之间的微妙关系；唯有懂得小说史，才知道小说的发展阶段、发展方向、小说的道器（主题表达与故事表达）关系的相应道理。

从这个意义上讲，鲁迅先生虽不专门研究《红楼梦》，却对《红楼梦》有独到见地。虽然不多，多为经典。

看看周汝昌先生引用了多少鲁迅对《红楼梦》的判断，就可见他对鲁迅关于《红楼梦》在中国小说史上的地位、不同时代读者解读《红楼梦》的立足点和《红楼梦》的文学手法等的赞许。

鲁迅称颂《红楼梦》是中国最好的小说，其后也没出现什么伟大的著述。鲁迅认为解读作品应该秉持时代、作者、作品三合一的方式，唯有如此，才不会将经典作品的解读混为个人的读后感：

> 世间有所谓“就事论事”的办法，现在就诗论诗，或者也可以说是无碍的罢。不过我总认为倘要论文，最好是顾及全篇，并且顾及作者的全人，以及他所处的社会状态，这才较为确凿。要不然，是很容

易近乎说梦的。[①]

二

但凡对《红楼梦》倾注过心血的学人，往往都能像鲁迅一样认识到用历史方法看待《红楼梦》的重要性，这是多么“有异于”那些个人主义的读后感。正因为如此，著名红学家李辰冬、周汝昌、冯其庸、李希凡、胡文彬诸先生均强调，读《红楼梦》要回到作者的“历史现场”。

作为一个清史专业毕业的人，作为一个长期从事北京史地、园林、民俗研究的人，作为一个研究《红楼梦》多年的人，余认识到，18 世纪北京旗人的生活、见识、思想、好恶与当今的《红楼梦》读者之间的区别。

回到历史现场的提法已经很不容易，而回到《红楼梦》的历史现场需要进行的工作难上加难。

回到《红楼梦》的历史现场之所以难，不仅在于现存相关的历史文献，特别是关于 18 世纪北京旗人记录的残缺，还因为曹雪芹生活的 18 世纪北京是中国传统文化集大成的时代和地域，而我们对其的了解还不够。因此，倘若要真正回到曹雪芹及其作品《红楼梦》的历史现场，就必须补两门功课：

> 深入了解曹雪芹的生活环境、生活节奏、所见所闻、思想变动与创作之间的关系；
>
> 在我们学养的宽度、深度和文学技法等诸多方面，努力缩短与曹雪芹之间的距离。

否则的话，就难以与曹雪芹进行“真正对话”，难以对《红楼梦》做深入解读。

数十年来，关于明清小说、《红楼梦》、曹雪芹、北京等方面的研究毕

① 鲁迅：《且介亭杂文二集·题未定草（七）》，《鲁迅全集》第八卷《集外集拾遗补编·〈绛洞花〉主小引》，光明日报出版社，2012 年。

竟有了长足的进步，足供稽考、借鉴。

但这还是不够，因为那些学科往往关注的问题较为宽泛，与我们了解曹雪芹之间仍存在各色的差异，距离对《红楼梦》、曹雪芹的更加深入、细致的研究，似乎还不够，仍需要做更大的努力。

余等后学，虽不能至，心向往焉。积土而成山，虽未能入室，亦望于登堂。[①]

三

固守曹雪芹居所近二十载，余硁硁自砺，陆续有关于《红楼梦》百二十回、《红楼梦》著作权、曹雪芹居所、曹雪芹文物、曹雪芹交游、《红楼梦》哲学、《红楼梦》人物解读等文字数十篇、数十万字发表，重在系统、考据、发现。自谓不敢掠人之美，却有独到之见。

兹将相关文字整理成篇，以见余回到曹雪芹历史现场的意愿和努力，并求教于学界贤达。

明月千载，知我罪我，其在斯乎！

樊志斌
二〇二一年一月十一日

① 《论语·先进》："由也升堂矣，未入于室也。"

目 录

《红楼梦》后四十回曹雪芹著考辨

《红楼梦》后四十回为何人所作，是红学史上一个重要的争论点。它不仅关系到与《红楼梦》前八十回的结构、风格是否统一，还关系到《红楼梦》后四十回的著作权，进而影响对整部《红楼梦》的研究、阅读和审美。自《红楼梦》诞生并在社会上传播以来的二百多年中，对这个问题众说纷纭，莫衷一是。

总的来说，对这个问题，学界主要有两种意见：

> 一种观点认为，《红楼梦》后四十回为雪芹原笔残稿，程伟元、高鹗对此进行了整理补缀。
>
> 另一种观点坚持，《红楼梦》后四十回绝非雪芹原作，而是高鹗的补作，还有人认为，现存《红楼梦》后四十回是高鹗经乾隆皇帝授意，对《红楼梦》结局进行的大破坏、大改造。

笔者拟结合前辈研究成果，对后四十回作一比较系统的考察，提出自己的一孔之见。

一、张问陶“传奇《红楼梦》八十回以后俱兰墅所补”说缺乏确凿证据

近代“红学史”上的“高鹗续书说”最早是由胡适先生提出的，其后，持此说的主要是俞平伯、周汝昌等。

胡适引清代诗人张问陶《赠高兰墅鹗同年》诗“多情人自说《红楼梦》”句注：“传奇《红楼梦》八十回以后俱兰墅所

补”[①]为据，认为《红楼梦》后四十回系高鹗所补；同时，胡适还对程伟元《红楼梦》“序”中关于后四十回（三十余卷）来历的说明表示怀疑，他说：“程序说先得二十余卷，后又在鼓担上得十余卷，此话便是作伪的铁证，因为世间没有这样奇巧的事。”[②]

胡适一向提倡“大胆假设、小心求证”的治学方法，他之所以研究《红楼梦》，目的就是教国人一个做学问的方式——“据可靠的版本与可靠的材料”进行学术的考证；但是，胡适这个假设做得似过于大胆，而求证则不足，他所据的不过是张问陶的一句诗注。

实际上，胡适在研究《红楼梦》的过程中，就出现过较程伟元偶得后四十回《红楼梦》更为巧合的事情：1921年5月8日，胡适在图书馆偶遇张中孚，张知其正在研究曹雪芹家族事迹后，告知《雪桥诗话》中有关于曹雪芹的记载，后来张写信告胡，宗室敦敏《赠曹雪芹》云：“寻诗人去留僧壁，卖画前来付酒家。”5月16日、20日，单不广先后给胡送来《雪桥诗话》《雪桥诗话续集》，胡因此确切地得知曹雪芹的名、与曹寅的关系、敦氏兄弟对雪芹的介绍等内容。对于这两个集子的重要性，胡适高兴地说：

> 我们有许多假设，都经不起这一条的推敲（指《雪桥诗话续集》中敦诚“尝为《琵琶行传奇》一折，曹雪芹霑题句云：‘白傅诗灵应喜甚，定叫蛮素鬼排场。’雪芹为楝亭通政孙，生平为诗，大概如此，竟坎坷以终”的记载。

其后，胡适又陆续买得《八旗人诗抄》《八旗文经》《四松堂集》（此集是胡适寻觅多时未得之书，竟无意中得之），发现了一批有关曹雪芹和曹氏

---

① 张问陶：《船山诗草》卷十六。

② 在《红楼梦考证》改定稿中，胡适说：“《红楼梦》全稿未完，曹雪芹就死了。雪芹死后，他的遗嘱可能是把这部未完的小说，以抄本方式廉价出售。这抄本大致只有八十回。可是后来我发现甚至前八十回也非全璧，其中六十七回中的一部分以及其它各回中也都有些残缺之处。这些都说明作者死后，只遗下一部八十回的残稿。”唐德刚对胡适的上述判断提出质疑：胡先生这些话不但太武断，而且也“破绽”重重。曹雪芹在乾隆二十一年丙子（1756年）已成书八十回，此时距他死还有七八年之久，乾隆二十五年庚辰（1760年）该书已经脂砚斋四阅评过，此时距雪芹“书未成，泪尽而逝”也还有三年。那么，雪芹在“泪尽而逝”之前在写些什么呢？胡适口述、唐德刚整理：《胡适口述自传》，安徽教育出版社，2005年。

家族的史料。六年后，他又得到了“甲戌本”《脂砚斋重评石头记》，而此书保藏者曾主动联系而被胡适推掉。

如此来说，胡适的幸运竟是程伟元无可比拟的，但从没有人怀疑胡适的日记和文章有过材料的造伪。

至于胡适引以为铁证的张问陶关于《红楼梦》后四十回俱系高鹗所补的记载，是否具有无可置疑的准确性呢？这也是需要讨论的问题。

张问陶，字仲冶，号船山，四川遂宁人。与高鹗为乾隆五十三年（1788年）顺天乡试同年，十三年后（嘉庆六年，1801年），两人同充顺天乡试同考官。张问陶《船山诗草》（嘉庆二十年［1815年］刊本）卷一六《辛癸集，赠高兰墅（鹗）同年（传奇《红楼梦》八十回以后俱兰墅所补）》：

> 无花无酒耐深秋，洒扫云房且唱酬。
> 侠气君能空紫塞，艳情人自说红楼。
> 逶迟把臂如今雨，得失关心此旧游。
> 弹指十三年已去，朱衣帘外亦回头。

杜甫《秋述》：“秋，杜子卧病长安旅次，多雨生鱼，青苔及榻。常时车马之客，旧，雨来；今，雨不来。”谓宾客旧日遇雨亦来，而今遇雨却不来了，初亲后疏，后用“今雨”指代新交的朋友。

从张问陶“逶迟把臂如今雨”句，可知，张、高二人虽系同年，但往来并不亲密。如此，张诗注的可信性就值得怀疑。①兰墅的朋友薛玉堂在《兰墅文存题词》中写道：

> 相与十三载，论文惬素心。学随年共老，识比思逾深。秋水远浮棹，空山独鼓琴。霓裳当日咏，笙磬愧同音。
>
> 才士粲花舌，高僧明镜心。如何言外意，偏向此中深。不数《石头记》，能收焦尾琴（谓汪小竹）。携将皖江去，山水和清音。

---

① 震钧：《天咫偶闻》卷三云：“兰墅能诗，而船山集中绝少唱和。”清光绪三十三年刊本。

嘉庆丁卯腊月，将之庐州司马任，次徐广轩同年韵二首，题奉兰墅年大兄大人笑正。愚弟薛玉堂。

行色匆匆，不能篇注数语，殊可恨也。樽酒细论，愿以异日，长毋相忘。玉堂又记。[①]

焦尾琴系蔡邕故事，见于《后汉书》。蔡邕闻爨桐声，知其为良材，以之为琴，果然能够弹奏出动听的声音，其尾犹焦。后世援引此典，比喻士子被摈，旋蒙慧眼赏识而得到提拔举荐。

汪小竹，名全德，字修甫，号竹素，江苏仪征人。嘉庆六年（1801年），顺天乡试汪全德取副榜，房师为高鹗。大概高鹗曾对汪的才学很是欣赏，并有勉励称扬之意，使汪受到关注。嘉庆十年（1805年），汪中进士，从此宦途得路。正是因为如此，薛玉堂用“不数《石头记》，能收焦尾琴”称扬高鹗的慧眼识才。

在薛玉堂看来，与整理补缀《红楼梦》相比，高鹗赏识提拔汪小竹的功绩要大得多——如果确实是高鹗续补后四十回《红楼梦》的话，以当时《红楼梦》在社会各阶层受关注、受欢迎的程度，薛玉堂恐怕不会这样评价高鹗的功绩。

倒是高鹗自己，对整理《红楼梦》一事甚感满意，正如他在给《红楼梦》作的“叙”中所声明的“欣然拜诺，正以波斯奴见宝为幸”；高鹗还即兴写诗留念，其《重订〈红楼梦〉小说既竣》云：

老去风情减昔年，万花丛里日高眠。
昨宵偶抱嫦娥月，悟得光明自在禅。[②]

与程“序”、高“叙”、薛玉堂的诗对照看，能够看出高鹗在整理《红楼梦》中扮演的角色和他此时的哲学认同。

---

① 《兰墅文存》卷首，据1955年文学古籍刊行社影印《高兰墅集》本。
② 华龄编：《月小山房遗稿》。

二、《红楼梦》后四十回系高鹗所补说质疑

现在，虽不能剥夺张问陶在《红楼梦》后四十回问题上的发言权，但余对他所言的真伪表示怀疑；自 20 世纪 20 年代胡适引用了张问陶的这条诗注后，红学界就如何理解这条诗注和后四十回是否系高鹗所续产生了激烈的争论。[①]

俞平伯是后四十回高鹗续补说的坚定支持者，他从《红楼梦》文本出发，指出八十回前、后小说在描写和情节上的不同，如后四十回中湘云、小红的丢开，宝玉的中举，写鬼怪的事情，贾府将来的兰桂齐芳等，都是明显的破绽和败笔，并由此断定后四十回非曹雪芹原笔，系由高鹗续补。

俞平伯毕竟只是才子，他戴着“传奇《红楼梦》八十回以后俱兰墅所补”的有色眼镜，总觉得《红楼梦》后四十回中处处存在与前八十回“不合”的内容。

实际上，如果从曹雪芹生活的时代、曹雪芹的身世生平、哲学思想几方面进行研究，并结合《红楼梦》的整体结构和曹雪芹要表达的主题思想通盘考察，俞平伯认定的那些可以证明《红楼梦》后四十回系高鹗续写的证据，多是不能成立的。

首先，一部小说前后部分是否有冲突和矛盾，并不能成为判断一部小说是否分别为两人创作的依据。

针对俞平伯的论断，李辰冬在《红楼梦研究》中指出：“如以前后故事的不合，就决定不是一个作者，那么，《堂·吉诃德》或《浮世德》也不是一个作者了，因这两部作品中的冲突与不接连处较《红楼梦》还要多。”[②]

---

① 陈振濂：《关于古籍收藏“善本”的定义》中写道：“厉鹗樊榭山房的故事值得一说。清氏郁礼购得樊榭山房大批藏书，以为风云际会，难能有再，故视若珍珙。细细整理，其中见有《辽史拾遗》写本孤本一部，竟缺了 50 页。百计寻绎，殊无踪迹。一直萦绕心头，挥之不去。一日过青云街，看到一和尚挑一担两簏废纸残卷，其中隐隐有一些手写的墨迹。遂命和尚停留以问之，殊不料两簏所盛，正是厉鹗樊榭山房旧物，大喜过望，遂不问价格指簏购下。闭门两阅月，终于检寻出《辽史拾遗》残余 50 页，手稿补齐，遂成足本。因《辽史拾遗》是手稿写本，唯剩一本，若无此番周折圆满，或成大憾。不比刻本缺页尚可据他本补入；所撰内容是无法再完全了。故郁礼之欣喜若狂心情，真难以言语形容之。”见《艺术典藏》一文，《杭州日报》2016 年 3 月 24 日。

② 关于《堂·吉诃德》与《浮世德》的前后冲突与不连接处，看 Paui Hazsrd 的 DoQuichosea de Carvantes 274—275 页和巴黎大学 H.Lichtanbargen 教授所译法文本《浮世德》的序论。李辰冬：《知味红楼：红楼梦研究》，中国档案出版社，2006 年。

李辰冬是法国巴黎大学文学博士，专修比较文学和文学批评，在他的博士论文《红楼梦研究》中，李辰冬用欧洲第一流批评家研究他们第一流作品的结果，来与《红楼梦》进行比较研究。以李辰冬对东西方文学的了解，他对俞平伯此类观点的反驳应是很有力的。

其次，从总体上考量，俞平伯指出的后四十回中与前八十回不合的内容，多是符合曹雪芹在整部小说整体结构考量的。下面，以宝玉"悬崖撒手"前是否应该中举、黛玉是否部分地表示对八股的肯定和贾府后来能否兰桂齐芳，这三个历来备受攻击的后四十回情节为例，看一看这些情节是否符合曹雪芹的本意。

在曹雪芹的笔下，贾宝玉"潦倒不通世务，愚顽怕读文章"，是个"天下无能第一，古今不孝无双"的"孽障祸胎"，以调笑凭借八股在朝为官做宰的"禄蠹"为乐。于是，论者多以为，这样的一个人是不可能去参加考试并一举得中的，然后，据此以为，《红楼梦》后四十回必非曹雪芹原笔，而是渴望功名、利欲熏心的高鹗曲笔歪作，结出的不伦不类的果子。

在《红楼梦》中，秦钟是宝玉唯一交心的同性朋友，柳湘莲、冯紫英更多的是酒桌上的玩伴，琪官蒋玉菡虽与宝玉有惺惺相惜之感，但感情亦不能与宝、秦之间的情感相提并论。《红楼梦》第十六回"贾元春才选凤藻宫　秦鲸卿夭逝黄泉路"写秦钟将死，宝玉前往探望：

> （秦钟）微开双目，见宝玉在侧，乃勉强叹道："怎么不肯早来？再迟一步也不能见了。"宝玉忙携手垂泪道："有什么话留下两句。"秦钟道："并无别话。以前你我见识自为高过世人，我今日才知自误了。以后还该立志功名，以荣耀显达为是。"①

曹雪芹何以要写这样的文字，秦钟不是宝玉最知心的朋友吗？在这里，曹雪芹到底要表达怎样的意思呢？

此处"脂批"写道："观者至此必料秦钟另有异样奇语，然却只以此两语为嘱。试思若不如此为嘱，不但不近人情，亦且太露穿凿，读此则知全

---

① 本书所引《红楼梦》文字，据黄霖点校《红楼梦》，齐鲁书社，1994年。

是悔迟之恨。”“此刻无此二语，亦非玉兄之知己。”

看来，曹雪芹虽然借宝玉之口对满口之乎者也，但不能平治天下的一群“禄蠹”进行了尽情的讽刺，但并不全盘否定建立功名、荣耀先达——从他对父亲贾政、对北静王水溶的态度即可看出，只是，他认为人们要通过真才实学去博得这一切、要为国为民而不是争名夺利罢了。

再者，就宝玉、黛玉的前生缘分而论，小说最后只能以黛玉泪尽而亡，宝玉返回太虚幻境销号结局。如此，后四十回中宝玉出家，自然是最合乎雪芹原意的写法。至此，我们再看一看，宝玉在出家之前是否应该考取功名。

在第一一六回“得通灵幻境悟仙缘　送慈柩故乡全孝道”中，贾宝玉重游了太虚幻境，终于悟得人生“终究是到头一梦，万境归空”。[①] 他对生活、女儿都失去了往日的热情。第一一八回“记微嫌舅兄欺弱女　惊谜语妻妾谏痴人”中，宝钗劝宝玉：“你既理屈词穷，我劝你从此把心收一收，好好的用用功。但能搏得一第，便是从此而止，也不枉天恩祖德了。”宝玉点了点头，叹了口气说道：“一第呢，其实也不是什么难事，倒是你这个‘从此而止，不枉天恩祖德’却还不离其宗。”

我们知道，在甲戌本《脂砚斋重评石头记》“凡例”中，作者自云：“自欲将以往所赖：上赖天恩，下承祖德，锦衣纨绔之时，沃甘厌美之日，背父母教育之恩，负师兄规训之德，以致今日一事无成，半生潦倒之罪编述一集，以告普天下人。”这段告白恐怕不能简单地看作作者的狡猾之笔（纯粹的文学技法）。

因为在《红楼梦》第一回“甄士隐梦幻识通灵　贾雨村风尘怀闺秀”青埂峰大石记载石头人间故事后面的谒语写道：“无才可去补苍天，枉入红尘若许年。”这里“脂批”道：“书之本旨”“惭愧之言，呜咽如闻。”

在《红楼梦研究》中，李辰冬引用法国诗人 Paul Val’ery 作家创作是想“在可能范围内偿还了自己命运之不公”的话，并用但丁在《神曲》中、

① 《红楼梦》第一回“甄士隐梦幻识通灵　贾雨村风尘怀闺秀”写道：“二仙师听毕，齐憨笑道：‘善哉，善哉！那红尘中却有些乐事，但不能永远依恃，况又有“美中不足，好事多魔”八个字紧相连属，瞬息间则又乐极悲生，人非物换，究竟是到头一梦，万境归空，倒不如不去的好。’”此处“脂批”写道：“四句乃一部之总纲。”

洛蒂在《冰岛渔夫》中、莫里哀在《愤世嫉俗》中、巴尔扎克在《高老头》中对命运不公自我补偿的意识，证明一切小说中都有作者的影子，寄托着作者的自我补偿。

在传统中国社会中，知识分子自我价值实现的途径是考取功名，进而立德、立言、立功。能不能通过科举取得功名，是至关重要的，不仅关系到自身价值的实现，还关系到社会的承认。正是因为如此，知识分子对科举有一种爱恨交加、欲罢不能的复杂情感。

懂得了这一点，就可以明白蒲松龄何以那么痴心地去考取功名，年逾七十而不悔。懂得了这一点，也就明白了曹雪芹为什么借助画石，写出“胸中块垒石”，也就明白了到乾隆二十七年（1762 年）时，曹雪芹在与敦诚饮酒时，敦诚仍然能够感到“君才抑塞倘欲拔”，劝他“不妨斫地歌王郎”。如此，一生未能通过科举踏上仕途的曹雪芹，在《红楼梦》中通过让宝玉中举对自己从未实现的理想进行补偿，既是可以理解的，也是情理之中的了。

再，第一二〇回“甄士隐详说太虚情　贾雨村归结红楼梦”写道：

众人道：“宝二爷果然是下凡的和尚，就不该中举人了。怎么中了才去？”贾政道：“你们那里知道，大凡天上星宿，山中老僧，洞里的精灵，他自有一种性情。你看宝玉何尝肯念书，他若略一经心，无有不能的。他那一种脾气也是各别另样。”

宝玉系神瑛侍者下凡，贾府养育十九年，悬崖撒手之前略微报恩，难道不是合乎情理的事吗？贾政的解释有哪一点违背了曹雪芹的原意了呢？

第八十二回“老学究讲义警顽心　病潇湘痴魂惊恶梦”中，宝玉说道：

“还提什么念书，我最厌这些道学话。更可笑的是八股文章，拿他诓功名混饭吃也罢了，还要说代圣贤立言。好些的，不过拿些经书凑搭凑搭还罢了，更有一种可笑的，肚子里原没有什么，东拉西扯，弄的牛鬼蛇神，还自以为博奥。这那里是阐发圣贤的道理。目下老爷口口声声叫我学这个，我又不敢违拗，你这会子还提念书呢。”黛玉道：“我们女孩儿家虽然不要这个，但小时跟着你们雨村先生念书，也曾看过。内中也有近情近理的，也有清微淡远的。那时候虽不大懂，也觉

> 得好，不可一概抹倒。况且你要取功名，这个也清贵些。”宝玉听到这里，觉得不甚入耳，因想黛玉从来不是这样人，怎么也这样势欲熏心起来？又不敢在他跟前驳回，只在鼻子眼里笑了一声。

且不说黛玉此时是否应该如此言语，只看宝玉的态度与八十回前是不是有变化，是不是曹雪芹的原笔写出的文字？比较前后，不得不承认宝玉没有经过茫茫大士点化和重游太虚境前，他的性格并没有发生变化，仍然是那个“愚顽怕读文章，古今不孝无双”的顽劣小儿。那么，黛玉既然素来不在功名、交往上要求宝玉，何以在这时态度却发生了变化呢？

《红楼梦》的伟大在于写真的人物和人生。在曹雪芹的笔下，人物的性格随着年龄、环境的变化而有不同。《红楼梦》写到八十二回，黛玉等人即将成年，他们对社会的态度也自与幼时不同。又，《红楼梦》素以能够“千里伏线”而著称，让我们在前文中查找一下，曹雪芹是否已经对黛玉性格的变化伏下线索？

第四十回“史太君两宴大观园　金鸳鸯三宣牙牌令”中，黛玉倒是不小心，用她在《西厢记》中看到的一句“良辰美景奈何天”作为行酒令，被宝钗听出。第四十二回“蘅芜君兰言解疑癖　潇湘子雅谑补余香”中，宝钗问黛玉：“昨儿行酒令你说的是什么？我竟不知那里来的。”

> 黛玉一想，方想起来昨儿失于检点，那《牡丹亭》《西厢记》说了两句，不觉红了脸……宝钗见她羞得满脸飞红，满口央告，便不肯再往下问，因拉他坐下吃茶，款款的告诉他，道：“……男人们读书不明理，尚且不如不读书的好，何况你我。就连作诗写字等事，原不是你我分内之事，究竟也不是男人分内之事。男人们读书明理，辅国治民，这才是好。只是如今并不听见有这样的人，读了书倒更坏了。这是书误了他，可惜他也把书糟踏了，所以竟不如耕种买卖，倒没有什么大害处。至于你我，只该做些针黹纺织的事才是，偏又认得了几个字，既认得了字，不过拣那正经的看也罢了，最怕见了些杂书，移了性情，就不可救了。”一席话，说的黛玉垂头吃茶，心下暗伏，只有答应“是”的一字。

“蒙古王府本”《石头记》在“男人读书明理、辅国治民”旁批道：“作者一片苦心，代佛说法，代圣讲道，看书者不可轻忽。”

《红楼梦》第四十五回“金兰契互剖金兰语　风雨夕闷制风雨词”中，黛玉病中宝钗来访，两人谈及病情。宝钗以为“先以平肝健胃为要，肝火一平，不能克土，胃气无病，饮食就可以养人了。每日早起拿上等燕窝一两，冰糖五钱，用银铫子熬出粥来，若吃惯了，比药还强，最是滋阴补气的”。

黛玉叹道：“你素日待人，固然是极好的，然我最是个多心的人，只当你心里藏奸。从前日你说看杂书不好，又劝我那些好话，竟大感激你。往日竟是我错了，实在误到如今。”当黛玉说及地下丫头婆子们的抱怨时，宝钗笑道：“将来也不过多费得一副嫁妆罢了，如今也愁不到这里。”“脂批”道：“宝钗此一戏，直抵过通部黛玉之戏宝钗矣，又恳切，又真情，又平和，又雅致，又不穿凿，又不牵强，黛玉因识得宝钗后方吐真情，宝钗亦识得黛玉后方肯戏也。此是大关节、大章法，非细心看不出。”黛玉还请宝钗：“晚上再来和我说句话儿。”

可知，随着年龄的增长和贾府环境的变化，在宝钗的教导、影响下，此时黛玉的思想与她初到贾府时已经有了一个很大的变化，她开始认同以宝钗为代表的、开明的社会哲学。再举一个例子证明这一点。

第七十九回“薛文龙悔娶河东狮　贾迎春误嫁中山狼”黛玉告诉宝玉迎春已经许嫁，王夫人让他明日过去时，“宝玉拍手道：‘何必如此忙？我身上也不大好，明儿还未必能去呢。’黛玉道：‘又来了，我劝你把脾气改改罢。一年大二年小……’”

在贾府的环境发生变化、黛玉的年龄和思想发生变化的情况下，再单纯地强调出入贾府的黛玉如何如何，而后自然不能有所变化，既没有积极的意义，也小视了曹雪芹高妙的写人技法。

以俞平伯的文化素养而言，尤其是像李辰冬那样学习比较文学专业的人，如何会提出这种不近情理的问题？说到底，不过因为他们在研究前就以八十回为界横亘起了一道高墙：前为曹雪芹原笔，后为高鹗补著。[①]

---

① 实际上，早在1925年容庚就在北大《国学门周刊》上连续四期发表《红楼梦的本子问题质胡适之俞平伯先生》，1935年《青年界》杂志刊出宋孔显《红楼梦一百二十回均曹雪芹作》反驳胡、俞二氏后四十回高鹗补作说，认为一百二十回都是曹雪芹原稿。不过，他们没有怀疑张问陶证人的资格，只是竭力解释他的“补”是补缀，而不是补作，因而，总是反驳不够得力，因为毕竟张问陶的话说的是那样的直接而明了。见吕启祥主编：《红楼梦研究稀见资料汇编》，人民文学出版社，2001年。

与文坛才子们执拗地坚持《红楼梦》后四十回系高鹗所补不同，历来对哲学、史学有一定研究的学者，往往认同一百二十回《红楼梦》皆出自曹雪芹手笔。清代绝大部分研究者都没有从八十回腰斩《红楼梦》，正是因为他们充分认同八十回前后在思想、结构、人物性格发展上的一致性和合理性，正如张新之在《红楼梦读法》中写道的：

> 一部《石头记》，计百二十回，沥沥洋洋，可谓繁矣，而实无一句闲文。有谓此书只八十回，其余四十回乃出另手，吾不能知。但观其中结构，如常山蛇，首尾相应，安根伏线，有牵一发浑身动摇之妙，且词句笔气，前后略无差别，则所谓增之四十回，从中后增入耶？抑参差夹杂入耶？觉其难有甚于作者百倍者。难重以父兄命，万金赠，使闲人增半回，不能也。何以耳为目，随声附和者之多？

清末民初，王国维作《红楼梦评论》时即把一百二十回《红楼梦》当作一个整体进行研究。虽然我们可以说，那是因为彼时他还没有看到张问陶的诗注，但是，凭借王国维的文学、哲学水平，他会因为没有看到一个诗注，就不能辨别八十回前后巨大的落差吗——假如《红楼梦》后四十回确实如张问陶所说的那般的话。[①]

三、对和珅出钱，请程伟元、高鹗伪造全本《红楼梦》说质疑

虽然，胡适、俞平伯并不看好后四十回，但他们的主张比较平和，就像胡适曾经提到的：“根据我的青年朋友顾颉刚、俞平伯二人所发现的证据，来说明《红楼梦》后四十回之所以与前八十回不大一致的道理，那实在是出于高鹗的善意作伪之所致。”[②] 不过，作为胡适私淑弟子的周汝昌态度

---

① 李长之非常赞赏王国维的研究，他在《红楼梦批判》中指出，他的悲剧观念是高于在他二十年后的胡适的，胡适只知道《红楼梦》没续团圆，便是悲剧罢了，再多一点是茫然的；他的鉴赏力也是高于他二十年后的俞平伯的，俞平伯竟能说后四十回的《红楼梦》不及前半，王国维却是真能尝出滋味来的，他认识九十六回的价值。李长之：《红楼梦批判》，李长之、李辰冬：《李长之、李辰冬点评〈红楼梦〉》，团结出版社，2006年。

② 胡适口述，唐德刚整理：《胡适口述自传》，安徽教育出版社，2005年。

就没有这么平和了。

在周汝昌看来，后四十回《红楼梦》是乾隆与和珅等人的一个阴谋。在《曹雪芹传》中，他指出，程、高后四十回《红楼梦》的出现，是“乾隆指使和珅，找人作假弄鬼”的结果。所谓“找人弄鬼”，则指“和珅出钱，请程伟元、高鹗等人伪造全本的这个毒计阴谋”。[①]

由于俞平伯晚年较少谈论《红楼梦》，而周汝昌以其《红楼梦新证》一书在学界获得的崇高地位，“和珅闹鬼说”在社会上的影响甚大。

周先生所据的证据，除了张问陶的那句注外，主要是宋翔凤的一段话：“曹雪芹《红楼梦》，高庙末年，和珅以呈上，然不知所指。高庙悦而然之，曰：‘此盖为明珠家事也。’后遂以此书为珠遗事……”

乾隆五十九年（1794年），海宁人周春的《阅红楼梦随笔》提出：“相传此书（《红楼梦》）为纳兰太傅而作。余细观之，乃知非纳兰太傅，而序金陵张侯家事也。”可知，到乾隆五十九年，《红楼梦》系写明珠家事的观点已经流传颇广了。

如此看来，和珅以《红楼梦》进呈，乾隆皇帝指出《红楼梦》系写明珠家事，倒是可能的事情。但在宋翔凤的口述中，乾隆皇帝对《红楼梦》是“悦而然之”的，也就是说他对《红楼梦》的文学水平和思想内容是赞许的，并没有什么不满。

周汝昌先生还引用了“唯我”的文字，用以证明《红楼梦》后四十回系和珅出钱，请程伟元、高鹗等人伪造出来的这一结论。胡子晋《万松山房丛书》本第一集《饮水诗词集》后“唯我”的跋语写道：“某笔记载其《红楼梦》删削原委，谓某时高庙临幸满人某家，适某外出，检籍，得《石头记》，携其一册而去。某归，大惧，急就原本删改进呈……”

“唯我”没有标明他的所看见并引用的，到底是哪一部笔记。因此，今人无法核对这文字的可信性。如果“唯我”的文字确有来源，则这则笔记倒是颇为重要的研究材料；不过，这一记载与宋翔凤“和珅进呈《红楼梦》”的说法内容上是矛盾的。

如果说，这满人“某”即是和珅，则说明乾隆皇帝已经看过《红楼

① 周汝昌：《曹雪芹传》，百花文艺出版社，2003年。

梦》，知道其中隐有碍语，而不允许朝廷臣工阅读欣赏该书。既然如此，乾隆何以不把和珅家藏的《红楼梦》全部带走，以作证据。如果和珅“急就原本删改进呈”，则在短短数天的时间里，后四十回是怎样改就的？如果说删改时间有半年到一年的时间，又如何应对皇帝的追问。总之，“唯我”的这条神龙无尾的材料要较张问陶“传奇《红楼梦》八十回以后俱兰墅所补”的诗注的可信性更弱。

综上，不管是和珅主持，程伟元、高鹗删改《红楼梦》后四十回的说法，还是高鹗续补《红楼梦》后四十回的说法，都缺乏坚实而确凿的证据，是难以成立的。

倒是与程伟元、高鹗同时的裕瑞，相信程伟元在百二十回《红楼梦》前写下的自序，他认为《红楼梦》后四十回与程伟元密切相关。

裕瑞认为，百二十回的《红楼梦》后四十回的情节、人物性格和文学水平较前八十回有霄壤之别。因此，他指出，出现这种状况的可能性有二：

一是程伟元“谓世间必当有全本者在，无处不留心搜求，遂有闻故生心思谋利者，伪续四十回，同原八十回抄成一部，用以贻人。伟元遂获赝鼎于鼓担，竟是百二十回全装者，不能鉴别燕石之假，谬称连城之珍，高鹗又从而刻之，致令《红楼梦》如《庄子》内外篇，真伪永难辨矣”。

另一种可能是程伟元明明知道他收来的残稿系伪续本，“程、高汇而刻之，作序声明原委，故意捏造以欺人者”。

具体是哪种可能性更大，裕瑞认为“斯二端无处可考”，不可轻易论定。

从程伟元“序”知道，《红楼梦》八十回后三十余卷残稿系程伟元在数年间陆续收得：其中廿余卷系自藏书家自故纸堆中辛苦搜罗而来，非一日之功。造伪者要将二十余卷的稿本分别存放到程伟元寻找搜罗的地方，并不是一件容易的事。再者，就程伟元、高鹗的文学素养而言，造伪者又是怎样瞒过他们眼睛的呢？如果像裕瑞讲的第二种情况，程伟元明知后四十回并非曹雪芹原笔，而是地地道道的伪本，为了牟利，“作序声明原委，故捏造以欺人”的话，又需要回答两个问题：

（一）残稿是程伟元一手收得，既明知其为伪序，何必再拉上高鹗。

（二）自程本出现后的百数年中，不少续书陆续出现，但没有一部能够比肩，还不要说代替程本，虽然，续书的作者中也不乏文学素养很高的知识分子。

因此，程本《红楼梦》后四十回系牟利者所为的观点，也是很难成立的。唯一的答案就是程、高“序”“叙”中所言的，三十余卷的残本“前后起伏，尚属接笱，然漶漫不可收拾”，而“是书虽稗官野史之流，然尚不谬于名教”，二人“以波斯奴见宝为幸”，“细加厘剔，截长补短，抄成全部，复为镌板，以公同好”。

四、指认后四十回非雪芹原笔言论的分析

自裕瑞始，不断有人指出《红楼梦》后四十回非曹雪芹原笔，而是他人所续补。现在我们就检验这些言论和记载的可信性。

（一）相互传抄而致者

自张问陶《赠高兰墅（鹗）同年（传奇〈红楼梦〉八十回以后，俱兰墅所补）》一诗出，见者无不以为《红楼梦》后四十回系高鹗补著，而无视程本先程“序”、后高“叙”的现实，无视程“序”、高“叙”的内容。如此种情况者，见杨恩寿《词馀丛话》卷三“《红楼梦》为小说中无上上品。向见张船山《赠高兰墅》有‘艳情人自说红楼’之句，自注兰墅著有《红楼梦》传。倪鸿《桐荫清话》云：“原书仅只八十回，余所目击，后四十回不知何人所续云云。按《红楼梦》八十回以后，皆高兰墅所补，见《船山诗注》。”李葆恂《旧学盦笔记·红楼外史》云：“近人《桐荫清话》中引船山诗注云，《红楼梦》小说自八十回后皆高兰墅（鹗）所补。予按鹗……尝自号红楼外史，其即因曾补是书之故欤？”俞樾《曲园杂纂》卷三十八《小浮梅闲话》：“《船山诗草》有《赠高兰墅鹗同年》一首云：‘艳情人自说《红楼梦》。’注云：‘传奇《红楼梦》，八十回以后，俱兰墅所补。’”

可见，这些流布甚广、广为研究者引用的笔记文字，俱是转载张问陶的一句诗注而来，并无其他任何可资引用的证据。

（二）因阅读感知和个人好恶而轻易得出结论者

诚如鲁迅先生总结的：“《红楼梦》是中国许多人所知道，至少，是知道这名目的书。谁是作者和续者姑且勿论，单是命意，就因读者的眼光而

有种种：经学家看见《易》，道学家看见淫，才子看见缠绵，革命家看见排满，流言家看见宫闱秘事……”[①] 读者的眼光（学养、着眼点）不同，在《红楼梦》中看到的东西（《红楼梦》的立意，即主题思想）就有差异，宜乎曹雪芹自题诗道：“都云作者痴，谁解其中味？”[②]

作为雪芹友人后裔的裕瑞就是因为眼光的问题，裕瑞认为《红楼梦》后四十回非雪芹原著，他举例说后四十回“造出甄贾两玉相貌相同，情性各异，且与李绮结婚，则同贾府俨成二家，嚼蜡无味，将雪芹含蓄双关极妙之意荼毒尽矣”。“再，贾母、王夫人皆及慈爱儿女之人，偏要写为贾母忙办宝玉、宝钗姻事，遂忘黛玉重病致死，永不看问，且言若是他心里有别的想头，成了什么人了呢？我可是白疼了他了云云。此岂雪芹所忍作者？王夫人因惜春非亲生女，帮忙事，遂将惜春略过云云，似此炎凉之鄙，又岂雪芹所忍作者？”[③]

就《红楼梦》第一、第五回文字，对照“脂批”，可知，曹雪芹的《红楼梦》本旨系作者因“无才可去补苍天”，进而领悟人生不过“到头一梦，万境归空”后作成的一部大书。书中的主要人物要随着年龄和环境的变化而变化，最终领悟“到头一梦，万境归空”的本质，从而回到太虚幻境销号，了却尘缘。

李长之曾指出，曹雪芹就是《枕中记》里那个醒后的卢生。我们也可以说，甄宝玉就是经茫茫大士点化后的贾宝玉在人间的一个影子。既如此，甄宝玉的出现和他与李绮的婚姻如何就不合雪芹的原意？

《红楼梦》中的人物都是活的人物，都有他自己的个性，既不是全好，也不是全部不好，他们的身上有着人性的复杂一面。正如鲁迅指出的：

> 至于说到《红楼梦》的价值，可是在中国底小说中实在是不可多得的。其要点在敢于如实描写，并不讳饰，和从前的小说叙好人完全是好，坏人完全是坏的，大不相同，所以其中所叙的人物，都是真的人物。总之，自有《红楼梦》出来以后，传统的思想和写法都打破

---

① 鲁迅：《集外集拾遗补编·〈绛洞花主〉小引》。

② 《红楼梦》第一回“甄士隐梦幻识通灵　贾雨村风尘怀闺秀”。

③ 裕瑞：《枣窗闲笔》。

了。——它那文章的旖旎和缠绵，倒是还在其次的事。[①]

如此，曹雪芹笔下塑造的贾母、王夫人，自然要按照社会通则去考虑实际问题。那么，《红楼梦》后四十回中塑造的贾母、王夫人正是这样的人物，她们与前八十回中曹雪芹笔下的形象是完全一致的？反过来说，假如，后四十回中的贾母、王夫人形象如裕瑞所期望的那样，反而难以让人理解了。

（三）以他本为准者

在程伟元主持收集、整理、活字摆印的百二十回《红楼梦》面世前，社会上在小范围内流传着另外一种版本的八十回后续本，该本是雪芹第几改笔，还是他人续笔——不少笔记力主此本方是雪芹原笔，其文笔可观，显而易见，或确为曹雪芹某次改笔的流传，亦未可知——不得而知。

陈镛《樗散轩丛谈》卷二《红楼梦》载："《红楼梦》一百二十回，原书仅止八十回，余所目击。后四十回乃刊刻时好事者补续，远逊本来，一无足观。"

《续阅微草堂笔记》亦云："《红楼梦》一书，脍炙人口，吾辈尤喜阅之，然自百回以后脱枝失节，终非一人手笔。戴君诚夫，曾见一旧时真本，八十回之后，皆不与今同，荣宁籍末后，皆极萧条，宝钗亦早卒，宝玉无以作家，至沦于击拆之流，史湘云则为乞丐，后乃与宝玉仍成夫妇。故书中回目有'因麒麟伏白首双星'之言也。"[②]

（四）以讹传讹者

因为以上几种情况，《红楼梦》后四十回为高鹗所续的观点在部分知识分子中间传播开了。如潘德舆《金壶浪墨》载："或曰：传闻作是书者，少习华膴，老而落魄，无衣食，寄食亲友家，每晚挑灯作此书，苦无纸，以日历纸背写书，未卒业而弃之，末十数卷他人续之耳。"

恩华《八旗艺文编目·子类稗说》云："《红楼梦》一百二十回。汉军

---

① 鲁迅：《中国小说的历史的变迁》。

② 按："双星"为牛郎星、织女星，雪芹之意是说，湘云和她的丈夫就像牛郎和织女那样，并无长相厮守的结局，正如第五回"游幻境指迷十二钗 饮仙醪曲演红楼梦"《红楼梦》十二支中暗示的："厮配得才貌仙郎，博得个地久天长，准折得幼年时坎坷形状。终久是云散高唐，水涸湘江。这是尘寰中消长数应当，何必枉悲伤！"

曹霑著。高鹗补著。”《八旗画录后编》卷中《曹霑》云：“曹霑，号雪芹，宜从孙。”《绘境轩读画记》云：“工诗画。为荔轩通政文孙。所著《红楼梦》小说，称古今平话第一。嘉庆时，汉军高进士鹗酷嗜此书，续作四十卷附于后，自号为红楼外史。”

是皆以讹传讹而致，其中又以震钧《天咫偶闻》、铁珊《增订太上感应篇图说》所载为最，其书竟直以高鹗为《红楼梦》作者。

震钧《天咫偶闻》卷三：“世行小说《红楼梦》一书，即兰墅所为。余尝见其书诗册，有印曰：‘红楼外史’，则其人必放宕之士矣。”

铁珊《增订太上感应篇图说》云：“施耐庵作《水浒传》，子孙三世皆哑。袁于令撰《西楼记》，患舌痒证，自嚼其舌，不食不言，舌尽而死。高兰墅撰《红楼梦》，终身困厄。王实甫作《西厢》，至‘北雁南飞’句，忽仆地，嚼舌而死；金圣叹评而刻之，身陷大辟，且绝嗣。”

（五）以偏概全得出结论者

程伟元明言，所得三十余卷残稿，“漶漫不可收拾”，于是，“乃同友人细加厘剔，截长补短，抄成全部，复为镌板，以公同好”。高鹗亦云：“今年春，友人程子小泉过予，以其所购全书见示，且曰：‘此仆数年铢积寸累之苦心，将付剞劂，公同好。子闲且惫矣，盍分任之？’予以是书虽稗官野史之流，然尚不谬于名教，欣然拜诺，正以波斯奴见宝为幸，遂襄其役。”

因此，不只《红楼梦》后四十回，即便前八十回中亦有不少程伟元、高鹗的改笔，这是毫无疑问的。

俞樾受张问陶诗注的影响和导引，以后四十回中只言片语系诚委员、高鹗改作，定后四十回为高鹗所补。其《曲园杂纂》卷三十八《小浮梅闲话》：“然则此书非出一手。按：乡会试增五言八韵诗，始乾隆朝，而书中叙科场事，已有诗，则其为高君所补可证矣。”

其论证以偏概全，结论亦不足引以为据。又，朱南铣《〈红楼梦〉后四十回作者问题札记（上）》引吴振棫《养吉斋丛录》卷九：“乾隆二十二年丁丑易判表为五言八韵律诗，移经文于二场……至今循行之。”陈国霖、顾锡中《国朝贡举年表》：“乾隆……二十二年丁丑会试……是科闱中裁去表判，增用五言八韵律诗一首，永着为令。”王先谦《东华录》乾隆朝卷四五：“乾隆二十二年春正月……庚申谕……嗣后会试第二场表文，可易以五言八韵唐律一首。”进一步指出，由于乾隆二十二年正月二十八日“上谕”

在这一年就已经在科举考试中增加了五言八韵律诗，时曹雪芹尚未死，当然不能据以证明高鹗补作。

（六）为自己续书提供理由

除了私家笔记外，其他指认后四十回为“伪作”的，主要是一些续书者。这些人多不满于百二十回《红楼梦》的结局，或不满其笔法，或不满其悲剧结局。为了续书的需要，他们的第一要务不是认真研究文本，而是骂倒后四十回。如陈少海的《红楼复梦》说：“前书八十回后，立意甚谬，收笔处更不成结局，复之以快人心。”而归锄子的《红楼梦补》则说：“余在京时，尝见《红楼梦》元文，止于八十回，续至金玉联姻，黛玉谢世而止。”

正像韩国学者崔荣澈指出的：“除了表示自己的看法以外，更为了强调他们所作续书的正当性。”因此，他们说后四十回非雪芹原作，也就是容易理解的了。①

五、论《红楼梦》后四十回的水平

自从胡适引用张问陶的诗注论证《红楼梦》后四十回为高鹗所续后，《红楼梦》后四十回的水平就遭到学界的大肆批判。现在我们论证了《红楼梦》后四十回是程伟元、高鹗在曹雪芹残稿基础上整理补缀而成的。那么，后四十回写得到底怎样呢？是不是程伟元、高鹗续补就无足可取，是曹雪芹原著就毫无瑕疵？

张新之认为：《红楼梦》八十回后与八十回前“如常山蛇，首尾相应，安根伏线，有牵一发浑身动摇之妙，且词句笔气，前后略无差别”。

光绪三十四年（1908年），求不负斋石印本《增评全图足本金玉缘》附《评论》六条，其中有：“不难叙前半之盛，难叙后半之衰。或曰‘八十回后出于两人’，不知于何见得？”

将《红楼梦》一部大著，包括后四十回都看作曹雪芹的作品，认为水平很高是清代读者的主流观点。

民国后，李长之在《红楼梦》研究中独树一帜，他虽然受胡适影响，

① 崔荣澈：《清代红楼梦研究》，博士论文，1990年。

接受了《红楼梦》后四十回系高鹗所续的观点，但对后四十回的文学水准则表达了他自己的看法。李长之指出：

> 通常总以为后四十回不及前八十回，这完全是为一种心理所束缚，以为原来的好，真的好，续的便不好。这很像受了中国古代书生对于经学的见解，你说你是真的，我说我是真的。为什么争真的呢？真的便是好的。对于《红楼梦》也是如此，在未确定后四十回是高鹗续书的时候，大家都很公平的去欣赏，而且说非常精彩，一经证明是续书，大家都改变态度。我以为这是不对的，我以为高鹗在文学上的修养，或者比曹雪芹还大，而且他了解曹雪芹的心情，也只亏得他把曹雪芹所想要表现的统统给完成起来。高鹗实在可说大批评家兼大创作家的人。所以，如果我们不时称赞曹雪芹，我们也不应忘记赞称高鹗。高鹗至少和曹雪芹有同样的写真的手笔。[①]

李长之还以《红楼梦》第八十五回“贾存周报升郎中任　薛文起复惹放流刑”中贾政升迁消息传至家中后，宝玉的反应为例，说明后四十回是多么的善于把握人物的心理。他引用原文：

> 宝玉此时喜的无话可说，忙给贾母道了喜，又给邢、王二夫人道喜，一一见了众姐妹，便向黛玉笑道：“妹妹身体可大好了？”黛玉也微笑道：“大好了。听见说二哥哥身上也欠安，好了么？”宝玉道：“可不是，我那日夜里忽然心里疼起来，这几天刚好些就上学去了，也没能过去看妹妹。”黛玉不等他说完，早扭过头和探春说话去了。凤姐在地下站着笑道：“你两个那里象天天在一处的，倒象是客一般，有这些套话，可是人说的‘相敬如宾’了。”说的大家一笑。林黛玉满脸飞红，又不好说，又不好不说，迟了一回，才说道：“你懂得什么？ ”众人越发笑了。凤姐一时回过味来，才知道自己出言冒失，正要拿话岔时，只见宝玉忽然向黛玉道：“林妹妹，你瞧芸儿这种冒失鬼。”说了

① 李长之：《〈红楼梦〉批判》，李长之、李辰冬：《李长之、李辰冬点评〈红楼梦〉》，团结出版社，2006 年。

一句，方想起来，便不言语了。招的大家又都笑起来，说：“这从那里说起。”黛玉也摸不着头脑，也跟着讪讪的笑。宝玉无可搭讪，因又说道：“可是刚才我听见有人要送戏，说是几儿？”大家都瞅着他笑。

于是，李长之指出：“我们觉得高鹗更能写人精神的方面，倘若容我作个比较，则曹雪芹像托尔斯泰，高鹗像朵斯退益夫斯基。”[①] 朵斯退益夫斯基，即俄国著名文学家陀思妥耶夫斯基。

这是说，随着故事的演进，贾府愈发衰落，而宝玉等人随着年龄的增长和思想的形成，后四十回更加注重对在这种变化下人物的心理描写。因此，李长之呼吁，我们对于高鹗“决不能因他有功名，便碍住对他应有的理解和敬爱。现在只就后四十回的《红楼梦》看，他很有天才，他是非常了解曹雪芹，他本人的艺术的手腕也并不让于曹雪芹。我们纪念曹雪芹，同时也便不能忘了高鹗”。[②]

林语堂认为，程伟元、高鹗确实得到过曹雪芹原作的散稿抄本，但残缺不全。高鹗的贡献是做了“修补”“补订”之事。后四十回是“据雪芹原作的遗稿而补订的”。据曹雪芹原作残稿补缀的“高本四十回，大体上所有前八十回的伏线，都有极精细出奇的接应”“人物能与前部人物性格行为一贯，并有深入的进展”，高本“有体贴入微，刻骨描绘文字，似与前八十回同出于一人手笔”。[③]

舒芜指出：“胡适的考证发表之前，也许除了三四个人之外，谁也不知道这一百二十回里面还有什么前八十回和后四十回之分。”

至于原因，他认为正是因为一百二十回的《红楼梦》都是出自曹雪芹的原笔，而程伟元、高鹗就是通过对曹雪芹残稿的整理，才使得《红楼梦》

① “我说过，《红楼梦》前八十回的作风似托尔斯泰，后四十回的作风似陀思妥耶夫斯基，意思是说，一个外部的描写，一个注意内部的描写。”李长之：《〈红楼梦〉批判》，李长之、李辰冬：《李长之、李辰冬点评〈红楼梦〉》，团结出版社，2006年。

② 李长之：《〈红楼梦〉批判》，李长之、李辰冬：《李长之、李辰冬点评〈红楼梦〉》，团结出版社，2006年。

③ 林语堂：《平心论高鹗》，陕西师范大学出版社，2004年。

广行于世。[①]

林语堂认为，从文学创作的基本经验和规律进行考察，续书“是超乎一切文学史上的经验。古今中外，未见过有长篇巨著小说他人可以成功续完”。因此，断定高鹗是“补”足残稿，而不是“续写”。

> 老实说，《红楼梦》之所以成为第一流小说，所以能迷了万千的读者为之唏嘘感涕，所以到二百年后仍有绝大的魔力，倒不是因为有风花雪月咏菊赏蟹的小品在先，而是因为他有极好极动人的爱情失败，一以情死，一以情悟的故事在后。初看时若说繁华靡艳，细读来皆字字血痕也。换言之，《红楼梦》之有今日的地位，普遍的魔力，主要是在后四十回，不在八十回，或者说是因为八十回后之有高本四十回。所以可以说，高本四十回作者是亘古未有的大成功。
>
> ……
>
> 此书只八十回中止，只有“风月繁华”，而无沉痛故事，其时宝玉尚未提亲，骗局未成，黛玉未死，故事尚未转入紧张关头（黛玉死、钗嫁、玉疯），中心主题尚未发挥（宝玉斩断情缘、贾府繁华成为幻梦），全盘结构（贾府败落、个人下场）尚未写出，初回伏线未见呼应。倘若草蛇灰线只有伏笔而不见于千里之外则《红楼梦》一书不能成其伟大。[②]

六、结语

不可否认的是，后四十回中确实存在着一些文字不如前八十回的现象，

---

① 舒芜认为：“有一条最明显的证据，非有原作者的残稿作根据就无法解释，就是贾府被抄家的那一段。我曾经同一位朋友谈过，中国封建帝制之下，贵族大臣被抄家的是真是无代无之；但是，文学作品写到抄家的，似乎只有《红楼梦》后四十回，而且写得那么好。那种气氛、那种情景只有被抄过家的曹雪芹才写得出来。至于高鹗，他没有被抄过家，也没有资格去抄人的家，他是无论如何也凭空想象不出来的。”舒芜：《“说到辛酸处，荒唐愈可悲”——关于《红楼梦》后四十回的一夕谈》。

② 林语堂：《平心论高鹗》，陕西师范大学出版社，2004 年。

主要由两个原因造成：部分文字程伟元、高鹗根据残稿进行整理、补缀；另外，文字后不如前也是长篇创作中的通病。正如王蒙指出：

> 人物越鲜明，性格越突出，就越难收场归结。环境与场面越独特、越生动就越是先入为主，既成事实，难以再翻出新景新意来，前八十回写得越是感人可信，下面写下去就越会产生情节未尽灵气尽，故事没完情趣完，人物未终发展终，全书未结文气结的困难。……前八十回之伟大，也完全可能成为后四十回写不下去，写不完，写出来了也达不如前的根本原因！①

此外，通观相关认为后四十回文字不如前八十回的观点所举出的例子和逻辑，基本可以分为三种类型：

> （一）相类的情形在前八十回中皆有可见，不能构成证据；
>
> （二）不能了解曹雪芹写作中传统诗画“不写之写”“象征含蓄”的笔法，要求曹雪芹写作要“记流水账”；
>
> （三）脱离对《红楼梦》前五回的预设，不喜欢后四十回的“非大团圆结局”和“不欢快”语言写作。

在中国近代文化史上，《红楼梦》后四十回系高鹗续作，简直就像一个噩梦，一百年来持续地折磨着众多的读者、研究者，现在仍然在我们的心中留下阴影。社会上传播的《红楼梦》上赫然写着“曹雪芹、高鹗著”的字样，这是对曹雪芹的侮辱，是对程伟元的侮辱，是对高鹗的侮辱，也是对无数读者莫大误导。

现在，是为曹雪芹恢复他《红楼梦》后四十回著作权的时候了。

---

① 王蒙：《话说〈红楼梦〉后四十回》，《红楼梦学刊》1991 年第 2 辑。

关于《红楼梦》著作权研究的相关问题与原则

——兼论曹雪芹家世生平与《红楼梦》的研究、欣赏

关于《红楼梦》著作权的讨论，历来是《红楼梦》传播史和研究史上的一个热点。

1921年，胡适作《红楼梦考证》，引袁枚《随园诗话》"雪芹撰《红楼梦》一书，备记风月繁华之盛"的记载，指出曹雪芹为《红楼梦》的作者。该说得到了学界大多数人的认同，但一直也存在不少"异见"，如曹頫说、石兄说、洪升说等，不时影响学界，干扰《红楼梦》读者的阅读与欣赏。

综合分析相关资料和各种学说，找出各家围绕《红楼梦》著作权争论出现分歧的原因，避免不同层面的对话，弥合诸种分歧的解释方式，是推动学术进步的前提，也是对《红楼梦》进行理性赏析的基础。

本文拟根据历史考证学的理路（重视证据可信性分析、对照和严密的逻辑探究）对《红楼梦》的著作权问题进行梳理、分析、阐释，以求深入探讨《红楼梦》的作者并作者的生平与《红楼梦》的创作素材问题。

一、引发《红楼梦》"原始作者"问题探讨的文本依据

乾隆三十三年（1768年），永忠《因墨香得观〈红楼梦〉小说，吊雪芹三绝句姓曹》，第一首云：

> 传神文笔足千秋，不是情人不泪流。
> 可恨同时不相识，几回掩卷哭曹侯。

永忠是从曹雪芹友人敦诚、敦敏的叔叔墨香那里看到的《红楼梦》，他

明确说到《红楼梦》的作者是曹雪芹，与他是同时人。

富察明义《绿烟琐窗集》之《题红楼梦》诗序则云：

> 曹子雪芹出所撰《红楼梦》一部，备记风月繁华之盛：盖其先人为江宁织府；其所谓大观园者，即今随园故址。惜其书未传，世鲜知者，余见其抄本焉。

明义亲见《红楼梦》的抄本，并称他写诗时《红楼梦》尚未大传播，他也径称《红楼梦》系曹雪芹所“撰”。

从历史考据以第一手可信资料（与作者关系更近、距离作者生活时代更近）为据的原则来说，永忠、明义的证言出现最早，且相互印证，则曹雪芹对《红楼梦》的“著作权”即可确定。因此，学界多认同《红楼梦》最终在曹雪芹手中定型，曹雪芹无愧为《红楼梦》的作者①；但问题是曹雪芹在《红楼梦》第一回中明明写道：

> （空空道人从石头上将故事）“从头至尾抄录回来问世传奇……改《石头记》为《情僧录》；至吴玉峰题曰《红楼梦》；东鲁孔梅溪题曰《风月宝鉴》；后因曹雪芹于悼红轩中披阅十载，增删五次，纂成目录，分出章回，则题曰《金陵十二钗》……至脂砚斋甲戌抄阅再评，仍用《石头记》。

既然书中明言，《红楼梦》在曹雪芹之前有数位参与者，而曹雪芹只是扮演了“于悼红轩中披阅十载，增删五次”角色，于是，《红楼梦》的阅读者和研究者中即有人提出，在曹雪芹之前《红楼梦》还有一位到数位“原

---

① 也有研究者引清末甚至民国时期的说法，用以否定明义的证言，“证明”曹雪芹非《红楼梦》作者。这种研究选证的方式，不符合历史学考证的规矩，可以勿论；续书作者所言，都有意“作伪”，更不必在意，仅作为研究证据使用。总之，历史学考证首重第一手证据，非此，则无考据。

初作者”①。

也就是说，学界对曹雪芹完成了《红楼梦》的创作并无太多异议，问题是《红楼梦》是他自己独立完成的呢，还是他在别人的基础上“披阅增删”完成的？这才是《红楼梦》著作权研究和争论的焦点所在。换言之，多年来，学界探讨和争论的不是《红楼梦》“著作权”问题，而是《红楼梦》的“原初作者”为谁的问题。②

在这一角度上说，不论如何论证曹雪芹、曹雪芹生活时代与《红楼梦》有多少密不可分的关系，都无法否认“曹雪芹非《红楼梦》原初作者”这一观点持有的“文本”上的证据。

实际上，这种争辩双方不在同一个层面上进行讨论的研究模式，在《红楼梦》的后四十回研究中同样存在：不论研究者在《红楼梦》后四十回中找到多少非曹雪芹时代的证据，也无法证明其中的主体文字不是出自曹雪芹的手笔。因此，关于《红楼梦》的“原始作者”的讨论，应该以探讨对象所据的《红楼梦》第一回中曹雪芹批阅增删前一段文字为基本讨论对象，具体分析这段文字中相关角色的基本作用，分析这段文字的根本意义，这应该是相关问题研究的基础。

二、曹雪芹与《石头记》的“披阅增删”：曹雪芹是《红楼梦》的唯一作者

如何理解《红楼梦》第一回正文中那段（空空道人从石头上将故事）“从头至尾抄录回来问世传奇……改《石头记》为《情僧录》；至吴玉峰题曰《红楼梦》；东鲁孔梅溪题曰《风月宝鉴》”的文字，学界素有争议，并由此引发关于《红楼梦》著作权和原始作者的探讨。因此，对于这段文字的理解是《红楼梦》原始作者研究的要害所在，也是《红楼梦》著作权讨

① 或者认为，明义称“雪芹出所撰《红楼梦》一部”中的“撰”字，不一定指著作，也可能指整理、增删。“按”“撰”，有编次、著作之意，如《三国志·魏·王粲传》“吴质……封列侯”，注引《魏略·曹丕与吴质书》：“顷撰其遗文，都为一集。”南朝梁任昉《齐竟陵文宣王行状》：“乃撰四部要略、净住子。”可知，撰字并无整理、增删之意。故为自己学术上的方便，对明义笔下的“撰”强作解释，对讨论《红楼梦》的著作权没有任何裨益。

② 陈维昭：《红学通史》相关章节涉及此一问题，上海人民出版社，2006年。

论的焦点所在。笔者认为，需要从四个层次对这段文字进行理解与解释：

《风月宝鉴》的作者；

《风月宝鉴》和《红楼梦》是怎样的关系：《风月宝鉴》与《红楼梦》的写作主旨；

《红楼梦》的特殊写作技法；

从《风月宝鉴》到《红楼梦》：曹雪芹之前几个“角色”的作用。

（一）《风月宝鉴》的作者

单就《风月宝鉴》的作者而论，“甲戌本”《脂砚斋重评石头记》第一回相关文字上的“眉批”写道：

雪芹旧有《风月宝鉴》之书，乃其弟棠村序也。今棠村已逝，余睹新怀旧，故仍因之。

也就是说，曹雪芹早年曾撰有《风月宝鉴》一书，其弟棠村曾为之作序，因该书与《红楼梦》存在某种天然的关系，故而东鲁孔梅溪在看到《红楼梦》，并为《红楼梦》题词时，想到了雪芹、棠村、《风月宝鉴》的事情，仍旧为这部与《风月宝鉴》有一定关系的《红楼梦》题写了《风月宝鉴》的书签。

或者在“有”字上强作解释，称“有”不过是说，曹雪芹“有”过《风月宝鉴》这样一本书而已，并不能说明曹雪芹曾写过《风月宝鉴》。

平心而论，这种说法只是一种狡辩，岂有自己买到一本书，便要请弟弟为该书作序的道理？

（二）曹雪芹以画家“烟云模糊”技法入小说写作

实际上，真正将曹雪芹的《红楼梦》与曹雪芹披阅增删“原始文本”连接起来的是清人裕瑞，其《枣窗闲笔》载：

闻旧有《风月宝鉴》一书，又名《石头记》，不知为何人之笔。曹雪芹得之，以是书所传述者，与其家之事迹略同，因借题发挥，将此部删改至五次，愈出愈奇，乃以近时之人情谚语，夹写而润色之，借以抒其寄托。

裕瑞等人之所以认为曹雪芹的《红楼梦》为“他人”《风月宝鉴》的改写本，根本原因在于他们被曹雪芹在小说写作中使用的“画家烟云模糊”的特殊写作技法（曹雪芹批阅增删一段文字）蒙蔽了，而受曹雪芹这种蒙蔽的不仅裕瑞一人，后世研究者也多以裕瑞的记载作为否定曹雪芹对《红楼梦》著作权的主要依据之一。

针对“因曹雪芹于悼红轩中披阅十载，增删五次，纂成目录，分出章回，则题曰《金陵十二钗》”一段文字，“甲戌本”《脂砚斋重评石头记》复有一段“眉批”，云：

> 若云雪芹批阅增删，然后开卷至此这篇楔子又系谁撰？足见作者之笔狡猾之甚。后文如此处者不少。这正是作者用画家烟云模糊处，观者万不可被作者瞒弊了去，方是巨眼。

这段文字意思本不难理解，不过，多有论者为自己立意起见，称此段文字意义模糊，进而作有利于自己见解的解释。如戴不凡即云：“‘后文如此处者不少’云云，那是说后面还有不少章节是雪芹自撰；但其它部分则是根据他人旧稿增删改写的。”[①] 陈维昭《红学通史》也认为：“这一条解释更为合理。”

实际上，如果我们为这段句子稍稍补充上必要成分，并作必要阐释，这段文字的意思就更一目了然了：

> 若云雪芹批阅增删（《石头记》），然则（《石头记》）开卷至此这篇楔子又系谁撰？足见作者之笔（特殊技法）狡猾之甚。后文如此处者（如此处这种狡猾之笔的处理方式者）不少。这（种写法）正是作者用画家烟云模糊处（画烟霭云雾朦胧、缥缈，不露真容），观者万不可被作者（这种写作方式）瞒弊了去，方是巨眼。

① 戴不凡：《揭开〈红楼梦〉作者之谜》，《北方论丛》1979年第1期。

可知，批者明确指出，曹雪芹就是《石头记》的作者，而不是如曹雪芹自己所说的那样只是《红楼梦》的披阅增删之人。

（三）曹雪芹何以引画家烟云模糊的技法入《红楼梦》的写作

那么，曹雪芹何以要故意采用这种如画家作“烟云”“模糊”一般的“狡猾”写法呢？

实际上，“甲戌本”《脂砚斋重评石头记》“凡例”中的一句话很能说明问题：

> 书中凡写长安，在文人笔墨间，则从古之称；凡愚夫妇儿女子家常口角，则曰“中京”，是不欲着迹于方向也。

曹雪芹在创作《红楼梦》时，不仅不想着迹于方向，连著述的时代他也不想着迹，《红楼梦》第一回空空道人说石头故事无朝代年纪可考，石头笑答道：

> 我师何太痴也！若云无朝代可考，今我师竟假借汉唐等年纪添缀，又有何不可？但我想历代野史皆蹈一辙，莫如我不借此套，反倒别致新奇，不过只取其事体情理罢了，又何必拘拘于朝代年纪哉?!

因此，在《红楼梦》的作者（原初作者）问题上曹雪芹也“用画家烟云模糊”的方式进行了处理。

“脂批”作者还唯恐观者“被作者”这种特有的手法“瞒弊了去”，还特意在这段文字处写下“若云”一段批语。不料，人们看到这段有意为之的文字和有意为之的批语时，却仍然被“作者”所用的“烟云模糊”的写作手法“瞒了去”。那么，曹雪芹在《红楼梦》创作时为什么不欲着迹于作者、方位、时代等问题呢？

笔者以为，这是曹雪芹在对中国传统小说进行系统考察基础上做出的小说写作技法上的高度提升。

众所周知，曹雪芹是一才大如天、狂傲无比的才子型智者，他在作《红楼梦》时，对历代小说做了一番系统性考察，立志写出超越千古的作品。

为了表达他的作品观和他的《红楼梦》对前人作品的超越，在《红楼梦》中，曹雪芹借石头之口，称历来野史、风月笔墨、才子佳人“千部共出一套”，“逐一看去，悉皆自相矛盾，大不近情理之话”。曹雪芹既然有这种认识，他自然不愿意拘泥于传统的套路式的写法，“历代野史皆蹈一辙，莫如我不借此套，反倒别致新奇，不过只取其事体情理罢了”，“令世人换新眼目，不比那些胡牵乱扯，忽离忽遇，满纸才人淑女、子建文君、红娘小玉等通共熟套之旧稿”。

实际上，“不过只取其事体情理”“假作真时真亦假”正是《红楼梦》创作的根本理路，目的是让读者着眼于作品真谛的体味，而不是被其他枝节问题夺走注意力。这一点颇有禅宗的意味：不执着于具体的经文，只注重佛教的根本教旨，更适合于上上慧根的读者。

唯有从这个角度，我们才能真正理解曹雪芹在《红楼梦》中何以有种种特殊写作技法的运用、何以《红楼梦》中有各种所谓的“细节矛盾”、何以有真幻南北、真假有无的转换……

（四）曹雪芹前后《红楼梦》几个参与者角色的分析

《红楼梦》第一回“曹雪芹于悼红轩中披阅十载，增删五次”一段文字中共有 6 个“参与”角色：曹雪芹之前有 4 个：石头、空空道人、吴玉峰、孔梅溪；曹雪芹之后 1 个：脂砚斋。在《红楼梦》的“文学叙述语言体系”中，他们分别扮演了怎样的角色呢？

《红楼梦》“创作”相关角色分析表

对象	角色	行为	备注
石头	记录者	化美玉，经历红尘，旁观一干风流冤孽故事；返相为石头后，在石头上记录经历	石头是小说的“名义作者”，而非真实作者，也非神瑛侍者（贾宝玉才是其后身）
空空道人	抄录者	抄录石头上故事，称书为《石头记》	体悟空、色关系，改《石头记》为《情僧录》
吴玉峰	题名者	题小说名为《红楼梦》	
孔梅溪	题名者	题小说名为《风月宝鉴》	知曹雪芹旧有《风月宝鉴》之书，乃其弟棠村所序

续表

对象	角色	行为	备注
曹雪芹	整理者	披阅十载，增删五次，纂成目录，分出章回	石头外，唯一与《红楼梦》“创作”相关人物
脂砚斋	抄阅批评者	至甲戌抄阅再评	称其自评本为《脂砚斋重评石头记》

在分析了这段文字中的6个参与角色后，我们可以发现，与小说故事形成和最终形成相关的，只有石头与曹雪芹两个角色。

我们知道，在小说的故事情节中，石头是整个故事的体验者、观察者、记录者，而对这块位于大荒山无稽崖青埂峰下的（通灵）石头，“甲戌本”第一回“大荒山无稽崖青埂峰”处有批语云“荒唐也”“无稽也”，可知用石头作为故事的讲述者完全是作者用于暗示的一种特殊手法（烟云模糊法），因为世上根本就没有这种通灵的、能够经历红尘、记载人生的石头。

这样，《红楼梦》的6个参与角色中也只有一个曹雪芹才与《红楼梦》的文本有实质性关系，而学界所谓的“石兄”只不过是《红楼梦》的批评者对“小说语言系统”下石头的称谓（戏称、昵称）而已，并非在曹雪芹创作《红楼梦》之前还有这样一个实在的“石兄”，或者别的什么人。

正是因为如此，清代文人在记载《红楼梦》作者时，往往直接记作“曹雪芹”，如西清《桦叶述闻》记载：“《红楼梦》始出，家置一编，皆曰此曹雪芹书。”二知道人《红楼梦说梦》云：“曩阅雪芹先生《红楼梦》一书。”周春《阅红楼梦随笔》云：“此书曹雪芹所作。”

当然，也有否定曹雪芹为《红楼梦》原初作者的人，除裕瑞外，程伟元在程甲本《新镌全部绣像红楼梦》“序”中也写道：

> 《红楼梦》小说，本名《石头记》，作者相传不一，究未知出自何人，惟书内记雪芹曹先生删改数过。

但是，当我们仔细分析过曹雪芹的创作主旨、原则，尤其是具体研究过“披阅增删”一段文字包含的真实细致信息后，我们就知道，程伟元是被“脂批”作者所谓的曹雪芹“狡猾之笔”骗过的又一个读者。

总之，研究《红楼梦》的著作权，要厘清曹雪芹的“小说语言系统”下的对象和现实存在中的对象，否则就会陷入曹雪芹用画家作烟云模糊方式的特有写作手法创作出的文字环境中不能自拔。

三、曹雪芹、明义、裕瑞：历史考证不能以二手资料“推翻”一手资料

如上所述，真正将曹雪芹的《红楼梦》与曹雪芹披阅增删“原始文本”连接起来的是清人裕瑞和他的《枣窗闲笔》（闻旧有《风月宝鉴》一书，又名《石头记》……曹雪芹得之……借题发挥……借以抒其寄托）。

裕瑞生于乾隆三十六年（1771年），彼时，曹雪芹虽已经逝世8年，但是因为其舅辈的明义、明琳等人是曹雪芹的生前好友，故裕瑞的这段记载历来为人们所重视。但问题是，裕瑞的这一说法存在着几处致命的问题却被有意无意地忽略了：

（一）这种说法与其舅辈明义曹雪芹“撰《红楼梦》一部，备记风月繁华之盛：盖其先人为江宁织府；其所谓大观园者，即今随园故址”的说法直接相悖；

（二）裕瑞关于《风月宝鉴》与《红楼梦》关系的听闻，不能证明出自明琳、明义等与曹雪芹直接交往者之口，其可信性可疑，尤其是在与明义记载直接矛盾的前提下，就更加可疑；

（三）将《风月宝鉴》混同《石头记》，是常识上的错误——《风月宝鉴》为曹雪芹早年之作，而《石头记》为《红楼梦》的本名之一，这一点“甲戌本”《脂砚斋重评石头记》相应“脂批”有明确记载。

在这种情况下，相对于曹雪芹友人明义提供的“第一手证据”而言，裕瑞的推测和听闻为“第二手证据”。

在史学研究中，第一手证据的可靠度通常高于二手证据；反对曹雪芹为《红楼梦》原初作者的论证逻辑和材料取信原则相反，多以后出的“二手”间接证据（裕瑞《枣窗闲笔》）反对“一手”直接证据（明义《题红楼梦》诗序），犯了历史学考证的大忌。

在研究者不能找到曹雪芹生活时代、与曹雪芹关系比明义更亲密的人提供的与明义信息迥异、与裕瑞提供信息一致的反证前提下，裕瑞所提供信息的可信性低于明义所提供信息的可信性。因此，在涉及《红楼梦》著作权（原始作者）研究时，不应置永忠、明义提供的信息于不顾，单单采用没有见过曹雪芹的裕瑞提供的信息作为“主体证据”。

四、关于曹雪芹经历（生卒年）：曹雪芹有富贵的幼年记忆

实际上，学界之所以怀疑在曹雪芹之前《红楼梦》还有一位或多位原始作者，除对曹雪芹以特有手法创作的文字环境的理解和对明义、裕瑞提供材料取信倾向的不同外，还有一个重要原因，即《红楼梦》用生动细腻的笔触描写了一个中国社会传统大家庭的方方面面，其中对细节的写作是如此的真实、感人，使读者、研究者认为，此种文字、感觉非身经者不能写出（“脂批”也经常提到某事作者经历过），而曹雪芹没有这样的经历，不具备这样写作的条件。

主张曹雪芹没有繁华的生活阅历的论述，无一不以曹雪芹生于雍正二年（1724年），雍正六年初五岁入京、享年四十岁为讨论前提。如戴不凡即云：

> 在没有一丝半点证据情况下，红学家们给雪芹找了一个爸爸名曰曹頫；这个在康熙五十七年（1718年）还被皇帝说成是“无知小孩”的曹頫，竟能在雍正二年（1724年）生出一个名叫曹雪芹的儿子。

但是，关于曹雪芹没有相关经历、不能写出《红楼梦》的这个假设成立吗？研究者“推断”出来的有相关“经历”的某人创作《红楼梦》底本的研究有重大价值和意义吗？

实际上，这就涉及曹雪芹生卒年的考证，是一个历史考证问题，而不是文学阐释问题。

如果我们能够解决曹雪芹的生卒年问题，证明曹雪芹有相应的生活经历，在上面我们已经论证了曹雪芹为《红楼梦》唯一作者的前提下，相应研究者所作的相应研究（推断）也就不存在学术上的依据了。

众所周知，学界关于曹雪芹的生卒年问题存在数说，而关键却在其生

年——此一问题过于复杂，此处只就基本证据和研究逻辑进行分析。

（一）曹雪芹卒于乾隆癸未（乾隆二十八年，1763 年）除夕

敦诚《鹪鹩庵杂诗》之《挽曹雪芹甲申》有“四十萧然太瘦生，晓风昨日拂铭旌”的记载。

挽诗多作于哀悼对象去世后不久，况且诗中有“晓风昨日拂铭旌”的信息。又，“甲戌本”《脂砚斋重评石头记》中复有“除夕书未成，芹为泪尽而逝”的批语，曹雪芹应卒于乾隆二十八年癸未除夕。[①]

（二）曹雪芹享年近五十岁

张宜泉《伤芹溪处士》序云：“其人……年未五旬而卒。”结合康熙五十四年（1715 年）三月初七日曹頫折“奴才之嫂马氏，现因怀妊孕已及七月……将来倘幸而生男，则奴才之兄嗣有在矣”，则曹雪芹生于康熙五十四年，享年四十八岁——综合考察曹氏家族情况，曹雪芹为此子唯一人选。

至于敦诚《四松堂集》付刻底本中称曹雪芹“四十年华赴杳冥”的说法，如果结合作诗者要表达的惋惜情绪（解诗需要配合其整首诗要表达的内容和情绪理解）和纪昀称享年五十八岁的敦诚为“年甫五旬而淹化”，可知敦诚写曹雪芹“四十年华赴杳冥”并非写实，研究者不应固执地紧紧抓住这一唯一所谓“硬证据”，而忽视其他合理的相关解释。

（三）曹雪芹的年龄、慧根与早年教育

如上论证，曹雪芹生于康熙五十四年（1715 年），其雍正六年（1728 年）初入京时已经十四岁。

清人（大家族）大多六岁入私塾，曹家人慧根上乘，四岁上下即已开蒙（曹寅四岁即已能辨四声），一个智慧早开的曹雪芹在一个有着百数人的大家庭里经历了十四年的江南繁华后，以之为底色，并结合京师诸多王公大族亲友的家庭情况，以细腻的笔法创作出一部描写大族生活的《红楼梦》自然不在话下——著名文物收藏和鉴赏家王世襄曾谓，自己何以什么工艺都懂一些？是因为自己出生在一个大家庭中，自己好问，故人人乐于告知。

关于曹雪芹的学养，研究者不可以自己的经历、家庭环境、学养为基础和水准，猜测 18 世纪集中国文化大成时代大家族出身的曹雪芹的能力；

---

① 笔者有《曹雪芹生卒年考辨》，对曹雪芹生卒年研究中的相关争议与解释有系统详细的考辨，载《红楼梦研究辑刊》2014 年第 1 辑。

如果认为曹雪芹没有能力写出《红楼梦》中景象，除非研究者能够证明他确实没有这种阅历和创作能力。

（四）曹雪芹历经繁华：如何结合实际理解奏折背后的隐意

或者认为，曹雪芹幼年时——在承认曹雪芹生于康熙五十四年（1715年）的基础上，曹家因为弥补亏空已经败落，生活窘困，并以曹寅、曹頫、李煦奏折中诉说家境困苦的文字作为证据。

实际上，这种看法忽略了清朝康熙晚期官员行文的习惯，《红楼梦》中称大家族败落时情景如“百足之虫死而不僵”，就是康熙晚期曹、李两家的现实写照。

固然，曹寅、李煦晚年形容自家弥补亏空时面临的压力时，都写得非常之不堪，似乎全家饮食难继，不借贷就不能生存的样子，但是，大家要记得的是，李家、曹家被抄家时，都还保有百余名奴仆、五六百间房屋、数十顷田地，这是我们理解的窘迫至极的样子吗？

研究者不能以自己的家庭、经历和今天的观点看待18世纪的曹家，看待曹雪芹十三年的江南生活在其一生和对《红楼梦》创作的影响，在研究、阅读《红楼梦》时，应该清晰地意识到，曹家被抄家时家中奴仆尚有百余、房屋数百的事实。

至于说曹家抄家时抄出数百张当票，在笔者看来，这正是曹家转移家产的确证。

在康熙晚期、雍正初期，内务府包衣人外放者，为防止得罪抄家后无法生活，事前转移家产乃是一种常态，雍正皇帝就经常对臣工指出这一问题。具体到曹家，曹寅的诸多善本图书既然在雪芹表叔昌龄家族出现，难道其他贵重物品就没有转移吗？当票只可能理解为笨重不堪、不能转移的大家当成了现银而已，否则为什么不卖房子、奴仆呢？

（五）曹雪芹具有极强的感应力和描写力

正如研究者不应以自己的经历和环境臆断18世纪的曹雪芹的经历和生活环境一样，研究者同样不应该以自己的智慧与能力有意无意地低估曹雪芹的智慧与感受力、描写力。李辰冬曾根据自己对《红楼梦》的阅读和《红楼梦》与世界名著的比较指出：

曹雪芹的灵魂，好像是极精致的试音器，只要空中有稍微的波动，在他的灵魂上，就起了感应……这种移情作用不止曹雪芹这样，一切的艺术家都是如此。[①]

综上所述，笔者认为，研究者如果能够不戴有色眼镜，承认曹雪芹的有过相当富裕的生活阅历（包括他与京师显贵亲友的交往）以及超越常人的智慧和感受力，则所谓曹雪芹的经历决定他不能“创作”《红楼梦》以及以此为基础为《红楼梦》寻找各种“原始作者”种种推测，也就不再具有生存的土壤了。

五、《红楼梦》的早期（乾隆中晚期）索隐：《红楼梦》的创作素材来源

否定曹雪芹为《红楼梦》作者的论调，论述手段有二：

先否定曹雪芹有过富贵的生活经历，认为其没有富贵的经历，不能写出《红楼梦》中“风月繁华”的细节；

其后“研究”什么人有相应的经历，其经历可以作为《红楼梦》的创作素材。

因此，关于《红楼梦》有没有原始作者问题的探讨，不仅要有文献上的证明、分析和合乎逻辑的论证，还要就《红楼梦》的创作素材来源进行分析，这就不可避免地要面对早期的（乾隆中晚期）《红楼梦》索隐问题。

（一）《红楼梦》索隐与《红楼梦》的赏析

索隐，即探索表面文字记录未及的内容，本是中性、偏褒义的词汇，但被用于《红楼梦》本事或原型——《红楼梦》写谁家事、小说原型——的研究，在近代以来的学界历来被视为贬义词，对于索隐的研究方式、方法、结论多给予简单的否定。

实际上，研究小说的原型有利于研究者对作者的人生阅历、思想形成、

① 李长之：《〈红楼梦〉批判》，李长之、李辰冬：《李长之、李辰冬点评〈红楼梦〉》，团结出版社，2006年。

创作冲动与创作过程的理解，也就是说，对《红楼梦》的原型（创作素材）进行索隐研究，有利于对《红楼梦》文本的深切感知、赏析，有利于与曹雪芹的深度对话……当然，关键在于实在的证据。

（二）出现《红楼梦》索隐的外因与内因

学界常把《红楼梦》索隐的发明归罪于乾隆皇帝，实际上，《红楼梦》索隐之所以能够出现，与当时社会上某些小说故事情节对社会中家族、个人的描写或映射传统以及《红楼梦》自己“真事隐去”“假语村言”的暗示有关，而最早的《红楼梦》索隐研究正是来自《红楼梦》作者曹雪芹的亲友。

明义在《题红楼梦》诗序中称：“曹子雪芹出所撰《红楼梦》一部，备记风月繁华之盛，盖其先人为江宁织府，其所谓大观园者即今随园故址。”即明确指出，《红楼梦》备记的风月繁华来自于曹雪芹先人江宁织造曹寅的家庭实际，而大观园即是织造府的花园（后来的随园）在小说中的反映。

《红楼梦》运用“真事隐去”“假语村言”的“烟云模糊”的方式写及很多曹雪芹知晓或者经历的史实，已经是学界所共知的共识。但是，却很少有人将《红楼梦》索隐的帽子扣在明义头上——明义的文字不在于其记述有多大的可信性，而是反映了时人的一种创作习惯和读者的阅读习惯。

（三）曹雪芹听闻或经历事实与《红楼梦》的创作素材

学界从来没有人反对《红楼梦》故事描写中写到了很多曹雪芹知晓或经历的史实，只是《红楼梦》中那些描写（假语）的原型（真事）具体是什么，却是需要用证据证明关系的事情，不能采取举一个可以证明的例子，然后即称可见《红楼梦》中很多故事情节来自曹雪芹的家世、生平的做法。

乾隆时期的《红楼梦》索隐，如称《红楼梦》写明珠家世说、张勇家世说、傅恒家世说，细究起来，当然与《红楼梦》写曹家家世说一样无法得到全面确切的证明，但也正如李辰冬《红楼梦研究》指出的那样：

> 《红楼梦》为曹雪芹所写，且一部分材料取于他的家庭，这无疑地成了定论。尤其是《脂砚斋重评石头记》本的发现，更使这种定论成了铁案……
>
> 不过，一方面尽可承认这个断案的确切性，但另一方面，以往的事或当代发生的事件，不见得不给曹雪芹一种引意或影响。文学事实，并不完全为历史事实，作者可以任意增加取舍。兴会是一种有羽翼的

东西，不受任何时间与空间的限制，他可以飞到任何时代与地点，只要它所知道的。例如，许多人相信《红楼梦》之写纳兰性德的家事一问题，现在仅可在事实上反证这句话的错误，但不敢一定说纳兰性德的家事没有给曹雪芹一种引意或兴会……

要说曹雪芹以他的家庭为根据则可，要说贾府就是他自己的家庭就有语病……老实地抄写摹效，是绝不会成功的。我们能以考证的，仅系真人物与理想人物之性格关系。以前考证《红楼梦》的影射法固属可笑，即胡先生也不免有太拘泥事实之嫌。[①]

正是因为《红楼梦》素材与历史事实的微妙关系，早期的有与曹雪芹相近意识、思想、审美的清代《红楼梦》读者，才在读了《红楼梦》后，斩钉截铁地称这是写某家的事。从这个角度上说，早期的索隐自有其学术上的价值。

从这个角度上讲，我们既要对曹雪芹作为一个天才的伟大作家拥有超人的感受力和移情力有所理解，当然也要加强对乾隆时期《红楼梦》索隐研究的进一步考证，唯有如此，我们才有可能更加深入地了解《红楼梦》的创作动机、素材，更好地了解《红楼梦》。

（四）否认曹雪芹为《红楼梦》原始作者的论述需要用第一手资料证明的三个前提

学术研究贵在“存异”，自然并不排斥否定曹雪芹为《红楼梦》作者的研究，但作为一种研究，《红楼梦》著作权的“异见”者必须要证明三个前提，否则其构建的各种美丽的学术体系都没有价值：

要证明曹雪芹披阅增删一段文字中，通灵石头记录红尘经历的现实确实存在；

要用可信的、可以驳斥永忠提供的第一手资料信息的证据，破除曹雪芹是《红楼梦》原始作者的记载与结论；

要用证据证明曹雪芹没有立论者所谓的经历，不可能知道立论者

① 李长之：《〈红楼梦〉批判》，李长之、李辰冬：《李长之、李辰冬点评〈红楼梦〉》，团结出版社，2006年。

所谓的原始作者的相关事实，并把他们写入《红楼梦》中，而不是直接将研究建立在曹雪芹雍正二年生的基础上。

如果这三个问题解决不了，一切关于曹雪芹非《红楼梦》原始作者的推测，无论是洪升说，还是曹頫说……也无论其如何精致，其说法中主人公的经历与《红楼梦》故事情节人物如何相似，也都只是一种推测而已，这种建立在沙滩上的精致模型不能说没有丝毫价值，但距离真正的学术考证研究相差甚远。

六、《红楼梦》描写细节存在的“矛盾”问题：从《风月宝鉴》到《红楼梦》

《红楼梦》的阅读者和研究者往往在认真分析、思考后发现，《红楼梦》中的主要人物和他们活动的大观园建筑空间、植物配置、习俗等诸多方面往往存在这样那样的矛盾，何以产生这样的矛盾，学界历来存在疑问和各种解释。

一种说法认为，中国“四大奇书”都有一个从民间创作到个人整理的过程，《红楼梦》也应该或者必须经历这样的过程，所以，在曹雪芹最终整理好《红楼梦》之前，《红楼梦》应该有一个底本，有一个或几个原始作者；还有一种说法认为，《红楼梦》包罗万象，其文学的写作技法至高无上，一个曹雪芹不可能写得出来。

关于后一种说法，前文已具论，只要将曹雪芹放到18世纪的中国传统文化集大成的时代背景下考虑，再结合曹雪芹的特有家庭背景和曹雪芹的天才感受力，可以得到合理的解释；关于前一种说法，则涉及曹雪芹的生平、学养、思想孕育，以及从《风月宝鉴》到《红楼梦》的具体过程。

（一）从《风月宝鉴》到《红楼梦》描写对象的年龄不同

“甲戌本”《脂砚斋重评石头记》“凡例”称：

《红楼梦》旨意。是书题名极多：一曰《红楼梦》是总其全部之名也；又曰《风月宝鉴》，是戒妄动风月之情；又曰《石头记》，是自譬石头所记之事也。此三名，皆书中曾已点睛矣。

由这一段批语和“雪芹旧有《风月宝鉴》之书，乃其弟棠村序也。今棠村已逝，余睹新怀旧，故仍因之”的批语，可知曹雪芹早年创作的、与《红楼梦》有着种种关系的《风月宝鉴》一书，主旨是“戒妄动风月之情”——《红楼梦》也在某种程度存在这一主题。

既然《风月宝鉴》的主旨是“戒妄动风月之情”，则《风月宝鉴》中各主要人物角色都应该是成年人，如《金瓶梅》《品花宝鉴》等。

明清时代，男子16岁成丁，也就是说《风月宝鉴》中人物年龄至少应在16岁以上；而《红楼梦》的主旨则超越了简单的“戒妄动风月之情”层面，将主旨提升到要将“儿女真情发泄一番”。

何谓儿女真情呢？按照明清之际的哲学观而言，就是指未沾染社会的、功利意识的“自然人”的自然情感，男人接触社会难免为功利所诱，而女子尤其是未嫁女儿较少涉及功利，性情也就较少地受到功利的污染，能较好地保持本性和真情。《红楼梦》第五十九回就清楚地表现了这一点：

> 藕官冷笑道：“有什么仇恨？他们不知足，反怨我们了。在外头这两年，别的东西不算，只算我们的米菜，不知赚了多少家去，合家子吃不了，还有每日买东买西赚的钱。在外逢我们使他们一使儿，就怨天怨地的。你说说可有良心？”
>
> 春燕笑道：“他是我的姨妈，也不好向着外人反说他的。怨不得宝玉说：‘女孩儿未出嫁，是颗无价之宝珠；出了嫁，不知怎么就变出许多的不好的毛病来，虽是颗珠子，却没有光彩宝色，是颗死珠了；再老了，更变的不是珠子，竟是鱼眼睛了。分明一个人，怎么变出三样来？’这话虽是混话，倒也有些不差。别人不知道，只说我妈和姨妈，他老姊妹两个，如今越老了越把钱看的真了。

这也就是曹雪芹为什么一定要创造一个“半独立”于宁、荣二府成人化场所的原因所在，故而，大观园中主要角色（曹雪芹要借以发泄儿女真情的人物）如宝玉、黛玉、宝钗等人年龄多在13岁至16岁上下。

由于从《风月宝鉴》到《红楼梦》主旨的变化，以及由其带来的关于故事情节和描写文字上的变化，曹雪芹在致力于人物“情感”（语言、心里、意象）塑造的情况下，在某些细节方面未能全部条理清晰是可以理解的。

据笔者与当代一些小说作家的交谈，作者注意不到某些细节是正常的事情；笔者日常的阅读所见，当代作家作品中这种所谓的矛盾和不卯随处可见，可知研究者在潜意识中对一个天才的作家是多么的“苛刻”。

（二）曹雪芹的创作状态与生活状态

《红楼梦》是曹雪芹耗费十年经历的心血之作，但是，我们不能用今天职业作家的创作状态去理解 18 世纪的内务府包衣人曹雪芹的创作状态。

作为正白旗包衣，在乾隆初期，曹雪芹没有出旗为民的可能。早期传说称，曹雪芹曾为贡生、侍卫；又，《红楼梦》中元妃省亲故事中“这些太监会意”内容，庚辰本亦有批语“难得他写的出，是经过之人也”。由此可见，曹雪芹应该有过挑差的经历。再由敦诚、敦敏和张宜泉诗反映的内容，我们知道，曹雪芹有他的交游圈子（敦诚、敦敏、张宜泉、明琳、明义、弘晓、墨香等），加上他的家族圈子（福彭、福靖、曹頫、昌龄等），他还有太太、儿子、母亲等直系家属，曹雪芹生活的主要内容既有当差，也有与亲戚的交往、与朋友的交游……挑差、家庭生活在曹雪芹生活中的地位，都使得曹雪芹不可能像今天的职业作家一样，一旦设定了某个创作主题，只要在清醒和有创作冲动的情况下，集中数月或一两年的时间集中创作。

因此，当我们将曹雪芹置于 18 世纪和他自己的身份、经历中考察其《红楼梦》的创作状态时，再考虑曹雪芹对小说人物语言、心理的细腻把握和描写，对故事场景诗情画意的刻画，某些地方存在的所谓细节矛盾都在可以理解的范围内。

一句话，作为研究者，要结合曹雪芹的真实生活状态进行其生平活动和《红楼梦》创作与赏析的研究，不能将曹雪芹当作今天的、没有任何生活、“全心全意”从事小说创作的“真空人”来进行所谓的剖析与研究，因为这种研究与一个生活在 18 世纪的、作为内务府包衣人的曹雪芹有着历史的差距，不能反映曹雪芹作为一个社会人的实际生活状态。

（三）以地域性语言和习俗否定曹雪芹对《红楼梦》著作权的研究方式存在的问题

《红楼梦》中的方言也被拿来证明作者系某地之人而非曹雪芹的证据。但是，如果了解曹雪芹的家庭（东北入关的旗人），生活（江宁、苏州、扬州），社会背景（五方杂处的北京）和曹雪芹有意地以画家“烟云模糊”的创作手法（避免着迹）等相应问题后，这些以某些地域语言或者风俗问题，否定曹雪芹对《红楼梦》的著作权的做法自然就无法成立了，这也正是曹学研究之于红学研究的价值和意义所在。

七、关于曹雪芹研究中应该注意的几个问题

（一）《红楼梦》作者的研究属于历史学考据

笔者认为，关于《红楼梦》作者（原始作者）的研究虽有文本阐释的性质，但说到底是历史考据问题，因此关于《红楼梦》作者的研究，最重要的是证明，而不是猜测。

从上面的表述（关于研究对象的第一手可信资料和《红楼梦》第一回中参与角色的分析来看），曹雪芹不仅作为《红楼梦》的最终完成者存在，同时也是第一和唯一的创造者，不存在任何其他实质上的参与者，“石头”只是曹雪芹创作时使用的一个代言者而已。

（二）研究应该面对所有一手可信资料，并就其中的矛盾之处做出合理的阐释

“异见者”忽略（或者有意无视）敦诚“四十年华赴杳冥”所要表达的真实感情，张宜泉所谓曹雪芹“年未五旬”而卒，纪昀称58岁的敦诚“年甫五旬而淹化”的事实，一味强调曹雪芹生于雍正二年、雍正六年初五岁入京，没有身经繁华的经历，用以支持自己关于《红楼梦》“原初作者”的观点。就研究方法而论，有不尊重既有可信证据之嫌。

同时，这些研究者还存在一个难以解决的问题，即他们永远无法证明他们所谓的“原初作者”及其“原初作品”是怎样与曹雪芹产生联系，又是怎样转化成《红楼梦》的。

诚然，曹雪芹友人提供的曹雪芹资料也存在若干表面上的“矛盾”，研究者首先要解释的是，这些一手资料提供者的记载为什么存在矛盾，应该如何看待和解释这种矛盾，而不是回避与自己观点相悖的材料，或者轻易认定为某人记错了、某人不了解曹雪芹的实际情况。

另外，作为历史学考据，不能以后出的二手资料反驳先出的一手资料。从这个角度上说，曹雪芹生前友人提供的相关资料是曹雪芹研究所据的最基础材料，其他后出的任何二手资料都应在服从这一点的基础上进行使用。

（三）曹雪芹研究的意义

实际上，不少研究者对《红楼梦》著作权的探讨、《红楼梦》作者的研究并不在意，这是因为他们基于这样的认识：

> 作品的好坏，是由它本身的思想内容和艺术特点决定的。人以书传，我们喜爱某个伟大作家，主要是赞叹他的作品，因而读其书想见其为人。英国人可以对莎士比亚的著作权提出怀疑，但对莎氏剧作的不朽价值，却无人否认。《红楼梦》也是这样，即是作者不是曹雪芹，它在中国乃至世界文学之林中的地位，仍是确定了的。因此我倒不觉得否认曹雪芹是《红楼梦》的作者，对这部书以及整个红学研究会产生什么威胁。[①]

上面这段话说得四平八稳，乍听上去，似乎完全合乎纯粹文学研究的规律，绝对正确，没有任何问题，也得到了众多《红楼梦》研究者的认同。

但是，这种看法无法给《红楼梦》的研究带来实际的帮助，除非研究者认为自己具备与曹雪芹相当的思想、艺术水准，能够完全了解曹雪芹与《红楼梦》；或者研究者根本就没有去了解曹雪芹的《红楼梦》要表达什么意图，他们的《红楼梦》阅读和研究关注点只是在于对《红楼梦》的文学技法的解析或者追求自己对《红楼梦》的个性解读。

关于《红楼梦》作者的研究，不仅仅是一个单纯的学术求真问题，也关系到如何看待作者与作品关系这一学术课题：曹雪芹为什么要写这部小说，他要表达怎样的主题，也即如何定位《红楼梦》这部作品：一部写得好（技法、情感）的故事，一部渗透了作者对家庭和社会返照的载道作品，一部书写亡国之痛的血泪之书……为什么是曹雪芹，而不是别人能够写出这部小说等问题。

不研究作者，不了解作者的生平、家风、教育、交游、思想等问题，就没有办法解释曹雪芹的《红楼梦》何以能够出现，要表达什么，何以能够在中华文化、文学史上占据如此独特的地位，何以经学家看到《易》、道学家看到淫……

---

① 刘梦溪：《秦可卿之死与曹雪芹的著作权》，《文艺研究》1979 年第 4 期。

（四）对曹雪芹研究的途径

曹雪芹友人提供了关于曹雪芹的资料，是研究曹雪芹的一手可信资料，对了解曹雪芹生平、交游、素养、喜好，及这些因素对《红楼梦》创作的影响都有重要的作用。

但是，毋庸讳言，有关曹雪芹的文献资料还是太少，因此除了研究曹雪芹友人诗中记载的曹雪芹的相关信息外，从研究曹雪芹的身边人，包括他的友人、亲属的情况，进而了解曹雪芹生活的时代（政治、经济、思想、审美等）、家风、教育等方面，无疑是一个可行的途径。

早在 1954 年 9 月 7 日，吴恩裕先生就在《光明日报》上发表《永忠吊曹雪芹的三首诗》一文，指出可以通过考察曹雪芹的交友与活动，进而了解曹雪芹的友人，间接研究曹雪芹的个性与风采。[①] 这对曹雪芹家世生平的研究指明了方向。

与直接文本（直接阅读、理解《红楼梦》）相比，研究外围的相关学术（曹雪芹家世生平）不够直接，但并不意味着没有效用。

做一个通俗的比喻，直达本心的南宗禅学固然高明，但需要上上慧根者方能有所作为，大多数的修行者根本不能达于妙境，只是耽误了修行；而与之相比，“时时勤拂拭”的北宗禅学固然不够直接，显得朴拙一些，但却能实在地提升修行者的功夫，使之愈发贴近佛教的本旨，为一旦的顿悟创作条件。从这个角度上讲，表面距离文本之外曹学（或者称为红学外围）研究的价值是不应受到质疑和指责的。

曹雪芹是伟大的，《红楼梦》也是伟大的，作为研究者，应该对其有足够的尊重和敬畏，做自己尽可能的工作，而不是好高骛远，空谈什么理论和个人感想。正如李辰冬先生在其博士论文《红楼梦研究》中指出的那样：

> 我们深知，要了解像《红楼梦》这样的著述，不是一年两年的时光，一个两个人的精力，和一个两个时代的智慧所能办到。研究者的眼光不同，它的面目也不同；时代意识变异，它的精神也变异。

---

① 根据永忠诗，结合其他资料，吴恩裕认为，永忠与曹雪芹并不相识（他与敦诚的相识在乾隆三十一年），他是通过敦诚的叔叔墨香才看到《红楼梦》的——墨香在西郊有抱瓮山庄别墅，与雪芹可能有所往来。

满洲、包衣、旗人、满族：曹雪芹“身份表述”中的几个概念

一、引文

曹雪芹的“民族属性”是学界一个争执已久的问题，也是诸多热心人士非常关注的问题。

王钟翰在其所著的《满族简史》中写道，曹雪芹是满族“最著名的文学家”，王先生在《关于满族形成中的几个问题》(1981年)中，以在旗与否为标准再次强调曹雪芹理所当然是满族的正式成员[①]；而1982年李广柏在《红楼梦学刊》发表的《曹雪芹是满族作家吗》一文，则认为旗人并不等同于满人，曹家人，包括曹雪芹自然不能算作满族。[②]

王、李二人的观点代表了现在社会上对曹雪芹民族属性定位的两派。总体上分析，满族学者或满学研究者多以为，曹雪芹系满族人（从满族的形成过程来看）；汉族学者或者《红楼梦》研究者则多认为，曹雪芹为汉族（从清代帝王对包衣人的态度和定性来看）。

之所以出现这种分歧，实际上，与这两派学人的立足点有关，认为曹雪芹家族为满族的研究者往往从满族的形成过程审视曹家在这一过程中“实际得到的待遇”来看，而认为曹雪芹为汉族的学者则更多的从清代帝王对包衣人的态度和定性来审视曹家在清代中叶的“制度定性”。

直到今日，曹雪芹的“民族属性”依然受到学界自觉不自觉的关注，

---

① 王钟翰：《关于满族形成中的几个问题》，《社会科学阵线》1981年第1期。
② 李广柏：《曹雪芹是满族作家吗》，《红楼梦学刊》1982年第1辑。

而满学研究者以曹雪芹为满族、《红楼梦》研究者以曹雪芹为汉族的认识依然普遍存在。如2010年中央民族大学博导赵志忠先生即在《社会科学家》杂志第8期上发表《曹雪芹民族身份辨析》，认为从曹雪芹家族受到的待遇而言，应为满族。2013年3月28日，中国社会科学院《民族文学研究》编辑部、中国红楼梦学会、中国艺术研究院《红楼梦学刊》杂志社还联合举办了“《红楼梦》与满族历史文化学术座谈会”，会上讨论的主题也涉及曹雪芹的“民族属性”问题。

作为中国最伟大的文学家之一，不管曹雪芹属于哪一个“民族”，他都足以令国人骄傲。但是，这并不意味着曹雪芹的“民族属性”这一课题不重要，或者不值得研究，尤其是当涉及《红楼梦》的阅读与理解（是否有反满意识）时，曹雪芹的“民族属性”的定位就越发重要。

本文拟根据17、18世纪女真（清）历史与制度的沿革，对曹雪芹研究中的几个概念，如女真、满洲、旗人等的“特定意义”进行探讨，并在此基础上，结合中国“民族”理论的引进、满族的具体成分构成，对曹雪芹的“民族属性”进行讨论，以期给曹雪芹一个比较合理“身份定位”。余以一已之管见，求教于诸方家。

二、历史上的女真与满洲

（一）女真的历史及“旗人”集团的形成

女真是我国东北地区一个具有悠久历史的族群，其历史可以追溯到周、秦时期的肃慎。两汉时期，肃慎改称娄挹，北朝时称勿吉，隋唐称靺鞨，辽、金、元时，改称女真。[①]

明代，女真各部散居于东北广大地区。明政府根据其部落力量和分布，在女真地区设卫，由部族首领任卫所指挥、镇抚，并给予诰印、敕书、冠带。

随着部族之间战争的发展，女真各部力量得到重新组合，至明万历年间，女真分化成建州女真（浑河上游）、海西女真（松花江及支流一带）、

① 辽兴宗名耶律宗真，史书为避其“真”字，改女真为女直。

东海女真（绥芬河、珲春河一带）三大部。

万历十一年（1583年），建州女真的苏克素护河部努尔哈赤家族以父、祖遗甲13副起兵攻打同部之图伦城主尼堪外兰，拉开起兵序幕，并逐步攻打其他部落，五年后统一建州女真，复经过三十年的征战，基本统一女真各部族。

努尔哈赤统一女真各部期间发生了一件足以影响中国历史的大事，即万历四十四年（1616年）将所属女真人皆编入八旗，正式确定八旗制度。

八旗制度的确立使得原来以血缘和地域为纽带的各部族，以八旗这种行政组织结合起来。朝鲜人申忠一在《建州纪程图记》中称这种变化为：

> 前则一任自由行止，亦且田猎资生，今则既束行止，又纳所猎。

皇太极时代，又以来降、来附的蒙古人与汉人设立蒙古八旗与汉军八旗。至此，八旗的格局已定。

清朝入关后，八旗人获得远超越普通民众的利益，朝廷推行旗民不通婚、旗民不交产、旗民不同刑的政策，社会上也只论旗民，不论满汉的政策，这进一步加强了中国社会对“旗人”这个概念的认同，旗人之间的共同文化与利益认同反过来固化了“旗人”这个政治、文化集团。

（二）八旗中的“满洲”概念

满洲之名，最早见于清太宗皇太极于天聪九年（1635年）10月13日的诏谕：

> 我国之名，原有满洲、哈达、乌拉、叶赫、辉发等。每有无知之人称之为“诸申”。诸申之谓者，乃席北超墨尔根族人也，与我何干？嗣后，凡人皆需称我国原“满洲”之名。倘仍有以“诸申”为称者，必罪之。

在这里，皇太极将满洲（建州女真）与哈达、乌拉、叶赫、辉发并提，作为国家（部族）的称谓。

实际上，哈达、乌拉、叶赫、辉发都是海西女真中势力比较强大的四个部族，并称“海西四部”，四部后皆为金国吞并。海西四部的势力既没有达到国家的地步，亦难以作为女真各部统一的国家名称。

在诏谕中，皇太极所谓的“诸申”指的就是女真，不过，皇太极忌讳这一点，将这一名称特指为“席北超墨尔根族人”。但是，按照皇太极的说法，满洲既然与海西女真的哈达、乌拉、叶赫、辉发并列，相提并论，则“满洲”应该视为“建州女真某部”的称谓才是。

实际上，太宗皇太极有意用“满洲”作为建州女真和清国（1636年，皇太极将国号“金”改为“清”）的代称，令“嗣后，凡人皆需称我国原‘满洲’之名”。

在我国历史上，将国家与民族视为一体并非仅皇太极一人。正如天聪六年（1632年）正月，镶红旗秀才胡贡明奏本云：

> 皇上谕金、汉之人都要读书，诚大有为之作用也。但金人家不曾读书，把读书反看作极苦的事，多有不愿的。[①]

皇太极称国为“满洲”，并以之与海西四部名称对列，而胡贡明则将国名“金”作为“满洲人”的代称。

之所以如此，实际上是与中国传统文化中家国概念（皇帝的家族、国家不可分割）紧密相连的。

不仅如此，皇太极也将“满洲”作为清国统治下女真各部的统称，他在一道诏谕中明确地说：“朕仰蒙天眷，抚有满洲、蒙古、汉人众。”[②]故而，乾隆年间的礼亲王昭梿解释“满洲”的意思时称：“以本部所属者为满洲，蒙古部落而迁入者为蒙古，明人为汉军。”[③]

三、曹雪芹家族与八旗

（一）曹雪芹家族的血统与旗籍

根据现在所知的文献，曹雪芹的祖先曹世选（一名作曹锡远）任官于

---

① 《胡贡明陈言图报奏》，《天聪朝臣工奏议》卷上。
② 《清太宗实录》卷十八。
③ 昭梿：《啸亭杂录》卷十《八旗之制》。

沈阳，为金国俘虏后，被分配到多尔衮旗下为包衣。[①] 随着清初的数次换旗，曹氏一族的旗籍也随之变化，最终定于整白旗（亦作正白旗）下。多尔衮逝世后，正白旗被收归皇帝直领，曹氏一族也正式成为“内务府包衣人”，列名于《八旗满洲氏族宗谱》。《宗谱》卷七十四《附载满洲分内之尼堪姓氏》载：“曹锡远，正白旗包衣人。”

《八旗满洲氏族通谱》、“满洲分内”“尼堪姓氏”（汉人姓氏）、“正白旗包衣人”等词汇共同标明了曹家的旗籍（满洲旗籍）、旗属（正白旗）、血统（尼堪）和身份（包衣）。

（二）内务府包衣与满洲上三旗的关系

关于内务府包衣与满洲上三旗的关系，《八旗与清朝政治论稿》指出：

> 独立于八旗之外，在行政上与八旗平行，只是个别的、与八旗相关、同一性事务，由同色旗满洲都统统管。形成独立行政系统后，内务府三旗包衣人的旗籍也不再冠以八旗的满洲旗，而又其单独的“内务府旗籍”，或称内务府旗“籍贯”。[②]

正是因为如此，雍正七年（1729 年）七月二十九日的“内务府来文”记载查抄曹家情况时写道：

> 今年雍正七年五月初七日，准总管内务府咨称：“原任江宁织造、内务府郎中曹頫系包衣佐领下人，准正白旗满洲都统咨查到府。”

张书才先生《曹雪芹旗籍考辨》一文（载《红楼梦学刊》1982 年第 3 期）按照清代制度对包衣旗人与满州旗人、“包衣汉军”、包衣满洲、汉军等诸多概念进行了详细的辨析，指出曹雪芹家族正确的称谓是“正白旗下包衣汉军”，或者正白旗内务府汉军、内务府正白旗汉军。

---

① 关于清朝初年各旗的变化问题、关于曹家旗籍的变化，白新良、李鸿彬、杜家骥皆有论述。详见杜家骥《八旗与清朝政治论稿》，人民出版社，2008 年。

② 杜家骥：《八旗与清朝政治论稿》。

四、清人眼中上三旗包衣汉人

（一）清人眼中的曹家：包衣、汉人、汉军、满洲

虽然曹家作为满洲包衣人的身份是明确的，但是，在不同阶层、不同地域的清人的眼中，曹家人的身份却是相当不同的：“包衣（制度与档案）”“汉人”（满洲人）、“汉军”（后世记载）、“满洲”（汉人）这些词汇都被用于和曹家相关的描述中。如雍正七年（1729年）内务府为补放内府三旗参领，题请名单中写及曹雪芹的叔祖曹宜，云：

> 尚志舜佐领下护军校曹宜，当差共二十三年，原任佐领曹尔正之子，汉人。

成达可为李煦《虚白斋尺牍》所作序中即云：

> 陶村（姜煌）与竹村（李煦）为同祖兄弟，以今视之，籍异满、汉，姓分姜、李，谓之曰“一本同原”，其谁知之？

籍也者，户口之谓也。在成达可看来，李煦的“籍”为满。《江南通志》卷一百五《职官志·文职七》载：“江宁织造：曹玺，满洲人，康熙二年任。”——实际上，这是汉人对旗人的普遍态度，只不过在他们的表述中用“满汉”代替了“旗民”而已。

（二）造成清人对内务府人身份表述差异的原因

实际上，之所以造成这种“视觉差异”，当然与内务府人（曹雪芹家族）本身固有的复杂性有关，也与描述者具备的文化背景不同、看待曹雪芹家族的视角不同有关——这一点与学界对曹雪芹家族的“民族定性”的研究与表述颇有些相似。

而进一步探究造成这种“视觉差异”的原因，则可以发现内务府包衣人“下贱”的身份与实际享受到的巨大权利的错位，导致了不同文化背景、不同地域人们看待他们的视角。

在皇帝和满人眼中，包衣汉军的来源是汉人，其族属（血统）自然也为汉人，作为奴隶，他们身份低贱，但是，由于包衣人与他们的家族长期

（数代）跟随满人，休戚与共，在文化上和心理上也偏向于满人；加之，清政府为防止明朝那样的太监干政，重用内务府包衣人。因此，清政府以与八旗同等待遇对待内务府包衣人，他们入仕为官，“登进之阶与八旗相同”[①]。光绪朝《大清会典事例》载：

> 上三旗包衣满洲佐领、管领下及下五旗包衣满洲佐领、管领下子弟，俱归并八旗满洲、蒙古考试，上三旗包衣旗鼓佐领下及下五旗包衣旗鼓佐领下子弟俱归并八旗汉军考试。[②]

而内务府包衣人还有专门为他们设置的包衣缺，其仕途比外八旗人还要宽阔……有清一代，包衣出将入相、任封疆大吏，“厕身清要、功名显赫者，不可胜记”。[③]

正是因为这种身份低贱与待遇优厚的极大反差，造成了皇帝、旗人和普通民众，尤其是南方民众看待内务府包衣人（尤其是外放包衣人）的眼光不同。

（三）包衣汉军是一个“特殊的群体”：皇帝眼中内务府人定性的“复杂性”

从康熙皇帝的谕旨来看，他对内务府包衣汉人的“血统”自然是再熟悉不过的，但是，从他对待曹寅、李煦等人的态度和交代的任务来看，他也从来没有把他们当作普通汉人看待，否则，就不会有将曹寅的两个女儿指婚给满洲王爷为嫡福晋的举动了。

正是因为清朝历代皇帝对待包衣汉军的态度，《八旗满洲氏族通谱》“凡例”才称：

> 满洲旗份内蒙古、尼堪、台尼堪、抚顺尼堪姓氏，照满洲例，有名位者载，无名位者删。

① 福格：《听雨丛谈》卷一《八旗起源》。

② （光绪）《大清会典事例》卷一一三六《八旗都统・教养・考试一》。

③ 杜家骥：《八旗与清代政治论稿》。

所谓尼堪，就是汉人；台尼堪是指隶属于满洲旗下、为清朝戍守边台的汉人，他们虽非满洲，但记载他们却要“照满洲例”。

这样的操作方式说明，乾隆皇帝固然未将他们看作满洲人，但却将他们看作与汉军旗人、普通汉人不同的“特殊人群”。于是，曹家被列入《八旗满洲氏族通谱》卷之七十四。

因此，可以说，满洲旗份下包衣汉人，是一种“特殊满洲人”，同时，又是一种介于满洲人与汉军、普通汉人之间的“特殊汉人”。

五、“旗人”的演化与满族的形成

（一）西方语系下的“民族”与汉文化中的“族”

在英语中，通常使用 Nation 表示民族，该词源自拉丁语 natio（n），14世纪，通过法语，变为英语，是资产阶级在反对封建割据、建立“民族国家”过程中发展起来的一个概念，与民族主义、民族自决、民主、公民权利等概念紧密相关。

由于 nation 与民族国家关系过于密切，现在，学界不少人倾向于将其翻译成“政族”。

而在中国文化的范畴，“族”之一词多指宗族、家族，即便与“民”结合时，也作此意讲。《太白阴经》序言云“倾宗社，灭民族”，就是这个意思；而《忧赋》中的“上自太古，粤有民族”中的民族，则作民众讲。

《南齐书》卷五十四《高逸传·顾欢传》云：“今诸华士女，民族弗革。”或者以为，这里的“民族”与现代汉语语境中的“民族”概念在含义上比较接近。

实际上，这里的民族也不是近代意义上民族的意思，这里的民族更多的是“华夷之辨”中特殊词汇，而彼时民众只有文化基本认同上的大体划分，没有近代民族的划分，在涉及“不同文化认同”的大群体表述时，多用“某人”，如汉人、满人、蒙古人等。

（二）民族概念在中国的传播与“满族”概念的形成

“民族”演变成为一个固定词汇，并且具有固定的含义只是近代的事情。

19世纪末，梁启超从日语中借用了“民族”一词，并且在他的一系列作品中加以使用。

1901年10月，梁启超撰就《国家思想变迁异同论》一文，发表在《清议报》上。文章指出，19世纪初是民族主义飞跃的时代，“今日之欧美，则民族主义与民族帝国主义相嬗之时代”；“而吾国于所谓民族主义者，尤未胚胎焉”。

由于清代以八旗作为统治的基本力量，虽然，八旗中复有满洲、蒙古、汉军的分别——在政治、经济、社会地位上，由汉人组成的汉军旗人与满、蒙旗人有着较大的区别；但是，在社会上占据人口多数的汉人看来，满洲八旗、蒙古八旗、汉军八旗俱属八旗，都是享有特殊权益的统治阶层，并无二致。因此，在清代，满人与旗人的概念在普通汉民中间迅速泯灭——无论统治者怎么强调他们之间的区别。

“但问旗民，不问满汉”，几乎成为了人们划分统治阶层和被统治阶层的标志。这一点，在孙中山的革命口号中反映的尤其明显。

光绪二十六年（1900年）6月14日，孙中山在新加坡与英国官员谈话时说：“我志在驱逐满洲人。”光绪二十九年（1903年）12月13日，孙中山在檀香山发表演说：“深信，不久汉人即能驱逐满人，恢复河山。”同年12月，孙中山在檀香山正埠的演说中：

> 我们一定要在非满族的中国人中间发扬民族主义精神，这是我毕生的职责。这种精神一经唤起，中华民族必将使其四亿人民的力量奋起，并永远推翻满清王朝。

在讲话中，孙中山将“满人”“满族”“清王朝”作为同样意义的概念相提并论。这说明，到清朝晚期，随着国家民族主义的输入和人们对满洲、满人观念内涵的扩大，满洲的内涵远远超出女真的概念（即清早期的所谓“满洲”），几成为与“旗人”概念等同的词汇。这时的满洲，可以说与满族的概念基本上可以进行等同看待了。

（三）旗人“满族意识”的崛起

清末民初，出现了“五族”的概念，对近代民族问题有重要的意义。

所谓五族，是指汉、满、蒙、回、藏五族——其他如川、滇地区的苗被视为汉的分支。究其原因，大概与清代一贯实行的政策有关。

清代，基于现实、宗教等方面的考虑，许多具有重要意义的碑刻和匾额内容都用汉、满、蒙、藏、回五种语言表达。这样长期的做法，使人们觉得这五种语言代表着中国最主要的五大“民族”。

民国元年（1912 年）元旦，孙文就任中华民国临时大总统，发布就职宣言中提出：“国家之本，在于人民，合汉、满、蒙、回、藏诸地为一国，即合汉、满、蒙、回、藏诸族为一人，是曰‘民族之统一’。”

4 月 22 日，袁世凯发布临时大总统令，正式提出了“五族共和”的政治理论：

> 现在五族共和，凡蒙、藏、回、疆各地方同为我中华民国领土，则蒙、藏、回、疆各民族即同为我中华民国国民，自不能如帝政时代再有藩属名称。此后，蒙、藏、回、疆等处，自应统筹规划，以谋内政之统一，而冀民族之大同。

可以看出，在民国元首孙文、袁世凯眼里，“五族共和”中的“满族”并不是简单的等同于原始意义上的“满洲”，而是包含了满洲、蒙古、汉军的“旗人”。

同时，清朝灭亡后，广大旗人不管是满人，还是汉军、蒙古，统统因为长期以来享受的特殊利益，意识上的“上层认同”，受到汉人的歧视和排斥。因此，旗人逐渐具有了结合起来自我保护的意识，也就是“满族意识”。

当然，也有部分旗人为了避免排斥，对外宣称自己是汉人——他们在语言、服饰、习俗各方面都已经与汉人无异。[①]

（四）中华人民共和国建立后的民族识别与民族自愿填报

中华人民共和国建立之后，国家推行“民族识别”政策。其中，1949 年至 1953 年是识别的第一阶段，蒙古、回、藏、满、维吾尔、苗、瑶、彝、朝鲜等民族属于公认民族，无须识别，基本上按照“自报”的方式加以确定。

---

① 金启孮：《金启孮谈北京的满族》，中华书局，2009 年。

作为“民族识别”政策和自愿填报原则下出现的“满族”，绝大多数属于清代旗人后裔，当然，既包括满洲八旗，也包括蒙古八旗和汉军八旗。

实际上，在具体的操作中，一些满汉通婚生育的后代填报了满族，另一些满汉通婚生育的后代填报了汉族，甚至一些真正的满人后裔反而没有填报满族，而是填报了汉族。

可以说，中华人民共和国建立后的满族是一个“新的群体”，而生活在18世纪的曹雪芹与这个新的群体无涉。

六、结语

综上所述，现代意义上的满族、汉族概念，至少是清末和民国以后的概念，而不是曹雪芹生活时代通行的概念。

自然，我们也就不能按照现行的概念去硬套历史上的人物。以现在的概念去衡量历史，必然有失于真实情况，更何况是对曹雪芹家族这样身份特殊的族群。

笔者认为，很明显，曹雪芹及其家族在血统上属于汉人，但在他们的意识中，满、汉的文化都占据相当的地位，对清王朝和满洲都有相当的认同，这一点很难在他们的头脑中有一个清晰的区分。若就当时的“籍”而言，他是内务府正白旗包衣汉军。这是我们能够给他的最准确的定位。在今后的学术表达中，如果为了追溯历史源流，为了方便表达，研究者给曹雪芹及其家族一个“满族”的称号，自然也无可厚非，但却不应将“曹雪芹的民族属性”这样一个题目当作学术的研究课题了。

曹雪芹与《红楼梦》描写与批评中的“世家”意识

一、引言

曹雪芹的《红楼梦》是一部内涵极其丰富的作品，在中国拥有不同阶层的读者，不同文化背景、文化层次和生活阅历的读者对《红楼梦》各有其不同的理解。

近代以来，由于“反封建”和争取个性自由、关注社会下层的社会需要所造成的特殊视角，学界较多地将关注点放到《红楼梦》的“人民性”上，而对《红楼梦》丰富内涵中其他描写“视角”有所忽视。

众所周知，在《红楼梦》传播的早期，由于曹雪芹内务府包衣、满洲亲贵亲戚的双重身份，《红楼梦》的读者和批评者主要是曹雪芹的旗下亲友，他们对《红楼梦》的文学技法的批评，对曹雪芹家族、个人历史与《红楼梦》创作关系的评点早已受到学界的重视；但是，对《红楼梦》描写及批阅中关于《红楼梦》主题叙述与解读、对世家没落的感慨，却被有意无意地视为没落的封建意识或消极的色空观，进行回避或者作轻描淡写的处理。

实际上，不管是曹雪芹生活时代的乾隆皇帝也好，曹雪芹身后的慈禧太后也好，包括其他一些满、蒙王公贵族和汉人大臣，在看待《红楼梦》时，由于其身份、阶层、意识等方面的原因，他们一定不是按照《红楼梦》的“人民性”进行阅读的。那么，是什么吸引了他们对《红楼梦》的关注和解读呢？仅仅是因为《红楼梦》宏阔的社会场景、丰富的社会知识、高妙的文学技法吗？

回答这些问题，对理解曹雪芹其人、理解曹雪芹对《红楼梦》的塑造主旨和《红楼梦》的丰富内涵无疑都是极具价值的。1927 年 1 月 14 日，鲁迅于厦门作《〈绛洞花主〉小引》，其中云：

《红楼梦》是中国许多人所知道，至少，是知道这名目的书。谁是作者和续者姑且勿论，单是命意，就因读者的眼光而有种种：经学家看见《易》，道学家看见淫，才子看见缠绵，革命家看见排满，流言家看见宫闱秘事……[①]

这表明，不同读者因为“眼光”不同，对《红楼梦》的主题解读也不同。虽然，鲁迅先生在写这段文字时用的是半嘲弄的口气，但是，他也明确指出了一个确实存在的社会现象：眼光不同，看到《红楼梦》的主旨不同。而当我们进一步分析这种社会现象后面隐藏的意识形态时，就会发现各人眼光的不同，很大程度上取决于读者的社会背景和教育层次。

不同家庭背景、教育背景、知识层次、社会阅历的读者，在看待《红楼梦》时，之所以各自看出截然不同的意味，固然有借他人之酒浇自己块垒的原因，但作品本身包含的多层面的内涵，则是本来存在的事实。因此，在研究中，没有必要强调一点即回避或者否定与之“看似相左”的其他成分。

《红楼梦》固然有浓厚的“人民性”意识，但是，在对《红楼梦》的相关描写与批语进行多方面的解读时，我们也可以发现，《红楼梦》中包含了浓重的“世家意识”。探求曹雪芹的“自我身份认同”，解读《红楼梦》描写与批语中的“世家意识”，对真正理解《红楼梦》的主题思想和《红楼梦》的个性，都有重要的参考意义。

二、关于曹雪芹的“自我身份认同”

（一）曹雪芹家族江南世代为官的经历与京师亲友的显贵身份造就其“世家”的身份

曹雪芹家族的身份，无疑属于内务府正白旗汉人。

作为内务府的包衣，曹雪芹与他的祖上一样，是奴才的身份，从法律上来说，地位是至贱的。

但需要注意的是，在实质上，曹雪芹家族的奴才身份“更多的”是相

---

① 鲁迅：《集外集拾遗补编·〈绛洞花主〉小引》。

对于皇帝而言的，而不是（表面看来的那般）相对于自由民而言的。

就内务府正白旗包衣得以享受的实际利益而言，在其他人眼里，尤其是汉人眼里，曹雪芹家族是满洲人、是旗人、是汉军……

加之，曹家三代四人前后任织造近60年，家族又有傅鼐、纳尔苏（平郡王）、某满洲王子等一干满洲上层亲戚，在时人眼中，尤其是从曹雪芹的交游圈子看来，曹雪芹固为世家子弟。

笔者曾作《女真、满洲、旗人、满族——曹雪芹身份表述中的几个概念》一文，对相关概念的内容、来源、沿革，包括曹雪芹家族在当时不同身份人等眼中的形象、曹雪芹家族得到的实际待遇加以辨析。

所谓“世家”，见于《孟子·滕文公下》，云：“仲子，齐之世家也。”《汉书·食货志下》：“世家子弟、富人或斗鸡、走狗马，弋猎博戏，乱齐民。”颜师古注引如淳曰：“世家，谓世世有禄秩家也。”后泛指世代贵显的家族或大家。

关于这一点，著名女真学、满学家金启孮先生（荣亲王永琪七世孙、西林太清五世孙）曾说：

> 为什么《红楼梦》一书，出于东北学者之手，而这两位学者在清代有一位是八旗满洲，一位是八旗汉军，原因就是不和宫廷接近的人，写不出这样反映贵族生活的巨著。我们只要熟悉清代的王府生活和八旗世家生活习惯，再拿《红楼梦》与《儿女英雄传》二书作一比较，就会发现原本汉人的曹雪芹笔下的《红楼梦》比满族文康笔下的《儿女英雄传》所描写的语言、风俗，更接近于清代王府，原因是曹家在康熙朝已跻身于当代王府之列，交往既密，处处模拟王府，正如清末北京有名的内务府增崇、继禄家一样，不但与各府联姻，在一般人心目中，简直与各府相同，绝非一般满族世家所能比拟。①

（二）平郡王府对曹雪芹京师生活和“世家意识”的影响

一些学者研究曹雪芹生平时，以为曹頫回京之后枷号，直到乾隆即位，

---

① 金适：《金启孮先生的红楼梦研究》，《五州红楼》，东方出版社，2013年。

家庭情况方得改善，因此，曹雪芹的京师生活应该异常艰难。

实际上，这种分析和叙述就脱离了旗人和曹雪芹的实际情况，先不论曹家旗人固有的收入和转移的家产，就曹家与平郡王府的关系，曹雪芹的京师生活也不至于沦落到衣食不继的情况。

在论及曹雪芹与平王府的关系时，学界多少都会考虑纳尔苏、福彭的因素。清史专家戴逸先生还专门写过《曹雪芹与平郡王福彭》(《燕都》1990 年第 1 期），著名红学家胡文彬先生也写过《福彭与红楼梦》(《咸阳师范学院学报》2007 年第 22 卷第 3 期），但是，相对而言，对曹雪芹姑母曹氏的关注以及曹氏与曹雪芹家族的关系的关注相对就没有那么多。

这一点或者是受“脂批”的有关描写和某些判断的影响。《红楼梦》“庚辰本”第十八回写元妃省亲，叙述元妃未入宫前教导宝玉事，云：“那宝玉未进学堂之先三、四岁时，已得贾妃手引口传，教授了几本书、数千字在腹内了。”庚辰本侧批云：

> 批书人领过此教，故批至此竟放声大哭，俺先姊仙逝太早，不然余何得为废人耶？

此批没有落款，因大家都知道曹雪芹大姑母曹氏嫁给平郡王纳尔苏，而曹頫幼年即在江宁织造生活，或者认为，以元妃教导宝玉事给作批人巨大的情感冲击而言，此作批者当为曹頫；相应的，曹氏应该逝世较早，平郡王府并没有给回京后的曹雪芹太多的照顾。

实际上，曹氏逝世较晚，亲眼目睹了曹雪芹家族回京后相当时段的生活。《清高宗实录》卷三三五“乾隆十四年二月丁酉”条下载：

> 礼部议奏：“故多罗平郡王福彭遗表称：‘臣父平郡王讷尔苏以罪革爵，殁后蒙恩以王礼治丧赐谥。臣母曹氏未复原封，孝贤皇后大事不与哭临，臣心隐痛，恳恩赏复。’所请无例可援。”得旨：“如所请行。”

按，孝贤皇后大事指乾隆原配皇后富察氏逝世、尸身回京举办丧礼等事。乾隆十三年（1748 年）三月十一日，富察皇后卒于德州，三月十七日灵柩到京，文武官员及公主、王妃以下大臣、官员命妇，内府佐领、管领下妇女分班齐集，缟服跪迎。总理丧仪王大臣等奏准：

> 王以下文武官员，公主、福晋以下乡君、奉恩将军恭人以上，民公、侯、伯一品夫人以下，侍郎、男、夫人以上，皇后娘家男妇和其他人员俱成服，齐集举哀。

因雍正四年平郡王讷尔苏坐贪婪削爵事、曹氏王妃封号亦被剥夺，故而，孝贤皇后大丧，“不与哭临”。至乾隆十三年十一月十三日，福彭逝世，死前，福彭上奏，为母亲恢复封号事请旨。

这就说明，至少至乾隆十三年三四月间，曹雪芹姑母曹氏仍在，其时，她应该已近六旬，曹雪芹业已三十四虚岁。

作为曹寅的大女儿、李氏的女儿、曹頫的姐姐、曹雪芹的亲姑母，若说曹氏在曹雪芹家族回京后，没有给予应有的照顾，以至于曹雪芹回京后生活境遇接近普通旗人，似乎是说不通的。

因此，曹氏似应“特别”纳入到曹雪芹生平的研究中来。那么，曹雪芹另一嫁给满洲王子的姑母是不是也应该纳入到曹雪芹生平的研究中来呢?

当然，限于资料，我们对曹雪芹的这两位姑母的了解甚少，但是，在考虑曹雪芹的生平、境遇、修养、自我身份认同等因素时，我们至少不应忽视她们的存在及其可能对曹雪芹生活与思想的影响。

在自家、亲戚都是世家大族的情况下，曹雪芹在与社会各界交往时，他的心理意识恐怕不是“包衣意识”，或者至少不仅是“包衣意识”，自觉不自觉的“世家意识”在他的头脑中应该占有相当的分量。

（三）从曹雪芹与敦氏兄弟等人的交游，看曹雪芹自我意识中的“世家情节”

曹雪芹的家族历史、亲友身份，使得彼时世人在与其交往中，视其为“世家子弟”，而在曹雪芹家族意识中也应在某种程度上或有意或无意地存在着这种“世家子弟”意识，并影响到曹雪芹的交游、表现与思想。我们看敦诚《寄怀曹雪芹霑》，云：

> 当时虎门数晨夕，西窗剪烛风雨昏。

接䍦倒著容君傲，高谈雄辩虱手扪。

以前解读这几句诗更多的是讲曹雪芹与敦氏兄弟的友谊、曹雪芹狂傲的个性与超众的才分，但是，如果曹雪芹家族没有过辉煌、没有一干满洲上层的亲友，仅凭狂傲的个性和极高的才分，即敢于在右翼宗学这种教授皇族子弟的地方如此妄为吗？

再看，他与明琳的相聚，高谈雄辩，以至于声音远播到院外，经过的敦敏都能闻声入内，呼酒话旧。

须知，旗人最重主、奴的身份，敦氏兄弟、明琳等人固然欣赏曹雪芹的才分与个性，但是，曹雪芹依仗的恐怕不仅仅是友人间的无猜与宽容，“傲骨如君世已奇”背后隐藏的是家族的历史与现实的身份（尤其是在他人眼中的身份），也就是“世家的自我意识”。

三、《红楼梦》叙述中的“世家”意识

正是因为有这样的“世家”意识，曹雪芹对家族的历史、对朝廷的态度都很难说是揭露和反对的。这种意识在《红楼梦》中也有相应的描写。如《红楼梦》第二回“贾夫人仙逝扬州城　冷子兴演说荣国府”中写道：

惟有次子贾政，自幼酷喜读书，祖父钟爱，原要他从科甲出身，不料代善临终遗本一上，皇上怜念先臣，即叫长子袭了官；又问还有几个儿子，立刻引见，遂额外赐了这政老爹一个主事职衔，令其入部习学，如今现已升了员外郎了。

“甲本旁批”云[①]：“嫡亲实事，非妄拟也。”

我们知道，曹頫即是以“内务府主事”出任的江宁织造，后升任员外郎。“脂批”告诉我们，贾政的这段经历来自现实中的曹頫。

我们再来比较，现实中的曹頫与文学中的贾政，可以看出较多的相似

---

① 学界使用《红楼梦》早期抄本批语，一般使用简称，如“甲戌本”旁批简称“甲旁”；蒙古王府藏本双行夹批简称“蒙夹”等。

性来，如自幼酷喜读书、祖父最爱、忠厚老实等。

当然，我们不是说《红楼梦》中的贾政就是现实中曹雪芹的叔叔曹頫的表现，但是，这样的相似性和亲友指出的相应关系还是值得让我们思考，曹雪芹对待朝廷和家族的历史到底是怎样的看法，何以如此？

又如，第五回中写道：

> 警幻忙携住宝玉的手向众仙姬笑道：“你等不知原委。今日原欲往荣府去接绛珠，适从宁府经过，偶遇宁荣二公之灵，嘱吾云：‘吾家自国朝定鼎以来，功名奕世，富贵流传，已历百年。奈运终数尽，不可挽回，我等之子孙虽多，竟无可以继业者。其中惟嫡孙宝玉一人，禀性乖张，生性怪谲，虽聪明灵慧，略可望成，无奈吾家运数合终，恐无人规引入正。幸仙姑偶来，万望先以情欲声色等事警其痴顽，或能使彼跳出迷人圈子，然后入于正路，亦吾兄弟之幸矣。’如此嘱吾，故发慈心，引彼至此。”

此处“甲旁”作：“这是作者真正一把眼泪。”

又如，曹雪芹经历了曹家江南十三年的历史，对大家族的各种实际弊病有过切实的感受与反思，故而《红楼梦》七十一回到八十回写贾府之败因真实可信。金启孮先生即认为，此处系《红楼梦》的最高成就之一。

> 这十回里所写的是清代最早的府邸世家兴衰破败的典型写照。“自杀自灭”——由于主人的矛盾，仆人也分成若干集团；而各集团的仆人，也随着主人出面相斗。以及在府中大开赌局，在府外偷娶偏房。这种败家的先兆，写得实在太精彩了。非亲身经历者，说不出，写不出，也看不出来。[①]

我们必须声明的是，我们不是说《红楼梦》全书众多关于宁、荣二府的描写都是取材于曹家自己的经历，但是，曹雪芹这种“世家子”的身份

---

① 金适：《金启孮先生的红楼梦研究》，《五州红楼》，东方出版社，2013 年。

使得他在观察、听闻相关学识时起到了重要的作用，他的“世家子”的意识使得他对这样的生活感到亲切真实，描写也就显得自然而然，生动真实，不至于笔墨阻滞。这些描写引发众多王公贵族对《红楼梦》的亲切感，并引发《红楼梦》最早在京师上层的流传与批评。

四、《红楼梦》真实细腻的“世家景象”描写促使其在社会上层的传播

我们知道，《红楼梦》最早在曹雪芹的亲友间传播，并由他们传播到他们各自的亲友中间去。

曹雪芹的亲友，目前我们所知的有福彭家族，曹颀、曹頫兄弟（或者还有李鼎、李鼐兄弟），昌龄家族，弘晓家族，明琳、明义兄弟及家族，敦氏兄弟及家族，墨香等。永忠《因墨香得观〈红楼梦〉小说，吊雪芹三绝句（姓曹）》，第一首云：

传神文笔足千秋，不是情人不泪流。
可恨同时不相识，几回掩卷哭曹侯。

永忠，系康熙十四子允禵之孙，也是敦诚、敦敏等的友人，他虽然没有见过曹雪芹，但是，在他看到《红楼梦》时，“几回掩卷哭曹侯”。单纯从诗作的起势来说，似乎是被曹雪芹“足千秋”的“传神文笔”所感动，但是该诗的第三首就漏了他内心真正的底，云：

都来眼底复心头，辛苦才人用意搜。
混沌一时七窍凿，争教天下赋穷愁。

“都来眼底复心头，辛苦才人用意搜”两句即是说，曹雪芹用意搜求《红楼梦》中的相关素材，故其描写细腻可信，使得永忠读来有“都来眼底复心头”的感受，故有此感慨。

实际上，对《红楼梦》大家族真切描写的认同和感慨，不独永忠有，早期《红楼梦》阅读者和传播者亦多有之。金启孮先生即言，青少年时期

就开始对《红楼梦》感兴趣，就是因为书中所描写的生活与自己接触的清代王公世家非常相似。

考察历史，乾隆指出，《红楼梦》写明珠家事；明义以为，书中所写部分来自织造府，盖亦从家族、人物等方面而言。满洲王公中，弘晓家族藏有《石头记》，平郡王府、礼王府是否藏有《石头记》不得而知，但以家族关系、《废艺斋集稿》的流传情况而言，似应有之；奕绘家族也藏有《石头记》，奕绘还曾作《戏题曹雪芹〈石头记〉》，直指曹雪芹即《红楼梦》的作者，奕绘的女婿外蒙古三音诺颜札萨克超勇亲王车登巴咱尔（车王府曲本收藏者，居北京）家中亦藏有《石头记》(至晚为道光年间抄本）……

因此，在这种情况下，当年内蒙古阿拉善卫拉特部第八代札萨克和硕亲王塔旺布鲁克札勒（塔王）购《石头记》抄本于琉璃厂书肆，家族宝之。1960年，经政府相关部门反复动员，达王夫妇才将这个本子捐献给国家图书馆。这些举动都是很容易理解的。

也就是说，除了文笔的高明、丰富的内涵等诸多因素以外，《红楼梦》多角度的描写，也是其成功的诸多原因之一，以至于不同身份、层次、经历等“知识人”，尤其是早期京师上层，能够从中找到自己的“影子”，并引发认同与感慨，促进了《红楼梦》在不同层次的传播。

五、早期“批语”中对《红楼梦》“世家”观念的关注

《红楼梦》中对“世家”礼仪、风俗的描写也受到“世家评批者”的赞赏，除着重对《石头记》的文学技法加以评点、褒扬外，早期抄本的批语，尤其是蒙古王府藏《石头记》的批语，还特别重视对作品中“世家礼仪”的点评、对官场和社会风气的揭露、佛学观念的阐扬，似乎显示出蒙古王府藏《石头记》的批评者应为有相当文化素养和对人生有相当理解的旗人上层。试举几例。

（一）对贾府衰相的感叹

《红楼梦》第二回中云：

> 冷子兴笑道：“……如今生齿日繁，事务日盛，主仆上下，安富尊荣者尽多，运筹谋画者无一，其日用排场费用，又不能将就省俭，如

今外面的架子虽未甚倒，内囊却也尽上来了。这还是小事。更有一件大事：谁知这样钟鸣鼎食之家，翰墨诗书之族，如今的儿孙，竟一代不如一代了！”

此处“脂批”数条，如下：

甲旁：“二语乃近古富贵世家之大病。”

甲旁：“‘甚’字好，盖已半倒矣。”

甲旁：“两句写出荣府。”

甲眉：“文是极好之文，理是必有之理，话则极痛极悲之话。”

蒙旁：“世家兴败，寄口与人，诚可悲夫！”

这些批语不仅从文学技法方面、作品写作的真实度方面给予作品以高度评价，同时还用一句“世家兴败，寄口与人，诚可悲夫”的感慨，透露出批者的家庭素养与读书时的感慨。

（二）对皇帝南巡花费的感慨

元妃省亲原型来自康熙皇帝六次南巡江浙，这已经是众所周知的事情，但是，相关的几句“脂批”值得注意。

第十六回中，赵嬷嬷道：“告诉奶奶一句话，也不过是拿着皇帝家的银子往皇帝身上使罢了！谁家有那些钱买这个虚热闹去？”

夹批：“最要紧语。人苦不知足。能作如是语者，吾未为尝见。”

旁批：“是不忘本之言。”

众所周知，康熙皇帝后四次南巡江浙，曹寅、李煦作为接驾事宜的重要执行者，轮管十年两淮巡盐，利用巡盐御史每年耗羡以为接驾费用。元妃省亲、赵嬷嬷一句“也不过是拿着皇帝家的银子往皇帝身上使罢了”和旁批“是不忘本之言”，反映了作者对当年曹家辉煌的回忆，以及家族在皇帝南巡活动中扮演角色的态度，也反映了批评者对曹雪芹此种描写的认同。

（三）关于贾雨村打听贾政的批评

第三回云：“今打听得都中奏准起复旧员之信，他便四下里寻情找门路。”

蒙旁：“仕途宦境，描写得当。”

一面又问：“不知令亲大人现居何职？只怕晚生草率，不敢骤然入都干渎。”

蒙批：“借雨村细密心思之语，容容易易转入正文，亦是宦途人之口头、心头，最妙。”

可知，批者对当时宦途常情的熟悉与感慨。

（四）关于宁府礼仪

同样在第三回，写黛玉见贾母：“于是三四人争着打起帘笼，一面听得人回话：‘林姑娘到了。’”

甲眉：“此书得力处，全是此等地方，所谓颊上三毫也。”

“外间伺候之媳妇丫鬟虽多，却连一声咳嗽不闻。寂然饭毕，各有丫鬟用小茶盘捧上茶来。”“贾珠之妻李氏捧饭，熙凤安箸，王夫人进羹。”

蒙批：“大人家规矩礼法。”

蒙旁：“作者非深履其境过，不能如此细密完足。”

“今黛玉见了这里许多事情不合家中之式，不得不随的，少不得一一改过来。”

蒙旁：“幼儿学、壮而行者，常情，有不得已、行权达变、多至于失守者，亦千古同慨，诚可悲夫。”

“贾母因溺爱宝玉，生恐宝玉之婢无竭力尽忠之人，素喜袭人心地纯良，克尽职任，遂与了宝玉。”

蒙旁：“贾母爱孙，锡以善人，此诚为能爱人者，非世俗之爱也。”

“这袭人亦有些痴处：伏侍贾母时，心中眼中只有一个贾母，如今服侍宝玉，心中眼中又只有一个宝玉。只因宝玉性情乖僻，每每规谏宝玉，心中着实忧郁。”

蒙旁：“世人有职任的，能如袭人，则天下幸甚。”

由描写和批语，可知作者、批者对于世家大族礼仪的熟悉及对曹雪芹这般描写真实性的认同。

（五）关于对龄官“非本角之戏，执意不作”的批评

第十八回“龄官自为此二出原非本角之戏，执意不作，定要作《相约》《相骂》二出”。

夹批：“按，近之俗语云：‘宁养千军，不养一戏。’盖甚言优伶之不可养之意也。大抵一班之中，此一人技业稍优出众，此一人则拿腔作势，挟众恃能，种种可恶，使主人逐之不舍，责之不可，虽欲不怜而实不能不怜，虽欲不爱而实不能不爱。余历梨园子弟广矣，各各截

然，亦曾与惯养梨园诸世家兄弟谈议及此，众皆知其事，而皆不能言。今阅《石头记》至‘原非本角之戏，执意不演’二语，便见其恃能压众，乔酸娇妒淋漓满纸矣。复至‘情悟梨香院’一回，更将和盘托出，与余三十年前目睹身亲之人现形于纸上。便言《石头记》之为书，情之至极，言之至确，然非领略过乃事，迷陷过乃情，即观此，茫然嚼蜡，亦不知其神妙也！”

由此等批语，可知戏曲在曹雪芹经历与描写中的地位以及批者对如此描写的认同。

（六）对袭人的一段评价

在第三十四回，袭人因此前宝玉、黛玉互诉衷肠，恐有不虞，在王夫人问及宝玉何以挨打时，说：“我们二爷也须得老爷教训两顿。若老爷再不管，不知将来做出什么事来呢。”“王夫人一闻此言，便合掌念声‘阿弥陀佛’，由不得赶着袭人叫了一声：‘我的儿，亏了你也明白，这话和我的心一样。’”

蒙旁：“袭卿之心，所谓‘良人所仰望而终身也’。今若此，能不痛哭流涕，以成此语。”

“二爷将来倘或有人说好，不过大家直过没事，若要叫人说出一个不好字来……二爷一生的声名品行岂不完了？二则，太太也难见老爷。俗语又说：‘君子防不然’，不如这会子防避的为是。”

蒙旁：“袭卿爱人以德，竟至如此，字字逼来，不觉令人敬听。看官自省，切不可阔略，戒之。”

袭人向王夫人“告密”一段向来为评家所不喜，尤其是喜欢黛玉之人，往往对其行为大加批判，自清晚期至今不止。

但是，如果我们考虑曹雪芹塑造大观园的基本情景：大家族最重男女之妨，《礼记·内则》云：“七年，男女不同席，不共食。”大观园中，唯宝玉为男子，其余尽皆女子，而年龄普遍已在 14 岁上下。在社会上来说，本身即好说不好听，以宝玉、黛玉年龄以及互诉衷肠一段情景，宁、荣二府史太君、王夫人心中若没有一丝考虑，成何体统？以袭人性格、身份而言，如不担心发生问题、向王夫人报告，又如何符合曹雪芹对袭人的身份、性格的塑造呢？

当我们理性地看待曹雪芹的描写，反过头看“蒙批”的文字时，只要我们不只能用《红楼梦》解放人性、追求自由这样的字眼（这种近现代的社会标准）去衡量这段文字，曹雪芹的道德观与蒙批作者的道德观应该是合榫的。

第三十四回回末蒙批云：

> 人有百折不回之真心，方能成旷世稀有之事业。宝玉意中诸多辐辏，所谓“求仁得仁又何怨”。凡人作臣作子，出入家庭廊庙，能推此心此志，何患忠孝之不全、事业之不立耶？

结合这段批语以及上述批语，可见蒙批多写及《红楼梦》中大家族的礼仪、行为、道德真实之情，既能帮助我们从一个侧面理解曹雪芹的意识、身份，同样，也能帮助我们观察曹雪芹亲友的素养、身份等。这样的例子很多，限于篇幅，不能无限举例，但窥一斑可知一豹，尝一脔肉，而知一镬之味、一鼎之调。

六、结语

生活于18世纪的曹雪芹身份特殊，就当前的一些发现来看，其交游的情况也很复杂，这些复杂造就了曹雪芹素养和思想的复杂，而作者的思想和他看到的社会百态总是自觉不自觉的反映到作品中，从而造就了《红楼梦》丰富的内容；反映到《红楼梦》的传播与研究中，造就了阅读者“复杂”的视角。

因此，作为《红楼梦》的研究者不应该在研究之前先给《红楼梦》一个“定性”（常规的说法是，《红楼梦》就是一部小说，或者《红楼梦》就是一部有着作者自己部分生活反映的小说），一切研究都在这个“定性”下完成。

我们如此说，并不是否认《红楼梦》的文学性，只是要强调，不了解《红楼梦》的作者曹雪芹，这种了解既包括彼时社会的政治、文化环境，同样也包括曹氏一门的家风、记忆，也包括曹雪芹的交游网络、思想情感等，是难以深入了解和赏析《红楼梦》的。

因为从本质上说，生活在18世纪的曹雪芹与今人在各个方面都有相当的差异，《红楼梦》与今天“小说”意义上的作品也有着巨大的不同。因此，回归18世纪曹雪芹的生活环境，了解一个真实的曹雪芹，恐怕才是《红楼梦》深入研究和深入理解的首要问题（或者称为基本前提）。唯有在此基础上的《红楼梦》研究才不会大量失去《红楼梦》要表达的原意。

又及，读李辰冬《三国水浒与西游》初版（重庆大道出版社，1945年）自序，谈及作品的认识，云：

> 一部作品的认识至少得从两方面着手：（一）从作者的个人意识，（二）从作者的时代意识。

谈及文学作品的研究方法，李辰冬又言：

> 文学批评之难，难在无偏见。一种评判方法之完善，不在它能推翻别的方法，而在它能包涵一切的方法而不相冲突。每种方法都有它的使用对象，那就有它一部分用处。它的错误不在其本身，而在它要以偏概全。

具体到“曹学”“红学”，曹雪芹研究就是要研究作者的个人意识，曹雪芹的家世研究就是要研究作者的时代意识。这些都要从作者生活时代的历史事实谈起，也是解读《红楼梦》的前提。

或者以为，理解《红楼梦》只要从作品本身解读即可，不要说曹雪芹的祖先、世系、家族交往可以不论，即便《红楼梦》的作者不是曹雪芹也无妨对《红楼梦》的解读，因为只要把《红楼梦》作为一部小说就可以“直入本心”、理解其本旨。

至少，这种观点在中西兼通、攻读比较文学与文学批评的李辰冬看来，是不通的。从这个角度上说，我们分析曹雪芹的个人意识、《红楼梦》描写与批评包括蒙古王府藏《石头记》批语中的“世家意识”，其意义还关系到《红楼梦》的多角度解读，并不脱离于《红楼梦》的研究本旨。

说奴才：《红楼梦》中主奴关系正解

《红楼梦》的读者都知道，书中除了诸多的丫鬟、小姐外，出现最多的就是形形色色的“奴才”。

曹家是包衣出身，旗人最重主奴关系，这也是人尽皆知的，但如何理解这种主奴关系，如何看待《红楼梦》中这种关系的书写，如何从这个角度进行文本深度赏析，不同人等却大相径庭，甚至判若霄壤。

之所以如此，是因为解读者对清代历史、制度、风俗的理解程度不一。如果解决历史和文本的问题，奴才二字在曹家、在《红楼梦》中的意义也就一目了然了。

一、法律上的贱民与事实上的皇亲国戚

明清交战，明人被俘者沦为奴隶，分入各旗，称为包衣（booiaha，供家内驱使），子女世代为奴，非主人特许，不能成为自由人，投降者则被编入汉军。

旗人把这种保全性命、给予工作、配成夫妇，叫作对包衣的“恩养”。所以在《红楼梦》第五十四回中，贾母说买来的袭人“不是咱们家根生土长的奴才，没受过咱们什么大恩典”。

《红楼梦》的作者、家族倒是皇家“根生土长”的“家生子”。明末，沈阳为官的曹家祖上被俘，分入镶黄旗下（阿济格、多尔衮管理），几经改旗，最终归入皇帝直管内务府正白旗下。

法律上说，曹家是包衣人，性质上属于奴隶、贱民，但需要注意的是，他们并不是所有自由民的奴隶，而只是皇帝的奴隶。“根生土长的奴才”、受皇帝家的“大恩典”，这是皇帝和曹家对互相身份的认同。

不了解这一点，就无法了解曹家何以成为皇家亲信，何以在奏折里表

现出对皇帝的无比依恋，何以贱民能够成为皇家的亲戚，也就无法进入曹雪芹的内心世界。

康熙二年（1663年），曹玺钦差外放江宁织造，其后曹玺、曹寅、曹颙、曹頫三代四人先后任职江宁织造五十八年，成为江南官绅士民眼中的皇帝钦差。至曹雪芹时代，曹家入旗已经六代。

“奴才”二字最早出现于《红楼梦》第九回，宝玉奶母李贵因宝玉学业遭贾政训斥，说道：“人家的奴才跟主子赚些好体面，我们这等奴才白陪挨打受骂的。”宝玉笑道：“好哥哥，你别委曲，我明儿请你。”

了解曹家历史的都知道，曹雪芹的曾祖母孙氏，是康熙皇帝幼年时期八名保姆之一。康熙皇帝第三次南巡驻跸江宁织造府，当着江南各省大员的面，说孙氏乃“吾家老人也”。

也正是因为这种关系，曹雪芹的两个姑母被皇帝指婚给满洲王爷为嫡福晋（正妻。清代包衣女儿只能嫁满洲贵族为妾）。曹家遂以皇帝奴才的身份，成为皇亲国戚。

奴才、皇亲国戚两个完全不同的词汇就这样聚集在曹家身上。

二、曹雪芹站在什么立场看待主子、奴才？

家族复杂的历史、自家复杂的身份，导致曹雪芹看待社会大众复杂的视角、《红楼梦》书写的复杂态度。

一百多年来，学人多注重《红楼梦》对下层大众的关注。2008年，王蒙先生出版了《不奴隶，毋宁死》一书，更关注曹雪芹大众关怀中的复杂性。《红楼梦》第三十一回中，宝玉赶晴雯出去：

> 晴雯……哭道：“我多早晚闹着要去了？饶生了气，还拿话压派我。只管去回，我一头碰死了也不出这门儿。”

晴雯何以“一头碰死了也不出这门儿”？即是因为在怡红院待遇高、体面，出去后，不仅利益受损，而且被别人看不起。

曹雪芹《红楼梦》的非“人民性”（相对于一般认知，认为曹雪芹站在人民的立场上写作而言），也表现在他对下层“一干人等”态度行径的书写上。第七十一回写“一干小人”对邢夫人的挑拨：

> 这一干小人在侧，他们心内嫉妒挟怨之事不敢施展，便背地里造言生事，调拨主人。先不过是告那边的奴才，后来渐次告到凤姐……后来又告到王夫人，说：“老太太不喜欢太太，都是二太太和琏二奶奶调唆的。”

这里，曹雪芹并没有对邢夫人大加挞伐，反倒是对身边一帮下人给予了“一干小人”的定性。要知道，曹家虽然是奴才的身份，可他们也是有奴才的大家族。抄家时，家里有百十口人，这些下人固然不乏忠心仆人，主奴情感超越兄弟父子，然而“一干小人”也是不少的。

看惯了这些的曹雪芹在写作《红楼梦》时，没有把自己放到任何人一边，他只是冷静地、不带感情地描写了“形形色色”的人。

三、两个典型：焦大和赖尚荣

《红楼梦》中，宁、荣二府，都是三四百人的大家庭，除了几十号主子，九成以上的人物都是奴才。书中塑造最出彩的奴才，自然是贾母的丫鬟鸳鸯、林黛玉的丫鬟紫鹃、贾宝玉的丫鬟袭人、王熙凤的丫鬟平儿，她们与主子的关系，与其说是主奴，毋宁说是亲人。

此外，对几位老仆人的描写也极其生动，给人印象极深的是被鲁迅先生称作“贾府的屈原”的焦大。焦大从小儿跟着贾府的老祖宗贾演出兵，从死人堆里把贾演背出来，自己挨着饿，却偷了东西来给主子吃。两日没得水，得了半碗水给主子喝，他自己喝马尿。

与焦大相类的是赖嬷嬷的祖上，与焦大截然相反的，则是赖嬷嬷的孙子赖尚荣。

赖尚荣家族世代是贾府的仆人，因贾府的恩德，赖尚荣外放知县。书中，赖嬷嬷教训他：“你那里知道那‘奴才’两字是怎么写的！只知道享福，也不知道你爷爷和你老子受的那苦恼。”

或者以为，这段话是曹雪芹对自家奴才身份的内心挣扎（这种想法在学界非常普遍），却忽略了两个问题：首先，曹家因为做皇帝的奴隶，才成了人人艳羡的皇家钦差、皇亲国戚；其次，赖嬷嬷此话有一个天大前提——即这段话在这里，不是说给赖尚荣听的，而是说给少主子李纨、王熙凤听的。

赖嬷嬷要是向她的主子抱怨祖上为贾府做奴才受的辛苦，李纨、王熙凤正常的反应该大怒才是，何以李纨、凤姐儿都笑道："你只受用你的就完了。闲了坐个轿子进来，和老太太斗一日牌，说一天话儿，谁好意思的委屈了你？"

实际上，赖嬷嬷表达的不是赖家祖上的辛苦，她要表达的是，祖上作为包衣，追随贾府祖宗，与主子"一起经历"的那些辛苦。这里不是哭诉，而是夸耀。

不过，几世受贾府恩典，"一落娘胎胞……也是公子哥儿似的读书认字，也是丫头、老婆、奶子捧凤凰似的，长了这么大"的赖尚荣，却未能像祖母希望的上忠国家、下孝贾府，知县任上不仅贪污受贿，对贾政的临时求助，也只是写信"告了多少苦处，备上白银五十两"而已。

四、主子、奴才的共同沦落，导致了贾府的沉沦

贾府的奴才们中，自然有平儿、袭人、鸳鸯、紫鹃那种有能有德、与主子亲近到几乎超越阶级的炙热感情，但更多的则是赖尚荣一类无知无德的大众。何以如此呢？

《红楼梦》第一一七回中，曹雪芹有他的解释：（赖、林诸家的儿子、侄儿）托着老子、娘的福，吃喝惯了的，哪知当家立计的道理？

到贾敬、贾赦这一代，贾府的主奴都已经沦落了，正如王夫人陪房周瑞家的女婿冷子兴说的那样：

> 主、仆上下安富尊荣者尽多，运筹谋画者无一……这还是小事，更有一件大事。谁知这样钟鸣鼎食之家，翰墨诗书之族，如今的儿孙，竟一代不如一代了！

主子是一代不如一代了，奴才也一样，也是一代不如一代了。

宁府的大管家赖二，连焦大那样功大于贾府的人还要派夜差，即此，

就可见这个家族主、奴的整体水准如何了。更何况他们的孩子“托着老子娘的福、吃喝惯了的，那知当家立计的道理”？

这时的贾府，已经到了不是几个有才有德的人可以力挽狂澜的地步。不败，才是没有天理。

白茫茫大地，就是这种主、奴无能无知、无德无耻几十年的眼前报应。

曹雪芹相关文物的研究原则与方法

——兼谈《红楼梦》文物与曹雪芹及其思想与生活节奏

有关曹雪芹、《红楼梦》文物的研究一直在“红学”研究中占有重要地位，也引起了诸多争论。

但是，详细考察百年来，尤其是近半个世纪以来的曹雪芹、《红楼梦》相关文物研究的历史，就可以发现相关文物研究、讨论中存在着诸多有违文物研究、历史考证、相关解释基本原则的问题，这就导致争论双方各说各话，形不成真正意义上的争论，进而阻碍了相关问题的深入研究，造成了对曹雪芹生平、交游、生活节奏与创作节奏的误读。

考察这些文物研究历史中的失误，是学术前进的前提，也将为了解曹雪芹生活、交游、创作素材、创作节奏的理解和构建创造条件。

一、文物的时代鉴定是曹雪芹、《红楼梦》相关“文物”研究的前提

任何文物信息的使用都必须以“文物真实性”鉴定作为前提，不管对这种信息的使用态度是趋向于肯定或者否定。

文物的真实性体现在两个方面：相关“文物”的信息是否属于同一时期、相关“文物”主体信息的时间判断。这是曹雪芹、《红楼梦》相关“文物”的基础，舍此而进行所谓“研究”，更多的是猜测。

如对香山正白旗39号院西墙壁上的题壁诗与曹雪芹关系的探讨，文物界只有张伯驹先生对其书法时代给出了明确的判断。

1977年8月，张伯驹与友人一道到正白旗39号院，访问房主舒成勋老人。当张伯驹见到1971年拍摄的“题壁诗”照片及家中文物时，张伯驹

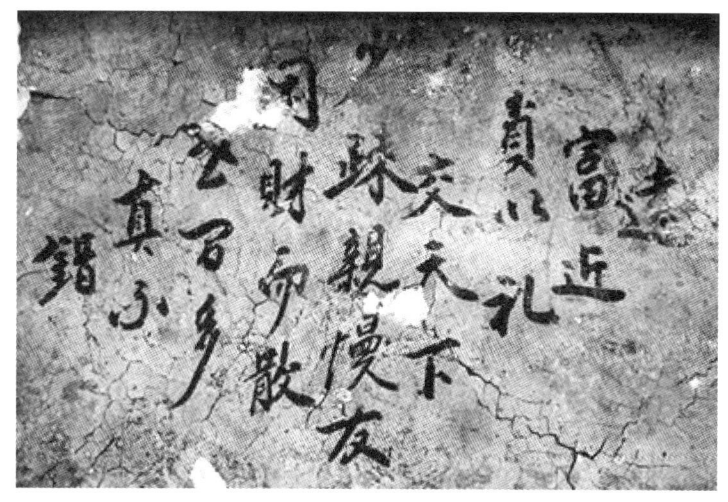

正白旗39号院题壁诗

先生称：

> 余非研究《红楼梦》者，只研究书画文物以考证历史。按发现之书体、诗格及所存兔砚，断为乾隆时代无疑。[①]

题壁诗有“岁在丙寅”的落款，按张伯驹的鉴定，时即乾隆十一年，是《红楼梦》开笔的第三年。

又如，通州发现的所谓“曹雪芹墓石”争论颇多，文博界认为，不符合清代规制，红学界则有人认为，曹雪芹晚年生活窘迫，墓石应该简陋，但是相关争论却没有关于墓石镌刻时间的有效鉴定。

又如，2015 年天津出现的“庚寅本”《石头记》，文博界见者以为老，至少在民国末、共和国建立之初，而红学界则多以为，其中不少疏漏与俞平伯《脂砚斋红楼梦辑评》中的误笔相同，故该本当系后世据俞著伪作。文物研究与文本研究两者不相参校，也不互相解释他者的结论，致使至今不能得出确实结论或合理阐释。

---

① 1977 年 8 月 31 日，张伯驹偕友人参观正白旗 39 号。回城后有诗记其事并鉴定意见，见《张伯驹词集》，文物出版社，2008 年。

曹雪芹墓石（一）

曹雪芹墓石（二）

二、文物研究的核心在于对细节的关注

文物的研究除了首先考虑文物的时间性外，更要注意相关信息“是否完全一致”，如果不完全一致，则要考虑相关文物信息的可靠性。

如民国十八年（1929年）四月十日至二十日亮相“全国美术展览会”的王南石绘《“雪芹”独坐幽篁图》，上有皇八子、钱大昕、倪承宽、那穆齐礼、钱载、观保、蔡以台、谢墉等人题跋。

当时，沪上著名的书画家李祖韩、褚德彝、樊增祥、朱祖谋、冯煦、张大千都曾看过此图，都认为是乾隆时期王南石所绘的“雪芹”画像无疑——唯不能确定此“雪芹”是否即是《红楼梦》作者曹雪芹而已。

1980年，在上海市文物清理小组发还从李祖韩家抄没的物品中发现“幽篁图”上“题诗者”皇八子、观保、谢墉、陈兆崙四人的题诗剪片。其后，在谢墉的《听钟山房集》中，陈毓罴、刘世德找到了残片上的谢墉题诗，题目为《题金梯愚幽篁独坐图》，学界据此断定王南石《独坐幽篁图》所绘对象为金梯愚，而非曹雪芹。

但是，据20世纪30年代看过王南石绘《独坐幽篁图》的胡适、陶心如等人说，图各题诗中多有“雪芹”字样，胡适日记云，他所见王南石绘《独坐幽篁图》中，有钱大昕、蔡以台（丁丑状元）、钱载（箨石）等人的题咏，皆称“雪芹学长兄”；李祖韩则告诉周绍良，题词者中那穆齐礼成

《独坐幽篁图》

"雪芹"为"姻兄"，而另一人则称"学长兄"。[①] 正是因为如此，褚德彝才为李祖韩题了"悼红轩小像"的标签。

但，上海发现的观保等人的题诗上，既没有发现"学长兄"三字，也没有发现"雪芹"二字，安知确系从王南石绘《独坐幽篁图》上裁下来的？这一点，宋广波也曾提出质疑：

> 皇八子、观保、谢墉三人的诗均无"雪琴"或"雪芹"的题款，这不仅与吴恩裕引李祖韩致某氏函说的"乾隆题者八人中，其一上款署'雪琴'，其七上款署'雪芹'"相差甚远，亦与胡适1929年见到的"题咏，皆称'雪琴学长兄'"不一致。由此，我们凭什么相信，这"部分题咏诗"是所谓王冈绘"曹雪芹小像"上的题咏诗呢？[②]

又如《独坐幽篁图》，除李祖韩藏一轴外，当另有一轴。曾见过李祖韩

---

① 朱南铣：《曹雪芹小像考释——兼谈曹雪芹的生年及经历》，《红楼梦学刊》，百花文艺出版社，1980年。

② 宋广波：《胡适与所谓"曹雪芹小像"》，《济南教育学院学报》2004年第6期。

藏《独坐幽篁图》的陶洙在蒋某家曾见到一幅“曹雪芹行乐图”。据陶云，该图：

> 一条幅，画心长约二尺余，所绘乃曹雪芹行乐图……画心外，上方有李葆恂氏题字……其中有曰：“曾在匋斋案头见红楼梦原稿八册……及廿三年见徐藏本石头记八册，因复忆雪芹小照，始向往之。”……

对陶洙的奇遇，李祖韩也很惊异，他“闻此而诧异曰：‘此图实藏我家，但本系一手卷，并非条幅，且此轴向未持出门外，君又何以能于蒋壁见之？’”

笔者本以为，陶所见之前轴《曹雪芹行乐图》即是李祖韩收到的王南石绘《“雪芹”独坐幽篁图》，也即该图或者曾藏于蒋氏家，后流入古董商张葆生手中，经改装后，归李祖韩收藏；但是，细思之后，觉得两图绝非一图，因陶见原图上有李葆恂的一段长文，而李祖韩所藏《“雪芹”独坐幽篁图》所有相关人等从来没有提到李葆恂的这段跋文，即便该图曾经改装，长跋也没有裁去的道理。

不仅如此，2011年5月5日，《收藏快报》发表南京人钱丹《曹雪芹画像传世之谜》一文，其中写道：

> 20世纪30年代初，南京城南夫子庙贡院街一家古玩字画店的陈姓老板宣称，他在南郊江宁秣陵关老街上一陶姓居民家收购到一幅曹雪芹画像，落款作者为东庐山居士王冈，身份不详。但凭他多年鉴识古字画经验，当可认定是真迹。因为原藏此画人自称是从江宁乡下曹雪芹的同一家族后人那里弄来的，陈老板这一说法传开，吸引来当年执教于中央大学、金陵大学等高校的文史名家朱希祖、胡小石、王伯沆等人的兴趣。他们先后前往观赏，发现那幅画像总体上符合清代字画特点，所画的曹雪芹正襟而坐，一袭素色袍子，其形象符合历史资

料中“身胖头广面色重”的记载，似有一定的可信度。[1]

古董商的话自然真假参半，但这篇文字中的一些内容，如“落款作者为东庐山居士王冈，身份不详。但凭他多年鉴识古字画经验，当可认定是真迹”“画像总体上符合清代字画特点”，还是为我们研究曹雪芹的相关画像提供了一些重要信息。

三、曹雪芹相关文物研究需要了解时代的风尚

曹雪芹相关文物的研究需要了解时代风尚，如果以当下的认知要求曹雪芹时代是非常不妥的。

曹雪芹的祖父曹寅不仅是当时著名的诗人，也是当时江南文坛的主盟之人，与文人往来众多、诗酒唱和更是不计其数。2007 年 1 月第 1 期《文献季刊》发表张一民《曹寅雅嗜书画的另一面》一文，就曹寅题《赵孟頫

张行与其家藏“芹溪处士”款书箱

① 就现有资料而言，小说史研究者孙楷第最早知道裕瑞《枣窗闲笔》中关于曹雪芹相貌记载，1948 年，孙到燕京大学授课，周汝昌才从孙处知道这一点，而周之《红楼梦新证》出版于 1953 年，多数学人知道《枣窗闲笔》关于曹雪芹的形象亦应在此后，唯不知朱希祖、胡小石、王伯沆等是早就看到过《枣窗闲笔》的记载，还是作者叙述事情时有所发挥。

水墨双钩水仙》与仇远题《赵孟坚水墨双钩水仙长卷》题诗完全一致，得出“倘若长卷不是赝品，题跋又确系曹寅手书，那么（曹寅）就构成了剽窃”的论断。

实际上，古人赠人诗可以转赠他人，也可以借前人诗歌题赠，径写自己所题。顾斌《曹寅题查士标〈梅花册〉诗句小考》一文指出，明人李日华《竹懒画媵》《竹懒续画媵》题诗被曹寅、查士标、渐江和尚等人抄录并题自己之名，这即说明抄录他人之诗题画是一时风尚，与现代著作权下的抄袭没有任何关系；当然，也可以理解为题词者所谓的“题”是指自己题字，而非“题自己的诗”。

朱家缙论《南鹞北鸢考工志》真伪，提出文中“老身”二字不合时代风尚：“按，清人的叙事文中，从未出现过‘老身’这个词，只有戏曲的对白或独白中常见。”又称：“芹溪处士”款书箱盖背墨笔“为芳卿编织纹样所拟诀语稿本”中“纹样”不合，指出：

> 据我所知，过去艺术类、谱录类中，清代人所著书中，涉及工艺品时，不论是规格化的记载，或随笔体裁的叙述，不外乎某某形，或某某式和某某文（纹）。具体到织绣一类物品的叙述，总是某色地、某某文……却从来没用过纹样……我国清代末年，开始从日本翻译大量的新著述，日本许多新的汉字词汇在我国普遍使用，如“图案”“纹样”都是属于这个范围，在曹雪芹的时代是没有的。①

实则，“老身”一词在古代文献中颇多，关汉卿《窦娥冤》“楔子”、《水浒传》第二十二回、《新五代史·汉高祖皇后李氏传》等多有使用。② 笔者甚至在上谕内阁“康熙六十一年十二月初四日”条中查到雍正皇帝之母孝恭仁皇后（康熙德妃乌雅氏）使用“老身”的例子。③ 至于纹样，严宽、陈传坤等人更是在《清代档案史料·圆明园》，甚至《全唐诗》中查到相关

① 朱家溍：《漫谈假古董——曹雪芹的佚著和遗物》，《红楼梦研究集刊》第三集，1980 年 3 月。

② 陈德平：《朱家溍遗作〈漫谈假古董〉中第三个“失察”和“误判”的例证》，http：//tieba.aidu.com/f？ kz=1187444478（2013 年 1 月 10 日）。

③ 樊志斌：《朱家溍先生〈漫谈假古董〉一文平议》，《曹雪芹研究》2013 年第 2 期。

使用。[①]

又如，近年引起学界普遍关注的贵州博物馆藏《种芹人曹霑画册》，学界即有人以图上西瓜不似今日西瓜形状，倒是颇像南瓜，怀疑南瓜画题西瓜诗。对此，笔者曾回应质疑者，你能证明乾隆时代清人写意绘画中西瓜不能做如此形状吗？他的回答自然是不能，而顾斌更是从明清时代文人绘画中找到与此图西瓜形状相似的西瓜图，消解了这种无谓的质疑。

可见，不了解时代风尚而对文物鉴定、文物研究的误导之害。

四、不能以先入之见判断文物信息的真伪

还是以王南石《独坐幽篁图》为例。

民国十八年（1929 年）四月十日，“全国美术展览会”在上海南市陆家浜路新普育会堂开幕。

展览最后一天（四月二十日），郭有守邀胡适一同参观。[②] 展览会上，胡适与李祖韩相遇，并一同观看《独坐幽篁图》。胡适告诉李：“此人号雪芹，但不姓曹。”当天胡适日记详细解释了他作此结论的原因：

> 此卷之照片曾载在我的日记中，其人头面团团已很令人生疑。今日细检卷后题咏，第一叶即是“壬午三月，皇八子”题的两首诗。壬午除夕，曹雪芹就死了，此时正是他最穷的时候，哪能有这样阔人题咏，而诗中无一字提及他的窘境，亦无一字提及他家过去的繁华。

按，曹雪芹两姑嫁满蒙王爷为嫡福晋（其中之一为八大铁帽子王之一的平郡王），又与昌龄家族、甘国基家族、李煦家族（李煦异母弟在内务府当差）交好，与胤祥、允禄家族也有交往，此外，旗人之间亦多有亲戚交往，按说，曹雪芹交往的对象往往都是阔亲戚才是，何以胡适以为曹雪芹

① 朱冰（执笔）、陈传坤、严宽：《有关“纹样”一词新发现的文献及其本事考》，《红楼》杂志第一百期纪念号。

② 郭有守（1901—1977），字子杰，四川资中人，张大千表弟，1918 年考入北京大学法科，毕业后公费派往法国巴黎大学留学，获博士学位后归国。

不能交往阔亲戚呢?

之所以有如此见解，不过是因为胡适不了解旗人制度，不了解曹雪芹家族交游网络，误会了曹雪芹友人诗歌里“举家食粥酒常赊”的说法而已——旗人有俸禄，赊账是常态，并不以为非；且誉人多讲人清贫，实是文人惯常文字。胡适又称：

> 其后，有钱大昕、蔡以台（丁丑状元）、钱载（箨石）等人的题咏，皆称“雪芹学长兄”，诗中无一字可证此人是姓曹的，也无一字提及他的身世的。
>
> 故我断定此人，是翰林院中一个前辈，不是《红楼梦》的作者。①

这种逻辑更是令人啼笑皆非，“无一字可证此人是姓曹的，也无一字提及他的身世的”，就说明像主不姓曹吗?

胡适的种种近乎幼稚“论断”没有其他原因，皆是因为心中已经存了曹雪芹必定晚年过得差的前提，才有如此的认识。

再以正白旗39号院题壁诗为例。吴世昌认为：“题诗者并不署名……他所欣赏选录的‘诗’都很低劣……大概是一个不得意的旗人。”又云：“乾隆十一年（1746年）……雪芹也还没有移居郊外。”②

经赵迅查找，题壁诗文多抄自《唐六如居士全集》《西湖志》《东周列国志》《水浒传》等，可见，墙壁上的题诗不能说“都很低劣”。

按说，作为著名的诗词研究专家，吴世昌的鉴别力不至于如此不济，能有如此认识，当然也是心存了此地不能为曹雪芹故居的先入之见。

曹雪芹移居西山的时间，赵迅认为：“曹雪芹移居西山的年代虽无确考，但从敦氏兄弟、张宜泉等人的诗句等旁证材料中推断，大约不出乾隆十六年至二十一年（1751—1756）期间。”③

若以敦诚作于乾隆二十二年秋的《寄怀曹雪芹霑》中有“君又无乃将

---

① 宋广波：《胡适红学研究资料》，北京图书馆出版社，2005年。

② 吴世昌：《调查香山健锐营正白旗老屋题诗报告》，《红楼梦研究集刊》第一辑，上海古籍出版社，1979年。

③ 赵迅：《“曹雪芹故居”题壁诗的来源》，《红楼梦研究集刊》第一辑，上海古籍出版社，1979年。

军后，而今环堵蓬蒿屯”句，知曹雪芹此时方迁居京西，而做出以上推测，逻辑上就存在问题。

文人出版的诗集存在两个基本前提：一来文人诗集并非收录了作者的全部诗作，二来诗集并非日记，无事不载。因此，据诗集内容考察作者全部生活的做法是荒谬的：以其记载证明事有则可，因其未载某事，而“证明”无此事则万万不可。

具体到曹雪芹的行踪，以《寄怀曹雪芹霑》断曹雪芹迁居京西之下限则可，以之推断上限则不可。

否则，如果按照乾隆二十二年（1757 年）敦氏兄弟始有诗及曹雪芹，便断曹雪芹乾隆二十二年方迁居香山的逻辑，则可以认为至乾隆二十二年敦氏兄弟始有诗歌及曹雪芹，则可知乾隆二十二年以前曹雪芹与敦氏兄弟并不相识，没有交往。

实际上，吴恩裕先生考敦氏兄弟之行踪，知敦诚于乾隆九年入右翼宗学，时 11 岁，敦敏亦在宗学，时 16 岁。按照敦诚《寄怀曹雪芹霑》“当年虎门数晨夕，西窗剪烛风雨昏”的记载，推测雪芹之交敦氏兄弟当在乾隆十三、十四年。时，敦诚 15 岁上下，可以与雪芹形成“接䍦倒著容君傲，高谈雄辩虱手扪”的交往关系。[①]

可知，以敦诚写及曹雪芹诗的上限作为曹雪芹移居香山时间下限的理解，逻辑上并不成立。

贵州博物馆藏“种芹人曹霑”《画册》，设色写意八幅，画左附有题诗页，第六幅西瓜题行书七绝：“冷雨寒烟卧碧尘，秋田蔓底摘来新。披图空羡东门味，渴死许多烦热人。”落款题为“种芹人曹霑再题”，钤两公分见方的隶书石刻印章“曹霑”。

赵竹作《〈种芹人曹霑画册〉真伪初辨》发表于《贵州文史丛刊》1988 年第 4 期上，披露了“种芹人曹霑画册”的情况。1989 年 9 月 25 日，中国古代书画鉴定小组专家杨仁凯、劳继雄都有书画一体、乾隆时代的意见。

但是，关于此《种芹人曹霑画册》与曹雪芹的关系问题，学界有人提出，曹雪芹能诗善画，这个绘画的水平怎么可能是曹雪芹的作品呢?

---

① 吴恩裕：《曹雪芹和右翼宗学——虎门考》，《曹雪芹丛考》，上海古籍出版社，1980 年。

《种芹人曹霑画册》内文（一）

首先，曹雪芹的绘画现在没有标本，证明不了他的绘画比这本画册高到哪里去；

其次，友人写诗称他能诗善画，相当程度上是友人间的互相夸赞，自然有夸张之处，如何可以作为评价《种芹人曹霑画册》的标准呢？

第三，如果考量文人画写意的角度，这本画册也还具有一定的水准。

因此，《种芹人曹霑画册》的研究要基于时代信息、基于画册有效信息、基于画册信息与其他曹雪芹资料、文物的关系，而不是曹雪芹是天才，绘画应该具有一流水准，必须如石涛、八大山人这样的先入之见。

五、文物信息的判断与解读基于不同文物相关信息的内在联系

曹雪芹、《红楼梦》文物信息的解读，除了文物本身信息外，还要考虑相关文物的信息，只有如此，才有可能对既有文物信息做出客观、详尽的解读。

香山百姓历代传承友人赠曹雪芹对联的传说、知道曹雪芹正白旗故居的位置坐标（学界知道此传说、对联是在 1963 年），正白旗 39 号院题壁诗中有友人赠曹雪芹的对联内容，其写作时间有张伯驹的鉴定（张伯驹认为题壁诗书写于乾隆时代）墙壁诗有“岁在丙寅”（乾隆十一年，1746 年）的落款，因此，唯一的逻辑是此处当为曹雪芹故居、题壁诗当为曹雪芹遗墨。

质疑者或称，这只是正白旗 39 号院相关文物信息的鉴定、逻辑，实

书箱盖后墨迹与曹雪芹《南鹞北鸢考工志》序言文字对比

则，曹雪芹的其他文物信息可以与此进行互证。

那就是有“芹溪处士”落款的书箱盖后“五行墨迹”、曹雪芹《南鹞北鸢考工志》“自序”双钩文字。

经郭若愚（上海市文物管理委员会专家）、李虹（公安部文检专家）等人鉴定，书箱盖后“五行墨迹”与正白旗 39 号院题壁诗出自一人；题壁诗、书箱（经王世襄两次鉴定）皆为乾隆早年之物。

在这样的鉴定基础上，三者只能都是乾隆时代曹雪芹的遗物无疑。

至于贵州省博物馆藏《种芹人曹霑画册》，虽然有文物界乾隆时代作品的鉴定意见，但因没有其他曹雪芹书画可以比较，故而是否为作《红楼梦》的曹霑亲笔绘制，专家组没有确切意见。

不过，事情到了 2011 年就有了转机。

2011年3月30日，上海《文汇报》发表朱新华《关于曹芹溪的一则史料》一文，该文指出，张大镛《自怡悦斋书画录》道光十四年（1834年）甲午刊本卷十九“册页类”第一件《李谷斋墨山水陈紫澜字合册》第八幅著录陈浩书李白《秋登宣城谢朓北楼》诗后跋云：“曹君芹溪携来李奉常仿云林画六幅质予，并索便书。秋灯残酒，觉烟云浮动在尺幅间，因随写数行。他时见谷斋，不知以为何如也。生香老人再笔。”

这里，出现了“曹芹溪”——按曹雪芹友人敦诚、敦敏、张宜泉等的文字，曹霑，字梦阮，号雪芹、芹溪、芹圃。该册页前四幅题记皆为陈浩所作（第一图题记落款署年“辛巳秋日”），第五图为陈浩次子陈本敬题识。

巧的是，《种芹人曹霑画册》的第五幅海棠册页题识者中就有“陈本敬”，时间为“辛巳夏日”（乾隆二十六年，1761年）。

陈本敬，字仲思，乾隆二十五年进士，官翰林院检讨，为陈浩次子。

这样，通过《种芹人曹沾画册》与《李谷斋墨山水陈紫澜字合册》陈浩跋，乾隆时代、曹霑、陈本敬、曹芹溪就联系起来。

有人主张，乾隆时代，有一名曹霑、号芹溪、与陈本敬有交往、能诗善画的人，但这个曹霑、曹雪芹却不是敦诚、明义笔下姓曹名霑、号芹溪、能诗善画的那个曹雪芹，那个写《红楼梦》的曹霑、曹雪芹。对于这种没有直接证据、近乎狡辩的文字，正常的学术讨论，大可置之不论。

沈阳故宫博物院副研究馆员、书法家沈广杰更将曹雪芹纪念馆的题壁诗书法与《种芹人曹霑画册》书法进行对照研究，认为二者确系一人所书。

实际上，《种芹人曹霑画册》还可以与魏宜之先生藏“云山翰墨”书法作一对比。吴恩裕《空空道人所书八字篆文》载：

> 得魏宜之君藏“云山翰墨 冰雪聪明”八字篆文，谓为雪芹所书……1963年2月，晤张伯驹先生，谓“空空道人”四字与其昔年所见雪芹题《海客琴樽图》之字，“都是那个路子”云。[①]

① 吴恩裕：《曹雪芹佚著浅探》，天津人民出版社，1979年。

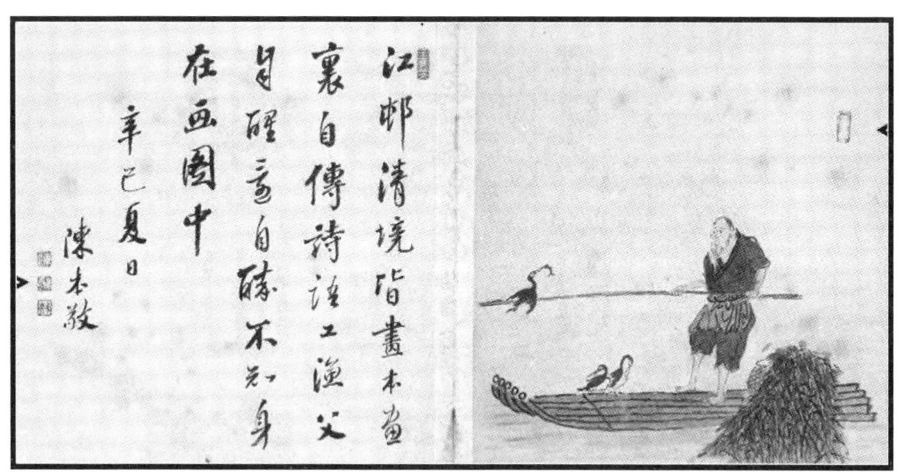

《种芹人曹霑画册》内文（二）

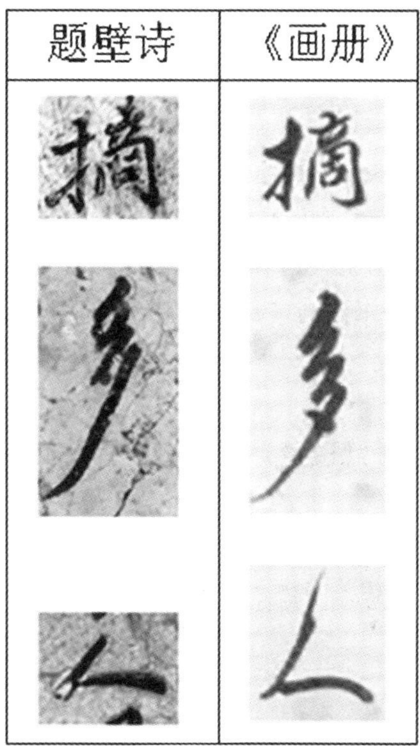

题壁诗与《种芹人曹霑画册》文字对比

《海客琴樽图》曹雪芹题字

“海客琴樽”是明清时代中国士大夫与朝鲜、日本来华人士唱和、赠送绘画常见的题材。

陶北溟的友人庄炎藏有《海客琴樽图》卷，有曹雪芹、顾太清题诗[①]；陶北溟在武昌见过曹雪芹画的扇面《海客琴樽图》(上有自题诗一首)。[②]

张伯驹见过的雪芹题《海客琴樽图》不知道是上述哪幅，但可以知道的是，彼作上的雪芹书法与“云山翰墨 冰雪聪明”八字篆文的“空空道人”款识是相类的。

六、曹雪芹、《红楼梦》文物与曹雪芹交游、思想、生活节奏

(一)从曹雪芹文物看曹雪芹的交游与生活节奏

因为现存曹雪芹相关文物，使得我们对曹雪芹的相关生平的了解更加丰富。

---

① 思泊(即张伯驹):《曹雪芹故居与脂砚斋脂砚》,1982年5月15日《团结报》,后收录于张伯驹《春游琐谈》第一集“曹雪芹故居与脂砚斋”中。

② 吴恩裕:《曹雪芹丛考》,上海古籍出版社,1980年。

乾隆十一年 丙寅

是年前后，曹雪芹有香山正白旗墙壁题诗之举。

乾隆十六年 辛未

曹雪芹放弃仕途，正式离开京师，移居西郊。

乾隆十八年 癸酉

《红楼梦》基本定稿。

乾隆十九年 甲戌

脂砚斋“抄阅再评”（针对他人评点）《红楼梦》，敝帚自珍，题自抄本为《脂砚斋重评石头记》。

乾隆二十二年 丁丑

敦诚于喜峰口作《寄怀曹雪芹霑》。

乾隆二十三年 戊寅

春，曹雪芹移居白家疃，腊月二十三，与敦诚瓶湖懋斋之会。

乾隆二十四年 己卯

李世倬仿倪云林画六幅，夏，钱维城题识。

是年，曹雪芹有南下之举。

乾隆二十五年 庚辰

曹雪芹与其寡居表妹结婚，有“题芹溪处士”款书箱。

乾隆二十六年 辛巳

本年，曹雪芹作小写数幅，自题“西瓜图”，落款“种芹人曹霑并题”。

夏，陈本敬为曹雪芹作画册之“海棠”“鱼鹰”题词，落款题为“辛巳夏日，陈本敬”。

秋，曹雪芹访陈浩，陈为世倬画题四跋，陈本敬为题一。

乾隆二十七年 壬午

王冈为曹雪芹绘《独坐幽篁图》，皇八子等人为之题词。

王南石绘《“雪芹”独坐幽篁图》上诸人信息与曹雪芹的社会交游关系

姓名	乾隆二十七年（壬午，1762 年） 身份
雪芹	内务府正白旗包衣人，平郡王福彭表弟，“咸安宫官学生”，四十七岁
王冈	江苏南汇人，谋食于雪芹“友人”董邦达，六十六岁
永璇	乾隆帝皇八子，十七岁
那穆齐礼	满洲正白旗人，翰林院庶吉士
观保	内务府满洲正白旗人，咸安宫官学生，翰林院掌院学士，五十一岁
钱大昕	江苏嘉定人，翰林院侍读，三十五岁
倪承宽	浙江钱塘人，太仆寺少卿，五十一岁
钱载	浙江秀水人，右春坊右庶子，五十五岁
蔡以台	浙江嘉善人，翰林院修撰，三十四岁
谢墉	浙江嘉善人，上书房行走，四十四岁

（二）从曹雪芹文物信息看曹雪芹的思想认同

曹雪芹相关文物的研究不仅有利于我们了解曹雪芹的生活，还能让我们了解曹雪芹的交游、生活节奏、创作状态，而这对今人理解曹雪芹的修养、深入解读《红楼梦》的思想、体验其审美，无疑是极其重要的。

1. 对人群交游以“礼”的主张

“题壁诗”内容主要包括三部分：对唐伯虎诗的抄录、对《西湖志》诗的抄录、对《东周列国志》相关诗的抄录、一些对社会人情的感慨。这些内容反映了曹雪芹对个人自由的看重、对江南风物的怀念、对世情冷暖、对乾隆初年政治的关注和愤慨。其中“远富近贫以礼相交天下少，疏亲慢友因财而散世间多”出自《论语·里仁》：

子曰：“富与贵，是人之所欲也；不以其道得之，不处也。贫与贱，是人之所恶也；不以其道得不以其道得之，不去也。”

有子曰：“信近于义，言可复也。恭近于礼，远耻辱也。因不失其亲，亦可宗也。”

意思是，真正的君子要“远富近贫以礼相交”，然而世人往往有违于圣贤之教，能行者少，而是“疏亲慢友因财而散”，反映了曹雪芹以“礼”行事的思想。

2. 隐居不仕的思想

按照早期传说和《红楼梦》中元妃省亲中礼仪的描写和“脂批”对曹雪芹描写“难得他写的出，是经过之人也”的批语，乾隆初年，曹雪芹在亲戚的帮助下，有过为侍卫的经历，因此能够亲见皇家礼仪、皇家园林、皇家行事等，故而能在《红楼梦》中有细腻真实的再现。

但是，至乾隆十六年，随着表哥平郡王福彭的离世，随着他对《红楼梦》写作的责任越发强烈，随着他对政治人生看法的转变，曹雪芹离开京师，回到正白旗。

乾隆二十六年（1761 年），曹雪芹作小写数幅，自题“西瓜图”，落款“种芹人曹霑并题”。按照顾斌对“种芹”与北京三屯城东北芹菜山（辽进士冯唐卿于山前结庐种芹）关系的考察，“种芹”是隐居的隐晦说法，而“种芹人曹霑”的落款有助于我们对“雪芹”“芹圃”“芹溪”之“芹”的理解。

1980 年 1 月 25 日，周策纵在写给周汝昌的《曹雪芹小传》的“序”中写道：

> 雪芹真正用意所本，应该还是苏轼的《东坡八首》……必先说明苏东坡用这“雪”和“芹”的历史背景和象征意义。按，苏轼在元丰二年（1079 年）被新政派小人告发，以所作诗文“讥切时事”，教人灭“尊君之义”，和“当官侮慢”等罪名，被逮捕下御史台审问入狱，几乎丧了性命。这就是历史上有名的“乌台诗案”。此案牵连很广，据东坡自己事后说，吏卒到他家搜抄，声势汹汹，他家“老幼几怖死”，家人赶急把他的书稿全部烧毁。亲戚故人多惊散不顾。情况颇有点像《红楼梦》里所描写的抄家的恐怖局面。

由于周汝昌先生《曹雪芹小传》以不同名目多次出版，影响巨大，周汝昌、周策纵先生对“雪芹”的解释影响也相当之大。

但需要指出的是，由于没有相关证据，这种解释更多的是对“可能典故”的“可能解释”，准确与否，无可证明。

苏轼《东坡八首》中“泥芹有宿根，一寸嗟独在。雪芽何时动，春鸠行可脍”应如何理解，是否反映了苏轼经受“乌台诗案”恐吓后惶惶不可终日的心态，是否又反映了曹雪芹家被抄之后的心态和他对清政府的态度，笔者以为，当结合诗句的前后文字考察。苏轼原诗云：

昨夜南山云，雨到一犁外。
泫然寻故渎，知我理荒荟。
泥芹有宿根，一寸嗟独在。
雪芽何时动，春鸠行可脍（蜀人贵芹芽脍，杂鸠肉作之）。

就该诗而云，诗中的“泥芹”“雪芽”二字有何特殊含义，似乎难以觉察。结合其后诸诗，也许可以看到一些端倪，云：

种稻清明前，乐事我能数。
毛空暗春泽，针水闻好语。
（蜀人以细雨为雨毛。稻初生时，农夫相语稻针出矣。）
分秧及初夏，渐喜风叶举。
月明看露上，一一珠垂缕。

诗写的自然清新，充满了对春来农家之乐的欢喜，根本看不出任何所谓“乌台诗案”的影响。

可见，《种芹人曹霑画册》的存在和顾斌对“种芹”二字的考察，对研究曹雪芹的生活状态、学养、生活态度等，都具有重要的参考意义。

又，曹霑题“西瓜图”云：

冷雨寒烟卧碧尘，秋田蔓底摘来新。
披图空羡东门味，渴死许多烦热人。

表面看来，是讽刺无瓜解渴的人们，实际上，结合前一句“披图空羡东门味”就可以知道根本不是这个意思。

“东门味”典出“东陵瓜”，见《史记·萧相国世家》载：

召平者，故秦东陵侯。秦破，为布衣，贫，种瓜于长安城东。瓜美，故世俗谓之“东陵瓜”，从召平以为名也。召平谓相国曰：“祸自此始矣。上暴露于外而君守于中，非被矢石之事而益君封置卫者，以今者淮阴侯新反于中，疑君心矣。夫置卫卫君，非以宠君也。愿君让封勿受，悉以家私财佐军，则上心说。”相国从其计，高帝乃大喜。

西汉初，召平隐居长安城东门，洞悉刘邦猜忌萧何（刘邦设置卫队来监视萧何），劝萧何不受封号，以家私财佐军，使得萧何得以免祸。

因此，“披图空羡东门味，渴死许多烦热人”二句的意思是说，世人看到我这幅西瓜图，只会想起西瓜的美味（召平“瓜美”），却不解召平种瓜避祸的真意，那些对仕途、功名趋之若鹜的“烦热人”不管吃不吃瓜、看不看图，都会因为对功名利禄的追逐而被“渴死”。

3. 济民救世之心

《红楼梦》完成于乾隆十八年，而曹雪芹死于乾隆二十八年。早期抄本没有任何一本有八十回后文字，那只能说明曹雪芹后四十回文字并没有给朋友拿走抄录，这大概与曹雪芹对后四十回不够满意的态度有关。

曹雪芹的后十年，除了抚育与前妻所生的儿子、与表妹结婚、与朋友交游来往外，主要是从事《废艺斋集稿》的整理与创作。

曹雪芹之所以创作此书，是因为受到受伤友人于景廉靠扎糊风筝可以谋生的启发，欲“以艺济残”，使“今之有废疾而无告者谋其有以自养之道也”。曹雪芹《废艺斋集稿》第二卷《南鹞北鸢考工志》自序中解释说：

玩物丧志，先贤斯语非仅警世之意也。夫人为物欲所蔽，大则失其操守，小则丧其廉耻，岂有志进取之士所屑为者哉?!

风筝于玩物中微且贱矣，比之书画无其雅，方之器物无其用；业此者岁闲太半，人皆鄙之。今乃哓喋不休，钩画不厌，以述斯篇者，实深有所触使然也。[①]

① 吴恩裕：《曹雪芹丛考》，上海古籍出版社，1980年。

玩物丧志出《尚书·旅獒》。周武王灭纣，威德广被四海。西方蛮夷贡獒，高四尺，晓人意，威猛善斗，与当时中原之犬相同。太保召公奭担忧武王好犬荒政，作《旅獒》，云："不役耳目，百度惟贞。玩人丧德，玩物丧志。"《尚书》是儒家"五经"之一，后世儒家遂以"玩物丧志"自勉，希望将自己的精力不被外部事物吸引，而是放到学习圣贤道德仁义、辅政治民上去。

曹雪芹认同这种观点，以为社会上因爱好玩物倾家丧节者居多，他之所以愿意编制风筝谱，完全是因为受到友人于景廉靠风筝谋生，而心发感慨，效法孟子"不忍"之心，为残疾人谋一条自养之道。

正是因为曹雪芹有这种救济天下的大义，才受到大官僚董邦达的赞赏，他称曹雪芹的行为是："好一片济世活人之心，知芹圃者能有几人？"他甚至用八股文解释圣贤教化的方式为《南鹞北鸢考工志》作序，写道：

> 尝闻教民养生之道，不论大术小术，均传盛德，因其旨在济世也。……曹子雪芹悯废疾无告之穷民，不忍坐视转乎沟壑之中，谋之以技艺自养之道，厥功之伟，曷可计量也哉！

在曹雪芹那里，出世、入世是圆融的，出是自己的心出（不惑于功利），入是自己的心入（慈悲于众生）。这与孔、老、释迦的主张全然一致。

蒜市口、蒜市口大街、蒜市口地方：谈曹雪芹北京崇外故居研究中的几个概念

——兼及曹雪芹的京城交游、成长与纪念

1982 年，中国第一历史档案馆的张书才在馆藏清代内务府档案中发现一件雍正七年（1729 年）七月二十九日《刑部移会》，其中载明："曹頫之京城家产人口及江省家产人口，俱奉旨赏给隋赫德。后因隋赫德见曹寅之妻孀妇无力，不能度日，将赏伊之家产人口内，于京城崇文门外蒜市口地方房十七间半、家仆三对，给与曹寅之妻孀妇度命。"

这处居所是曹雪芹回到北京后居住的第一处场所，对曹雪芹的生活环境而言，有着直接的影响。历来受到学界的关注，也引发不少讨论。

不过反思这些研究，笔者发现，相关探讨存在着事实和文字上的"不确定性"，而这一点却未被关注；另外，曹雪芹此处居住时期的活动也都存在模糊之处，似乎未曾被关注，本文力图对此类问题进行剖析，有助于对曹雪芹生活与创作素材的理解。

一、学界对崇外曹雪芹故居的讨论焦点所在

（一）张书才论曹雪芹崇外故居

对于曹家这处居所，张书才先生先后数文及之。1983 年 3 月 26 日、4 月 2 日、4 月 9 日，应《团结报》总编许宝骙先生之邀，张书才在《团结报》上连载了《雪芹旧居 京华何处》文，引该《刑部移会》，对曹雪芹家族崇文门外故居进行了探讨。《红楼梦学刊》1991 年第 2 期发表了张书才作《曹雪芹蒜市口故居初探》，云：

《乾隆京城全图》有蒜市口街，标于崇文门外大街南端东侧，是一条东西走向的小街道：路北西起崇文门外大街南端东侧，东至抽分厂南口；路南西起磁器口北口，东至石板胡同北口，长约二百米。[①]

并以蒜市口街为基准，寻找格局为十七间半的院落，认为蒜市口16号院为曹家当年居住过的院落。

（二）学界其他人对崇外曹雪芹故居的探讨

在张书才先生文章发表后[②]，数十年来先后有张秉旺、兰良永、黄一农、杨泠等人提出不同看法。[③]

兰良永引吴长元《宸垣识略》卷九十六"泰山行宫在蒜市口"的记载——在《乾隆京师全图》中，泰山行宫位于"蒜市口街"西，与张书才所谓蒜市口街位于"崇文门外大街南端东侧"不合，又引《钦定大清会典则例》（乾隆二十九年奉敕撰）卷一百四十九页二十二"南城粜米官房二所，一设在崇文门外蒜市口香串胡同内"，认为蒜市口大街应包括崇文门外大街南端西侧部分。

黄一农则引美国国会图书馆藏《京城全图》（乾嘉时期绘制）"蒜市口"三字书于崇文门外大街南口以西第一和第四个胡同中间，认为蒜市口街应向从崇文门外大街南口向西至少延伸三至四个胡同。黄一农还引前兰文泰山行宫、南城粜米官房在蒜市口记载并嘉庆《钦定大清会典事例》"兴隆庵饭厂……在崇文门外蒜市口西利市营"，指出：

---

① 张书才引乾隆三年（1738年）内务府档案"崇文门外栏杆市长蓢房十间"、《宸垣识略》"延庆寺在缆竿市"，指出榄杆市之街名在乾隆初即已经存在，反对张秉旺蒜市口街东至南北河槽的说法——榄杆市在南河槽西侧，则蒜市口街东端接榄杆市大街，距抽分场南口相近。兰良永、黄一农皆主此说。

② 张书才《曹雪芹家世生平探源》收录《雪芹旧居 京华何处》《曹雪芹蒜市口故居初探》《〈京城全图〉是不能随意分割拼合的——就曹雪芹故居回应张秉旺先生》《曹雪芹蒜市口故居》，白山出版社，2009年，皆持蒜市口16号院说。

③ 张秉旺《红苑杂谈》收录《雪芹故居何处寻——〈曹雪芹蒜市口故居初探〉辨析》《"蒜市口十七间半"补说》《鲜鱼口与曹家》，军事谊文出版社，2007年。兰良永：《曹雪芹蒜市口故居再议》，《曹雪芹研究》2014年第3期。黄一农：《曹雪芹"蒜市口地方十七间半"旧宅新探》，《红楼梦研究辑刊》第10辑，2015年。杨泠：《曹家蒜市口旧宅新考》，《红楼梦研究（壹）》，2017年，第53—75页。

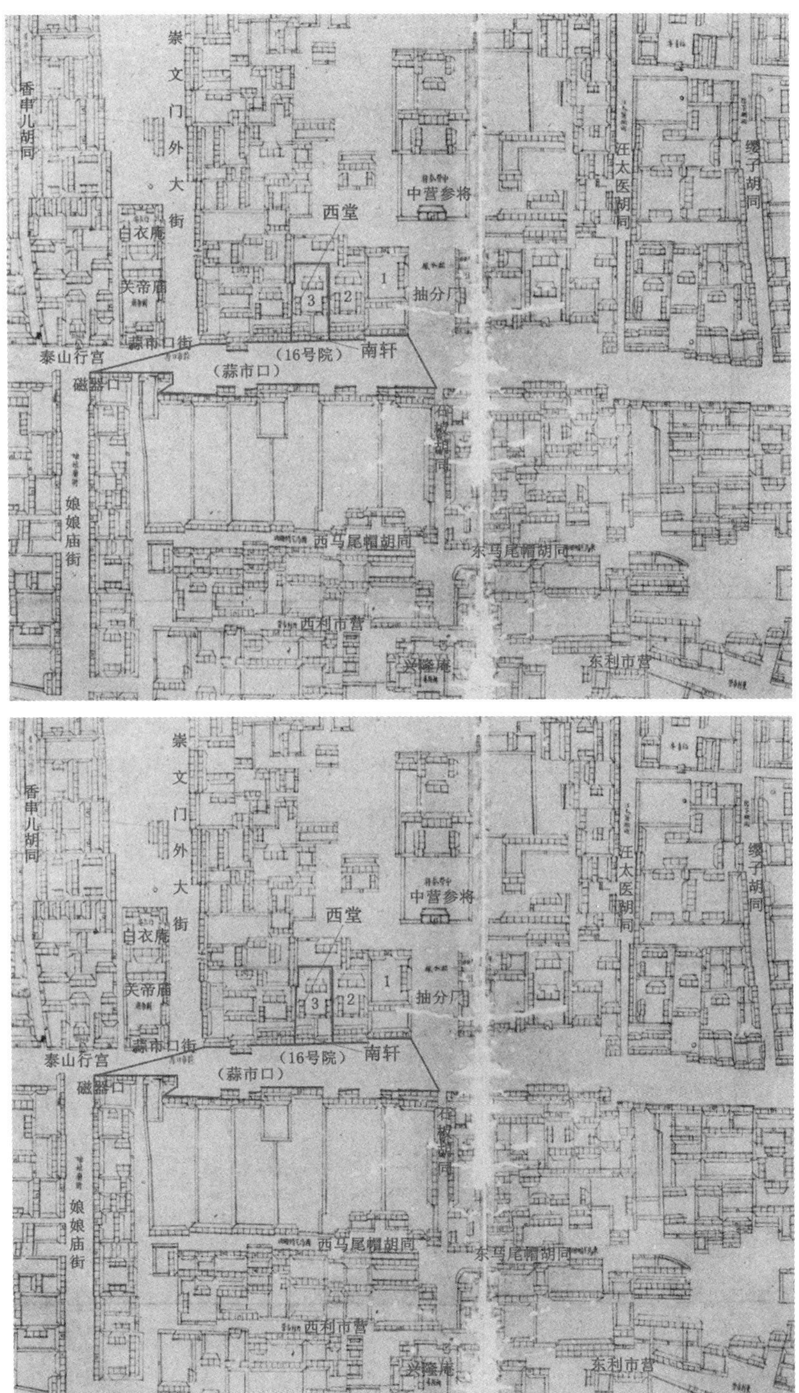

《乾隆京师全图》中崇文门外大街、蒜市口街及部分地名（杨泠制图）

"蒜市口地方"应是指以蒜市口为核心的区域，东南可至直线距离约 200 米外的兴隆庵（在西利市营胡同东端之路南），往西亦包含关帝庙、泰山行宫、香串胡同（即香串儿胡同）。也就是说，"蒜市口地方"的范围应远大于先前红友门的认知。

杨泠则引《(光绪)顺天府志》卷十四第七页"广渠门大街，即南大街，俗称沙窝门大街。迤西至崇文门街者曰缆竿市（榄杆市），俗称阑干市，井一"，指出：

《(光绪)顺天府志》是在《(康熙)顺天府志》基础上修订的。一直以来，崇文门外大街南端东侧，即广渠门大街西端，"榄杆市"的称谓从未改变。由此可见，清朝时期的"蒜市口"，只能是崇文门外大街南端以西街段。《乾隆京城全图》上的"蒜市口街"，也标注在崇文门外大街南端西向地段。

杨泠又引《清高宗实录》"乾隆五十四年十月初八条"皇帝谕旨："闫正祥等奏，拏获夹带腰刀、火药之车夫田四海等，讯据系由蒜市口凭河南店店户杨六说合装载"①，指出此河南店"凭河"（河当指与广渠门大街并行的漕河），说明蒜市口地方当指这一片区域。

二、蒜市口、蒜市口街、蒜市口地方：曹雪芹崇外故居探讨的问题所在

（一）曹雪芹崇外故居诸家争论的焦点

以上诸家根据自己对"蒜市口地方"的理解，框定了蒜市口地方的范围，在这一范围内寻找一所十七间半的院落，得出了完全不同的结论。也就是说，诸家讨论的焦点在于：

---

① 《清实录·高宗实录》卷一四三〇，中华书局，1986 年影印本，第 1173 页。

"蒜市口地方"到底包括哪一范围，在这一范围内，是否有一合乎十七间半房屋的院落？

张书才、张秉旺、兰良永把研究焦点放在蒜市口街的长度界定和范围内十七间半院落的寻找上，而黄一农、杨泠则放到"蒜市口地方"区域面积的范围界定和范围内十七间半院落的寻找上。

（二）蒜市、蒜市口、蒜市口街、蒜市口地方：曹雪芹崇外故居探讨的问题所在

诸家所据材料都是雍正七年《刑部移会》关于"崇文门外蒜市口地方房十七间半"十四个字，何以出现如此多的差异呢？

关键在于对"蒜市口地方"这五个字的理解不同：张书才以"蒜市口地方"为蒜市口街，黄一农以"蒜市口地方"为一片区域。单就以上关于概念的理解而言，无疑黄解更为正确。

在古汉语中，"地方"二字本身就是一片区域的意思，"×× 地方"中的"××"就是那一片区域内最具有代表性和辨识度的名字。"蒜市口地方"当然也是如此，不过是对蒜市口一带区域的泛指，并非特别明确的四界范围。如礼亲王昭梿在《啸亭杂录·傅阁峰尚书》条中写道："尔国震于天威，即献阿尔泰山地方，中国受之，置驿设守有年矣。""阿尔泰山地方"固然不能指明确四至范围的地理空间。

（三）关于"蒜市口地方"的涵盖：寻找曹雪芹崇外故居的关键

既然，"蒜市口地方"指蒜市口附近一片区域，结合以上诸家所提资料，我们寻找出"蒜市口地方"大约包括哪一片区域，才是寻找曹雪芹崇外故居的关键所在。

而这一研究取决于几个前提：

以《乾隆京师全图》为基础依据，以后地图为参照，不得以后图记载的差异，否定前图的记载，尤其是以后期简单手绘图为基础依据；

搞清楚蒜市、蒜市口、蒜市口地方的相对明确位置和范围；

雍正八年北京地震后，蒜市口地方曹家院落重修并未改动地基。[①]

实际上，《乾隆京师全图》上只有“蒜市口街”——正对着崇文门外大街南口，并没有标明“蒜市”“蒜市口”“蒜市口地方”在哪里，正因由于这一原因，才引发了诸家对“蒜市口地方”理解上的差异。

按，嘉庆五年（1800 年）的《京城内外首善全图》上标有“蒜市”字样、道光五年（1825 年）的《京城全图》上则标有“蒜市口”字样。两相比较，可知蒜市当位于三里桥、崇文门外大街南端之间偏东处，而蒜市口则是指蒜市东端有一处较大的空地，如其南侧的磁器口；而所谓“蒜市口地方”则是以这个规模庞大的蒜市、蒜市口为中心的周边一片区域，南至西利市营，北至香串胡同、石虎胡同一带，甚至更远，甚至不排除在实际运用中与以上诸家讨论的榄杆市、抽分厂、三里河涵盖范围交叉，甚至涵盖以上范围——盖周边地区其他景物不若蒜市规模庞大或者著名，故民间泛指蒜市口一带。

三、鲜鱼口曹家居所与蒜市口地方曹家居所

研究曹学者皆知，康熙五十四年（1715 年）七月十六日，曹頫奉旨奏报家产情况：“惟京中住房二所，外城鲜鱼口空房一所。”

京中也就是指旗人居住的内城、北城，外城也就是南城。曹頫这里声称，南城只有房屋一所。

按，雍正六年隋赫德《奏细查曹頫房地产及家人情形折》：“曹頫所有田产房屋人口等项，奴才荷蒙皇上浩荡天恩特加赏赉，宠荣已极。曹頫家属蒙恩谕少留房屋以资养赡，今其家不久回京，奴才应将在京房屋人口酌量拨给。”[②] 隋赫德将此原属曹家的十七间半房屋还给曹家，是奉雍正皇帝的谕旨而行——由此亦可证明曹家之得罪革职抄家，非出于参与敌对政治势

① 雍正八年（1730 年），北京发生 300 年来最大规模地震，房屋损毁数万间，蒜市口地方的曹家故居此后的修复情况如何——房屋基址是否有过改动，与地震前区别多大，是曹家崇外故居精确寻找的基础。

② 故宫博物院明清档案部：《关于江宁织造曹家档案史料》，中华书局，1975 年，第 188 页。

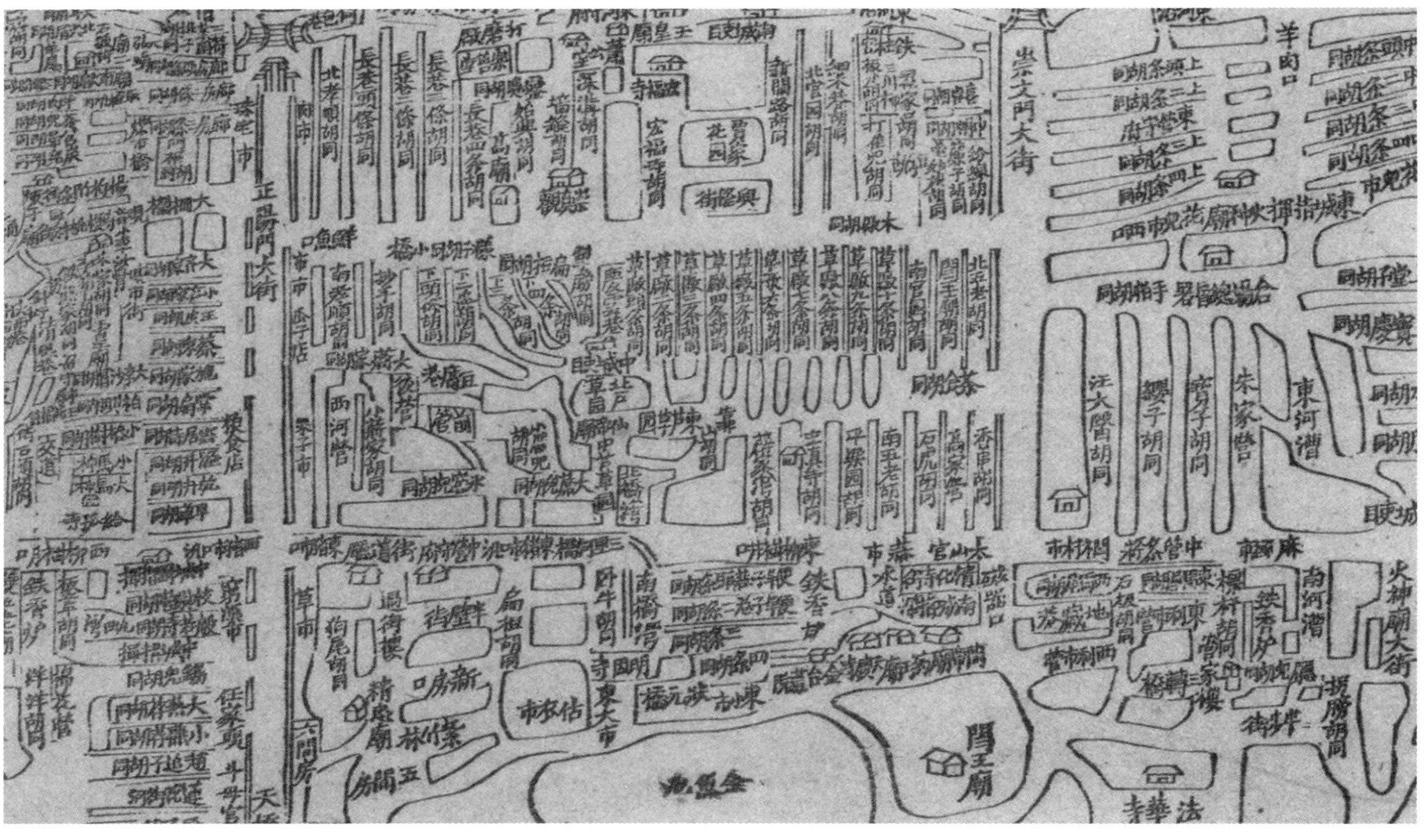

1800年《京城内外首善全图》之“蒜市”

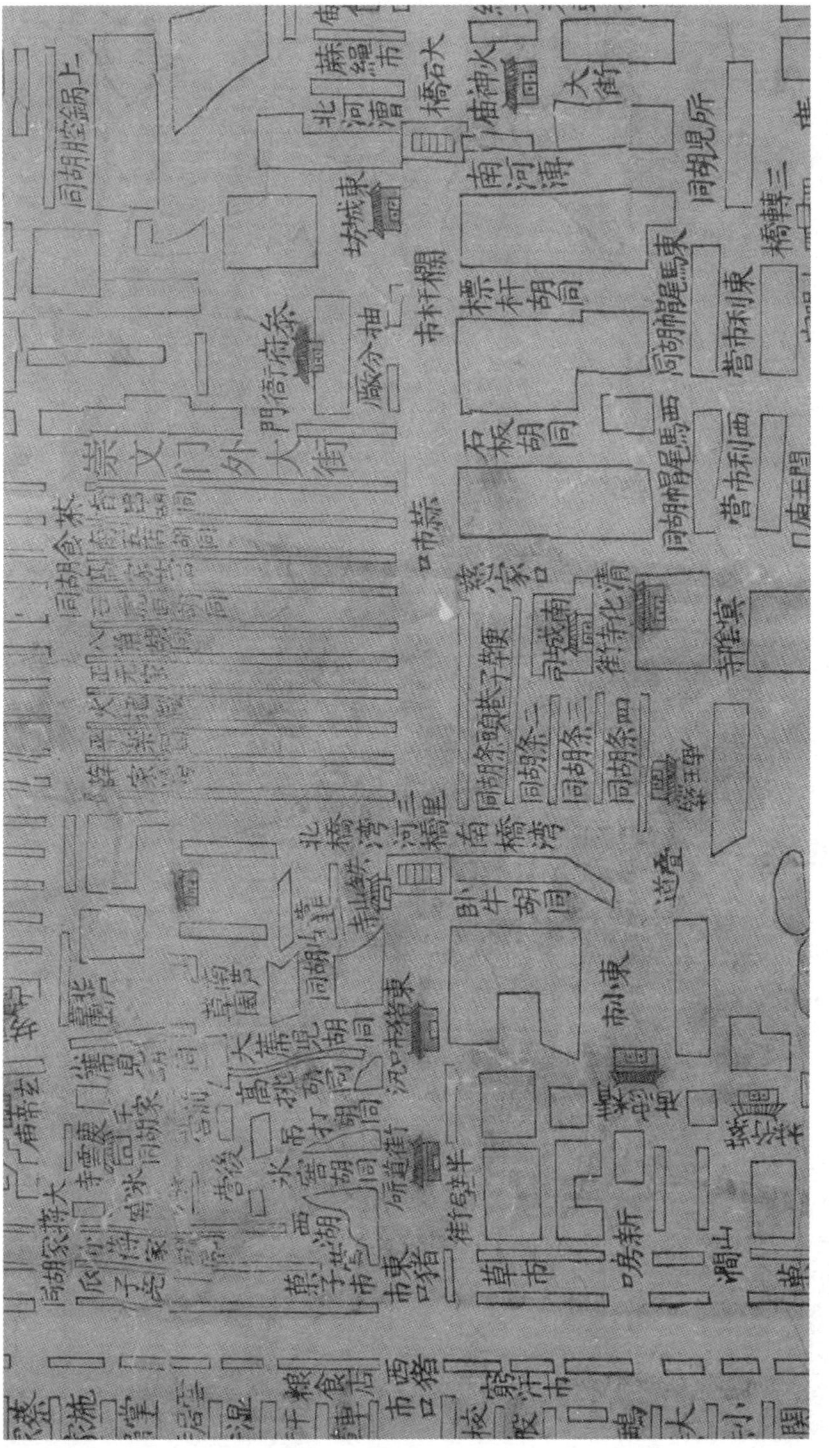

1825年《京城全图》之“蒜市口”

力的原因。

以往，学界研究曹家崇外居所者多将崇外之十七间半与此鲜鱼口空房分开看待，但是，在我们了解了清代实际词汇“蒜市口地方”的使用范畴后，我们似乎可以将“蒜市口地方”十七间半与“鲜鱼口空房一所”联系起来考虑。

但是，鲜鱼口离蒜市口距离似乎不近，但是当我们知道，鲜鱼口、蒜市口在实际运用中实际指代一片区域时，这种表面看来的矛盾似乎就不再存在了。也即曹家在崇文门外的那处房产距离鲜鱼口、蒜市口距离相近——当在草场胡同附近，而鲜鱼口、蒜市口在崇外区域名气甚大，故以“鲜鱼口”“蒜市口地方”指称，并无不妥之处。

四、崇外生活与曹雪芹的成长——兼及曹雪芹的京师亲友

曹雪芹回到蒜市口居住时年十四虚岁，在蒜市口，他不时经历着两种不同的生活，影响着他的心理认同和社会认知。

（一）曹雪芹与平郡王府

曹雪芹家族回到崇文门外蒜市口地方居住，京中亲戚尚多，似当有往来，其中，关系最为亲密的当属姑父平郡王纳尔苏一家。

康熙四十五年（1706 年），经康熙皇帝指婚，曹雪芹姑母进京，嫁给平郡王纳尔苏为嫡福晋。[1] 四十七年六月二十六日，生长子福彭。雍正四年（1726 年）七月，纳尔苏坐贪婪，削爵，福彭袭多罗平郡王，年 18 岁，入宫陪皇子弘历、弘昼读书。雍正十一年（1733 年）四月，在军机处行走，成为最年轻的军机大臣；同年，出为定边大将军，指挥清军与准噶尔作战。

曹雪芹姑母为纳尔苏生四子，长子福彭，长曹雪芹七岁；四子福秀（按纳尔苏诸子大排行）生于康熙四十九年闰七月二十六日；第六子福靖生于康熙五十四年九月二十日，与曹雪芹同岁；第七子福端生于康熙五十六年七月十五日，雍正八年卒。

---

① 康熙四十五年十二月初五日《江宁织造曹寅奏王子迎娶情形折》：“前月二十六日，王子已经迎娶福金过门。”故宫博物院明清档案部：《关于江宁织造曹家档案史料》，中华书局，1975 年，第 44 页。

雍正六年，曹雪芹家族从江宁回到京师，因此，曹雪芹与福端或有交往，但交游当少；而姑父纳尔苏、姑母曹氏、三位表兄弟都活到了乾隆年间。戴逸、胡文彬皆以为，《红楼梦》中北静王水溶身上有福彭的影子。

以往，学界对平郡王府与曹雪芹的交游多有关注，而对曹雪芹姑母曹氏的关注较少。

实际上，纳尔苏卒于乾隆五年九月初五日，年五十一岁，而曹雪芹姑母曹氏至晚到乾隆十三年，曹氏仍在人间。《清高宗实录》卷三三五“乾隆十四年二月丁酉”条下载：

> 礼部议奏：“故多罗平郡王福彭遗表称：‘臣父平郡王讷尔苏以罪革爵，殁后蒙恩以王礼治丧赐谥。臣母曹氏未复原封，孝贤皇后大事不与哭临，臣心隐痛，恳恩赏复。’所请无例可援。”得旨：“如所请行。”

按，孝贤皇后大事指乾隆十三年乾隆原配皇后富察氏逝世、尸身回京举办丧礼等事。乾隆十三年（1748年）三月十一日，富察皇后卒于德州，三月十七日灵柩到京。缟服跪迎。总理丧仪王大臣等奏准：

> 王以下文武官员，公主、福晋以下，乡君、奉恩将军恭人以上，民公、侯、伯、一品夫人以下，侍郎、男、夫人以上，皇后娘家男妇和其他人员俱成服，齐集举哀。

因雍正四年平郡王纳尔苏坐贪婪削爵事、曹氏王妃封号亦被剥夺，故而，孝贤皇后大丧，“不与哭临”。

至乾隆十三年十一月十三日，福彭逝世，死前，福彭上奏，为母亲恢复封号事请旨。这就说明，至乾隆十三年三四月间，曹氏仍在，其时，她应该已近六旬，曹雪芹业已三十四虚岁。

作为曹寅的大女儿、李氏的女儿、曹頫的姐姐、曹雪芹的亲姑母，若说曹氏在曹雪芹家族回京后，没有给予应有的照顾，以至于曹雪芹回京后生活境遇不佳，似乎是说不通的。因此，曹氏似应“特别”纳入到曹雪芹生平的思考中来。

（二）与其他王族的关系

除了福彭家族外，曹家在京师的亲戚还有次姑母一家、礼王家族、怡王家族、昌龄家族、李鼎家族、曹颀家族等。

曹雪芹另一姑母也嫁与满蒙人等为王妃。萧奭《永宪录续编》载："寅，字子清，号荔轩，奉天旗人，有诗才，颇擅风雅。母为圣祖保母，二女皆为王妃。"康熙四十八年二月初八日，曹寅《奏为婿移居并报米价折》云，拟于东华门外为次女婿购买房屋——其人为皇帝侍卫。

此外，礼王家族、顺承郡王家族与平郡王家族同出两红旗主代善，曹雪芹佚著《废艺斋集稿》即在清末民初流出于礼王府。曹雪芹在京师生活期间，是第六代康亲王崇安（康熙四十八年袭爵，雍正十一年薨）、第七代康亲王、崇安叔巴尔图（雍正十一年袭爵，乾隆十八年薨）、第八代康亲王、崇安子永恩（乾隆十八年袭爵，乾隆四十三年复号礼亲王，嘉庆十年薨）在位期间。

怡王家族与曹雪芹亦有交往。雍正二年（1724年），皇帝在曹𫖯请安折上朱批道：

> 朕安。你是奉旨交与怡亲王传奏你的事的，诸事听王子教导而行，你若自己不为非，诸事王子照看得你来……除怡王之外，竟可不用再求一人托累自己……若有人恐吓诈你，不妨你就问怡亲王，况王子甚疼怜你，所以朕将你交与王子。

雍正八年，胤祥逝世，王位由年仅八岁的弘晓（胤祥第七子）继承，而胤祥第四子弘晈特旨加封"罗宁良郡王"。

现在发现的"己卯本"《脂砚斋重评石头记》不仅避康熙皇帝的"玄"字、雍正皇帝的"禛"字，更避两代怡亲王胤祥和弘晓的"祥"字和"晓"字。这就证明怡王府曾经抄录《红楼梦》，而该"己卯本"即是怡亲王府中的原钞本——书不避讳，系因古代避讳有多种讲究，但是，只要避讳，尤其是避家讳，则书写者与本家必然有一定的直接关系。

（三）曹雪芹的其他亲戚

此外，雍正六年后，曹寅、曹𫖯一支彻底败落，但是，曹雪芹的叔爷曹宜、曹雪芹的堂伯曹颀等仍在朝中为官，并受到雍正皇帝的信任。

曹霑的堂叔祖曹宜，系曹振彦二子曹尔正之子，与曹寅、曹荃兄弟为堂兄弟。其人一直在京任职，长期担任护军校，前后当差长达三十三年，后转鸟枪护军参领。康熙四十七年，奉旨护送佛像去往浙江普陀山。雍正十一年（1733 年）七月，升正白旗护军参领，并巡察圈禁雍正亲弟、死敌允禵地方。

曹雪芹的伯父曹颀，又名桑额，康熙五十年（1711 年），与曹雪芹的父亲曹頫一起觐见皇上，因皇帝特别关照被录取在宁寿宫茶房使用。五十五年，茶房总领福寿病故，署内务府总管马齐折奏可以补缺八位待选人员名单。马齐折子上开列的这八个人，在内务府当差的时间都有二三十年，且来头不小；但皇帝对这些人不感兴趣，他传旨说："曹寅之子茶上人曹颀，比以上这些人都能干，着以曹颀补放茶房总额。"于是，曹颀成为了三名茶房总领之一。

雍正继位后，曹颀仍然受宠不衰。雍正三年（1725 年）五月二十五日，皇帝让管理茶饭房事务、散秩大臣佛伦传旨："着赏给茶房总领曹颀五六间房。"经查找，"烧酒胡同有李英贵入官之房一所，计九间，灰偏厦子二升，请赏给茶房总领曹颀。"

曹雪芹与翰林院侍讲学士富察、昌龄家族关系亦密。

曹雪芹祖父曹寅有一姊妹，嫁满洲镶白旗人傅鼐。

傅鼐（？—1738），富察氏，字阁峰，满洲镶白旗人，系雍正皇帝为亲王时的藩邸旧人。雍正曾说，在自己藩邸中，傅鼐与年羹尧是最可任用之二人，才情上，年更占优；但论忠厚平和，傅则更胜一筹。

雍正二年，傅鼐授镶黄旗汉军副都统、兵部侍郎。三年，调盛京户部侍郎。后因皇帝疑其"与隆科多交结"，虑或败，预为隆子岳兴阿设计；又逢傅鼐任侍卫时为浙江粮道江国英关说受贿事发，夺官，发遣黑龙江。雍正九年，召还，赴抚远大将军马尔赛军营效力，寻予侍郎衔，授参赞大臣。十年，以所部破准噶尔蒙古噶尔丹策零，赏花翎。平郡王福彭代为大将军，傅鼐参赞如故。

傅鼐长子昌龄，好学不辍，于雍正元年中进士，官翰林院侍讲学士，除继承了部分父亲藏书外，还从曹家转移来不少古籍善本，以至于他书斋中所藏的善本图书比纳兰性德的通志堂还要多。李文藻《琉璃厂书肆记》载：

夏间，从内城买书数十部，每部有“曹楝亭”印，又有“长白敷槎氏堇斋昌龄图书”记。盖本曹氏物而归于昌龄。昌龄官至学士，楝亭之甥也。

《平津馆鉴藏书籍记》则云：“新刊《名臣碑传·琬琰集》，楝亭曹氏藏书，有‘长白敷槎氏堇斋昌龄图书印’。”

曹雪芹舅爷李煦与韩氏夫人生一女，后嫁内务府营造司郎中佛公宝之子黄阿琳，后为正黄旗参领兼佐领；妾詹氏生长子李以鼎，即李鼎；妾范氏生次子李以鼐。

雍正元年，李煦抄家，家族返京。雍正五年，因涉及为阿其那购买苏州女子一案，发往东北打牲乌拉，则李鼎、李鼐兄弟并其母亲、妻子以及李煦京师诸弟都在北京生活居住——李煦三弟李炘曾任銮仪卫仪正、奉宸苑员外郎，五弟李炆曾任畅春园总管、奉旨佐理两淮盐漕事务，其余诸弟居通州红果园。

（四）前三门的市井生活

在清朝，由于旗民分治（旗人居内城，汉民居外城——以前三门为界），京师前三门（正阳门、崇文门、宣武门）外商业汇集，仅从地名如猪市口、菜市口、鲜鱼口、木厂胡同、兴隆街、布市、瓜子店等地名，繁盛景象可见一斑。

因此，曹雪芹回到蒜市口一带居住，经常面对的是中下层的市井生活，这里的生活氛围影响到他的见闻、见识、创作素材等。《红楼梦》第二十四回“醉金刚轻财尚义侠　痴女儿遗帕惹相思”中写贾府旁支贾芸到舅舅卜世仁（谐音“不是人”）家借钱不遂：

且说贾芸赌气离了母舅家门，一径回归旧路，心下正自烦恼，一边想，一边低头只管走，不想一头就碰在一个醉汉身上，把贾芸唬了一跳。听醉汉骂道：“臊你娘的！瞎了眼睛，碰起我来了。”贾芸忙要躲身，早被那醉汉一把抓住，对面一看，不是别人，却是紧邻倪二。原来这倪二是个泼皮，专放重利债，在赌博场吃闲钱，专管打降吃酒。如今正从欠钱人家索了利钱，吃醉回来，不想被贾芸碰了一头，正没好气，抡拳就要打。只听那人叫道：“老二住手！是我冲撞了你。”倪二听见是熟人的语音，将醉眼睁开看时，见是贾芸，忙把手松了，趔趄着笑道："原来是贾二爷，我该死，我该死。这会子往那里去？"贾芸道："告诉不得你，平白的又讨了个没趣儿。"倪二道："不妨不妨，有什么不平的事，告诉我，替你出气。这三街六巷，凭他是谁，有人得罪了我醉金刚倪二的街坊，管叫他人离家散！"贾芸道："老二，你且别气，听我告诉你这原故。"说着，便把卜世仁一段事告诉了倪二。倪二听了大怒，"要不是令舅，我便骂不出好话来，真真气死我倪二。也罢，你也不用愁烦，我这里现有几两银子，你若用什么，只管拿去买办。但只一件，你我作了这些年的街坊，我在外头有名放帐，你却从没有和我张过口。也不知你厌恶我是个泼皮，怕低了你的身分，也不知是你怕我难缠，利钱重？若说怕利钱重，这银子我是不要利钱的，也不用写文约，若说怕低了你的身分，我就不敢借给你了，各自走开。"一面说，一面果然从搭包里掏出一卷银子来。

这段文字"庚辰本"《脂砚斋重评石头记》不时有批语赞扬作者写作逼真，如"侧批"云："仗义人岂有不知礼者乎？何尝是破落户？冤杀金刚了。""写得酷肖，总是渐次逼出，不见一丝勉强。""知己知彼之话。"

倪二即当时典型的市井豪侠，与彼时京中旗人豪侠行为方式颇不相同——按照时人记载，京中旗人豪侠好勇斗狠更多，可见曹雪芹对市井生活和人物的了解，不得不说这与他在崇文门外的生活有一定的关系。

曹雪芹崇外时间、事件表

时间	事件	雪芹年龄
康熙五十四年（1715年）	曹雪芹出生	1岁
雍正六年（1728年）	曹雪芹回到蒜市口居住	14岁
雍正七年（1729年）	曹雪芹成年，可以挑差，入平郡王府行走	15岁
雍正十一年（1733年）	曹雪芹随姑父纳尔苏敲诈隋赫德，案发，大约此时避于京西	19岁
乾隆十五年（1750年）	《乾隆京城全图》绘制完工	36岁

五、隋赫德行贿老平郡王案与曹雪芹崇外生活的结束

曹雪芹在崇外居所居住时间，当前未见有文献记载，但透过相关材料，似乎可见某些端倪。

（一）隋赫德行贿老平郡王经过

雍正十年（1732 年），继曹頫为江宁织造的隋赫德被革职，返回京师赋闲。来京时，隋赫德“会将官赏的扬州地方所有房地，卖银五千余两”。

次年二三月间，隋赫德将“宝月瓶一件，洋漆小书架一对，玉寿星一个，铜鼎一个”交给在廊房胡同开古董铺的京民沈四变卖。后来，沈四带曹雪芹表弟福静到隋赫德家，“说要书架、宝月瓶，讲定书架价银三十两、瓶价银四十两，并没有给银子，是开铺的沈姓人保着拿去的”。

后来，“老平郡王差人来说，要借银五千两使用”，隋赫德遂将在南方卖房银子中剩下的三千八百两送去。

银子到了平郡王府后，三四月间，小平郡王福彭“差了两个护卫”来到隋赫德家，向隋赫德言：“你若再要向府内送甚么东西去时，小王爷断不轻完。”

（二）案发与结案：“曹家人”选项与结局推测

事情明摆着是平郡王一家为曹家“拔创”，即出头。不过，更有意思的事情还在后面，一是内务府的奏折，称：

> 查隋赫德系微末之人，累受皇恩，至深至重。前于织造任内种种负恩，仍邀蒙宽典，仅革退织造。隋赫德理宜在家安静，以待余年，乃并不守分，竟敢钻营原平郡王讷尔素，往来行走，送给银两，其中不无情弊。
>
> 至于讷尔素，已经革退王爵，不许出门，今又使令伊子福静，私与隋赫德往来行走，借取银物，殊干法纪。相应请旨，将伊等因何往来并送给银物实情，臣会同宗人府及该部，提齐案内人犯，一并严审定拟具奏。为此谨奏。

讷尔素，即纳尔苏。彼时，满人名称汉写往往有几种写法。

案子办得看似公正，但一开始即将隋赫德置于了钻营老平郡王的位置

上。更有意思的是皇帝的圣旨：

> 雍正十一年十月初七日奉旨："隋赫德着发往北路军台效力赎罪，苦尽心效力，着该总管奏闻；如不肯实心效力，即行请旨，于该处正法。钦此。"

精明过人的雍正皇帝，既没有要求继续深究此案，务明真相，也没有指示应该如何审理犯案的纳尔苏等人，只将隋赫德发往西北，即将案子结案。

显然，皇帝对这件案子的真相是明了的，但他并不想在法定层面上去挑破这层窗户纸。

在案件审理中，隋赫德与其子富璋的供词也值得关注，一是，隋赫德称：

> 后来我想，小阿哥是原任织造曹寅的女儿所生之子，奴才荷蒙皇上洪恩，将曹寅家产都赏了奴才，若为这四十两银子，紧着催讨不合，因此不要了是实。①

而富璋则称："从前，曹家人往老平郡王家行走。"

当时，能够在平郡王府"行走"的"曹家人"，应该就是与王府关系最为密切的曹雪芹。

八月，雍正帝以福彭为抚远大将军，前往西北，指挥清军与准噶尔蒙古作战。待他到达驻地，隋赫德行贿老平郡王案正好审理完毕。十月初七日《庄亲王允禄奏审讯隋赫德钻营老平郡王折》结尾写道：

> 此旨（将隋赫德发往西北军台效力的谕旨）系大学士鄂等交出。应办理之处，办理军机处业经办理讫。②

---

① 两件古董价七十两白银，隋赫德故意省略书架的三十两，仅言宝月瓶的价格四十两，是故意显示自己第一次与老平郡王的往来，不算大事。

② 雍正十一年七月二十四日《庄亲王允禄奏审讯隋赫德钻营老平郡王折》，《档案》，第192—196页。

这奏折中的“应办理之处，办理军机处业经办理讫”很耐人寻味。

从前、后文的逻辑来看，这里还应该说到了涉及该案的除隋赫德之外相关人等的处理与善后。如此，在平郡王府行走的曹霑，自然也脱不了干系。

六、结语：曹雪芹、香山、正白旗、京师、纪念馆

曹雪芹离开崇外蒜市口十七间半后的行迹，限于资料，无从知晓，但仍有痕迹可寻。

1971 年，香山正白旗 39 号院西墙壁上友人赠曹雪芹“对联”(“远富近贫，以礼相交天下有；疏亲慢友，因财绝义世间多”。1963 年，吴恩裕等红学家由香山百姓处知）的发现，揭开了正白旗 39 号院与曹雪芹故居关系的争论。

按，书画鉴定家张伯驹曾来此处参观，观看题壁诗照片，指出墙壁上墨迹法体为乾隆时代无疑。如此，则墙壁上“丙寅”落款当为乾隆十一年（1746 年），即《红楼梦》开笔的第三年。

又，曹雪芹家族为内务府人，附近与内务府相关单位为十方普觉寺行宫——雍正八年，皇帝赐卧佛寺给怡亲王为“家庙”，怡府继而修缮，雍正十一年，修缮完毕，次年皇帝赐名十方普觉寺，并以亲信超盛如川法师主其法席——颇疑此时怡王府将寺庙献给皇帝，并有行宫之设与内府之役。

但是，此时的曹雪芹并没有放弃仕途，按照现有资料，乾隆改元后，他仍有为侍卫、国子监贡生、右翼宗学的工作。可知，他一度往来于京师与香山之间。

北京以它独有的文化特色，哺育了曹雪芹，为《红楼梦》的创作注入了文化基因，而崇外蒜市口一带特有的文化氛围，无疑在曹雪芹的生活中、在《红楼梦》的创作中扮演或者明显或者暗在的角色。

据悉，北京市东城区一直致力于环天坛文化圈的打造，欲图在蒜市口一带建立曹雪芹纪念馆，为北京中轴线文化的建设服务，对曹雪芹崇外居所的研究、对曹雪芹生活时代崇外文化氛围的研究、对这一地区文化和曹雪芹交游等相关课题的研究，应该说对曹雪芹、《红楼梦》文化的传播起着基础的作用。

曹雪芹京西居所、行迹研究及相关问题考辨

自20世纪50年代，吴恩裕教授考察曹雪芹香山居所以来，关于曹雪芹京西居所和足迹的研究已经持续了60余年，尤其是1971年发现题壁诗的正白旗39号院与曹雪芹故居的关系，更是引发了学界的大争论，很多学者都发表过意见和专文。

但是，当我们系统、细致地考察各家观点后，就会发现很多相关研究论文对事情的前因后果和其中细节把握得并不准确——这一问题也存在于曹雪芹相关文物的研究上。

基于此，笔者将相关研究中的一些“不对等”的信息和误会提出来，以求推动曹雪芹京西居所和曹雪芹京西活动研究的“同平台对话”及深入，并求教于方家。

一、关于曹雪芹与香山镶黄旗营的传说

关于曹雪芹京西居所的资料，学界有记载的文字出自1954年。

（一）曹雪芹住香山镶黄旗营的传说

1954年8—9月，吴恩裕在《新观察》第16—18期上连载了《关于曹雪芹》一文，其中《曹雪芹生平二三事》一节叙及曹雪芹在北京西郊的相关情况。

吴恩裕《关于曹雪芹》一文发表后，上海曹未风、承德赵常恂先后致信于他。是年9月28日，上海曹未风函云：

见《新观察》先生文内谈到曹雪芹在北京西郊住处问题。记得在一九三零年曾在北京西郊到过一个村子（在颐和园后过红山口去温泉的路上附近），名叫“镶黄旗营”。曾听到一位当地人士谈到，曹晚年

即住在那里，并死在那里。……事隔多年，可能记忆有误，提出来仅供参考。[1]

按，曹未风的记忆确实有误，因颐和园后过红山口去温泉的路上并没有叫作“镶黄旗营”的村子，圆明园正黄旗营位于肖家河一带——勉强可以说靠近“从红山口去温泉”的黑山扈路（真正靠近此路的是圆明园正红旗营），而圆明园镶黄旗营还远在正黄旗东侧的树村一带。

10 月 18 日，承德赵常恂致函吴恩裕，告曹雪芹之居所位于北京西郊健锐营，云：

> 曹雪芹穷居著书的地点，可能在北京西郊的健锐营（香山附近，是八旗兵驻在地）。我幼年（清末）在北京读书时（满蒙文高等学校，在西城丰盛胡同），有一个同舍生是北京西郊健锐营人，他每星期六出城回家，星期日归校。他常说，郊外骑驴如何有趣，偶谈起《红楼梦》来，他又说作《红楼梦》的曹雪芹就住在他们那里，后来也死在那里。雪芹的旧居房屋，犹有痕迹可指。也还有人收藏着雪芹所写的字画，此外，并说了些雪芹的轶事。

按，健锐营建于乾隆十四年（1749 年），其八旗分布在万安山、香山、寿安山、金山一带山弯之中，健锐营镶黄旗营位于香山煤场街至北京市植物园西门一带，不过位置不在“在颐和园后过红山口去温泉的路上”，而是“在颐和园后过红山口去”香山的路上。

沈阳刘宝藩亦曾告诉吴恩裕先生，1950 年 2 月，彼到京郊青龙桥一带参加土改，“偶与正蓝旗住户之满洲人德某谈及《红楼梦》作者曹雪芹，德谓：‘曹住在健锐营之镶黄旗营，死后即葬于附近，概曹于该地有小块墓地。’”

从以上不同渠道得来的消息，我们知道，在 20 世纪初中叶，香山民众认为，曹雪芹在香山居住，住镶黄旗营，并最终逝于此地。

---

① 吴恩裕文字据吴恩裕《曹雪芹丛考》，上海古籍出版社，1980 年。

二、关于曹雪芹镶黄旗居所：民间传说与文献的比较研究

（一）民间传说：口述史与民间文学的混合体

毋庸讳言，民间传说中存在大量失实的信息，甚至可以说，在某些民间传说中，90%以上的信息都为后人所夸张、甚至创造，与历史事实存在甚大的差距；但是，不应该因为民间传说这样的特点而全部否定民间传说对历史信息的记忆与传承。

众所周知，作为现代历史研究最基本的资料，不管是正史也好，口述史、历代文人笔记、诗文、墓志铭也好，同样存在着失实、夸张、歪曲历史的情况。

史料并不等于历史学。

作为研究者，历史学家的任务就是综合所有可以接触的资料，利用材料可信性判断的基本原则，根据自己的学术背景和学术素养，对材料进行比对、分析和综合研究，得出研究对象各载体信息的关系，以严密的逻辑，做出合理地考证或者推测，逐步揭示或者接近历史的真相。

在非物质文化遗产归类中，民间传说被归为“民间文学”。

应该说，这种归类说不上不合理，但也并不全面。民间传说是一种口述史与民间文学混合的产物，这就要求研究者在利用民间传说时，既要考虑到民间传说中存在历史记忆的属性，同时也要充分认识到民间传说中民间文学的性质，不能将单个的民间传说作为证据用于历史研究。

关键问题在于，研究者所据民间传说中口述史的信息是哪些，民间文学的信息是哪些，这就需要将民间传说所提供的信息与记载研究对象的文献、实物，与研究对象所处的时代、社会制度等进行综合比对、互证，发现其中的相同点、不同点，分析其不同的原因……

将传说与文献、文物、社会背景、制度进行综合研究，在天地会研究、义和团研究、抗日战争研究中都得以应用，民间传说对历史某些信息传承的性质亦在研究中得到证明。

（二）曹雪芹京西居所研究：民间传说与文献资料的对证

20世纪50年代，吴恩裕听到的有关曹雪芹住香山一带的传说，皆出现于红学家对曹雪芹与香山关系未加关注的时代，各传说信息中存在一致的地方：即曹雪芹曾住香山健锐营，具体说，是在镶黄旗营一带，死在此

处，葬于附近。

曹雪芹友人敦诚《赠曹雪芹》写雪芹居所云：“满径蓬蒿老不华……日望西山餐暮霞。”张宜泉题《芹溪居士》写雪芹居所云：“爱将笔墨逞风流，庐结西郊别样幽。门外山川供绘画，堂前花鸟入吟讴。”知道曹雪芹曾居住在北京西郊，其地紧邻山川（门外山川，非是遥望山川供绘画），满径蓬蒿，可以日望西山晚霞。

敦敏《赠芹圃》写雪芹居所云：“碧水青山曲径遐，薜萝门巷足烟霞。”《访曹雪芹不值》写雪芹居所则云：“野浦不见人，柴扉晚烟薄。山村不见人，夕阳寒欲落。”写明雪芹居所在山村，其处青山碧水，旁临“野浦”。

将记载曹雪芹居所特征的文献与传说结合考察，可知两者包含的信息是一致的：健锐营镶黄旗位于碧云寺、万花山、寿安山之间，因沟壑分割，有镶黄旗西营、镶黄旗南营、镶黄旗北营三部分组成，其间沟壑纵横，正合曹雪芹友人敦敏等人所谓雪芹居所碧水青山、日望西山、旁有野浦的特点。

或者以为，诗中所写明显为山村，但传说指曹雪芹住在旗营，特征明显不同，且友人不能轻易出入于旗营。

这一问题需要结合另一个传说和香山地区人们的语言表达方式进行解释。

（三）镶黄旗、北上坡、公主坟：香山地方历史与风俗

1963年张永海告诉吴恩裕等人，曹雪芹最后住在镶黄旗营外的北上坡。

实际上，这一说法与赵常恂同学、曹未风所遇乡民和德某所言“实际上”并无差异，而出现“字面”的区别，主要与香山当地民众基于当地特点对“地点”的表达方式有关。

清代旗营一般集中驻扎，按八旗左右翼分布，以便与汉民分开，保证旗营安全，不论是京师，还是地方，京西的圆明园护军营、蓝靛厂外火器营也是如此，而香山则不同。

由于香山位置偏僻，且多山川沟壑，为了保证健锐营八旗的驻扎和物资供应，清政府在设置健锐营时因地制宜，左、右两翼沿山弯铺开，遇到村落或寺庙时，采取一村一旗（一寺）的驻扎模式。《日下旧闻考》卷一百一《郊坰·西十一》载：

> 静宜园东四旗健锐云梯营之制：镶黄旗在峒峪村西，碉楼九座，正白旗在公车府西，碉楼九座，镶白旗在小府西，碉楼七座，正蓝旗在道公府西，碉楼七座。

《日下旧闻考》卷一百二《郊坰·西十二》载：

> 静宜园西四旗健锐云梯营之制：正黄旗在永安村西，碉楼九座，正红旗在梵香寺东，碉楼七座，镶红旗在宝相寺南，碉楼七座，镶蓝旗在厢红旗南，碉楼七座。

乾隆十四年（1749 年），健锐营初建时有兵丁一千人。《清会典事例》卷八七二《工部一一·营房·京师营房》云："随征金川云梯兵一千名，别设一健锐营，分为两翼。"至乾隆十八年（1753 年），"增设骁骑千名"。

旗兵携家属居住，曹雪芹在香山居住的时候，香山仅健锐营士兵就有 2000 名，加上家属，每旗有 700 余人，是当地较大的村落。即便是清亡

光绪京西园林图上的公主坟、镶黄旗西营

后，除四王府、门头村外，各旗演变成的村落也是香山人口规模较大的村落，故而当地人在说及某地时往往以所在地区旗营的名称作为代称。

曹雪芹晚年居住的北上坡，相邻一带曾埋葬明朝的公主，故名公主坟，而其地又紧邻镶黄旗西营，故当地人在称呼这一带时，往往统称为镶黄旗，这就是曹雪芹晚年住镶黄旗外北上坡，而人们或者称之为北上坡，或者称之镶黄旗，或者称之为公主坟的原因。

三、关于曹雪芹京西正白旗故居的传说

虽然，吴恩裕先生很早就搜集到曹雪芹住镶黄旗的传说，但并没有真正引起学界关注，学界和社会真正开始关注曹雪芹与香山的关系是在1963年。

（一）张永海关于曹雪芹正白旗居所的传说

1963年，为纪念曹雪芹逝世200周年，文化部在故宫文华殿举办纪念活动。

3月初，中国新闻社记者黄波拉（黄绍竑侄女）到卧佛寺侧龙王堂看望同乡好友冯伊湄——1957年，冯伊湄与丈夫、著名画家司徒乔住在香山写生、休养，1958年2月司徒乔病逝于香山。

闲谈中，黄波拉提及文化部举办“纪念曹雪芹逝世二百周年活动”的事情。冯伊湄遂道，有个曾跟司徒乔学画的学生叫张家鼎，他的父亲正黄旗蒙古人张永海知道许多曹雪芹的传说，可以一起聊聊。

其后，黄波拉将相关信息带回城里。不久（3月中旬），中国社会科学院《文学遗产》编辑部找到著名红学家吴恩裕，委托他到香山访问张永海。3月17日，吴恩裕邀请吴世昌、周汝昌、陈迩冬及骆静兰等一干人同往香山。

当年，张永海整六十岁，是蒙古旗人，清末从八旗高等小学毕业。他家从清初就世代居住在香山门头村正黄旗军营中。张永海的父亲张霙泉少时喜欢编唱莲花落，能唱整本的《红楼梦》。从小张永海就从父亲、乡亲那里听过许多关于曹雪芹的故事。在采访中，张永海讲到：

> 他搬到香山……他住的地点在四王府的西边，地藏沟口的左边靠

近河的地方，那儿今天还有一棵二百多年的大槐树……鄂比就送他一副对联："远富近贫以礼相交天下有，疏亲慢友因财绝义世间多。"

张永海讲述的传说经吴恩裕整理，曾经在中国作协内部印行过，但并未向社会公开发表。

值得注意的是，此时的香山百姓还不知道什么是"红学"，除吴恩裕曾于 1962 年一度在香山考察曹雪芹传说外，学界还没有其他人到香山进行过考察。

1963 年 4 月 18 日，由张永海口述、其子张家鼎整理的《曹雪芹在西山的传说》一文发表在《北京日报》"北京春秋"版上。4 月 27 日至 5 月 1 日，黄波拉也将从张永海那里听来的有关曹雪芹传说整理成文，发表在《羊城晚报》上。至此，学界和社会上才知道张永海从父、祖和乡亲那里听来的这些曹雪芹传说。

（二）关于正白旗和镶黄旗

赵常恂、张宝藩等人听来的传说，称曹雪芹住香山镶黄旗营，而张永海听来的传说则称曹雪芹住香山正白旗营，何以有这样的区别的呢？

实际上，张永海听来的传说中对这个问题有相应的描述：

地藏沟口溪水经过正白旗39号院落流入正白旗西面河滩

> 乾隆二十年春天雨大，住的房子塌了，不能再住下去……鄂比帮他的忙，在镶黄旗营北上坡碉楼下找到两间东房，同院只住一个老太太……

也就是说，曹雪芹先住正白旗营，乾隆二十年以后才搬出正白旗到镶黄旗营北上坡居住，张永海听来的传说中与赵常恂、张宝藩听来的传说中关于曹雪芹住处的信息并不矛盾。

四、正白旗曹雪芹故居与正白旗 39 号院

（一）正白旗曹雪芹故居位置

1971 年 4 月 4 日以前，正白旗 39 号院与曹雪芹正白旗故居之间并没有产生太多关系。

不过，按照吴恩裕的说法，1963 年 3 月 17 日下午一点，张永海曾带吴恩裕、吴世昌、周汝昌等人去看过“雪芹的旧居遗址”，先看了其镶黄旗营外公主坟一带，而关于他们当日参观曹雪芹正白旗旧居的情况，吴恩裕先生是这样记载的：

> 横过今天通往卧佛寺的马路和现在的河滩，走出河墙外就是地藏沟口。雪芹……旧居就在沟口南面的一棵古槐附近。他的旧居后面是当年的档房。档房是正白旗存档的地方……旧居的门前横着一条河。

1963 年时，地藏沟口有古槐的地方就在正白旗 39 号院门口。当地人之所以称曹雪芹正白旗故居前有一棵古槐或者一棵二百多年的槐树，而不称有三棵古槐，盖与正白旗 39 号院门口前中间一棵古槐胸径独大有关。从吴恩裕的记载可知，当时，吴恩裕、吴世昌、周汝昌等人都是到过正白旗 39 号院前的。

（二）鄂比赠曹雪芹对联的发现

1963 年，张永海讲述给红学家听的传说中还有一个重要的信息，即鄂比曾送给曹雪芹一副对联，云：

远富近贫，以礼相交天下有；
疏亲慢友，因财绝义世间多。

实际上，在1971年4月4日之前，这副对联并没有引起人们特别的注意。当时，正白旗39号院的住户是从北京第二十七中学回到正白旗居住的语文教师舒成勋与他的哥哥。

由于舒成勋早年在外谋生，正白旗39号院为舒成勋的哥哥长期居住。1970年，在北京二十七中教书的舒成勋因为海外关系被打成“敌特”，被迫“退休”，回到正白旗老屋居住。

1971年4月4日下午3点左右，正白旗39号院房主舒成勋的夫人陈燕秀无事之余打扫西屋，在挪床的时候，因为腿脚残疾不利索，偶然间，床板上的铁钩在晃动中刮下一块墙皮，而墙皮下另有一层墙皮，这层墙皮上还有墨迹。

陈燕秀是青岛人，不识字。出于好奇，陈燕秀将已经破损的墙皮逐渐抠开，发现60%的墙壁上都写着文字。晚上，从城里办事回来的舒成勋在墙皮上题写诗文的中央发现一个写作菱形的文字：

远富近贫，以礼相交天下少；
疏亲慢友，因财而散世间多。真不错。

（三）正白旗39号院“题壁诗”发现后的一些情况

第二天，舒成勋让外甥郭文杰（后曾任北京市财政局副局长）为“题壁诗”拍摄了照片，并向香山街道和派出所进行了汇报。

4月6日，街道派出所李某来正白旗39号院看题壁诗。9日，北京文物管理处赵迅到正白旗39号院看了“题壁诗”。5月13日，中国科学院哲学社会科学部文学研究所接到民盟中央的电话通知，委托吴世昌先生前来香山调查；同日，胡文彬先生、周雷先生也曾到正白旗调查访问。

6月9日，北京文物管理处派于杰等人将舒家题壁诗揭走。当时，舒成勋不在家。

关于于杰与正白旗题壁诗的关系还有一个后续。周汝昌《北斗京华》之《张家湾传奇》一文载：

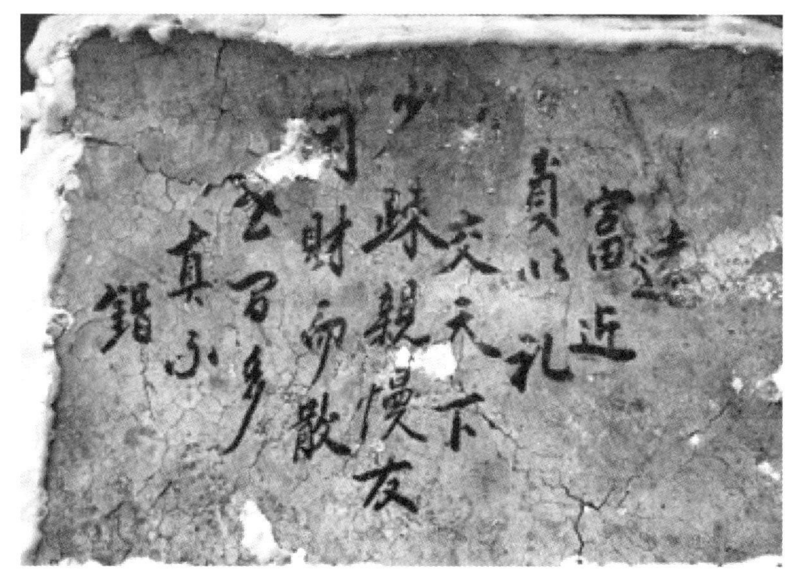

1971年在正白旗39号院西墙壁下发现的文字

会毕，款待午餐，从会场走向饭厅路上，于杰先生对我说了一席话也很重要，他说："眼神经萎缩，视力坏了。早年，他发现的'抗风轩'的墙皮上的字，那是假的。"

周文附注云：

1992. 8.1，随我与会者是我的小女伦苓，于杰先生的这一席话，我二人同闻，字字在耳，不可埋没。[①]

笔者未见于杰先生关于题壁诗的鉴定文字意见，然其对周汝昌先生所讲"他发现的'抗风轩'的墙皮上的字"却难解其意，因此题壁诗系舒成勋夫人陈燕秀发现，难道于杰向周汝昌表达的意思是"早年，他即发现'抗风轩'墙皮上的字是假的"吗？

① 周汝昌：《北斗京华》，辽宁教育出版社，2001 年。

五、关于正白旗 39 号院与曹雪芹故居关系的研究

（一）由传说与发现产生的逻辑

在学者与香山百姓互不了解的情况下，香山民间传说称，曹雪芹正白旗故居“在四王府的西边，地藏沟口的左边靠近河的地方，那儿今天还有一棵二百多年的大槐树”，正白旗的档房位于故居后。

又称：“鄂比就送他（曹雪芹）一副对联：‘远富近贫以礼相交天下有，疏亲慢友因财绝义世间多。’”

而就在专家了解到这个传说的 8 年后，也即 1971 年，在曹雪芹正白旗故居范围内的房子墙壁上发现了曹雪芹友人赠送给曹雪芹的对联，单就逻辑而言，发现对联的房子即应该是曹雪芹正白旗故居。

当然，这里还需要一个前提，即要确定这些文字书写于曹雪芹在正白旗生活居住的时间段内。

（二）吴世昌、赵迅、张伯驹对正白旗 39 号院题壁诗书写时间的研究

关于题壁诗的内容和书写年代，吴世昌认为：

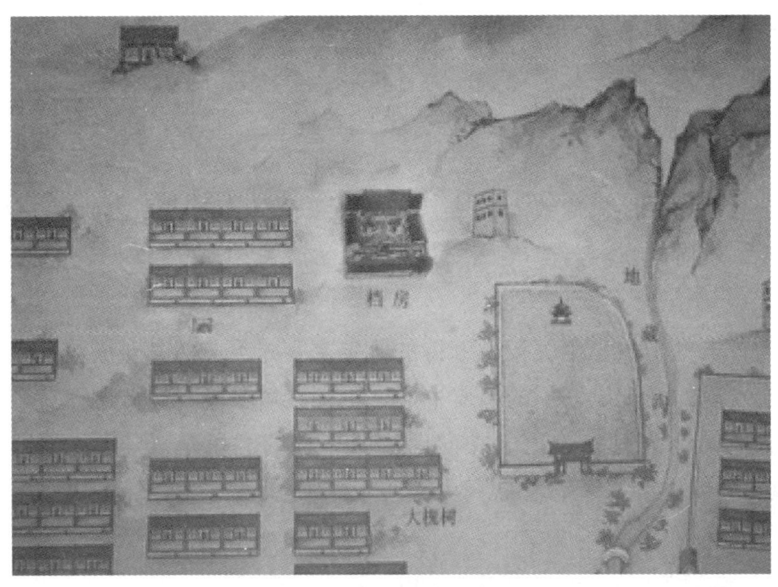

张永海传说中曹雪芹正白旗故居位置示意图

> 题诗者并不署名……他所欣赏选录的“诗”都很低劣……大概是一个不得意的旗人。

乾隆十一年（1746年）丙寅，当时传说中鄂比赠雪芹的对联尚未出现。雪芹也还没有移居郊外。①

不过，吴世昌关于正白旗39号老屋墙壁上“选录的‘诗’都很低劣”的鉴定，却被同样反对正白旗39号院为曹雪芹故居的赵迅所驳。

经赵查找，题壁诗文多抄自《唐六如居士全集》《西湖志》《东周列国志》《水浒传》等，可见，墙壁上的题诗不能说“都很低劣”，至少在这一点上吴先生的结论作的过快了些。

至于题壁诗的书写年代，赵迅与吴世昌的意见也不相同。赵迅认为：

> 曹雪芹移居西山的年代虽无确考，但从敦氏兄弟、张宜泉等人的诗句等旁证材料中推断，大约不出乾隆十六年至二十一年（1751—1756）期间。
>
> 题壁诗中有两处丙寅纪年……乾隆十一年时尚未迁居西山……因此，从时代上看，这里也不可能是“曹雪芹故居”。

并称：“从题壁诗的内容与舛误情况判断，这当是清代末叶住在当地的一位粗通文墨但水平不高的失意人所为。”②

按，赵迅所谓：“曹雪芹移居西山的年代……从敦氏兄弟、张宜泉等人的诗句等旁证材料中推断，大约不出乾隆十六年至二十一年（1751—1756）期间。”并称：“从题壁诗的内容与舛误情况”判断出正白旗39号院题壁诗系“清代末叶住在当地的一位粗通文墨但水平不高的失意人所为”。赵迅对曹雪芹迁居西山的时间推论依据是什么，因其文章并未明言，不知何以立论。

若以敦诚作于乾隆二十二年秋的《寄怀曹雪芹霑》中“君又无乃将军后，而今环堵蓬蒿屯”知曹雪芹已迁居京西而有以上推测，逻辑上就存在

① 吴世昌：《调查香山健锐营正白旗老屋题诗报告》，《红楼梦研究集刊》第1辑，1979年。

② 赵迅：《“曹雪芹故居”题壁诗的来源》，《红楼梦研究集刊》第1辑，1979年。

问题。

文人出版诗集一来并非全部诗作，二来诗集并非日记，无事不载，鉴于文人诗集记载史实的粗疏，以其记载证明事有则可，以其未载证明某事不存在则不可。具体到曹雪芹的行踪，以《寄怀曹雪芹霑》断曹雪芹迁居京西之下限则可，以之推断上限则不可。

否则，如果按照乾隆二十二年敦氏兄弟始有诗及曹雪芹，便断曹雪芹乾隆二十二年方迁居香山的逻辑，则可以认为至乾隆二十二年敦氏兄弟始有诗歌及曹雪芹，则可知乾隆二十二年以前曹雪芹与敦氏兄弟并不相识。

吴恩裕先生考敦氏兄弟之行踪，知敦诚于乾隆九年入右翼宗学，时十一岁，敦敏亦在宗学，时十六岁。按照敦诚《寄怀曹雪芹霑》“当年虎门数晨夕，西窗剪烛风雨昏”的记载，推测雪芹之交敦氏兄弟当在乾隆十三、十四年。时，敦诚十五岁上下，可以与雪芹形成“接䍦倒著容君傲，高谈雄辩虱手扪”的关系。

可知，上述以敦诚写曹雪芹诗的上限作为曹雪芹移居香山时间的下限，逻辑上并不成立。

若以张永海传说之“乾隆十六年，他（曹雪芹）就离开宗学，搬到西郊来住了”为据，推测曹雪芹至乾隆十六年才来香山，题壁诗上的丙寅或者非乾隆十一年之丙寅，或者题壁诗之丙寅系嘉庆十一年之丙寅或同治五年之丙寅，则与张伯驹先生对题壁诗书法风格的判断相悖。

1975 年 10 月 4 日（农历八月二十九日），著名文物鉴赏家张伯驹携夏承焘、钟敬文、周汝昌等人到正白旗 39 号老屋访问。舒成勋将当年照下的“题壁诗”的照片拿给张伯驹等观看。张伯驹后有《浣溪沙》记载当日之事，词注中写道：“按，发现之书体、诗格及所存兔砚断为乾隆时代无疑。”①

墙壁题诗中一诗落款为“岁在丙寅”。依照张伯驹关于题壁诗书体为乾隆时代风格的鉴定，则此“丙寅”应为乾隆十一年（1746 年）。

（三）如何理解张永海所谓曹雪芹乾隆十六年迁居正白旗的说法

那么，如何理解张永海传说中谓曹雪芹乾隆十六年迁居正白旗的说

① 张伯驹：《张伯驹集》，上海古籍出版社，2013 年。

法呢?

其一，学术考证利用民间传说资料时，如果有相关的文献和文物资料，需要将民间传说记载的信息与文献、实物记载的信息进行对照，以文献、文物记载信息为主，以传说记载信息为辅。

其二，传说传递的与文献、实物记载不同的信息其背后的实际信息是否有其他解释，可与文献、实物记载信息一致。

传说出现早于题壁诗发现时间8年、传说与题壁诗中鄂比赠雪芹对联的信息一致、传说与题壁诗发现形成逻辑、张伯驹先生对题壁诗书写年代风格的鉴定，可证曹雪芹迁居西郊、书写题壁诗文的时间下限为乾隆十一年。

有人认为，张永海传说中提到乾隆二十年曹雪芹正白旗房子塌了，因此，即便房屋墙壁上曾有过曹雪芹的题字，也不可能保存下来。

实际上，这种说法混淆了房子“塌”了和房子“倒”了的区别：所谓“倒”，是指房子的某一面墙壁或几面墙壁倒了，而“塌”则指房顶的漏与掉，两者完全不同。

（四）关于“题芹溪处士”款书箱的鉴定与质疑

北京人张行家中有一对书箱，其一盖上镌“题芹溪处士”，其一盖上镌“乾隆二十五年岁在庚辰上巳”——此盖后面墨笔书“为芳卿编织纹样所拟诀语稿本”等五行文字（简称“五行书目”）及起首“不怨糟糠怨杜康”悼亡诗一首。

关于此书箱，1976年，故宫明清木器史专家王世襄曾陪当时的文化部副部长袁水拍、红学家吴恩裕、红学家冯其庸等看过，指出器物为乾隆时期物品无疑。

关于此书箱，学界不少人都提出过异议，如朱家溍认为书箱盖后书有“纹样”二字，非曹雪芹时代所有；史树青认为曹雪芹纪念馆展览之书箱尺寸、格局不合等。

“纹样”一词，严宽从《清代档案史料·圆明园》中查到“乾隆三十一年四月十五日（油木作）……于本月十五日，催长四德将铜水法座一件，上画黑漆底，画五彩花纹样，持进交太监胡世杰呈览”，有“纹样”一词；陈传坤甚至查到唐朝人张籍《酬浙东元尚书见寄绫素》中有“越地缯纱纹样新，远封来寄学曹人”[①]，可知国人至晚在唐代即已使用“纹样”二字，不必待清末从日本传入。

至于曹雪芹纪念馆陈列之“题芹溪处士”款书箱的格局与尺寸，2012年，笔者曾与纪念馆建馆之初负责复制该书箱的薛小山先生面晤，薛告：

> 格局不对就对了。当年，我去张行家看书箱，张行只让照相，不让量尺寸，我是在两米之外照的照片，回来后，根据照片和目测放大的尺寸。

由此，史树青先生对纪念馆陈列书箱的质疑可以得到澄清，亦可证史树青先生似未曾见过张行家所藏书箱原物。

此外，关于此书箱全部，包括镌刻、墨迹等是否有后人所动手脚，2012年3月5日，经嘉德拍卖木器专家乔皓、颐和园小木作修复专家姚天新、文物鉴赏家戚明等人目验张行家藏之“题芹溪处士”款书箱原件，认为书箱整器为乾隆时期物品，以墨迹吃到木头中的程度判断，书箱盖后五行墨迹、悼亡诗墨迹为两百年前所书，书箱整体、细节皆无任何后人做旧作伪之痕迹，与30年前王世襄先生鉴定意见无异。

（五）题壁诗、“题芹溪处士”款书箱盖后五行书目的笔迹异同

2008年，公安部文检专家李虹以“题芹溪处士”款书箱原件、正白旗39号院题壁诗原件进行鉴定，认为题壁诗为一人所书，书箱盖后之五行书目与题壁诗为一人所书，此鉴定意见与2010年6月中国政法大学书法学教授孙鹤女士鉴定意见一致。

而早在30年前，郭若愚先生就已经比较过孔祥泽提供的《废艺斋集稿·南鹞北鸢考工志》“曹霑自序”双钩与“题芹溪处士”款书箱盖后之五行书目之间的笔迹关系，指出两者为一人所书。[②]这一论证方式和结论受到学界的广泛认同，虽然郭认为此二书法皆出自近人。

---

① 朱冰（执笔）、陈传坤、严宽：《有关“纹样”一词新发现的文献及其本事考》，《红楼》第一百期纪念号。

② 郭若愚：《有关曹雪芹若干文物质疑——扇股、塑像、书箱、砚石、图章、笔山》，《红楼梦研究集刊》第3辑，1980年。

但是，郭若愚并没有见过“题芹溪处士”款书箱的原物，当然也不能近距离观察“题芹溪处士”款书箱盖后五行书目墨迹吃到木头中的程度和经历的时间。

五行书目墨迹书写时间的鉴定与郭若愚先生对五行书目与《南鹞北鸢考工志》“曹霑自序”双钩书法统一性的鉴定，共同证明至少孔祥泽提供的《南鹞北鸢考工志》“曹霑自序”双钩书法确有出处，其底本即曹雪芹的书法，某种程度上也可以印证《废艺斋集稿》，包括其中附录的敦敏《瓶湖懋斋记盛》的真实性。

题壁诗与乾隆二十五年“题芹溪处士”款书箱盖后五行书目笔迹一致的鉴定，反过来可以证明张伯驹关于题壁诗风格为乾隆时代的鉴定意见是正确的。

这里还涉及一个问题，或者以为，正白旗39号院的建造时间较晚，不可能建造于曹雪芹生活的时代。持此观点者虽少，但也应作必要的回应：

1. 这种观点与张伯驹对题壁诗书风的研究直接相悖；

2. 这种观点与题壁诗、书于乾隆时代五行书目笔迹一致的鉴定意见相悖；

3. 这种观点与古建筑研究专家律鸿年曾指出的正白旗39号院建筑风格为雍正、乾隆时代风格的观点相悖。

（六）关于题壁诗不是曹雪芹所作与不是曹雪芹所抄

通过查找题壁诗的出处，赵迅指出：

原诗作者既然是凌云翰、唐寅、陆秩、聂大年、万达甫等人，因此可以得出明白无误的结论：这些题壁诗确实不是曹雪芹做的。

在赵迅已经查出题壁诗来源的前提下，题壁诗不是曹雪芹所作已是定论，但题壁诗不是曹雪芹所作与题壁诗不是曹雪芹所抄并不是一个概念。对于题壁诗是否为曹雪芹所抄，赵迅认为：

题壁者虽粗通文墨，但文学修养甚低。抄录前人诗句随意加以改动，甚至改得诗律不合，平仄失调。难道说才华横溢的曹雪芹能干出这样的事吗？何况题在壁上的还有一些零散的句子，例如“有钱就算能办事”“不信男儿一世穷”之类。在伟大作家曹雪芹的身上，如果出现这样的思想感情，那才是绝顶奇怪的事。所以说，往墙上抄诗的也肯定不是曹雪芹。[①]

赵迅此说影响甚大，在不考虑张伯驹先生对题壁诗风格意见、不了解文物专家对“题芹溪处士”款“五行书目”鉴定意见和公安部文检专家对题壁诗和五行书目笔迹关系的时候，这种观点影响尤大。

现在，随着相关研究的推进，我们已经知道，题壁诗作于乾隆十一年前后，正白旗39号院既在曹雪芹正白旗故居范围内，且墙上题有友人赠曹雪芹对联，在这种情况下，我们再重新考虑赵迅所谓题壁者“抄录前人诗句随意加以改动，甚至改得诗律不合，平仄失调。难道说才华横溢的曹雪芹能干出这样的事吗？何况题在壁上的还有一些零散的句子，例如‘有钱就算能办事’‘不信男儿一世穷’之类。在伟大作家曹雪芹的身上，如果出现这样的思想感情，那才是绝顶奇怪的事”的论断以及抄录者题写、修改墙壁上文字的原因就会更谨慎一些。

也就是说，墙壁诗中所谓的“错别字”，到底是因为作者不通文墨，还是作者别有用意进行的修改，因为没有证据，不好妄测，但从其中某些诗文称“录”，却与原诗文字多异的情况来看，有意修改的可能性会更大些。

六、正白旗、镶黄旗外北上坡与白家疃

（一）从正白旗到镶黄旗外北上坡

按照张永海听来的传说，乾隆二十年春天以后，曹雪芹自正白旗迁出，到镶黄旗外北上坡、公主坟一带居住，而香山正红旗人席振瀛则称：

曹雪芹先住在镶黄旗营上面的公主坟，以后迁至正白旗营的营外

① 赵迅：《“曹雪芹故居”题壁诗的来源》，《红楼梦研究集刊》第1辑，1979年。

民居……被抄了家的人等于被剥夺了政治权利，更不能回营居住，所以曹雪芹不可能住在正白旗营营子里，而是住在正白旗营外的民房。他认为，曹雪芹到了香山是住在镶黄旗营的坡上、玉皇顶下面的公主坟。[①]

在这个问题上，有一点必须注意，张永海所讲的传说是从先辈和乡亲那里听来的，而席振瀛的观点则是他对曹雪芹居住正白旗和镶黄旗外公主坟先后的分析，所以，吴恩裕先生很客观地记载说是席振瀛他“认为”。

另外，张永海传说曹雪芹到香山正白旗居住属于“拨旗归营”的例虽未必符合历史，但毕竟是历代香山人的“认为”，而不是他个人的“认为”，而席振瀛所谓的“被抄了家的人等于被剥夺了政治权利，更不能回营居住，所以曹雪芹不可能住在正白旗营营子里，而是住在正白旗营外的民房”，纯属个人想当然的说法。

就曹雪芹在香山居所的迁移，笔者倾向于张永海传说的从正白旗营到镶黄旗外公主坟，这是因为，1963 年香山传说称乾隆二十年曹雪芹从正白旗旗营迁到镶黄旗营外北上坡，而 1971 年正白旗旗营房内发现了传说中友人赠曹雪芹对联，席振瀛的解释无法面对这一现实。

（二）关于曹雪芹是否可以从旗营迁出到民居

张永海听闻的香山传说与正白旗内友人赠曹雪芹对联的发现及近年来的鉴定证明，正白旗 39 号院与曹雪芹存在关系，曹雪芹曾在营内居住，那么，曹雪芹是否可以搬出旗营居住呢?

答案是肯定的，只要符合两个条件：曹雪芹的差事去除，曹雪芹在未去职的情况下将营房租与他人。根据刘晓萌对康熙朝至乾隆朝房地契约的研究，旗人以长期契约变相买卖营房、公房的现象甚多，这就打破了我们以往认为的旗人当差就必须要在旗营内生活的观念。

至于曹雪芹因什么样的原因搬出正白旗，因没有资料不可妄测（民间传说认为，下雨屋漏，无人帮忙修理，不甚可信），但是，曹雪芹如果从正白旗旗营搬出到镶黄旗外北上坡居住，在实际操作上是完全可能的。

---

① 吴恩裕：《曹雪芹丛考》，上海古籍出版社，1980 年。

（三）关于镶黄旗外北上坡与曹雪芹友人诗

曹雪芹在香山地区的生活，文献资料主要借助于曹雪芹的友人敦诚、敦敏、张宜泉的诗歌。

但是，在以往的学术争论中存在一个证据与论点错位的现象，即没有考虑乾隆二十年曹雪芹搬出正白旗这一关键，支持正白旗故居的研究者用曹雪芹友人诗证明曹雪芹友人诗写的正是旗营景色，而反对正白旗故居的研究者则用曹雪芹友人诗证明曹雪芹友人诗写的是山村景色。

如果考虑曹雪芹乾隆二十年搬出正白旗到镶黄旗外北上坡居住和曹雪芹友人诗涉及曹雪芹各诗俱作于乾隆二十二年以后，用曹雪芹友人诗证明或者否定曹雪芹是否住在正白旗营的论证模式就没有意义了。

七、镶黄旗外北上坡与白家疃

敦敏《瓶湖懋斋记盛》载：

> （乾隆二十三年）春间，芹圃曾过舍以告，将徙居白家疃，值余赴通州迓过公，未能相遇。

白家疃位于寿安山后，雍正二年，怡亲王胤祥以其地造别业，雍正八年，胤祥卒，当地百姓请为作祠堂，得到皇帝的批准，并以附近官田作为胤祥祠堂祭田。寿安山前的十方普觉寺是胤祥的家庙，胤祥子第二代怡亲王弘晓修缮该寺一直到雍正十二年，完工后，皇帝赐名“十方普觉寺”，并钦派超盛禅师前来主持，弘晓每年春秋至此祭祀。弘晓《重修退翁亭记》载：

> 谷东卧佛寺，即今普觉寺。建亭之时，颓废已久，蒙世庙敕修，以今名畀。王考为香火院，于是，规模宏丽，象教聿兴。中设神位，余春秋承祀。

山前樱桃沟与山后白家疃有山间小道连通，百姓通过小道往来两地之间。以曹雪芹与怡王府的关系，想来他在弘晓家族山前的十方普觉寺与山后的贤王祠都会留下足迹。

然而，至 20 世纪 70 年代，白家疃因僻居西郊，研究者少有人知，甚至到 1972 年吴恩裕与孔祥泽准备实地考察时，还不知道白家疃在哪里。

> 一九七二年，我和孔祥泽最初要去白家疃调查一下的时候，我们都不知道白家疃在北京郊区的哪个方向。我记得还是周汝昌先生来我家时，谈起这件事，他也不知道。但他告诉我，说他有一本郊区派出所管界的手册。隔了一天，周让他的儿子给我送来。我查了半天，才在海淀区派出所管界内找到了白家疃这个地名。原来是从北京海淀、颐和园到青龙桥便可岔往温泉以及去妙峰山的必经之路。“疃”字，我们最初也不会读，而是查字典才知道读“tuǎn”的。后来，到了白家疃，又知道该地俗名白家“tān”（滩）。弘晓的《明善堂诗集》里也有用“滩白”来代替白家疃处。[①]

通过对“题芹溪处士”款书箱、正白旗“曹雪芹故居”之“题壁诗”、《南鹞北鸢考工志》“曹霑自序”双钩诸书法的笔迹鉴定，《瓶湖懋斋记盛》中“（乾隆二十三年）春间，芹圃曾过舍以告，将徙居白家疃……乃访其居……其地有小溪阻路，隔岸望之，土屋四间……”所传达的信息应当得到重新审视。

那么，如何看待曹雪芹在镶黄旗外北上坡和白家疃之间的徙居呢？

按照《瓶湖懋斋记盛》的记载，曹雪芹因乾隆二十二年冬过白家疃，在友人处见其姨母哭瞎双眼，雪芹遂为之医治，至春方好。因雪芹复有迁徙计划，白氏请以祖茔土地、树木为曹雪芹筑室以居。故雪芹在乾隆二十三年春间徙居白家疃，一直住到腊月。

按照《记盛》中所谓借叔父寄居之寺庙为于书度扎糊风筝的说法，此一期间，曹頫大概移居京西，而曹雪芹的儿子或者托其叔、或者托北上坡同院之老妇人照料。

至于曹雪芹在白家疃居住了多长时间，当我们将诸多零散的资料串到

---

① 吴恩裕：《曹雪芹丛考》，上海古籍出版社，1980 年。

一起时也许就能得出结论。

> 乾隆二十五年，敦敏有“芹圃曹君霑别来已一载余矣。偶过明君琳养石轩，隔院闻高谈声，疑是曹君，急就相访，惊喜意外，因呼酒话旧事，感成长句”。
>
> “题芹溪处士”款书箱上镌有“岁在乾隆二十五年庚辰上巳”“一拳顽石下，时得露华新”句。
>
> 光绪年间，齐白石在西安布政使樊樊山幕中听旗人友人说，曹雪芹娶寡居的表妹为妻。
>
> 1908年前后（赵常恂称清末），赵常恂健锐营友人称，《红楼梦》的曹雪芹就住在他们那里，后来也死在那里。
>
> 1950年2月，青龙桥正蓝旗住户之满洲人德某告诉张宝藩：“曹住在健锐营之镶黄旗营，死后即葬于附近。”
>
> 1963年，张永海传说云：“鄂比帮他的忙在镶黄旗营北上坡碉楼下找到两间东房……曹雪芹是在那里续娶的……乾隆二十八年……除夕那天他就死了。”

综合来看，曹雪芹在白家疃大概住到乾隆二十四年初，乾隆二十五年初回到北上坡结婚，在这里一直到死。也就是说，曹雪芹应是乾隆二十三年初到乾隆二十四年初在白家疃居住。

八、一个概念的区分：居所与住过

在传说中，曹雪芹京西居所还有数处，如大有庄、蓝靛厂、门头村、杏石口，这些也被否定曹雪芹西山固定居所者作为依据，认为传说不足采信，不过，按照吴恩裕先生的记载，这些说法多为曹雪芹“住过”某地。

我们都知道居所与住过是不一样的，而曹雪芹住过上述地方自有其道理。

以上数处不仅紧邻香山，或者商业繁华，或者寺庙、庙会在京西宗教文化中占有重要地位，且是往来京师与香山之间的必经之地，曹雪芹到过这些地方、住过这些地方一点都不奇怪，但这与曹雪芹在京西的居所和居所研究没有任何关系。

（一）番子营、法海寺、门头村

《红楼梦》第六十三回“寿怡红群芳开夜宴　死金丹独艳理亲丧”载：

> （宝玉）因又见芳官梳了头，挽起纂来，带了些花翠，忙命他改妆，又命将周围的短发剃了去，露出碧青头皮来，当中分大顶……芳官笑道：“我说你是无才的，咱家现有几家土番，你就说我是个小土番儿。况且人人说我打联垂好看，你想这话可妙？”宝玉听了，喜出意外，忙笑道：“这却很好。”

1996年人民文学出版社版《红楼梦》的“土番”注释云：“古时称边境少数民族为番，俗呼为‘土番’。”而《红楼梦大辞典》则解释为“古代对外国人和边疆少数民族的称呼”。

实际上，在清代，人们多以“苗”称云、贵地区少数民族，而对川藏、青海、甘肃交界地区的藏民则称作“番”。《平定两金川方略》载：

> 赞拉（小金川）、绰斯甲布、布拉克底、巴旺、瓦寺等处其男妇俱跣足披发、步行山，官书称之为“甲垄部”，各土司、民人俱呼之为“土番”。

甲垄部就是嘉绒部，是对川西北一带藏民的称呼。乾隆十四年，金川战役结束后，乾隆皇帝命于万安山、香山、寿安山、金山山弯建造实胜寺、团城演武厅、健锐营八旗营房。

除健锐营兵丁外，“金川降虏及临阵俘番习工筑者数人令附居营侧”，这个安置金川“金川降虏及临阵俘番”的地方就叫作“番子营”，而番子营的上方即是法海寺，下方就是门头村。

曹雪芹香山居住期间，从正白旗到门头村、法海寺、番子营都不远，曾借居门头村或法海寺都是正常的。

1964年，老舍先生在香山门头村体验生活，他在给郭沫若的信中写道：“当地百姓云：‘曹雪芹曾在附近法海寺出家为僧。’”

时，门头村是京西各地进京必经之地，是“京西”的门径和第一村，为往来游人、驼队提供住宿、饮食，因此，村落规模宏大，商业繁荣。

杏石口则位于门头村南，是香山通八大处的必经之地，因多杏树，原名杏子口。曹雪芹友人敦敏、敦诚都曾游览、寄住八大处。

以曹雪芹“寻诗人去留僧舍”“卖画钱来付酒家”的行径，他常来门头村、杏石口，或者偶尔宿于此地，都是再正常不过的事情。

（二）大有庄、蓝靛厂

大有庄位于圆明园右侧、清漪园后，本名“穷八家”，但因位于京师到门头沟妙峰山碧霞元君祠的通道上，加之圆明园、清漪园、圆明园护军营的建立，逐渐富裕，遂更名为“大有庄”。《日下旧闻考》载：“乾隆五年，增设驾车骡马一厩、圆明园大有庄驽马一厩。”

1963年，张永海传说中曾有曹雪芹做侍卫的说法，而《红楼梦》第十八回“皇恩重元妃省父母　天伦乐宝玉呈才藻”写正月十五上元之日贾妃省亲，“一时，有十来个太监都喘吁吁跑来拍手儿”。“脂批”道：“画出内家风范。”紧接着，“这些太监会意，都知道是‘来了’，‘来了’。”“脂批”道：“难得他写得出，是经过之人也。”

何谓“经过之人也”，即曹雪芹经历过这样皇家礼仪。曹雪芹何以详细地知晓皇家的礼仪及细节呢，这或许与传说中曹雪芹曾任侍卫的经历相关——雍正、乾隆二帝以圆明园为京西御园，每年几乎一半时间都在园内，侍卫、官员随驾，在附近偶有活动都是常事。

又，曹雪芹友人张宜泉在海淀镇一带为西席，曹因访友，曾住大有庄也不足为奇。

蓝靛厂位于清漪园西，建有碧霞元君祠，为京师“五顶”元君祠之首（初称“报国洪慈宫”），系京师信众最常到的寺庙之一，天启四年（1624年）《敕赐报国洪慈宫碑记》载：

> 距都城西北十里许，内监局之蓝靛厂在焉……旧有玄帝祠……万历庚寅间……道士者流复祀碧霞元君于玄帝殿后。

清代，因畅春园、西花园、圆明园护军营（玉泉山静明园、长河边的东冉村、蓝靛厂一带都在护军营右翼镶蓝旗营巡护范围）、健锐营八旗和诸多达官贵人府邸的建立，京西消费日强，加之，旗人妇女对西顶碧霞元君祠的崇拜，蓝靛厂一带逐渐繁荣起来，成为京西重要的村镇。

九、结语：未解决的问题

我们认为曹雪芹曾住正白旗39号院，是基于曹雪芹研究中传说提供的信息、正白旗题壁诗的发现、两者的时间前后与信息对应、专家鉴定而做出的研究，但是，这并不意味着解决了一切，比如曹雪芹到底什么时间、以何种身份来到正白旗39号院，正白旗39号院与健锐营的关系到底是怎样发展的、题壁诗到底反映了哪些信息等，因没有确切的资料，无法做出切实深入的研究，但这并不妨碍对正白旗39号院与曹雪芹故居关系的研究。

毕竟，考证与解释并不是一个问题：考证基于现实的证据与合理的逻辑，解释则需要记载相关信息的原始资料，而这种资料既不一定会被记入文献、文物，也不一定能够在历史的更迭中保存下来。

关于传说在曹雪芹京西居所和行迹过程中的使用问题，笔者前已多有申明，需要与相应的其他证据结合使用，如传说中所谓的曹雪芹至香山正白旗系拨旗归营、曹雪芹于乾隆十六年移居正白旗等，因与制度不合，与其他相关资料矛盾且不可解释（至少就目前的证据与逻辑），暂时不予取信。

总之，对于曹雪芹京西居所与行踪的研究还存在着太多空白和“矛盾”，这需要在“资料可能”的基础上做更多的工作。

曹雪芹京师时期的亲友交游

限于资料，学界对曹雪芹成年以后的生活和交游所知有限。但是，当将有限的资料梳理后，也会发现，曹雪芹的交游范围也不算小，甚至远远超出我们以往的理解。

曹雪芹的交游对象主要分作两大类：一是亲戚，二是友人。亲戚群体中主要有福彭家族、曹頫家族、昌龄家族、李鼎家族，友人群体则包括弘晓家族、敦诚家族、明琳家族及张宜泉、鄂比、陈本敬等。

一、福彭家族：纳尔苏、曹氏、福彭、福靖等

清制，爵位不世袭者，原则上每代减一级，如父亲封亲王，儿子一般减为郡王；父亲封郡王，儿子减为贝勒，减到一定的级别而止。

不过，清朝初年，有大功于清室的八个王爷世袭罔替，被称为“八大铁帽子王”，即礼亲王代善、郑亲王济尔哈朗、睿亲王多尔衮、豫亲王多铎、肃亲王豪格、庄亲王硕塞、克勤郡王岳托、顺承郡王勒克德浑。

其中的克勤郡王岳托系礼亲王代善长子，其爵位袭至第五代纳尔苏（顺治八年，改克勤郡王封号为平郡王），在康熙皇帝的指婚下，娶江宁织造、著名诗人、内务府正白旗包衣人曹寅之长女为嫡福晋。

纳尔苏（1690—1740），清朝宗室，平比郡王罗科铎孙、纳尔福之子。康熙四十年，袭平郡王。雍正四年，坐贪婪，削爵。乾隆五年卒，年五十一岁。

纳尔苏与曹氏生四子，长子福彭生于康熙四十七年（1708 年）六月二十六日，长曹雪芹七岁；第四子福秀（按纳尔苏诸子之大排名）生于康熙四十九年（1710 年）闰七月二十六日；第六子福靖生于康熙五十四年（1715 年）九月二十日，与曹雪芹同岁；第七子福端生于康熙五十六年

（1717 年）七月十五日，雍正八年（1730 年）卒。

雍正六年中，曹雪芹家族从江宁回到京师，因此，曹雪芹与福端或有交往，但交游应当不多；而曹雪芹的姑父纳尔苏、姑母曹氏、三位表兄弟都活到了乾隆年间，与曹雪芹交往可能颇多，尤其是福彭很可能影响了曹雪芹的生活与仕途、甚至创作素材——戴逸先生颇疑《红楼梦》中北静王身上即有平郡王福彭的影子。

现有文献记载曹雪芹与福彭家族交往的资料即雍正十年的隋赫德行贿老平郡王一案。

雍正六年（1728 年）初，曹家抄家，家产皆被皇帝赐给继任江宁织造隋赫德（一作隋赫德）；又，皇帝谕旨隋赫德为曹家保留适当财产，以为生存，隋赫德遂“将赏伊之家产人口内，于京城崇文门外蒜市口地方房十七间半、家仆三对，给与曹寅之妻孀妇度命”。[①]

雍正十年（1732 年），江宁织造隋赫德革职，返回京师赋闲。来京时，隋赫德“会将官赏的扬州地方所有房地，卖银五千余两”。

雍正十一年（1733 年）二三月间，隋赫德将“宝月瓶一件，洋漆小书架一对，玉寿星一个，铜鼎一个”交给在廊房胡同开古董铺的京民沈四变卖。后来，沈四带曹雪芹表弟福静到隋赫德家，“说要书架、宝月瓶，讲定书架价银三十两、瓶价银四十两，并没有给银子，是开铺的沈姓人保着拿去的”。

后来，“老平郡王差人来说，要借银五千两使用”，隋赫德遂将在南方卖房银子中剩下的三千八百两送去。

银子到了平郡王府后，三四月间，小平郡王福彭“差了两个护卫”来到隋赫德家，向隋赫德言：“你若再要向府内送甚么东西去时，小王爷断不轻完。”

事情明摆着，是平郡王一家为曹家“拔创”（出头）。不过，更有意思的事情还在后面，一是内务府的奏折，称：

> 查隋赫德系微末之人，累受皇恩，至深至重。前于织造任内种种负恩，仍邀蒙宽典，仅革退织造。隋赫德理宜在家安静，以待余年，

---

① 雍正七年（1729 年）七月二十九日《刑部为知照曹頫获罪抄没缘由业经转行事致内务府移会》。相关档案引文据此。

乃并不守分，竟敢钻营原平郡王讷尔素，往来行走，送给银两，其中不无情弊。

至于讷尔素，已经革退王爵，不许出门，今又使令伊子福静，私与隋赫德往来行走，借取银物，殊干法纪。相应请旨，将伊等因何往来并送给银物实情，臣会同宗人府及该部，提齐案内人犯，一并严审定拟具奏。为此谨奏。

讷尔素，即纳尔苏。彼时，满人名称汉写往往有几种写法。

案子办得看似公正，但一开始即将隋赫德置于了钻营老平郡王的位置上。更有意思的是皇帝的圣旨：

雍正十一年十月初七日奉旨："隋赫德着发往北路军台效力赎罪，苦尽心效力，着该总管奏闻；如不肯实心效力，即行请旨，于该处正法。钦此。"

精明过人的雍正皇帝，既没有要求继续深究此案，务明真相，也没有指示应该如何审理犯案的纳尔苏等人，只将隋赫德发往西北，即将案子结案。

显然，皇帝对这件案子的真相是明了的，但他并不想在法律层面上去挑破这层窗户纸。

在案件审理中，隋赫德与其子富璋的供词也值得关注，一是，隋赫德称：

后来我想，小阿哥是原任织造曹寅的女儿所生之子，奴才荷蒙皇上洪恩，将曹寅家产都赏了奴才，若为这四十两银子，紧着催讨不合，因此不要了是实。

而富璋则称："从前，曹家人往老平郡王家行走。"

当时，能够在平郡王府"行走"的"曹家人"，应该就是与王府关系最为密切的曹雪芹。

八月，雍正帝以福彭为抚远大将军，前往西北，指挥清军与准噶尔蒙古作战。待他到达驻地，隋赫德行贿老平郡王案正好审理完毕。十月初七日《庄亲王允禄奏审讯隋赫德钻营老平郡王折》结尾写道：

> 此旨（将隋赫德发往西北军台效力的谕旨）系大学士鄂等交出。应办理之处，办理军机处业经办理讫。

这奏折中的“应办理之处，办理军机处业经办理讫”，很耐人寻味。

从前、后文的逻辑来看，“应办理之处”包括涉及该案的，除隋赫德之外相关人等的处理与善后。如此，在平郡王府行走的曹霑，自然也逃脱不了干系。

由于此文献，学界对平郡王府与曹雪芹的交游多有关注，唯对曹雪芹姑母曹氏的关注较少。

实际上，纳尔苏卒于乾隆五年（1740 年）九月初五日，年五十一岁，而曹雪芹姑母曹氏至晚到乾隆十三年（1748 年），曹氏仍在人间。《清高宗实录》卷三三五“乾隆十四年二月丁酉”条下载：

> 礼部议奏：“故多罗平郡王福彭遗表称：‘臣父平郡王讷尔苏以罪革爵，殁后蒙恩以王礼治丧赐谥。臣母曹氏未复原封，孝贤皇后大事不与哭临，臣心隐痛，恳恩赏复。’所请无例可援。”得旨：“如所请行。”

按，孝贤皇后大事指乾隆十三年乾隆原配皇后富察氏逝世、尸身回京举办丧礼等事。乾隆十三年（1748 年）三月十一日，富察皇后卒于德州，三月十七日灵柩到京。缟服跪迎。总理丧仪王大臣等奏准：

> 王以下文武官员，公主、福晋以下，乡君、奉恩将军恭人以上，民公、侯、伯、一品夫人以下，侍郎、男、夫人以上，皇后娘家男妇和其他人员俱成服，齐集举哀。

因雍正四年（1726 年）平郡王纳尔苏坐贪婪削爵事、曹氏王妃封号亦被剥夺，故而，孝贤皇后大丧，“不与哭临”。

至乾隆十三年（1748 年）十一月十三日，福彭逝世，死前，福彭上奏，为母亲恢复封号事请旨。这就说明，至乾隆十三年三四月间，曹氏仍在，其时，她应该已近六旬，曹雪芹业已三十四虚岁。

作为曹寅的大女儿、李氏的女儿、曹頫的姐姐、曹雪芹的亲姑母，若说曹氏在曹雪芹家族回京后，没有给予应有的照顾，以至于曹雪芹回京后生活境遇困难，似乎是说不通的。因此，曹氏似应“特别”纳入到曹雪芹生平的思考中来。

二、礼王家族与怡王家族

除了福彭家族外，与平郡王府同出代善的礼王府似乎与曹雪芹家族也有解不开的关系。

曹雪芹在京师生活期间，是第六代康亲王崇安（康熙四十八年袭爵，雍正十一年薨）、第七代康亲王、崇安叔巴尔图（雍正十一年袭爵，乾隆十八年薨）、第八代康亲王、崇安子永恩（乾隆十八年袭爵，乾隆四十三年复号礼亲王，嘉庆十年薨，）在位期间。

曹雪芹京师居住期间，当与礼王府有过交往，理由有三：

> 第一，曹雪芹著作《废艺斋集稿》及曹雪芹某些文物出自礼王府。
>
> 第二，末代和硕礼亲王诚厚之子毓鋆曾称，《红楼梦》写得就是礼王府。
>
> 第三，曹雪芹居香山正白旗时，曾往法海寺、番子营，并将土番写入《红楼梦》，而礼王坟距离法海寺、门头村近在咫尺，曹雪芹当往其地。

又，礼王花园位于海淀镇，曹雪芹为侍卫期间，入三山五园，当至其地。不过，限于资料，曹雪芹与礼王府的交往情节我们无法知道的更多。

怡王家族与曹雪芹亦有交往。曹雪芹叔父曹頫在雍正年间弥补亏空时，雍正皇帝将其交予怡亲王胤祥看管。雍正二年（1724 年），皇帝在曹頫请安折上朱批道：

朕安。你是奉旨交与怡亲王传奏你的事的，诸事听王子教导而行，你若自己不为非，诸事王子照看得你来，你若作不法，凭谁不能与你作福。不要乱跑门路，瞎费心思力量买祸受。除怡王之外，竟可不用再求一人托累自己。为什么不拣省事有益的做，做费事有害的事？因你们向来混帐风俗惯了，恐人指称朕意撞你，若不懂不解，错会朕意，故特谕你。若有人恐吓诈你，不妨你就问怡亲王，况王子甚疼怜你，所以朕将你交与王子。主意要拿定，少乱一点。坏朕名声，朕就要重重处分，王子也救你不下了。特谕。①

雍正三年（1725年）秋，直隶大水，畿辅诸河泛滥，积潦数百里。雍正皇帝令怡亲王胤祥负责治水，至白家疃一带，喜其泉甘林茂，置地为别业。雍正八年，皇帝复将寿安山卧佛寺赐予胤祥为家庙。胤祥加以修葺，工甫始，胤祥病逝，其家族继续修缮，雍正为之赐名“十方普觉寺”，并派亲信僧人超盛禅师前往主持。

胤祥死后，白家疃等十三村村民通过当地官员向皇帝请求为胤祥修建祠堂。雍正八年（1730年）六月，皇帝谕大学士等云：

从前，怡亲王常在朕前奏称，白家疃一带居民忠厚善良，深知感激朝廷教养之恩。今王薨逝，而彼地居民人等感念王之恩德，愿自备资本，建立祠宇，岁时致祭。舆情恳切，足征王之遗爱在人，而民风醇厚亦自此可见。朕欲将白家疃数村地丁钱粮永远蠲免，以为将来祭祀香火之资，并使良民永沾恩泽。尔等确议具奏。②

朝廷“拨官地三十余顷为祭田，免租赋”。胤祥在白家疃所建的别业也被改建成祠堂，雍正十年（1732年）竣工，因胤祥谥号为“贤”，故名“贤王祠”。

贤王祠坐南朝北，由戏台、山门、前殿、正殿组成，前殿和正殿东西两侧都有配殿。新中国建立之初，这里曾为香山静宜友学使用，后成为白

① 《关于江宁织造曹家档案史料》，中华书局，1975年。

② 《上谕内阁》雍正八年六月初七日，《东华录》雍正卷十六。

家疃小学校。据村中老人讲：

> 这外边的大殿是菩萨殿，里边大殿是王爷殿，过去供着几个牌位和一顶头盔，还有四杆大花枪，叫阿胡枪！①

胤祥逝世后，王位由年仅 8 岁的弘晓（胤祥第七子）继承，而胤祥第四子弘晈特旨加封“罗宁良郡王”。

现在发现的“己卯本”《脂砚斋重评石头记》不仅避康熙皇帝的“玄”字、雍正皇帝的“禛”字，更避两代怡亲王胤祥和弘晓的“祥”字和“晓”字。这就证明怡王府曾经抄录《红楼梦》，而该“己卯本”即是怡亲王府中的原钞本——书写若不避讳，或因古代避讳的规矩复杂（如二名不偏讳、皇帝特谕某些字不避讳等）、不为我们所知，或者因为书写者有特殊的用意（如曹雪芹爷爷名曹寅，《红楼梦》中为了表现薛蟠不学，写其将唐寅看成“庚黄”）；但是，一旦书写避讳，尤其是避私讳（某些家族人等的名字），则一定与被避讳之人的家族有着直接的关系。

“己卯本”的发现，不仅提供了一个重要的《红楼梦》早期抄本，方便人们了解乾隆二十四年前后《红楼梦》的部分内容，也直接证明胤祥死后，曹家与怡王府仍然保持了极其紧密的联系，曹雪芹与弘晓等人多有交往，这对研究曹雪芹的生平活动、思想等诸多问题也有相当的价值。

而曹雪芹居香山时，山前是与怡王家族关系密切的十方普觉寺、山后是胤祥的祠堂贤王祠，故时常往来于山前山后，想弘晓兄弟逢年节来此，曹雪芹进京，其间当有交往。

三、曹氏家族

雍正六年（1728 年）后，曹寅、曹頫一支彻底败落，但是，曹雪芹的叔爷曹宜、曹雪芹的堂伯曹颀等仍在朝中为官，并受到雍正皇帝的信任。

曹霑的堂叔祖曹宜，系曹振彦二子曹尔正之子，与曹寅、曹荃兄弟为

---

① 张嘉鼎：《曹雪芹与白家疃》，《曹学论丛》，群众出版社，1985 年。

堂兄弟。其人一直在京任职，长期担任护军校，前后当差长达三十三年，后转鸟枪护军参领。康熙四十七年（1708年），奉旨护送佛像去往浙江普陀山。雍正十一年（1733年）七月，升正白旗护军参领，并巡察圈禁雍正亲弟、死敌允禩地方。

曹雪芹的伯父曹颀，又名桑额，康熙五十年（1711年），与曹雪芹的父亲曹颙一起觐见皇上，因皇帝特别关照被录取在宁寿宫茶房使用。[①]五十五年（1716年），茶房总领福寿病故，署内务府总管马齐折奏可以补缺八位待选人员名单。马齐折子上开列的这八个人，在内务府当差的时间都有二三十年，且来头不小；但皇帝对这些人不感兴趣，他传旨说："曹寅之子茶上人曹颀，比以上这些人都能干，着以曹颀补放茶房总额。"[②]于是，曹颀成为了三名茶房总领之一。

雍正继位后，曹颀仍然受宠不衰。[③]雍正三年（1725年）五月二十五日，皇帝让管理茶饭房事务、散秩大臣佛伦传旨："着赏给茶房总领曹颀五六间房。"经查找，"烧酒胡同有李英贵入官之房一所，计九间，灰偏厦子二升，请赏给茶房总领曹颀。"[④]

除曹颀外，曹雪芹亲叔爷曹荃的第二子曹頫亦曾在江宁织造府生活，想来曹頫、曹颀并其后代与曹雪芹当有相应的交往。

曹頫之子有号"棠村"，与曹雪芹友爱。

"甲戌本"《脂砚斋重评石头记》第一回在正文"东鲁孔梅溪则题曰《风月宝鉴》"一句上端，有脂砚眉批云："雪芹旧有《风月宝鉴》之书，乃其弟棠村序也。今棠村已逝，余睹新怀旧，故仍因之。"

由此批可知，雪芹早年有《风月宝鉴》之作，"其弟"棠村为之作序——古人最重血缘，故称侄子为"犹子"，在行文中"其弟"并非尽指亲弟。

---

① 康熙五十年四月初十日《内务府总管赫奕等奏带领桑额、连生等引见折》。

② 康熙五十五年闰三月十七日《署内务府总管马齐奏请补放茶房总领折》。

③ 从雍正十一年（1733年）七月二十四日《内务府总管允禄为旗鼓佐领曹颀等身故请补放缺额折》知道，曹颀病故于雍正十一年，在此之前，他还担任了旗鼓佐领。

④ 雍正三年五月二十九日《内务府奏奉旨赏给曹颀房屋折》。据此，皇帝对内务府茶房总领也不过赏给了九间房；而曹家身为获罪之人，皇帝竟能保留其一处十七间的房子，并给予六个仆人以为照顾，皇帝对曹家并无敌意，是显而易见的了。

棠村与雪芹一同长大，交往自多，其人当卒于《红楼梦》创作其间。

四、傅鼐、昌龄家族

曹雪芹祖父曹寅有一姊妹，嫁满洲镶白旗人傅鼐。

傅鼐（？—1738），富察氏，字阁峰，满洲镶白旗人，初授侍卫。

傅鼐是雍正皇帝尚为亲王时的藩邸旧人。雍正曾说，在自己藩邸中，傅鼐与年羹尧是最可任用之二人，才情上，年更占优；但论忠厚平和，傅则更胜一筹。

雍正二年（1724年），傅鼐授镶黄旗汉军副都统、兵部侍郎。三年，调盛京户部侍郎。后因皇帝疑其“与隆科多交结”，虑或败，预为隆子岳兴阿设计；又逢傅鼐任侍卫时为浙江粮道江国英关说受贿事发，夺官，发遣黑龙江。

雍正九年（1731年），召还，赴抚远大将军马尔赛军营效力，寻予侍郎衔，授参赞大臣。十年，以所部破准噶尔蒙古噶尔丹策零，赏花翎。平郡王福彭代为大将军，傅鼐参赞如故。

后，傅鼐奉旨偕内阁学士阿克敦、副都统罗招抚噶尔丹策零，十三年，使还，予都统衔，食俸。

乾隆继位，傅鼐署兵部尚书，寻授刑部尚书，仍兼理兵部。乾隆二年（1737年），授正蓝旗满洲都统。三年，坐违例发俸，发往军台效力。寻卒。

傅鼐其人，袁枚《刑部尚书富察公神道碑》云：

> 公讳傅鼐，字阁峰。先世居长白山，号富察氏。祖额色泰，子四人国；次子骠骑将军噶尔汉，辅圣祖致太平，生公。公以刑部尚书落职，薨于家。子三人：长昌龄，官编修，有父风。公所居稻香草堂，有白雁峰、鳌峰、东皋、南庄诸胜，积书万卷。

傅鼐的长子昌龄，好学不辍，于雍正元年（1723年）中进士，官翰林院侍讲学士，除继承了部分父亲藏书外，还从曹家转移来不少古籍善本，以至于他书斋中所藏的善本图书比纳兰性德的通志堂还要多。礼亲王昭梿

《啸亭杂录》载：

富察太史昌龄，傅阁峰尚书子。性耽书史，筑谦益堂，丹铅万卷。锦轴牙签，为一时之盛。通志堂藏书虽多，其精粹蔑如也。今其遗书多为余所购，如宋末江湖诸集，多公自手钞者，亦想见其风雅也。

李文藻《琉璃厂书肆记》载：

夏间，从内城买书数十部，每部有“曹楝亭”印，又有“长白敷槎氏堇斋昌龄图书”记。盖本曹氏物而归于昌龄。昌龄官至学士，楝亭之甥也。楝亭掌织造、盐政十余年，竭力以事铅椠；又交于朱竹垞，曝书亭之书楝亭皆抄有副本，以予所见，如石刻宋朝《通鉴长编》《纪事本末》《太平寰宇记》《春秋经传阙疑》《三朝北盟会编》《后汉书年表》《崇祯长编》诸书，皆抄本；魏鹤山《毛诗要义》《楼攻媿文集》诸书，皆宋椠本，余不可尽数。①

《平津馆鉴藏书籍记》则云：“新刊《名臣碑传·琬琰集》，楝亭曹氏藏书，有‘长白敷槎氏堇斋昌龄图书印’。”②

可知，昌龄藏有曹家大量善本藏书，早期乾隆年间时人即已知晓。这也证明了雍正皇帝对曹頫的指责并非全无道理：

江宁织造曹頫，行为不端，织造款项亏空甚多。朕屡次施恩宽限，令其赔补。伊倘感激朕成全之恩，理应尽心效力，然伊不但不感恩图报，反而将家中财物暗移他处，企图隐蔽，有违朕恩，甚属可恶！③

这种家族抄家前转移家产的行为在《红楼梦》中也有反映。《红楼梦》第七十五回“开夜宴异兆发悲音　赏中秋新词得佳谶”写道：

---

① 李文藻：《南涧文集》卷上。
② 叶昌炽：《藏书纪事诗》卷四。
③ 雍正五年十二月二十四日《上谕着江南总督范时绎查封曹頫家产》。

> 尤氏从惜春处赌气出来，正欲往王夫人处去。跟从的老嬷嬷们因悄悄的回道：“奶奶且别往上房去。才有甄家的几个人来，还有些东西，不知是作什么机密事。奶奶这一去恐不便。”尤氏听了道：“昨日听见你爷说，看邸报，甄家犯了罪，现今抄没家私，调取进京治罪。怎么又有人来？”老嬷嬷道：“正是呢。才来了几个女人，气色不成气色，慌慌张张的，想必有什么瞒人的事情也是有的。”尤氏听了，便不往前去，仍往李氏这边来了。

总之，曹雪芹家族与昌龄家族有亲戚之谊，有财产往来，则曹雪芹家族回京后，似当有往来。

五、李鼎家族与庄亲王家族

李鼎家族在曹雪芹研究中是比较容易被忽视的。

曹雪芹舅爷李煦与韩氏夫人生一女，后嫁内务府营造司郎中佛公宝之子黄阿琳，后为正黄旗参领兼佐领，故李煦写信与她，称其为“佛家女儿”；妾詹氏康熙三十三年（1694 年）生长子李以鼎，即李鼎，监生，后娶巴氏；妾范氏康熙三十六年（1697 年）生次子李以鼐，后娶吴氏。李煦晚年又生一子一女，一子似被暗中送往山东昌邑堂弟家，一女似卒。

雍正元年（1723 年），李煦抄家，家族返京。雍正五年（1727 年），因涉及为阿其那购买苏州女子一案，发往东北打牲乌拉，则李鼎、李鼐兄弟并其母亲、妻子以及李煦京师诸弟都在北京生活居住——李煦三弟李炘曾任銮仪卫仪正、奉宸苑员外郎，五弟李炆曾任畅春园总管、奉旨佐理两淮盐漕事务，其余诸弟居通州红果园。

“庚辰本”《脂砚斋重评石头记》第十八回“庆元宵贾元春归省　助情人林黛玉传诗”写元妃省亲，叙述元妃未入宫前教导宝玉事，云：“那宝玉未进学堂之先，三四岁时，已得贾妃手引口传，教授了几本书、数千字在腹内了。”“庚辰本侧批”云：

> 批书人领过此教，故批至此竟放声大哭，俺先姊仙逝太早，不然余何得为废人耶？

以往研究多以为此批出自曹頫，今既证明曹氏至乾隆十三年尚在，则此批之作者可思。

实际上，李鼎长子较其年长十数岁，倒是更符合《红楼梦》中写元妃与宝玉的年龄差距。

又，李煦家族与庄亲王允禄似亦有交集。之所以说李煦家族与庄亲王允禄有交集，原因在允禄之母王氏身上。

允禄生母为顺懿密妃王氏，知县王国正之女——王原为苏州织造府机户，康熙二十某年入宫，三十二年生皇十五子允禑（雍正四年封为贝勒，八年封为愉亲王；九年二月薨，年39岁），三十四年生皇十六子庄亲王允禄。五十七年十二月，册为密嫔。雍正二年六月，晋尊为皇考密妃。乾隆元年十一月，尊为皇祖顺懿密太妃，九年十月十六日薨，年七十九。

康熙四十四年（1705年）岁末，河南学政汤右曾访李煦，其《怀清堂集》卷一页十三有《赠两淮巡盐六首》，第一首："大海环东莱，沧波渺无极。明公生其间，昂藏万夫特。"说明诗是赠予莱州府人、两淮巡盐御史李煦的，第五首云："囊无金门粟，家有珠履人……琰琬韫已辉，椒房香可纫。"

西汉时，以椒和泥涂皇后宫殿的墙壁，取温暖、芳香、多子之义，故宫殿名椒房殿，后用以指代妃嫔的宫殿，也用以指代妃嫔。清孔尚任《桃花扇·拜坛》：云："自古道，君王爱馆娃。系背纱，先须采选来家，替椒房作伐。"

由汤诗，知道李煦家族有女子入宫为妃嫔。

又，康熙四十八年七月十六日李煦《王嫔之母黄氏病故折》云：

> 王嫔娘娘之母黄氏，七月初二忽患痢疾，医治不痊，于七月十四日午时病故，年七十岁，理合奏闻。
>
> 朱批：知道了，家书留下了，随便再叫知道吧！

王嫔之母黄氏病故事何以需要远在苏州的李煦奏报呢？

这即说明王嫔系苏州地方汉人。根据清朝制度，旗人不与汉人婚姻，不过，康熙皇帝身边却有不少妃嫔为江南汉人。

又，康熙三十八年（1699年），皇帝第三次南巡，三月十四日至苏州。

其实情景，苏州沈汉宗录之《圣驾南巡惠爱录》载：

苏州东城有王姓者，开机为业，有女幼时德行兼优，后至京中，长成得入宫中，贵幸，立为贵妃，生有二位王子，宠冠三宫，常思父母，未知如何，音信难通。己巳年，圣驾二次临吴，先曾访问，无从寻觅，今逢太后降香吴中，请旨欲随陪侍同行，兼访父母消息。

三月十四日，临吴，在织造府。十五日，启请皇上着令寻亲，特召抚臣宋着有司查来，于十六日查着，遂率其父母前来见驾，令其父母相见。二十年分别，相见时，悲喜交集。太后闻知，随赐宴。宴毕，赐其父百金、母衣四袭，贵妃别有所赠，着长洲县每年给银养膳，遂谢恩而出。

上下文结合，似可推知此王嫔或者以李煦嫡母内务府王氏身份入宫，故汤右曾称苏州王氏入宫相对于李煦而言，系“椒房香可纫”。

康熙三十八年时，王氏只生二子，四十年复生皇十八子允祄（卒于康熙四十七年九月初四，年八岁）。王氏第二子，即皇十六子允禄精数学，通乐律，曾协助康熙帝修数理精蕴。雍正元年，特命允禄继庄靖亲王博果铎后，袭封庄亲王。乾隆元年，命总理事务兼掌工部，食亲王双俸。乾隆二年，加封镇国公，三年摄理藩院尚书。四年，因与理亲王弘哲等结党营私，被罢职，停双俸。三十二年薨，享年 73 岁，谥曰“恪”。

允禄当权时期，正是李家、曹家抄家归京之际，即便其乾隆四年罢职后，亲王待遇未变，料想当与李鼎兄弟、曹雪芹家族有所交往。

六、敦氏兄弟

就目前所知，曹雪芹交往较多的当属敦敏、敦诚兄弟。

敦氏兄弟是清初英亲王阿济格的五世孙。阿济格因在多尔衮逝世后欲图摄政，顺治八年（1651 年），阿济格诸子皆被黜为庶人，不过，阿济格第二子傅勒赫卒于顺治十七年，顺治十八年因其无罪复入宗室，康熙元年（1662 年）追封镇国公。敦敏、敦诚兄弟即是傅勒赫的四世孙，其间关系如下：

阿济格→傅勒赫（第二子）→绰克都（第三子）→祜图礼（第六子）→瑚玐（第一子）→敦敏（长子）、敦诚（次子）

此外，阿济格正妃第五女嫁与纳兰明珠为嫡妻（卒于康熙三十三年），育有三子三女：长子纳兰性德，次子纳兰揆叙，三子纳兰揆方；女三人，长嫁一等伯李天保，次嫁多罗贝勒延寿，次先卒。

可见，阿济格死后，子孙并非全都一败涂地，敦敏、敦诚兄弟能入专门教育宗室子弟的学校读书正是因为这个原因。乾隆二十二年，敦诚在《寄怀曹雪芹霑》诗中写道：

爱君诗笔有才气，直追昌谷破篱樊。
当时虎门数晨夕，西窗剪烛风雨昏。
接䍦倒著容君傲，高谈雄辩虱手扪。

诗中曹雪芹与敦氏兄弟高谈阔论的“虎门”，指的就是位于西单牌楼石虎胡同的右翼宗学（招收右翼正黄、正红、镶红、镶蓝四旗宗室子弟）。

西周时代，在“天子”宫门上画虎以示威武，因而称宫门为“虎门”；又在宫门外设立学府，教育官僚子弟，后代遂以“虎门”代称国学。清代的宗学设于雍正二年（1724 年）。

或者认为，以曹雪芹的身份、功名等条件来考量，似不能到宗学任职。这种观点是理想主义的学术研究，丝毫没有考虑到社会多种的影响因素。

实际上，旗人犯罪，不及同族无干之人；加之，旗人婚姻对象多局限在各旗中，曹雪芹在京师的家族关系相当庞大，亲族的亲友，更是如大树连根一般，形成一个庞大的关系网，何况曹雪芹还有一个备受皇帝宠信的表哥铁帽子王福彭呢！《红楼梦》第三回“金陵城起复贾雨村　荣国府收养林黛玉”中写道：

贾政最喜读书人，礼贤下士……优待雨村，更又不同，便竭力内中协助，题奏之日，轻轻谋了一个复职候缺，不上两个月，金陵应天府缺出，便谋补了此缺。

此处，“脂批”云：“春秋笔法。”

了解社会的人，尤其是了解传统社会的人，才可能对曹雪芹“轻轻谋了”四个字反映的社会实况才有领会。

曹雪芹、敦敏、敦诚等人离开右翼宗学后，仍保持有交往，上文那首《寄怀曹雪芹霑》就是敦诚在喜峰口帮助父亲料理税务时，写给曹雪芹的。

敦氏兄弟返京后，他们与曹雪芹的交往就更方便起来，他们还曾到香山一带访问曹雪芹，如敦敏《赠曹雪芹》有“碧水青山曲径遐，薜萝门巷足烟霞。寻诗人去留僧壁，卖画钱来付酒家”句，其《访曹雪芹不值》复有“野浦冻云深，柴扉晚烟薄。山村不见人，夕阳寒欲落”句。

曹雪芹进京也时过敦氏兄弟宅邸。敦诚《佩刀质酒歌》载：“秋晓，遇雪芹于槐园，风雨淋涔，朝寒袭袂。时主人未出，雪芹酒渴如狂，余因解佩刀沽酒而饮之。雪芹欢甚，作长歌以谢余。余亦作此答之。”诗云：

我闻贺鉴湖，不惜金龟掷酒垆。
又闻阮遥集，直卸金貂作鲸吸。
嗟余本非二子狂，腰间更无黄金珰。
秋气酿寒风雨恶，满园榆柳飞苍黄。
主人未出童子睡，斝干瓮涩何可当！
相逢况是淳于辈，一石差可温枯肠。
身外长物亦何有？鸾刀昨夜靡秋霜。
且酤满眼作软饱，谁暇齐鬲分低昂。
元忠两褥何妨质，孙济缊袍须先偿。
我今此刀空作佩，岂是吕虔遗王祥。
欲耕不能买犍犊，杀贼何能临边疆？
未若一斗复一斗，令此肝肺生角芒。
曹子大笑称快哉！击石作歌声琅琅。
知君诗胆昔如铁，堪与刀颖交寒光。
我有古剑尚在匣，一条秋水苍波凉。
君才抑塞倘欲拔，不妨斫地歌王郎。

该诗对曹雪芹、敦诚等人的交往、性格做了极好的描写。

曹雪芹交往家族并住址

李煦家族	李煦家族有住通县者	
曹荃家族		
礼亲王家族	普恩寺东	镶红旗界
平郡王家族	石驸马大街	镶蓝旗界
顺承郡王	麻线胡同	镶红旗界
怡亲王家族	煤渣胡同	镶白旗，后改北小街，正白旗范围
昌龄家族		
敦诚、敦敏	敦敏懋斋在太平湖	

七、明氏家族

除敦氏兄弟外，明氏兄弟也是与曹雪芹交往较多的旗人友人。

敦敏有《芹圃曹君霑别来已一载余矣。偶过明君琳养石轩，隔院闻高谈声，疑是曹君，急就相访，惊喜意外，因呼酒话旧事》，云：

可知野鹤在鸡群，隔院惊呼意倍殷。
雅识我惭褚太傅，高谈君是孟参军。
秦淮旧梦人犹在，燕市悲歌酒易醺。
忽漫相逢频把袂，年来聚散感浮云。①

该诗告诉我们，曹雪芹与明琳不仅有交往，且熟稔得很，否则，不当有“高谈君是孟参军”的行为。

曹雪芹死后，敦诚亲往送葬，作《挽曹雪芹》诗，云：

四十萧然太瘦生，晓风昨日拂铭旌。
肠回故垄孤儿泣（前数月，伊子殇，因感伤成疾），泪迸荒天寡妇声。

① 曹雪芹友人诗据朱一玄：《红楼梦资料汇编》，南开大学出版社，2012年。

牛鬼遗文悲李贺，鹿车荷锸葬刘伶。
故人欲有生刍吊，何处招魂赋楚蘅？

说明曹雪芹之死与其子之殇有着脱不开的关系，又说明曹身后尚有寡妇。

明琳族弟明义则有《题红楼梦》二十首传世，诗序云：

> 曹子雪芹出所撰《红楼梦》一部，备记风月繁华之盛，盖其先人为江宁织府。其所谓“大观园”者，即今“随园”故址。惜其书未传，世鲜知者。余见其钞本焉。

曹雪芹亲自展示抄本《红楼梦》给明义，且明义知道曹雪芹的先世，可知交情匪浅。

明义，富察氏，号我斋，满洲镶黄旗人。都统博清的儿子。在乾隆朝，做“上驷院侍卫”终其生。

此外，孔梅溪、吴玉峰、松斋、鉴堂等也都是曹雪芹有相当交往的友人，在《红楼梦》的传播过程中扮演了各自的角色，或者为《红楼梦》题名，或者为《红楼梦》作批，总之，都是曹雪芹的友人和《红楼梦》的最早读者。

康熙皇帝十四子胤禵之孙永忠是著名的宗室诗人，永忠虽然不曾与曹雪芹有过交往，但却串联起曹雪芹的另外一些朋友。乾隆三十三年（1768年），永忠作《因墨香得观〈红楼梦〉小说，吊雪芹三绝句》。

诗题中的“墨香”（1743—1790），名额尔赫宜，系曹雪芹友人敦敏、敦诚的幼叔，为永忠堂兄弟，明义堂姐夫。敦城《寄大兄》一文曾将雪芹与明义之兄明仁并提，称为“故人”，明仁自然也是与曹雪芹相识且同堂欢笑的友朋。

八、张宜泉、鄂比、于书度等

除京师的宗室与旗人友人外，曹雪芹在京西居住还有几位有过交往的友人，张宜泉是比较重要的一位。

张宜泉，汉军旗人，成年后在海淀一带坐馆，有《春柳堂诗稿》传世，其中一首为《和曹雪芹〈西郊信步憩废寺〉原韵》，诗云：“君诗曾未等闲吟，破刹今游寄兴深……寂寞西郊人到罕，有谁曳杖过烟林。”其《题芹溪居士》云：

爱将笔墨逞风流，庐结西郊别样幽。
门外山川供绘画，堂前花鸟入吟讴。
羹调未羡青莲宠，苑召难忘立本羞。
借问古来谁得似，野心应被白云留。

知曹雪芹工诗善画，性情高雅，居住西郊临山之处。

鄂比系存在于香山地区民间传说中的曹雪芹友人，之所以是传说中的人物还要提到，是因为他曾送给曹雪芹的一副对联后来被发现，似能证明其人其事都并不全虚。

1963 年，当专家们还没有意识到曹雪芹与香山的关系时，香山正黄旗蒙古族老人张永海为黄波拉、冯伊湄、吴恩裕、吴世昌、周汝昌、陈迩冬、骆静兰等人讲，曹雪芹在香山正白旗居住时，友人鄂比送他一副对联，云：“远富近贫，以礼相交天下有；疏亲慢友，因财绝义世间多。”

时隔八年，也就是“文革”进行到一半的 1971 年 4 月 4 日，香山正白旗 39 号院老屋的主人无意间撞破了西墙壁的墙皮，发现了墙皮下又有一层墙皮，墙皮上写满了文字，其中，中部一副写作菱形的文字云：

远富近贫，以礼相交天下少；
疏亲慢友，因财而散世间多。真不错。

核心意思与民间传说的曹雪芹友人赠联几乎一模一样，而该房屋又在传说中曹雪芹正白旗故居范围内，故而引发了此墙壁诗与曹雪芹关系的长久争论，但传说中鄂比赠送给曹雪芹对联的发现，至少证明鄂比与曹雪芹曾有交往的事实。

于书度则出现于曹雪芹著《废艺斋集稿》第二卷《南鹞北鸢考工志》附录的敦敏《瓶湖懋斋记盛》一文中，其人系南京人，似与曹家有旧，后从军伤足，滞留京师，娶妻生子，因家中人多，穷苦不堪。曹为之借贷且做风筝出售，竟获大利，故后敦请雪芹为之制作图样，以制作风筝、裱糊等为生。乾隆二十三年腊月二十四日，在敦敏太平湖侧的懋斋集会，于亦与会。此会尚有过子龢、董邦达、端隽等人，不知其过后与雪芹有交往否。

九、皇八子永璇、观保、谢墉等

1923年春，上海收藏家李祖韩与其四弟祖桐、褚德彝在沪上古董商人张葆生家选看书画，见到一幅曹雪芹画像，褚德彝即予以购下。[①]

李祖韩，名光新，祖韩为字，号左庵，一作左盦，三妹秋君系著名画家张大千之红颜知己——张在上海居李家，李秋君能诗画，二人互相爱慕，因张氏已婚，而李氏为世家大族，故不便为妾。

此画像画一中年微胖者坐溪水边，右手支石，后为竹林，合乎清代行乐图的基本构图，题名《独坐幽篁图》，其上有乾隆皇八子永璇、观保、陈兆仑、谢墉等人题诗。

爱新觉罗·永璇（1746—1832），乾隆第八子，仪亲王，后晋亲王，嘉庆帝即位，以永璇总理吏部，清除和珅党羽。有《古训堂诗》抄本十四册传世，今存美国国会图书馆。

观保，索绰罗氏，字伯容，号补亭，满洲旗人。乾隆二年（1737年）进士，改庶吉士，授编修，累官礼部尚书，罢再起，授左都御史。谥文恭。

陈兆仑，钱塘（今浙江杭州）人。雍正八年（1730年）进士，授知县。乾隆元年，举博学鸿词，授检讨，官至太仆寺卿。工诗善书，有《紫竹山房诗文集》。

谢墉（1719—1795），字昆城，号金圃、丰甫、东墅，晚号西髯，浙江嘉善枫泾镇（今上海市金山区）人，乾隆十六年举人，授内阁中书。十七年进士，改庶吉士，授编修，五迁工部侍郎，督江苏学政，曾在礼部、吏部为官。

① 朱南铣：《曹雪芹小像考释——兼谈曹雪芹的生年及经历》，《红楼梦学刊》，百花文艺出版社，1980年。

永璇题诗署年为“壬午三月既望”，即乾隆二十七年（1762年）三月十六日。

除李氏兄妹并褚德彝外，此图张大千、谢稚柳、叶恭绰、陈从周等书画名家皆曾寓目。

由图上题咏可知，曹雪芹与永璇、观保、陈兆仑、谢墉等人亦有交往，而这种交往是因曹雪芹的亲戚居中介绍，还是由曹雪芹友人中间撮合，就不得而知了。

十、陈本敬、陈浩、李世绰等

《种芹人曹霑画册》高31.5厘米，宽29.4厘米。全册共纳有设色写意画八幅，每幅画均在左侧附有题诗页。

其中，第六幅画西瓜，题行书七绝：“冷雨寒烟卧碧尘，秋田蔓底摘来新。披图空羡东门味，渴死许多烦热人。”落款题为“种芹人曹霑再题”，钤两公分见方隶书石刻印章“曹霑”。

题识者除“种芹人曹霑”外，尚有“闵大章”“歇尊者”“铭道人”“陈本敬”等人，落款时间为“乾隆辛巳夏日”“辛巳夏日”“辛巳夏六月”。

陈本敬，字仲思，乾隆二十五年进士，官翰林院检讨，曾为陈继儒《小窗幽记》作序，与朱筠（笥河）交往深厚。

乾隆辛巳，即乾隆二十六年（1761年）。

又，张大镛（1770—1838）《自怡悦斋书画录》（道光十四年刊本）卷十九“册页类”第一件为《李谷斋墨山水、陈紫澜字合册》，其中第八幅著录“陈浩书李白《秋登宣城谢朓北楼》诗”后跋云：

> 曹君芹溪携来李奉常仿云林画六幅质予，并索便书。秋灯残酒，觉烟云浮动在尺幅间，因随写数行。他时见谷斋，不知以为何如也。
>
> 生香老人再笔。

李谷斋，即清代著名旗人画家李世倬（1687—1770），字天章，一字汉章、天涛，号谷斋、菉园、星厓居士、十石居士、太平拙吏、伊祁山人等，汉军正黄旗，著名画家高其佩（1672—1734）甥，官至副都御史，曾任太常，人称李太常。

陈浩（1695—1772），字紫澜，号未斋，室名“生香书屋”，故自称“生香老人”，直隶昌平（今北京昌平）人。雍正二年（1724年）甲辰科进士，官至詹事府詹事。平生好学，精于鉴赏，有《生香书屋诗集》七卷（附《恩光集》三卷）和《生香书屋文集》四卷传世。前文之陈本敬系陈浩次子。

说明曹雪芹与陈浩亦有交往，一次带来六幅画作，“质”（此处质作“评断”讲，如《礼记·王制》云：“司会以岁之成质于天子。”）陈浩，说明二人关系匪浅。

《李谷斋墨山水、陈紫澜字合册》为册页，有李世倬绘画六幅，前四幅题记为陈浩所作，其中，第一图题记落款署年“辛巳秋日”；第五图为陈浩次子陈本敬题识；第六图为钱维城题识，落款署年“己卯夏午月又二日”。

辛巳，即乾隆二十六年；己卯，即乾隆二十四年。午月，夏历以寅月为岁首（正月），所以称五月为午月。

两图相比较，知道曹雪芹与陈浩、陈本敬父子、李世倬、钱维城等朝廷官员、画家都有相当的交往。

十一、曹雪芹的交游与生活

以往对《红楼梦》的解读，认为曹雪芹归京以后，生活穷苦，如其《红楼梦》第一回“甄士隐梦幻识通灵　贾雨村风尘怀闺秀”中所云：“虽今日之茅椽蓬牖，瓦灶绳床，其晨夕风露，阶柳庭花，亦未有妨我之襟怀笔墨。”有意无意地忽略了曹雪芹的身份（旗人）、家族关系（诸多亲贵）和可能的社会交往。

实际上，曹雪芹虽然仕途上没有太多的活动，但因其家族的辉煌、自己的旗人身份、满腹的才华、庞大的家族关系，在当时的社会上活动起来游刃有余，他的生活不仅仅只有《红楼梦》，其与亲友的交往占据了其生活的大多时间，而他的交往对象也不仅仅只有敦诚、敦敏，他们的交游正如《红楼梦》中对贾宝玉的描写一样，既有宴饮、骑射、题诗作画、听戏观场……

也就是说，曹雪芹与当时社会的“上层”（相对于一般知识分子和旗人而言）一样，是一个活生生的人，过着活生生的生活，唯有如此，才有《红楼梦》那种对当时社会活生生的描写。

舍此，一切都变得无法解释。

诗画式小说：《红楼梦》文学技法论

一、引言

《红楼梦》既是一部文学名著，也是一部文化名著。

曹雪芹的伟大在于能将二者完美地融化于故事的描述之中。正如墨人先生在《红楼梦的写作技巧》中写到的：

> 文学作品，尤其是长篇小说，如果没有深厚的思想基础，必然流于浅薄，即使作者的写作技巧不错，也是金玉其外，败絮其中，这是一般擅长创作而少学问的作者所不可避免的通病；徒有学问而拙于创作的作者，便容易把自己的思想观念硬生生地塞进作品里去，写出来的作品便易流于教条、概念，甚至可以看作另一形式的论文。
>
> 曹雪芹则不然。他有学问，更长于创作，因此，他能把他思想、观念十分自然地融化到作品里去，而使作者不知不觉，甚至读了多少遍还不一定就能抓住他的主题，而他的境界则因读者的年龄、学养、人生阅历随之提升。[①]

但是，一部好的作品，不论其故事如何离奇，人物性格如何饱满，立意如何高妙，总得要靠高超的文学技法来实现。

《红楼梦》的绝大多数读者并不关注《红楼梦》的主题，更多的是被小说的故事和描写所吸引。

《红楼梦》里没有关于色情、英雄、侠义、风月等人们喜闻乐见故事的

---

① 墨人：《红楼梦的写作技巧》，中国文联出版社，1993 年。

集中描写，那么，曹雪芹是如何将一部“老婆舌头”[①]、家长里短的故事写得有吸引力、俘获了诸多读者的呢？

除了上面所谈到曹雪芹对社会大众的细致观察、细腻描摹，不主观讲述道理与道德外，还有一些纯文学的写作技法发挥了极其重要的作用。因此，《红楼梦》的解读就不可避免地牵涉到《红楼梦》创作中有哪些成功和超越的文学技法。[②]

在《红楼梦》第一回“甄士隐梦幻识通灵　贾雨村风尘怀闺秀”中，借石头之口评历来之才子佳人小说，“逐一看去，悉皆自相矛盾，大不近情理之话。竟不如我半世亲睹亲闻的这几个女子……不敢稍加穿凿，徒为供人之目而反失其真传者”，“甲戌眉批”云：

> 叙得有间架、有曲折、有顺逆、有映带、有隐有见、有正有闰，以致草蛇灰线、空谷传声、一击两鸣、明修栈道、暗渡陈仓、云龙雾雨、两山对峙、烘云托月、背面敷粉、千皴万染，诸奇书中之秘法亦不复少。

可知，在极其重视“近情理”的基础上，曹雪芹驾驭文学手段是极其

---

① 《红楼梦》第四十三回“闲取乐偶攒金庆寿　不了情暂撮土为香”中：赖大的母亲因又问道：“少奶奶们十二两，我们自然也该矮一等了。”贾母听说，道：“这使不得。你们虽该矮一等，我知道你们这几个都是财主，位虽低些，钱却比他们多。”此处，庚辰夹批：“惊魂夺魄只此一句。所以一部书全是老婆舌头，全是讽刺世事，反面春秋也。所谓‘痴子弟正照风月鉴’，若单看了家常老婆舌头，岂非痴子弟乎？”墨人在《红楼梦的写作技巧》中云：“就故事本身来说，《红楼梦》写的都是平实近人的日常琐事，没有惊天动地的大事。但是作者透过中国贵族生活的各种层面，发掘了各阶层人性，表现了各阶层人性。曹雪芹能从日常生活琐事中制造冲突。如林黛玉进贾府后，薛宝钗便跟踪而至，故事便一步步展开，冲突也接踵而起。不以离奇古怪故事取胜，而从日常生活细节着手，表现了空灵洒脱的人生境界，哲学思想，这就是曹雪芹的不可及之处，《红楼梦》的伟大之处。”中国文联出版社，1993年。

② 罗德湛：《红楼梦的文学价值》“自序”：“写过这些论文（《小说写作基本论》《小说写作研究》）以后，心中不时仍有言犹未尽的感觉；因为那些论文虽已略具系统，毕竟所谈的还都是一些原理原则，仍不免流于空泛抽象，对于初学写作的人，未见得真能有何裨益。这情形岂不似医科学生不能上解剖课程一样的遗憾！因此，乃使我兴起要‘解剖’一部作品用作师范的念头。如何选择一部适当的作品，是一个颇为重要的问题！否则，这种努力将是白费。是以这作品必须具有丰富的内容，杰出的技巧，高超的意境。易言之，它必须是一本最好的小说范本，最佳的小说教科书——而且这本书很容易购买。基此种种，则非《红楼梦》莫属了。”大东图书有限公司，民国六十八年版。

高妙的。其中，比较受人重视的手法当属草蛇灰线、两山对峙、千皴万染诸法，而这几种方法又可分为迎难而上法（两山对峙）和避难法（草蛇灰线、皴染法，即中国画技法）。

二、两山对峙（特犯不犯）

两山对峙是说，作者写两个人物，互相比托，显得二人愈发高不可及、各具特点。最明显的就是写宝钗与黛玉二人。第八回“比通灵金莺微露意 探宝钗黛玉半含酸”写宝钗形象云：

> 宝玉掀帘一迈步进去，先就看见薛宝钗坐在炕上作针线，头上挽着漆黑油光的纂儿，蜜合色棉袄，玫瑰紫二色金银鼠比肩褂，葱黄绫棉裙，一色儿半新不旧的，看去不觉奢华。唇不点而红，眉不画而翠，脸若银盆，眼如水杏。罕言寡语，人谓藏愚，安分随时，自云守拙。

“甲戌夹批”云：“这方是宝卿正传。与前写黛玉之传一齐参看，各极其妙，各不相犯，使其人难其左右于毫末。”“甲戌眉批”云：“画神鬼易，画人物难。写宝卿正是写人之笔，若与黛玉并写更难。今作者写得一毫难处不见，且得二人真体实传，非神助而何？”

再看曹雪芹写黛玉若何？第三回“金陵城起复贾雨村 荣国府收养林黛玉”写道：

> 宝玉早已看见多了一个姊妹，便料定是林姑妈之女，忙来作揖。厮见毕归坐，细看形容，与众各别：两弯似蹙非蹙笼烟眉，一双似喜非喜含露目。态生两靥之愁，娇袭一身之病。泪光点点，娇喘微微。闲静时如姣花照水，行动处似弱柳扶风。心较比干多一窍，病如西子胜三分。

“甲戌眉批”云：“不写衣裙妆饰，正是宝玉眼中不屑之物，故不曾看见。黛玉之举止容貌，亦是宝玉眼中看、心中评。若不是宝玉，断不能知黛玉是何等品貌。”

"脂批"者已经意识到这个问题,《红楼梦》第十七回"大观园试才题对额　荣国府归省庆元宵"中写黛玉的潇湘馆与宝钗的蘅芜苑情景云：

> 忽抬头看见前面一带粉垣，里面数楹修舍，有千百竿翠竹遮映。众人都道："好个所在！"于是大家进入，只见入门便是曲折游廊，阶下石子漫成甬路。上面小小两三间房舍，一明两暗，里面都是合着地步打就的床几椅案。从里间房内又得一小门，出去则是后院，有大株梨花兼着芭蕉。

写蘅芜苑，首云："贾政道：'此处这所房子，无味的很。'"

"己卯夹批"云："先故顿此一笔，使后文愈觉生色，未扬先抑之法。盖钗、颦对峙有甚难写者。"其具体情况云：

> 因而步入门时，忽迎面突出插天的大玲珑山石来，四面群绕各式石块，竟把里面所有房屋悉皆遮住，而且一株花木也无。只见许多异草：或有牵藤的，或有引蔓的，或垂山巅，或穿石隙，甚至垂檐绕柱，萦砌盘阶或如翠带飘摇，或如金绳盘屈，或实若丹砂，或花如金桂，味芬气馥，非花香之可比。贾政不禁笑道："有趣！"

"己卯夹批"云："前有'无味'二字，及云'有趣'二字，更觉生色，更觉重大。"

此法又作"特犯不犯"，只不过，特犯不犯之法有时亦写事情而已。如《红楼梦》第三回"金陵城起复贾雨村　荣国府收养林黛玉"中写贾赦、贾政不见黛玉云："王夫人因说：'你舅舅今日斋戒去了，再见罢。'""甲戌侧批"云：

> 赦老不见，又写政老。政老又不能见，是重不见重，犯不见犯。作者惯用此等章法。

第四回"薄命女偏逢薄命郎　葫芦僧乱判葫芦案"中写李纨情形云：

这李氏亦系金陵名宦之女……只不过将些《女四书》《列女传》《贤媛集》等三四种书，使他认得几个字，记得前朝这几个贤女便罢了，却只以纺绩井臼为要，因取名为李纨，字宫裁。因此这李纨虽青春丧偶，居家处膏粱锦绣之中，竟如槁木死灰一般，一概无见无闻，唯知侍亲养子，外则陪侍小姑等针黹诵读而已。

“甲戌侧批”云：“一段叙出李纨，不犯熙凤。”同回，写宝钗留住贾家云：

原来，这梨香院即当日荣公暮年养静之所，小小巧巧，约有十余间房屋，前厅后舍俱全。另有一门通街，薛蟠家人就走此门出入。西南有一角门，通一夹道，出夹道便是王夫人正房的东边了。每日或饭后，或晚间，薛姨妈便过来，或与贾母闲谈，或与王夫人相叙。宝钗日与黛玉、迎春姊妹等一处。

“甲戌眉批”云：“金玉初见，却如此写，虚虚实实，总不相犯。”

第十六回“贾元春才选凤藻宫　秦鲸卿夭逝黄泉路”写贾琏乳母赵嬷嬷云：“嬷嬷道：我喝呢，奶奶也喝一钟，怕什么？只不要过多了就是了。”“甲戌夹批”云：

宝玉之李嬷，此处偏又写一赵嬷，特犯不犯。先有梨香院一回，今又写此一回，两两遥对，却无一笔相重，一事合掌。

宝玉之李嬷梨香院事指，第八回“比通灵金莺微露意　探宝钗黛玉半含酸”中李嬷嬷劝宝玉不要饮酒事，云：

薛姨妈便令人去灌了最上等的酒来。李嬷嬷便上来道：“姨太太，酒倒罢了。”宝玉央道：“妈妈，我只喝一钟。”李嬷嬷道：“不中用！当着老太太、太太，那怕你吃一坛呢。想那日我眼错不见一会，不知是那一个没调教的，只图讨你的好儿，不管别人死活，给了你一口酒吃，葬送的我挨了两日骂。姨太太不知道，他性子又可恶，吃了酒更弄性。有一日老太太高兴了，又尽着他吃，什么日子又不许他吃，何苦我白赔在里面。”

又比如林黛玉进贾府，三春、熙凤、宝玉出场的情景、相貌的描摹件件不同，历来为人们所称道。

但是，两山对峙法甚难写，曹雪芹又不欲做“开门见山”、一览无余的文字[①]，为了做到文章的曲折，同时避免两山对峙写法的困难，曹雪芹在写作中使用了诸如草蛇灰线法、千皴万染法等，“脂批”称这些将诸多问题分作数次写作的方式称作“避难法”。

三、草蛇灰线法与补写法

所谓草蛇灰线，即在前文中埋伏并不明显的线索，在后数回中再对同一对象进行描述，如同蛇行草中、线过灰中，虽不甚明显，却实有痕迹，又称“千里伏线法”。最早见于金圣叹《读第五才子书》评《水浒传》云：

> 有草蛇灰线法。如景阳冈勤叙许多“哨棒”字，紫石街连写若干“帘子”字等是也。骤看之，有如无物；及至细寻，其中便有一条线索，拽之通体皆动。

《红楼梦》中关于通灵宝玉的介绍，前文数处都有提及，却不细写，待到第八回“比通灵金莺微露意　探宝钗黛玉半含酸”中，宝钗方细看其物，故该回写通灵宝玉样式、文字，“甲戌夹批”云：

> 余亦想见其物矣。前回中总用草蛇灰线写法，至此方细细写出，正是大关节处，奇之至。

① 《红楼梦》第二十五回“魇魔法姊弟逢五鬼　红楼梦通灵遇双真”“甲戌总批”云：先写红玉数行，引接正文，是不作开门见山文字。第二十八回“蒋玉菡情赠茜香罗　薛宝钗羞笼红麝串”中写：“这里宝玉悲恸了一回，忽然抬头不见了黛玉，便知黛玉看见他躲开了，自己也觉无味，抖抖土起来，下山寻归旧路。”“甲戌侧批”云：“折得好，誓不写开门见山文字。”可知，曹雪芹在作文时，尽量避免于故事叙述的直白和一览无余。

第二十二回“听曲文宝玉悟禅机　制灯谜贾政悲谶语”中写诸钗猜元妃之灯谜，云：

> 宝钗等听了，近前一看，是一首七言绝句，并无甚新奇，口中少不得称赞，只说难猜，故意寻思，其实一见就猜着了。宝玉、黛玉、湘云、探春四个人也都解了，各自暗暗的写了半日。

探春之后，“庚辰夹批”云：“此处透出探春，正是草蛇灰线，后文方不突然。”意思是说，探春智慧、诗才在贾府四春中独秀，此处点出，故后面大观园诗社中探春显现才艺，方不突然。

第二十六回“蜂腰桥设言传心事　潇湘馆春困发幽情”中，写佳惠、小红对话：“佳蕙道：‘我想起来了，林姑娘生的弱，时常他吃药，你就和他要些来吃，也是一样。’”

“林姑娘生的弱，时常他吃药”处，“庚辰侧批”云：“是补写否？”“你就和他要些来吃”后面，“甲戌侧批”则云：“闲言中叙出黛玉之弱。草蛇灰线。”

可见，草蛇灰线法是与“补写”这一写作技法配合使用的，即前文伏线，后文照应。伏线法与补写法合用，又称“首尾照应法”。

之所以使用伏线法和皴染法，正是为了避免笔墨繁杂。《红楼梦》第二十七回“滴翠亭杨妃戏彩蝶　埋香冢飞燕泣残红”中写到：“紫鹃、雪雁素日知道林黛玉的情性：无事闷坐，不是愁眉，便是长叹，且好端端的不知为了什么，常常的便自泪道不干的。”“庚辰侧批”即云：“补写，却是避繁文法。”

四、千皴万染法

千皴万染法，原指传统绘画方式，通过多次绘画，将事物如山石、峰峦的文理和阴阳等诸多层次表现出来。第四十二回“蘅芜君兰言解疑癖　潇湘子雅谑补余香”中，宝钗冷笑道：“我说你不中用！那雪浪纸写字、画写意画儿，或是会山水的画南宗山水，托墨，禁得皴染。”用于小说批评中，指在不同的回目中分若干次对某一对象的某一方面进行描绘，直到形象越发明显。

《红楼梦》第二回“贾夫人仙逝扬州城　冷子兴演说荣国府”回前“甲戌”批云：

> 此回亦非正文本旨，只在冷子兴一人，即俗谓“冷中出热，无中生有”也。其演说荣府一篇者，盖因族大人多，若从作者笔下一一叙出，尽一二回不能得明，则成何文字？故借用冷子一人，略出其文，使阅者心中，已有一荣府隐隐在心，然后用黛玉、宝钗等两三次皴染，则耀然于心中眼中矣。此即画家三染法也。

第六回“贾宝玉初试云雨情　刘姥姥一进荣国府”写，周瑞家的安排“小丫头到倒厅上悄悄的打听打听，老太太屋里摆了饭了没有。小丫头去了。这里二人又说些闲话。”“蒙府侧批”云：

> 急忙中偏不就去，又添一番议论，从中又伏下多少线索，方见得大家势派出入不易，方见得周瑞家的处事详细；继之后文，放笔写凤姐，亦不唐突，仍用冷子兴演说宁、荣旧笔法。

所以，“伏线”“补写”“皴染”诸法是互相联系的，在意义上也有相似的地方。

《红楼梦》第八回“比通灵金莺微露意　探宝钗黛玉半含酸”写清客与宝玉的互动云：

> 谁知到穿堂，便向东向北绕厅后而去。偏顶头遇见了门下清客相公詹光、单聘仁二人走来，一见了宝玉，便都笑着赶上来，一个抱住腰，一个携着手，都道：“我的菩萨哥儿，我说作了好梦呢，好容易得遇见了你。”说着，请了安，又问好，劳叨了半日，方才走开。

“甲戌眉批”云：“一路用淡三色烘染、行云流水之法，写出贵公子家常不即不离气致。经历过者则喜其写真，未经者恐不免嫌繁。”

“脂批”亦称此法为“避难法”。如第十六回“贾元春才选凤藻宫　秦鲸卿夭逝黄泉路”甲戌本回前批语云：

> 细思大观园一事，若从如何奉旨起造，又如何分派众人，从头细细直写将来，几千样细事，如何能顺笔一气写清？又将落于死板拮据之乡，故只用琏凤夫妻二人一问一答，上用赵妪讨情作引，下文蓉蔷来说事作收，余者随笔略一点染，则耀然洞彻矣。此是避难法。

五、横云断岭法与重作轻抹法

“横云断岭”（或作横云断山法）是在某件事情正在进行时，为避免啰唆，用语言或事件忽然截住。

《红楼梦》第四回“薄命女偏逢薄命郎　葫芦僧乱判葫芦案”写贾雨村观看“护官符”，云：“雨村犹未看完，忽听传点，人报：‘王老爷来拜。’雨村听说，忙具衣冠出去迎接。”

“雨村犹未看完”后，“甲戌眉批”云：“妙极！若只有此四家，则死板不活，若再有两家，又觉累赘，故如此断法。”

“忽听传点，人报：‘王老爷来拜。’雨村听说，忙具衣冠出去迎接”后，“甲戌侧批”云：“横云断岭法，是板定大章法。”

第六回“贾宝玉初试云雨情　刘姥姥一进荣国府”写王熙凤与刘姥姥说话，云：

> 刚说到这里，只听二门上小厮们回说：“东府里的小大爷进来了。”凤姐忙止刘姥姥：“不必说了。”一面便问：“你蓉大爷在那里呢？”

“甲戌侧批”云：“惯用此等横云断山法。”

横云断岭法与前文所谓伏线法颇有干系，因截住或者即为以后伏线。第十七回“大观园试才题对额　荣国府归省庆元宵”中写道：“说着，引人出来，再一观望，原来自进门起，所行至此，才游了十之五六。”“己卯夹批”云：

总住，妙！伏下后文所补等处。若都入此回写完，不独太繁，使后文冷落，亦且非《石头记》之笔。

紧接着写道：“又值人来回，有雨村处遣人来回话。”“己卯夹批”云：

又一紧，故不能终局也。此处渐渐写雨村亲切，正为后文地步。伏脉千里，横云断岭法。

此法与“云罩峰尖法”名目上颇相似，但意义却不同，前者是断，后者是补，与补写法颇似。《红楼梦》第四回“薄命女偏逢薄命郎　葫芦僧乱判葫芦案”中写道：

薛蟠道：“如今舅舅正升了外省去，家里自然忙乱起身。咱们这工夫一窝一拖的奔了去，岂不没眼色。”

他母亲道：“你舅舅家虽升了去，还有你姨爹家。况这几年来，你舅舅、姨娘两处每每带信捎书接咱们来；如今既来了，你舅舅虽忙着起身，你贾家姨娘未必不苦留我们。咱们且忙忙收拾房屋，岂不使人见怪？

“甲戌侧批”云：“闲语中补出许多前文，此画家之云罩峰尖法也。”

与“横云断岭法”相似的是“重作轻抹法”。

所谓“重作轻抹”，是前面大加描摹，树立起极高的态势，使人想象后面当如何方能妥帖解释，不料，却用一人物、事件轻轻抹去。

与“横云断岭法”不同的是，“横”法直断前事，而“重作轻抹法”却非是断，而是“理”，只是轻轻抹去而已。简言之，前是直断，后为渐断。

《红楼梦》第二十回“王熙凤正言弹妒意　林黛玉俏语谑娇音”，“己卯总评”云：

此回文字重作轻抹：得力处是凤姐拉李妈妈去，借环哥弹压赵姨娘；细致处宝钗为李妈妈劝宝玉，安慰环哥，断喝莺儿；至急处为难处是宝、颦论心；无可奈何处是“就拿今日天气比”，“黛玉冷笑道：

‘我当谁，原来是他！’”冷眼最好看处是宝钗、黛玉看凤姐拉李嬷嬷“这一阵风”；玉、麝一节；湘云到，宝玉就走，宝钗笑说“等着”；湘云大笑大说；颦儿学咬舌；湘云念佛跑了数节，可使看官于纸上耳闻目睹其音其形之文。

第三十八回“林潇湘魁夺菊花诗　薛蘅芜讽和螃蟹咏”，“己卯总评”云：

题曰“菊花诗”“螃蟹咏”，伪自太君前阿凤若许诙谐中不失体、鸳鸯平儿宠婢中多少放肆之迎合取乐写来，似难入题，却轻轻用弄水戏鱼之看花等游玩事，及王夫人云“这里风大”一句收住入题，并无纤毫牵强，此重作轻抹法也。妙极！好看煞！

六、颊上三毫

《红楼梦》第三回“金陵城起复贾雨村　荣国府收养林黛玉”中写道：

台矶之上，坐着几个穿红着绿的丫头，一见他们来了，便忙都笑迎上来，说：“刚才老太太还念呢，可巧就来了。”于是三四人争着打起帘笼，一面听得人回话：“林姑娘到了。”

“甲戌侧批”云：“如见如闻，活现于纸上之笔。好看煞！”“甲戌眉批”又云：“此书得力处，全是此等地方，所谓‘颊上三毫’也。”

所谓颊上三毫，见南朝宋刘义庆《世说新语·巧艺》：“顾长康画裴叔则，颊上益三毛。人问其故，顾曰：‘裴楷俊朗有识具，正此是其识具。看画者寻之，定觉益三毛如有神明，殊胜未安时。’”

顾长康，即顾恺之，字长康，东晋著名画家。叔则，裴楷的字。后世以颊上三毫比喻文章或图画的得神之处，类似于画龙点睛。在《红楼梦》写作和评点中用之，是说《红楼梦》善于用一些小的点睛的细节，如动作、话头等，将要表达的人物性格鲜活地衬托出来。

如《红楼梦》第六回“贾宝玉初试云雨情　刘姥姥一进荣国府”写刘

姥姥进贾府情景，云：

刘姥姥便不敢过去，且掸了掸衣服，又教了板儿几句话，然后蹭到角门前。只见几个挺胸叠肚指手画脚的人，坐在大板凳上，说东谈西呢。

“甲戌夹批”云：“不知如何想来，又为侯门三等豪奴写照。”“蒙府侧批”则云：“世家奴仆，个个皆然，形容逼真。”

又如第七回“送宫花贾琏戏熙凤　宴宁府宝玉会秦钟”写智能儿：

周瑞家的因问智能儿：“你是什么时候来的？你师父那秃歪剌往那里去了？”智能儿道：“我们一早就来了，我师父见了太太，就往于老爷府内去了，叫我在这里等他呢。”周瑞家的又道：“十五的月例香供银子可曾得了没有？”智能儿摇头儿说：“我不知道。”

“甲戌夹批”云：“妙！年轻未任事也。一应骗布施、哄斋供诸恶，皆是老秃贼设局。写一种人，一种人活像。”

七、不写之写、一击两鸣、一笔作三五笔用

《红楼梦》中，又有一种“不写之写法”，非常巧妙，读者不易察觉，然领会之后，妙处无限。

《红楼梦》第三回“金陵城起复贾雨村　荣国府收养林黛玉”：

如海笑道：“若论舍亲，与尊兄犹系同谱，乃荣公之孙。大内兄现袭一等将军，名赦，字恩侯，二内兄名政，字存周，现任工部员外郎，其为人谦恭厚道，大有祖父遗风，非膏粱轻薄仕宦之流，故弟方致书烦托。否则不但有污尊兄之清操，即弟亦不屑为矣。”

“甲戌侧批”云：“写如海，实写政老。所谓此书有不写之写是也。”

同回，王夫人向黛玉介绍王熙凤的住所，其下云：“这院门上也有四五

个才总角的小厮，都垂手侍立。”“也有”二字处，“甲戌侧批”云：“二字是他处不写之写也。”

第七回“送宫花贾琏戏熙凤　宴宁府宝玉会秦钟”中周瑞家的中午访熙凤，“正说着，只听那边一阵笑声，却有贾琏的声音。接着房门响处，平儿拿着大铜盆出来，叫丰儿舀水进去”。“甲戌夹批”云：

> 妙文奇想！阿凤之为人，岂有不着意于“风月”二字之理哉？若直以明笔写之，不但唐突阿凤身价，亦且无妙文可赏。若不写之，又万万不可。故只用“柳藏鹦鹉语方知”之法，略一皴染，不独文字有隐微，亦且不至污渎阿凤之英风俊骨。所谓此书无一不妙。

最典型的“不写之写”是《红楼梦》中写秦可卿之死。《红楼梦》第十三回“秦可卿死封龙禁尉　王熙凤协理宁国府”中，“凤人回：‘东府蓉大奶奶没了。’凤姐闻听，吓了一身冷汗，出了一回神，只得忙忙的穿衣，往王夫人处来”。

其后“彼时合家皆知，无不纳罕，都有些疑心”处，“甲戌眉批”云：“九个字写尽天香楼事，是不写之写。”

结合本回“甲戌总评”“秦可卿淫丧天香楼”，作者用史笔也。老朽因有魂托凤姐贾家后事二件，的是安富尊荣坐享人不能想得到处。其事虽未行，其言其意则令人悲切感服，姑赦之，因命芹溪删去等文字，愈可以领会上面“无不纳罕，都有些疑心”九字“不写之写”的作用。

又比如，第二十二回“听曲文宝玉悟禅机　制灯谜贾政悲谶语”王熙凤与贾琏谈论为薛宝钗过生日的规矩一段云：

> 贾琏听了，低头想了半日道：“你今儿糊涂了。现有比例，那林妹妹就是例。往年怎么给林妹妹过的，如今也照依给薛妹妹过就是了。”
>
> 凤姐听了，冷笑道：“我难道连这个也不知道？我原也这么想定了。但昨儿听见老太太说，问起大家的年纪生日来，听见薛大妹妹今年十五岁，虽不算是整生日，也算得将笄的年分了。老太太说要替他作生日。想来若果真替他作，自然比往年与林妹妹的不同了。”
>
> 贾琏道：“既如此，比林妹妹的多增些。”

凤姐道："我也这么想着，所以讨你的口气儿。我若私自添了东西，你又怪我不告诉明白你了。"

贾琏笑道："罢，罢，这空头情我不领。你不盘察我就够了，我还怪你！"说着，一径去了，不在话下。

"庚辰夹批"云：

一段题纲写得如见如闻，且不失前篇惧内之旨。最奇者黛玉乃贾母溺爱之人也，不闻为作生辰，却去特意与宝钗，实非人想得着之文也。此书通部皆用此法，瞒过多少见者，余故云不写而写是也。

与此法相似或者相近的一种文学笔法叫作"一击两鸣法"（名义上写一人或一事，实际上，将与之相关的人物或事情也描摹清楚），《红楼梦》中也常用之。

第五回"游幻境指迷十二钗　饮仙醪曲演红楼梦"写道："如今且说林黛玉自在荣府以来，贾母万般怜爱，寝食起居，一如宝玉。""甲戌侧批"云："妙极！所谓一击两鸣法，宝玉身份可知。"

第七回"送宫花贾琏戏熙凤　宴宁府宝玉会秦钟"写香菱模样：

正说着，只见香菱笑嘻嘻的走来。周瑞家的便拉了他的手，细细的看了一会，因向金钏儿笑道："倒好个模样儿，竟有些象咱们东府里蓉大奶奶的品格儿。"

"甲戌夹批"云：

一击两鸣法，二人之美，并可知矣。再忽然想到秦可卿，何玄幻之极。假使说像荣府中所有之人，则死板之至，故远远以可卿之貌为譬，似极扯淡，然却是天下必有之情事。

第六十六回"情小妹耻情归地府　冷二郎一冷入空门"写鲍二家的笑骂贾琏小厮兴儿评价贾府诸钗云：

话说鲍二家的打他一下子，笑道："原有些真的，叫你又编了这混话，越发没了捆儿。你倒不象跟二爷的人，这些混话倒象是宝玉那边的了。"

"己卯夹批"云："好极之文，将茗烟等已全写出，可谓一击两鸣法，不写之写也。"复可知，不写之写与一击两鸣是有相类关系的。

曹雪芹不仅能作一击两鸣之事，甚至能一笔作三五笔用。第四十二回"蘅芜君兰言解疑癖　潇湘子雅谑补余香"中写道：

刘姥姥见无事，方上来和贾母告辞。贾母说："闲了再来。"又命鸳鸯来，"好生打发刘姥姥出去。我身上不好，不能送你。"刘姥姥道了谢，又作辞，方同鸳鸯出来。

到了下房，鸳鸯指炕上一个包袱说道："这是老太太的几件衣服，都是往年间生日节下众人孝敬的，老太太从不穿人家做的，收着也可惜，却是一次也没穿过的。"

"蒙府侧批"云："写富贵常态，一笔作三五笔用，妙文。"

戚蓼生非常喜欢曹雪芹的这种笔法，在他为《红楼梦》所作序言中充满感情地写道：

吾闻绛树两歌，一声在喉，一声在鼻；黄华二牍，左腕能楷，右腕能草。神乎技也，吾未之见也。今则两歌而不分乎喉鼻，二牍而无区乎左右，一声也而两歌，一手也而二牍，此万万不能有之事，不可得之奇，而竟得之《石头记》一书。嘻！异矣！

夫敷华掞藻、立意遣词无一落前人窠臼，此固有目共赏，姑不具论；第观其蕴于心而抒于手也，注彼而写此，目送而手挥，似谲而正，似则而淫，如春秋之有微词、史家之多曲笔。

试一一读而绎之：写闺房则极其雍肃也，而艳冶已满纸矣；状阀阅则极其丰整也，而式微已盈睫矣；写宝玉之淫而痴也，而多情善悟，不减历下琅琊；写黛玉之妒而尖也，而笃爱深怜，不啻桑娥石女。他如摹绘玉钗金屋，刻画芗泽罗襦，靡靡焉几令读者心荡神怡矣，而欲求其一字一句之粗鄙猥亵，不可得也。

盖声止一声，手只一手，而淫佚贞静，悲戚欢愉，不啻双管之齐下也。噫！异矣！

其殆稗官野史中之盲左、腐迁乎？然吾谓作者有两意，读者当具一心。譬之绘事，石有三面，佳处不过一峰；路看两蹊，幽处不逾一树。

必得是意，以读是书，乃能得作者微旨。如捉水月，只挹清辉；如雨天花，但闻香气，庶得此书弦外音乎？

不写之写与前面提到的皴染法，有着千丝万缕的关系，这是因为皴染产生的结果是有实有虚，皴染处即是实，不写之写处即是虚。清人方薰《山静居画论》评论皴染画法云：

皴法妙在一图有虚有实，有笔踪稠叠处，有取势虚引处，意到笔不到处，具有本领。

八、十面照应的故事结构

结构是小说故事的基本框架，对故事的演进起着统御的作用。

关于《红楼梦》的结构，学界已有诸多研究，或谓网状结构，或谓波浪结构，或谓立体结构，又有所谓爱情主线说、贾府衰败主线说、盛衰爱情双重主线说、爱情主线盛衰副线说、凤姐宝玉主线说、石头主线说等。①

实际上，前云之皴染法、伏线法既是小说故事的写作技法，又都与故事的整体结构不可分割。

由于曹雪芹对整个故事、所有主要人物都有极其清晰的把握，故而，随手能够在合适的地方点到、补写、细化相应故事与人物，无处不照应，“脂批”处处点出《红楼梦》文字皆有意义，并无闲文。如第二十回“王熙

① 李萍：《20世纪〈红楼梦〉结构主线研究综述》，《河南教育学院学报》（哲学社会科学版）2004年第4期。曹立波：《〈红楼梦〉立体式网状结构模型的构建》，《红楼梦学刊》2007年第2辑。

凤正言弹妒意　林黛玉俏语谑娇音”中写李嬷嬷生气情景云：

> 李嬷嬷听了这话，益发气起来了，说道：“你只护着那起狐狸，那里认得我了，叫我问谁去？谁不帮着你呢，谁不是袭人拿下马来的！我都知道那些事。我只和你在老太太，太太跟前去讲了。把你奶了这么大，到如今吃不着奶了，把我丢在一旁，逞着丫头们要我的强。”

这段文字，普通人看来，只是看到李嬷嬷的老态糊涂，真实固然，并无他味，然而，“庚辰眉批”云：“特为乳母传照，暗伏后文倚势奶娘线脉。《石头记》无闲文并虚字在此。壬午孟夏。畸笏老人。”

与此处“脂批”“《石头记》无闲文”对应的是，“脂批”到处点到的《红楼梦》诸处“省却多少闲文”。

立体网状结构是近年来学界给予《红楼梦》结构的一种定性，唯立体式网状亦不过“三向”而已，《红楼梦》对各故事、人物的整体关照，远远复杂于此。倒是李辰冬的波浪说更为确切些：

> 读《红楼梦》的，因其结构的周密，错综的繁杂，好像跳入大海一般，前后左右，波涛澎湃；且前起后拥，大浪伏小浪，小浪变大浪，也不知起于何地，止于何时，不禁兴茫茫沧海无边无际之叹！又好像入海潮正盛时的海水浴一般，每次波浪，都带来一种抚慰与快感；且此浪未覆，他浪继起，使读者欲罢不能，非至筋疲力倦而后已。[①]

之所以说，波浪说更确切些，是因为大海的波浪形成时四面八方皆来，无从言其来由、去向、之间关系。

笔者认为，曹雪芹在结构上对整部书有着透彻的掌握，因此，随时做法，无不相宜，正如佛教谓佛菩萨千手千眼，可以洞察一切世事一般，故而，可将《红楼梦》的故事结构称作“十面照应法”（十面照应贾宝玉历劫的全部过程，而以石头做冷眼旁观）。

---

① 李辰冬：《知味红楼：〈红楼梦〉研究》，中国档案出版社，2006年。

这一点“脂批”也曾典出。《红楼梦》第四回“薄命女偏逢薄命郎　葫芦僧乱判葫芦案”中，门子讲述英莲故事：

门子道：“……当日这英莲，我们天天哄他顽耍，虽隔了七八年，如今十二三岁的光景，其模样虽然出脱得齐整好些，然大概相貌，自是不改，熟人易认。况且他眉心中原有米粒大小的一点胭脂痣，从胎里带来的，所以我却认得。偏生这拐子又租了我的房舍居住。”

“戚序夹批”云：

作者要说容貌实力、要说情要说幻，又要说小人之居心、豪强之脱大，了结前文旧案、铺设后文根基，点明英莲、收叙宝钗等项诸事，只借先之沙弥、今日门子之口层层序来，真是大悲菩萨千手千眼一时转动，毫无遗露，可见巨大光明着，故无难事，诚然。

第四十六回“尴尬人难免尴尬事　鸳鸯女誓绝鸳鸯偶”中鸳鸯讲述原先一拨儿侍女云：

鸳鸯红了脸，向平儿冷笑道：“这是咱们好，比如袭人、琥珀、素云、紫鹃、彩霞、玉钏儿、麝月、翠墨，跟了史姑娘去的翠缕，死了的可人和金钏，去了的茜雪，连上你我，这十来个人，从小儿什么话儿不说？什么事儿不作？

“去了的茜雪”侧，“庚辰夹批”云：

余按此一算，亦是十二钗，真镜中花、水中月、云中豹、林中之鸟、穴中之鼠无数可考、无人可指、有迹可追、有形可据、九曲八折、远响近影、迷离烟灼、纵横隐现、千奇百怪、眩目移神，现千手千眼大游戏法也。脂砚斋。

可见，“脂批”者对曹雪芹这种把握全局结构、人物、事件的能力是极端佩服的，无法形容，只得借“千手千眼”法来加以比喻形容。

此法又被“脂批”比喻为“八方皆应法”。《红楼梦》第十八回“皇恩重元妃省父母　天伦乐宝玉呈才藻”写宝玉题大观园匾额，云：

> 前日，贾政闻塾师背后赞宝玉偏才尽有，贾政未信，适巧遇园已落成，令其题撰，聊一试其情思之清浊。其所拟之匾联虽非妙句，在幼童为之，亦或可取；即另使名公大笔为之，固不费难，然想来倒不如这本家风味有趣，更使贾妃见之，知系其爱弟所为，亦或不负其素日切望之意。因有这段原委，故此竟用了宝玉所题之联额。那日虽未曾题完，后来亦曾补拟。

“己卯夹批”评价这段补文云：

> 一句补前文之不暇，启后文之苗裔。至后文凹晶馆黛玉口中又一补，所谓“一击空谷，八方皆应”。

《红楼梦》对各处情节和人物的处理及效果，正是“一击空谷，八方皆应”，也即我们上面提到的“十方照应法”。

“信手拈来无不是”正是对曹雪芹对小说结构、文字处理恰到好处的最好形容。

《红楼梦》第二十七回“滴翠亭杨妃戏彩蝶　埋香冢飞燕泣残红”写宝黛矛盾，前后出来寻找姊妹，云：

> 只见宝钗、探春正在那边看仙鹤，见黛玉来了，三个一同站着说话儿。又见宝玉来了，探春便笑道：“宝哥哥，身上好？我整整三天没见了。”

“庚辰侧批”云：“二玉文字岂是容易写的，故有此截。”“庚辰眉批”云：

> 《石头记》用截法、岔法、突然法、伏线法、由近渐远法、将繁改简法、重作轻抹法、虚敲实应法种种诸法，总在人意料之外，且不曾

见一丝牵强，所谓“信手拈来无不是”是也。己卯冬夜。

“信手拈来无不是”，既是对曹雪芹笔法的形容，也是对曹雪芹对《红楼梦》结构把握的形容。“瞻之在前、忽焉在后”，即是《红楼梦》给读者的印象。

能为此作，正是曹雪芹“十面照应”的结果。

九、诗词与小说

《红楼梦》中的各色文艺之所以被大众接受并喜欢，是因为曹雪芹在《红楼梦》诗词的写作中也有“传诗”的想法。

曹雪芹本人工诗善画，友人称其诗风有似李贺，又能破其藩篱。李贺诗构思巧妙、用词瑰丽。《红楼梦》外，曹雪芹诗可得者少，其题敦诚《琵琶行传奇》句：“白傅诗灵应喜甚，定教蛮素鬼排场。”其诗才、诗风略可见一般。《红楼梦》第四十回中黛玉、香菱论诗，直可视作曹雪芹对诗歌理论的“夫子自道”。

> 黛玉道：“什么难事，也值得去学！不过是起承转合，当中承转是两副对子，平声对仄声，虚的对实的，实的对虚的，若是果有了奇句，连平仄虚实不对都使得的。”
>
> 香菱笑道：“怪道我常弄一本旧诗偷空儿看一两首，又有对的极工的，又有不对的，又听见说‘一三五不论，二四六分明’。看古人的诗上亦有顺的，亦有二四六上错了的，所以天天疑惑。如今听你一说，原来这些格调规矩竟是末事，只要词句新奇为上。”
>
> 黛玉道：“正是这个道理。词句究竟还是末事，第一立意要紧。若意趣真了，连词句不用修饰，自是好的，这叫做‘不以词害意’。”
>
> 香菱笑道：“我只爱陆放翁的诗‘重帘不卷留香久，古砚微凹聚墨多’，说的真有趣！”
>
> 黛玉道：“断不可学这样的诗。你们因不知诗，所以见了这浅近的就爱，一入了这个格局，再学不出来的。你只听我说，你若真心要学，我这里有《王摩诘全集》，你且把他的五言律读一百首，细心揣摩透熟

了，然后再读一二百首老杜的七言律，次再李青莲的七言绝句读一二百首。肚子里先有了这三个人作了底子，然后再把陶渊明、应玚、谢、阮、庾、鲍等人的一看。你又是一个极聪敏伶俐的人，不用一年的工夫，不愁不是诗翁了！”

清人论诗有学唐、学宋的区别，学唐者重诗性情，学宋者重厚重。以黛玉之性情，宜乎其重唐人；结合曹雪芹诗风，似亦可作为他的诗论。

又借香菱之口论诗云：“据我看来，诗的好处，有口里说不出来的意思，想去却是逼真的。有似乎无理的，想去竟是有理有情的。”的是确论。

虽然如此，曹雪芹传诗的观念却不像诸多小说作者那般，为了炫才而将己诗硬塞入作品中，《红楼梦》中每一首诗词曲赋都与小说中要表达的环境、气氛、作者性格、年龄、心境等诸多因素协调妥帖。正如《红楼梦》第五十回“芦雪庵争联即景诗　暖香坞雅制春灯谜”“戚序总评”的那样：

诗词之峭丽、灯谜之隐秀不待言，须看他极整齐、极参差，愈忙迫愈安闲，一波一折路转峰回，一落一起山断云连，各人居度、各人情性都现。

第二十二回“听曲文宝玉悟禅机　制灯谜贾政悲谶语”写贾环之谜语，云：

且又听太监说：“三爷说的这个不通，娘娘也没猜，叫我带回问三爷是个什么。”众人听了，都来看他作的什么，写道是：“大哥有角只八个，二哥有角只两根。大哥只在床上坐，二哥爱在房上蹲。”

“庚辰夹批”云：“可发一笑，真环哥之谜。”又云：“诸卿勿笑，难为了作者摹拟。”又云：“亏他好才情，怎么想来？”

第三十七回“秋爽斋偶结海棠社　蘅芜苑夜拟菊花题”中，宝钗作诗云：

珍重芳姿昼掩门，自携手瓮灌苔盆。

胭脂洗出秋阶影，冰雪招来露砌魂。
淡极始知花更艳，愁多焉得玉无痕？
欲偿白帝凭清洁，不语婷婷日又昏。

“己卯夹批”云：“宝钗诗全是自写身份，讽刺时事。只以品行为先，才技为末。纤巧流畅之词、绮靡浓艳之语一洗皆尽，非不能也，屑而不为也。最恨近日小说中一百美人诗词语气只得一个艳稿。”又云：“好极！高情巨眼能几人哉！”

黛玉诗却作：

半卷湘帘半掩门，碾冰为土玉为盆。
偷来梨蕊三分白，借得梅花一缕魂。
月窟仙人缝缟袂，秋闺怨女拭啼痕。
娇羞默默同谁诉？倦倚西风夜已昏。

“己卯夹批”云：“看他终结道自己，一人是一人口气。逸才仙品固让颦儿，温雅沉着终是宝钗。”

可见，曹雪芹对宋诗也有相当的研究，并以此诗风赋予宝钗，显示个人不同的性格。

不唯如此，《红楼梦》中诗词还有一石二鸟的妙用，除塑造人物、显示性格外，有的诗还暗暗预示着作诗者的命运。[①]

第二十二回“听曲文宝玉悟禅机　制灯谜贾政悲谶语”中写贾政观诸钗所作灯谜，如元春所作炮仗灯谜：“一声震得人方恐，回首相看已化灰。”“庚辰夹批”云：“此元春之谜。才得侥幸，奈寿不长，可悲哉！”惜春所作“佛前海灯”：“莫道此生沉黑海，性中自有大光明。”“庚辰夹批”云：“此惜春为尼之谶也。公府千金至缁衣乞食，宁不悲夫。”等等。

---

① 茅盾：《关于曹雪芹》一文：“曹雪芹的友好，都赞美他能诗善画，然而他的诗、画都失传了；《红楼梦》中的诗词歌赋都是‘按头制帽’，适合书中各色人物的身世、教养和性格，并不能代表曹雪芹的诗的真面目。书中多少次的结社吟诗，制灯谜，多少次的饮酒行令，所以有的诗、词、灯谜、酒令，不但都符合各人的身份、教养和性格，并且还暗示了各人将来的归宿。”除有些词语用的稍微绝对外，所论确是相当准确。（北京）《文艺报》1963 年第 12 期。

正是因为曹雪芹不将诗词作为炫才的工具，使得小说中每一诗赋都与环境、故事、人物紧密相连，获得了亲友的极大肯定。《红楼梦》第五回“游幻境指迷十二钗　饮仙醪曲演红楼梦”警幻仙姑赋后，“甲戌眉批”云：

按此书凡例，本无赞赋闲文，前有宝玉二词，今复见此一赋，何也？盖此二人乃通部大纲，不得不用此套。前词却是作者别有深意，故见其妙。此赋则不见长，然亦不可无者也。

十、诗画手法创造出“虚实互现”的意境

曹雪芹工诗善画。[①] 在《红楼梦》创作中，即将诗画的手法运用其中。观《红楼梦》的写作技法，可以看出，曹雪芹在小说写作中对诗画创作方法和境界的借用；而这一点，“脂批”也多有评点。

如《红楼梦》第七回“送宫花贾琏戏熙凤　宴宁府宝玉会秦钟”中写道：

迎春的丫鬟司棋与探春的丫鬟侍书二人正掀帘子出来，手里都捧着茶钟，周瑞家的便知他们姊妹在一处坐着呢，遂进入内房，只见迎春、探春二人正在窗下围棋。周瑞家的将花送上，说明缘故。二人忙住了棋，都欠身道谢，命丫鬟们收了。

周瑞家的答应了，因说：“四姑娘不在房里？只怕在老太太那边呢。”丫鬟们道：“在这屋里不是？”

“甲戌夹批”云：“用画家三五聚散法写来，方不死板。”

第二十四回“醉金刚轻财尚义侠　痴女儿遗帕惹相思”中香菱、黛玉故事：

香菱嘻嘻的笑道：“我来寻我们的姑娘的，找他总找不着。你们

① 张宜泉：《题芹溪居士》序云：“姓曹名霑，字梦阮，号芹溪居士，其人工诗善画。”

紫鹃也找你呢，说琏二奶奶送了什么茶叶来给你的。走罢，回家去坐着。”一面说着，一面拉着黛玉的手回潇湘馆来了。果然凤姐儿送了两小瓶上用新茶来。

“庚辰眉批”云：“是书最好看如此等处，系画家山水树头邱壑具备、末用浓淡墨点苔法也。丁亥夏。畸笏叟。”

不唯技法上，用画家手法，即便在意境上，《红楼梦》也多用画家手法。

第二十五回“魇魔法姊弟逢五鬼　红楼梦通灵遇双真”中写林黛玉出了院门，“一望园中，四顾无人，惟见花光柳影，鸟语溪声”。“甲戌侧批”云：“纯用画家笔写。”

第二十七回“滴翠亭杨妃戏彩蝶　埋香冢飞燕泣残红”中，“紫鹃雪雁素日知道林黛玉的情性：无事闷坐，不是愁眉”。“庚辰侧批”云：“画美人之秘诀。”

又写道：“那林黛玉倚着床栏杆，两手抱着膝，眼睛含着泪，好似木雕泥塑的一般。”

“两手抱着膝”处，“甲戌侧批”云：“画美人秘诀。”“眼睛含着泪”处，“庚辰侧批”云：“前批的画美人秘诀，今竟画出《金闺夜坐图》来了。”

正是因为曹雪芹善用画法描写小说故事，《红楼梦》中，视故事和人物描写的需要进行或详细或简略的描写，既有反复点染的地方，亦有略而不写，或者稍加点染的地方。

第二回“贾夫人仙逝扬州城　冷子兴演说荣国府”“甲戌回前批”云：

> 此回亦非正文本旨，只在冷子兴一人，即俗谓“冷中出热，无中生有”也。其演说荣府一篇者，盖因族大人多，若从作者笔下一一叙出，尽一二回不能得明，则成何文字？故借用冷子兴一人，略出其文，使阅者心中，已有一荣府隐隐在心，然后用黛玉、宝钗等两三次皴染，则耀然于心中眼中矣。此即画家三染法也。

这是反复点染的地方。

第二回“贾夫人仙逝扬州城　冷子兴演说荣国府”中，薛姨妈对薛蟠言：

> 这几年来，你舅舅、姨娘两处每每带信捎书接咱们来。如今既来了，你舅舅虽忙着起身，你贾家姨娘未必不苦留我们。咱们且忙忙收拾房屋，岂不使人见怪？

这是稍加点染的地方，故“甲戌侧批”云：“闲语中补出许多前文，此画家之云罩峰尖法也。”

又如第二十一回“贤袭人娇嗔箴宝玉　俏平儿软语救贾琏”写湘云为宝玉梳辫：

> 湘云一面编着，一面说道：“这珠子只三颗了，这一颗不是的。……必定是外头去掉下来，不防被人拣了去，倒便宜他。”黛玉一旁盥手，冷笑道：“也不知是真丢了，也不知是给了人镶什么戴去了！”

“黛玉一旁盥手，冷笑道”处，“庚辰侧批”云：“纯用画家烘染法。”

在涉及著作权时，曹雪芹也使用了画家的手法。《红楼梦》第一回“甄士隐梦幻识通灵　贾雨村风尘怀闺秀”中写《红楼梦》的流传云：

> 空空道人听如此说，思忖半晌，将《石头记》再检阅一遍……因毫不干涉时世，方从头至尾抄录回来，问世传奇。从此，空空道人因空见色，由色生情，传情入色，自色悟空，遂易名为情僧，改《石头记》为《情僧录》。至吴玉峰题曰《红楼梦》。东鲁孔梅溪则题曰《风月宝鉴》。后因曹雪芹于悼红轩中披阅十载，增删五次，纂成目录，分出章回，则题曰《金陵十二钗》。

“甲戌眉批”云：

> 若云雪芹披阅增删，然则开卷至此这一篇楔子又系谁撰？足见作者之狡猾之甚。后文如此者不少。这正是作者用画烟云模糊处，观者

万不可被作者瞒蔽了去，方是巨眼。

十一、结语

根据以上分析，《红楼梦》写作的意境、结构、手法多借用了中国传统绘画的宗旨与多种技法，可以将《红楼梦》称作“诗画小说”。明人唐志契《绘事微言》云：

> 昔人谓，画人物是传神，画花鸟是写生，画山水是留影。然则，影可工致描画乎？是以有山林逸趣者多取写意，不取工致也。

直可作为中国画之指南，亦可作《红楼梦》赏析之指南。

唐六如居士《六如居士画谱》亦称：

> 凡画，气韵本乎游心，神采生于用笔。意在笔先，笔尽意足。虽不能尽夫赏月之精，而工拙亦略可见。或有高人胜士寄兴寓情，当求诸笔墨之外，方为得趣。

吾不知其论画耶，论书耶，论典籍耶？

论《红楼梦》六主：警幻、贾宝玉、林黛玉、薛宝钗、甄宝玉、贾雨村

一、整部书是一个“了缘”的过程

《红楼梦》第一回“甄士隐梦幻识通灵　贾雨村风尘怀闺秀”中，通过茫茫大士之口写道：

> 那僧笑道：“此事说来好笑，竟是千古未闻的罕事。只因西方灵河岸上三生石畔，有绛珠仙草一株，时有赤瑕宫神瑛侍者，日以甘露灌溉，这绛珠草便得久延岁月。后来既受天地精华，复得雨露滋养，遂得脱却草胎木质，得换人形，仅修成个女体，终日游于离恨天外，饥则食蜜青果为膳，渴则饮灌愁海水为汤。只因尚未酬报灌溉之德，故其五内便郁结着一段缠绵不尽之意。
>
> 恰近日这神瑛侍者凡心偶炽，乘此昌明太平朝世，意欲下凡造历幻缘，已在警幻仙子案前挂了号。警幻亦曾问及灌溉之情未偿，趁此倒可了结的。那绛珠仙子道：‘他是甘露之惠，我并无此水可还。他既下世为人，我也去下世为人，但把我一生所有的眼泪还他，也偿还得过他了。’因此一事，就勾出多少风流冤家来，陪他们去了结此案。”

可知，《红楼梦》是写贾宝玉一生经历的一部小说，与贾宝玉关系紧密（前缘所系的“多少风流冤家”）的各相关人等（以绛珠仙草为主）在与贾宝玉的交往中，帮助神瑛侍者（贾宝玉的前生）完成其“了缘”的过程。

综合全书思想、结构，可以发现，与神瑛侍者整个结缘故事与关系最紧密者共有六人，可称之为“红楼六主”。

二、故事都围绕他们展开：贾宝玉、林黛玉、薛宝钗

《红楼梦》六主中最主要的角色是贾宝玉（神瑛侍者后身）、林黛玉（绛珠仙草后身）和薛宝钗。

之所以说薛宝钗是《红楼梦》中最主要的角色之一，不仅因为其在《红楼梦》中一直以林黛玉比较者的角色出现，更在于"脂批"的指点和太虚幻境中钗黛二人图画、判词的合一。

第五回"开生面梦演红楼梦　立新场情传幻境情"中写道："却说薛家母子在荣府中寄居等事略已表明，此回则暂不能写矣。如今且说林黛玉。""甲戌本眉批"云：

> 今写黛玉，神妙之至，何也？因写黛玉实是写宝钗，非真有意去写黛玉，几乎又被作者瞒过。

写宝玉和黛玉二人之亲密友爱，自较别个不同，"不想如今忽然来了一个薛宝钗，年岁虽大不多，然品格端方，容貌丰美，人多谓黛玉所不及"。"甲戌本眉批"云：

> 欲出宝钗，便不肯从宝钗身上写来，却先款款叙出二玉，陡然转出宝钗，三人方可鼎立。行文之法又一变体。

宝玉、宝钗、黛玉三者在《红楼梦》中"三足鼎立"，共同成为整个"了缘"故事的绝对主角。

在第五回中，贾宝玉在秦可卿房间中梦游太虚境，见到记录金陵十二钗命运的图画与判词，其中，写宝钗、黛玉命运云：

> 宝玉看了仍不解。便又掷了，再去取"正册"看。只见头一页上便画着两株枯木，木上悬着一围玉带，又有一堆雪，雪下一股金簪。也有四句言词，道是：
>
> 可叹停机德，堪怜咏絮才。
>
> 玉带林中挂，金簪雪里埋。

玉、树隐林黛玉，雪、簪隐薛宝钗。十二钗各一判词，唯宝钗、黛玉二人命运合在同一图画和判词中。

曹雪芹这一特别的写法，即证明薛宝钗在《红楼梦》中居于与林黛玉同样的地位。

《红楼梦》十二支前三支分别咏叹薛宝钗与林黛玉的关系、贾宝玉与薛宝钗的关系、林黛玉与贾宝玉的关系：

> 第一支·红楼梦引子：开辟鸿蒙，谁为情种？都只为风月情浓。趁着这奈何天，伤怀日，寂寥时，试遣愚衷。因此上，演出这怀金悼玉的《红楼梦》。
>
> 第二支·终身误：都道是金玉良姻，俺只念木石前盟。空对着，山中高士晶莹雪；终不忘，世外仙姝寂寞林。叹人间，美中不足今方信。纵然是齐眉举案，到底意难平。
>
> 第三支·枉凝眉：一个是阆苑仙葩，一个是美玉无瑕。若说没奇缘，今生偏又遇着他，若说有奇缘，如何心事终虚化？一个枉自嗟呀，一个空劳牵挂。一个是水中月，一个是镜中花。想眼中能有多少泪珠儿，怎经得秋流到冬尽，春流到夏！

曹雪芹之所以在第一回中不让茫茫大士将神瑛侍者与薛宝钗前身的关系点破，是因为曹雪芹在创作《红楼梦》时所特有的虚实对照写法，尽管如此，曹雪芹还是暗中点了一笔，只是不为读者所关注耳。

《红楼梦》第一回“甄士隐梦幻识通灵　贾雨村风尘怀闺秀”中写神瑛侍者、绛珠仙草姻缘并了缘事后，云：

> 那绛珠仙子道：“他是甘露之惠，我并无此水可还。他既下世为人，我也去下世为人，但把我一生所有的眼泪还他，也偿还得过他了。”因此一事，就勾出多少风流冤家来，陪他们去了结此案。

这“多少风流冤家”中既包括薛蟠与甄英莲（香菱）的前身、贾琏与尤二姐的前身、柳湘莲与尤三姐的前身，当然也包括薛宝钗的前身，只是

《红楼梦》的“得力处”即在点到为止，从不一一写尽，一览无余耳。[①]

三、警幻仙姑是整个故事的终极支配性人物

除贾宝玉、林黛玉、薛宝钗外，警幻仙姑也是《红楼梦》中极其重要的角色。

（一）“脂批”称警幻仙姑与贾宝玉同为本书之“大纲”

《红楼梦》第五回“开生面梦演红楼梦　立新场情传幻境情”中写神瑛侍者已在警幻仙子案前挂了号。“甲戌本侧批”云：“又出一警幻，皆大关键处。”

贾宝玉神游太虚境，小说以一赋写警幻仙姑，略云：

> 爱彼之貌容兮，香培玉琢；美彼之态度兮，凤翥龙翔。其素若何？春梅绽雪。其洁若何？秋菊被霜。其静若何？松生空谷。其艳若何？霞映澄塘。其文若何？龙游曲沼。其神若何？月射寒江。应惭西子，实愧王嫱。
>
> 吁！奇矣哉，生于孰地，来自何方？信矣乎，瑶池不二，紫府无双。果何人哉？如斯之美也！

“甲戌本眉批”云：

> 按此书凡例，本无赞赋闲文，前有宝玉二词，今复见此一赋，何也？盖此二人乃通部大纲，不得不用此套。前词却是作者别有深意，故见其妙。此赋则不见长，然亦不可无者也。

“脂批”认为，写警幻仙姑一赋有落前人窠臼之嫌，不能如写贾宝玉二

---

① 在那僧道：“正合吾意，你且同我到警幻仙子宫中，将蠢物交割清楚，待这一干风流孽鬼下世已完，你我再去。如今虽已有一半落尘，然犹未全集。”甲戌本侧批云：“若从头逐个写去，成何文字？《石头记》得力处在此。丁亥春。”前写绛珠仙草还泪之处，甲戌本另一侧批云：“余不及一人者，盖全部之主惟二玉二人也。”可见，“脂批”者水准亦不一也。

词自出心意，但由于警幻仙姑与贾宝玉“二人乃通部大纲”，不得已方如此写作。

（二）贾宝玉、石头、金陵十二钗等痴男怨女之情缘皆归警幻仙姑执掌

按照警幻仙姑自己的说法，警幻仙姑的职责和任务是：“司人间之风情月债，掌尘世之女怨男痴。因近来风流冤孽，缠绵于此处，是以前来访察机会，布散相思。”

正因为如此，不管是神瑛侍者凡心偶炽，意欲下凡造历幻缘，还是绛珠仙草下世还泪，甚至连青埂峰下顽石到世间经历红尘，都要首先在警幻仙姑处“挂号”，待缘结之后，再到警幻仙姑处“销号”。

是故，记载金陵十二钗命运的册页正册、副册、又副册皆储藏于太虚幻境“薄命司”中。

（三）警幻仙姑“三省”贾宝玉

在《红楼梦》中，作者之所以让贾宝玉神游太虚境，警幻自言：

> 今日原欲往荣府去接绛珠，适从宁府所过，偶遇宁荣二公之灵，嘱吾云：“吾家自国朝定鼎以来，功名奕世，富贵传流，虽历百年，奈运终数尽，不可挽回者。故遗之子孙虽多，竟无可以继业。其中惟嫡孙宝玉一人，禀性乖张，生性怪谲，虽聪明灵慧，略可望成，无奈吾家运数合终，恐无人规引入正。幸仙姑偶来，万望先以情欲声色等事警其痴顽，或能使彼跳出迷人圈子，然后入于正路，亦吾兄弟之幸矣。”如此嘱吾，故发慈心，引彼至此。

这就是贾宝玉神游太虚境的原因由来。在“万望先以情欲声色等事警其痴顽”处，“甲戌本侧批”云：“二公真无可奈何，开一觉世觉人之路也。”

警幻仙姑为使贾宝玉亦即神瑛侍者后身能够得悟，拟“先以彼家上中下三等女子之终身册籍，令彼熟玩，尚未觉悟。故引彼再至此处，令其再历饮馔声色之幻，或冀将来一悟，亦未可知也”。

正是因为如此，贾宝玉在太虚幻境阅览了金陵十二钗的册页、判词，聆听了“红楼梦十二支”，又与警幻仙姑的妹妹乳名“兼美”、字可卿的仙女有风月之会。

在贾宝玉从梦中惊醒，回到现实之前，警幻仙姑携宝玉至迷津，仍不

忘谆谆教导宝玉：

忽而，大河阻路，黑水淌洋，又无桥梁可通。宝玉正自彷徨，只听警幻道："宝玉休前进，作速回头要紧！"宝玉忙止步问道："此系何处？"警幻道："此即迷津也……但遇有缘者渡之。尔今偶游至此，设如堕落其中，则深负我从前一番以情悟道、守理衷情之言矣。"

四、甄宝玉与贾宝玉

在《红楼梦》中，与主人公贾宝玉"面上"相对的是林黛玉和薛宝钗，而在"里上"相对的则是远在金陵的甄宝玉。

（一）写贾家之宝玉，则正为真宝玉传影

第二回"贾夫人仙逝扬州城　冷子兴演说荣国府"中冷子兴与贾雨村谈论贾宝玉与甄宝玉事云：

雨村道："正是这意。你还不知，我自革职以来，这两年遍游各省，也曾遇见两个异样孩子。所以，方才你一说这宝玉，我就猜着了八九亦是这一派人物。不用远说，只金陵城内，钦差金陵省体仁院总裁甄家，你可知么？"

在"甄家"处，"甲戌本眉批"写道："又一真正之家，特与假家遥对，故写假则知真。"

雨村笑道：

去岁我在金陵，也曾有人荐我到甄府处馆……但这一个学生，虽是启蒙，却比一个举业的还劳神。说起来更可笑，他说："必得两个女儿伴着我读书，我方能认得字，心里也明白，不然我自己心里糊涂。"

"甲戌本侧批"云："甄家之宝玉乃上半部不写者，故此处极力表明，以遥照贾家之宝玉，凡写贾家之宝玉，则正为真宝玉传影。”[①]

（二）甄、贾宝玉曾于梦中相会

第五十六回“敏探春兴利除宿弊　贤宝钗小惠全大体”中，甄家妇女到贾家，回答贾母询问甄宝玉情况和贾宝玉梦见甄宝玉情况云：

> 众媳妇听了，忙去了，半刻，围了宝玉进来。四人一见，忙起身笑道：“唬了我们一跳。若是我们不进府来，倘或别处遇见，还只当我们的宝玉后赶着也进了京了呢。”……四人笑道：“如今看来，模样是一样。”
>
> 宝玉心中便又疑惑起来：若说必无，也似必有；若说必有，又并无目睹。心中闷闷，回至房中榻上默默盘算，不觉就忽忽的睡去，不觉竟到了一座花园之内。……
>
> 宝玉听说，心下也便吃惊。只见榻上少年说道：“我听见老太太说，长安都中也有个宝玉，和我一样的性情，我只不信。我才做了一个梦，竟梦中到了都中一个大花园子里头，遇见几个姐姐，都叫我臭小厮，不理我。好容易找到他房里头，偏他睡觉，空有皮囊，真性不知往那去了。”
>
> 宝玉听说，忙说道：“我因找宝玉来到这里。原来你就是宝玉？”榻上的忙下来拉住，笑道：“原来你就是宝玉？这可不是梦里了。”宝玉道：“这如何是梦？真且又真的！”

由以上描写可知，甄、贾宝玉相貌、性情、家庭皆同，而“脂批”则指出，曹雪芹之所以写贾宝玉“则正为甄宝玉传影”。可知，甄宝玉之设置和描写不为无因，当深思细析。

《红楼梦》中，先写甄、贾宝玉相貌、性情相同，复写二人梦中相会，按照曹雪芹的写作逻辑，当会写及甄、贾二宝玉的现实相会与交往。

然则，曹雪芹创设与贾宝玉相貌、性情全同的甄宝玉到底有什么目的呢？当结合第五回警幻仙姑对贾宝玉的劝诫来谈。

---

① 蒙古王府藏本侧批云：“灵玉却只一块，而宝玉有两个，情性如一，亦如六耳、悟空之意耶？”

（三）甄宝玉曾游太虚境

甄、贾宝玉性情分别的描写出现于《红楼梦》第九十三回“甄家仆投靠贾家门　水月庵掀翻风月案”，云：

> 包勇道：“老爷若问我们哥儿，倒是一段奇事。哥儿的脾气也和我家老爷一个样子，也是一味的诚实。从小儿只管和那些姐妹们在一处玩，老爷太太也狠打过几次，他只是不改。那一年，太太进京的时候儿，哥儿大病了一场，已经死了半日，把老爷几乎急死，装裹都预备了。幸喜后来好了，嘴里说道，走到一座牌楼那里，见了一个姑娘领着他到了一座庙里，见了好些柜子，里头见了好些册子。又到屋里，见了无数女子，说是都变了鬼怪似的，也有变做骷髅儿的。他吓急了，就哭喊起来。老爷知他醒过来了，连忙调治，渐渐的好了。老爷仍叫他在姐妹们一处玩去，他竟改了脾气了，好着时候的玩意儿一概都不要了，惟有念书为事。就有什么人来引诱他，他也全不动心。如今渐渐的能够帮着老爷料理些家务了。”

可知，甄宝玉的“回头”是因为其曾神游太虚幻境，受警幻仙姑训诫所致，此与贾宝玉不同。

又，《红楼梦》第一百一十五回“惑偏私惜春矢素志　证同类宝玉失相知”中甄、贾宝玉第一次见面并谈论学问倾向，云：

> 那甄宝玉素来也知贾宝玉的为人，今日一见，果然不差，“只是可与我共学，不可与你适道，他既和我同名同貌，也是三生石上的旧精魂了。我如今略知了些道理，怎么不和他讲讲？但只是初见，尚不知他的心与我同不同，只好缓缓的来。”……

又云：

> 弟少时不知分量，自谓尚可琢磨。岂知家遭消索，数年来更比瓦砾犹残，虽不敢说历尽甘苦，然世道人情略略的领悟了好些。世兄是锦衣玉食，无不遂心的，必是文章经济高出人上，所以老伯钟爱，将

为席上之珍。弟所以才说尊名方称。

针对贾宝玉的不解，甄宝玉“心里晓得‘他知我少年的性情，所以疑我为假。我索性把话说明，或者与我作个知心朋友也是好的’”。便说道：

> 世兄高论，固是真切。但弟少时也曾深恶那些旧套陈言，只是一年长似一年，家君致仕在家，懒于酬应，委弟接待。后来见过那些大人先生尽都是显亲扬名的人，便是著书立说，无非言忠言孝，自有一番立德立言的事业，方不枉生在圣明之时，也不致负了父亲师长养育教诲之恩，所以把少时那一派迂想痴情渐渐的淘汰了些。

复知甄宝玉的醒悟，与其家族的衰落、他对现实的关照有着密不可分的关系。

甄宝玉所言，贾宝玉虽不耐烦，却与第五回中警幻仙姑训诫贾宝玉话语（先以彼家上中下三等女子之终身册籍，令彼熟玩，尚未觉悟。故引彼再至此处，令其再历饮馔声色之幻，或冀将来一悟）相通，唯甄宝玉游太虚境而能悟，神瑛侍者后身的贾宝玉虽经神游仍不能了悟。

贾宝玉之所以不以甄宝玉之悟为是，是因为：“他说了半天，并没个明心见性之谈，不过说些什么文章经济，又说什么为忠为孝，这样人可不是个禄蠹么！”

而甄宝玉因“世道人情略略的领悟好些”“见过那些大人先生尽都是显亲扬名的人，便是著书立说，无非言忠言孝，自有一番立德立言的事业”，方悟得“少时那一派迂想痴情”之非，而经济文章、忠孝仁义与明心见性不悖。

贾宝玉游太虚境不能悟，甄宝玉游而能悟，区别在是否能够离开家族为之制造的“牢笼”，真正面对生活，故当贾府被抄没、林黛玉死、与薛宝钗婚姻后，贾宝玉才能悟得“少时那一派迂想痴情”的不切实际与不合心性。

（四）“三教”与《红楼梦》

《红楼梦》到底要表达什么，学界历来众说纷纭，或者以其为一部讲述爱情的小说，或者以其为对社会的反映，唯少有解及曹雪芹“都云作者痴，谁解其中味”者，更少解及甄宝玉之设置与描写者。

实际上，曹雪芹在对社会观察和三教思想贯通基础上，才创作了《红楼梦》，通过贾宝玉的一生经历、与贾宝玉全同的甄宝玉的“醒悟”，叙述了他对三教无为、清净思想（基于多种欲望对人心的祸乱和由此引发的各种大小争逐）的认同与贯通。

《道德经》云：

> 不尚贤，使民不争；不贵难得之货，使民不为盗；不见可欲，使民心不乱。
>
> 是以圣人之治，虚其心，实其腹，弱其志，强其骨；常使民无知无欲，使夫智者不敢为也。为无为，则无不治。

又云：“清静为天下正。”

《大涅槃经·圣行品第七之四》：

> 善男子，一切有为皆是无常，虚空无为是故为常，佛性无为是故为常。虚空者即是佛性，佛性者即是如来，如来者即是无为，无为者即是常，常者即是法，法者即是僧，僧即无为，无为者即是常。

《中庸》则云：

> 君子依乎中庸，遁世不见知而不悔，唯圣者能之。
>
> 君子之道，费而隐。
>
> 夫妇之愚，可以与之焉，及其至也，虽圣人亦有所不知焉。夫妇之不肖，可以能行焉，及其至也，虽圣人亦有所不能焉。

可见，“三教”圣人所言并无遁世离群之言，皆就日常平实而论，如《易经·系辞上传》所言：“百姓日用而不知。”如《中庸》所谓：“天命之谓性，率性之谓道，修道之谓教。”

唯宋至清某些理学家，或者如贾宝玉等，脱离百姓日用（不解百姓日用），言说脱离生活的“明心见性”“痴情”，故经过家庭没落、接触社会的甄宝玉才说："世道人情略略的领悟好些""见过那些大人先生尽都是显亲扬名的人，便是著书立说，无非言忠言孝，自有一番立德立言的事业"，方悟得"少时那一派迂想痴情"之非。

贾宝玉是陷在"真情"里的卢生，甄宝玉就是醒悟后的贾宝玉——唯二人从形式上一以儒家思想悟，一以佛家思想悟，本质上并无不同，也就是《枕中记》中梦醒之后的卢生。

五、贾雨村与甄士隐

除甄宝玉和贾宝玉这一对相对的特殊人物外，《红楼梦》中还设置了甄士隐与贾雨村这样一对相对的人物。

以往，学界往往以《红楼梦》第一回"甄士隐梦幻识通灵　贾雨村风尘怀闺秀""此开卷第一回也"后部分文字为据进行理解：

> 作者自云：因曾历过一番梦幻之后，故将真事隐去，而借通灵之说，撰此《石头记》一书也，故曰"甄士隐"云云……然闺阁中本自历历有人……何妨用假语村言敷演出一段故事来……故曰"贾雨村"云云。

然而，除了表明真事隐去、假语村言之外，甄士隐、贾雨村这对文学人物在作品中就没有其他用意了吗？

未必。

实际上，二人在文章开头出现，一起引发整个故事，贾雨村不时在文章中出现，影响故事的发展，而甄士隐则在文章结尾出现，向饱经世事的贾雨村讲述了贾府诸人的命运与结局。

因此，虽然作者在《红楼梦》中并没有过多的将文字著于贾雨村的身上，但贾雨村不时的出现与结局，代表了《红楼梦》中绝对功利主义者的失败，也从另一个视角见证了整个贾府的没落与循环。

（一）甄士隐与贾雨村的遭遇讲述了对娇妻与儿孙的解脱

在曹雪芹的笔下，世人同循一个道理，不论大小，故在《红楼梦》的写作中，曹雪芹欲写某事，往往先设一小事，以显现大小同理，如写秦可卿之死，先写贾瑞之死：故写贾府之败，先设甄家之败。

在“当日地陷东南，这东南一隅有处曰姑苏……人皆呼作葫芦庙。庙旁住着一家乡宦”处，“甲戌本侧批”云：“不出荣国大族，先写乡宦小家，从小至大，是此书章法。”

在“姓甄，名费，字士隐……家中虽不甚富贵，然本地便也推他为望族了”处，“甲戌侧批写”道：“本地推为望族，宁、荣则天下推为望族，叙事有层落。”

可见，由小及大，因小证大，同一道理。

由小乡宦甄士隐引出了落魄书生贾雨村，又复引出了四大家族中的薛家与贾家。

从佛教、道教的角度讲，在《红楼梦》的描写中，先后出现了四个开悟者和一个不开悟者，开悟者为贾宝玉、柳湘莲、甄士隐、惜春，貌似开悟而始终未悟者为妙玉。

佛经中，有五欲之说（色欲、名欲、财欲、食欲、睡欲），众人多有贪着。佛经即在解释何以和如何在五欲的引诱下得到自在。故《妙法莲花经·方便品第二》云：“舍利弗，吾从成佛已来，种种因缘、种种譬喻，广演言教，无数方便，引导众生，令离诸着。”也就是说，不贪着于世间的各种欲望，能自然行事，方可得到解脱。

在曹雪芹看来，除以上五欲外，对某些人而言，唯有一“情”字更难解脱，故在《红楼梦》中，除了借助渺渺真人称说“功名”“金银”“姣妻”“儿孙”（分别对应佛教“五欲”中的名欲、财欲、色欲）的解脱外，还设置了贾宝玉这一“痴情者”对“情”字的解脱。

在《红楼梦》第一回中，渺渺真人对甄士隐道：

> 你若果听见“好”“了”二字，还算你明白。可知世上万般，好便是了，了便是好。若不了，便不好，若要好，须是了。我这歌儿，便名《好了歌》。

唯世人执着于“情”者固少，仕途中人更难解脱的则是名与利。《红楼梦》虽立意写闺阁，然而却不排除对世间的描写，故通过贾雨村的起伏和所见所闻，证明了“功名”“金银”的不长久，尤其是，通过他与甄士隐的对话，向读者“验证了”贾府与石头的最终命运。

曹雪芹即通过对传统时代底层知识分子贾雨村仕途史的描写和贾雨村最后对名利的舍弃，透析了功名利禄的不能长久。

（二）贾雨村是传统功利主义知识分子的典型

《红楼梦》中，写贾雨村其人，“生得腰圆背厚，面阔口方，更兼剑眉星眼，直鼻权腮”。[①] 娇杏心中以“雄壮”二字形容之。

写贾雨村为人，其赴甄士隐小宴，贾雨村态度云：“雨村听了，并不推辞，便笑道：‘既蒙厚爱，何敢拂此盛情。’”“甲戌本侧批”云：“写雨村豁达，气象不俗。”当甄士隐表达愿意赠银赴京赶考时，“雨村收了银衣，不过略谢一语，并不介意，仍是吃酒谈笑。”“甲戌本侧批”云：“写雨村真是个英雄。”[②]

写贾雨村抱负，则云：

> 雨村此时已有七八分酒意，狂兴不禁，乃对月寓怀，口号一绝云：“时逢三五便团圆，满把晴光护玉栏。天上一轮才捧出，人间万姓仰头看。”

甄士隐听了贾雨村诗：“大叫：‘妙哉！吾每谓兄必非久居人下者，今所吟之句，飞腾之兆已见，不日可接履于云霓之上矣。可贺，可贺！’”“蒙府藏本侧批”云：“伏笔，作巨眼语。妙！”

意思是说，曹雪芹在这首诗中已经埋下了后文中贾雨村通过努力、登上仕途巅峰（贾雨村曾官至大司马、协理军机、参赞朝政）的结果。

贾雨村其人，“才干优长”，但多有贪、酷之弊，且恃才侮上，那些官员皆侧目而视[③]，虽然，后来“门子也会钻了”，但也屡有起伏，《红楼梦》第九十二回中贾政、贾琏、冯紫英三人议论贾雨村时，贾政说：

---

① 甲戌侧批：“是莽、操遗容。”甲戌眉批：“最可笑世之小说中，凡写奸人则用‘鼠耳鹰腮’等语。”

② 写贾雨村入京，那家人去了回来说：“和尚说，贾爷今日五鼓已进京去了，也曾留下话与和尚转达老爷，说：‘读书人不在黄道黑道，总以事理为要，不及面辞了。’”甲戌侧批：写雨村真令人爽快。可见，曹雪芹所写贾雨村实在是世人眼中的英雄，而非一般腐儒之辈。

③ 《红楼梦》第二回“贾夫人仙逝扬州城　冷子兴演说荣国府”。

几年间，门子也会钻了。由知府推升转了御史，不过几年，升了吏部侍郎，署兵部尚书。为着一件事，降了三级，如今又升了。

第九十五回“因讹成实元妃薨逝　以假混真宝玉疯颠”中，贾琏与王夫人提及贾雨村：“今日听得军机贾雨村打发人来。”第一〇三回“施毒计金桂自焚身　昧真禅雨村空遇旧”则云：“贾雨村升了京兆府尹兼管税务。”

按清代官职，吏部侍郎为正二品，降三级为从三品（军机，当指军机处，唯其军机大臣、军机章京皆称“军机”，皆为各部兼差，品级从原差），顺天府尹为正三品。

可见，贾雨村仕途之跌宕起伏。

（三）贾雨村的结局与甄士隐的“证明”

甄士隐与贾雨村再次相见，即是在贾雨村升了京兆府尹之后。第一〇三回中，贾雨村“出都查勘开垦地亩，路过知机县，到了急流津”，在一座小庙见到得道的甄士隐，甄士隐云：

葫芦尚可安身，何必名山结舍。庙名久隐，断碣犹存。形影相随，何须修募。岂似那“玉在中求善价，钗于奁内待时飞”之辈耶?!

又云：“请尊官速登彼岸，见面有期，迟则风浪顿起。果蒙不弃，贫道他日尚在渡头候教。”

然而，此时正是贾雨村得意之时，甄士隐的点醒之语并不能起到作用。其后，贾雨村的参奏又直接导致了对贾府的查抄[①]，第一一七回“阻超凡佳人双护玉　欣聚党恶子独承家”中，贾府赖、林两家子弟说：“贾雨村老爷，我们今日进去，看见带着锁子，说要解到三法司衙门里审问去呢。”

至第一二〇回“甄士隐详说太虚情　贾雨村归结红楼梦”中，“贾雨村

---

① 《红楼梦》第一〇七回“散余资贾母明大义　复世职政老沐天恩”中，路人聊天道：“他家怎么能败？听见说里头有位娘娘是他家的姑娘，虽是死了，到底有根基的。况且我常见他们来往的都是王公侯伯，那里没有照应。便是现在的府尹前任的兵部是他们的一家，难道有这些人还护庇不来么？”那人道：“你白住在这里！别人犹可，独是那个贾大人更了不得！我常见他在两府来往，前儿御史虽参了，主子还叫府尹查明实迹再办。你道他怎么样？他本沾过两府的好处，怕人说他回护一家，他便狠狠的踢了一脚，所以，两府里才到底抄了。”

犯了婪索的案件，审明定罪，今遇大赦，褫籍为民”。在急流津觉迷渡，贾雨村再遇甄士隐。二人遂就贾府数事问答，甄士隐皆有解释。先说通灵宝玉的结果：

士隐道：“宝玉，即宝玉也。那年荣宁查抄之前，钗黛分离之日，此玉早已离世。一为避祸，二为撮合，从此，夙缘一了，形质归一，又复稍示神灵，高魁贵子，方显得此玉那天奇地灵之宝，非凡间可比。前经茫茫大士渺渺真人携带下凡，如今尘缘已满，仍是此二人携归本处，这便是宝玉的下落。”

复解释太虚幻境、并贾府诸小姐、家族的命运：

士隐笑道：“此事说来，老先生未必尽解。太虚幻境即是真如福地。一番阅册，原始要终之道，历历生平，如何不悟？仙草归真，焉有通灵不复原之理呢！”

士隐叹息道：“老先生莫怪拙言，贵族之女俱属从情天孽海而来。大凡古今女子，那‘淫’字固不可犯，只这‘情’字也是沾染不得的。所以，崔莺、苏小无非仙子尘心，宋玉、相如大是文人口孽。凡是情思缠绵的，那结果就不可问了。”

士隐道：“福善祸滢，古今定理。现今荣宁两府，善者修缘，恶者悔祸，将来兰桂齐芳，家道复初，也是自然的道理。”

（四）曹雪芹说贾雨村

文章最后，曹雪芹又借小说中“曹雪芹”之口，写“贾雨村”之意并本部小说之意，云：

那空空道人牢牢记着此言，又不知过了几世几劫，果然有个悼红轩，见那曹雪芹先生正在那里翻阅历来的古史。空空道人便将贾雨村言了，方把这《石头记》示看。

那雪芹先生笑道：“果然是‘贾雨村言’了！”空空道人便问：“先生何以认得此人，便肯替他传述？”

曹雪芹先生笑道："说你空，原来你肚里果然空空。既是假语村言，但无鲁鱼亥豕以及背谬矛盾之处，乐得与二三同志，酒余饭饱，雨夕灯窗之下，同消寂寞，又不必大人先生品题传世，似你这样寻根问底，便是刻舟求剑，胶柱鼓瑟了。"

那空空道人听了，仰天大笑，掷下抄本，飘然而去。一面走着，口中说道："果然是敷衍荒唐！不但作者不知，抄者不知，并阅者也不知。不过游戏笔墨，陶情适性而已！"

后人见了这本奇传，亦曾题过四句，为作者缘起之言，更转一竿头云："说到辛酸处，荒唐愈可悲。由来同一梦，休笑世人痴！"

可知，整部书是借由了贾府的始末，讲述了人生"由来同一梦"的真相和醒悟的途径。

六、论《红楼梦》的"四引"与《封神演义》的"三妖"

除以上六位支配《红楼梦》故事的"六主"外,《红楼梦》中还有四位与故事情节发展紧密相关的人物，即秦可卿、一僧一道、甄士隐。

四人中，一僧一道因为与石头的下世、贾宝玉的出走直接有关，而历来为人们所关注，而秦可卿和甄士隐受到的重视程度则不尽相同。

实际上，四人在《红楼梦》中都扮演着非常重要的角色，他们或在开头出现，或不时出现，或在结尾出现，推动情节的发展，起到点题和推动故事发展、体现故事本旨的作用。

这四个角色在《红楼梦》故事中的作用如同许仲琳在《封神演义》中将狐狸、雉鸡、琵琶"三妖"作为亡商的主要引发者一样，我们称之为"四引"。

按《封神演义》第一回"纣王女娲宫进香"中写道：

且说女娲娘娘降诞，三月十五日，往火云宫朝贺伏羲、炎帝、轩辕三圣而回。下得青鸾，坐于宝殿，玉女金童朝礼毕。娘娘猛抬头，看见粉壁上诗句，大怒骂曰："殷受无道昏君！不想修身立德，以保天下；今反不畏上天，吟诗亵我，甚是可恶！我想成汤伐桀而王天下，享国六百余年，气数已尽；若不与他个报应，不见我的灵感。”

……

娘娘曰：“三妖听吾密旨！成汤气运黯然，当失天下；凤鸣岐山，西周已生圣主。天意已定，气数使然。你三妖可隐其妖形，托身宫院，惑乱君心；俟武王伐纣以助成功，不可残害众生。事成之后，使你等亦成正果。”

娘娘吩咐已毕，三妖叩头谢恩，化清风而去。正是：“狐狸听旨施妖术，断送成汤六百年。”

可知，“气数已尽”四字，是《封神演义》和《红楼梦》最根本的支配要素，故事中各人物不过都是“气数已尽”过程中的过客。

在《封神演义》中，“三妖”的角色和使命使得她们成为推动故事发展的最主要元素；《红楼梦》中的“四引”亦是如此。

所不同的是，“三妖”与封神故事相始终，不断推动故事的发展，而秦可卿奉警幻仙姑之命到贾府，通过与贾珍的乱伦关系，引发宁、荣二府传统道德和生活习气的失守，遂即以返回幻境，其余故事则由各相关人等按照前世姻缘各行其事，直至终了故事。

不过，为了使故事发展顺利进行，曹雪芹虽然安排秦可卿在故事开始即离世，却又安排一僧一道和甄士隐不时出没，替代可卿，完成终结宁、荣二府一段时间内的兴衰轮回。

从这一角度上说，秦可卿、一僧一道、甄士隐共同承担了《封神演义》中“三妖”的角色，“暗中”推动着故事的发展（相对于主要人物角色的行为而言），成为故事关键时刻的引爆者和转换人。

综上，从《红楼梦》整个故事的姻缘、发展、结局来看，“六主”“四引”发挥了各自的作用，虽然，他们各自所占文字不同、出现场次不同，但从整个故事发展的角度而言，他们的作用不是其他人物所能比拟的，无论是宁、荣两府地位最高的史太君，还是光彩照人的王熙凤，抑或作为贾府对外活动主角的贾政、贾琏。

《红楼梦》对北京的暗写明书

——兼谈曹雪芹的见闻与《红楼梦》的模糊性书写

一、引言：小说自云无朝代年纪可考

《红楼梦》第一回“甄士隐梦幻识通灵　贾雨村风尘怀闺秀”中，作者借空空道人与石头的对话，指出了既往小说写作的一个“通病”，即将故事发生时间限定在特定时间段上：

> 石头笑答道：“我师何太痴耶！若云无朝代可考，今我师竟假借汉唐等年纪添缀，又有何难？但我想，历来野史，皆蹈一辙，莫如我这不借此套者，反倒新奇别致，不过只取其事体情理罢了，又何必拘于朝代年纪哉?!”

此外，在写及林如海两淮盐政之前职位时，书中称“乃是前科的探花，今已升至兰台寺大夫”。“甲戌眉批”云：

> 官制半遵古名亦好。余最喜此等半有半无，半古半今，事之所无，理之必有，极玄极幻，荒唐不经之处。

因而，《红楼梦》中“小说时间设定”超越实际时代，尤其是作者的生活时代，成为学界通识。那么，《红楼梦》中的“小说时间”描绘是否真的如小说文字自己宣称的、因特殊技法的使用、避开了时代反映，而真正实现了时代“模糊”、无迹可寻呢?

实际上，并非如此。

先不论一切小说都是作者生活元素、学养的文学反映，如果我们细致考察《红楼梦》的文本，就能发现，小说在宣称描写超越、混乱时代特征的表面下，“暗示”“隐写”，甚至明确写及了故事发生的时间、地点。

只是因为读者过分相信作者模糊、混乱时代特征的宣言，忽视了小说中的隐写手段和细节暗示，以至于无法体会作者的真实苦心，使得《红楼梦》的深度赏析无法顺利进行。

本文拟通过对小说中的故事现场描述的分析，结合《红楼梦》作者的“时代叙述”，对书中写作元素，如时代、地理、风物的分析，对《红楼梦》的著作权问题进行考证、辨析，并结合“新红学”以来，学界对作者家族、时代、创作元素、影响作者生活写作的环境等问题考察，系统架构《红楼梦》的作者、时代、见闻与《红楼梦》写作元素的关系，探讨作者的家族记忆、生活元素是如何进入文学表达，并影响读者阅读、审美的。

二、《红楼梦》中的时间设置：清朝初年

（一）贾雨村所谓“近日”之唐伯虎、祝枝山

《红楼梦》自称没有时代可考，石头则称可以假借汉唐名号。实际上，这不过作者借用了传统绘画中常用的“烟云模糊”的技术手段，用于小说写作而已。在《红楼梦》第二回“贾夫人仙逝扬州城　冷子兴演说荣国府”中，作者即借贾雨村论“正邪二赋”人物，谈及秉清明灵秀之气、残忍乖僻邪气搏击激荡之人，“暗示”了小说发生的时代：

> 若生于公侯富贵之家，则为情痴情种，若生于诗书清贫之族，则为逸士高人，纵再偶生于薄祚寒门，断不能为走卒健仆，甘遭庸人驱制驾驭，必为奇优名倡。如前代之许由、陶潜、阮籍、嵇康、刘伶……近日之倪云林、唐伯虎、祝枝山……此皆易地则同之人也。

注意，贾雨村口中的“近日”二字。

唐伯虎（1470—1524）、祝枝山（1461—1527）皆为明中叶书法家、画家，与文征明、徐祯卿并称“吴门四子”。以“唐伯虎、祝枝山”为小说故

事发生的“近日”，因传统文字对“近日”意义的使用，则《红楼梦》的故事发生时代为明朝中晚叶。

（二）乾隆时人证明《红楼梦》作于乾隆初，并为曹雪芹所作

乾隆三十三年（1768 年），宗室诗人爱新觉罗·永忠（康熙十四子允禵之孙）因墨香（额尔赫宜，敦诚叔父）看到《红楼梦》，做《因墨香得观〈红楼梦〉小说，吊雪芹（姓曹）》。[①]

此诗是《红楼梦》最早传播时代、时人最直接记录曹雪芹作《红楼梦》的文献，是考证《红楼梦》作者问题最为直接、最为有力的证据。

由该诗的写作时间和其中“可恨同时不相识”一句，可知，永忠知道曹雪芹与他生活于同一时期，且乾隆三十三年前曹雪芹已经逝世。

又，《红楼梦》第一回“甄士隐梦幻识通灵　贾雨村风尘怀闺秀”中有“曹雪芹于悼红轩中披阅十载，增删五次，纂成目录，分出章回，则题曰《金陵十二钗》。……至脂砚斋甲戌抄阅再评，仍用《石头记》”句，似乎曹雪芹为《红楼梦》的整理者，与永忠之曹雪芹作《红楼梦》的证言相悖。

然而，甲戌本《脂砚斋重评石头记》的眉批写道：

> 若云雪芹披阅增删，然则开卷至此这一篇楔子又系谁撰？足见作者之狡猾之甚，后文如此者不少。这正是作者用画烟云模糊处，观者万不可被作者瞒蔽了去，方是巨眼。

由此可知《红楼梦》中所谓“曹雪芹披阅增删”一段文字，不过是作者借用了中国传统画家“烟云模糊”的绘画手法而对自己著作权的特别表述而已，如同贾雨村口中的“近日”，都是作者使用特殊文学技法，对自己著作的另类“宣示”。

“至脂砚斋甲戌抄阅再评，仍用《石头记》”，告诉我们，乾隆甲戌（乾隆十九年，1754 年），曹雪芹友人脂砚斋对《红楼梦》进行抄录，并在

---

① 爱新觉罗·永忠著：《延芬室集》，上海古籍出版社，1990 年。关于《红楼梦》著作权的考证，涉及对曹雪芹著作权相关文献记载选择的原则、《红楼梦》中“脂批”意思的扭曲和对曹雪芹生平见闻的有意漠视，参樊志斌：《关于〈红楼梦〉著作权研究的相关问题与研究原则》，《曹雪芹研究》2014 年第 2 期。

自己的本子上进行“再评”。

所谓再评，就是相对于其他批评者的评点而言的：《红楼梦》创作期间，曹之友人就在借阅、批评了，这些人即脂砚斋笔下的“诸公”。脂砚斋敝帚自珍，题自己抄录批评本为《脂砚斋重评石头记》。

由乾隆十八年倒退十年，则《红楼梦》开笔在乾隆九年（甲子，1744年）。

（三）《红楼梦》时代设置在清初：奴才、打千儿、配小子等词汇的广泛使用

除此之外，小说的写作、传播中又透露了诸多时代信息，最主要的就是奴才、打千儿等清代“普遍时代语汇”的使用。

“奴才”二字，首见于第九回“恋风流情友入家塾　起嫌疑顽童闹学堂”，云：

> 贾政看时，认得是宝玉的奶母之子，名唤李贵……李贵等一面弹衣服，一面说道：“哥儿可听见了不曾？可先要揭我们的皮呢！人家的奴才跟主子赚些好体面，我们这等奴才白陪挨打受骂的。从此后也可怜见些才好。”宝玉笑道：“好哥哥，你别委曲，我明儿请你。”

只要稍微了解清代旗人风俗，就会对这段文字和文字中的特有词汇如哥儿、奴才，文字中小主子与乳母之子的感情有亲切的感触。

明末清初，建州女真崛起于辽沈区域，在阶级分化、战争过程中，不断形成依附于他人的阶层，因女真人为渔猎经济，最初，这些人主要用于家内服务，故称包衣阿哈、包衣（意思是“家内使用的”），后来也用于农庄经营，战争时，也用作战斗、后勤。

包衣称主人为主子，自称奴才。这一“旗人内部”的民俗性身份界定，在清代是仅次于旗人（八旗人）与民人（非八旗人）身份区别的词汇，也是旗人内部使用最广泛、常见的词汇。在《红楼梦》明清之际的大背景下，属于清代独特的标志。

与此对应的是，旗人男子最常用的打千儿礼，即右手下垂，左腿向前屈膝，右腿弯曲。《红楼梦》第九回中，贾政问跟宝玉的是谁，“只听外面答应了两声，早进来三四个大汉，打千儿请安”。

《红楼梦》中家内奴隶的另一个特点是，奴仆间的婚配与家生子的出现。如第七十二回“王熙凤恃强羞说病　来旺妇倚势霸成亲”中，林之孝对贾琏称：“里头的姑娘也太多……况且里头的女孩子们一半都太大了，也该配人的配人，成了房，岂不又孳生出人来。”第七十回“林黛玉重建桃花社　史湘云偶填柳絮词”中也写道：“因又年近岁逼，诸务猬集不算外，又有林之孝开了一个人名单子来，共有八个二十五岁的单身小厮应该娶妻成房，等里面有该放的丫头们好求指配。”所谓放出去、配人，也都是清代旗人贵族之家的一般风俗。

包衣属于主人的奴隶，非主人特恩许可，没有出旗为民的可能；为奴期间，包衣为主人工作服务，主人则要为包衣创建家庭，即在家内男女包衣中指定婚姻（最初是为了家内后世奴才的供应），对于女性包衣来说，就称作“配人”“配小子”，并为奴才提供工作机会和饮食。

配人或者还要考虑奴才间的自愿，指配则是主人直接将某人指婚给某人，往往出于一定的目的：曹雪芹的两个姑母都是康熙皇帝直接指婚给满蒙的王爷为嫡福晋的。

这些，都是明朝没有的普遍制度与风俗。

三、《红楼梦》中的空间设置之一：京师与金陵、南京

或者以《红楼梦》第二回“贾夫人仙逝扬州城　冷子兴演说荣国府”中“雨村道：‘去岁我到金陵地界，因欲游览六朝遗迹，那日进了石头城，从他老宅门前经过。街东是宁国府，街西是荣国府，二宅相连，竟将大半条街占了’”一段文字，并《红楼梦》中贾母居京师、言回南京为据，认为《红楼梦》中京师写作未明，故事场景忽南忽北。

之所以产生这种认识，实际上属于阅读粗疏，导致忽视了文本细节。

（一）贾府不在南京在北京：原籍、现居

《红楼梦》第二回“贾夫人仙逝扬州城　冷子兴演说荣国府”中，冷子兴、贾雨村论及贾府的没落时，贾雨村确实说过：

> 去岁，我到金陵地界，因欲游览六朝遗迹，那日进了石头城，从他老宅门前经过。街东是宁国府，街西是荣国府，二宅相连，竟将大

半条街占了。

看起来，宁、荣二府确实是在南京。但是,《红楼梦》第四回“薄命女偏逢薄命郎　葫芦僧乱判葫芦案”中的“护官符”写贾府实际情况极其明白：

贾不假，白玉为堂金作马。

宁国、荣国二公之后，共二十房分，除宁、荣亲派八房在都外，现原籍住者十二房。

也即南京是宁、荣二府的原籍，建造有相当规模的府邸，南京原籍住着贾府人家十二房，贾府其余的八房都在京师居住，为首的就是宁、荣二府的当家人贾珍、贾赦等。

（二）回南京去、南京看房的鸳鸯父母

“宁、荣亲派八房在都外，现原籍住者十二房”，在京师居住的“亲派八房”在南京也有房子。

贾赦、贾政家的南京房屋，就是由贾母的大丫鬟鸳鸯父母看着的。《红楼梦》第四十六回“尴尬人难免尴尬事　鸳鸯女誓绝鸳鸯偶”：

鸳鸯道：“……太太才说了，找我老子娘去。我看他南京找去！”平儿道：“你的父母都在南京看房子，没上来。”

这些房屋，就是《红楼梦》第二回“贾夫人仙逝扬州城　冷子兴演说荣国府”中，贾雨村在石头城（金陵城，贾府原籍）见到的“隔着围墙一望，里面厅殿楼阁，也还都酷轩峻，就是后一带花园子里面树木山石，也还都有蓊蔚洇润之气”那些的房屋、园林（金陵，早年为江苏省省会，故贾府京师女子称“金陵”是以籍贯而论）。

因为贾府在北京，贾府又在南京有房子，这正是第三十三回“手足耽耽小动唇舌　不肖种种大遭笞挞”中，贾宝玉挨打，史太君令人去看轿、马，说“我和你太太、宝玉立刻回南京去”的来由。

四、《红楼梦》中的空间设置之二：运河、京师设置

（一）苏州、神京路远

实际上，《红楼梦》中的京师不在南京，在第一回“甄士隐梦幻识通灵贾雨村风尘怀闺秀”中即有暗示。

本回中，甄士隐欣赏贾雨村才分，鼓动贾雨村去京师考取功名：“雨村因干过，叹道：‘非晚生酒后狂言，若论时尚之学，晚生也或可去充数沽名，只是目今行囊路费一概无措，神京路远，非赖卖字撰文即能到者。’”

其中，“神京路远”四字大有玄机，即可证明贾雨村口中的京师不在南京。

说此话时，甄士隐、贾雨村在苏州。如果京师指南京的话，从苏州到南京不过四百里，即便步行（正常人每小时行走五公里左右，每天行走六小时），也不过七天上下；若能搭船前往（搭货船费用很低），则自苏州顺北上运河，过无锡、常州，至镇江，溯江而上，西行至南京。自苏州至南京，不论从路程上、费用上，无论如何，也是说不上“路远”“非赖卖字撰文即能到者”的。

再因着明清之际的大背景、因着清朝旗人特有的制度与风俗，《红楼梦》中的京师自然就是北京。

自京师到南京，两千三百里。若以步行每日六十里计，连续不停，每日赶路，也要四十余天，贾雨村一介书生如何行得？

文中又写道，甄士隐云：“十九日乃黄道之期，兄可即买舟西上，待雄飞高举，明冬再晤。”这里之所以说到“西上”，不是由苏州西上南京，而是由苏州入运河，沿长江西上，至扬州，复自扬州北上大运河，直入京师，参加来年考试。

（二）船、轿子：林黛玉进贾府的路途、工具

自苏州至北京，复有女眷，则多以船行。

明代灭元后，出于镇压元朝王气的考量，催毁元大都，在元大都南再建城市，将本位于元大都城南的积水潭圈入城市；加之，人口增加，白浮泉、玉泉山供水下降等原因，本来可以直接驶入京师的漕船只能开到通州，漕粮、货物、行人皆于通州张家湾（位于通州区中部，凉水河、萧太后河、玉带河汇合处，西北距通州城十五里）卸下。

其后，或者换小船，沿通惠河，至东便门（建于明嘉靖四十三年十月，位于北京南城东段，近东南角楼），入城；或换轿子、轿车、车辆，走陆路进京（一百里）。

林黛玉、贾雨村也是如此。第三回“金陵城起复贾雨村　荣国府收养林黛玉”中，林黛玉、贾雨村乘船入京师，书中写道：

> 黛玉……随了奶娘及荣府几个老妇人登舟而去。雨村另有一只船，带两个小童，依附黛玉而行。

又云：“黛玉自那日弃舟登岸时，便有荣国府打发了轿子并拉行李的车辆久候了。”有轿子（木轿沉重，不耐远行），说明下船处不是通州张家湾，而是已离京师咫尺的东便门。因此，虽书中并未明写，实际上，只要熟悉当时历史、地理，可知通州、张家湾、东便门皆在作者头脑里、笔下。

曹家系旗人，往返京师，男人以马而行。康熙五十四年三月初七日《曹頫奏谢继任江宁织造折》云：“奴才于二月初九日奏辞南下，于二月二十八日抵江宁省署，省觐老母，传宣圣旨。”[①] 则用时二十天。至苏州又得有一两天行程。以运河北行，逆流行舟，速度本慢，加之，过淮河、黄河，过关待时，一般行程当倍于骑马，其时用时当在一月上下。

（三）林黛玉入京师的时间

清代，两淮巡盐御史于本年十月十三日接印办事，贾雨村到扬州，林如海方到任一月有余，也即十一月中。贾雨村旅店病倒将近一月，则其入林如海家当在十二月中旬。

《红楼梦》第二回“贾夫人仙逝扬州城　冷子兴演说荣国府”中写到：“看看又是一载的光阴”，贾敏逝世，林如海令黛玉守制读书，因黛玉哀痛过伤，连日不曾上学。贾雨村闲居无聊，风日晴和，饭后来闲步，遇到冷子兴，知道京师贾府情况；遇到李如圭，知道京师起复旧员，遂与林如海商量。林如海为其绍介，陪贾府来接黛玉船只入京。

考虑自扬州入京师船行时间，考虑贾府接林黛玉入京当赶在年前，则

---

① 《关于江宁织造曹家档案史料》，中华书局，1975 年。

书中写“堪堪又是一载的光阴”当是虚写，贾敏之离世当在九十月间。

《红楼梦》第三回“金陵城起复贾雨村 荣国府收养林黛玉”中，写到因贾敏去世，贾母遣了男女船只来接，时因林黛玉未曾大痊，故未及行。正逢贾雨村事，林如海择月初二日，令林黛玉自扬州起船入京，则此“月初二”当系十一月初二。也即林黛玉至京师贾府时，已经在本年月底或十二月初了。

实际上，书中又有一个时间“暗写”。在第三回中，林黛玉往见王夫人、贾政。王夫人因说：“你舅舅今日斋戒去了，再见罢。”此“斋戒”二字，当指朝廷冬至祭天大典前，皇帝并与祭官员的斋戒。冬至在农历十一月二十一日至二十八日。则本年冬至当在月底，是黛玉进京，船行紧急，故行程用二十五六天即达。

（四）一个京师系北京的旁证：薛蟠南下买卖的路途与时间

实际上，苏州、扬州、北京之间的来往时间，《红楼梦》还有相关“暗写”。第四十八回“滥情人情误思游艺 慕雅女雅集苦吟诗”中写薛蟠因被柳湘莲打，无脸见人，遂于十月十四日随张德辉南下，第六十七回“见土仪颦卿思故里 闻秘事凤姐讯家童”中薛蟠回京，逢尤三姐自刎、柳湘莲出家事，其后，薛姨妈曾说：

> 再者，你妹妹才说，你也回家半个多月了，想货物也该发完了，同你去的伙计们，也该摆桌酒给他们道道乏才是。人家陪着你走了二三千里的路程，受了四五个月的辛苦，而且在路上又替你担了多少的惊怕沉重。

又云，薛蟠给宝钗带来的诸多南方风物中，“又有在虎丘山上泥捏的薛蟠的小像，与薛蟠毫无差错。宝钗见了，别的都不理论，倒是薛蟠的小像，拿着细细看了一看，又看看他哥哥，不禁笑起来了”。

北京实际距离南京、苏州（山塘街、虎丘山有无锡人做泥塑生意）两千三百余里，来回四千余里（薛姨妈称“人家陪着你走了二三千里的路程”，系大概而言），奋力行走，单程两个月，加上贸易，往返四五个月。

因此，不管是从贾雨村“神京路远”，还是从林黛玉的“舟行入京”，从薛蟠的京师、苏州之行，《红楼梦》中的京师都是北京无疑。

五、作者家族、自己的江南生活与《红楼梦》中家族江南生活隐写

（一）《红楼梦》中的江南

《红楼梦》中，作者将故事的发生背景设置在北京，但却又不时写及南京的甄宝玉家族、贾府在南京的房产，此外，还明确写到苏州，林黛玉、妙玉、芳官儿皆为苏州人氏；林黛玉随父林如海至扬州，复从扬州进京；贾琏陪同黛玉南下扬州，办理林如海丧事，并安葬苏州祖茔等事。

《红楼梦》的作者何以要做如此特别的"江南"表述呢？这是因为，江南的这些地方都与作者曾经的生活密切相关。

（二）"新红学"对《红楼梦》作者曹雪芹家族的探讨与《红楼梦》中的家族描写

墨香的侄子敦诚、敦敏系曹雪芹好友。乾隆二十二年（1757 年），敦诚在喜峰口作《寄怀曹雪芹霑》，其中有"扬州旧梦久已觉"句，自注云："雪芹曾随其先祖寅织造之任。"[①] 先祖，称已故的祖父。宋曾巩《寄欧阳舍人书》："先祖之言行卓卓，幸遇而得铭。"虽然学界对曹雪芹随其祖父曹寅织造之任的解释不同，但在曹雪芹为织造曹寅之孙这一点上却无丝毫分歧。

曹寅系康熙年间的闻人，是著名的诗人、戏曲家、藏书家、刻书家，与大词人纳兰性德、著名画家张见阳交好，曾四度担任两淮巡盐御史（清人曾指《红楼梦》中林黛玉之父两淮巡盐林如海即隐写曹寅）、与妻兄李煦（同为正白旗包衣人，被皇帝指定轮管十年两淮巡盐，因康熙五十一年曹寅逝世、曹李两家亏空未清，李煦八任巡盐）共同主持四次接待南巡的康熙皇帝。也正是因为接驾有功，曹寅的两个女儿都破例被皇帝直接指婚给满洲王爷为嫡福晋（长女嫁八大铁帽子王之一的平郡王纳尔苏）。

而这家族的荣耀在《红楼梦》中都有反映。甲戌本《脂砚斋重评石头记》第十六回"贾元春才选凤藻宫　秦鲸卿夭逝黄泉路"的回前，即有"借省亲事写南巡，出脱心中多少忆昔感今"的感慨，即是说《红楼梦》中元妃省亲，即康熙南巡的文学描写。

---

① 爱新觉罗·敦诚撰：《四松堂集》，上海古籍出版社，1984 年。

实则，不仅元妃省亲是隐写康熙南巡，书中贾政与元春的对话亦隐写曹家的历史：曹寅女儿嫁给王爷。第十八回“皇恩重元妃省父母　天伦乐宝玉呈才藻”：

> 贾政亦含泪启道：“臣，草莽寒门、鸠群鸦属之中，岂意得征凤鸾之瑞。”

庚辰本《脂砚斋重评石头记》侧批写道：“此语犹在耳。”

说明此话是曹寅在得知女儿被皇帝指婚给王爷为嫡福晋时的对答，当时，作批者在侧，故读到这段文字，批下了“此语犹在耳”的文字。

雍正元年（1723年）正月，苏州李家抄家，家人返京；雍正六年（1728年）正月，江宁曹家革职抄家，曹雪芹随家人返京。《红楼梦》第一回“甄士隐梦幻识通灵　贾雨村风尘怀闺秀”，茫茫大士指着甄英莲（即后文之香菱）道：“好防佳节元宵后，便是烟消火灭时。”甲戌本《脂砚斋重评石头记》侧批云：“前后一样，不直云前而云后，是讳知者。”说明作者此处称“元宵后”三字，是为了避免了解当年家族历史之人过分感慨。

总之，自“新红学”诞生以来，学界对《红楼梦》作者曹雪芹家族、生平的众多考察，尤其是李玄伯、徐恭时、冯其庸等先贤的考察，使我们知道，曹雪芹的祖母（曹寅之妻）为康熙皇帝首任畅春园总管、苏州织造李煦族妹，曹雪芹江南生活时，常至苏州（康熙五十四年至康熙六十一年），李煦、李煦之子戏曲爱好者李鼎、李煦曾经的别墅拙政园的一部分等对曹雪芹的生活都有程度不一的影响。

通过对曹家、李家档案的发现与解析，我们知道，曹雪芹的幼年是在舅爷李煦、祖母李氏、母亲马氏、叔叔曹頫等人的共同影响下成长的，他们的所见所闻、他们对曹雪芹的讲述、他们对曹雪芹的教导（曹家的家学为程朱理学，曹寅晚年好禅宗，李煦则好道家）都对曹雪芹的江南生涯予以造就，成为曹雪芹脑海中虽不甚清晰丰厚，却挥之不去的底色。[①]

这就是《红楼梦》中故事发生在北京，小说却不时叙述及江南诸地的

① 樊志斌著：《修竹·清风——康熙荩臣李煦研究》，香港阅文出版社，2019年。

根本原因。

（三）《红楼梦》著作权讨论存在的问题

社会上不时兴起《红楼梦》非曹雪芹所著的种种说法。这些说法影响大小各异，从考证角度来说，都存在最基本的问题：

> 各异说都没有哪怕一条“直接的时代文献证据”（作者同时代、亲近人传达信息）。
>
> 各异说都不解或有意忽略，“新红学”诞生以来学界对曹雪芹的家庭、生平、见闻的前沿研究。
>
> 各异说在忽略以上两个基础上，都不解或有意忽略，《红楼梦》中文本中，对“北京”“江南”、清代元素隐写原因涉及的作者、家族与时代辨析。

因此，关于《红楼梦》著作权的种种异说，不懂得历史学考据研究的原则和方法，将心存的“先见”作为论述的基础，而不是将“时人亲密人等的证言”作为论证基础。

这样的论述不仅缺乏有效资料支持，也缺乏正确的方法，无法解释小说中作者对北京、南京、苏州的隐写，无法客观解释“曹雪芹批阅增删”处的脂批。

六、京师、京西、旗人与曹雪芹的生活、交游

“新红学”诞生一百年来，经过学界的不断努力，有关曹家的资料、有关作者的资料被不断发掘出来，我们对作者的学养、社会属性、生活环境、生平交游、文物等诸多信息的了解已经越来越细致了。这些研究对我们深入细致赏析《红楼梦》，了解作者的见闻如何影响写作，具有莫大的意义。

（一）京师、旗人、南城：北京正阳门、崇文门以南区域的社会环境

众所周知，曹家属于内务府正白旗包衣人。

内务府包衣人是清代极为特殊的一个阶层，他们属于上三旗（皇帝直领的正黄、镶黄、正白三旗）满洲都统与内务府并管，旗籍上属于满洲旗，虽然法律地位上，是皇帝的奴隶，地位至贱，但却享受的权利与普通满洲

人一样，而在血统上则因入旗情况不同，有满、蒙、汉、朝、俄等诸多分别。

清代，实行旗民分治（民，指未入八旗的普通人），京师中，旗人住北城，非旗人的民人住南城。

作为皇帝内务府的包衣人，曹家本住景山一带（内务府相应衙门位于西华门、北长街一带）。康雍时代，八旗待遇较高，社会承平，人口快速繁衍，供旗人居住的北城越发拥挤，清政府一面在北城空闲地方修建房屋，一面在北城城墙东、西各门内、外修建旗营。这就是曹家返京以后未能入住北城，而将曹家在崇文门蒜市口、鲜鱼口一带的十七间半房屋返还、供其居住的原因。在这里，随曹家人生活的，还有朝廷特许返还的六个曹家仆人。[①]

为保证旗人的战斗力，清廷严格控制内城（北城）商业、娱乐（鼓楼大街一带商业比较繁华），前三门（崇文门、正阳门、宣武门）以南地区商贾云集，是北京商业最为繁华之地。商业、市井、文化（宣武一带，各省县会馆林立，官僚、士子云集，促进了琉璃厂一带书肆的繁荣）即是曹雪芹京师生活的基础环境。《红楼梦》中的柳湘莲是北城没落世家子弟的形象；而醉金刚倪二则是典型的南城混混儿代表。

（二）曹雪芹的生活与高层交游：两个姑父的王府、昌龄父子

曹雪芹的生活背景之一是曹寅一支已经败落，但有两个问题不容忽视。

首先，作为旗人，不管是否当差，都有口粮银，只不过数量多寡不同；加之，曹家曾大量转移家产，曹雪芹的生活不会是穷困潦倒的。李文藻《南涧文集》卷上《琉璃厂书肆记》记载：

> 乾隆己丑五月二十三日，予以谒选至京师……暇则步入琉璃厂观书……夏间从内城买书数十部，每部有“楝亭曹印”，其上又有“长白敷槎氏堇斋昌龄图书记”，盖本曹氏而归于昌龄者。[②]

这些书籍在拍卖市场还能偶尔出现。没有只转移古籍善本，却不转移

① 朱一玄编：《红楼梦资料汇编》（第 2 版），天津南开大学出版社，2001 年。

② 李文藻著：《南涧文集》，商务印书馆，1936 年。

金银细软的道理。既然有财产转移，曹家人自然不至于会生活拮据。至于曹頫数百两白银的款项始终没有补全，颇疑系交过一定数量、曹頫释放回家后，曹家的拖延所致。

其次，清代旗民不通婚。除顺治、光绪朝曾一度法律允许旗民通婚外（道光后偶有个例外，如完颜麟庆之父娶母亲恽珠），八旗人民在各旗之间联姻，使得八旗之间多有亲友关系。正如文康《儿女英雄传》第二十二回“晤双亲芳心惊噩梦　完大事矢志却尘缘”所说的那样：“咱们八旗，论起来，非亲即友。”[①]

曹雪芹的社会交往最频繁的主体，就是旗人阶层。

曹雪芹与旗人上层的交往也不可忽视。

曹雪芹的两个姑父都是康熙皇帝指婚的王爷，大姑爷平郡王纳尔苏与礼亲王、顺承郡王同为八大铁帽子王，同出代善一支（大姑父平郡王纳尔苏王府在西单，今尚存；曹寅曾为二姑爷在东华门外购置房产）。

曹雪芹的姑祖傅鼐（满洲镶白旗人，富察氏，字阁峰。雍正间任盛京户部侍郎，授参赞大臣，击噶尔丹策零有战功。乾隆初官至刑部尚书、正蓝旗满洲都统）更是深受雍正、乾隆两代皇帝重用。傅鼐之子昌龄系雍正朝翰林院侍读学士、侍讲学士，是清前期最著名的藏书家。

不仅如此，雍正、乾隆两朝影响最大的庄亲王允禄，其母密妃王氏（《惠爱录》称其为苏州机户之女）很可能冒李煦嫡母内务府王氏家族身份入宫（汤右曾作《赠两淮巡盐》，赠李煦，称：“琰琬韫已辉，椒房香可纫。”）王氏之母死，亦由李煦代奏。[②]

（三）内务府、曹家、李煦的兄弟们

再次，曹寅一支虽然衰落，但曹宜、曹颀支下仍然在朝廷当差，京师诸多亲戚仍在官场，甚至官居高位，李煦三弟李炘曾任銮仪卫治仪正、奉宸苑员外郎等职、五弟李炆后任畅春园总管。[③]

在这种形势下，曹雪芹回京之初，住蒜市口、鲜鱼口一带，南城是他的生活空间，但是，出于亲友交往、当差之类的原因，北城旗人区、王府

① 文康著：《儿女英雄传》，崇文书局，2015年。
② 汤右曾著：《有怀堂集》，中国国家图书馆藏康熙刻本。
③ 《昌邑姜氏族谱》，中国国家图书馆藏同治刻本。

也是曹雪芹的重要活动区域。

（四）京师、京西、老平郡王敲诈隋赫德案中的曹家人

曹雪芹晚年移居京西，这是学界公知的常识，因其友人敦诚、敦敏、张宜泉等俱有访问、游览之诗。

唯曹雪芹何时移居西山，居住哪里，却有争议。或者以曹雪芹在乾隆二十年之后方移居京西，因为敦诚、敦敏等友人诗写及曹雪芹是在乾隆二十年以后。

但这个逻辑并不成立，因为如果按照乾隆二十年后友人诗始写及曹雪芹，说明乾隆二十年之后曹雪芹才移居京西这个逻辑，乾隆二十年之前，友人诗未及曹雪芹，则乾隆二十年之前，曹雪芹与敦诚、敦敏并不认识。

实际上，按照吴恩裕先生对敦诚《寄怀曹雪芹霑》"当年虎门数晨夕"之"虎门"指右翼宗学的理解，考敦诚、敦敏右翼宗学的学习时间（乾隆九年，16 岁的敦敏、11 岁的敦诚入右翼宗学读书，至乾隆二十年，离开宗学，协助父亲管理山海关税务），他们相识当在乾隆十四年前后。[①]

此外，雍正十一年（1733 年），发生了老平郡王纳尔苏、第三子福靖、平郡王福彭敲诈继曹家为江宁织造的隋赫德案（雍正六年，曹家抄家，房、地赐予继任织造隋赫德，隋赫德革职，将房、地出售）。在隋赫德和其子富璋的供词中出现了："后来我想，小阿哥是原任织造曹寅的女儿所生之子""从前，曹家人往老平郡王家行走"的信息。[②]

清代，"行走"二字，基本上等同"当差"，按其与平郡王府的关系，似乎除曹雪芹莫属（纳尔苏薨于乾隆五年，福彭薨于乾隆十三年，曹雪芹姑母曹氏此时尚存）。[③] 案发后，除隋赫德发往西北军台效力，其他人等皆未及于，此等极其不寻常、不符合雍正皇帝行事的处置方式，自然是在拉拢即将派往西北与准噶尔作战的定边大将军福彭。

而香山正白旗 39 号院西墙上友人赠曹雪芹对联"远富近贫，以礼相交

---

① 吴恩裕著：《曹雪芹丛考》，上海古籍出版社，1980 年。

② 《关于江宁织造曹家档案史料》，中华书局，1975 年。

③ 《清高宗实录》卷三三五"乾隆十四年二月丁酉"条下载："礼部议奏：'故多罗平郡王福彭遗表称：臣父平郡王讷尔苏以罪革爵，殁后蒙恩以王礼治丧赐谥。臣母曹氏未复原封，孝贤皇后大事不与哭临，臣心隐痛，恳恩赏复。'所请无例可援。得旨：'如所请行。'"孝贤皇后大事，指乾隆十三年（1748 年）三月十一日，富察皇后卒于德州，三月十七日灵柩到京，缟服跪迎事。

天下少；疏亲慢友，因此而散世间多"，"书体"被张伯驹定为"乾隆时代无疑"，近年研究，则证明其笔迹与"题芹溪处士"款书箱盖后"五行书目"、《南鹞北鸢考工志》曹霑自序"双钩"、贵州博物馆藏乾隆间《种芹人曹霑画册》书法完全一致[①]，那么，正白旗39号院西墙上之"丙寅"落款即当为乾隆十一年（1746年），此房屋建制为标准旗营房屋，以曹雪芹内务府人的身份，当时只有康熙间香山行宫、雍正末怡王府大修十方普觉寺事情与之身份相关。

乾隆初，福彭任职协办总理事务处。大概这一时期，曹雪芹回京。

这些特殊的人文、自然环境就使得曹雪芹的生活、教育、交游、见闻大不同于普通民人，也不同于诸多普通旗人，也使得他的《红楼梦》写作具备了京师内外的诸多特别之处。

七、曹雪芹的京师见闻、创作举隅与辨析

《红楼梦》中比较有时代特点或者北京特点事物不少，写的比较明晰的试举一二。

（一）京师的俄罗斯佐领与《红楼梦》中的骚达子

第四十九回"琉璃世界白雪红梅　脂粉香娃割腥啖膻"云：

> 一时，史湘云来了，穿着贾母与他的一件貂鼠脑袋面子、大毛黑灰鼠里子、里外发烧大褂子，头上带着一顶挖云、鹅黄片金里、大红尚烧昭君套，又围着大貂鼠风领。黛玉先笑道："你们瞧瞧，孙行者来了。他一般的也拿着雪褂子，故意装出个小骚达子来。"湘云笑道："你们瞧我里头打扮的。"一面说，一面脱了褂子。只见他里头穿着一件半新的、靠色三镶领袖、秋香色、盘金五色绣龙、窄褙小袖、掩衿银鼠短袄，里面短短的一件水红装缎、狐肷褶子，腰里紧紧束着一条蝴蝶结子长穗五色宫绦，脚下也穿着脚下也穿着麀皮小靴，越显的蜂腰猿背，鹤势螂形。众人都笑道："偏他只爱打扮成个小子的样儿，原

① 樊志斌：《曹雪芹京西居所、行迹研究及相关问题考辨》，《曹雪芹研究》2015年第1期。

比他打扮女儿更俏丽了些。”

民国以来，以蒙古为鞑子，满蒙联姻，而雪芹使黛玉称湘云为“骚达子”，或认为有讽刺满人之意。甚至，近年仍有如此主张者。

实际上，这一问题已经得到解释。吕朋林《“骚达子”释源》、何新华《〈红楼梦〉骚达子词义考析》指出，“骚达子”系俄文“步兵”之意。[①]又据陈鹏《清代前期俄罗斯佐领探赜》一文，康熙朝，自尼布楚等处迁移至京之俄罗斯人编为俄罗斯佐领，住北京东直门罗家胡同。[②]

以俄罗斯人衣着、装扮，与此处“蜂腰猿背，鹤势螂形”对看，可以想象史湘云衣着的贴身，显示身材曲线，被林黛玉称之“骚达子”，而湘云欢喜、不恼怒的原因——以骚达子为蒙古人者，自然忽略此事。

骚达子一词的使用和对湘云形态的描写，不仅反映了作者的京师活动与区域，更反映了作者善于捕捉和使用特别元素的高超能力。

（二）京西万安山番子营与《红楼梦》中的土番

又，第六十三回“寿怡红群芳开夜宴　死金丹独艳理亲丧”云：

忙命他改妆，又命将周围的短发剃了去，露出碧青头皮来，当中分大顶……又说：“芳官之名不好，竟改了男名才别致。”……芳官笑道：“……咱家现有几家土番，你就说我是个小土番儿。况且人人说我打联垂好看，你想这话可妙？”

清代，称西南少数部族为苗，称西藏、四川、青海、甘肃交界地区部族为番。《平定两金川方略》载：“赞拉、绰斯甲布、布拉克底、巴旺、瓦斯等处，其男妇俱跣足披发、步行山，官书称为甲垄部，各土司民人俱呼之为‘土番’。”[③]所谓“甲垄部”，就是嘉绒部，也就是生活在四川西北的嘉绒藏族。

---

① 吕朋林：《“骚达子”释源》，《东北师大学报》1985年第4期；何新华：《〈红楼梦〉骚达子词义考析》，《红楼梦学刊》2014年第4期。

② 陈鹏：《清代前期俄罗斯佐领探赜》，《民族研究》2012年第5期。

③ 四川省民族事务委员会、中国戏曲志四川卷编辑部编印：《四川省嘉绒地区藏戏问题研讨会资料汇编》，1993年。

因四川西北大金川土司（今四川阿坝州大金川县）攻击清政府驿站，乾隆十二年（1747 年），清政府发兵攻打大金川。次年，乾隆皇帝以北京西郊金山训练飞虎云梯兵分批派往四川。大金川因后勤供应不足，而乞降。十四年，自前线返京的飞虎云梯兵，奉命驻扎于万安山、香山、寿安山、金山一带，名健锐营，以金川俘虏居万安山法海寺山麓，名番子营，隶健锐营正白旗。

终曹雪芹一生，并未远到川西北，他笔下的"土番"形象即是来源于生活在万安山上的金川"番子"。

或者云，清代以前，亦称西藏等处为番，故此"土番"未必指万安山"番子营"之"番子"。那么，曹雪芹难道舍身边熟悉事物，而以历史记载事物为元素入书吗?

金川土番来京是在乾隆十四年，此时，是《红楼梦》创作的晚期，土番来京的史实和土番入书的描写，对我们了解《红楼梦》作者的活动、见闻，了解《红楼梦》的创作与修改节奏都有相应的价值。

或者认为，贾宝玉称芳官儿为"耶律雄奴"，又云：

> "雄奴"二音又与匈奴相通，都是犬戎名姓，况且这两种人自尧舜时便为中华之患，晋唐诸朝深受其害。幸得咱们有福，生在当今之世，大舜之正裔，圣虞之功德仁孝，赫赫格天，同天地日月亿兆不朽，所以凡历朝中跳猖獗之小丑，到了如今竟不用一干一戈，皆天使其拱手俛头缘远来降。

故认为，匈奴、契丹与蒙古同出，故而，奚落匈奴、契丹即是奚落蒙古。

蒙古草原部族众多，往往旋起旋灭，一部族强时，其他部族皆为其属，待强势部族衰弱，则为他部族所灭，科学上的人种血统一致与文化上的部族、政权认同完全没有关系。

匈奴出战国、秦汉，其后，入中原、西走中亚，与蒙古没有干系，自不必论；契丹为女真所灭，一部西走，余者为女真战败同化，与后起之蒙古也没有任何关系。况且，蒙古人从未在文化和血统上自认为匈奴、契丹之后，满人也从未有如此认知，如何能以今人观点称曹雪芹奚落匈奴、契丹，即是奚落清朝的蒙古人呢？

这些联想多是因为对清朝少数民族入主中原的不满所致，说到底是狭隘的大汉族主义罢了。

（三）京师的鲟鳇鱼、鹿肉等东北特产与《红楼梦》中相关书写

《红楼梦》中，贾府生活习俗多系京师描写，如以马为骑，多食奶制品，多穿着毛皮，多食东北一带野味，第五十三回“宁国府除夕祭宗祠 荣国府元宵开夜宴”中乌进孝进贡单中的大鹿、獐子、狍子、汤猪、野羊、熊掌、鹿筋、各种江鱼等多为东北地区特产，尤其是体长三四米、体重一两千斤的“鲟鳇鱼二个”（出黑龙江、松花江一带）。

按，清政府入关后，为不忘祖先，为保证皇家使用、祭祀使用，于今吉林市龙潭区乌拉街旧城（今旧街）设置打牲乌拉总管衙门，隶内务府下，下辖东北东部地区特产供应——康熙四十三年（1704 年），衙门迁今乌拉街满族镇。

乌进孝自称“今年雪大，外头都是四五尺深的雪，前日忽然一暖一化，路上竟难走的很，耽搁了几日。虽走了一个月零两日”，现实的来源即当为打牲乌拉衙门送贡入京事情。

至于曹雪芹何以了解这些东北特产，途径有三：王府在打牲乌拉进贡物品中有相应份额①、皇帝对高级别达官显贵的年节赏赐、内务府拣选之外物资的市场出售。嘉庆时人得硕亭《草珠一串》云：“关东货始到京城，各处全开狍鹿棚。鹿尾鳇鱼风味别，发祥水土想陪京。”②

作为与王府结亲、与达官显贵结亲的内务府人曹雪芹家族而言，接触到这些东北来京特产并不困难，将其写入贾府的生活也是正常的。

（四）稻田厂、御稻米、皇家园林稻田与《红楼梦》中的稻香村、红稻米

乌进孝进贡单中有“御田胭脂米”一项。

红稻米出河北玉田县，经康熙皇帝在中南海勤政殿西北的丰泽园选育出早熟性稻米，赐名“御稻米”。《康熙璣瑕格物篇》云：“高出众稻之上，以米色微红而粒长，气香而味腴，以其生自苑田，故名‘御稻米’。”③特别

① 金恩晖主编：《〈打牲乌拉志典全书〉注释及其研究》，吉林文史出版社，2014 年。
② 潘荣陛、富察敦崇著：《帝京岁时纪胜·燕京岁时记》，北京古籍出版社，1981 年。
③ 承德市避暑山庄博物馆编：《避暑山庄博物馆文集——纪念建馆五十周年》，1999 年。

强调“苑田”。后曾在避暑山庄、苏州、南京、江西等地推广，“御稻米”成为康熙育稻的名称。各地种植面积不一，海淀玉泉山、青龙桥一带是清政府稻田厂所在地，大面积种植水稻，即种植有御稻米。《红楼梦》中，贾母并诸小姐食用的红稻米，而乌进孝进贡称“御田胭脂稻”，即康熙“御稻米”的文学描写。

大观园中，李纨居所稻香村，有大面积的稻田。《红楼梦》第十八回“皇恩重元妃省父母　天伦乐宝玉呈才藻”中，林黛玉形容稻香村情形云：“一畦春韭熟，十里稻花香。盛世无饥馁，何须耕织忙。”明清时代，园林中大面积种植水稻，只出现于北京海淀的畅春园、圆明园、清漪园（光绪后改颐和园）中。

之所以如此，是因为中国传统园林讲求选址自然、造景自然，故营造有大面积的稻田、菜圃、果园等，而这些都是城内皇家园林或其他私家园林不可能具备的基本特点。

（五）京西名产黛石、胡斯赖

《红楼梦》中写及京师特产还有黛石、胡斯赖。

《红楼梦》第三回“金陵城起复贾雨村　荣国府收养林黛玉”：

> 宝玉笑道：“我送妹妹一妙字，莫若‘颦颦’二字极妙。”探春便问何出。宝玉道：“《古今人物通考》上说：‘西方有石名黛，可代画眉之墨。’况这林妹妹眉尖若蹙，用取这两个字，岂不两妙?!”

黛石出北京西山地区，产区有二：一在曹雪芹生活之寿安山前后，山前樱桃沟，山后温泉画眉山。《钦定日下旧闻考》卷一百六《郊坰·西十六》引《帝京景物略》：“画眉山，在西堂村之北，产石，黑色浮质而腻理，入金宫为眉石。山北十里有温泉出焉。”[①]清代著名词人顾太清与丈夫奕绘曾至此游览，作《三月晦，同夫子由黑龙潭至大觉寺，路经画眉山》，云：“指点黑龙潭对面，一痕蛾绿画眉山。”[②]一在京西门头沟斋堂。《钦定日下旧闻考》卷一百五十《物产》引《燕山丛录》：“宛平西斋堂村产石，黑色而性

① 于敏中等编纂：《日下旧闻考》，北京古籍出版社，1985 年。

② 顾太清、奕绘著，张璋编校：《顾太清、奕绘诗词合集》，上海古籍出版社，1998 年。

不坚，磨之如墨，金时，宫人多以画眉，名曰眉石，亦曰黛石。”①

《红楼梦》人物名称常使用谐音，以表达作者对人物的褒贬，如贾府清客詹光、吴新登、程日兴、单聘人等，谐“沾光”“无星戥”“成日兴”“善骗人”等，唯有一清客名胡斯赖，却似无解。

据北京香山地区百姓言，香山大洼一带一种槟子与苹果的嫁接种，外表好看，口感特差，名胡斯赖。又，乾隆初叶，潘荣陛《帝京岁时纪胜》五月“时品”载：“杏质而李核者，为胡撕赖、蜜淋禽。”②以“杏质而李核”的胡撕赖为人的名字，当是称人表里不一。

（六）王府、福彭、北静王、亲戚、礼仪

众所周知，曹雪芹的两个姑妈都被康熙皇帝指婚给王爷为嫡福晋，我们现在已知，其长姑母至乾隆十三年仍然在世，其长子平郡王福彭受康雍乾三代皇帝重视，曾参与勒索隋赫德案，曹雪芹又曾在王府当差，因此，平郡王府对曹雪芹、对《红楼梦》的影响是可想而知的。著名清史专家戴逸、著名红学家胡文彬都曾有专文，推测福彭当为《红楼梦》中北静王水溶的原型。

确实，水溶是《红楼梦》中贾宝玉喜好交往的少数非亲属男性之一。第十四回“林如海捐馆扬州城　贾宝玉路谒北静王”中，先写相见礼仪：

> 现今北静王水溶年未弱冠，生得形容秀美，性情谦和。近闻宁国公冢孙媳告殂，因想当日彼此祖父相与之情，同难同荣，未以异姓相视，因此不以王位自居，上日也曾探丧上祭，如今又设路祭，命麾下的各官在此伺候。自己五更入朝，公事一毕，便换了素服，坐大轿鸣锣张伞而来，至棚前落轿。手下各官两旁拥侍，军民人众不得往还。
>
> 一时，只见府大殡浩浩荡荡、压地银山一般从北而至。早有宁府开路传事人看见，连忙回去报与贾珍。贾珍急命前面驻扎，同贾赦贾政三人连忙迎来，以国礼相见。水溶在轿内欠身含笑答礼，仍以世交称呼接待，并不妄自尊大。贾珍道：“犬妇之丧，累蒙郡驾下临，荫生辈何以克当。”水溶笑道：“世交之谊，何出此言。”遂回头命长府官主祭代奠。贾赦等一旁还礼毕，复身又来谢恩。

① 于敏中等编纂：《日下旧闻考》，北京古籍出版社，1985年。
② 潘荣陛、富察敦崇著：《帝京岁时纪胜·燕京岁时记》，北京古籍出版社，1981年。

其在第十五回“王凤姐弄权铁槛寺　秦鲸卿得趣馒头庵”中对贾宝玉的教导，尤其值得注意：

> 水溶又道：“只是一件，令郎如是资质，想老太夫人、夫人辈自然钟爱极矣；但吾辈后生，甚不宜钟溺，钟溺则未免荒失学业。昔小王曾蹈此辙，想令郎亦未必不如是也。若令郎在家难以用功，不妨常到寒第。小王虽不才，却多蒙海上众名士凡至都者，未有不另垂青，是以寒第高人颇聚。令郎常去谈会谈会，则学问可以日进矣。”

凡熟悉《红楼梦》的，都知道贾宝玉素恶男子教导所谓学问、上进之事，史湘云、薛宝钗素来亲厚，因偶然言及，顿时翻脸，而贾宝玉不以水溶之言为非，且后不时到王府活动，水溶先后赠给他皇上钦赐的鹡鸰香念珠一串、精工制作蓑衣斗笠，后来甚至按照其落草衔来宝玉样式、以玉仿造一块给他玩耍。

贾宝玉何以不厌水溶呢？水溶容貌秀美、举止风流自然是重要原因，其与水溶所寄托的人物原型或者也有相应的关系。第二回“贾夫人仙逝扬州城　冷子兴演说荣国府”中，贾雨村叙述南京甄宝玉性情，云：

> 只一放了学，进去见了那些女儿们，其温厚和平，聪敏文雅，竟又变了一个。因此，他令尊也曾下死笞楚过几次，无奈竟不能改。每打的吃疼不过时，他便“姐姐”“妹妹”乱叫起来。

甲戌本《脂砚斋重评石头记》本处眉批写道：“以自古未闻之奇语，故写成自古未有之奇文。此是一部书中大调侃寓意处。盖作者实因鹡鸰之悲、棠棣之威，故撰此闺阁庭帏之传。”

“作者实因鹡鸰之悲、棠棣之威，故撰此闺阁庭帏之传。”这是脂批作者对曹雪芹与亲友关系、与《红楼梦》创作的指正。具体说，“鹡鸰之悲、棠棣之威”八字何意，各家解法不同，但如果了解曹雪芹的旗人属性、曹雪芹的京师亲友、曹雪芹的京师交游，或可有相对客观的理解。

所谓“鹡鸰之悲，棠棣之威”，系用《诗经》典故。《诗经·棠棣》云：“棠棣之华，鄂不韡韡。凡今之人，莫如兄弟。死丧之威，兄弟孔怀。原隰裒矣，兄弟求矣。鹡鸰在原，兄弟急难。每有良朋，况也求叹。”[1] 诗歌用棠棣和鹡鸰作喻，表现了兄弟间最为亲密的感情和作者对这种感情深切的体会。

曹雪芹一生中关系最为亲密的兄弟或者就是棠村和福彭了（可能还有福彭的弟弟福秀、福靖等）。棠村之名见于《红楼梦》第一回“甄士隐梦幻识通灵　贾雨村风尘怀闺秀”：

> 空空道人听如此说，思忖半晌，将《石头记》再检阅一遍……从头至尾抄录回来，问世传奇……至吴玉峰题曰《红楼梦》，东鲁孔梅溪则题曰《风月宝鉴》。

甲戌本《脂砚斋重评石头记》眉批云：“雪芹旧有《风月宝鉴》之书，乃其弟棠村序也。今棠村已逝，余睹新怀旧，故仍因之。”可知，棠村曾为曹雪芹早年创作的、与《红楼梦》有关系的《风月宝鉴》题词，至《红楼梦》成，东鲁孔梅溪怀念棠村，并以《风月宝鉴》与《红楼梦》同有戒妄动风月之情的用意，仍以《风月宝鉴》命名《红楼梦》。

《石头记》《情僧录》《红楼梦》《风月宝鉴》等都是《红楼梦》的题名，只是脂砚斋敝帚自珍，将其抄录批评的本子称作《脂砚斋重评石头记》。

现存早期抄本多抄自《脂砚斋重评石头记》，唯至“甲辰本”，径作《红楼梦》，这只是传播史上的现象，而不是《红楼梦》创作中先有《石头记》，后有《红楼梦》。

以曹雪芹的生平、经历而言，棠村、福彭在他的人生中留下了极为深刻的印象，曹雪芹作《红楼梦》，将他们的点滴适当融入创作，自然是可以理解的。

八、大观园的书写与清代北京西郊皇家平地造园

大观园是太虚幻境在人间的投射，是为迎接贵妃元春省亲而建，又是贾宝玉与诸钗的主要活动空间、《红楼梦》故事主要发生地，规模宏大，合

---

① 孔子著，崇贤书院编译：《四书五经》（全本详解版），北京联合出版公司，2017年。

乎元春贵妃的身份。

历来争论大观园的风格、素材，往往纠结于细节，即其中物品出自哪里？却往往忽略大观园的基本特点。

（一）圆明园、大观与《红楼梦》中对圆明园的反映、态度

《红楼梦》创作于乾隆九年至十八年。

值得注意的是，《红楼梦》中大观园的书写、命名与当时北京西郊皇家园林的现状、建设，在时间上存在同步的情况。

这种同步对曹雪芹的认知、创作产生了包括审美倾向、创作元素等方面的巨大影响。

乾隆三年（1738 年），乾隆皇帝为《圆明园全图》御题“大观”二字悬于清晖阁墙壁上。乾隆在《御制圆明园后记》中称圆明园：

> 规模之宏敞，邱壑之幽深，风土草木之清佳，高楼邃室之具备，亦可称观止。实天宝地灵之区，帝王豫游之地，无以逾此。①

《红楼梦》中，元妃称贾府新园“天上人间诸景备，芳园应赐大观名”，命园为“大观园”，正楼为“大观楼”。虽然，《红楼梦》第十八回“皇恩重元妃省父母　天伦乐宝玉呈才藻”中，元春称大观园是“衔山抱水建来精，多少工夫筑始成”，但毕竟是平地造园，先失天然之势。第十七回“大观园试才题对额　荣国府归省庆元宵”中，贾宝玉批评稻香村（众人名之为杏花村，贾宝玉题“杏帘春望”）的非“大观”、非“天然”，云：

> 宝玉道：“却又来！此处置一田庄，分明见得人力穿凿扭捏而成。远无邻村，近不负郭，背山山无脉，临水水无源，高无隐寺之塔，下无通市之桥，峭然孤出，似非大观。争似先处有自然之理，得自然之气，虽种竹引泉，亦不伤于穿凿。古人云‘天然图画’四字，正畏非其地而强为其地，非其山而强为其山，虽百般精而终不相宜……”

① 郭黛姮、贺艳著：《深藏记忆遗产中的圆明园——样式房图档研究》，上海远东出版社，2016 年。

如果熟悉圆明园的景观，就可以发现，这段文字涉及大观园中两个景观：天然图画（西与后湖相接，雍正时名竹子院）、杏花春馆（雍正时，名杏花村）。如果熟悉圆明园的环境，就可以感觉到，贾宝玉这段文字有批评圆明园不配乾隆“大观”题词的意味。

圆明园位于海淀畅春园北华家屯，西临金山，西南望瓮山（即今颐和园万寿山），后临清河（玉泉山水注），园林用水引自畅春园（畅春园水引自万泉庄、巴沟水）。正是“远无邻村，近不负郭，背山山无脉，临水水无源，高无隐寺之塔，下无通市之桥”。

圆明园所在的北华家屯地势低洼，虽费劲心思营造，开湖堆山，极尽精巧，终不免“正畏非其地而强为其地，非其山而强为其山，虽百般精而终不相宜”的结果，这正是乾隆皇帝《御制圆明园后记》宣布永不再建新园，后再推翻前言、自我解嘲，兴建清漪园（即今之颐和园，后有瓮山，前有瓮山泊，西借玉泉山、稻田、西山）的根本原因。

（二）大观园的性质与规模

大观园为迎接元妃省亲而建，规模宏大，《红楼梦》第十六回“贾元春才选凤藻宫　秦鲸卿夭逝黄泉路”中称：“从东边一带，借着东府里花园起，转至北边，一共丈量准了，三里半大，可以盖造省亲别院了。”

这个“三里半大”指的是园林用地的四周周长。

可以作为大观园大小参考的类似风格的皇家园林，是康熙二十六年（1687年）二月二十二日皇帝首次驻跸的海淀御园畅春园。据史料记载，畅春园四面周长在六七里间，占地面积七百五十亩上下，则大观园的占地面积当在三百余亩上下，远超过达官显贵海淀园林五六十亩的规模，自当为皇家园林的有意缩小版写照。

（三）大规模堆山与理水：大观园的基本风格与造园方法

大观园为大规模平地造园式园林。

按照传统造园理念，平地造园需要挖湖堆山，挖湖堆山则要园林的大面积，故南方园林狭小，多不能堆山，不过点缀山石而已。在模拟自然山川基础上，还要沟通溪流湖泊，形成流动的空间。《红楼梦》第十七回“大观园试才题对额　荣国府归省庆元宵”：

忽见柳阴中又露出一个折带朱栏板桥来，度过桥去，诸路可通，便见一所清凉瓦舍，一色水磨砖墙，清瓦花堵。那大主山所分之脉，皆穿墙而过。

“大主山”处，“庚辰双行夹批”云：“两见大主山，稻香村又云怀中，不写主山，而主山处处映带连络不断可知矣。”

不仅稻香村、蘅芜苑或在山怀，或主山之脉穿墙而过，大观园中各景点基本都有土山环绕。怡红院前与大门之间是大山，后与栊翠庵隔山而处，芦雪广也是盖在傍山临水河滩之上。

山是园林的骨架，水便是园林的血脉。大观园中，土山处处，水可行舟，在明清时代，只有康雍乾嘉时代海淀畅春园、畅春园附园西花园、圆明园并这一带敕赐、敕建园林有此面貌（城内园林不准引三海水，且面积狭小；三海则全是大面积湖面园林）。

不过，大观园面积虽大，但建筑空间却相对集中（园中居住宝玉、诸小姐早晚要给贾母请安），主要集中于大主山及分脉及大观园沁芳溪流前后位置。

大观园广阔的面积为山川溪流占据，并有大规模的林地、园地。林黛玉形容大观园中稻田为“十里稻花香”，或者用典，或者夸饰，但考虑大观园三四百亩的面积，有大面积田地是很正常的。

《红楼梦》第四十五回“金兰契互剖金兰语　风雨夕闷制风雨词”中，王熙凤对李纨说：“老太太，太太还说你寡妇失业的，可怜，不够用，又有个小子，足的又添了十两，和老太太、太太平等。又给你园子地，各人取租子。”这里，明确说到大观园中有“园子地”，其地出租，地租归李纨母子所有。

（四）大观园中的炕与竹、梅、湖产

贾府、大观园中多炕，故生活起居多于炕上。林黛玉一入京师贾府，就见贾府人家生活起居与炕的紧密关系：

老嬷嬷听了，于是又引黛玉出来，到了东廊三间小正房内。正房炕上横设一张炕桌，桌上磊着书籍茶具，靠东壁面西设着半旧的青缎靠背引枕。王夫人却坐在西边下首，亦是半旧的青缎靠背坐褥。见黛玉来了，便往东让。黛玉心中料定这是贾政之位。因见挨炕一溜三张椅子上，也搭着半旧的弹墨椅袱，黛玉便向椅上坐了。王夫人再四携他上炕，他方挨王夫人坐了。

实际上，在京师贾府中，尊者坐炕，卑者坐椅。第二十三回“西厢记妙词通戏语　牡丹亭艳曲警芳心”中写道：“只见贾政和王夫人对面坐在炕上说话，地下一溜椅子，迎春、探春、惜春、贾环四个人都坐在那里。”

至于大观园中诸多的竹林、梅花、水产如芡实、莲藕，乍看起来是南方特产。实则不然，这些物产在传统时代的北京（明清时代，北京环城尽水，尤其是西郊一带，湖泊溪流纵横），尤其是在皇家园林里，都可以生长。潘荣陛《帝京岁时纪胜》(序署款乾隆二十三年）六月“时品”：

河藕亦种二：御河者为果藕，外河者多菜藕。总以白莲为上，不但果菜皆宜，晒粉尤为佳品也。且有鲜菱、芡实、茨菇、桃仁，冰湃下酒，鲜美无比。其莲藕芡菱，凉水河最胜。[①]

本来，北京大面积竹林，主要生长在西直门西的紫竹院、京西樱桃沟（前者有小温泉，后者三面环山，泉水丰沛），但皇家园林中，通过堆山成岭，改造小气候，竹子、芭蕉、梅花等皆能生长。

室外梅花开放，南方一般在农历十二月底、一月，北方要在二月，故十二月花神，二月为梅花神。而在《红楼梦》第四十九回“琉璃世界白雪红梅　脂粉香娃割腥啖膻”中，曹雪芹写大观园十月底、十一月初梅花开放之事（薛蟠十月十四日离开北京南下，薛宝琴等随之入京）：

一面忙起来揭起窗屉，从玻璃窗内往外一看，原来不是日光，竟是一夜大雪，下将有一尺多厚，天上仍是搓绵扯絮一般……于是走至山坡之下，顺着山脚刚转过去，已闻得一股寒香拂鼻。回头一看，恰是妙玉门前栊翠庵中有十数株红梅如胭脂一般，映着雪色，分外显得精神，好不有趣！

① 潘荣陛、富察敦崇著：《帝京岁时纪胜 · 燕京岁时记》，北京古籍出版社，1981年。

按大观园中红梅开放时间，似乎南、北方都不符合，但是，如果把此时梅花盛开放到大观园的实际上中考量，就有合理的解释。

在大观园中，有一大主山，位于稻香村周边，向东侧延伸至栊翠庵、怡红院一带，而栊翠庵东侧、东北侧（贾芸种树、宝黛葬花处）都是山岭纵横。又从东北山坳子里分流，入稻香村，并蜿蜒至怡红院。这就造就了栊翠庵一带山环水抱，即便冬季，也能够阳光充沛、空气温度湿度合宜，如果碰上合适的年份（温度较高），梅花即得以在十一月前后开放。

至于吴世昌先生所谓的元宵节，湖水不冻，非南方不可。

实际上，这个问题与北方园林中是否能生长竹子、芭蕉、梅花一样，都是因为对北京海淀皇家园林情形不解造成的误会。

海淀园林皆引泉水成就湖泊溪流，不论是畅春园、圆明园引用的万泉庄泉水，还是清漪园引用的玉泉山泉水，都泉水众多，水量丰沛，常年流淌，尤其是冬季，泉水温度反而高于空气温度，从无冰冻之景象，园林中，水深一米上下，即不冰冻，自然可以行舟，乾隆甚至冬季雪中乘船前往玉泉山。

九、结语:《红楼梦》的细致赏析应注意小说的模糊性书写与细节式暗示

（一）文学的赏析不应忽视作者的见闻与学养

文学、艺术来源于作者的生活见闻，这种见闻既可能是亲身经历，也可能出于亲友的亲见亲闻的转述，也可能出于对古籍文献的亲身见闻。

正因为如此，作者笔下文字才能真实、细腻，有切实的感染人、感动人的能力。这正是我们在理解经典作品时，既要关注其文学的天才技法，也不忽略作者学养、生活、见闻的原因。

南京是作者的童年记忆，是家族荣耀的过往，这些难以忘记的历史在《红楼梦》中只是作为一个不时出现的名词。

与南京相反，北京是曹雪芹 14 岁以后日日生活的地方，这里平常的、特别的见闻既是他的生活，更是他创作的元素，甚至原型。

（二）应该关注《红楼梦》的模糊化描写技法与细节表述

在《红楼梦》写作中，曹雪芹尽量避免以往作品将时间、地点具体化

的叙述，采用中国传统绘画“烟云模糊”的写作手法，力图在文字表面制造混乱、模糊。

实际上，在作者的心里，小说的时间、空间都是极其清楚的，这就是《红楼梦》假语村言和追踪蹑迹、不失真传的辩证关系。

曹雪芹在《红楼梦》创作的细节处不时点题，在看似混乱的南京、扬州、苏州、金陵、京师、长安、神京概念变化中，隐写了故事的发生空间。

对这些苦心造诣的理解，不仅需要系统文本的系统阅读，更需要细节阅读，同时，对那一时代作者生活空间、见闻、民俗等相关知识的了解，则是文本阅读不可或缺的基础。

清代京师满汉祭祀与《红楼梦》五十三回贾府祭祀书写

——从曹雪芹家族的身份、风俗说起

一、引言:《红楼梦》五十三回贾府祭祀书写与曹雪芹旗籍、认同

《红楼梦》对满汉祭祀的书写，早已引起学界关注，且多有研究文章书籍，近年来尤多，文章、书籍虽多，多大而化之，笼统而论，语焉不详，唯1982年著名清代北京风俗研究专家邓云乡先生的《〈宁国府除夕祭宗祠〉诸礼非满洲礼仪辨——与赵冈先生商榷》一文翔实可观。

先是，台湾著名史学家赵冈《考红琐记》一文中“红楼梦中糅合满汉礼仪”(台湾《中国时报》1980年12月28日)，引《帝京岁时纪盛》“送灶神后……神堂悬影”文字，指出这“是描写满人年关祭祖的礼仪。其主要区别是‘悬影’一词，悬影就是悬挂影像”，汉人祭祀神主、满人祭祀影像(画像)，故《红楼梦》第五十三回“宁国府除夕祭宗祠　荣国府元宵开夜宴”中贾母在正堂祭祀“宁荣二祖遗像”一段文字是写满人生活。

邓先生《〈宁国府除夕祭宗祠〉诸礼非满洲礼仪辨——与赵冈先生商榷》一文引明末《帝京景物略》(明末刘侗、于奕正撰)“三十日……悬先亡影像”、康熙时张茂节编《(康熙)宛平县志》“三十日，悬先亡像”等资料，证明祭祀影像并非满人特有礼仪，而是汉人遗风，后被满人袭用，不能用以证明曹雪芹做此书写“有用满俗的用意”。

邓先生此文引文直接有力，一举驳倒赵说；不过，邓说虽然有力，但就近些年的相关《红楼梦》信仰、祭祀、曹雪芹家族部族属性、清代文学、风俗等的写作和研究情况来看，邓文的结论、价值明显被“有意无意”地

忽略了：后出诸文或者特意强调拜影为满洲特有习俗，或者仅谈拜影为满洲习俗，而不言此为满汉通用习俗。

另外，邓先生此文论证虽足，相关“辨析”却存在不少问题。当然，这与学界当年对曹雪芹相关知识的了解有限也有关系，如对曹雪芹旗籍、曹雪芹的生活、曹雪芹生活环境等，也与邓先生对现实（历史事实）与文学之间的理解过分固化有关。

邓文引满洲人福格《听雨丛谈》“八旗汉军祭祀，从满洲礼者十居一二，从汉军礼者十居七八；内务府汉姓人多出辽金旧族，如满洲礼者十居六七”文字，指出曹雪芹为汉军旗，故《红楼梦》中相关祭祀为汉俗。[①]

实际上，曹雪芹的家族旗籍问题非常复杂。在邓先生之前，即有正白旗包衣、汉军、满洲诸说法，而邓先生“径以”曹为汉军，并以之与“八旗汉军祭祀，从满洲礼者十居一二，从汉军礼者十居七八”互相印证，认为《红楼梦》中拜影之俗系汉人祭祀所有。

这就犯了知习俗而不知制度的错误。因为曹雪芹家族是“内务府汉姓人”，按照福格所云，他们家的习俗倒是应该“如满洲礼者十居六七”的。

打一个比方，如果《红楼梦》中的贾府祭祀描写是美丽的花朵，曹雪芹的社会认知、心理认同即是花木，而曹雪芹的身份、环境、交游、社会等诸多因素就是生长花朵的土壤。不知土壤无足以言花朵，至少不足以准确地言及，邓先生之论《红楼梦》的祭祀习俗与来源即犯了此等错误。

二、曹雪芹家族旗籍属性的研究和分歧阐释

（一）曹雪芹身份的复杂性与学界的相关考察

曹雪芹的身份极其特殊，这不仅体现在相关资料的记录上，更反映到他们的法律身份和享受的实际待遇上。

早在 1921 年 4 月 19 日，《顾颉刚答（胡适）书》中即引《八旗满洲氏族通谱》卷七十四“附载满洲旗分内之尼堪姓氏”记载，谓曹雪芹家族为

---

① 《红楼梦学刊》1982 年第 1 期。

“正白旗包衣人”。[1] 裕瑞《枣窗闲笔》则谓曹雪芹：“曹姓，汉军人。”[2] 康乾时期各地方志则多载曹寅家族为“满洲”，如《扬州画舫录》卷二即称曹寅为“满洲人”[3]；晚清诸多记载中则多谓其为“汉军”。

1953年，周汝昌《红楼梦新证》引郭则沄《知寒轩谭荟》稿本“国初罪犯免死为奴者……其内务府包衣旗颇有由汉人隶旗者”文字，指出曹家即是内务府包衣，并引《八旗满洲氏族通谱》“凡例”之“乾隆五年十二月初八日奏定：‘蒙古、高丽、尼堪、台尼堪、抚顺尼堪等人员从前入于满洲旗内，历年久远者，注明伊等情由，附于满洲姓氏之后’”文字，指出：

> 曹家在（《通谱》）卷七十四，即是在“附载满洲旗分内之尼堪姓氏”这一类目之下的。“尼堪”是满语“汉人”之义，但在这里是满洲旗内之汉姓，并非汉军旗。[4]

从学术史上说，周汝昌指出的曹家系“满洲旗内之汉姓”这一点非常重要，在近一百年的红学史上具有里程碑式的意义，这一关于曹家属性的定位不仅开启了曹雪芹旗籍、身份表述的新时代，也为曹雪芹、《红楼梦》研究的“满洲”属性及曹雪芹的文化认同的多样性真正打开了大门。

当然，如何区别、解释“包衣人”“汉军”“满洲”之间的矛盾，在当时还是没有“完全”解决的问题，而邓先生径选了“汉军”，忽视《八旗满洲氏族通谱》和周汝昌的结论，这就导致了他对曹雪芹身份、信仰和书写论证的有力和辨析的无力。

曹雪芹及其家族的属性，资料记载中存在包衣人、汉军人、满人诸种说法，这些问题如何解释，尤其是称其为内务府汉军的说法应该如何解释，都需要引用制度进行说明，这一点直到中国第一历史档案馆研究人员张书才先生的相关文章出现才算得到解决。

---

① 《顾颉刚答书》，宋广波编校注释：《胡适红学研究资料全编》，北京图书馆出版社，2006年。

② （清）富察明义、爱新觉罗·裕瑞撰：《绿烟琐窗集·枣窗闲笔》，上海古籍出版社，1984年。

③ 胡适：《红楼梦考证（初稿）》，宋广波编校注释：《胡适红学研究资料全编》，北京图书馆出版社，2006年。

④ 周汝昌：《红楼梦新证》，棠棣出版社，1953年。

（二）张书才对曹雪芹旗籍、身份表述（内务府汉军）的考证

邓云乡文发表于《红楼梦学刊》1982年第1辑，半年后（当时《红楼梦学刊》为季刊），张书才作《曹雪芹旗籍考辨》一文。

张文引雍正七年（1729年）十月初五日内务府总管、庄亲王允禄等奏请补放内务府三旗参领折“尚志舜佐领下护军校曹宜……原任佐领曹尔正之子”、乾隆元年《内务府正白旗佐领管领档》“正白旗内务府第五参领第三旗鼓佐领：原系顺治元年时令佐领高国元管理，已故，佐领曹尔正管理……佐领曹寅管理……内务府总管兼佐领尚志舜管理”，证明曹雪芹家族为“内务府正白旗包衣汉军”，而不是“正白旗满洲包衣管领下人”。

张文又引康熙《大清会典》卷一五〇页九《内务府二·会计司·三旗经管钱粮》“顺治元年令：‘原给地亩之人并带地投充人，归并于汉军佐领下’”、卷一五三页一“内务府五·都虞司”“凡三旗护军：‘内务府满洲佐领下设护军十五名，汉军佐领下设护军十名’”，指出内务府中既有满洲又有汉军，曹家之内务府正白旗包衣汉军，因而既不是纯粹的满洲人，也不是普通的汉军旗人。[①]

此文虽不言及曹家习俗和《红楼梦》中相关书写，但对曹家旗籍、身份的考证，却成为了“打倒”邓云乡文章“曹雪芹为汉军旗，书中所写习俗自为汉俗的结论”的“有力证据”——邓先生逝世于1999年，这篇文章应该看过的，但未见其就这一问题再作阐述。

（三）张书才、周汝昌关于曹家是否属于“满洲”的争论与问题所在

1983年，张书才引新发现的雍正七年《刑部移会》“雍正七年五月初七日，准总管内务府咨称：‘查原任江宁织造员外郎曹頫，系包衣下人，准正白旗满洲都统咨查到府’”[②]等文字，指出“曹頫乃内府世仆，正白旗包衣旗鼓佐领下人，隶于内务府”。[③]

此文结论与上年的《曹雪芹旗籍考辨》并无二致，实际上是重申曹家与内务府的关系。不过，此文引起了周汝昌的注意，周即作《献芹新札》，

① 张书才：《曹雪芹旗籍考辨》，《红楼梦学刊》1982年第3期。

② 张书才、王道瑞、俞炳坤：《新发现的有关曹雪芹家世的档案》，《历史档案》1983年第1期。

③ 张书才：《新发现的曹頫获罪档案史料考析——关于曹頫获罪的原因与被枷号及其家属回京后的生活状况和住址问题》，《历史档案》1983年第2期。

指出张文所引“原任江宁织造员外郎曹𫖯，系包衣下人，准正白旗满洲都统咨查到府”，恰恰证明曹雪芹家族系“正白旗满洲旗的内务府包衣佐领下人”。[①] 张书才遂又作《再谈曹𫖯获罪之原因暨曹家之旗籍》，重申自己观点，作为回应。[②]

二人争论的焦点主要集中是曹雪芹家族是满洲人，还是汉人。张书才认为，周汝昌不了解汉军旗与包衣汉军的区别，殊不知周汝昌在《红楼梦新证》1953年版中就极力区别二者的关系；周汝昌则认为，张书才弄不清汉军旗与内务府、满洲旗的关系，殊不知张的文章中极力区别正白旗满洲、内务府包衣满洲和内务府包衣汉军的区别。

本来非常简单的事情，二人却颇有争执，原因出在哪里呢？

固然因为曹家身份的多重性、特殊性，但更多的与二人的立足点不同有关：周汝昌极力强调曹家为满洲旗籍、与满洲人的紧密关系，而张书才则极力强调曹家是汉人血统，与内务府满洲人等、与正身满洲固然不同

必须指出的是，满族、汉族的概念不应用于曹雪芹身份的表述，因此这种概念系清末按照欧洲“nation”（民族）之意传入，曹雪芹时代并无此种说法，且近现代史上的“满族”成分复杂，绝非曹雪芹时代“满洲”组成。[③]

因此，此一问题看似简单，却因涉及清代旗人中的诸多概念，更涉及内务府包衣人的法律地位与实际地位，涉及内务府包衣人的管理体制，当然也涉及现当代以后我国的民族政策。

（四）情况“复杂的”内务府包衣汉军

固然，曹家既不是正身满洲人，也不是内务府满洲人，但这只是就血统和法律地位而言的，但曹家的旗籍又确实在满洲旗内，只不过不是在一般正身满洲所在的满洲旗份内，而是在内务府所在的满洲旗份内罢了。

作为负责皇帝后勤的特殊部门，内务府人员旗籍在满洲旗内（旗籍属性），但直接管理却由内务府大臣（包衣属性）管理。刘晓萌《清代北京旗

---

① 周汝昌：《献芹新札》，《红楼梦学刊》1983年第3期。

② 张书才：《再谈曹𫖯获罪之原因暨曹家之旗籍》，《历史档案》1986年第2期。

③ 樊志斌：《满洲、包衣、旗人、满族：曹雪芹“身份表述”中的几个概念》，《红楼梦学刊》2014年第5期。

人社会》在论及内务府旗人情形写道：

> 旗鼓佐领下人在内务府的仕进与满洲人同，升至九卿，亦占满缺。在《八旗满洲氏族通谱》中，他们被列入“满洲旗份内汉姓人”，在《八旗通志初集》中，他们被列入满洲官员志，而八旗汉军，则别列一门。因此，又可将其视为八旗内部满洲化程度最高的汉人。[①]

这种与满洲人血统不同却旗籍相同的现实矛盾，使得曹雪芹家族这般的内务府汉人成为满洲旗份内的特殊群体，一个有双重机构（内务府总管、正白旗满洲都统）管理的人群。

这就是雍正七年《刑部移会》中，内务府汉军曹家有事，需要“总管内务府咨称：查原任江宁织造员外郎曹頫，系包衣下人，准正白旗满洲都统咨查到府”的原因。

而在清朝崛起初期即与满人长期生活的情况、加上与满人世代婚姻、交往的历史，即便曹家人熟读汉人典籍，他们在思想意识、祭祀礼仪上，仍相当程度地与满洲相近。

三、当文学遇上现实：《红楼梦》中的相关书写的矛盾性与现实性元素来源疑问

（一）邓云乡对《红楼梦》祭祀习俗书写归属“辨析无力”源于对曹雪芹身份与交游不明

邓云乡先生文“辨析的无力”，不仅仅是他对曹雪芹身份的简单划分和认同上，对于曹雪芹笔下的信仰仪式是满俗，还是汉俗，还是满汉通用？曹雪芹是如何将其化用并记录于作品中的，清代京师显贵如何看待其描写等讨论，也颇为简单化。

通过学术史的回顾，我们知道，曹雪芹与其家族都是满洲旗份下由内务府管理的包衣汉人，多为关外俘虏而来，与满洲亲近日多，故习俗多依

① 刘晓萌：《清代北京旗人社会》，中国社会科学出版社，2008 年。

满洲；而满人入关前后，通过对汉俗的吸收，形成了与本部族原有习俗结合的“新满俗”。因此，曹雪芹笔下的相应“满汉习俗”描写必然与曹雪芹自己的生活更有关系，而不是与他对汉人习俗的典籍记载的了解和观察更近。

这一点，当然又和曹雪芹的亲属、交游、信仰、祭祀诸多活动相关，又与曹雪芹有意泯灭《红楼梦》的写作年代的“模糊”手法有关，也和素材与文学写作过程中元素形象的变异有关。

如果不知道这一些，简单的将《红楼梦》中的认同、祭祀习俗归结为满俗、汉俗，或者考察在清朝以前那些少数民族习俗即已存在，非满俗独有，并无益于曹雪芹生活、思想的理解，更无益于《红楼梦》文本的深入赏析和研究。

（二）《红楼梦》五十三回对贾府祭祀的书写与疑问

《红楼梦》第五十三回“宁国府除夕祭宗祠　荣国府元宵开夜宴”将贾府祭祀分作两个部分，先是贾氏宗祠的祭祀：

> 贾母有诰封者……到宁国府暖阁下轿……引入宗祠……里边香烛辉煌，锦帐绣幕，虽列着神主，却看不真切。只见贾府人分昭穆排班立定：贾敬主祭，贾赦陪祭……礼毕，乐止，退出。

明确说到，贾氏祠堂供奉木主；且祠堂祭祀没有女人参与。然后，是对贾母主持的正堂祭祀的描写：

> 众人围随贾母至正堂上，影前锦幔高挂，彩屏张护，香烛辉煌。上面正居中悬着宁荣二祖遗像……槛外方是贾敬贾赦，槛内是各女眷……贾蓉系长房长孙，独他随女眷在槛内，每贾敬捧菜至，传于贾蓉，贾蓉便传于他妻子……王夫人传于贾母，贾母方捧放在桌上。邢夫人在供桌之西，东向立，同贾母供放。直至将菜饭汤点酒菜传完……左昭右穆，男东女西。俟贾母拈香下拜，众人方一齐跪下。

这一处描写有以下几个特点：

正堂祭祀影像；

正堂祭祀，男女皆与，位置上，女人在槛内，男人在槛外——贾蓉因为长房长孙的原因，才能跟随女人在槛内；

男女排列位置为男东女西；

贾母不仅负责传菜，还要拈香下拜。

谈论此处描写非满俗的学人，不仅需要考证神主、影像都系汉人风俗，而满人则借用了影像这种历史事实，还要考虑曹雪芹“何以”将贾府的木主和贾府的影像分堂祭祀？何以要让女性在正堂祭祀中在槛内活动？这种安排是就汉俗进行的文学化描写，还是就满俗进行的文学化描写？这种描写具有怎样的作用等诸多问题。

（三）戚蓼生序本《石头记》对本回祭祀礼节的关注

本回祭祀典礼描写，戚蓼生序本《脂砚斋重评石头记》的“批语”给予了特别的关注，回前总批云：

除夕祭宗祠一题极博大，开夜宴一题极富丽，拟此二题于一回中，早令人惊心动魄。

不知措手处，乃作者偏就宝琴眼中款款叙来，首叙院宇匾对，次叙抱厦匾对，后叙正堂匾对，字字古艳。

槛以外，槛以内，是男女分界处；仪门以外，仪门以内，是主仆分界处。献帛献爵择其人，应昭应穆从其讳，是一篇绝大典制。

文字最高妙是神主看不真切，一句最苦心是用贾蓉为槛边传蔬人、用贾芷等为仪门传蔬人，体贴入微。

噫！文心至此，脉绝血枯矣。是知音者。①

这段文字，除了对《红楼梦》文学技法上的赞扬，如将祭祀、夜宴合于一题，如以宝琴眼光来看等，但是值得注意的是，批语对“一篇绝大典制”和具体描写“体贴入微”的赞颂上；又，批者自诩自己是“知音者”。

① 吴铭恩汇校：《红楼梦脂评汇校本》，浙江古籍出版社，2108 年。

可见，曹雪芹这篇祭祀文字的描写绝非仅仅有场面、有架构，写作生动而已。那么，作批者对此“典制”描写的赞颂主要针对的是什么呢？

四、当现实遇到文学：曹雪芹的生活、祭祀与《红楼梦》中描写

毫无疑问，在曹雪芹生活的时代，在汉文化圈，女性是不能参与到祖先祭祀之中的。

那么，曹雪芹将贾母等一干贾府妇女置于槛内、贾母主祭，是出于怎样的考量，才做这般描写呢？这就要考察曹雪芹作为内务府汉军人，能够直接了解到的现实祭祀样式如何。

（一）满洲独有祭祀中的妇女

虽然汉人祭祀既有木主又有影像，但满人不设木主，对影像的重视程度更甚，尤其是皇家与王府。

除了满汉通用的信仰和祭祀外，满人还有其特有的诸多祭祀形式，如祭天（祭庭院神杆）、祭祖（祭祀室内祖宗板子）、祭神（佛、菩萨、关帝及各种神如生殖神佛陀妈妈，即祭祀柳树）等。

皇家祭祀场所，除传统的天坛、地坛、日坛、月坛、社稷坛、先农坛、太庙、奉先殿外，还有满洲独有的堂子祭祀、坤宁宫祭祀。乾隆十二年（1747 年），皇帝敕命撰写的《满洲祭神祭天典礼》卷一载满洲祭神习俗的沿革、司祝诸事云：

> 我满洲国自昔敬天与佛与神，出于至诚，故创基盛京，即恭建堂子，以祀天，又于寝宫正殿恭建神位，以祀佛菩萨、神及诸祀位。

入关后，“大内及王、贝勒、贝子、公等均于堂子内向南祭祀，至若满洲人等，均于各家院内向南以祭”。

堂子祭祀分作亭式殿祭祀、尚锡神亭祭祀、院内立杆大祭等；皇宫内的坤宁宫（皇帝、皇后大婚合卺处，西间祭祀、东间为皇后住处）祭祀则分作大祭、四季献神、月祭、日祭等。日祭中又分为朝祭、夕祭、背灯祭。《钦定满洲祭神典礼》解释道：

> 建立神杆以祭者，此皆祭天也；凡朝祭之神，皆系恭祀佛、菩萨、关帝；惟夕祭之神，则各姓微有不同，原其祭祀所由，盖以各尽诚敬，以溯本源，或受土地山川神灵显佑默相之恩而报祭之也。[①]

夕祭，需要萨满诵神歌、摇腰铃、作舞，并有琵琶、三弦、鼓等伴奏。《清会典事例》载，坤宁宫朝祭释迦牟尼佛、观世音菩萨、关圣帝君；夕祭穆哩罕神、画象神、蒙古神。在夕祭结束后，进行背灯祭，以青绸遮蔽窗户，只留参与祭祀的妇女和击鼓太监、司祝萨满。[②]

王府中，家庙即是影堂，普通旗人在房屋外间西墙上置祖宗板子，则《红楼梦》中贾府祭祀分作祠堂（家庙）、正堂两处，其意义似乎不甚简单。

此外，值得注意的是，清朝初年的祭祀中，除祭祀神杆（祭天）外，妇女都是祭祀的主要力量（祭祖、祭神），而背灯祭（祭祀佛陀妈妈等生殖神）则只有妇女参加。

另外，清初宫廷祭祀中的司祝（萨满太太）、赞祀女官、司香妇等各种名目人员多为妇女。《钦定满洲祭神典礼》卷一页九记载：

> 凡满洲各姓祭神或用女司祝，亦有用男司祝者，自大内以下闲散宗室、觉罗以至伊尔根觉罗、锡林觉罗姓之满洲人等，俱用女司祝以祭。从前，内廷主位及王等福晋皆有为司祝者，今大内祭祀仍拣择觉罗大臣、官员之命妇为司祝，以承祭事。

关于满洲妇女司祝的数量，顺治朝，司香妇长六人、司香妇二十四人，萨满太太上香时，负责点香；萨满太太献酒时，负责给萨满举台、献酒后将台放回原位等；萨满太太举刀祝词时，负责递刀等。[③]

至于民间祭祀，吉日当天朝祭，主妇跪在西炕沿下北面，黑爷（神猪）领来后，主妇举净水或酒杯默祷，递给主祭的男人（跪在西炕下南面）；夕祭时，则主妇跪在北炕沿下西面，主祭男人跪在北炕沿下东面，也是先由

---

① （清）允禄等：《钦定满洲祭神祭天典礼》卷一，台湾文海出版社，1969 年。

② 转引自王树卿：《紫禁城通览》，紫禁城出版社，1997 年。

③ 周虹：《满族妇女生活与民俗文化研究》，中国社会科学出版社，2005 年。

主妇举净水、酒杯默祷，递给主祭男人祷告。

因此，不管是皇宫、王府，还是普通旗人祭祀，祭祀中妇女的位置、举动、先后等，体现了满洲中固有的、不同于汉人的传统。

反过头来，再看《红楼梦》对贾府正堂祭祀中贾母与诸妇女在槛内、贾母捧菜放在桌上、男东女西等细节的描写，我们似乎可以看出其现实中的皇家、满洲元素来。

（二）曹雪芹的生活、所见所闻与现实元素的“模糊化使用”

众所周知，雍正六年春夏之交，曹雪芹随家族回到京师，居住于崇文门、正阳门外鲜鱼口、蒜市口交界处一套十七间半的房子内，除了他自己外，与其同住的还有他的祖母李氏、他的妈妈马氏、他的婶母、堂弟，当然，还有皇帝赐还的“三对奴仆”。

曹雪芹的两个姑母都经皇帝指婚嫁给王爷为嫡福晋，其中长姑母嫁平郡王纳尔苏，平王府即在距离蒜市口不远的紫禁城西南地方（今西城区新文化街西口路北）。

又，平郡王、礼王、顺承郡王三大铁帽子王同出于礼亲王代善一支。参赞大臣傅鼐系曹雪芹姑祖父，为雍正皇帝为亲王时潜邸旧人，曹家古籍多转移至其家；曹雪芹舅爷李煦虽然被抄家、发遣宁古塔，但其兄弟辈仍有任职畅春园、奉宸苑诸衙门的。正如《儿女英雄传》第二二回所言：“咱们八旗，论起来，非亲即友。”[①]

所以，不管就曹雪芹家族这种内务府包衣人的信仰、祭祀而言，还是就曹雪芹姑父平郡王家族、亲戚的信仰、祭祀而言，曹雪芹对满洲祭祀中妇女的位置、角色都应该是清楚的，在写作中，将这种认知加以文学处理、写入作品再正常不过。

但是，曹雪芹坚持了“取其事体情理”的写作原则、不“拘拘于朝代年纪”，有意地模糊了小说的地点、时代，将满汉习俗、南北习俗进行了文学性的混合、虚构使用，将贾府宗祠“供着祖宗”（神主）和正堂上的“影像”分开，将宗祠里的男人祭祀与正堂上妇女主祭分开，很明显地将满汉祭祀混合使用、有意分别。

---

① （清）文康著：《儿女英雄传》，岳麓书社，2016 年。

这正是一般旗人亲贵感到熟悉、将《红楼梦》视为旗人文学的原因；但二百年后，不熟悉这种旗俗的后人在阅读这段祭祀文字时，却容易产生疑惑。

五、《红楼梦》与清代旗俗、北俗：谈《〈红楼梦〉中的北俗》的原则与意义

研究《红楼梦》的习俗问题是极其困难的，历来研究之所以存在不少问题，即在于将《红楼梦》、曹雪芹的问题看得过分简单，没有细致区别其中现实与文学关系，没有细致划分其中的满汉关系、其中独有特点与一般共性的关系。

1980年，著名满学家金启孮先生先后发表了《〈红楼梦〉中的北俗（上）》《〈红楼梦〉中的北俗（下）》二文，对《红楼梦》中习俗问题有比较精辟的见解，其观点大概有三：

（一）北俗与南俗

在文章中，金先生用“北俗”（即满俗，也包括蒙古、达斡尔所使用的风俗，故云北俗）二字概括《红楼梦》中的相应习俗描写，并指出：

> 著者既为北方汉族且久已满化，但又长期居住江南，自然南、北风俗对著者都有影响，既不可偏执一说，也不应主观臆断。本文虽专论北俗，但决没有否定南俗影响之意。

金先生父亲一支系乾隆五子永琪后代，母亲一支系蓝靛厂外火器营翼长后裔。金先生不仅一生研究满洲旗人习俗，更亲历民国初年满俗延续，经历西郊地区保持较好的乾隆时期京师风俗（蓝靛厂外火器营、香山健锐营皆乾隆中叶前所建，远离京师，保持原始满俗较好），故其所举之《红楼梦》中发式、服饰、饮食、交通、语言、礼节等，可以确定为清代旗人所有，为曹雪芹所见所闻。

（二）高明作家与作品书写风俗中的虚构问题

金先生不仅公允地谈到了《红楼梦》风俗研究中应该南俗、北俗并重问题，还指出：

却有一点值得提出，即《红楼梦》除真实的南、北风俗反映之外，对服装、称谓等尚有虚构的成分在内，这一点似乎过去提到的人还不多。

之所以如此，即在于“大凡文学作品都要经过艺术加工，往往著者的文学修养越高，书中艺术加工的比重越大。文学修养较低、甚至很低的著者，虽想进行素材的艺术加工而力不从心，只好就真实背景如实地笔录下来”。

金先生还以《再生缘》《施公案》为例，说明作者文学修养能力越低，则描写越同于现实，而《红楼梦》与这种情况恰恰相反：

由于著者曹雪芹文学修养很高，总的来说他虽然不能脱离当时的客观存在来进行描写，但由于文学艺术加工较多，有的地方甚至令人感到他要回避某些东西，也进行了艺术加工。这就令读者坠入五里雾中，分不清客观的真实和艺术的虚构。这种混淆随着时间的推移，越来越使后人难于分辨。①

时间距离20世纪80年代已经过去了将近40年，但金启孮先生文中提出的关于《红楼梦》风俗研究原则和结论仍然具有极强的指导作用。

（三）金启孮先生“北俗研究”的问题：所谓“满俗”的复杂性

金先生所言《红楼梦》中的“北俗”，更多的是指满俗。学界或谓，《红楼梦》中部分习俗描写，早在辽金时代，北疆部族亦多用之，此观点固然不无道理，但就曹雪芹而言，取才于身边，还是专门考察古籍、取材于古代，其方便性、真实性、细腻性，不言自明，不必争论；倒是金先生所云“满俗”中对汉元素影响的估计或有忽略或有未及言明处。

必须承认的现实是，所谓满洲礼中，除了其部族独有的外，某些地方也夹杂了不少的汉俗，这是因为在满洲早期发展过程中（浮海出关谋生人民和投降金国兵丁）和入关掳掠过程（皇太极五次入关，掳掠大量山西、

① 金启孮：《红楼梦中的北俗》（上），《学习与探索》1980年第4期。

河北、山东居民而还）中，大量汉人成为满洲家族的管家、厨师、教师、马夫等，他们的习俗影响到满洲习俗和相应习俗的汉化，故而，诸多习俗为满汉通用，无法说清是谁的、不是谁的，除非那些本部族有、他部族无的习俗，可以规定为特定风俗，但这一点是极难的，论证者多能说明此俗为自己研究对象所有，难以说明此俗其研究对象之外就没有。

因此，在讨论《红楼梦》的信仰、习俗时，当然可以就文本与习俗进行对照，认为哪些习俗描写有某族使用的现实依据，但在界定其到底为“满俗”还是“汉俗”时则需要极其谨慎，除非能够证明其他部族没有，不能简单的定位“某俗”——这一原则，同样适用于《红楼梦》中语言归属地域和部族的研究。

一切伟大都以普通作为标准，一切独特都以“相区别”为前提。

我们致力于《红楼梦》中“元素的寻觅”，正是要通过寻找曹雪芹所见所闻所熟悉的事物，并将其与作者文学虚构下的形象书写进行对照，力图“真正发掘”而不是泛泛而指曹雪芹这一文学天才的伟大之处。

《红楼梦》中年龄、时间叙述不误

——兼谈《红楼梦》传抄中出现的“数字错讹”与故事讲述的“模糊化书写”

历来认为,《红楼梦》中时间和人物年龄的叙述是混乱的。

存在这样认知的缘故是，小说中不少时间、年龄似有不协调之处。一般解释为，作者精力有限，未能实现文本叙述上的细节统一，是文学中的常见现象；或者解释为,《红楼梦》在文本转化过程中（或者认为《红楼梦》系早期二书合成，或者认为《红楼梦》系从他书修改而来），二书写作对象年龄不一，曹雪芹未能将原本与《红楼梦》的年龄书写修改协调。

那么，我们通常认为的“《红楼梦》中关于时间和年龄的叙述是混乱的”这一判断是否正确呢？或者换一种说法，曹雪芹对他笔下人物的年龄和时间叙述是否清醒呢？如果我们认为《红楼梦》中年龄、时间叙述矛盾这一结论并不成立，那么,《红楼梦》中那些“看似”混乱的时间和年龄问题又该如何解释呢？

本文拟通过对书中“准确”时间和“确切”年龄为基点，结合《红楼梦》传播过程中出现的“形讹”、擅改等情况，考虑北京地区的风俗，对书中相关时间与人等的年龄进行考察，看能否找到协调书中“矛盾”的解释。

一、同庚、同辰:《红楼梦》中时间、年龄计算的基准点之一

按,《红楼梦》第六十二回“憨湘云醉眠芍药裀　呆香菱情解石榴裙”中写宝玉生日，明言宝玉、宝琴、平儿、岫烟四人生日相同。探春又说：

> 大年初一日也不白过，大姐姐占了去……又是太祖太爷的生日。

过了灯节，就是老太太和宝姐姐，他们娘儿两个遇的巧。三月初一日是太太，初九日是琏二哥哥。二月没人。

听了探春的话，袭人道："二月十二是林姑娘，怎么没人？就只不是咱家的人。"探春笑道："我这个记性是怎么了?!"宝玉解释道："他和林妹妹是一日，所以他记的。"可知，黛玉、袭人生日相同，在二月十二日。

第六十三回"寿怡红群芳开夜宴　死金丹独艳理亲丧"中写诸人掣酒令、定饮酒规矩，云：

袭人便伸手取了一支出来，却是一枝桃花……注云："杏花陪一盏，坐中同庚者陪一盏，同辰者陪一盏，同姓者陪一盏。"

众人笑道："这一回热闹有趣。"大家算来，香菱、晴雯、宝钗三人皆与他同庚，黛玉与他同辰。

则宝钗、香菱、晴雯、袭人四人年龄相同。则《红楼梦》中四人年龄相同，黛玉生日二月十二，就成为《红楼梦》中相应人物年龄、时间变化研究的第一基准。

二、明确的年龄记叙：《红楼梦》中时间、年龄计算的基准点之二

书中"明确的年龄"记叙，是红楼诸钗同庚、同辰外又一计算时间、年龄的又一基准。

所谓"明确的年龄"记叙，包括对人物年龄的准确叙述，也包括对人物年龄差距的明确叙述。

《红楼梦》中准确写及年龄的人物和章节如下：

（一）第一回叙宝玉、英莲、宝钗年龄

第一回"甄士隐梦幻识通灵　贾雨村风尘怀闺秀"："这甄士隐禀性恬淡……只有一女，乳名英莲，年方三岁。"

又，本回中写宝玉、石头降世：

一日，炎夏永昼。士隐于书房闲坐，至手倦抛书，伏几少憩，不觉朦胧睡去……士隐大叫一声，定睛一看，只见烈日炎炎，芭蕉冉冉。

则宝玉降生是在四五月间，故而宝玉一岁时英莲（后名“香菱”）三岁，宝钗、袭人、晴雯同龄，则亦皆三岁。

（二）第三回叙宝玉长黛玉一岁

又，第三回“金陵城起复贾雨村　荣国府收养林黛玉”中，林黛玉自叙其与宝玉年龄云：

舅母说的，可是衔玉所生的这位哥哥？在家时，亦曾听见母亲常说，这位哥哥比我大一岁，小名就唤宝玉？

则宝钗四岁时，宝玉二岁，黛玉一岁。

此三人间年龄差距是考察《红楼梦》中时间、年龄的又一基准。

三、薛宝钗入京时间：《红楼梦》时间叙述中的“模糊叙述”之一

《红楼梦》中人物年龄、时间差距既明，则相关时间、人物年龄的考察就可以据此进行。其中，最需要讨论的两个问题就是林黛玉、薛宝钗进贾府的时间和年龄。

（一）贾雨村的仕宦与黛玉、宝钗的年龄

第二回“贾夫人仙逝扬州城　冷子兴演说荣国府”中，写贾雨村到扬州：

那日，偶又游至淮扬地面，因闻得今岁盐政点的是林如海……今钦点出为巡盐御史，到任方一月有余。

……今如海年已四十，只有一个三岁之子，偏又于去岁死了……今只有嫡妻贾氏，生得一女，乳名黛玉，年方五岁。

我们知道，黛玉小宝玉一岁，小宝钗三岁，则是时宝玉六岁、宝钗八

岁。又，据前，宝钗与英莲同庚，则英莲被拐子偷走时年四岁（时，贾雨村已经入京师待考，本年考试得中），则此时已是英莲被拐的第五年。

> 原来，雨村因那年士隐赠银之后，他于十六日便起身入都。至大比之期，不料他十分得意，已会了进士，选入外班，今已升了本府知府……不上一年，便被上司寻了个空隙，作成一本……龙颜大怒，即批革职。

则此年前，贾雨村经历如下：第一年入都；第二年中举人［本年元旦，英莲被拐，四岁；八月，与乡试，中举人；第三年甄士隐出家（英莲五岁），二月，贾雨村与礼部试，四月与殿试，中进士］，外放知县；第四年贾雨村升知府（娶娇杏，英莲六岁）；第五年雨村革职（娇杏只一年便生了一子，雨村不到一年革职）；第六年，贾雨村游览各地，先到南京甄家坐馆，十一月，至扬州（英莲八岁）——第二回，贾雨村对冷子兴云："去岁，我在金陵，也曾有人荐我到甄府处馆……我就辞了馆出来。如今在这巡盐御史林家做馆了。"

（二）贾雨村的入京与赴任应天府

《红楼梦》第二回"贾夫人仙逝扬州城　冷子兴演说荣国府"中，贾雨村到扬州时，林如海为两淮盐政"到任方一月有余"。

按，曹寅、李煦接任两淮盐政在十月十五日，曹雪芹写《红楼梦》以明清之交为背景（"近日之倪云林、唐伯虎、祝枝山"），则写林如海之两淮盐政、接任当亦以明清之交为借鉴，则贾雨村至扬州时，是该年十一月中旬。

> 雨村正值偶感风寒，病在旅店，将一月光景方渐愈……幸有两个旧友，亦在此境居住，因闻得盐政欲聘一西宾，雨村便相托友力，谋了进去，且作安身之计。

"将一月光景"，说明贾雨村入林府当在十二月初。其教授黛玉"堪堪又是一载的光阴，谁知女学生之母贾氏夫人一疾而终"，则贾敏死时，在次年九月底、十月初样子。时，黛玉六岁。

一月后，贾雨村遇到林如圭。次月，贾雨村依附林黛玉乘船入京，二人入贾府当在本年末（林如海、贾府当考量林黛玉入京过年），也即林黛玉在六岁那年入贾府。又，考虑扬州至京师的舟行时间，贾敏之死当在九月。

那么，宝钗入贾府何时呢？第三回“金陵城起复贾雨村　荣国府收养林黛玉”回末写道：

> 次日起来，省过贾母，因往王夫人处来，正值王夫人与熙凤在一处拆金陵来的书信看……探春等却都晓得，是议论金陵城中所居的薛家姨母之子姨表兄薛蟠倚财仗势，打死人命，现在应天府案下审理。

似乎薛蟠犯案消息传到贾府时间，紧接着黛玉入贾府时间。

补应天府知府、承办薛蟠案的贾雨村，从到京师、到复职、到金陵的过程如下：

> 进入神京，雨村……拿着宗侄的名帖，至荣府的门前投了。彼时，贾政……优待雨村，更又不同，便竭力内中协助，题奏之日，轻轻谋了一个复职候缺，不上两个月，金陵应天府缺出，便谋补了此缺，拜辞了贾政，择日上任去了。

时间、事情写来轻松通顺。实际上，这段文字里“隐藏”了在京师过年这个“节点”。

明清时代，年底官府封印，期间不再办公。清代封印时间，惯例在腊月二十日前后，至次年正月二十日前后，官府开印。期间，基本不再办公。因此，朝廷起复旧员题奏，不会在年底，而是在新年官衙开印之后。

考虑新年开印后贾政为贾雨村题奏谋差、贾雨村再候补“不上两月”，则待其赴任应天府当在三月底，路上马行二十天上下，贾雨村当乘船南下，则其到达应天府、安排住下、接印任事当在四月中。

（三）宝钗在黛玉入贾府的次年到京，时年十岁

第四回“薄命女偏逢薄命郎　葫芦僧乱判葫芦案”中，写贾雨村审理薛蟠案、薛蟠入京情形：

如今且说雨村，因补授了应天府，一下马就有一件人命官司详至案下……

薛蟠……恃强喝令手下豪奴将冯渊打死，他便将家中事务一一的嘱托了族中人并几个老家人，他便带了母妹竟自起身长行去了……

在路不记其日……那时，王夫人已知薛蟠官司一事，亏贾雨村维持了结……过了几日，忽家人报："姨太太带了哥儿姐儿合家进京在门外下车了。"喜的王夫人忙带了女媳人等，接出大厅，将薛姨妈等接了进去。

可见，经贾雨村审案、办案、修书入京，到王夫人等收到贾雨村信件时（时间共七八天），与薛蟠、薛宝钗入贾府（按香菱回忆，系舟行入京）不过前后相隔数日而已，则薛宝钗入贾府当在五月上旬。

此时，林黛玉七岁，宝玉八岁，宝钗十岁。

四、《红楼梦》传抄过程中的误抄、误改举例及其他

（一）"蒙古王府藏"《石头记》林黛玉离开扬州"正月初二"系抄手擅改

《红楼梦》第三回写黛玉离扬的时间，"甲戌本""己卯本"《脂砚斋重评石头记》都写："出月初二"，无限含蓄；而"蒙古王府藏"《石头记》此处径写道："正月初二"。

先不论传统时代没有正月初二离家的习惯（一般急事初五后出发，称为"破五"，不急事，一般正月十五或出正月后，方出发）。若按"蒙古王府藏"《石头记》此处记载，则林黛玉系过年后正月初二方离扬州；至京师，当在二月底三月初。如果这样，第三回中，贾母自然不必说：

今将宝玉挪出来，同我在套间暖阁儿里，把你林姑娘暂安置纱橱里。等过了残冬，春天再与他们收拾房屋，另作一番安置罢。

"等过了残冬"五个字基本上就把林黛玉入贾府的时间框定在冬末、立春前。再，第二十回"王熙凤正言弹妒意　林黛玉俏语谑娇音"中，宝玉

对黛玉说："你先来，咱们两个一桌吃，一床睡，长的这么大了，他是才来的。"

如果按照"蒙古王府藏"《石头记》此处的"正月十二"的记载来看，薛宝钗入贾府距离林黛玉进贾府不过两三个月的时间。贾宝玉对黛玉所谓"咱们两个一桌吃，一床睡，长的这么大了，他是才来的"这句话就彻底落空了。

可见，"蒙古王府藏"《石头记》此处的"正月十二"，当为《红楼梦》抄录过程中，抄手误读了"出月初二"而出现的误笔。

（二）第三回中冯渊家人所谓的"小人告了一年的状"

从文字上下看，贾雨村候任、赴任、审案不过半年上下，同时，薛蟠、薛宝钗入京时间也不过如此。第四回中冯渊家人称："小人告了一年的状。"不过是夸张之言而已。

也即是说，薛宝钗入贾府比林黛玉入贾府名义上晚了一年（跨过年），如果细致计算时间，也不过只比林黛玉入贾府晚了半年而已。

薛宝钗入贾府时，黛玉七岁，宝玉八岁，宝钗十岁。这是我们考察前文得出的结论，也是本文《红楼梦》中年龄、时间考察的又一基点。

（三）贾瑞之死中的"不上一年"：《红楼梦》时间传抄过程中的讹笔与书写模糊

薛宝钗入京后，因性情随和，丫鬟多喜与之交往，黛玉有不忿之事。

第五回"游幻境指迷十二钗　饮仙醪曲演红楼梦"中写道："因东边宁府中花园内梅花盛开，贾珍之妻尤氏乃治酒，请贾母、邢夫人、王夫人等赏花。"贾宝玉随之赴宴，贾宝玉神游太虚境。"梅花盛开"数字，暗示时间当在二月间。

也即贾宝玉神游太虚境时，黛玉八岁，宝玉九岁，宝钗十一岁。

其后，即是刘姥姥进贾府、宝玉秦钟相会、秦可卿得病。

第十一回"庆寿辰宁府排家宴　见熙凤贾瑞起淫心"写贾敬的寿辰上，尤氏称秦可卿："上月中秋，还跟着老太太，太太们顽了半夜，回家来好好的。到了二十后，一日比一日觉懒，也懒待吃东西，这将近有半个多月了。"也是在这次寿辰上，贾瑞见到王熙凤。接下来，写贾瑞想见凤姐儿，云："且说贾瑞到荣府来了几次，偏都遇见凤姐儿往宁府那边去了。这年正是十一月三十日冬至。到交节的那几日，贾母、王夫人、凤姐儿日日差人去看秦氏。”随后，王熙凤戏贾瑞。因想念王熙凤，贾瑞屡屡手淫。

第十二回“王熙凤毒设相思局　贾天祥正照风月鉴”写贾瑞得病：“诸如此症，不上一年，都添全了……倏又腊尽春回，这病更又沉重。”则贾瑞死时已经到了次年春。

实际上，这里也存在一个抄录“失误”：即贾瑞“诸如此症，不上一年，都添全了”中的“一年”二字。“一年”二字明显传抄过程中对“一月”二字的“误抄”。何以知之呢？

一个是，贾瑞致病的原因，在传统文化中，被认为极度伤身之举，不当“一年致死”；其次，贾瑞其人在《红楼梦》中的角色和作用并不重要，按照脂批的说法，不过可卿神返太虚境的开路之人，无足轻重，《红楼梦》书写不当在他身上耗时一年有余的时间。

正文中写“冬去春来”，贾瑞即死，只跨一个过年，以其被戏弄、看《风月宝鉴》诸事发生的十二月计算，其“诸如此症”“添全了”用时自然是不上一月。贾瑞之死即在次年初春。

贾瑞之“不上一月”在秦可卿身上也有验证。

第十回“金寡妇贪利权受辱　张太医论病细穷源”中，写贾敬生日的前一天，张友士为秦可卿诊脉，云：“依小弟看来，今年一冬是不相干的。总是过了春分，就可望全愈了。”随后文字意味深长：“贾蓉也是个聪明人，也不往下细问了。”也就是说，至九月初，秦可卿已经基本没治了。而这一点是张友士、贾蓉都能明白的。

次年春，贾瑞死后，不久就是秦可卿之死。

（四）《红楼梦》中“模糊性书写”之一：书中关于黛玉南归的叙述为倒插叙

书中写贾瑞次年春死后，接着写道：

> 这年冬底，林如海的书信寄来，却为身染重疾，写书特来接林黛玉回去。……作速择了日期，贾琏与林黛玉辞别了贾母等，带领仆从，登舟往扬州去了。

似乎林黛玉南归是在次年贾瑞死后的年底。

实际上，这里作者采用了倒插叙的手法（在贾瑞思凤姐、贾瑞之死的空期插入)，也就是说，黛玉离开京师、去扬州是在贾宝玉神游太虚境这年的年底，也即贾瑞被王熙凤捉弄之前。

五、自林黛玉入贾府至薛宝钗过十五岁生日共经六年

(一)林如海之死与黛玉奔丧时间

贾瑞之死、秦可卿之死，都是在黛玉回扬州之后的次年春。第十三回写王熙凤协理宁国府，第十四回“林如海捐馆扬州城　贾宝玉路谒北静王”中写道：

> 正闹着，人回：“苏州去的人昭儿来了。”……昭儿道：“二爷打发回来的。林姑老爷是九月初三日巳时没的。同送林姑老爷灵到苏州，大约赶年底就回来。二爷打发小的来报个信请安，讨老太太示下，还瞧瞧奶奶家里好，叫把大毛服带几件去。”

此“九月三日”指的是上年的“九月三日”。

之所以贾琏、林黛玉要到本年年底（十月份前后）才能回来，与林如海归葬苏州、各种仪式、家产处置等诸多问题相关。

则黛玉京师、扬州之间来回历时一年上下。再按照秦可卿七七四十九日下葬、不久秦钟身亡，黛玉、贾琏即刻回到贾府来看（因知道元妃次年省亲事，日夜兼程），时间是在四月间前后。

(二)大观园营造并元妃省亲时间跨越三年

第十六回“贾元春才选凤藻宫　秦鲸卿夭逝黄泉路”写黛玉、贾琏回到贾府，知元妃将有省亲事，贾府忙于设计、备料、建造大观园；第十七回“大观园试才题对额　荣国府归省庆元宵”写道：“转过山怀中，隐隐露出一带黄泥筑就墙，墙头上皆稻茎掩护。有几百株杏花，如喷火蒸霞一般。”说明已经到了次年的二三月间（第四十二回“蘅芜君兰言解疑癖　潇湘子雅谑补余香”中，林黛玉称园子建了一年），大观园建筑营造基本完毕。

第十八回“皇恩重元妃省父母　天伦乐宝玉呈才藻”中写道：

> 王夫人等日日忙乱，直到十月将尽，幸皆全备……于是贾政方择日题本。本上之日，奉朱批准奏：次年正月十五日上元之日，恩准贵妃省亲。贾府领了此恩旨，益发昼夜不闲，年也不曾好生过的。

也即从黛玉归贾府算起，至元妃省亲，经历三年。期间大事与宝、黛、钗年龄如下：

> 第一年：设计、建造大观园。黛玉十岁，宝玉十一岁，宝钗十三岁。
>
> 第二年：装饰大观园，准备迎接元春省亲事宜。黛玉十一岁，宝玉十二岁，宝钗十四岁。
>
> 第三年：正月十五，元妃省亲。黛玉十二岁，宝玉十三岁，宝钗十五岁。

（三）宝钗十五岁生日不是她在京师过的第一个生日

按，《红楼梦》“庚辰本”第二十二回“听曲文宝玉悟禅机　制灯谜贾政悲谶语”写薛宝钗过十五岁生日事：

> 凤姐道：“二十一是薛妹妹的生日，你到底怎么样呢？”……凤姐听了，冷笑道：“……昨儿听见老太太说，问起大家的年纪生日来，听见薛大妹妹今年十五岁，虽不是整生日，也算得将笄之年，老太太说要替他作生日。”

小说写道：“贾母自见宝钗来了，喜他稳重和平，正值他才过第一个生辰，便自己蠲资二十两。”或者以为，此十五岁生日是薛宝钗到贾府后第一个生日。

以我们上文的辨析，她在元妃省亲前就过了几个生日（十岁生日是在南京过的，十一至十四岁生日是在梨香院过的）。

那么，何以贾母要为宝钗过这个生日呢？王熙凤的话透露了玄机：“虽不是整生日，也算得将笄之年，老太太说要替他作生日。”可知，十五岁生日是宝钗赶上的第一个“半整”（逢五）的生日，因为是“将笄之年”，所以贾母决定为她过生日。

古代，女子十五岁，把头发梳拢来，挽一个髻，插上笄（首饰），称笄礼。加笄，表示已成年。《礼记・内则》称，女子十五岁而笄。“将笄之年”，即十四岁，因还未过十五岁生日，故王熙凤如此而言。

此十五岁生日是薛宝钗到贾府后贾母为之过的第一个生日，却不是她入贾府后过的第一个生日。

（四）林黛玉进贾府到薛宝钗过生日的六年

按照我们上文的分析，自林黛玉入贾府至薛宝钗过生日，共六年时间（过年即算）。这六年间，宝、黛、钗并贾府大事如下：

本年：元月十五，元妃省亲；元月二十一日，宝钗过十五岁生日。

上年：贾府装饰大观园。宝钗十四岁。

前年：春，贾瑞、可卿先后亡故；四月间，黛玉南方诸事完毕，归贾府；贾府设计、建造大观园。宝钗十三岁。

大前年：二月，贾宝玉神游太虚境；八月十五后，秦可卿病；九月初，贾瑞于贾敬寿辰见王熙凤；宝、黛、钗相会下雪时；年底，林如海亡故，黛玉南归；十二月，凤姐惩贾瑞，不上一月，贾瑞病重将死。宝钗十二岁。

前四年：黛玉八岁，宝钗十一岁。

前五年：春，宝钗等离开南京；五月，宝钗入贾府。宝钗十岁。

前六年：年底，黛玉入府，黛玉六岁。宝钗九岁。

六、从宝钗十五岁到黛玉“十五岁”：黛玉十五岁系“十二岁”传抄错讹

按，宝钗长黛玉三岁，则宝钗十五岁时，黛玉十二岁。

《红楼梦》第四十五回“金兰契互剖金兰语　风雨夕闷制风雨词”中，黛玉针对宝钗的心结解开，感动不已，对宝钗道：

细细算来，我母亲去世的早，又无姊妹兄弟，我长了今年十五岁，竟没一个人象你前日的话教导我。

“庚辰双行夹批”云：“黛玉才十五岁，记清。”

乍看起来，自元妃省亲、宝钗过十五岁生日，至此，时间“似乎”已经过去了三年。那么，我们梳理文本叙述的节点，看是不是这样呢？

一月十五，元妃省亲（十八回）

一月二十一，宝钗十五岁生日（二十二回）

二月二十二日，宝玉并诸钗搬进大观园；三月中，黛玉葬花（二十三回）

宝玉、凤姐逢五鬼，一僧一道临贾府，云石头下世“十三载”(二十五回)

四月二十六日，未时，交芒种节（二十七回）

五月初三日，薛蟠生日（二十六回）

五月五日端阳佳节，晴雯撕扇（三十一回）

贾政又点了学差，择于八月二十日起身；海棠诗社（三十七回）

九月初二，凤姐生日（四十三回）

秋，宝钗替黛玉筹“燕窝粥”、黛玉称自己活了十五岁（四十五回）

可见，宝钗之十五岁和黛玉自称活了十五岁是在一年，黛玉自称十五岁时，距离宝钗过十五岁生日才过了九个月的时间而已。其时，黛玉只有十二岁。

很明显，此处之“活了十五岁”中的“五”字，《红楼梦》早期传抄过程中，抄手将曹雪芹的“二”字错抄为“五”，而做批者不查，径作“黛玉才十五岁，记清”的批语。

由此，可知不唯现存之早期抄本的过录本子多有错讹，即曹雪芹亲友的《红楼梦》抄本也不乏错讹，在很多问题的考察上，需要辨析，而不能径直引录，作为立论的基础。

七、第四十五回之后的岁月：黛玉从十二岁到十六岁

第四十五回之后，小说中相关时间写得相对比较清楚。

根据文本的描写，我们可以比较容易梳理出清晰的时间线索，以黛玉年龄为基准，黛玉死后，以宝钗计时，如下：

本年

黛玉十二岁。

腊月，离年日近，王夫人、凤姐治办年事。王子腾升九省都检点，贾雨村补授大司马，协理军机、参赞朝政。除夕，贾府祭宗祠（五十三回）

过年

黛玉十三岁

四月，宝玉生日（六十二回）

宝玉夜宴，贾敬死（六十三回）

八月，柳湘莲来京师，尤三姐自刎（六十六回）

腊月十二日，贾珍扶贾敬灵回金陵（六十九回）

过年

黛玉十四岁

年初，尤二姐死（七十回）

三月初二，探春生日；三月五日，桃花社（七十回）

八月初三，举行贾母八旬之庆（七十一回）

抄检大观园（七十四回）

八月十五，中秋得佳谶（七十五回）、黛玉、湘云妙联句（七十六回）

八月底，晴雯死（七十七回）

贾宝玉做《芙蓉女儿诔》(七十八回）

秋，迎春出嫁、薛蟠娶妻：金桂十七岁（七十九回）

四美钓游鱼（八十一回）

黛玉、元春生病（八十三回）

元春康复（八十四回）

过年

黛玉十五岁

一月，巧姐生病（八十四回）

二月初，月初，薛蟠外出，遇蒋玉菡，打死张三（八十六回）

二月初九，北静王生日；二月十二日，十五岁黛玉生日（八十五回）

薛蝌、贾琏救薛蟠，秋，薛蝌回京，路上知，周贵妃薨，到家知贾母等进宫行礼，贾母梦元妃托梦（八十六回）

题称“秋深”、宝钗函黛玉“又属清秋”、探春称“大九月里”（八十七回）

鸳鸯道：“明年老太太八十一”（八十八回）

如今到了冬底（九十一回）

十二月十八立春，十九，元春薨（九十五回）

过年

黛玉十六岁，亡；本年宝玉十七岁，宝钗十九岁

正月十七，王夫人得知王子腾死讯；二月，吏部引见贾政，放江西粮道，贾母自称“八十一岁”（九十六回）

二月，黛玉离世，二宝婚姻（九十七回）

三、四月间，贾母准备将李纨移出大观园：“天气一天热似一天，园里尚住得，等到秋天再挪”（九十九回）

本年，贾政为宝玉、贾兰援例捐监（一一八回）

夏，金桂戏薛蝌；贾府准备探春出嫁（一百回）

秋，凤姐大观园遇可卿：“月光已上，照耀如水”，“快回去把那件银鼠坎肩拿来”，自谓“活了二十五岁”（一〇一回）

冬，“接连数月”，贾府人陆续病，贾府做法事（一〇二回）

冬，探春远嫁海疆（一〇四回）

贾政回京，设宴，贾府抄家（一〇五回）

过年

宝玉十八岁，宝钗二十岁，贾母八十二岁

本月，湘云出阁（一〇六回）

元月二十一日，宝钗、贾母生日；宝玉游大观园：宝玉离了大观园将及一载（一〇八回）

薛姨妈告宝钗，薛蟠“等到皇恩大赦的时候减了等才好赎罪”；二宝有夫妻之实；贾母病重（一〇九回）

正月底，贾母去世，年八十二岁（一一〇回、一一八回）

冬，妙玉遭劫，赵姨娘死（一一二回）

冬，王熙凤病重，刘姥姥探病（一一三回）

过年

宝玉十九岁，宝钗二十一岁

一月，王熙凤死，停灵十数天，送殡（一一四回）

二月前后，甄应嘉来访。贾政称，探春出嫁“三载”（一一四回）；甄、贾宝玉相会，贾宝玉糊涂，家中忙着“脱孝”（一一五回）

三月前后，贾宝玉神游太虚境，“连日服药”，贾政云：“今年是大比之年”；贾政、贾蓉准备送贾母、黛玉、可卿灵柩回金陵（一一六回）

三月前后，茫茫大士还玉，贾赦病重、贾琏探病；贾政南下（一一七回）

六月，贾政自南来书，云“探春与翁婿来京”“宝玉、兰哥场期已近”（一一八回）

八月三日，贾母冥寿，宝玉早晨过来磕了头（一一八回）

八月，宝玉、贾兰秋试（初八，初十、十四日进场，考试后一日出场）（一一九回）

八月，刘姥姥救巧姐；皇上大赦天下，薛姨妈为薛蟠赎罪（一一九回）

香菱为薛蟠妻（一二〇回）

冬，下雪，宝玉别贾政（一二〇回）

过年

宝钗、香菱二十二岁

香菱为薛蟠留一子，死。此时，宝钗尚未生产，以时间算（以宝玉下场前，宝钗怀孕），香菱（宝玉下场后一月怀孕）当为早产。甄士隐度脱香菱，石头归大荒。僧道云：“倒是那蠢物已经回来了。”将归大荒山（一二〇回）

可见，自五十三回至一百二十回，七十余回文字在时间、年龄上丝毫不爽，或可为后四十回作者研究的一个证据。

下面我们以此叙事时间为基础，对小说中相应时间、年龄、时间的“矛盾”进行辨析。

八、民俗与《红楼梦》中的时间、年龄辨析

（一）晴雯“降世十六载”解

第七十八回“老学士闲征姽婳词　痴公子杜撰芙蓉诔”中，贾宝玉撰《芙蓉女儿诔》，言晴雯年龄：“窃思女儿自临浊世，迄今凡十有六载。”

小说明写宝钗、晴雯、香菱、岫烟同庚。本年，宝钗十七岁，何以贾宝玉称晴雯“临世十六载”呢？这就涉及中国传统文化中岁与载的区别。

传统时代，人们计算年龄一般用虚岁，即从某人出生算起，只要过新年就多一岁，载则指实际的时间，类似于现在的周岁。如此，就会出现某年多人同岁却不同“载”的情况。

按，晴雯之死，宝玉作诔，时在中秋节（八月十五日）后。此时，宝玉既称晴雯“存世十六载”，则晴雯之生日当在七八月间。

（二）宝玉骗了老太太“十九年”解

第一二〇回“甄士隐详说太虚情　贾雨村归结红楼梦”中，冬日，宝玉别贾政：

> 且说贾政扶贾母灵柩，贾蓉送了秦氏凤姐鸳鸯的棺木，到了金陵，先安了葬。贾蓉自送黛玉的灵也去安葬……
>
> 一日，行到毗陵驿地方，那天乍寒下雪，泊在一个清净去处……抬头忽见船头上微微的雪影里面一个人，光着头，赤着脚，身上披着一领大红猩猩毡的斗篷，向贾政倒身下拜……贾政叹道：“……岂知宝玉是下凡历劫的，竟哄了老太太十九年！如今叫我才明白。”

是时，宝玉十九岁，降世十九年又半年余（宝玉生日在四月间），贾政称其“哄了老太太十九年”举大略而言。

（三）贾母与刘姥姥之大小

第三十九回“村姥姥是信口开合　情哥哥偏寻根究底”，刘姥姥二进荣国府，初识贾母。贾母问刘姥姥年龄：

> 刘姥姥忙立身答道："我今年七十五了。"贾母向众人道："这么大年纪了，还这么健朗。比我大好几岁呢。"

从贾母自叙来说，似乎本年贾母只有七十一二岁。

实际上，本年贾母七十九岁。何以知之呢？

按，第八十八回"博庭欢宝玉赞孤儿　正家法贾珍鞭悍仆"中，鸳鸯道："老太太因明年八十一岁，是个暗九。"则本年八十岁。第七十一回"嫌隙人有心生嫌隙　鸳鸯女无意遇鸳鸯"写道："今岁八月初三日乃贾母八旬之庆。"两回之间的第八十五回"贾存周报升郎中任　薛文起复惹放流刑"中，"贾母想了一想，也笑道：'……你舅舅家就给你做生日，岂不好呢？'"可见七十一回至八十五回间，时间过了一年。

按，贾母与宝钗同生日，即正月二十一日，何以又说"八月初三日乃贾母八旬之庆"呢？这个八月初三，实际上不是生日的时间，而是庆贺的时间。

于是，这就产生了贾母上年有八十之庆、本年八十岁、明年八十一岁三个时间。如何理解上年"八十之庆"、本年八十岁的问题呢？这就涉及中国传统社会的祝寿风俗。

中国传统社会，老年人过生日，讲究"过九不过十"。也即五十九、六十九、七十九、八十九岁，提前过六十、七十、八十、九十的生日。

之所以如此，是因为《易经》有九为至阳之数的说法，故而老人生日值九庆贺。这就是第七十一回中贾母七十九岁，却要在"八月初三"（按照贾母生日和年份，推算出的"吉日"）举办"八旬之庆"的原因。

第七十一回，贾母七十九岁，距离三十九回，时间过去了三年，则三十九回时，贾母七十七岁，比刘姥姥（七十五岁）长两岁。那么，贾母何以说刘姥姥"比我大好几岁呢"？

有社会经验的都知道，在特殊场合或者出于特殊目的，人们常说些与事实相违背的话。这就是书中宝玉为秦钟之叔，却兄弟称呼，大观园儿女长幼有序，却姐姐妹妹乱叫一通的基本原因。

第三十九回中，刘姥姥以七十五岁高龄携带"口袋里的枣子倭瓜并些野菜"来府，正值贾母"'想个积古的老人家说话儿，请了来我见一见。这可不是想不到天上缘分了'。说着，催刘姥姥下来前去"。二人见面分外亲切，贾母恭维刘姥姥年高体健，故称“比我大好几岁呢”。

（四）贾母亡时八十三岁说

第八十八回，贾母八十岁，“明年八十一岁”（九十六回中写“正月十七日”王夫人得王子腾死讯、贾母自云“我已经八十一岁的人了”）；其后，二宝婚姻、黛玉逝世，宝玉搬离大观园将近一载、宝钗生日（一〇八回），到贾母逝世（正月底），贾母八十二岁。《红楼梦》第一一〇回“史太君寿终归地府　王凤姐力诎失人心”云：

> 邢夫人、凤姐等便忙穿衣，地下婆子们已将床安设停当，铺了被褥，听见贾母喉间略一响动，脸变笑容，竟是去了，享年八十三岁。

此“八十三岁”也非实指，亦关涉中国传统风俗，即人算年龄往往比实际年龄多算一岁，以显稳重或长寿吉利。

（五）薛蟠与王熙凤的大小问题

与贾母八十二岁而亡相类的，是一〇一回王熙凤的自称：“我活了二十五岁。”与王熙凤年龄相关的问题是，薛蟠与王熙凤孰长孰幼?

第二十八回中，凤姐说：“前儿，薛大哥哥求了我一二年，我才给了他这方子。”第六十六回中，薛蟠对柳湘莲说：“早该如此，这都是舍表妹之过。”可见，王熙凤比薛蟠小。但是，按照一〇一回王熙凤“我活了二十五岁”的说法，倒推九年，薛蟠金陵犯案时，王熙凤当十六岁，“甲戌本”第四回称：“这薛公子学名薛蟠，表字文龙，今年方十有五岁。”则王熙凤长于薛蟠，这就与王熙凤、薛蟠的自称产生了矛盾。

实际上，王熙凤一〇一回“我活了二十五岁”的说法，与贾母八十二岁逝、称八十三岁一样，都是传统时代人们叙述年龄“多说一岁”的习惯。也即一百〇一回时，王熙凤实际年龄为“二十四岁”。如此，薛蟠金陵犯案时，王熙凤也是十五岁。

又，薛蟠生日是五月三日，王熙凤生日是九月初二，自然王熙凤应该称薛蟠为“薛大哥”。

（六）薛“文起一十七岁”与宝钗“小薛蟠两岁”

第四回中，薛蟠年龄，“蒙古王府藏”《石头记》写道：“文起年方一十七岁”、宝钗“小薛蟠两岁”。

此点往往作为学界探讨宝钗年龄的基点。上文中，我们已经通过文本的系统辨析，知道薛蟠入京时十五岁、薛宝钗十岁。那么，此处的两处文字该如何理解呢?

以笔者之见，“十七”二字概与抄手“误读”有关，草书的“五”字乍看颇有些像“七”；薛蟠比宝钗大两岁中“两”字的使用，与民间语言民俗有关，并不一定指“二”，有些时候则用以表述“大略”，如小两岁、过了没两年等、没两个钱等。

九、从王熙凤的病与死的跨年看《红楼梦》中的“模糊书写”

读者在《红楼梦》的阅读理解中之所以感到有时间、年龄的混乱，除了我们辨析过的文本传抄过程中出现的年龄错讹、民俗外，更与曹雪芹文本写作中的“模糊书写”有关。以王熙凤之死为例。

（一）王熙凤之病、死跨年

在《红楼梦》一一三回中，刘姥姥探望王熙凤，云：

> 昨日又听说老太太没有了，我在地里打豆子，听见了这话，唬得连豆子都拿不起来了，就在地里狠狠的哭了一大场。

这是在秋冬之交（贾母死在正月底，并未给刘姥姥报丧）。其后，刘姥姥回屯中庙里为王熙凤祷告。

下文即未再写刘姥姥行径，却接着以“且说栊翠庵”诸事、宝玉访紫鹃结尾，第一一四回开头即写王熙凤已死，实际上期间已经历跨年：

> 凤姐停了十余天，送了殡。贾政守着老太太的孝，总在外书房。那时，清客相公渐渐的都辞去了，只有个程日兴还在那里，时常陪着说说话儿。……两人正说着，门上的进来回道：“江南甄老爷到来了。”

那么，何以知道王熙凤之死已是来年呢?

本回中，甄应嘉、贾政对话谈及探春婚姻：“甄应嘉道：‘老亲翁与统制是什么亲戚？’贾政道：‘弟那年在江西粮道任时，将小女许配与统制少君，结缡已经三载。’”探春自出嫁至此三年，倒退可知时间经过，详见第七部分大事列表。

随后，甄宝玉来访、贾宝玉神游太虚、贾政准备扶贾母等人灵柩南归，行前情形（一一六回）：“宝玉此时身体复元，贾环、贾兰倒认真念书，贾政都交付给贾琏，叫他管教，‘今年是大比的年头。’”大比，指的是秋试（考举人），时在八月。即贾政说“今年”与前之王熙凤之死是在一年，距离王熙凤病重已经跨年。

（二）又一处模糊式书写：贾府的两次脱服

又，一一五回的书写中还隐藏着一段时间描写，因写作模糊，容易被读者放过。先云甄、贾宝玉会面，其后：

> 一日，王夫人因为惜春定要绞发出家，尤氏不能拦阻，看着惜春的样子是若不依他必要自尽的，虽然昼夜着人看着，终非常事，便告诉了贾政。贾政叹气跺脚……
>
> 过了几天，宝玉更糊涂了，甚至于饭食不进，大家着急起来。恰又忙着脱孝……
>
> 一日，又当脱孝来家，王夫人亲身又看宝玉，见宝玉人事不醒，急得众人手足无措。

上年，贾母逝世，赵姨娘死，本年初，王熙凤死。这里并没有指明为“谁脱服”，我们就无法准确言及“过往时间的长度”，但既然两云“脱服”，时间自然有相应的时段。

十、《红楼梦》纪年：《红楼梦》中的时间叙述

通过对《红楼梦》中相关事务顺序、时间的梳理，可以发现小说叙述极其清楚，我们之所以认为叙事混乱，是因为忽视了《红楼梦》抄录过程中的错误与妄改、不了解曹雪芹时代的年龄叙述习惯，同时对某些模糊性书写文字的关注不够。

兹将《红楼梦》叙事时间梳理如下（以贾宝玉降生为元年）：

元年

宝玉一岁，宝钗三岁（英莲三岁）

四月，石头下世，宝玉降生，一岁

二年

黛玉一岁，宝玉二岁，宝钗四岁（英莲四岁）

正月十五，英莲丢失

三月十五，甄家大火，甄士隐投奔封肃

八月，贾雨村秋试，中举人

三年

黛玉二岁，宝玉三岁，宝钗五岁（甄英莲五岁）

本年，甄士隐出家；贾敏生子

二月，贾雨村京师春试与殿试，中进士，放外知县

四年

黛玉三岁，癞头和尚来；宝玉四岁，宝钗六岁

贾雨村升大如州上管知府，娶娇杏

五年

黛玉四岁，宝玉五岁，宝钗七岁

娇杏生子，雨村去职

黛玉四岁，弟弟三岁（亡）

六年

黛玉五岁，宝玉六岁，宝钗八岁，王熙凤十三岁

雨村在金陵甄家为西席，后，辞出，十一月到扬州

是年，贾琏娶王熙凤

七年

黛玉六岁，宝玉七岁，宝钗九岁；王熙凤十四岁

本年初，贾雨村入林府，教授黛玉

十月间，雨村到林府近一年，贾敏死。

一月后，雨村出外，逢冷子兴。冯谓："凤姐已娶了两年。"

年底，黛玉离开扬州入京师贾府

本年薛蟠打死冯渊

八年

黛玉七岁，宝玉八岁，宝钗十岁，王熙凤十五岁

三月底，贾雨村赴任应天府

四月中，贾雨村到任应天府，受理冯家告薛蟠案

本年，薛蟠时年十五岁

本年五月，薛宝钗入贾府

九年

黛玉八岁，宝玉九岁，宝钗十一岁，王熙凤十六岁

十年

黛玉九岁，宝玉十岁，宝钗十二岁

二月，梅花盛开，宝玉神游太虚境

十一月三十日冬至，前后数天，贾母、凤姐等常看望可卿

九月，林如海死

年底，贾琏护送黛玉回扬州

十一年

黛玉十岁，宝玉十一岁，宝钗十三岁，王熙凤十八岁

春，可卿死，王熙凤协理宁国府

本年初，贾琏、黛玉护送林如海灵柩回苏州、安排家事

十月间，贾琏、黛玉回贾府

本年，贾府设计、筹建大观园，迎接元妃省亲

十二年

黛玉十一岁，宝玉十二岁，宝钗十四岁

二月，大观园主体建筑建造完毕，贾政、宝玉游园，杏花盛开

十月将近，大观园各种装点、人事基本完毕，贾政上本，皇帝准许来年上元元妃省亲

十三年

黛玉十二岁，宝玉十三岁，宝钗十五岁

正月十五，元妃省亲

正月二十一，宝钗十五岁生日

三月下旬，黛玉葬桃花

三月底，宝玉、凤姐逢五鬼，第四日，茫茫大士来，称石头下世

“十三载”

五月初三，薛蟠生日

九月初二，凤姐生日

除夕，祭宗祠

十四年

黛玉十三岁，宝玉十四岁，宝钗十六岁

四月，宝玉生日，湘云醉卧芍药裀

八月，柳湘莲来，尤三姐死

腊月，尤二姐死

腊月十二日，贾珍扶贾敬灵柩回南

十五年

黛玉十四岁，宝玉十五岁，宝钗十七岁

三月初二，探春生日

八月初三，贾母八旬大庆（七十九岁，民间老人过寿，过九不过十）

秋，抄检大观园

中秋，得佳谶

中秋后，贾宝玉做《芙蓉女儿诔》

秋，迎春出嫁；薛蟠娶妻

十六年

黛玉十五岁，宝玉十六岁，宝钗十八岁

二月初，四美钓游鱼

二月十二日，黛玉生日

十二月十八日，立春；十九日，元妃薨

十七年

黛玉十六岁，宝玉十七岁，宝钗十九岁，王熙凤二十四岁

二月，二宝生日，黛玉离世

随后，宝玉搬离大观园

秋，探春远嫁

秋，王熙凤进大观园，自谓“活了二十五岁”

十八年

宝玉十八岁，宝钗二十岁

年初，宝玉重游大观园

正月底，贾母逝世

是年冬，妙玉遭劫，赵姨娘死，王熙凤病死

十九年

宝玉十九岁，宝钗二十一岁，王熙凤二十六岁

二月间，贾、甄宝玉相会

二月间，贾宝玉神游太虚境

二、三月间，贾政带贾母、黛玉、秦可卿灵柩回金陵

八月，甄、贾宝玉并贾兰与乡试

八月下旬，大赦天下，薛姨妈赎薛蟠，以香菱嫁薛蟠

冬，宝玉别贾政

二十年

宝钗二十二岁，香菱二十二岁

四月间，香菱为薛蟠生一子，难产而死，宝钗尚未生育，甄士隐度化香菱，石头归大荒

也即，宝钗长宝玉二岁，长黛玉三岁；宝玉十七岁，黛玉离世，本年，宝玉结婚（宝钗十九岁），十九岁中举、归太虚；次年，宝钗二十二岁，为宝玉生一子，宝、黛、钗三人了结“前生缘分”故事写作结束。整个《红楼梦》共写二十年事情（从宝钗三岁写起）：

从薛宝钗三岁（贾宝玉一岁）写起

黛玉六岁入贾府，黛玉在贾府生活十年（虚十一年），十六岁卒

黛玉七岁时，宝钗十岁，入贾府，宝黛钗三人一起生活十年；宝钗与宝玉生活十三年

总之，《红楼梦》不是日记式小说，诸多情节，或者因为并不重要，作者未及，或者因为小说节奏的起伏和特殊用意，采用模糊化书写，或者因为时代的用法本来如此，曹雪芹不必加以解释；加之，在抄录传播过程中抄手失误导致的数字错讹，随着时间的推移，导致人们在阅读中越发感受到其中人物的年龄、时间等书写“混乱”，并将造成这一现象的原因归结于

作者的“疏漏”，似有不妥。

实际上，经过对文本中年龄、时间的辨析和梳理，我们发现，曹雪芹的时间写作思路是“极其清晰”的；而诸抄录者或者误抄、或者不解擅改，在涉及年龄、时间处往往以“己意”妄改，如第四回的薛蟠年龄，“蒙府本”作“年方一十七岁”，戚序本作“从五六岁时就是”，都歪曲了曹雪芹的意思。

通过对《红楼梦》中时间、年龄问题的梳理，我们也发现广博的知识背景和细腻的深层次阅读是《红楼梦》阅读的基础；唯有如此，人们才可能“不会轻易”给《红楼梦》下各种“未经证实的结论”，才可以真正进行《红楼梦》的深入阅读。

《红楼梦》中贾府、大观园方位写作不误

——清代皇家园林的审美、结构与大观园的空间营造

自《红楼梦》诞生以来，有关主人公、大观园的探讨就从未断绝。

之所以如此，是因为《红楼梦》对贾府等级、礼制、园林的描写，不仅真实（合乎等级），而且细腻（细节真实）。

此种描写给熟悉传统王公家族生活的读者以震撼和好奇，认为作者必定有明确的考量（元素、贾府、大观园格局），纷纷索隐其背后的真实原型（一个园子为基础，比较忠实的写照）或者素材来源（作者在多个园子见闻基础上的文学再造）。

但是，近现代学界往往又借书中人物活动涉及的方位问题，认为大观园，甚至荣国府的建筑方向、格局混乱。实际上，之所以有这样的认知，往往因为近现代读者对中国传统园林、建筑空间相关知识缺乏所至。如果能够了解这些相应知识，就可以发现曹雪芹对他笔下的方位、格局、空间有着极为清醒的认识，《红楼梦》中方位写作不误。

一、园林的写作与建筑格局研究的错位

近代“红学”（近代论文式、逻辑化表达）诞生以来，关于大观园原型或者素材的探讨亦多，主张差异极大，至今众说纷纭。

小说的文字就在那里，何以各家主张差别如此之大呢？

除了《红楼梦》大观园格局描写的不系统（不同景观出现于不同回目）、不清晰（传统行文方位多用模糊性书写，如前、逶迤、穿花度柳等词汇，显得生气活泼），根本原因还在于，《红楼梦》中大观园写的是园林，而研究者却不考虑园林的构造手法，将研究眼光集中在建筑上，忽略了山

川、小路对方位的“调整”，故而，对某些方位描写感到矛盾。

所谓不能从大观园“作为大型平地园林的角度”对大观园的方位书写进行研究，是指研究者更多地考量大观园的建筑，而不考量园林的审美、格局、手法等因素——园林以山川水脉作为架构格局、分割空间的基本手段，建筑只是其中的组成或点睛元素。

在园林中，山脉将诸多建筑分割在不同的空间中，又以小路连接，虽然不同建筑空间之间直线距离不远，却互相不见，形成人在山川中“分散”生活的效果；同时，因山川的存在（很多山岭、河流以非正方向存在）和道路的弯曲，人行走的方向总是在变化的，形成“看似复杂”（矛盾）的方向书写。

也就是说，百年来的大观园研究者并未给大观园以“作为大型平地园林的角度”进行考察，而这种作者对园林的熟悉、以此为基础的园林写作和研究者仅仅围绕建筑格局进行研究的错位，使得研究者理解文本中某些写作的“模糊”、看似“似乎矛盾”的方位书写时，更加得不到解释，只能消极地归结于“作者创作的不细致”①。

而这样的思路不仅难以把握作者的见闻、审美与文学表达技法，也难以深入理解大观园中故事书写的妙处。

二、由梨香院界定大观园的范围：大观园在荣国府内

（一）大观园建造前、后梨香院始终存在

关于大观园研究，梨香院是用于界定大观园范围、大观园东、北部格局最可靠的标志。因为在大观园建造前、后梨香院始终存在且位于荣国府东北方向上。

《红楼梦》第四回“薄命女偏逢薄命郎　葫芦僧乱判葫芦案”中写道：

> 贾政便使人上来，对王夫人说：“……咱们东北角上梨香院一所十来间房，白空闲着，打扫了，请姨太太和姐儿哥儿住了甚好。”

---

① 徐建平《大观园平面布局考论》对历来大观园平面研究中存在的与文本书写间的矛盾多有关注与驳正。《曹雪芹研究》2018年第1辑。

第十八回“皇恩重元妃省父母　天伦乐宝玉呈才藻”中又写道：“那时，薛姨妈另迁于东北上一所幽静房舍居住，将梨香院早已腾挪出来，另行修理了，就令教习在此教演女戏。”可见，大观园的修建并未影响到梨香院的存在。

（二）梨香院界定大观园的北部范围与格局

《红楼梦》第四回“薄命女偏逢薄命郎　葫芦僧乱判葫芦案”中写道：

> 原来，这梨香院即当日荣公暮年养静之所，小小巧巧，约有十余间房屋，前厅后舍俱全。另有一门通街，薛蟠家人就走此门出入。西南有一角门，通一夹道，出夹道，便是王夫人正房的东边了。

可知，梨香院位于荣国府东北方向，有一门通街，又有一西南角门，过夹道，可至王夫人正房东面。

又，第六十九回“弄小巧用借剑杀人　觉大限吞生金自逝”中：

> 贾琏忙命人去开了梨香院的门，收拾出正房来停灵。贾琏嫌后门出灵不象，便对着梨香院的正墙上通街现开了一个大门……
>
> 贾蓉忙上来劝：“叔叔解着些儿，我这个姨娘自己没福。”说着，又向南指大观园的界墙……（凤姐）且往大观园中来。绕过群山，至北界墙根下往外听，隐隐绰绰听了一言半语。

可知，梨香院的南墙即是大观园北墙的东部（梨香院在荣国府东北角，却不在大观园内，也即梨香院在大观园东北院墙外，两者共用一段院墙）。

梨香院本有一门通街，贾琏嫌尤二姐“后门出灵不象，便对着梨香院的正墙上通街现开了一个大门”，则可知梨香院的通街门为荣府后门（北向）之一，其新开之“正墙上通街门”则应朝东，在院落东南角（此彼时京师四合院常有格局）。

三、大观园用地为荣国府部分下人群房和其他原有空间

（一）大观园兴建前荣国府的土地使用情况

众所周知，荣国府为三路格局，贾政夫妇居中，贾母居西院，贾赦为

长子，成年后分院独居；不过，很多人未必意识到，贾赦的院落是从荣府东花园（宁府花园会芳园位于宁府西部，与荣府花园隔巷相望）原有空间分割出来的。第三回“金陵城起复贾雨村　荣国府收养林黛玉”中写道：

> 邢夫人挽着黛玉的手，进入院中。黛玉度其房屋院宇，必是荣府中花园隔断过来的。进入三层仪门，果见正房厢庑游廊，悉皆小巧别致，不似方才那边轩峻壮丽，且院中随处之树木山石皆有。

当日，荣公于东路花园的北端建梨香院，为“暮年养静之所，小小巧巧”，也即梨香院位于荣国府的最东路的最北端。

实际上，荣国府东路除原建有园林外，还建造有下人的“群房”：诸多丫鬟居主人处下房，但荣国府那些众多成年成家的奴才、仆妇，除了钱财富裕、自有居所者外，自然需要主人家集中安排居处。故第十六回“贾元春才选凤藻宫　秦鲸卿夭逝黄泉路”中，写修建大观园时，将“荣府东边所有下人一带群房尽已拆去”。

又，第六回“贾宝玉初试云雨情　刘姥姥一进荣国府”中，刘姥姥到荣府“后街上后门”寻周瑞家的，知道王熙凤有空，周瑞家的又带着刘姥姥“逶迤往贾琏的住处来”。可见，周瑞一家居住在荣府的后面（北面）临街处，有从荣府北面直入南面的通道。

也即是说，结合梨香院、周瑞家的位置，荣国府园林区位于东路，后贾赦单独居住，将园林区南端改建给贾赦使用。贾赦院落北部为下人群房，再北为荣府园林区（西部有面积广阔的田地、林地），再北端才是梨香院和薛姨妈移出梨香院后的住所。

既然，荣府东路、北路都有大规模下人群房，则东路下人群房拆除后，北路或西路自当新建下人群房或者调整某些空闲下人住房。

此外，贾府大量使用马匹，贾母在房子里看到南院马棚的火，茗烟为贾宝玉在大观园后门备马。那就是说，荣国府土地不同区域还有相当规模的马厩。

（二）大观园对荣国府原有土地的占用与改造

按照大观园兴建后，荣国府东北角上梨香院（荣国府原来园林东北角上）未动（与薛姨妈后迁荣国府东北房屋，依然保持通大观园、贾府主建筑的通道)、北面下人群房未动的现实，说明大观园位于荣国府内。

也就是说，大观园的用地占用空间并未涉及宁国府会芳园部分，荣国府也没有再购土地，只是占用、调整了荣国府自有部分下人群房、园林（王公显贵园林拥有巨量的面积、果园、蔬菜、稻田等）空间。这也就是大观园建成后，小说写及人们从后门出入荣国府时，或云自大观园后门，或云自荣府后门的原因。

或者以为，大观园面积过大，不可能位于荣国府内，但是，不要忘了，在曹雪芹的设计中，荣国府是一个人口近千（三四百丁）的大家族，又是功劳极大的开国元勋，家族所占面积自然极大。

四、大观园的占地、用水与对宁、荣旧园风物的借用

（一）大观园的性质与规模

《红楼梦》中贾府为国公府，大观园是为迎接皇帝的贵妃贾元春省亲而建，这就使得大观园的等级、规模、建造意向、格局要符合贾府、元妃的“身份”。也就是说，大观园名义上为荣国公府园林，实际上带有皇家园林的性质。

这种“皇家性质”首先表现在规模上。第十六回“贾元春才选凤藻宫　秦鲸卿夭逝黄泉路”：

> 贾蓉先回说：“我父亲打发我来回叔叔：老爷们已经议定了，从东边一带，借着东府里花园起，转至北边，一共丈量准了，三里半大，可以盖造省亲别院了。”

“三里半大”的意思，即园林的周长为三里半长（此明清园林面积常用计算、表述方式），因兼言及四周内面积，故云“大”。

（二）大观园与宁府会园的关系

第十六回“贾元春才选凤藻宫　秦鲸卿夭逝黄泉路”中写到大观园与宁府会芳园的关系：

> 先令匠人拆宁府会芳园墙垣楼阁，直接入荣府东大院中……当日，

宁、荣二宅，虽有一小巷界断不通，然这小巷亦系私地，并非官道，故可以连属。会芳园本是从北拐角墙下引来一股活水，今亦无烦再引。

按照大观园建成后，梨香院仍然保存，薛姨妈居住荣国府东北院落的现实来看，大观园建造时，虽然拆除了一部分会芳园的楼阁，但并未直接占用会芳园空间，只是借用了它的一部分山势（即将会芳园西部堆山的规模扩大了，形成山势连绵的意态）。

（三）大观园对荣府旧园的借用

除了借用了会芳园的部分堆山、引水，大观园还借用了荣府旧园的诸多事物。第十六回“贾元春才选凤藻宫　秦鲸卿夭逝黄泉路”中即写道：

> 其山石树木虽不敷用，贾赦住的乃是荣府旧园，其中竹树山石以及亭榭栏杆等物，皆可挪就前来。如此，两处又甚近，凑来一处，省得许多财力，纵亦不敷，所添亦有限。

第十七回“大观园试才题对额　荣国府归省庆元宵”：

> 遂命开门，只见迎门一带翠嶂挡在前面……说着，往前一望，见白石崚嶒，或如鬼怪，或如猛兽，纵横拱立，上面苔藓成斑，藤萝掩映。

园林中石头上的苔藓，一在于环境，二在于新旧，故可知，此处当为荣府旧园现成事物改建（达官显贵园林之后半部、东西两侧多堆土成山，不唯用于营造山林环境，用以审美，且用以聚气，则此处之山石或即荣府旧园之固有山林部分），故“庚辰双行夹批”云：“曾用两处旧有之园所改，故如此写方可，细极。”

五、大面积的大观园与大观园的格局

（一）挖水成池与堆土成山

中国传统园林讲求择地于自然山川，若平地造园，则要模拟自然山川，而模拟自然山川就需要挖湖堆山，挖湖堆山则要园林的大面积，故南方园林狭小，多不能堆山，不过点缀山石而已。

大观园不同，它本身带有的皇家属性，即决定了它对模拟自然、挖湖堆山的基本要求。第十七回“大观园试才题对额　荣国府归省庆元宵”写蘅芜苑环境云：

忽见柳阴中又露出一个折带朱栏板桥来，度过桥去，诸路可通，便见一所清凉瓦舍，一色水磨砖墙，清瓦花堵。那大主山所分之脉，皆穿墙而过。

“大主山”处，“庚辰双行夹批”云：“两见大主山，稻香村又云怀中，不写主山，而主山处处映带连络不断可知矣。”

不仅稻香村、蘅芜苑或在山怀，或由主山之脉穿墙而过，大观园中各景点基本都有土山环绕。怡红院西侧与大路之间为大土山的延伸山岭，后与栊翠庵隔山而处，芦雪广（即庵）也盖在傍山临水河滩之上，大观楼后与大观园后门间也应有相当规模的土山分布。

山是园林的骨架，水便是园林的血脉。大观园中，土山处处，水可行舟，在明清时代，只有康雍乾嘉时代海淀园林有此面貌（城内园林不准引三海水，且面积狭小；三海则全是大面积湖面园林，而无规模宏大的堆山）。

（二）大面积的大观园与集中于大观园西南部的建筑空间

大观园面积庞大，占地三里半，康熙皇帝海淀畅春园（北界北京大学西门外，南面至北京四环稍南）周不足七里（占地 750 余亩，南北长约 920 米，东西宽约 520 米），也即大观园当为畅春园之半（不管大观园的三里半大是三面周长三里半，还是四面周长三里半，其规模与畅春园的规模比例大约如此）。

不过，建筑空间却不是平均分布在巨大的园林面积上。大观园的各建筑空间主要集中于园林的南部。第十七回“大观园试才题对额　荣国府归省庆元宵”：

说着，进入石洞来，只见佳木茏葱，奇花闪灼，一带清流，从花木深处曲折泻于石隙之下。再进数步，渐向北边，平坦宽豁。

“庚辰双行夹批”云：“细极。后文所以云进贾母卧房后之角门，是诸钗日相来往之境也。”

按，诸钗早晚给贾母请安，富家小姐不惯跋涉，因此，各建筑自然集中在大观园的南部和轴线上。

既然如此，大观园又何必要圈三里半偌大的面积呢？这就是皇家园林的特点了，大面积的土地既可以为园林主体建筑空间提供分割与围护，制造出主人生活于自然山林中的意境，此外，大量的土地还可供种植庄稼、蔬菜并栽植果木。故而，写及稻香村时：

> 倏尔青山斜阻。转过山怀中，隐隐露出一带黄泥筑就墙，墙头上皆稻茎掩护。有几百株杏花，如喷火蒸霞一般。里面数楹茅屋。外面却是桑、榆、槿、柘，各色树稚新条，随其曲折，编就两溜青篱。
>
> 篱外山坡之下，有一土井，旁有桔槔辘轳之属；下面分畦列亩，佳蔬菜花，漫然无际。

此处，“庚辰双行夹批”则云：“‘斜’字细，不必拘定方向。诸钗所居之处，若稻香村、潇湘馆、怡红院、秋爽斋、蘅芜苑等，都相隔不远，究竟只在一隅。然处置得巧妙，使人见其千邱万壑，恍然不知所穷。”

（三）蓼风轩、省亲别墅、梨香院关系辨证

第四十回“史太君两宴大观园　金鸳鸯三宣牙牌令”写及藕香榭、省亲别墅、蘅芜苑、梨香院、荣府后大街的关系。先说：

> 正说话，忽一阵风过，隐隐听得鼓乐之声。贾母问：“是谁家娶亲呢？这里临街倒近。”王夫人等笑回道：“街上的那里听的见，这是咱们的那十几个女孩子们演习吹打呢。”
>
> ……贾母道：“就铺排在藕香榭的水亭子上，借着水音更好听。回来，咱们就在缀锦阁底下吃酒，又宽阔，又听的近。”……

接着，从探春处出来：

走不多远，已到了柳叶渚。姑苏选来的几个驾娘早把两只棠木舫撑来，众人扶了贾母、王夫人、薛姨妈、刘姥姥、鸳鸯、玉钏儿上了这一只，落后李纨也跟上去。凤姐儿也上去，立在舡头上……

说着，已到了花溆的萝港之下……贾母因见岸上的清厦旷朗，便问："这是你薛姑娘的屋子不是？"众人道："是。"

贾母忙命拢岸，顺着云步石梯上去，一同进了蘅芜苑……说着，坐了一回方出来，一径来至锦阁下。

这段文字是分析各建筑方位、格局、空间的绝好资料。

既称，由潇湘馆（潇湘馆西部为湖）前行，向紫菱洲、蓼溆方向，结合贾政等由稻香村到花溆（即蓼汀花溆），不能过河的情况，结合上面文字，迎春的紫菱洲当在稻香村西侧、临湖处，花溆则在其北部。

惜春的蓼风轩位于省亲别墅西侧池塘北岸，其附属建筑藕香榭、芦雪庵位于蓼风轩东，藕香榭位于湖岸边（西北、东南倾斜，故其处演奏，省亲别墅东楼缀锦楼能够听得清晰），芦雪庵则全在水中，东靠近蓼溆。

过蓼溆，东下不远就是省亲别墅的临水码头，再东即蘅芜苑的临水码头，故知蘅芜苑位于省亲别墅东南位置。

又，在秋爽斋，可以听到梨香院的音乐之声（街上声音却听不见），在省亲别墅能够听到秋爽斋、藕香榭的音乐，可见距离都不算远，蘅芜苑位于省亲别墅东南侧，则位于荣国府东北角的梨香院自然与其西南的蘅芜苑不远。

（四）秋爽斋、蓼风轩、稻香村

《红楼梦》第七十四回“惑奸谗抄检大观园　矢孤介杜绝宁国府”中，写王熙凤、王善保家的抄家各处路线云：

便从上夜的婆子处抄检起……于是先就到怡红院中……

说着，一径出来……一头说，一头到了潇湘馆内……又到探春院内……凤姐直待伏侍探春睡下，方带着人往对过暖香坞来。

彼时，李纨犹病在床上，他与惜春是紧邻，又与探春相近，故顺路先到这两处。因李纨才吃了药睡着，不好惊动，只到丫鬟们房中一一的搜了一遍，也没有什么东西，遂到惜春房中来。……于是，别了惜春，方往迎春房内来。

抄检大观园自然按照方便原则（距离近、不走回头路）行程，因此这一段描写，对研究大观园格局而言，比贾政一行（出于审美游览式行程）更加准确，更加具备可参考性。

先到怡红院，自然是因为宝玉为大观园中唯一具有独立住所的男性，当然也与怡红院距离正门（南门）距离最近有关。潇湘馆近临怡红院，秋爽斋近临潇湘馆，探春的秋爽斋对面就是惜春的暖香坞，暖香坞距离稻香村近，而复与迎春的紫菱洲相近。

六、大观园中的道路与景点

（一）大观园的道路与建筑空间格局：贾政游园非直线行走

水脉固然重要，但人不能行水上，故而道路是园林中极为重要的成分。

园林中的道路既有主要大路，也包括诸多小路，更包括处处桥梁。诸多道路联络起来，使得规范格局的大路与方便通行的小路连接起园林的整体空间，此皇家园林与南方士人园林（一般一两条路、一两座桥连接整个园子）的又一基本区别。

第十七回“大观园试才题对额　荣国府归省庆元宵”中，贾政扶了宝玉自门内山路逶迤进入山口。“庚辰双行夹批”云：

> 按此一大园，羊肠鸟道不止几百十条，穿东度西，临山过水，万勿以今日贾政所行之径，考其方向基址。故正殿反于末后写之，足见未由大道而往，乃逶迤转折而经也。

脂砚斋虽然读书颇有疏漏，但作为清人，是懂园林的，故而在此提醒读者，应该全面考量省亲别墅的正殿与大观园的总体格局，而不要局限于贾政的游览路线——贾政的行走路线并非直线而行，而是随景曲折的，但研究者读书和行文中往往忽略这一点。

第十七回，贾政等出翠嶂山洞北行，发现：“两边飞楼插空，雕甍绣槛……俯而视之，则清溪泻雪，石磴穿云，白石为栏，环抱池沿。石桥三港，兽面衔吐，桥上有亭。贾政与诸人上了亭子，倚栏坐了。”可知，土山北不远处为水池，右行一段距离，可以上到水池上的石桥（桥上有亭，后名为沁芳桥、沁芳亭）。过了此亭，则由小路可通各处。“庚辰双行夹批”云：“此亭大抵四通八达，为诸小径之咽喉要路。”

（二）元妃游览路径说明怡红院、潇湘馆、稻香村、蘅芜苑在主路左右

贾政游览大观园系走山路随景而行，而第十八回“皇恩重元妃省父母　天伦乐宝玉呈才藻”中，元妃省亲则不同，先是乘舟而行，后换过衣服后，则由大路游览：

> 尤氏、凤姐等上来启道：“筵宴齐备，请贵妃游幸。”元妃等起身，命宝玉导引，遂同诸人步至园门前……进园来，先从“有凤来仪”“红香绿玉”“杏帘在望”“蘅芷清芬”等处，登楼步阁，涉水缘山，百般眺览徘徊……已而至正殿，谕免礼归座，大开筵宴。

以元春的体力和身份，可以自大门步行至省亲别墅，可知这段距离并不深远。另外，省亲路程直线前行（不走回头路），因此，怡红院应潇湘馆稍东北处（怡红院有通往主路的数条小路，方向或者西北，或者西南，其中通沁芳桥、正门小径西南行），任何把怡红院置于潇湘馆偏东南的思路都是错误的。

宝玉称怡红院、潇湘馆两处离得近，贾政游览，“忽见大山阻路……直由山脚边忽一转，便是平坦宽阔大路，豁然大门前见”。可知，怡红院距离正门也不远，但与主路之间有诸多土山横亘。

大观园主路基本格局为，入大门（大门西行不远即贾母院落）东折，即主路，前行即沁芳桥，过桥，西为潇湘馆（即有凤来仪），稍北东侧即怡红院（红香绿玉）。北行，主路东侧即是稻香村（杏帘在望），过桥，为蘅芜苑。

（三）潇湘馆北、稻香村西景区

潇湘馆北、稻香村西景区，为惜春的暖香坞并荼蘼架、木香棚等景区。第四十回“史太君两宴大观园　金鸳鸯三宣牙牌令”写及藕香榭、省亲别墅、蘅芜苑、梨香院关系：“说着，一径离了潇湘馆……一面说着，便向紫菱洲、蓼溆一带走来。”可见，紫菱洲、蓼溆在潇湘馆北面。

第十七回“大观园试才题对额　荣国府归省庆元宵”中写道：

> 一面引人出来，转过山坡，穿花度柳，抚石依泉，过了荼蘼架，再入木香棚，越牡丹亭，度芍药圃，入蔷薇院，出芭蕉坞，盘旋曲折。忽闻水声潺湲，泻出石洞，上则萝薜倒垂，下则落花浮荡。……宝玉道：“这越发过露了。‘秦人旧舍’说避乱之意，如何使得？莫若‘蓼汀花溆’四字。”
>
> ……
>
> 贾珍道：“从山上盘道亦可进去。”说毕，在前导引，大家攀藤抚树过去……忽见柳阴中又露出一个折带朱栏板桥来，度过桥去，诸路可通，便见一所清凉瓦舍。

过栏板桥，北即蘅芜苑（蘅芷清芬），蘅芜苑后偏西处即省亲别墅。蘅芜苑东行，过沁芳闸南行，一带山谷内，则点缀着“清堂茅舍，或堆石为垣，或编花为牖，或山下得幽尼佛寺，或林中藏女道丹房，或长廊曲洞，或方厦圆亭”，也即栊翠庵、达摩庵、玉皇庙等各点景。

（四）大观园的水系布局与景点设置：从沁芳闸，到稻香村、西南角、怡红院后

在正文中，大观园的水系有两处集中描写，一处是在贾政游怡红院时：

> （后）院中满架蔷薇、宝相。转过花障，则见清溪前阻。众人咤异：“这股水又是从何而来？”
>
> 贾珍遥指道：“原从那闸起，流至那洞口，从东北山坳里引到那村庄里，又开一道岔口，引到西南上，共总流到这里，仍旧合在一处，从那墙下出去。”

“那闸”，指的是省亲别墅东的沁芳闸。书中写贾政等从省亲别墅出来：“至一大桥前，水如晶帘一般奔入。原来，这桥便是通外河之闸、引泉而入者。”“那洞口”，则是指稻香村后、蘅芜苑前涵洞（蓼溆花港）。

也即是说，大观园自会芳园引水入园后，水分三支：

一水直出花溆，到藕香榭一带、紫菱洲一带，汇集成湖。

在稻香村东北山坳分一支水流至稻香村。

分流至稻香村水再开一岔口，经怡红院、潇湘馆后，西南行，汇入秋爽斋一带湖泊。

湖泊水在大观园西南，引流而东，自潇湘馆、怡红院前，合稻香村水脉，于园东南合流，出大观园，经会芳园，复归园外大河。

经稻香村的溪流西南行，过怡红院、潇湘馆后，文中明确写及：

> 忽抬头看见前面一带粉垣，里面数楹修舍，有千百竿翠竹遮映……后院墙下忽开一隙，得泉一派，开沟仅尺许，灌入墙内，绕阶缘屋至前院，盘旋竹下而出。

秋爽斋、潇湘馆之间水面收缩成河流，以桥横跨其上，将大观园湖泊分为南北二湖。第十八回“皇恩重元妃省父母　天伦乐宝玉呈才藻”写元妃自前湖码头登舟，游览大观园：

> 且说贾妃在轿内……忽又见执拂太监跪请登舟，贾妃乃下舆。只见清流一带，势若游龙……已而入一石港，港上一面匾灯，明现着“蓼汀花溆”四字。……一时，舟临内岸，复弃舟上舆，便见琳宫绰约，桂殿巍峨……

也即，元春自大门入，沿着门口土山前大路西行，转北，至湖边，下轿登舟北行，过潇湘馆、秋爽斋间桥下（湖西岸、北岸、东岸即探春、迎春、惜春所居馆阁），过暖香坞、蓼风轩（含芦雪庵、藕香榭）、花溆，不久，临岸登陆，上轿至省亲别墅——舟再前行，临岸即蘅芜苑。

（五）大主山与稻香村、蘅芜苑、怡红院、栊翠庵

书中，写稻香村在主山山怀中，主山山脉穿蘅芜苑而去，延伸到大观园东北，形成新的山群。

实际上，大观园中，以稻香村为中心的大土山的主山北向延伸至蘅芜苑、宝黛读《西厢记》处，还南延伸至栊翠庵、怡红院。第四十九回“琉

璃世界白雪红梅　脂粉香娃割腥啖膻”写贾宝玉到芦雪广：

> 出了院门……走至山坡之下，顺着山脚刚转过去，已闻得一股寒香拂鼻。回头一看，恰是妙玉门前栊翠庵中有十数株红梅如胭脂一般，映着雪色，分外显得精神，好不有趣！……只见蜂腰板桥上一个人打着伞走来，是李纨打发了请凤姐儿去的人。

李纨的丫鬟从稻香村出大观园，何不直接沿主路南行，而要经过栊翠庵（在怡红院东北方向）前呢？这就说明稻香村位于大观楼中线的东侧（与主路间有大山阻隔）、栊翠庵西北。

我们知道，怡红院、稻香村都位于大主山的山环之中或者位于大主山的延伸带上，与中线大路之间复有大土山的山岭相隔，稻香村至中线最近便处，系从土山小径西北行（即主路通稻香村的小路，在稻香村主体建筑处）——此元妃省亲路线；而自稻香村的前正门西南行，则不如东南行，先至怡红院，复西南行到大门近便。

如果不是这样的话，李纨的丫鬟就应该直接到中线大路、过潇湘馆，而不是栊翠庵，也就不可能遇到在栊翠庵的宝玉了。

以往学者研究大观园，或把稻香村置于潇湘馆后。实际上，这种思路主要是依据第十七回中贾政的游览路线。问题是，贾政游览的是有大规模堆山、理水的“皇家性质”园林，而不是规模小巧、路径简洁的南方私人园林，园林中的山路、大路、小路、景观分布、建筑都应该考虑到方可。故贾政“说毕，命贾珍在前引导，自己扶了宝玉，逶迤进入山口”。此处，“庚辰双行夹批”云：

> 此回乃一部之纲绪，不得不细写，尤不可不细批注。盖后文十二钗书，出入来往之境，方不能错乱，观者亦如身临足到矣。今贾政虽进的是正门。却行的是僻路，按此一大园，羊肠鸟道不止几百十条，穿东度西，临山过水，万勿以今日贾政所行之径，考其方向基址。故正殿反于末后写之，足见未由大道而往，乃逶迤转折而经也。

七、沁芳亭、滴翠亭与大观园的湖泊、建筑格局

大观园中有两个颇为重要的亭子，一个是沁芳亭，一个是滴翠亭。

（一）沁芳亭位于潇湘馆、怡红院之间主路上

沁芳亭见于第十七回“大观园试才题对额　荣国府归省庆元宵”，先写由大门内的翠嶂曲径进入石洞：

> 再进数步，渐向北边，平坦宽豁……石桥三港，兽面衔吐。桥上有亭。贾政与诸人上了亭子，倚栏坐了。

此亭压水而成，因宝玉为避免与前人雷同，考虑元妃省亲的性质，名称需要入于应制之例，要求蕴藉含蓄，故题曰“沁芳”，并题七言联语：“绕堤柳借三篙翠，隔岸花分一脉香。”

对于沁芳亭，我们需要注意的是，从它出，逶迤前行，方至潇湘馆：

> 出亭过池，一山一石，一花一木，莫不着意观览。忽抬头看见前面一带粉垣，里面数楹修舍，有千百竿翠竹遮映……上面小小两三间房舍，一明两暗，里面都是合着地步打就的床几椅案……后院墙下忽开一隙，得泉一派，开沟仅尺许，灌入墙内，绕阶缘屋至前院，盘旋竹下而出。

问题是，潇湘馆是大观园中第一处“行幸之处”（有规模可居人空间）。也就是说，从大路行来，潇湘馆距离大观园正门不太远。

同时，沁芳桥、亭位于潇湘馆与怡红院之间。《红楼梦》第六十三回“寿怡红群芳开夜宴　死金丹独艳理亲丧”写晚上宴会：

> 李纨、宝钗等都说：“夜太深了不象，这已是破格了。”袭人道：“既如此，每位再吃一杯再走。”说着，晴雯等已都斟满了酒，每人吃了，都命点灯。袭人等直送过沁芳亭河那边方回来。

又写宝玉给妙玉回帖：“宝玉……想罢，袖了帖儿，径来寻黛玉。刚过

了沁芳亭，忽见岫烟颤颤巍巍的迎面走来。宝玉忙问：‘姐姐那里去？’岫烟笑道：‘我找妙玉说话。’”可见，沁芳桥（亭）位于怡红院、潇湘馆之间。结合抄检大观园时王熙凤等人的行程，怡红院、沁芳桥、潇湘馆、秋爽斋等大体位置可以确定。

（二）沁芳闸桥、沁芳桥与黛玉葬花处

宝黛读《西厢记》、葬花是书中最感人的情节之一，事见于《红楼梦》第二十三回“西厢记妙词通戏语　牡丹亭艳曲警芳心”。先写三月中，宝玉读《西厢记》（又名《莺莺传》，唐人元稹作传奇，《西厢记》即由此敷衍成戏）：“那一日，正当三月中浣，早饭后，宝玉携了一套《会真记》，走到沁芳闸桥边桃花底下一块石上坐着……只得兜了那花瓣，来至池边，抖在池内。”接着，写黛玉的“葬花观”（实则为人生观）：

> 林黛玉道：“撂在水里不好……那畸角上，我有一个花冢，如今把他扫了，装在这绢袋里，拿土埋上，日久不过随土化了，岂不干净？”

至于“那畸角”在哪里，书中并未明写。现有的两处描写也存在矛盾：本回写道：

> 这里林黛玉见宝玉去了……正欲回房，刚走到梨香院墙角上，只听墙内笛韵悠扬，歌声婉转。林黛玉便知是那十二个女孩子演习戏文呢。

似乎葬花的“畸角”在沁芳闸桥的东北、梨香院的西南附近，故而，黛玉葬花后回房顺拐到梨香院外。《红楼梦》第九十六回“瞒消息凤姐设奇谋　泄机关颦儿迷本性”中复写及此处：

> 一日，黛玉……刚走到沁芳桥那边山石背后，当日同宝玉葬花之处，忽听一个人呜呜咽咽在那里哭。……那丫头跟着黛玉到那畸角儿上葬桃花的去处，那里背静……

以黛玉的脚程和带傻大姐问话的实际情况，此处所谓“刚走到沁芳桥那边山石背后，当日同宝玉葬花之处”，与前所谓沁芳闸桥东北、梨香院外一带相隔甚远。之所以出现这样的误会，大概与程伟元、高鹗整理后四十回事将“沁芳闸桥”、与“沁芳亭桥”混为一谈有关。

沁芳亭桥（桥上有亭）位于怡红院、潇湘馆之间主路的南端，西南邻大观园南正门，而沁芳闸桥（桥下有闸）则位于蘅芜苑东侧，联通大观园东北与东南地方。

正是因为，程伟元、高鹗将沁芳闸桥理解成沁芳亭桥，才有了九十六回的这处“刚走到沁芳桥那边山石背后，当日同宝玉葬花之处”的误写。

不过，此处下文的书写并未受到影响。黛玉听了傻大姐讲述二宝婚姻事后：

> 自己移身要回潇湘馆去。那身子竟有千百斤重的，两只脚却像踩着棉花一般，早已软了。只得一步一步慢慢的走将来。走了半天，还没到沁芳桥畔，原来脚下软了，走的慢，且又迷迷痴痴，信着脚从那边绕过来，更添了两箭地的路。这时，刚到沁芳桥畔，却又不知不觉的顺着堤往回里走起来。

这段文字写到了“沁芳桥那边山石背后，当日同宝玉葬花之处”，又写到了自葬花畸角“走了半天，还没到沁芳桥畔……信着脚从那边绕过来，更添了两箭地的路”，再结合前文中写大观园大门内为堆山、大观园水流自西南角东流，合稻香村、怡红院水，出大观园的描写，可以大体知道潇湘馆、怡红院前（南）堆山、流水、葬花处、桥等格局。

（三）滴翠亭位于湖中，四面通达

滴翠亭位于后湖中部。第二十七回“滴翠亭杨妃戏彩蝶　埋香冢飞燕泣残红”写宝钗、迎春、探春、惜春、李纨、凤姐等在园内玩耍，独不见林黛玉。宝钗遂自告奋勇去闹了黛玉来，将到潇湘馆，见宝玉进去，宝钗抽身回来，见一双玉色蝴蝶，大如团扇，意欲扑了来玩耍：

> 只见那一双蝴蝶忽起忽落，来来往往，穿花度柳，将欲过河去了。倒引的宝钗蹑手蹑脚的，一直跟到池中滴翠亭上，香汗淋漓，娇喘细细。……这亭子四面俱是游廊曲桥，盖造在池中水上，四面雕镂槅子

糊着纸。

“欲过河去了”的“河”，即是从稻香村分出，流至西部湖泊中的水流。考虑滴翠亭“四面俱是游廊曲桥”，则其东可至藕香榭，西可至秋爽斋，北至紫菱洲，南可达南、北湖泊中间堤岸，并可至沁芳亭。第四十九回“琉璃世界白雪红梅　脂粉香娃割腥啖膻”写宝玉前往芦雪广，知道姑娘们饭后才来，遂前往贾母处吃饭。此处描写透漏了芦雪广、藕香榭、滴翠亭的位置关系：

> 这芦雪广盖在傍山临水河滩之上……四面都是芦苇掩覆，一条去径，逶迤穿芦度苇过去，便是藕香榭的竹桥了……刚至沁芳亭，见探春正从秋爽斋来……宝玉知他往贾母处去，便立在亭边，等他来到，二人一同出园前去。

按，前所云，沁芳亭位于南湖南北岸的中心，宝玉在沁芳亭能看到探春从秋爽斋而来，说明秋爽斋当在沁芳亭的西北面，是大观园离贾母院落最近的院落。

探春前往贾母处，不走大路，却要沿着湖岸东向而来，正是因为秋爽斋南侧湖泊蜿蜒，与其绕远，不如径直东行，南折，距离更近。

八、从荣国府到大观园：王夫人院、大观园、梨香院、下人房

（一）荣国府的格局与大观园的园门

第十八回“皇恩重元妃省父母　天伦乐宝玉呈才藻”：

> 那銮舆抬进大门，入仪门，往东去，到一所院落门前，有执拂太监跪请下舆更衣。于是，抬舆入门，太监等散去，只有昭容、彩嫔等引领元春下舆……上面有一匾灯，写着“体仁沐德”四字。元春入室，更衣毕，复出，上舆进园。

也即贾政与贾赦院落间还有一重南北格局建筑空间。大观园的正门正

在此建筑与贾政荣禧堂建筑间夹道的北端。[1]夹道的北端即大观园门外的三间小花厅，原为元妃省亲时的太监值班休憩处，如皇帝行宫门外的朝房，后曾为李纨、探春等理事处。

（二）梨香院、下人房、贾府后门与大观园的建筑空间

荣国府建造大观园时，只谈到将荣府东路下人群房全部拆除，并将荣府东路园林北端建筑、台石等移往大观园使用，而荣府东北角之梨香院却并未拆动（梨香院之南墙即大观园东北角之北墙），住在荣府后门的周瑞家房屋似亦未受影响。如此，大观园的南北东西四边基本可以确定。

以省亲别墅为中点，大观园主体建筑都位于其南：迎春的紫菱洲位于大观楼西南；蘅芜苑位于省亲别墅东南，稻香村、怡红院、潇湘馆则在更南主路上，惜春的暖香坞位于湖东岸，在东为稻香村，探春的秋爽斋位于沁芳亭西侧临湖岸处，与暖香坞对面相处。

大观园的东北角是梨香院，其南即薛姨妈迁出梨香院后居所，再南就是大观园的东部堆山区，南临贾芸种树处，也即大观园自宁府引水处。

关于大观园用水，有两点值得注意：

> 大观园水脉经沁芳闸，西南流向蓼溆花港（花港东侧为省亲别墅、蘅芜苑），其间，从稻香村东北山坳分一支水入村，南流向怡红院。主水脉过花港后，向西，复折而南，在探春秋爽斋东侧收窄为河流，至园西南角，经潇湘馆、怡红院前，合稻香村来水，入宁国府会芳园。
>
> 在秋爽斋，可以听到梨香院小戏子演习音乐的声音，却听不到街上音乐的声音。这就说明大观园的北墙要远离后街，然而，以梨香院紧靠后街的现实来看，只有荣国府的后街呈西北斜向东南方向，才会有这种效果。且秋爽斋后距离园北墙有相当距离，其间，复有风水土山、园墙外复有下人群房等阻挡。

[1] 《红楼梦》第五十五回“辱亲女愚妾争闲气　欺幼主刁奴蓄险心”：“探春同李纨……二人议定：每日早晨皆到园门口南边的三间小花厅上去会齐办事，吃过早饭于午错方回房。这三间厅原系预备省亲之时众执事太监起坐之处，故省亲之后也用不着了，每日只有婆子们上夜……这厅上也有一匾，题着‘辅仁谕德’四字，家下俗呼皆只叫‘议事厅儿’。”

（三）论大观园对会芳园西部堆山的借用与强化

第十六回“贾元春才选风藻宫　秦鲸卿夭逝黄泉路”中写到：“先令匠人拆宁府会芳园墙垣楼阁，直接入荣府东大院中……当日，宁、荣二宅，虽有一小巷界断不通，然这小巷亦系私地，并非官道，故可以连属。会芳园本是从北拐角墙下引来一股活水，今亦无烦再引。”

一般认为，拆掉两府花园间的围墙，目的是借用会芳园的空间，有所营建。实际上，如果考虑薛姨妈居荣府东北房屋时，常与贾母、王夫人会面，再考量大观园主体建筑的分布就会发现，大观园完全在荣国府的北中部，根本没有涉及会芳园的空间占用。

这里需要思考两个问题：

> 大观园兴建之前，荣府东路花园偌大面积难道没有水面、溪流吗？难道没有借用会芳园的水脉吗？如果前已借用，大观园兴建又何以要拆掉二园间的围墙，将其连为一体呢？
>
> 既然大观园没有借用会芳园的空间，那么，为什么又要拆掉两府园林间的围墙呢？

书中称，宁府会芳园自园外引水，却不言荣府园林自园外引水，自然是因为贾府东北方向（即会芳园外）有河流经过，距离宁府更近，故宁府引河水入会芳园北部，再南下，分一支入荣府东园，复绕回会芳园主水脉，出会芳园，入相关河流。

但是，由于园林主人的身份和园林的“半皇家”性质（即迎接贵妃归省特意建造的园林），荣国府花园的面积和造景的规模恐怕远不如大观园庞大。由于省亲园林要符合元妃的身份（贵妃、贾政夫妇之女），而荣府花园部分位置已经为贾赦院落占用，故大观园需要向北部推移，相应的荣府园林的规模、格局都需要进行调整。

传统大型园林强调风貌的模拟自然，又强调聚风藏气，因此，特别重视堆山。大观园主山在稻香村附近，东北角多土山，省亲别墅、藕香榭后复有山。

按照中国园林模拟中国西北昆仑神山的传统，西北地区亦应该有大规模堆山，如此，只有东部缺乏堆山，一来堆山需要空间，二来会芳园西部也有堆山，稍加强化即可。

这就是大观园在荣府面积足够，能保留东北角梨香院、薛姨妈住房等，还要将二府园林围墙打掉的原因。

（四）大观园的门

大观园除正门（南门）、后门（北门）外，还有不少的角门。这些角门方便各处往来，在园林或建筑中是常有的设置，但多为读者所忽略。第四十八回“滥情人情误思游艺　慕雅女雅集苦吟诗”写宝钗携香菱入住大观园：

> 宝钗笑道：“我说你‘得陇望蜀’呢。我劝你今儿头一日进来，先出园东角门，从老太太起，各处各人你都瞧瞧，问候一声儿，也不必特意告诉他们说搬进园来。若有提起因由，你只带口说我带了你进来作伴儿就完了。回来进了园，再到各姑娘房里走走。”

明确写到大观园的“东角门”。

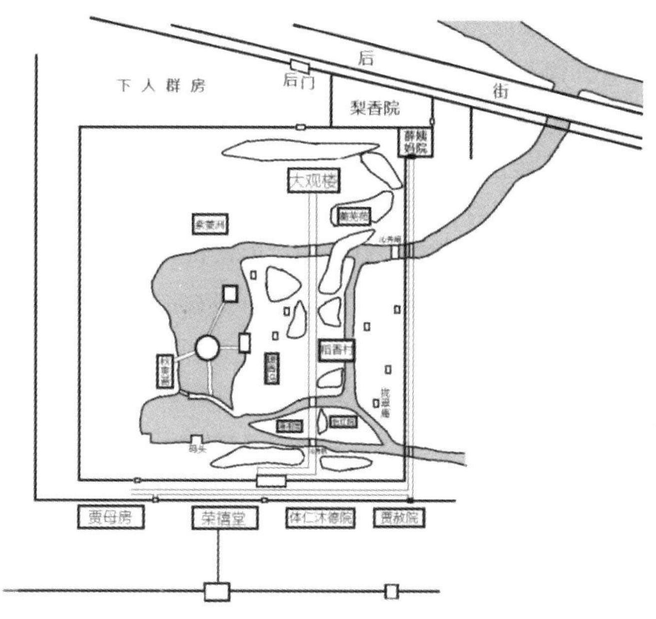

大观园平面示意图

第六十二回“憨湘云醉眠芍药裀　呆香菱情解石榴裙”写宝玉生日，恰好与宝琴同日，“薛蝌又送了巾扇香帛四色寿礼与宝玉，宝玉于是过去陪他吃面。两家皆治了寿酒，互相酬送，彼此同领。至午间，宝玉又陪薛蝌吃了两杯酒。宝钗带了宝琴过来与薛蝌行礼”。

> 把盏毕，宝钗因嘱薛蝌：“……我们和宝兄弟进去还要待人去呢，也不能陪你了。”……
>
> 一进角门，宝钗便命婆子将门锁上，把钥匙要了自己拿着。……宝钗笑道：“小心没过逾的。你瞧你们那边，这几日七事八事，竟没有我们这边的人，可知是这门关的有功效了。”

可见，薛家所住房屋与大观园之间也有角门。

综合以上分析，大约可以画出荣国府、大观园的布局。

九、见闻与素材：作者、家族、海淀、皇家园林营造

（一）曹雪芹生活时代海淀皇家园林的营造

曹雪芹对大观园的格局，自然是心知肚明的，不存在学界所谓作者书写粗糙、忽略细节造成矛盾书写的问题。

曹雪芹何以能够造就这皇家规模、规制、气象、结构的大观园呢？是纯粹的文学天才想象吗？是江南生活园林的再现或再造吗？是京城王府显贵园林的文学塑造吗？

正如上面所说，大规模的挖湖堆山，引水行舟，大面积的树木、稻田配置，在曹雪芹的江南、京师园林生活都不存在，唯一可能的现实素材即是康雍乾之际海淀皇家园林的设计与塑造。

曹雪芹创作《红楼梦》的乾隆九年至十八年，正是海淀皇家园林的基本定型期，尤其是畅春园（周七里，面积七百余亩）、圆明园（三千亩上下）两座大型平地皇家园林的兴建、景观、造园手法予《红楼梦》中大观园（大观园方三里半）的设计提供了鲜活的素材。

清代五座皇家园林特点及建设时间

园林名称	特点	始建时间
静明园	大型山地湖泊园	康熙十九年（1680年），建行宫，名澄心园，三十一年更名静明园。乾隆年间大规模扩建
畅春园	大型平地园	康熙二十六年（1687年）二月二十二日，皇帝首次驻跸
圆明园	超大型平地集锦园	始建于康熙四十八年（1709年）。1722年，雍正即位，即行拓展。乾隆初，进行局部增建、改建。乾隆题名“大观”
静宜园	超大型山地园	康熙十七年（1678年）前后，建香山行宫。乾隆十年（1745年），大加扩建，翌年竣工
清漪园	超大型山地湖泊园	乾隆十五年（1750年）建成

（二）曹雪芹了解海淀皇家园林的可能途径

那么，曹雪芹的大观园完全是头脑中的臆想，还是畅春园、圆明园两座大型平地皇家园林的基础上的文学构建呢？如果大观园的设计参考了畅春园、圆明园，那么，曹雪芹又是如何了解到这些知识呢？要知道，除非当差，或者皇帝特召，任何人都是不准进入皇家园林游荡的。

曹雪芹舅祖李煦出任苏州织造之前为畅春园首任总管，其在畅春园东南置有房舍；畅春园的附园西花园（在畅春园西），为康熙诸皇子未分府前集中学习之地，与其南侧的圣化寺行宫，皆为曹寅经手修建。

雍正继位后，李煦自然已经失宠败落，但李煦同父异母弟仍然与皇家关系紧密，李煦三弟李炘由銮仪卫治仪正转奉宸苑员外郎（奉宸苑，管理皇家园林机构）、管海子提督（海子，指南海子行宫）等；五弟李炆积官至畅春园总管。

至于曹雪芹，则传其乾隆初曾为侍卫（此时，是福彭得势之时，其二弟福秀、三弟福靖皆曾为侍卫）。

不仅大观园的描写，绝对的皇家园林风采，即元妃省亲的礼仪书写也是极为真实细腻。《红楼梦》第十八回“皇恩重元妃省父母　天伦乐宝玉呈才藻”：

一时，传人一担一担的挑进蜡烛来，各处点灯。方点完时，忽听外边马跑之声。一时，有十来个太监都喘吁吁跑来拍手儿。这些太监会意，都知道是“来了，来了”，各按方向站住。贾赦领合族子侄在西街门外，贾母领合族女眷在大门外迎接。半日静悄悄的。忽见一对红衣太监骑马缓缓的走来，至西街门下了马，将马赶出围幕之外，便垂手面西站住。

一百多字的文字，每一句曹雪芹亲友都有批语：

“庚辰双行夹批”云：“静极故闻之。细极。”

“庚辰双行夹批”云：“画出内家风范。《石头记》最难之处别书中摸不着。”

“庚辰侧批”云：“难得他写的出，是经过之人也。”

“庚辰双行夹批”云：“形容毕肖。”

“庚辰双行夹批”云：“形容毕肖。”

或者认为，作者未必曾为侍卫差事，但听人说，或随便看看，即可发挥想象，予以书写，但是需要知道的是，传统时代，帝后出巡，一要清跸，闲杂人等皆需回避，沿街要搭建布幔，此《红楼梦》中也有描写；其次，沿途之人需要低首叩头，不准抬头观看。因此，懂得皇家礼仪，描写一丝不乱，作为内务府包衣人的曹雪芹曾为皇家差事（侍卫、官差、杂役）的可能性极大。

总之，作为《红楼梦》主要人物的生活起居空间，作为《红楼梦》主要人物故事的演出场所，大观园体现了皇家平地造园的基本特点。

区隔整个园区主要空间的大土山，起到了分割各建筑空间、改变道路方向、歪曲空间方向等作用。这就使得读者的阅读和理解产生困难。但是，这种困难是阅读者的知识局限造成的，而不是作者的不细心造成的。

在《红楼梦》阅读中，对曹雪芹的天才保持最大的敬意，对《红楼梦》的文本储备必要的知识，关注《红楼梦》中的矛盾和细节描写，对深入解读、赏析《红楼梦》的故事文本无疑是极其重要的。

《红楼梦》第六十三回写夜宴位次不误

——怡红夜宴与《红楼梦》故事书写

《红楼梦》第六十三回“寿怡红群芳开夜宴　死金丹独艳理亲丧”写贾宝玉生日，晚上，邀请群芳来怡红院夜宴，掷骰子、行酒令，热闹至极。酒令上的“题词”对诸芳的地位、性格、命运都有写及，是全书中极为精彩的一章：

> 宝钗便笑道：“我先抓，不知抓出个什么来。”说着，将筒摇了一摇，伸手掣出一根，大家一看，只见签上画着一支牡丹，题着“艳冠群芳”四字，下面又有镌的小字一句唐诗，道是：“任是无情也动人。”又注着：“在席共贺一杯，此为群芳之冠，随意命人，不拘诗词雅谑，道一则以侑酒。”众人看了，都笑说：“巧的很，你也原配牡丹花。”说着，大家共贺了一杯。……
>
> 黛玉默默的想道：“不知还有什么好的被我掣着方好。”一面伸手取了一根，只见上面画着一枝芙蓉，题着“风露清愁”四字，那面一句旧诗，道是：“莫怨东风当自嗟。”注云：“自饮一杯，牡丹陪饮一杯。”众人笑说：“这个好极。除了他，别人不配作芙蓉。”

唯与宴会者众多，掣签次序作者写来一丝不乱，读者愿意就作者写诸芳的座次排列进行探讨。

《红楼梦》怡红院夜宴各版本骰子数汇总

掷骰子人	己卯本	己卯改本	庚辰本	庚辰改本	戚序本	南图原本	蒙王府本	列藏本	梦稿本	梦稿改本	甲辰本	程本	程本改本	俞平伯引	俞平伯改	周绍良引	周绍良改	彭昆仑引
晴雯	5	6	5	5	5	5	5	5	5	6	6	6	6	6	6	6	6	5
宝钗	16	16	16	16	16	16	16	16	16	16	16	16	16	16	16	16	16	16
探春	9	19	9	19	9	9	9	9	9	9	19	9	19	9	19	19	19	19
李纨	1 2	1 2	1 2	1 2	1 2	1 2	1 2	1 2	1 2	1 2	1 2	1 2	1 2	1 2	1 2	1 2	1 2	1 2
黛玉	18	18	18	18	18	18	18	18	18	18	18	18	18	18	18	18	18	18
湘云	9	9	9	9	9	9	9	9	9	9	9	9	9	10	10	9	9	9
麝月	19	19	19	19	19	19	19	19	19	19	10	10	10	18	18	10	18	19
香菱	6	6	6	6	6	6	6	6	6	6	6	6	6	6	6	6	6	6
黛玉	20	20	20	20	20	20	20	20	20	20	20	20	20	20	20	20	20	20
	52	52	52	52	52	52	52	43	52	52	43	43	43	52	52	43	51	52

不过，《红楼梦》不同版本对相关人物投掷骰子数目的记录有所差异，探讨者不能解析清楚妥帖，往往通过改变小说文字数目，以协调自己研究的思路与结果。①

这样的做法未必一定不可，但需要极为慎重，因为有可能忽略文本叙述的妙处，埋没作者的苦心。②

对此一问题，笔者选取己卯、庚辰、戚序三本为底本，完全依赖文本

① https://zhuanlan.zhihu.com/p/114826075

② 樊志斌：《〈红楼梦〉中的年龄、时间叙述不误——兼谈〈红楼梦〉传抄中出现的“数字错讹”与故事讲述的“模糊化书写”》，《曹雪芹研究》2020年第2期。

记载，通过对小说细节的分析，看文本的写作是否能够自洽。

一、夜宴主席共十六人

（一）夜宴主席共十六人

正如俞平伯、周绍良先生所言，要探讨夜宴的位次首先要确定“夜宴主席”的人数。书中明确写道：

> 袭人笑道：“你放心，我和晴雯、麝月、秋纹四个人，每人五钱银子，共是二两。芳官、碧痕、小燕、四儿四个人，每人三钱银子，他们有假的不算……我们八个人单替你过生日。”

既然八人组局单为宝玉过生日，则八人自然都要参与夜宴。

因为宝玉要行令占花名，人少不好操作，小燕提议请大观园中其他主子与会，于是分别去请：

> 小燕笑道：“依我说，咱们竟悄悄的把宝姑娘、林姑娘请了来顽一回子，到二更天再睡不迟。”袭人道：“又开门喝户的闹，倘或遇见巡夜的问呢?”宝玉道：“怕什么，咱们三姑娘也吃酒，再请他一声才好。还有琴姑娘。”众人都道：“琴姑娘罢了，他在大奶奶屋里，叨登的大发了。”宝玉道：“怕什么，你们就快请去。”小燕、四儿都得不了一声，二人忙命开了门，分头去请。
>
> ……探春听了却也欢喜。因想：“不请李纨，倘或被他知道了倒不好。”便命翠墨同了小燕也再三的请了李纨和宝琴二人，会齐，先后都到了怡红院中。袭人又死活拉了香菱来。[1]

① 《红楼梦》第六十三回“寿怡红群芳开夜宴　死金丹独艳理亲丧”。

彼时，宝琴与李纨同住[①]，自然随着李纨前来；而史湘云与宝钗同住[②]，又好热闹，自然与宝钗同来。这段文字虽然未明写此，却非作者疏漏，固因写宝钗、黛玉之不肯前来，不写湘云之推让。香菱亦与宝钗同住[③]，但其身份却不是主子，故又特别写袭人拉了香菱来。

宝钗、湘云、黛玉、探春、李纨、宝琴、香菱一共七人，合前面所言怡红院丫鬟八人、寿星宝玉，共十六人。[④]

（二）关于翠墨的角色和与宴问题辨析

不过，周绍良先生却发现了一个细节，那就是探春的丫鬟翠墨在活动组织过程中扮演的角色：

> 探春听了却也欢喜。因想："不请李纨，倘或被他知道了倒不好。"便命翠墨同了小燕也再三的请了李纨和宝琴二人。

探春之所以命翠墨同小燕前往，意思是令翠墨代表自己来请李纨。

周先生认为，翠墨既然参与组织，则自然应该与会，故他认为主席上应该有翠墨的位置；俞平伯先生则根本没有考虑这一层；邓云乡先生就"便命翠墨同了小燕也再三的请了李纨和宝琴二人，会齐，先后都到了怡红院中"，认为探春在秋爽斋命翠墨请李纨、宝琴，到秋爽斋三人会齐，一起到怡红院，翠墨即留在秋爽斋了。[⑤]

实际上，周绍良先生的关注是对的，翠墨确实在文本中明确写及，但邓云乡先生关于翠墨没来的解释却显得轻率，因为原文写的是：

> 探春……命翠墨同了小燕也再三的请了李纨和宝琴二人，会齐，先后都到了怡红院中。

---

① 《红楼梦》第五十八回"杏子阴假凤泣虚凰　茜纱窗真情揆痴理"："李纨处目今李婶母女虽去，然有时亦来住三五日不定，贾母又将宝琴送与他去照管。"

② 《红楼梦》第四十九回"琉璃世界白雪红梅　脂粉香娃割腥啖膻"："史湘云执意不肯，只要与宝钗一处住，因此就罢了。"

③ 《红楼梦》第四十八回"滥情人情误思游艺　慕雅女雅集苦吟诗"："一面说，一面命香菱收拾了衾褥妆奁，命一个老嬷嬷并臻儿送至蘅芜苑去，然后宝钗和香菱才同回园中来。"

④ 俞平伯：《俞平伯点评〈红楼梦〉》，团结出版社，2004年。

⑤ 邓云乡：《红楼识小录》，中华书局，2015年。

如果李纨、宝琴先到秋爽斋，与探春会齐，再一同到怡红院，“会齐”之后当写“一起都到了怡红院”，又怎么会写“先后都到了怡红院”呢？

另外，以探春的年龄、身份，她为什么不前往稻香村，而请李纨到她的秋爽斋呢？这不仅不礼貌，而且也违背大观园的地形、各馆舍的位置：稻香村位于怡红院北，秋爽斋位于潇湘馆隔溪水的西部，李纨若来秋爽斋，再去怡红院要绕一个很大的弯路。[1]

实际上，“会齐”的是李纨和宝琴。

虽然，宝琴住在稻香村，稻香村是李纨的居所，但宝琴与李纨怕不是住在一处屋子里，这才有翠墨、小燕同去稻香村，分别请（专门请某人，显得尊重）二人，二人会齐，到怡红院，探春从秋爽斋出发，这才有探春与李、薛二人“先后到了”怡红院的情况。因此，也就没有邓云乡先生所谓的，翠墨回到秋爽斋、留在秋爽斋的问题。

彼时，大家小姐们夜行，都是要有丫鬟陪同的。本次宴会，不仅翠墨被派去了邀请、陪同李纨前往怡红院，探春前往怡红院也会有丫鬟陪同，否则，主子夜行害怕当如何，庭院广大，有危险当如何？要知道，大家小姐的生活是迥异于我们芸芸众生的。

虽然，翠墨等去了怡红院，但是因为身份（既非组局出钱者，也非小姐身份，况且还有其他小姐丫鬟亦来怡红院）的原因，确实没有出现在怡红夜宴的主席上，到底是另席吃喝，还是暂时离去，届时来接，不得而知。

二、在北炕上安席与席面的格局

（一）在宝玉北炕上安席

怡红院夜宴在怡红院举办，这自然是无疑的，但是，安排在怡红院哪个房间的哪个炕上，却似乎是从来没有讨论过的问题。第六十三回写道：

> 这里，晴雯等忙命关了门……说着，一面摆上酒果。袭人道：“不用围桌，咱们把那张花梨圆炕桌子放在炕上坐，又宽绰，又便宜。”说

① 樊志斌：《〈红楼梦〉中贾府、大观园方位写作不误》，《曹雪芹研究》2021年第4期。

着，大家果然抬来。

怡红院房屋宽大，炕有东西南北，这里并没有说明方位；但是，在宝玉对黛玉的话中却透露了一些信息：

宝玉忙说："林妹妹怕冷，过这边靠板壁坐。"又拿个靠背垫着些。袭人等都端了椅子在炕沿下一陪。黛玉却离桌远远的靠着靠背……

林黛玉体弱，虽然是农历四月天热，却禁不得冷，所以宝玉请她"靠板壁坐"（当靠着北墙，否则不能说"怕冷"）。饮酒完毕：

袭人见芳官醉的很，恐闹他唾酒，只得轻轻起来，就将芳官扶在宝玉之侧，由他睡了。自己却在对面榻上倒下。……向对面床上瞧了一瞧，只见芳官头枕着炕沿上，睡犹未醒……袭人笑道："不害羞，你吃醉了，怎么也不拣地方儿乱挺下了。"芳官听了，瞧了一瞧，方知道和宝玉同榻。

可见夜宴是在宝玉夜晚睡得炕上，当是北炕（宝玉本夜睡的榻当在南窗下），则林黛玉当是靠北墙而坐。

（二）炕上安放一圆桌、一方桌

怡红夜宴安席，考察席面的形制自然重要，不仅关系着实际情形的再现，也关系着各人的位置与关系：

袭人道："不用围桌，咱们把那张花梨圆炕桌子放在炕上坐，又宽绰，又便宜。"说着，大家果然抬来。……炕上又并了一张桌子，方坐开了。

可见，怡红夜宴是在北炕上安放一圆桌、一方桌。

"袭人等都端了椅子在炕沿下一陪"，说明主子们（含香菱）炕上坐，而袭人以下丫鬟皆炕下椅子上坐。

三、夜宴主席十六人的座次考察原则与逻辑

弄清楚了夜宴的人数、位置、形制，就可以此前提为基础，结合原文书写，探讨怡红夜宴的次序。

（一）原文明确写及各人的关系与位次

> 湘云笑着，揎拳掳袖的伸手掣了一根出来。大家看时，一面画着一枝海棠……因看注云："既云'香梦沉酣'，掣此签者不便饮酒，只令上、下二家各饮一杯。"湘云拍手笑道："阿弥陀佛，真真好签！"恰好黛玉是上家，宝玉是下家。

可知，史湘云上首是黛玉，下首是贾宝玉。

> 二人斟了两杯只得要饮。宝玉先饮了半杯，瞅人不见，递与芳官，端起来便一扬脖。黛玉只管和人说话，将酒全折在漱盂内了。

则贾宝玉当沿炕沿而坐，唯有如此，才好将酒递给在炕沿下椅子上就坐、靠近自己的芳官。

又，考虑袭人的身份，她自然是靠近宝玉好就近照顾的，则宝玉的下首是袭人，袭人的下首是芳官。

又，"李氏摇了一摇，掣出一根来一看……注云：'自饮一杯，下家掷骰。'……说着，便吃酒，将骰过与黛玉。"则林黛玉在李纨的下首。

如此，李纨、林黛玉、史湘云、宝玉（靠炕沿）位置关系可以确定。考虑宝钗、探春、宝琴、香菱的身份，则李纨上首当分别是宝钗（靠北壁坐，与李纨、黛玉齐身）、探春（在宝玉斜对面）、宝琴、香菱。

（二）五行相生、掷骰顺序：顺时针传递

游戏掷骰子的顺序是顺时针还是逆时针，关系到游戏中具体的规则与点数的查对，因此，要考虑这一问题。

清晚期俞敦培（江苏无锡人，官乐平知县，工诗、画，尤喜填词）《酒令丛钞》卷三"击鼓传花令"云："令官左手执花，由脑后递于右手，交与下家左手，如式传递。"并称："本应右旋，忽而左旋亦可。"可知右旋是

常态。

又,《红楼梦》第七十五回“开夜宴异兆发悲音　赏中秋新词得佳谶”,写贾府于凸碧山庄夜宴:

> 凡桌椅形式皆是圆的,特取团圆之意。上面居中贾母坐下,左垂首贾赦、贾珍、贾琏、贾蓉,右垂首贾政、宝玉、贾环、贾兰,团团围坐。只坐了半壁,下面还有半壁余空。……
>
> 贾母便命折一枝桂花来,命一媳妇在屏后击鼓传花。若花到谁手中,饮酒一杯,罚说笑话一个。于是先从贾母起,次贾赦,一一接过。鼓声两转,恰恰在贾政手中住了,只得饮了酒。

贾母自然面南背北而坐,先传于贾赦,依次转到贾政,可见是右转。

之所以右转,大概与我国的五行八卦说有关。五行有相生之说,东方甲乙木生南方丙丁火,南方丙丁火生中间戊己土,中间戊己土生西方庚辛金,西方庚心金生北方壬癸水,北方壬癸水生东方甲乙木,如此循环。

游戏中贯彻哲学上的认知,是国人的习惯,酒宴上的传花、掷骰规矩也是五行相生而来。酒席上各人的上、下首关系也是按照五行相生的右旋来确定的。

(三)计数要将自己计算在内

如上所言,炕上坐次(右转)分别为香菱、宝琴、探春、宝钗、李纨、黛玉、湘云、宝玉;宝玉以下为袭人、芳官。其他丫鬟的位置如何确定呢?

先是晴雯。“晴雯……取过骰子来,盛在盒内,摇了一摇,揭开一看,里面是五点,数至宝钗。”由宝钗逆转五到晴雯,则分别位次是宝钗、探春、宝琴、香菱、晴雯,则晴雯在炕下紧邻香菱,与袭人分别位于炕下丫鬟的两头上。

四儿、碧痕、秋纹、春燕、麝月五人中,唯一参与到游戏中的是麝月:“湘云便绰起骰子来一掷个九点,数去该麝月。”自湘云起,九点次序分别为湘云、宝玉、袭人、芳官、(四儿、碧痕、秋纹、春燕)、麝月。也即麝月紧邻晴雯,在晴雯的上首(右边)。

由上面各人关系的分析,也可以看出,酒席上掷色子计数,是要将自己计算在内的。

至于四儿、碧痕、秋纹、春燕的位置，文中并未提及，考察她们的身份、年龄，似乎应当四儿、春燕在末座合适（芳官紧靠袭人，完全是因为长相颇类宝玉，又得袭人等喜欢），而碧痕、秋纹大概都在麝月的右边。

（四）探春掷骰子掷了个九还是十九？

文中湘云拿着探春的手强掷了个骰子数出来，多数本子写作“九点”，甲辰本写作“十九点”，而己卯本、庚辰本原写“九点”，后在“九”字上斜侧加一“十”字，九变成了“十九”。

探春掷出点数后，“便该李氏掣”。怡红夜宴主席一共十六人，若是九点，则自探春右旋转九，为芳官下一位（某小丫鬟），则不能是李氏；以十九点计算，为探春下两位，则正是李氏。可见甲辰本之“十九点”不错，己卯、庚辰加一“十”字准确无误，又可知各本抄录时皆漏抄一“十”字（或抄录母本已经漏抄了“十”字）。

文中，黛玉也参与了游戏：“黛玉一掷，是个十八点，便该湘云掣。”则湘云在黛玉下首，可证上述之共十六人在主席、炕上诸人次序一丝不乱。

四、“怡红夜宴”中的右旋与《红楼梦》的抄录错讹问题

李小龙《“怡红夜宴”座次综考及叙事智慧探析》是近年发表的关于怡红夜宴的专文，在对以往相关探讨进行梳理基础上进行辨析，考量非常细致，但是，笔者对其文关于夜宴占花名顺序“右旋”的理解与之不同，且认为其基于自己“右旋”理解，得出的“列藏本”第七十五回贾府夜宴书写文字错讹不能认同。

（一）何谓右旋：言者的面向问题

左右二字看似简单明晰，实则不然，因为这涉及言说者（讨论者）的面向：面对场景说时，以言说者的右手为右；而演说者若以场景中方向（与前正面对），则说左右又是另一种方式，此时场景中的右边恰恰是前面所说（面对场景）的左边。

笔者认为，《红楼梦》中相关游戏当然为一般游戏右旋规则，但这种“右旋”是按照五行相生顺序（顺时针）运转的，这种“右旋”是以演说者面对场景时的“右旋”。

子在炕沿下一陪”。这里，怡红院的八个丫头却四分五裂，袭人、晴雯二人在炕沿下，而麝月却当与至少两个人与黛玉、李纨、宝钗等人混坐在炕上，这很不合情理，也不合本文的叙述，故极不妥。再看以“十九”推出的结果（有四个不可确考的丫鬟以“×”号代替）：

炕上	黛玉	李纨		宝钗		探春		宝琴
	湘云	桌子				桌子		香菱
	宝玉							
炕沿	袭人	芳官	×	×	×	×	麝月	晴雯

芳官与宝琴的位置文中没有明言，但俞平伯先生已经推论出来了。这样的排列才算是真正的严丝合缝了。所以，探春的点数当从程甲本。

李小龙所示“怡红夜宴”座次表

我们看李小龙先生文章中的图示，可知他所谓的“右旋”是按照“逆时针”运转的，也即他所谓的“右旋”是以图中宝钗的面向为基点的，而这恰与传统以五行相生产生的“右旋”相反。

（二）《红楼梦》第七十五回贾府凸碧山庄夜宴的次序与击鼓传花问题

“右旋”的基点问题，各人理解有异，自然正常。问题是，李小龙的“右旋”法，在碰到《红楼梦》第七十五回“开夜宴异兆发悲音　赏中秋新词得佳谶”贾府凸碧山庄夜宴次序与击鼓传花时出现了问题。

贾母居中，左垂首贾赦，右垂首贾政，击鼓传花，自贾母起，次贾赦，后传到贾政手中。李小龙先生认为这种顺序是“左旋”，又称：

> 再回到《红楼梦》第七十五回，会发现这里很可能有文字错讹。据列藏本正文作“贾母起，次贾赦贾政”，但据原文，赦、政二人分列贾母的左、右，不可能一左一右传递；列藏本的抄录者或许也觉得这不妥当，所以在前文述及座次时，便改为“左垂首贾赦、贾政、贾琏、贾蓉，右垂首贾珍、宝玉、贾环、贾兰”，这个排列非常凌乱……笔者怀疑列藏本之祖本起令时为“贾母起，次贾政”，因为后边又说“恰恰在贾政手中住了”，大部分版本的抄录者或以其重言“贾政”颇为复沓，便将前边的“政”改为“赦”；列藏本抄录者也发现了这个问题，但解决方式与他本不同，不是直接将“贾政”改为“贾赦”，而是在“贾政”前增“贾赦”二字，以消解“贾政”出现两次的影响，但这又让行令左右摇摆，又不得不把前边座次也依行令顺序再为改换。

实际上，按照五行相生顺序（顺时针）的“右旋”方式击鼓传花，“贾母起，次贾赦”，最后传到“贾政”手中，并无任何不妥，也就没有李所谓的“列藏本之祖本起令时为‘贾母起，次贾政’，因为后边又说‘恰恰在贾政手中住了’，大部分版本的抄录者或以其重言‘贾政’颇为复沓，便将前边的‘政’改为‘赦’”的问题；因此，列藏本“贾母坐下左垂首贾赦、贾政”问题，也与击鼓传花传递次序无甚关系了。

（三）《红楼梦》的抄录错讹问题

在《红楼梦》印本之前，《红楼梦》靠手抄传播。手抄的方式有两种：一种是抄手边看边抄，某些行草字、形近字往往被看成他字，导致抄写文字出现错误，甚至抄错字、抄错行、抄漏行、抄漏页都是正常情况；再一种是，一人读、一人或多人抄写，如此便导致了同音异字的写法。以这些情况下抄写的文字阅读，往往有不能通顺、不知所以的地方。

探春掷骰子数目，或写作“十九”，或写作“九”，而列宁格勒藏《石头记》写作“儿”。之所以如此，或者是“九”看成“儿”，或者写“九”时仓促写作“儿”都很正常。

至于列藏本“贾母坐下左垂首贾赦、贾政”，“右下首贾珍、宝玉”问题，很可能是列藏本的抄手或列藏本原本的抄手在抄录时，出现了串行或误认问题导致的。与作者游戏顺序书写“有误”无关。

五、怡红夜宴与《红楼梦》情节、节奏书写技巧

（一）对故事架构的回应

《红楼梦》第一回“甄士隐梦幻识通灵　贾雨村风尘怀闺秀”通过茫茫大士、渺渺真人的对话，讲述了神瑛侍者、绛珠仙草前世因缘和二人要下世历幻之事，并且谈到：“因此一事，就勾出多少风流冤家来，陪他们去了结此案。”神瑛侍者尚未下凡之时，渺渺真人称：“如今虽已有一半落尘，然犹未全集。”也即是说，《红楼梦》中出现的相当数量的角色都属于陪宝、黛下世“了结此案”的“风流冤家”。

神瑛侍者“意欲下凡造历幻缘，已在警幻仙子案前挂了号”，道人又云：“三劫后，我在北邙山等你，会齐了同往太虚幻境销号。”可知，曹雪芹对《红楼梦》整个故事的架构，就是神瑛侍者、绛珠仙草与诸多相关人

等下世历劫、回到太虚幻境销号的故事。

第五回“游幻境指迷十二钗　饮仙醪曲演红楼梦”通过贾宝玉对《金陵十二钗》册子的翻看，知道有正、副、又副三册各十二人——警幻仙姑称余者皆无足入册，副册中展现了香菱，又副册中展现了晴雯、袭人。因此，《红楼梦》的故事就是不断展现正、副、又副三册人物与贾宝玉活动的过程。

《红楼梦》的书写中，各主要人物都要在故事演进过程中不时展现他们的身份、与相关人等的关系。怡红夜宴就是这样的一个场景。

在本回怡红夜宴中，主席参与者共十六人，除贾宝玉外，皆是“金陵十二钗”册中人物（按照身份等级排定的）：“正册”（主要人物：夫人、小姐）有宝钗、黛玉、湘云、探春、李纨五人；“副册”（稍次要人物：小姐、妻、妾）有宝琴、香菱二人，“又副册”（丫鬟）有晴雯、袭人、麝月等八人。

按照书中相关人物的书写和身份对等、角色展现，“金陵十二钗”副册、又副册名单应当如下：

宝琴、邢岫烟、李纹、李绮、香菱、平儿、尤二姐、尤三姐、秋桐、夏金桂、喜鸾、四姐儿

晴雯、袭人、麝月、碧痕、鸳鸯、紫鹃、金钏、玉钏、四儿、秋纹、春燕、芳官

（二）倒卷帘法：薛宝钗的前世暗示与今生书写

第五回“游幻境指迷十二钗　饮仙醪曲演红楼梦”写林黛玉命运的图画与判词：

宝玉……再去取“正册”看。只见头一页上便画着两株枯木，木上悬着一围玉带，又有一堆雪，雪下一股金簪。也有四句言词，道是：“可叹停机德，堪叹咏絮才。玉带林中挂，金簪雪里埋。”

需要注意的是，“金陵十二钗正册”其他人物皆是每人一图一判，唯有宝钗、黛玉图、判合一。

之所以有这样的现象，正是因为薛宝钗的前世与神瑛侍者也有一段因缘，只是曹雪芹使用了虚实对照的艺术手法，只讲述了林黛玉前世绛珠仙草与神瑛侍者的因缘故事，而将薛宝钗前世和神瑛侍者的因缘放到图、判中予以点题。同时，在图、判中，薛宝钗还较林黛玉位置靠前。

因此，薛宝钗与林黛玉都是《红楼梦》故事中的绝对女性主角；社会认知中，薛宝钗母子蓄意制造、传播金玉良缘的说法，都是对文本书写的“误读”。

怡红夜宴中，宝钗、黛玉的这种定位得到了进一步的强化：

> 宝钗……将筒摇了一摇，伸手掣出一根，大家一看，只见签上画着一支牡丹，题着“艳冠群芳”四字，下面又有镌的小字一句唐诗，道是：“任是无情也动人。”又注着：“在席共贺一杯，此为群芳之冠，随意命人，不拘诗词雅谑，道一则以侑酒。”
>
> 众人看了，都笑说：“巧的很，你也原配牡丹花。”……宝玉却只管拿着那签，口内颠来倒去念“任是无情也动人”，听了这曲子，眼看着芳官不语。……
>
> 黛玉……伸手取了一根，只见上面画着一枝芙蓉，题着“风露清愁”四字，那面一句旧诗，道是：“莫怨东风当自嗟。”注云：“自饮一杯，牡丹陪饮一杯。”众人笑说：“这个好极。除了他，别人不配作芙蓉。”……

（三）非悲剧：对各主要人物性格的表现和命运的暗示

由于《红楼梦》中“金陵十二钗”正册人物命运多不佳，故王国维称《红楼梦》为悲剧，后世多延续此说给《红楼梦》定性，并以此为基调解析、阐释《红楼梦》故事、人物。

实际上，《红楼梦》故事、人物并不如此简单，在这些基本的面貌下还隐藏着种种希望。

探春是贾府后代中特别突出的人物，才分突出，性格鲜明。诗社由她而起，理家她也是主要人物，在《金陵十二钗》正册中顺序仅次于宝、黛、元妃：

众人看上面是一枝杏花，那红字写着“瑶池仙品”四字，诗云：“日边红杏倚云栽。”注云：“得此签者，必得贵婿，大家恭贺一杯，共同饮一杯。”……

可知，探春的未来命运是比较光明的。

李氏摇了一摇，掣出一根来一看，笑道：“好极。你们瞧瞧，这劳什子竟有些意思。”众人瞧那签上，画着一枝老梅，是写着“霜晓寒姿”四字，那一面旧诗是：“竹篱茅舍自甘心。”……

此正对应第四回“薄命女偏逢薄命郎　葫芦僧乱判葫芦案”中“这李纨虽青春丧偶，居家处膏粱锦绣之中，竟如槁木死灰一般，一概无见无闻，唯知侍亲养子，外则陪侍小姑等针黹诵读而已”的书写。而李纨图、判中“画着一盆茂兰，旁有一位凤冠霞帔的美人”“桃李春风结子完，到头谁似一盆兰。如冰水好空相妒，枉与他人作笑谈”正是未来李纨的儿子贾兰金榜题名、诰封李纨、世人艳羡的证明。

也就是说，《红楼梦》中的贾府命运先是“如白茫茫一片大地真干净”，后是“希望”再现。

基于此，《红楼梦》不是所谓悲剧，它不过写的是正常的人生，也就是祸淫善福、一元复始而已。

（四）麝月、香菱与袭人的命运

麝月在《红楼梦》中表现并不甚多，也不出彩，但正如袭人是钗副，麝月即是袭人之影。故而，袭人不得已出贾府，嘱咐宝玉“好歹留着麝月”：

麝月便掣了一根出来。大家看时，这面上一枝荼蘼花，题着“韶华胜极”四字，那边写着一句旧诗，道是：“开到荼蘼花事了。”注云：“在席各饮三杯送春。”

也就是说，麝月是贾宝玉“女儿痴情执着”过程中怡红院中女孩儿的殿军，她就是贾宝玉今生故事中最后的“韶华胜极”。

自来讨论香菱命运，只以第五回中“一株桂花，下面有一池沼，其中水涸泥干，莲枯藕败。后面书云：‘根并荷花一茎香，平生遭际实堪伤。自从两地生孤木，致使香魂返故乡’”为据，认为香菱被薛蟠的太太夏金桂（两地、孤木隐“桂”字）折磨而死，并以此否定后四十回中香菱先嫁薛蟠、后生子而亡的命运。

第五回中，香菱的图画、判词暗示夏金桂对香菱的折磨严重损害了香菱的身体，但并不是说香菱直接死于夏金桂之手。

实际上，怡红夜宴中香菱的花签正隐含了香菱的命运（先得“连理”），而此与第五回的图、判可以互相印证。

> 香菱便掣了一根并蒂花，题着“联春绕瑞”，那面写着一句诗，道是：“连理枝头花正开。”……

又，袭人在又副册中位于第二，是因为其与宝玉关系、为人处世的适当，而位于晴雯之后，则是因为其“不得已”而改嫁的命运。此处也有暗示：

> 袭人便伸手取了一支出来，却是一枝桃花，题着“武陵别景”四字，那一面旧诗写着道是：“桃红又是一年春。”

“又是一年春”，即袭人有宝玉之后又有蒋玉菡。但是，作者并未对此给予批评。

> 注云：“杏花陪一盏，坐中同庚者陪一盏，同辰者陪一盏，同姓者陪一盏。”众人笑道：“这一回热闹有趣。”
>
> 大家算来，香菱、晴雯、宝钗三人皆与他同庚，黛玉与他同辰，只无同姓者。芳官忙道：“我也姓花，我也陪他一钟。”

袭人之一生没有任何污点，只不过不得已而后的少有“微玷”罢了，这正是大多数正当人的人生罢了。而在贾府、怡红院，袭人的人性、为人诸多方面都受到大众的喜欢，且生辰与众相关，故大众皆贺。

（五）对主要人物性格的书写

此夜宴写探春、湘云性格最好，亦写及湘云、李纨、香菱等行为，都极为贴切。写探春掣签的反应：

> 湘云忙一手夺了，掷与宝钗。……探春笑道："我还不知得个什么呢。"伸手掣了一根出来，自己一瞧，便掷在地下，红了脸，笑道："这东西不好，不该行这令。这原是外头男人们行的令，许多混话在上头。"

写大家洒脱知礼小姐如此。

> 湘云笑着，揎拳掳袖的伸手掣了一根出来。大家看时，一面画着一枝海棠，题着"香梦沉酣"四字，那面诗道是："只恐夜深花睡去。"

写大家豪爽知礼小姐如此。

当探春害臊时，且看众人反应：

> 探春那里肯饮，却被史湘云、香菱、李纨等三四个人强死强活灌了下去。探春只命蠲了这个，再行别的，众人断不肯依。

写亲情下众人中活泼者热心如此。不仅如此，"史湘云、香菱、李纨等三四个人"在灌探春酒时，都已经离开了自己的位置，位置（身姿）移动到探春处，此又是曹雪芹常用的"不写之写"技法。

六、两种红楼夜宴图

《红楼梦》流传开来后，知识分子对它的评点、改造和传播也就开始了，诗词、绘画、戏曲层出不穷。

不过，《红楼梦》题材绘画虽多，但以红楼夜宴为题材的清代绘画却不多。之所以如此，是因为该场景人物众多，一般绘画载体，如扇面、画轴、册页等不宜再现。

目前所知，红楼夜宴题材绘画有两种：一为国家博物馆藏《怡红夜宴图》，清人绘制，纵 87 厘米，横 233.5 厘米；一为旅顺博物馆藏孙温绘

《红楼梦》中的“怡红夜宴图”。

《怡红夜宴图》共绘制十二个人物，靠床沿坐着两人，炕下椅子上两人，自然与作品叙述不符，其中，着红衣服、项下悬宝玉者自然是宝玉，其他人特点不甚明显，以芳官年龄而论，似乎宝玉身后小女孩即是芳官，宝玉左侧手高扬起者为湘云，湘云左侧为宝钗、黛玉、李纨等。

孙温绘“怡红夜宴图”与席者皆坐炕上，为了避难（人物次序），直接将视角放到了门外，巧妙地利用隔扇制造了半显半掩的效果，连多少人与席都省略了，倒是给观赏者留下了空间与地步。

此外，此两幅绘画都没有“注意到”文本中圆桌并方桌这一细节。

与《红楼梦》文字抄写中出现的无意误录不同，这种有意改造正反映了画家进行创作时的自由与主观，并不顾及文章的写作，而这正是清代《红楼梦》题材美术创作中常有现象。

值得一提的是，国家博物馆藏巨幅《大观园图》中并无怡红夜宴图的绘制，却有宝玉生日当天红香圃聚饮场景的绘制，之所以如此，概也与夜宴描绘的难度有关吧。

七、结语

曹雪芹才大如天，对《红楼梦》中故事、人物书写的高明之处即多隐藏于细微之中。

在笔者看来，曹雪芹在撰写《红楼梦》时，各主要细节，不管是《红楼梦》的世间、诸人的年龄，还是贾府、大观园的位置、方向，怡红夜宴的席次等，都应该是有自己的精心考量的。

合理推测，曹雪芹手中存在诸场景草图。唯有如此，故事细节才能写作精细如斯、一丝不乱；由于文本中这种图示并未呈现，加之读者读书不够细致，忽略作者书写的诸多细节，对当时诸多文化生疏，进而导致种种误读，甚至以为作者写作、文本传抄有误。

因此，在《红楼梦》的研究与阅读中，除了要细读文本、比较异同外，注意细节描写，增强相关知识的素养，也是极为重要的事情。

宝钗的玄同与黛玉的狂狷

——论曹雪芹的思想认同与《红楼梦》中主体人物的塑造

薛宝钗和林黛玉是《红楼梦》中仅次于贾宝玉的主要人物，关于她们的分析与研究众多，然而从“作品思想”方面谈及二人的研究并不多，本文拟就她们性格、行为的分析，结合《道德经》《论语》中的相关认同、《红楼梦》中二者判词，解析曹雪芹的思想认同与《红楼梦》中主体人物的塑造。

一、薛宝钗是“主体姻缘”中的核心角色之一：从宝钗、黛玉判词合一谈《红楼梦》的预设与结果

（一）《红楼梦》中一个天然的问题：薛、林同判

不管曹雪芹出于怎样的考量，设置了前五回，整部《红楼梦》小说的总体架构和人物命运是按照前五回的预设进行写作的，因此，在讨论《红楼梦》的故事走向、人物塑造问题时，脱离前五回预设文字的探讨都只能视作个人欣赏，算不上真正的《红楼梦》研究，研究宝钗和黛玉的设置、性格、命运同样如此。

《红楼梦》第五回“游幻境指迷十二钗　饮仙醪曲演红楼梦”中，写贾宝玉神游太虚幻境，看“金陵十二钗正册”头一页云：

> 去取“正册”看，只见头一页上便画着两株枯木，木上悬着一围玉带，又有一堆雪，雪下一股金簪。也有四句言词，道是：“可叹停机德，堪叹咏絮才。玉带林中挂，金簪雪里埋。”

其后就是元春、探春、妙玉等人图册并判词。这样的描写造就了阅读、研究《红楼梦》必须要面对、要解释的一个“天然问题”：曹雪芹何以将林黛玉、薛宝钗二人的命运表达设置到“同一个判词中”？

（二）薛、林同判解

按，第一回“甄士隐梦幻识通灵　贾雨村风尘怀闺秀”中，和尚述说贾宝玉、林黛玉前世姻缘时道：

> 西方灵河岸上三生石畔，有绛珠草一株，时有赤瑕宫神瑛侍者日以甘露灌溉，这绛珠草便得久延岁月，后来既受天地精华，复得雨露滋养，遂得脱却草胎木质，得换人形……恰近日这神瑛侍者凡心偶炽，乘此昌明太平朝世，意欲下凡造历幻缘，已在警幻仙子案前挂了号。警幻亦曾问及灌溉之情未偿，趁此倒可了结的。那绛珠仙子道：“他是甘露之惠，我并无此水可还。他既下世为人，我也去下世为人，但把我一生所有的眼泪还他，也偿还得过他了。”

是说《红楼梦》讲述的是绛珠仙草后世林黛玉向神瑛侍者后世贾宝玉报恩故事，报恩的手段则是将自己的眼泪还给对方，还完缘尽。

这段文字后面还有一句话，往往被研究者、阅读者忽视，云：“因此一事，就勾出多少风流冤家来，陪他们去了结此案。”

“多少风流冤家”，陪神、绛共同下世完此姻缘。无疑，薛宝钗即是此“多少风流冤家”之一。但是，“多少风流冤家”本多，何以薛、林同判？

按照小说表达，林黛玉与贾宝玉是作品的核心人物，他们因前缘而演今生故事，则薛宝钗既与林黛玉同一判词，按照缘分既定之说，则薛宝钗前世当与贾宝玉前世当亦有纠葛，故而，今生之宝钗出现于贾宝玉、林黛玉之间，并与贾、林之间产生纠葛、获得结果，即系前缘，绝非阴谋论者宝钗“想要”嫁给贾宝玉的妄测可以解释。故第五回“不想如今忽然来了一个薛宝钗”处，“甲戌眉批”云：

> 此处如此写宝钗，前回中略不一写……欲出宝钗，便不肯从宝钗身上写来，却先款款叙出二玉，陡然转出宝钗，三人方可鼎立。

“三人方可鼎立”，六字道尽了宝钗在还泪故事中的角色，也表明了宝钗在《红楼梦》后四十回中的结局——黛玉泪尽而亡，二宝金玉良缘，宝玉回太虚幻境销号。

二、宝钗的修养与黛玉的自然

从《红楼梦》的整体文本表面看来，薛宝钗都是孔孟儒家的教育下的完美女性形象出现，而黛玉则更多地体现了道家的本于自然的气质。

先看其相貌、气质。第三回“金陵城起复贾雨村　荣国府收养林黛玉”写众人眼中的黛玉：

> 黛玉年貌虽小，其举止言谈不俗，身体面庞虽怯弱不胜，却有一段自然的风流态度，便知他有不足之症。

而第四回“薄命女偏逢薄命郎　葫芦僧乱判葫芦案”写宝钗形象气质云：

> 生得肌肤莹润，举止娴雅。当日有他父亲在日，酷爱此女，令其读书识字，较之乃兄竟高过十倍。自父亲死后，见哥哥不能依贴母怀，他便不以书字为事，只留心针黹家计等事，好为母亲分忧解劳。

就日常行为而言，也是如此，宝钗出名的宽厚，而黛玉则随心所欲，甚至在常人看来有些刻薄。第四十五回“金兰契互剖金兰语　风雨夕闷制风雨词”写宝钗、黛玉行径：

> 宝钗因见天气凉爽，夜复渐长，遂至母亲房中商议打点些针线来。日间至贾母处、王夫人处省候两次，不免又承色陪坐半时，园中姊妹处也要度时闲话一回，故日间不大得闲，每夜灯下女工必至三更方寝。

“庚辰双行夹批”云：“复”字妙，补出宝钗每年夜长之事，皆《春秋》字法也。可见，宝钗日行行为正是儒家妇功举动。

> 黛玉每岁至春分秋分之后，必犯嗽疾……所以总不出门，只在自己房中将养……至宝钗等来望候他，说不得三五句话又厌烦了。众人都体谅他病中，且素日形体娇弱，禁不得一些委屈，所以他接待不周，礼数粗忽，也都不苛责。

说黛玉“素日”“禁不得委屈”，“礼数粗疏”，正是魏晋高士（信道家、讲玄谈）举止。

黛玉自己的言语正可做二人举止异同的最好解释：

> 黛玉叹道：“你素日待人，固然是极好的，然我最是个多心的人，只当你心里藏奸。从前日你说看杂书不好，又劝我那些好话，竟大感激你。往日竟是我错了，实在误到如今……比如若是你说了那个（自戏文上择来语句讲论），我再不轻放过你的；你竟不介意，反劝我那些话，可知我竟自误了。

第八回“比通灵金莺微露意　探宝钗黛玉半含酸”中写宝钗云：“罕言寡语，人谓藏愚，安分随时，自云守拙。”“甲戌双行夹批”云：

> 这方是宝卿正传，与前写黛玉之传一齐参看，各极其妙，各不相犯，使其人难其左右于毫末。

“脂评”这里是论《红楼梦》的写作技法，但却是从宝、黛为人的差别上来讲的。

但这只是表象，当我们深入分析二人的行径并儒、道二家的主张时，就会发现，儒家表面从礼、道家自然主张背后另一面的主张，和宝、黛身上蕴含的（或者暗合了）的二教主张的相应层面：那就是宝钗的玄同与黛玉的狂狷。

三、玄同：宝钗淳厚外的另一个侧面

《道德经》第五十六章云：

知者不言，言者不知。塞其兑，闭其门，挫其锐，解其纷，和其光，同其尘，是谓玄同。故，不可得而亲，不可得而疏。不可得而利，不可得而害，不可得而贵，不可得而贱。故为天下贵。

所谓“玄同”，《庄子·胠箧》云：“削曾子之行，钳杨墨之口，攘弃仁义，天下之德玄同矣。”成玄英疏云：“与玄道混同也。”玄道，即大道、玄一之道，即道家所称道的本源。《老子》第一章云：

道可道，非常道。名可名，非常名。无名，天地之始；有名，万物之母。故常无欲，以观其妙；常有欲，以观其徼——此两者同出而异名，同谓之玄。玄之又玄，众妙之门。

也即是说，玄同者，与无名（天地之始）、有名（万物之母）之道混同也。此种境界，人“不可得而亲，不可得而疏，不可得而贵，不可得而贱”。

在《红楼梦》中，宝钗的行为举止无疑即是此种境界。其人博学，无所不知，但从不夸耀，自谓“藏拙”，可谓知者；其为人平和，从不装扮，不显露光泽，可谓“玄同”，人不得近，亦不得远。

按，第六十七回“见土仪颦卿思故里　闻秘事凤姐讯家童”中，写宝钗将薛蟠带来礼物“一件一件的过了目，除了自己留用之外，一分一分配合妥当……一一打点完毕，使莺儿同着一个老婆子，跟着送往各处”。除了“黛玉的比别人不同，且又加厚一倍”外，余者无不沾溉：

且说赵姨娘因见宝钗送了贾环些东西，心中甚是喜欢，想道：“怨不得别人都说那宝丫头好，会做人，很大方，如今看起来果然不错。他哥哥能带了多少东西来，他挨门儿送到，并不遗漏一处，也不露出谁薄谁厚，连我们这样没时运的，他都想到了。若是那林丫头，他把我们娘儿们正眼也不瞧，那里还肯送我们东西?”一面想，一面把那些东西翻来覆去的摆弄瞧看一回。

又，如宝钗行为一般无二的袭人，宝钗也有认同。第二十一回“贤袭

人娇嗔箴宝玉　俏平儿软语救贾琏”写湘云来贾府，宝玉与林、史二人多有厮守，袭人对宝钗云：

袭人叹道：“姊妹们和气，也有个分寸礼节，也没个黑家白日闹的！凭人怎么劝，都是耳旁风。”宝钗听了，心中暗忖道：“倒别看错了这个丫头，听他说话，倒有些识见。”

后文中，“宝钗便在炕上坐了，慢慢的闲言中套问他年纪家乡等语，留神窥察，其言语志量深可敬爱”处，“庚辰双行夹批”有两处文字：

好！逐回细看，宝卿待人接物，不疏不亲，不远不近。可厌之人，亦未见冷淡之态，形诸声色；可喜之人，亦未见醴密之情，形诸声色。今日“便在炕上坐了”，盖深取袭卿矣。二人文字，此回为始。详批于此，诸公请记之。

四、狂狷：黛玉人物塑造自然外的另一个侧面

众所周知，孔子讲求仁义，以礼行事。《论语·颜渊》载：“颜渊问仁。子曰：‘克己复礼为仁。一日克己复礼，天下归仁焉。为仁由己，而由人乎哉？’”克制自己的欲望，按照礼法行事，就可达到仁的境界。

从礼行事愈久，礼的精神就会成为人的习惯，可以达到“随心所欲不逾矩”的境界。故《论语·为政》云：“吾十有五而志于学，三十而立，四十而不惑，五十而知天命，六十而耳顺，七十而从心所欲不逾矩。”何以能够从礼不逾矩呢？那就是行中道。

《论语·庸也》：“子曰：‘中庸之为德也，其至矣乎！民鲜久矣。’”何晏集解：“庸，常也，中和可常行之道。”《中庸》第二章载：仲尼曰：“君子，中庸；小人，反中庸。君子之中庸也，君子而时中。小人之反中庸也，小人而无忌惮也。”

故《红楼梦》第五十六回中曹雪芹称宝钗为“识宝钗”。

如果行不得中道，怎么办呢？孔子认为，那就退一步，宁可“狂狷”。《论语·子路》云：“子曰：‘不得中行而与之，必也狂狷乎！狂者进取，狷者有所不为也。’”

《孟子·尽心下》记载孟子与弟子万章讨论孔子所谓的“狂狷”问云：

> 万章问曰：“孔子在陈曰：‘盍归乎来?！吾党之小子狂简，进取，不忘其初。’孔子在陈，何思鲁之狂士?”
>
> 孟子曰：“孔子‘不得中道而与之，必也狂狷乎！狂者进取，狷者有所不为也’，孔子岂不欲中道哉?！不可必得，故思其次也。”
>
> “敢问何如斯可谓狂矣?”
>
> 曰：“如琴张、曾皙、牧皮者，孔子之所谓狂矣。”
>
> “何以谓之狂也?”
>
> 曰：“其志嘐嘐然，曰：‘古之人，古之人。’夷考其行，而不掩焉者也。狂者又不可得，欲得不屑不洁之士而与之，是狷也，是又其次也。”

也即狂狷者，是不能达到中道而行者，但近乎中道者的称谓：狂者思慕古贤，行同古贤；狷者则不屑做贱污不洁之事，即有所不为。

《红楼梦》中，林黛玉才高志洁，追慕先贤——第四十八回“滥情人情误思游艺　慕雅女雅集苦吟诗”中，黛玉教香菱学诗，榜样是王维、杜甫、李白、陶渊明、应玚、谢灵运、阮籍、庾信、鲍照等志洁高远之士——从无害人之心，任性而为。她在第二十七回“滴翠亭杨妃戏彩蝶　埋香冢飞燕泣残红”哭吟《葬花》，末云：

> 愿奴胁下生双翼，随花飞到天尽头。天尽头，何处有香丘？未若锦囊收艳骨，一抔净土掩风流。质本洁来还洁去，强于污淖陷渠沟。

诗，言志也。这里的言语，就是林黛玉对自己日常行为和命运的认知。

黛玉日常行事，亦不加掩饰，率性而为，正如孟子所谓的狂、狷之人：

其志嘐嘐然，曰："古之人，古之人。"夷考其行，而不掩焉者也。狂者又不可得，欲得不屑不洁之士而与之，是狷也，是又其次也。

第八十六回"受私贿老官翻案牍　寄闲情淑女解琴书"：

黛玉道："琴者，禁也。古人制下，原以治身，涵养性情，抑其淫荡，去其奢侈。若要抚琴，必择静室高斋，或在层楼的上头，在林石的里面，或是山巅上，或是水涯上。再遇着那天地清和的时候，风清月朗，焚香静坐，心不外想，气血和平，才能与神合灵，与道合妙。所以古人说知音难遇。若无知音，宁可独对着那清风明月，苍松怪石，野猿老鹤抚弄一番，以寄兴趣，方为不负了这琴。还有一层，又要指法好，取音好。若必要抚琴，先须衣冠整齐，或鹤氅，或深衣，要如古人的像表，那才能称圣人之器。然后盥了手，焚上香，方才将身就在榻边，把琴放在案上，坐在第五徽的地方儿对着自己的当心，两手方从容抬起，这才心身俱正。还要知道轻重疾徐，卷舒自若，体态尊重方好。"

第八十七回"感秋声抚琴悲往事　坐禅寂走火入邪魔"中，宝钗差人将自己诗送黛玉：

（黛玉）回头看见案上宝钗的诗启尚未收好，又拿出来瞧了两遍，叹道："境遇不同，伤心则一。不免也赋四章，翻入琴谱，可弹可歌，明日写出来寄去，以当和作。"便叫雪雁将外边桌上笔砚拿来，濡墨挥毫，赋成四叠；又将琴谱翻出，借他《猗兰》《思贤》两操，合成音韵，与自己做的配齐了，然后写出，以备送与宝钗。

《猗兰》《思贤》两操，传为孔子作。《五知斋琴谱》（清初，著名琴家扬州人徐祺纂，康熙六十年，周鲁封印，八卷，收三十三曲）载：

孔子：作思贤操，鲁商意，猗兰，获麟将归操，龟山操，风游云，东周。

黛玉以《猗兰》《思贤》两操作为自己诗歌所配琴曲的依据，可见其对儒家、对品格高洁的认同。

五、论儒道归旨为一、教化对象途径不同

老子认为，最理想的社会状态是，人民满足于生活基本所需，而不凭借智慧、妄生淫欲（超越生存所需的欲望），而从事于各种比较争抢。《老子》第八十章云：

> 小国寡民，使民有什伯之器而不用，使民重死而不远徙，虽有舟舆，无所乘之。虽有甲兵，无所陈之。使民复结绳而用之。甘其食，美其服，安其居，乐其俗。邻国相望，鸡犬之声相闻，民至老死不相往来。

因此，老子认为，最好的社会状态，人们自然的生活，不需要智慧、礼节、秩序，但是老子看到当下社会已经不再是理想状态，出于“大道废，有仁义；智慧出，有大伪；六亲不和，有孝慈；国家昏乱，有忠臣”(《老子》第十八章）的状态。

表面看来，老子似乎反对仁义、智慧、孝慈、忠臣，与儒家提倡的仁义忠孝礼仪相反。

实则不然，老子对仁义、智慧、孝慈、忠臣的态度不积极，不是简单的反对，而是认为，这些都是大道既废之后的表现而已，纯粹是从理想层面而言的。孔子认同这些道理。《史记·老子韩非列传》载，孔子问礼于老子事，老子云：

> 吾闻之，良贾深藏若虚，君子盛德，容貌若愚。去子之骄气与多欲、态色与淫志，是皆无益于子之身。吾所以告子，若是而已。

针对老子的教导，孔子对弟子说：

> 鸟，吾知其能飞；鱼，吾知其能游；兽，吾知其能走。走者可以

为罔，游者可以为纶，飞者可以为矢。至于龙，吾不能知，其乘风云而上天。吾今日见老子，其犹龙邪？！

他借此表示了对老子和对道家学说的高度认可。《论语·先进篇》中，孔子与几位弟子言其志向，曾晳（一名点，曾参之父）曰："莫春者，春服既成，冠者五六人，童子六七人，浴乎沂，风乎舞雩，咏而归。"也即，过着闲适自然的生活。孔子听后：

喟然叹曰："吾与点也！"

可见，孔子的理想与老子、道家并无二致，其之所以要汲汲于仕途、礼仪，不过是要努力拯救世溺罢了。《论语·微子篇》：

长沮、桀溺耦而耕。孔子过之，使子路问津焉。……曰："滔滔者天下皆是也，而谁以易之？且而与其从辟人之士也，岂若从辟世之士哉？"耰而不辍。子路行以告。夫子怃然曰："鸟兽不可与同群，吾非斯人之徒与而谁与？天下有道，丘不与易也！"

长沮、桀溺劝导孔子，当下非有道之世，与其回避与自己不同道的执政者，不如回避这个世道（不在从事于政），孔子表示认同，并感慨道："吾非斯人之徒与而谁与？"但是，孔子毕竟不能回避当下的世道，他说，"天下有道"的话，我孔丘就不参与改变社会了！

《论语·公冶长篇》中，孔子更说："宁武子，邦有道，则知；邦无道，则愚。其知可及也，其愚不可及也。"

也就是说，孔子认同道家所谓世道沉沦、大道不行的现实，但是出于自己对社会大众的悲悯，才在不违背自己政治伦理基础上，寻求国柄、治理社会、挽救众生，这与曾子所谓的"虽千万人吾往矣"（《孟子·公孙丑上》）、《观无量寿经》"佛心者，大慈悲是，以无缘慈摄诸众生"、南本《涅槃经》"为诸众生除无利益，是名大慈；欲与众生无量利乐，是名大悲"一般无二。

儒、释、道三教圣人所教不过无为、自然、随顺。然而，之所以说法形式、语句差别甚大，不过因为受教者慧根、因缘不同，而为分别说法。

六、《红楼梦》中的宝钗、黛玉的定位与写作：兼谈甄、贾宝玉的设置与归向

（一）虚实对照（不写之写）：《红楼梦》写作中与两山并峙相反的写作技法

至于说，何以《红楼梦》中不将薛宝钗前世与贾宝玉的前世姻缘写清楚，纯粹是因为曹雪芹“避难”的写法，即不欲作与宝、黛前姻相类的“复笔”。

按，曹雪芹生活于18世纪的中国，时代的教育和个人的学习使他成为琴棋书画皆通、诗文歌赋皆能的全才式人物——也是明清小说家的基本学术素养。尤为难得的是，曹雪芹善于将诗文书画的技法运用到《红楼梦》的写作之中。这一点，不唯读者可以时时感受，其亲友阅读时，也不时加以点出，形成早期“脂批”文字中关于《红楼梦》写作技法的说明。

在《红楼梦》中，贾宝玉、薛宝钗、林黛玉不时穿插出现，薛、林一如玉树，一如娇花，如何写作方能不相重复，以致呆板，最能考验作者笔力。曹雪芹在写作中往往不畏困难，用两山并峙之法（两个人物，互相比托），但是，即便如此，也是不做“复笔”。

第八回“比通灵金莺微露意　探宝钗黛玉半含酸”写宝钗的形象云：“头上挽着漆黑油光的纂儿……唇不点而红，眉不画而翠，脸若银盆，眼如水杏。”“甲戌夹批”云：“这方是宝卿正传。与前写黛玉之传一齐参看，各极其妙，各不相犯，使其人难其左右于毫末。”

“脂批”者认为，曹雪芹写林黛玉、薛宝钗形象既能两山对峙，又能各见特色，“各不相犯”，故而为难。

除并写外，《红楼梦》中还大量使用“避难”的“不写之写”技法，即一部分实写，一部分不写或者虚写，形成小说书写中如中国画般的虚实对照效果。如第二十二回“听曲文宝玉悟禅机　制灯谜贾政悲谶语”写王熙凤、贾琏谈论为薛宝钗过生日规矩云：

贾琏听了，低头想了半日道：“你今儿糊涂了。现有比例，那林妹

妹就是例。往年怎么给林妹妹过的，如今也照依给薛妹妹过就是了。”

凤姐听了，冷笑道：“我难道连这个也不知道？我原也这么想定了。但昨儿听见老太太说，问起大家的年纪生日来，听见薛大妹妹今年十五岁，虽不是整生日，也算得将笄之年。老太太说要替他作生日。想来若果真替他作，自然比往年与林妹妹的不同了。”

贾琏道：“既如此，比林妹妹的多增些。”

凤姐道：“我也这么想着，所以讨你的口气。我若私自添了东西，你又怪我不告诉明白你了。”

“庚辰夹批”云：“黛玉乃贾母溺爱之人也，不闻为作生辰，却去特意与宝钗，实非人想得着之文也。此书通部皆用此法，瞒过多少见者，余故云‘不写而写’是也。”

“不写而写”是曹雪芹写作的特殊技法，非是疏漏，故而，研究《红楼梦》需要结合作品描写、脂批提示，加以体会，而不是书中未及，故不可说，薛宝钗、贾宝玉、林黛玉前世姻缘并今世关系，从宝、黛同一判词可以体会。

（二）虚实对照（不写之写）：《红楼梦》中甄、贾宝玉的设置与命运

《红楼梦》中最大的不写之写，是甄宝玉的设置。

按，甄宝玉出现于《红楼梦》第二回，借贾雨村之口说出其性情与贾宝玉无异，第五十六回“敏探春兴利除宿弊　识宝钗小惠全大体”中，甄府四个女人来贾府，见贾宝玉，四人笑道：“如今看来，模样是一样。”本回，贾宝玉梦中见甄宝玉：

榻上少年说道：“我听见老太太说，长安都中也有个宝玉，和我一样的性情，我只不信。我才作了一个梦，竟梦中到了都中一个花园子里头，遇见几个姐姐，都叫我臭小厮，不理我。好容易找到他房里头，偏他睡觉，空有皮囊，真性不知那去了。”宝玉听说，忙说道：“我因找宝玉来到这里。原来你就是宝玉？”榻上的忙下来拉住：“原来你就是宝玉？这可不是梦里了。”宝玉道：“这如何是梦？真而又真了。”

曹雪芹固然不做无用文字，其写相貌、性格、家庭、行事一般无二的

甄、贾二宝玉，且使他们梦中相见，是何用意呢？贾宝玉与林黛玉“还泪”因缘结束后，当回到太虚幻境销号，则甄宝玉当有如何的结果呢？

自然不能与贾宝玉一样，同回太虚幻境销号，否则，此甄宝玉的设置便没有了用意。

如何阐释甄宝玉的命运、阐释曹雪芹设置甄宝玉及其命运的用意？就要结合《红楼梦》另一段文字进行解释，第五回“游幻境指迷十二钗　饮仙醪曲演红楼梦”写警幻仙姑令贾宝玉与可卿云雨事，解释贾宝玉为“天下古今第一淫人”的原因及其对贾宝玉的期望：

> 如尔则天分中生成一段痴情，吾辈推之为“意淫”……吾不忍君独为我闺阁增光，见弃于世道，是特引前来，醉以灵酒，沁以仙茗，警以妙曲，再将吾妹一人，乳名兼美，字可卿者，许配于汝。今夕良时，即可成姻。不过令汝领略此仙闺幻境之风光尚如此，何况尘境之情景哉？而今后万万解释，改悟前情，留意于孔孟之间，委身于经济之道。

又云宝玉至迷津：“正在犹豫之间，忽见警幻后面追来，告道：‘快休前进，作速回头要紧！’……尔今偶游至此，设如堕落其中，则深负我从前谆谆警戒之语矣。”

历来，以贾宝玉之“意淫”作为曹雪芹的认同，既然如此，警幻仙姑又何以令贾宝玉与可卿云雨，“不过令汝领略此仙闺幻境之风光尚如此，何况尘境之情景哉？而今后万万解释，改悟前情”、留意于“孔孟之间，委身于经济之道”呢?！又何以称贾宝玉若堕“迷津”——当指一直沉迷于所谓“意淫”，则“负我从前谆谆警戒之语”呢——当指“留意于孔孟之间，委身于经济之道”?！

而后文中，面对甄府抄家之后的现实，甄宝玉担负起了作为儿子的责任。第一一五回“惑偏私惜春矢素志　证同类宝玉失相知”中，解释甄宝玉为人处世的转变：

> 弟少时也曾深恶那些旧套陈言，只是一年长似一年，家君致仕在家，懒于酬应，委弟接待，后来见过那些大人先生，尽都是显亲扬名

的人，便是著书立说，无非言忠言孝，自有一番立德立言的事业，方不枉生在圣明之时，也不致负了父亲师长养育教诲之恩，所以把少时那一派迂想痴情渐渐的淘汰了些。

也即是说，人生在世，孔孟之间、经济之道固然为“旧套陈言”，但“大人先生，尽都是显亲扬名的人，便是著书立说，无非言忠言孝，自有一番立德立言的事业”，关键在于行、德，而不像那些衣食无忧、无能于世之人但得“品望高清”而已。

因贾兰父亲早丧，知道些世情冷暖，听了甄宝玉的话甚觉合意，便说道：

若论到文章经济，实在从历练中出来的，方为真才实学。在小侄年幼，虽不知文章为何物，然将读过的细味起来，那膏粱文绣比着令闻广誉真是不啻百倍的了。

（三）甄宝玉的命运与《红楼梦》的主张

世间如贾宝玉般衣食无忧、无责无任者少，固然可以行事“品望高清”、行文“膏粱文绣”；然而，因为种种原因，需要面对社会者多，如何面对社会就成为哲学家必须要谈及的问题。

甄宝玉“见过那些大人先生，尽都是显亲扬名的人，便是著书立说，无非言忠言孝，自有一番立德立言的事业”即是方向。关键是，言说者的行径是真还是假罢了。这即是第四十二回宝钗说与黛玉的：

男人们读书明理，辅国治民，这便好了。只是如今并不听见有这样的人，读了书倒更坏了。

《红楼梦》中读书明理、辅国治民的如北静王，读书不明理的如贾雨村。此处，“蒙侧批”云：“作者一片苦心，代佛说法、代圣讲道，看书者不可轻忽。”

因此，《红楼梦》虽然以佛家的语言作为书名，以最终出家的贾宝玉作为主人公，但并不意味着曹雪芹认同贾宝玉的“意淫”，“留心于孔孟之间、委身于经济之道”才是作者的认同。

唯此认同，是建立在“真”的基础之上。

七、守中:《红楼梦》的主张

历来认为,《红楼梦》写盛极而衰的故事；实则,《红楼梦》中并没有“盛极”，元妃省亲的“鲜花着锦、烈火烹油”，只不过是本府此一阶段完结前的回光返照而已[①],《红楼梦》写的是一个家族的衰落和一元复始的过程。

而这个一元复始，除了跟薛宝钗外，却皆与李家相关：贾珠娶李纨（兰桂齐芳）、甄宝玉娶李绮。这样的安排，体现了曹雪芹怎样的用意呢?

（一）守中、读书、女性时代身份

第四回“薄命女偏逢薄命郎　葫芦僧乱判葫芦案”中如此介绍李纨的父亲：

> 这李氏亦系金陵名宦之女，父名李守中，曾为国子监祭酒，族中男女无有不诵诗读书者；至李守中继承以来，便说“女子无才便有德”，故生了李氏时，便不十分令其读书，只不过将些《女四书》《列女传》《贤媛集》等三四种书，使他认得几个字，记得前朝这几个贤女便罢了，却只以纺绩井臼为要，因取名为李纨，字宫裁。

李守中，顾名思义，即是守得中道。在李守中处，“甲戌侧批”云：“妙！盖云人能以理自守，安得为情所陷哉?!”

（二）读书、事理、男女

李守中令家族女子“不十分读书”，而出李纨、李纹、李绮，薛家令宝钗读书识字——诸多移性之书烧了，曹雪芹这样的安排没有什么特别的用意吗？这恐怕要回到薛宝钗的解释上去：

---

① 《红楼梦》第二回“贾夫人仙逝扬州城　冷子兴演说荣国府”：“如今生齿日繁，事务日盛，主仆上下，安富尊荣者尽多，运筹谋画者无一，那日用排场，又不能将就省俭。如今外面的架子虽未甚倒，内囊却也尽上来了。这还是小事，更有一件大事：谁知这样钟鸣鼎食之家，翰墨诗书之族，如今的儿孙，竟一代不如一代了！”

（宝钗）道：“咱们女孩儿家不认得字的倒好。男人们读书不明理，尚且不如不读书的好，何况你我。就连作诗写字等事，原不是你我分内之事，究竟也不是男人分内之事。男人们读书明理，辅国治民，这便好了。

一般认为，此处宝钗以封建伦理教育黛玉，无足可取。实际上，忽视了三个问题：当时中国男主外、女主内的生活模式，薛宝钗对男性不能明理的批判和黛玉的态度：

只是如今并不听见有这样的人，读了书倒更坏了。这是书误了他，可惜他也把书糟蹋了，所以竟不如耕种买卖，倒没有什么大害处。你我只该做些针黹纺织的事才是，偏又认得了字，既认得了字，不过拣那正经的看也罢了，最怕见了些杂书，移了性情，就不可救了。

尤其是黛玉对宝钗教育的态度，往往被大众，尤其是当代批评者忽视：

一席话，说的黛玉垂头吃茶，心下暗伏，只有答应“是”的一字。

宝钗的主张，直接承袭《论语》。《论语》“学而第一”：“子曰：‘弟子入则孝，出则悌，谨而信，泛爱众而亲仁，行有余力，则以学文。’”做人第一，读书第二。

（三）义理、书籍、读书

在《红楼梦》中，曹雪芹借宝钗之口，说出了他对人与读书关系的理解：读得通、明得理，方许他读书，否则“他也把书糟蹋了”。这正如《坛经·机缘品第七》中六祖为常念诵《法华经》的法达论如何读经：

世人外迷着相，内迷着空，若能于相离相、于空离空，即是内外不迷。若悟此法，一念心开，是为开佛知见。……若能正心，常生智慧，观照自心，止恶行善，是自开佛之知见。汝须念念开佛知见，勿开众生知见。开佛知见，即是出世；开众生知见，即是世间。汝若但劳劳执念，以为功课者，何异牦牛爱尾？

所谓牦牛爱尾，出《妙法莲华经·方便品第二》，云："深着于五欲，如牦牛爱尾，以贪爱自蔽，盲瞑无所见。"据说，牦牛爱护其尾，若尾一缕挂着于树，既见猎人，也要保护牛尾不伤。

法达听闻六祖教化，复问解义与读经的关系："若然者，但得解义，不劳诵经耶？"师曰：

> 经有何过，岂障汝念，只为迷悟在人，损益由己，口诵心行，即是转经；口诵心不行，即是被经转。

在六祖讲清楚了了义与读经的关系（即了解经说法的精神，能够口诵心行）后于是，法达从此"领玄旨，亦不辍诵经"。

也即，在薛宝钗看来，人，尤其是需要在社会上奋斗的男人，需要读书，但读书不是为了识字，而是为了了解圣人书中的精神，能够以这种精神为人处世，这才是读了书，否则，读书无益；处深闺、嫁为人妇、孝养父母、教育子女的女人当然要读书，但需要有益于其为人处世，若被书中不合情理故事移了心性，不能很好地为人处世，则不需要读书。《西厢记》固然写爱情真挚，但其有违人情伦理写作，却是大问题，黛玉解得此意："说的黛玉垂头吃茶，心下暗伏，只有答应'是'的一字。"

也说晴雯

——兼谈曹雪芹人物塑造中的映照手法

晴雯是《红楼梦》中的重要人物，虽然她在小说中所占的篇幅并不算很多，但是，作为“金陵十二钗又副册之首”、作为《红楼梦》中的“小人物”，晴雯给读者的印象和情感冲击是《红楼梦》中很多大人物所不可比拟的，以致“脂批”中有“晴有林风”的说法。

自从《红楼梦》诞生、流传以来，众多的读者和红学研究者都给予了晴雯很大的关注，对她的容貌、性格、才情给予各式的评价，留下了不少研究性文章。

近人如王昆仑于1943年发表的《晴雯之死》，是20世纪第一篇系统论述晴雯的专文，对晴雯研究具有开启先河的作用；其后，较为著名的晴雯研究论文有吕启祥的《析晴雯之死》、刘梦溪的《论晴雯》、王刚的《试论晴雯》、陶建基的《出水芙蓉不染泥——兼谈“宝玉探晴雯”在庚辰本与程甲本中的异文》、彭蕴辉的《鸳鸯、晴雯性格之我见》、徐乃为的《袭人晴雯异同论》及陈桂生的《划破乌云浊雾的理想之光——论晴雯》等。

其他如何其芳的《论〈红楼梦〉》、蒋和森的《〈红楼梦〉人物赞》、李希凡的《传神文笔足千秋——〈红楼梦〉人物论》等也有一定的文字对晴雯进行探讨。

综合来看，诸多文章对晴雯的态度基本是一致的，是赞赏的，她的叛逆、反抗、特立独行，都受到研究者的肯定，她的一些缺点被说成是瑕不掩瑜的小疵，并不影响其“光明”的形象，他们更引用《红楼梦》中晴雯的判词为之辩护：

霁月难逢，彩云易散，心比天高，身为下贱。风流灵巧惹人怨。

寿夭多因诽谤生，多情公子空牵念。

他们认为这是曹雪芹对晴雯个性的赞美和不幸命运的无比同情。

应该说，以上著作对晴雯的研究当然有其文学的和审美的合理性，对推进红楼人物的研究和阅读有着积极的作用，但是，由于特殊的历史阶段和思想主流，这些文章过多地强调阶级对立，甚至有意为晴雯的某些缺点，甚至是劣根性的东西进行辩护，这或许已经偏离了曹雪芹的生活时代、文化意识、文学表达，因此，这种主导思想在《红楼梦》审美中是不可取的。

研究晴雯论著中的另类是任犊的一篇《评晴雯的反抗性格》(《学习与批判》1973 年第 3 期)，在该文中，任犊指出：

> 晴雯在怡红院中的地位在秋纹、碧痕之上，对主子来说是奴才，对比她更下等的奴才说，又算得上是半个主子。它不仅可以对小丫鬟们任意打骂，还可以把他们撵出去，临走还得给他磕两个头。这真是一个人吃人的社会，有吃人的，又被吃的，也有被吃了后不自觉地当了伥鬼的。

理性地进行分析，似乎可以认为任犊的文章基本上是站得住脚的，但在当时的环境下，这篇文章却受到了学界的批判，被称作欲图混淆阶级关系，混乱《红楼梦》研究。

如何看待晴雯其人，不仅关系到晴雯本人的评价，还关系到如何阅读《红楼梦》、如何看待《红楼梦》的人物塑造、如何理解《红楼梦》的写作方法、如何理解《红楼梦》反映的历史时代。晴雯到底是怎样的一个女孩子，她的存在对于《红楼梦》中其他人物的性格、行事起到了怎样的映照，她在曹雪芹的笔下要起到怎样的作用……都是值得探讨的问题。本文试作一相对系统全面的分析，不当之处，敬请方家指正。

一、晴雯不是反抗封建家庭和等级制度的斗士

晴雯是《红楼梦》中最有个性的年轻女子之一，20 世纪 90 年代以前的文章多把她当作一个反抗封建家庭和等级制度的先进斗士，那么《红楼

梦》中的晴雯对待封建家庭和等级制度的态度到底是怎样的呢？

先看她对贾府这个封建大家庭的态度。在谈论这个问题时，传统研究者往往拿出《红楼梦》第三十七回“秋爽斋偶结海棠社　蘅芜苑夜拟菊花题”中晴雯对秋纹从贾母、王夫人那里得到赏赐感到高兴，嗤之以鼻，来证明晴雯是积极反抗封建等级和家长制度的，是一个没有没完全奴化的、具有反抗精神的女奴，不过持这种观点的专家在分析这段文字的时候，犯了以偏概全的错误，试看秋纹自言贾母、王夫人赏她银钱、衣服后，晴雯的表现：

> 晴雯笑道：“呸！没见世面的小蹄子！那是把好的给了人，挑剩下的才给你，你还充有脸呢。”秋纹道：“凭他给谁剩的，到底是太太的恩典。”晴雯道：“要是我，我就不要。若是给别人剩下的给我，也罢了。一样这屋里的人，难道谁又比谁高贵些？把好的给他，剩下的才给我，我宁可不要，冲撞了太太，我也不受这口软气。”

请看，晴雯并不是不想要王夫人赏给的东西，而是因为王夫人已经把东西在这之前赏给过别的丫头了，晴雯认为自己并不比此人差，因此才赌气不要。

当从众人口中，我们知道晴雯说的人就是怡红院的首席大丫头袭人，从第三十六回“绣鸳鸯梦兆绛云轩　识分定情悟梨香院”，我们还知道王夫人每月拿出二两银子一吊钱给袭人，而且叮嘱王熙凤说：“以后凡是有赵姨娘、周姨娘的，也有袭人的，只是袭人的这一份都从我的分例上匀出来。”这俨然已经把袭人当作宝玉的妾了。晴雯所气的就是自认为处处优于袭人的自己为什么没有得到王夫人的青睐。当袭人嘱咐把借出去的瓶子取回来时，晴雯笑道：

> 我偏取一遭儿去。是巧宗儿你们都得了，难道不许我得一遭儿？……虽然碰不见衣裳，或者太太看见我勤谨，一个月也把太太的公费里分出二两银子来给我，也定不得。说着，又笑道：“你们别和我装神弄鬼的，什么事我不知道。”一面说，一面往外跑了。秋纹也同他出来，自去探春那里取了碟子来。

这样看来，以前人们对晴雯反抗精神的赞赏，把她视为“具有鲜明反封建思想倾向的被压迫的女奴形象”，“不仅不向统治者谄媚取宠，反而随时把胸中的不平向外爆发，锋芒直指封建统治者”的评价似乎是不能站得住脚了。

实际上，如果我们能认真地分析《红楼梦》中所有关于晴雯的字句，公平地进行分析，可以看出晴雯和贾宝玉一样，都是在肆无忌惮地享用贾府这个富裕大家庭提供给他们的一切，但却激烈地反对着家庭和社会赋予他们的、他们应该承担的所有责任和相关约束，他们并不能像易卜生《玩偶之家》里的女主人公一样，义无反顾地决心离开这个家庭，抛弃他们所受到的供养，用自己的双手去创造心目中的理想生活，正如一位网络作者指出的：

> 一方面，她认识到这种看似舒适的生活其实就有着对她们这样人的压迫，但另一方面，她却是离不开这种生活的，她只能依附于这种生活，离开这种生活回到贫困的家中，她也就像刚开的剑兰送入猪窝一样，夭折了。

因此，很多书中为了表扬这个拥有反抗思想的奴才，就会把她描写成一个先进的战士，是根本错误的。

二、晴雯的志向与行为

既然晴雯并不知道自己斗争的对象，那么，晴雯又有哪些追求和志向呢?

晴雯的希望不过是能顺利地成为宝二姨奶奶，也就是成功地做宝玉的妾罢了。她深深知道自己的出身卑微，再高也不过是宝玉房中的一个大丫鬟而已，根本不可能和宝玉、宝钗等主子们站在同一高度上，甚至连袭人、鸳鸯等人也不如，对于这些晴雯确实是不甘心的。第二十回“王熙凤正言弹妒意　林黛玉俏语谑娇音”中写道，宝玉无聊，笑对麝月说：

> “咱两个作什么呢？怪没意思的，也罢了，早上你说头痒，这会子

没什么事，我替你篦头罢。”麝月听了便道：“就是这样。”说着，将文具镜匣搬来，卸去钗钏，打开头发，宝玉拿了篦子替他一一的梳篦。只篦了三五下，只见晴雯忙忙走进来取钱。一见了他两个，便冷笑道：“哦，交杯盏还没吃，倒上头了！”宝玉笑道：“你来，我也替你篦一篦。”晴雯道：“我没那么大福。”说着，拿了钱，便摔帘子出去了。

第三十一回“撕扇子作千金一笑　因麒麟伏白首双星”中，袭人无意间说了一句“我们”，就被晴雯一顿冷嘲热讽。宝玉和袭人是怎样的关系呢？连黛玉这一心将来和宝玉过，又嫉妒心极强的女孩子都戏称她作“嫂子”：“好嫂子，你告诉我。必定是你两个拌了嘴了。告诉妹妹，替你们和劝和劝。”袭人羞不过忙推黛玉说：“林姑娘，你闹什么？我们一个丫头，姑娘只是混说。”且看黛玉是怎样回答的，黛玉笑道：“你说你是丫头，我只拿你当嫂子待。”很明显的，在这里林黛玉把袭人和贾琏房中的平儿一等看待的了。

晴雯就是见不得这些事情的出现，他内心的嫉妒之火一旦碰上这样的事情立刻就能发作。可见，她的心里确实是爱着贾宝玉的，即便是说这种爱是一种潜意识的行为，当然她也知道自己不可能最终成为贾宝玉的正室。正是因为她爱着宝玉，才见不得宝玉和其他女孩子有过于亲热的行为，尤其她自视甚高，又怎会允许宝玉和她向来看不上的袭人、麝月那般亲热呢。

晴雯素有灵口慧心的说法，但是她与《红楼梦》中另一位同样灵口慧心的林黛玉在这上面的表现是完全不同的，试看《红楼梦》第八回“比通灵金莺微露意　探宝钗黛玉半含酸”中是怎样写的：

宝钗笑道：“宝兄弟，亏你每日家杂学旁收的，难道就不知道酒性最热，若热吃下去，发散的就快，若冷吃下去，便凝结在内，以五脏去暖他，岂不受害？从此还不快不要吃那冷的了。”宝玉听这话有情理，便放下冷酒，命人暖来方饮……黛玉磕着瓜子儿，只抿着嘴笑。可巧黛玉的小丫鬟雪雁走来与黛玉送小手炉，黛玉因含笑问他：“谁叫你送来的？难为他费心，那里就冷死了我！”雪雁道：“紫鹃姐姐怕姑娘冷，使我送来的。”黛玉一面接了，抱在怀中，笑道：“也亏你倒听他的话。我平日和你说的，全当耳旁风，怎么他说了你就依，比圣旨还快些！”

在这里，黛玉借宝玉按宝钗的意见饮用热酒一事，对宝玉加以嘲讽，虽然聪明人都能听得出来黛玉在说什么，但每一个当事人都没有办法发作出来，毕竟他说得是那样的委婉。因此，面对黛玉的嘲讽，“宝玉听这话，知是黛玉借此奚落他，也无回复之词，只嘻嘻的笑两阵罢了。宝钗素知黛玉是如此惯了的，也不去睬他”。

在第二十八回“蒋玉菡情赠茜香罗 薛宝钗羞笼红麝串”中，宝玉想看看宝钗的红麝串子，宝钗要为他褪了下来，书中写道：

> 宝钗生的肌肤丰泽，容易褪不下来。宝玉在旁看着雪白一段酥臂，不觉动了羡慕之心，暗暗想道：“这个膀子要长在林妹妹身上，或者还得摸一摸，偏生长在他身上。”正是恨没福得摸，忽然想起“金玉”一事来，再看看宝钗形容，只见脸若银盆，眼似水杏，唇不点而红，眉不画而翠，比林黛玉另具一种妩媚风流，不觉就呆了，宝钗褪了串子来递与他也忘了接。

这时候，宝钗的表现是：“见他怔了，自己倒不好意思的，丢下串子，回身才要走。”只见“林黛玉蹬着门槛子，嘴里咬着手帕子笑呢”。在这种情形下，要是晴雯肯定又要直愣愣的话飞过去了，黛玉是怎样表现的呢？黛玉接过宝钗的话，笑道：“何曾不是在屋里的。只因听见天上一声叫唤，出来瞧了瞧，原来是个呆雁。”薛宝钗道：“呆雁在那里呢？我也瞧一瞧。”林黛玉道：“我才出来，他就‘忒儿’一声飞了。”“口里说着，将手里的帕子一甩，向宝玉脸上甩来。宝玉不防，正打在眼上，‘嗳哟’了一声。”结果“宝玉正自发怔，不想黛玉将手帕子甩了来，正碰在眼睛上，倒唬了一跳，问是谁。林黛玉摇着头儿笑道：‘不敢，是我失了手。因为宝姐姐要看呆雁，我比给他看，不想失了手。’宝玉揉着眼睛，待要说什么，又不好说的”。

看黛玉对自己的情感和小报复表达的是多么巧妙，不露一点痕迹，愿望实现了，却能让人无话可说，故而，宝钗说：“真真颦丫头的这张嘴，让人恨又不是，喜欢又不是。”

这当然是两人身份地位、文化层次等各方面原因造成的，但晴雯一点就着的火暴脾气也是另一重要原因。晴雯的举动使自己处于无助的地位上，平时姐妹们一起闹，一时不快也就过去了，但是当有些事情爆发时，晴雯环顾自己的周围，才发现自己是那样的孤独。

三、晴雯的人际关系

在不涉及感情问题的时候，晴雯的所做所为也有失妥当，她只是图一时痛快而乱说一通，却几乎从来不顾及别人的感受。

《红楼梦》第七十三回“痴丫头误拾绣春囊　懦小姐不问累金凤”中，袭人、晴雯等为了帮助宝玉蒙混贾政考试，陪同宝玉夜间加班，文中写道：

> 袭人、麝月、晴雯等几个大的是不用说，在旁剪烛斟茶，那些小的，都困眼朦胧，前仰后合起来。晴雯因骂道：“什么蹄子们，一个个黑日白夜挺尸挺不够，偶然一次睡迟了些，就装出这腔调来了。再这样，我拿针戳给你们两下子！”

其粗暴、强梁的态度跃然纸上，曹雪芹的高妙在于不止于此，下面接着写道：“话犹未了，只听外间咕咚一声，急忙看时，原来是一个小丫头子坐着打盹，一头撞到壁上了，从梦中惊醒，恰正是晴雯说这话之时，他怔怔的只当是晴雯打了他一下，遂哭央说：‘好姐姐，我再不敢了。’”

用小丫头的惧怕，将晴雯在怡红院里的行为举动和在诸丫鬟心目中的形象栩栩如生地表现在读者面前。

晴雯在怡红院一味逞强，有时连宝玉这个直接主子也敢于顶撞，平常的小矛盾是少不了的，《红楼梦》中写晴雯与宝玉的矛盾以第三十一回“撕扇子作千金一笑　因麒麟伏白首双星”写得最为精彩，虽然曹公在这里要表现的是贾宝玉以暴殄天物的态度、举措“撕扇子作千金一笑”，但是前面却做了一个大大的铺垫，先浓墨重彩地描写晴雯、宝玉的矛盾，来为下面的“撕扇子作千金一笑”做铺垫，文中是这样写的：

> 那宝玉的情性只愿常聚，生怕一时散了添悲，那花只愿常开，生

怕一时谢了没趣；只到筵散花谢，虽有万种悲伤，也就无可如何了。因此，今日之筵，大家无兴散了，林黛玉倒不觉得，倒是宝玉心中闷闷不乐，回至自己房中长吁短叹。偏生晴雯上来换衣服，不防又把扇子失了手跌在地下，将股子跌折。宝玉因叹道："蠢才，蠢才！将来怎么样？明日你自己当家立事，难道也是这么顾前不顾后的？"

这本是宝玉一时的气话，也反映出两者关系的一般，宝玉并没有把晴雯当作自己将来的屋里人来看待，一般人即便是林黛玉也会问一问发生了何事，且看晴雯是怎样回答的：

晴雯冷笑道："二爷近来气大的很，行动就给脸子瞧。前儿连袭人都打了，今儿又来寻我们的不是。要踢要打凭爷去。就是跌了扇子，也是平常的事。先时连那么样的玻璃缸、玛瑙碗不知弄坏了多少，也没见个大气儿，这会子一把扇子就这么着了。何苦来！要嫌我们就打发我们，再挑好的使。好离好散的，倒不好？"

在这种情况下，晴雯的一席话无异于火上浇油，以至于宝玉听了这些话，气的浑身乱战，因说道："你不用忙，将来有散的日子！"

连自己的主子晴雯都敢于直面顶撞、讽刺，对其他人怎么样，也就可想而知了。

晴雯做得最为过分的一件事情发生在第五十二回，"俏平儿情掩虾须镯　勇晴雯病补雀金裘"里，小丫头坠儿因为偷了一件"虾须镯"，被查出后，晴雯大怒，先是小丫头子们："那里钻沙去了！瞅我病了，都大胆子走了。明儿我好了，一个一个的才揭你们的皮呢！"唬的小丫头子篆儿忙进来问："姑娘作什么？"晴雯道："别人都死绝了，就剩了你不成？"

这时候，坠儿也蹭了进来。晴雯顿时借题发挥，道：

"你瞧瞧这小蹄子，不问他还不来呢。这里又放月钱了，又散果子了，你该跑在头里了。你往前些，我不是老虎吃了你！"坠儿只得前凑。晴雯便冷不防欠身一把将他的手抓住，向枕边取了一丈青，向他手上乱戳，口内骂道："要这爪子作什么？拈不得针，拿不动线，只会偷嘴吃。眼皮子又浅，爪子又轻，打嘴现世的，不如戳烂了！”坠儿疼的乱哭乱喊。

麝月忙拉开坠儿，按晴雯睡下。晴雯尚不罢休，命人叫宋嬷嬷进来，假借宝玉、袭人的名义，说道：“宝二爷才告诉了我，叫我告诉你们，坠儿很懒，宝二爷当面使他，他拨嘴儿不动，连袭人使他，他背后骂他。今儿务必打发他出去，明儿宝二爷亲自回太太就是了。”

宋嬷嬷听了，心下便知镯子事发，因笑道：“虽如此说，也等花姑娘回来知道了，再打发他。”听得宋嬷嬷提到袭人，晴雯道：“宝二爷今儿千叮咛万嘱咐的，什么‘花姑娘’‘草姑娘’，我们自然有道理。你只依我的话，快叫他家的人来领他出去。”

像坠儿这样的事情，即便落在王熙凤手中，也不过打几板子、赶人，断不会拿一丈青这种东西去糟蹋人的，再者说王熙凤做事是有其当家人的地位决定的，而晴雯就凭一个大丫头，就把坠儿赶出大观园去了。

不仅是对这些身份、地位比她低的小丫头，晴雯是随意打骂，对一些有一定地位的丫鬟她也不能给予尊重，袭人是不用说了，怡红院的也经常受到她的训斥、讽刺。第二十七回“滴翠亭杨妃戏彩蝶　埋香冢飞燕泣残红”，红玉替凤姐儿去拿荷包，回来的路上，碰见晴雯、绮霰、碧痕等人，晴雯一见了红玉，便说道：

“你只是疯罢！院子里花儿也不浇，雀儿也不喂，茶炉子也不笼，就在外头逛。”红玉道：“昨儿二爷说了，今儿不用浇花，过一日浇一回罢。我喂雀儿的时侯，姐姐还睡觉呢。”

同样心气高的红玉一句话就把晴雯的质问给堵了回去，当红玉把帮王熙凤拿来的荷包举给他们看的时候，别人“方没言语了，大家分路走开”。只有晴雯冷笑道：

“怪道呢！原来爬上高枝儿去了，把我们不放在眼里。不知说了一句话半句话，名儿姓儿知道了不曾呢，就把他兴的这样！这一遭半遭儿的也算不得什么，过了后儿还得听呵！有本事从今儿出了这园子，长长远远的在高枝儿上才算得。”一面说着去了。这里小红听了，不便分证，只得忍着气来找凤姐儿。

这红玉是谁呢？她原来是管家林之孝的女儿。

所以在这个地方，就有一句脂批，他说：“管家之女，而晴卿辈挤之，招祸之媒也。”“招祸之媒”就是说得罪红玉是给晴雯惹来祸害的原因。虽然林之孝为人本分，夫妻二人被凤姐儿称作“天聋”“地哑”，这句脂批说得未必正确，但是，晴雯如此对待他的女儿，无论谁都是难以接受的，至少碰到事情不愿在出头为她说哪怕一句好话，是肯定的。

四、是谁害死了晴雯

晴雯的遭遇无疑是一个悲剧，是她好强的性格和卑贱的出身葬送了自己，正如她的判词上说的“心比天高，命比纸薄”。然而她这好强的性格是怎样形成的呢？归结起来，主要有以下几方面的因素：

（一）天生要拔尖的性格

要强的性格害了晴雯，虽然要强并不一定会害所有的人，如王熙凤、探春、夏金桂都是出名的好强，尤其是后者，“爱自己尊若菩萨，窥他人秽如粪土”，甚至养成了所谓“盗跖的性气”，但她们小姐的出身足可以保证她们不会受到别人的迫害，即便她们在生活中得罪他人。但晴雯比不得，她好强、不服输的性格使她得罪了太多的人，加上她卑贱的出身——虽然我们不能确知晴雯的出身，但《红楼梦》第七十三回“痴丫头误拾绣春囊　懦小姐不问累金凤”一回中明确写着：“这晴雯当日系赖大家用银子买的。”因贾母喜欢，“故此赖嬷嬷就孝敬了贾母使唤”，可知，晴雯是被贾府的奴才买来做奴才的，这样的出身，家境一定差得很。第二十六回“蜂腰桥设言传心事　潇湘馆春困发幽情”中，虽然佳蕙说：“可气晴雯，绮霰他们这几个，都算在上等里去，仗着老子娘的脸面，众人倒捧着他去。”晴雯的老子娘，在这里应该指的是赖大家的夫妇，因为我们知道，晴雯被赖大家的买来时，并不记得父母。——足以使她在一定条件下成为众矢之的，后来的结果也证明了这一点。

（二）贾宝玉的纵容和袭人等的迁就

晴雯跋扈性情的养成，虽然是她的天性所致，但宝玉的无限纵容和袭人等人对她的迁就，更加促使晴雯好强个性的无限制发展。我们虽不知道晴雯在贾母身边待了多长时间，但贾母因喜欢她聪明伶俐又把她给了宝玉使唤，想来在贾母身边时还是比较守礼的，纵观《红楼梦》可以发现，晴雯在其他主子面前也很规矩，举止也甚得当，可是为什么在怡红院里就这样的放纵自己呢?

毫无疑问，她身边的人们——宝玉、袭人、麝月等人——对晴雯的小性儿过于纵容和迁就。

贾宝玉是一个生来视女儿如生命的富贵公子，向来只要是能讨女孩儿喜欢无所不用的，何况晴雯这样一个貌美如花、性情刁蛮的女孩子呢。除了第三十一回“撕扇子作千金一笑　因麒麟伏白首双星”，曾经吵过一架外，两人并无其他不快，即便这一回也是以宝玉赔礼道歉，以暴殄天物“撕扇子作千金一笑”的方式，取得和解。宝玉这个主子的纵容无疑是晴雯偏执个性无限发展的一个重要原因。其次，如袭人、麝月等几个与晴雯地位大体相同的大丫头皆性情贤淑，对晴雯的执拗基本上采取了委屈求全的方式加以迁就，像佳蕙、红玉这些小丫头们则敢怒不敢言，这样，在怡红院这个小天地里，晴雯成了没有人控制的野马，近乎达到随意而为的地步了，但是一旦这一切暴露于天光之下，爱子如命，生怕宝玉走上邪路的王夫人对晴雯的这种个性自然是不能容忍的，即便不是因为绣春囊而引发抄检大观园。

（三）时代的家庭道德与悲哀的人性

保守的社会风气也是促成晴雯悲剧的一个原因。且看第七十三回“痴丫头误拾绣春囊　懦小姐不问累金凤”，婆子们听到王夫人让晴雯哥嫂来领晴雯出去时，这些与晴雯并无利益瓜葛的婆子们的反应是：“阿弥陀佛！今日天睁了眼，把这一个祸害妖精退送了，大家清净些。”婆子们称晴雯为妖精并不是指她的行为处事，更多的是说她的美貌、她的活泼开朗，这在当时讲究行为符合礼仪规范的社会里，是被看作异类的，这样的异类一旦离开这里，自然是“祸害妖精退送了，大家清静些”了。

另外一点是有人向王夫人告状：“指宝玉为由，说他大了，已解人事，都由屋里的丫头们不长进教习坏了。”在传统社会，主要是富贵家庭，由父母长辈指定某个丫头给小主子做房里人是可以的，如贾母、王夫人指袭人给宝玉，但是任自己高兴而为则是不可以的，因王夫人认为告状者说的这种情况“更比晴雯一人较甚，乃从袭人起以至于极小作粗活的小丫头们，个个亲自看了一遍”。不仅将病重的晴雯从床上拖了出去，还赶走了说“同日生日就是夫妻”的四儿和漂亮活泼、反抗干娘欺压的芳官——“耶律匈奴”。

五、晴雯的可爱处

晴雯能够取得怡红院的地位和博得宝玉的喜欢，并被后世研究者视作正面形象，不是没有原因的，不过，以前人们并没有把问题提到这一层次。即便提到这一点，答案也很简单，不过是说她与宝玉都是封建等级制度的反抗者，二人叛逆者的身份，使之拥有了深厚的友情。这样的回答不能说完全没有道理，但未免有失偏颇，晴雯的可爱之处到底是哪些呢?

（一）美丽的外貌

晴雯的美貌是有口皆碑的，仅以《红楼梦》第七十三回“痴丫头误拾绣春囊　懦小姐不问累金凤”为例就可看出一二。这一回是晴雯遭受嫉妒者丑化、打击的一回，在这一回里反对者是怎样评判晴雯的外貌的呢?

王善保家的是最恨晴雯的，她说：“那丫头仗着他生的模样儿比别人标致些。又生了一张巧嘴，天天打扮的象个西施的样子。”

王夫人则说晴雯“水蛇腰，削肩膀，眉眼又有些象你林妹妹的”。脂批评价这句话连用了“妙、妙，好腰；妙、妙，好肩，俗云水蛇腰，则游曲小也”。

凤姐道：“若论这些丫头们，共总比起来，都没晴雯生得好。”

贾宝玉是怎样看待自己身旁这个美女的呢?他对袭人说：晴雯“生得比人强……想是他过于生得好了，反被这好所误”。

宝玉这样一个怜香惜玉的年轻公子，对所有年轻女儿都充满着无尽的爱惜和同情，何况对晴雯这样一个美丽绝顶，天天出现在自己身边的人呢?

（二）聪明的头脑

晴雯能够进贾府，小说写得明白，就是因为小时候“常跟赖嬷嬷进来，贾母见他生得伶俐标致，十分喜爱。故此赖嬷嬷就孝敬了贾母使唤，后来所以到了宝玉房里”。聪明伶俐是不用说的。晴雯通过自己的聪明机灵帮助宝玉躲过贾政测试也发生在第七十三四“痴丫头误拾绣春囊　懦小姐不问累金凤”：“话犹未了，只听金星玻璃从后房门跑进来，口内喊说：‘不好了，一个人从墙上跳下来了！’……晴雯因见宝玉读书苦恼，劳费一夜神思，明日也未必妥当，心下正要替宝玉想出一个主意来脱此难，正好忽然逢此一惊，即便生计，向宝玉道：‘趁这个机会快装病，只说唬着了。’”并大呼小叫的说：“才刚并不是一个人见的，宝玉和我们出去有事，大家亲见的。如今宝玉唬的颜色都变了，满身发热，我如今还要上房里取安魂丸药去。太太问起来，是要回明白的，难道依你说就罢了不成。”晴雯和玻璃二人又出去要药，“故意闹的众人皆知宝玉吓着了”。结果，宝玉的测试不了了之，都是靠了晴雯的机灵。

（三）精致的女工

《红楼梦》里并没有说哪个女孩儿的女工做得更好，但从文章可以看出薛宝钗、史湘云、袭人、晴雯几个做得是比较好的，尤其是晴雯，“补裘”素来为人们所称赞，成为传统红楼人物绘画中的经典题材。

《红楼梦》第五十二回“俏平儿情掩虾须镯　勇晴雯病补雀金裘”对晴雯的女工做了细致的描述，本回里贾母给宝玉的一件褂子被火星烧了一块，为了不使贾母生气，宝玉忙命人拿出去织补，结果派去的人回话说：“不但能干织补匠人，就连裁缝绣匠并作女工的问了，都不认得这是什么，都不敢揽。”

重病中的晴雯闻说，忍不住翻身接过，果然是见多识广，道：“这是孔雀金线织的，如今咱们也拿孔雀金线就象界线似的界密了，只怕还可混得过去。”麝月笑道：“孔雀线现成的，但这里除了你，还有谁会界线？”从麝月的话可知，晴雯的女红在怡红园是最好的，至少应该不次于袭人。

为了不让宝玉为难，重病的晴雯撑着病躯，当夜为宝玉补好了被烧毁的“雀金呢”，“补裘”这段描写非常细致：

> 晴雯道：“不用你蝎蝎螫螫的，我自知道。”一面说，一面坐起来，挽了一挽头发，披了衣裳，只觉头重身轻，满眼金星乱迸，实实撑不住。若不做，又怕宝玉着急，少不得恨命咬牙捱着。便命麝月只帮着

拈线。晴雯先拿了一根比一比，笑道："这虽不很象，若补上，也不很显。"宝玉道："这就很好，那里又找哦啰嘶国的裁缝去。"晴雯先将里子拆开，用茶杯口大的一个竹弓钉牢在背面，再将破口四边用金刀刮的散松松的，然后用针纫了两条，分出经纬，亦如界线之法，先界出地子后，依本衣之纹来回织补。补两针，又看看，织补两针，又端详端详。无奈头晕眼黑，气喘神虚，补不上三五针，伏在枕上歇一会。

此处，不唯写晴雯之能，兼及宝、晴之素日为人并情谊，云：

宝玉在旁，一时又问："吃些滚水不吃？"一时又命："歇一歇。"一时又拿一件灰鼠斗篷替他披在背上，一时又命拿个拐枕与他靠着。急的晴雯央道："小祖宗！你只管睡罢。再熬上半夜，明儿把眼睛抠搂了，怎么处！"宝玉见他着急，只得胡乱睡下，仍睡不着。一时只听自鸣钟已敲了四下，刚刚补完，又用小牙刷慢慢的剔出绒毛来。麝月道："这就很好，若不留心，再看不出的。"宝玉忙要了瞧瞧，说道："真真一样了。"

（四）对亲情的看重

说到对亲情的看中，晴雯比探春、惜春等人简直不能同日而语，探春对自己母亲赵姨娘的态度历来为人所诟病，虽然这里面赵姨娘有着许多让人为难的地方；惜春为贾敬之女，父亲一味忙于炼丹升仙，哥哥贾珍则整天花天酒地，无所不为，自幼跟随贾母长大的惜春除了对老太太尚存感情，似乎没能看出对谁表露过亲情。加之，笃信佛教，更是她冷面寒心，第七十四回"惑奸谗抄检大观园　矢孤介杜绝宁国府"，惜春不顾自幼服侍她的入画的苦苦哀求，立逼着赶了出去；对她进行劝说的嫂子尤氏，被她的冷言冷语气得一塌糊涂，只得说："可知你是个心冷口冷心恨意恨的人。"

与她们相比，丫头出身的晴雯则做得好得多，小说写道：

这晴雯进来时，也不记得家乡父母。只知有个姑舅哥哥，专能庖宰，也沦落在外，故又求了赖家的收买进来吃工食。赖家的见晴雯虽到贾母跟前，千伶百俐，嘴尖性大，却倒还不忘旧，故又将他姑舅哥哥收买进来，把家里一个女孩子配了他。

晴雯的姑舅表哥就是被称作“灯儿姑娘”的男人酒肉厨子多混虫，即便是这样的人，晴雯刚刚进入赖家，就请求主子把自己的亲人姑舅表哥“收买进来吃工食”了。赖大家的所谓的“不忘旧”，即是指晴雯对亲情的看中了。

（五）生性活泼

在传统社会中，侍候主子的奴才被教导的顺从听话，怡红院的诸丫头们自然也不例外，虽然在贾宝玉这个混世魔王的放纵下，这些可怜的女孩子们可以比其他主子的丫头有更多的自由，在一起玩闹时可以更加放得开，但主子毕竟是主子，在宝玉面前她们还得表现出奴才应该有的样子，虽然宝玉天生不欲如此，在芳官进入怡红院之前，只有晴雯的笑声和身影不时伴随在宝玉身旁，与女孩子在一起，厌恶等级划分的宝玉，在晴雯这里看到了平等和自由，这不能不说也是晴雯能在怡红院获得看重的原因之一。

综上，我们可以看出，真实的晴雯并不像通常人们所分析的那样，是纯粹的好或者是纯粹的坏，她的优缺点都是那么明显而真实，在欣赏她的人眼中，她无疑可以算得上“其为质则金玉不足喻其贵，其为性则冰雪不足喻其洁，其为神则星日不足喻其精，其为貌责花月不足喻其色”；不过在厌恶者眼里，晴雯的缺点显得是那样的扎人，委实是“狐媚子”“女妖精”了，不幸的是晴雯先遇上的是欣赏者，后碰到的是厌恶者，而不是相反。

六、作为晴雯反面或者坐标的袭人

晴雯和袭人同是《红楼梦》中非常出色的艺术形象，她们是怡红院宝玉身旁两个最有地位、说话最有分量的大丫头；但两人性格迥异，为人和给人们的感觉也是完全不一样。长期以来，晴雯被作为个性鲜明、追求自由和对传统势力、习惯、传统进行不屈战斗的角色被人研读和接受；袭人则是被看作心计颇深、陷害晴雯的形象被人们误解着，这种情况在并不是自今日而始的，在清代就已经有人这样看了。

如同物体运动一般，必须有两个物体，才可以说某一物体相对于某一物体是运动着的。因此，在讨论晴雯形象时，对袭人进行系统的分析是不应被遗缺的因素；如果不能对作为晴雯坐标的袭人形象研究明晰，就不可能真正认识一个真实的晴雯，也就不能真正理解曹雪芹在人物塑造方面所取得的成就和突破。上面我们已经分析了被视为战斗者的晴雯，下面我们就来分析一下，作为晴雯对立面或者称作参考坐标的袭人是怎样的角色。

袭人出场是在第三回“金陵城起复贾雨村　荣国府收养林黛玉”：“当下，王嬷嬷与鹦哥陪侍黛玉在碧纱橱内。宝玉之乳母李嬷嬷，并大丫鬟名唤袭人者，陪侍在外面大床上。”紧接着对袭人的身份、特点进行了介绍：

原来这袭人亦是贾母之婢，本名珍珠。贾母因溺爱宝玉，生恐宝玉之婢无竭力尽忠之人，素喜袭人心地纯良，克尽职任，遂与了宝玉。宝玉因知他本姓花，又曾见旧人诗句上有“花气袭人”之句，遂回明贾母，更名袭人。这袭人亦有些痴处：伏侍贾母时，心中眼中只有一个贾母，如今服侍宝玉，心中眼中又只有一个宝玉。只因宝玉性情乖僻，每每规谏宝玉，心中着实忧郁。

这是从贾母和作者的眼光来看待袭人的为人。袭人的特点有类于清初悍将王辅臣，王辅臣曾先后追随洪承畴和吴三桂，为洪承畴部下时，以父礼事承畴，遇有难走山路，王辅臣以身负洪承畴过，事吴三桂亦如是。

以第八回“比通灵金莺微露意　探宝钗黛玉半含酸”和第十九回“情切切良宵花解语　意绵绵静日玉生香”中，袭人对待宝玉乳母李奶奶的态度为例，试分析袭人的为人。

在第八回中，贾宝玉吃了半碗茶，想起早晨沏的枫露茶还没喝，问小丫头茜雪搁哪里去了，茜雪回答说被宝玉的乳母李奶奶喝掉了，宝玉闻言大怒，“将手中的茶杯只顺手往地下一掷，豁啷一声，打了个粉碎，泼了茜雪一裙子的茶。又跳起来问着茜雪”道：

他是你那一门子的奶奶，你们这么孝敬他？不过是仗着我小时候吃过他几日奶罢了。如今逞的他比祖宗还大了。如今我又吃不着奶了，白白的养着祖宗作什么！撵了出去，大家干净！

清代满族的主奴关系是很奇妙的，与汉族的地主与雇农的关系有着较大的差别。满族是在汉文化影响下，直接从奴隶社会低级阶段进入的地主、农民社会，其间没有经历长期的奴隶制过渡，因此，早期奴隶制时期的一些特点在清朝一代表现的很明显。

以主奴关系为例，主奴间的亲情因素在社会生活中表现的相当浓郁，老汗王努尔哈赤创业时期，他自己是和奴才在一个桌子上吃饭、一个大炕上睡觉的。这种亲情关系是人类社会早期的基本特点，不管是中国、欧洲，还是汉族、少数民族都是如此。

正因为如此，曹雪芹的太祖母才能够因为照顾过幼年时期的康熙，受到皇家的礼遇；曹家的崛起固然与曹玺、曹寅的个人能力出众、对皇家忠心耿耿之外，与曹玺之妻与康熙的这段历史不无关系。

这种主奴关系在《红楼梦》里也有着很细致的描写，以第十六回“贾元春才选凤藻宫　秦鲸卿夭逝黄泉路”为例，贾琏夫妇对坐吃饭，这时贾琏的乳母赵嬷嬷走来，贾琏、凤姐连忙请她上炕吃酒，因赵嬷嬷执意不肯，在炕沿下设了一个杌子、一个脚踏，赵嬷嬷便坐在脚踏上，贾琏向桌上拣两盘肴馔与她放在杌上自吃。凤姐又道：

> “妈妈很嚼不动那个，倒没的矼了他的牙。”因向平儿道：“早起我说那一碗火腿炖肘子很烂，正好给妈妈吃，你怎么不拿了去赶着叫他们热来？”又道：“妈妈，你尝一尝你儿子带来的惠泉酒。”
>
> 赵嬷嬷道：“我喝呢，奶奶也喝一盅，怕什么？只不要过多了就是了。我这会子跑了来，倒也不为饮酒，倒有一件正经事，奶奶好歹记在心里，疼顾我些罢。我们这爷，只是嘴里说的好，到了跟前就忘了我们。幸亏我从小儿奶了你这么大。我也老了，有的是那两个儿子，你就另眼照看他们些，别人也不敢呲牙儿的。我还再四的求了你几遍，你答应的倒好，到如今还是燥屎。这如今又从天上跑出这一件大喜事来，那里用不着人？所以倒是来和奶奶来说是正经，靠着我们爷，只怕我还饿死了呢。”
>
> 凤姐笑道：“妈妈你放心，两个奶哥哥都交给我。你从小儿奶的儿子，你还有什么不知他那脾气的？拿着皮肉倒往那不相干的外人身上贴。可是现放着奶哥哥，那一个不比人强？你疼顾照看他们，谁敢说个‘不’字儿？没的白便宜了外人。我这话也说错了，我们看着是

‘外人’，你却看着‘内人’一样呢。”说的满屋里人都笑了。……嬷嬷笑道：“奶奶说的太尽情了，我也乐了，再吃一杯好酒。从此我们奶奶作了主，我就没的愁了。”

这样的情节在《红楼梦》中还有很多，并不像我们平时认识到的汉族地主与雇农关系那样，且看作为被奚落的贾琏是怎样反映的：

贾琏此时没好意思，只是讪笑吃酒，说“胡说”二字。

按照常规来说，宝玉的乳母喝一碗茶实在算不了什么，可是宝玉的反应是激烈的，不仅摔了茶杯，还“要去立刻回贾母，撵他乳母”。装睡的袭人忙起来解释劝阻。贾宝玉这一不合常规的反应，是他富家公子哥儿脾性的发作，可谓无情，这时，贾母遣人来问是怎么了，为了不让贾母担心，同时避免李奶奶寒心和事情的扩大化，善良的袭人委曲求全，忙道：

倒茶来，被雪滑倒了，失手砸了钟子。一面又安慰宝玉道：“你立意要撵他也好，我们也都愿意出去，不如趁势连我们一齐撵了，我们也好，你也不愁再有好的来伏侍你。”宝玉听了这话，方无了言语，被袭人等扶至炕上，脱换了衣服。

再看第十九回“情切切良宵花解语　意绵绵静日玉生香”，宝玉“才要去时，忽又有贾妃赐出糖蒸酥酪来，宝玉想上次袭人喜吃此物，便命留与袭人了”。回过贾母后，到贾珍那边看戏。

奶母李嬷嬷拄拐进来请安，瞧瞧宝玉，见宝玉不在家，丫鬟们只顾玩闹……那李嬷嬷还只管问“宝玉如今一顿吃多少饭”，“什么时辰睡觉”等语。丫头们总胡乱答应。有的说：“好一个讨厌的老货！”……李嬷嬷又问道：“这盖碗里是酥酪，怎不送与我去？我就吃了罢。”说毕，拿匙就吃。一个丫头道：“快别动！那是说了给袭人留着的，回来又惹气了。你老人家自己承认，别带累我们受气。”李嬷嬷听了，又气又愧，便说道：“我不信他这样坏了。别说我吃了一碗牛奶，就是再比这个值钱的，也是应该的。难道待袭人比我还重？难道他不想想怎么长大了？我的血变的奶，吃的长这么大，如今我吃他一碗牛奶，他就生气了？我偏吃了，看怎么样！你们看袭人不知怎样，那是我手里调理出来的毛丫头，什么阿物儿！”一面说，一面赌气将酥酪吃尽。又一丫头笑道：“他们不会说话，怨不得你老人家生气。宝玉还时常送东西孝敬你老去，岂有为这个不自在的。”李嬷嬷道：“你们也不必妆狐媚子哄我，打量上次为茶撵茜雪的事我不知道呢。明儿有了不是，我再来领！”说着，赌气去了。

虽然宝玉已经长大成人，但是为他喂过奶、照顾过他的李嬷嬷还是对他的生活异常关心，因为二者不是简单的主仆关系，而是某种程度上的母子关系，如凤姐儿对赵嬷嬷说贾琏一口一个“你儿子”一样。李嬷嬷想不到的是自己不在宝玉身边不多时，这些丫头们在宝玉的纵容下，把房子弄得一塌糊涂，自己打听一下宝玉的近况也是无人搭理，说吃一碗酥酪而已，丫头竟然说宝玉会生自己的气，心中自然不平，一来是赌气，二来向丫头表明，宝玉是我的儿子，即便吃了，他也不能怎样我。

少时，宝玉回来，命人去接袭人。只见晴雯躺在床上不动，宝玉因问：“敢是病了？再不然输了？”秋纹道：“他倒是赢的，谁知李老太太来了，混输了，他气的睡去了。”宝玉笑道：“你别和他一般见识，由他去就是了。”说着，袭人已来，彼此相见……宝玉命取酥酪来，丫鬟们回说：“李奶奶吃了。”宝玉才要说话，袭人便忙笑道：“原来是留的这个，多谢费心。前儿我吃的时候好吃，吃过了好肚子疼，足闹的吐了才好。他吃了倒好，搁在这里倒白糟塌了。我只想风干栗子吃，你替我剥栗子，我去铺床。”

宝玉听了信以为真，方把酥酪丢开，取栗子来，自向灯前检剥。

没有被得罪的晴雯因老太太的一通闹，躺在床上生气，被骂过、喜欢的东西被拿走的袭人反而为了家庭和合，为李嬷嬷开脱，说什么自己吃过反而闹肚子的话，在处理人际关系上，晴、袭二人的高下自然不言而喻了。

研究者和读者对袭人最大的误解和不可原谅是，他们认为晴雯等人被赶出怡红院是出于袭人向王夫人告的密。乾嘉时期的《红楼梦》评论家“二知道人”在谈到金钏之死、晴雯之死的时候，说：“袭人是功之首，罪之魁。”其后涂瀛说得就更严重了，他认为袭人“奸而近人情者，阅其平生，死黛玉，死晴雯，逐芳官、蕙香，挑拨秋纹、麝月等等，其虐肆矣”。由此可以看出，袭人在晴雯被逐事件中受到人们的怀疑并不是近起的事情。事实的真相是怎样的呢，袭人在这一事件中为什么受到了人们的怀疑，下面我们来解决这一问题。

首先，以王善保家的为首的诸婆子等，因日常晴雯没有给予足够尊重，这些实权派人物在王夫人面前的告密、挑拨最终导致了晴雯的被逐。

王善保家的是邢夫人的陪房，在“抄检大观园”事件中起着重要的作用。绣春囊事件发生后，王夫人在凤姐儿的建议下决定对大观园的小姐、丫头们进行搜检。第七十四回“惑奸谗抄检大观园　矢孤介杜绝宁国府”中详细记载了整个过程：

> 一时，周瑞家的与吴兴家的，郑华家的，来旺家的，来喜家的现在五家陪房进来，余者皆在南方各有执事。王夫人正嫌人少不能勘察，忽见邢夫人的陪房王善保家的走来，方才正是他送香囊来的。王夫人向来看视邢夫人之得力心腹人等原无二意，今见他来打听此事，十分关切，便向他说：“你去回了太太，也进园内照管照管，不比别人又强些。”

谁知王夫人此话正中王善保家的心意，她因“素日进园去那些丫鬟们不大趋奉他，他心里大不自在，要寻他们的故事又寻不着，恰好生出这事来，以为得了把柄。又听王夫人委托，正撞在心坎上”，便对大观园里的丫头们大加褒贬，并趁机说起了晴雯的坏话：

> 王善保家的道：“别的都还罢了。太太不知道，一个宝玉屋里的晴雯，那丫头仗着他生的模样儿比别人标致些。又生了一张巧嘴，天天打扮的象个西施的样子，在人跟前能说惯道，掐尖要强。一句话不投机，他就立起两个骚眼睛来骂人，妖妖，大不成个体统。”

王夫人为人平和，对仗势欺人的行为很是讨厌，听了王善保家的话，猛然触动往事，便问凤姐道：

> 上次我们跟了老太太进园逛去，有一个水蛇腰，削肩膀，眉眼又有些象你林妹妹的，正在那里骂小丫头。我的心里很看不上那狂样子，因同老太太走，我不曾说得。后来要问是谁，又偏忘了。今日对了坎儿，这丫头想必就是他了……凤姐道："若论这些丫头们，共总比起来，都没晴雯生得好。论举止言语，他原有些轻薄。方才太太说的倒很象他，我也忘了那日的事，不敢乱说。"王善保家的便道："不用这样，此刻不难叫了他来太太瞧瞧。"

王善保家的不仅在王夫人面前告了晴雯的状，而且还在王夫人表示不喜欢晴雯这样的人后，立即献策："此刻不难叫了他来太太瞧瞧。"生怕宝玉被妆艳饰语薄言之人带坏的王夫人立刻派人把晴雯叫来。可巧，这天晴雯刚从梦中醒来，不及装束，便径直来见王夫人，哪知王夫人一见她的装束相貌，大为生气，《红楼梦》第七十四回中是这样写的：

> 素日晴雯不敢出头，因连日不自在，并没十分妆饰，自为无碍。及到了凤姐房中，王夫人一见他钗軃（duǒ，下垂）鬓松，衫垂带褪。大有春睡捧心之态，而且形容面貌恰是上月的那人，不觉勾起方才的火来，便冷笑道："好个美人儿，真象个'病西施'了。"

晴雯虽然凭借着自己的机灵，好歹在王夫人这里混了过去，可是却已经在王夫人这里留下了很坏的印象，试想，一个丫头在一个大家庭里被主妇所不喜，能有什么好的结局呢？

晴雯得罪了太多的人而不自知，一旦失势，这些平时受过她气的人就群起而攻之，晴雯还没来得及回击，就已被彻底击败了。王善保家的这番话实际上就已经把晴雯送上了黄泉路。

第七十七回"俏丫鬟抱屈夭风流　美优伶斩情归水月"对晴雯的遭逐说的就更明白清晰了：

> 原来王夫人自那日着恼之后，王善保家的去趁势告倒了晴雯，本处有人和园中不睦的，也就随机趁便下了些话。王夫人皆记在心中。因节间有事，故忍了两日，今日特来亲自阅人。一则为晴雯犹可，二则因竟有人指宝玉为由，说他大了，已解人事，都由屋里的丫头们不长进教习坏了。因这事更比晴雯一人较甚，乃从袭人起以至于极小作粗活的小丫头们，个个亲自看了一遍。

从上可知，晴雯被逐出大观园与袭人根本没有任何关系。王夫人问“谁是和宝玉一日的生日”时，是一位老嬷嬷指道：“这一个蕙香，又叫作四儿的，是同宝玉一日生日的。”当王夫人又问：“谁是耶律雄奴？”老嬷嬷们便将芳官指出。

可见，不仅晴雯被逐，而且蕙香、芳官被逐出大观园都是老嬷嬷们挑唆的，这三个人的特点，蕙香是因为说了不该说的话，晴雯、袭人都是因为长得太漂亮，又过于活泼，对当权者又不够温顺，这些都不是传统观念中丫头，甚至女主人应该具备的基本素养，正因为她们与传统观念违背，才遭到众婆子的控告和王夫人的厌恶，从而被逐出了大观园。王夫人说的明白：

> 打谅我隔的远，都不知道呢。可知道我身子虽不大来，我的心耳神意时时都在这里。难道我通共一个宝玉，就白放心凭你们勾引坏了不成！

因此，袭人与晴雯被逐实在是没有什么关系的，但是，我们也应该承认，袭人在这件事情中受到人们的怀疑，也不是没有原因的。

（一）袭人曾向王夫人进言而获得王夫人的欣赏

袭人是贾宝玉的第一大丫头，对贾宝玉向来忠心耿耿，对他的照顾无微不至，全家上下，如贾母、王夫人、王熙凤，甚至林黛玉都把他当作了事实上宝玉的第一位妾室，对此，袭人自己也深深的知道，因此她的所作所为是以宝玉为中心的，丝毫没有害某人的意思。

第三十二回“诉肺腑心迷活宝玉　含耻辱情烈死金钏”写贾宝玉向林黛玉表露衷肠，黛玉走后，袭人赶来为他送扇，不料：

宝玉出了神，见袭人和他说话，并未看出是何人来，便一把拉住，说道："好妹妹，我的这心事，从来也不敢说，今儿我大胆说出来，死也甘心！我为你也弄了一身的病在这里，又不敢告诉人，只好掩着。只等你的病好了，只怕我的病才得好呢。睡里梦里也忘不了你！"袭人听了这话，吓得魄消魂散，只叫："神天菩萨，坑死我了！"

待宝玉走后，袭人"自思方才之言，一定是因黛玉而起，如此看来，将来难免不才之事，令人可惊可畏。想到此间，也不觉怔怔的滴下泪来，心下暗度如何处治，方免此丑祸"。

第三十三回"手足耽耽小动唇舌　不肖种种大承笞挞"中，宝玉因会见贾雨村时谈吐不佳，加之，忠顺王府的长史前来索要琪官，贾政怕宝玉给全家引来灾祸，正准备大加训斥时，贾环诬告宝玉逼奸金钏不遂，以致金钏跳井自杀，惹得贾政大怒，一顿暴打，几乎将宝玉打死。

第三十四回"情中情因情感妹妹　错里错以错劝哥哥"，袭人被王夫人叫去询问宝玉的情况，要走时，王夫人又问及宝玉挨打的原因，从王夫人的口气来看，似乎已经知道贾环在贾政面前搬弄了是非，袭人开始还为宝玉掩护，但见王夫人悲感异常时，道：

二爷是太太养的，岂不心疼。便是我们做下人的伏侍一场，大家落个平安，也算是造化了，要这样起来，连平安都不能了。那一日那一时我不劝二爷，只是再劝不醒。偏生那些人又肯亲近他，也怨不得他这样，总是我们劝的倒不好了。今儿太太提起这话来，我还记挂着一件事，每要来回太太，讨太太个主意。只是我怕太太疑心，不但我的话白说了，且连葬身之地都没了。

对宝玉的为人，袭人是清楚的，加上宝玉曾把袭人当作黛玉倾诉衷情，怕一旦发生什么事情，对王夫人道：

我也没什么别的说。我只想着讨太太一个示下，怎么变个法儿，以后竟还教二爷搬出园外来住就好了……如今二爷也大了，里头姑娘们也大了，况且林姑娘宝姑娘又是两姨姑表姊妹，虽说是姊妹们，到底是男女之分，日夜一处起坐不方便，由不得叫人悬心，便是外人看着也不象。

在中国传统社会里，男女间非常重礼数，所谓“男女授受不亲”，袭人的担心正是基于当时社会的认同，并无个人的利益在里面，所以蒙府本《石头记》这里有“远虑近忧，言言字字，真是可人”的脂批。

况且，世间的事情正如袭人所说的：

> 世上多少无头脑的人，多半因为无心中做出，有心人看见，当作有心事，反说坏了。只是预先不防着，断然不好。二爷素日性格，太太是知道的。他又偏好在我们队里闹，倘或不防，前后错了一点半点，不论真假，人多口杂，那起小人的嘴有什么避讳，心顺了，说的比菩萨还好，心不顺，就贬的连畜牲不如。二爷将来倘或有人说好，不过大家直过没事，若要叫人说出一个不好字来，我们不用说，粉身碎骨，罪有万重，都是平常小事，但后来二爷一生的声名品行岂不完了，二则太太也难见老爷。俗语又说“君子防不然”，不如这会子防避的为是。

蒙府本《石头记》在这里批道：“袭卿爱人以德，竟至如此，字字逼来，不觉令人敬听。看官自省，切不可阔略，戒之。”对袭人的考虑大加赞赏。

“王夫人听了这话，如雷轰电掣的一般，正触了金钏儿之事，心内越发感爱袭人不尽。”后来就有了每月二两银子、一吊钱都从王夫人月例中支放的事情，这在平时上不会使人想到什么，但晴雯等人一被训斥、驱逐，就不能不让人想到袭人在里面做过什么了。

（二）袭人没有受到王夫人的指责

当怡红院的诸丫头受到王夫人的斥责后，唯有袭人、麝月等少数几个丫鬟得以幸免，以致宝玉都不免发出了怀疑：“怎么人人的不是太太都知道，单不挑出你和麝月、秋纹来?”（第七十七回“俏丫鬟抱屈夭风流　美优伶斩情归水月”），这也是长期以来被认作袭人在晴雯事件中扮演不光彩角色的一条证据，但是，我们不应忘记了，贾宝玉自己随后就做出了肯定的回答，宝玉道："你是头一个出了名的至善至贤之人，他两个又是你陶冶教育的，焉得还有孟浪该罚之处！"所以，袭人被人们怀疑是在情理之中的，但研究者却不应如此鲁莽的判断，以致委屈了温柔和顺的袭人百数年。

晴雯死后，痴公子贾宝玉"杜撰"了一篇诔文，他对那些"毁谤"晴雯的卑劣下贱的小人进行了谴责，对晴雯的为人品格作了高度的评价：

> 孰料鸠鸩恶其高，鹰鸷翻遭罦罬；薋葹妒其臭，茝兰竟被芟鉏！花原自怯，岂奈狂飙；柳本多愁，何奈骤雨。偶遭蛊虿之谗，遂抱膏肓之疚……诼谣謑诟，出自屏帏，荆棘蓬榛，蔓延户牖。岂招尤则替，实攘诟而终。既忳幽沉于不尽，复含罔屈于无穷。高标见嫉，闺帏恨比长沙；直烈遭危，巾帼惨于羽野。

最后，作者在万分悲愤中说道："固鬼蜮之为灾，岂神灵而亦妒。钳诐奴之口，讨岂从宽；剖悍妇之心，忿犹未释！"

在这篇诔文里，贾宝玉为晴雯的遭遇感到极度的不平和气愤，不过他针对的对象是谁呢，是人们怀疑的袭人吗？非也，宝玉自然不会把自己的袭人比作鬼蜮、悍妇，那么，他指责的人是谁呢？第七十七回"俏丫鬟抱屈夭风流　美优伶斩情归水月"给出了答案：

> 周瑞家的发躁向司棋道："你如今不是副小姐了，若不听话，我就打得你。别想着往日姑娘护着，任你们作耗。越说着，还不好走。如今和小爷们拉拉扯扯，成个什么体统！"那几个媳妇不由分说，拉着司棋便出去了。宝玉又恐他们去告舌，恨的只瞪着他们，看已去远，方指着恨道："奇怪，奇怪，怎么这些人只一嫁了汉子，染了男人的气味，就这样混帐起来，比男人更可杀了！"守园门的婆子听了，也不禁好笑起来，因问道："这样说，凡女儿个个是好的了，女人个个是坏的了？"宝玉点头道："不错，不错！"

七、"脂批"是怎样看待晴雯、袭人的

传世抄本《石头记》中的"脂批"是研究《红楼梦》中人物的重要参

考资料，虽然“脂批”并不能完全代表曹雪芹创作人物个性及评价的原意，但因作批者系与作者同一时代之人，又与雪芹关系密切，深知曹公性情与创作意图，因此“脂批”中关于晴雯、袭人的评价是今日研究此二人的重要参考。

“脂批”中关于袭人、晴雯的批是不少的，举几个例子，看当时情况下脂砚斋等人，某种程度上可以看作曹雪芹的代言人，是怎样看待袭、晴二人的。

关于袭人，第三回“金陵城起复贾雨村　荣国府收养林黛玉”，“原来这袭人亦是贾母之婢，本名珍珠……每每规谏宝玉，心中着实忧郁”，这一段介绍袭人的来历、特点，共165字，有“脂批”三条：

> （贾母因溺爱宝玉）蒙旁云：“贾母爱孙，锡以善人，此诚为能爱人者，非世俗之爱也。”
>
> （这袭人亦有些痴处）蒙旁云：“世人有职任的，能如袭人，则天下幸甚。”
>
> （心中着实忧郁）蒙旁云：“我读至此，不觉放声大哭。”

但晴雯的悲剧不是她的不甘心，而是她为了摆脱这种不甘心所采取的手段。

第五回“游幻境指迷十二钗　饮仙醪曲演红楼梦”中，贾宝玉梦游太虚幻境，看到袭人的判词是：

> 枉自温柔和顺，空云似桂如兰。
> 堪羡优伶有福，谁知公子无缘。

甲特云：“骂死宝玉，却是自悔。”

第九回“恋风流情友入家塾　起嫌疑顽童闹学堂”，宝玉入塾学，袭人嘱咐道：“读书是极好的事……但只一件：只是读书的时节想着书。”蒙旁云：“袭人……此时的正论，请教诸公，设身处地，亦必是如此方是，真是曲尽情理，一字也不可少者。”

又嘱道：“别和他们一处玩闹。”蒙旁云：“长亭之嘱，不过如此。”

从第二十回“王熙凤正言弹妒意　林黛玉俏语谑娇音”“李嬷嬷……唠唠叨叨说个不清”后的“脂批”“花袭人有始有终”，结合后面的文字，我们推测知道，贾府衰落后，宝玉、湘云夫妇流落街头，是袭人夫妇终身奉养的。第二十一回标题上半句为：“贤袭人娇嗔箴宝玉”，旁批云“当得起”，可以作为“脂批”诸公对袭人的基本评价。

关于晴雯的“脂批”相对比较少，暂举几例：

第二十六回“蜂腰桥设言传心事　潇湘馆春困发幽情”写林黛玉到怡红院高声叫门，又旁批：“想黛玉高声亦不过你我平常说话一样，而况晴雯素昔浮躁多气之人，如何辨得出？”

第二十七回“滴翠亭杨妃戏彩蝶　埋香冢飞燕泣残红”，李宫裁笑道：“原来你不认得他？他是林之孝之女。”甲旁批云：“管家之女，而晴卿辈挤之，召祸之媒也。”

可见，“脂批”作者对晴雯的评价是不如袭人高的，这与今日的评价完全相反，但是这并不意味着，“脂批”作者对晴雯持完全的否定态度，在第二十回“王熙凤正言弹妒意　林黛玉巧语谑娇音”：“晴雯笑道：‘你又护着，你们那瞒神弄鬼的，我都知道。’”夹批云：

> 写晴雯之疑忌，亦为下文跌扇角口等文伏脉，却又轻轻抹去。正在此时，却在幼时。虽微露其疑忌，见得人各禀天真之性，善恶不一，往后渐大渐生心矣。但观者凡见晴雯诸人则恶之，何愚也！
>
> 要知自古及今，愈是尤物，其猜忌嫉妒愈甚。若一味浑厚大量涵养，则有何可令人怜爱护惜哉？然后知宝钗、袭人等行为，并非一味蠢拙古板，以女夫子自居。当绣幕灯前，绿窗月下，亦颇有或调或妒，轻俏艳丽等说，不过一时取乐买笑耳，非切切一味妒才疾贤也，是以高诸人百倍。不然宝玉何甘心受屈于二女夫子哉？看过后文则知矣。
>
> 古观书诸君子不必恶晴雯，正该感谢晴雯金闺绣阁中生色方是。

通过这段“脂批”，我们知道在批者看来，越是优秀的女孩子越是存有妒忌心，一味的宽厚忍让不是一个优秀女孩应有的特点，而宝钗、袭人高过其他人不是因为他们不妒忌，而是因为他们“绣幕灯前，绿窗月下，亦颇有或调或妒，轻俏艳丽等说，不过一时取乐买笑耳，非切切一味妒才疾贤也”。无疑，作者在这里批者虽认为晴雯不如袭人，但是他也是属于优秀女孩子，所谓“尤物”之列的。

八、研究晴雯应该注意的问题

首先是什么影响了我们对晴雯进行客观的评价？

（一）对曹雪芹生活时代的社会历史了解不够

以往的晴雯研究往往着眼于阶级论的观点去考察。马克思主义的“阶级论”是研究社会历史不可或缺的分析方式，是一种科学的思想和研究方法，以这种理论为指导研究社会历史是一种科学的方法。

但是，我们应该正确地看待传统社会的阶级关系，并不是统治者之外的所有人都是被压迫的统治阶级，这是浅薄的“二分论”。以晴雯为例，她在怡红院中的地位仅次于宝玉、袭人，按照权力分割的现实来看，她所享受到的各种权力是很高的，其他如婆子、老妈子、众丫头可供之差遣，且还有相当的月钱供她们使用游戏，甚至可以擅自决定其他丫头的命运前途。虽然在阶级划分中，我们通常把她划作被统治阶级，但是从她所享受的待遇和拥有的权力来看，将之划分为统治阶级的一分子也是没有任何问题的。因为在传统社会，即便是统治阶级中的官僚阶层所拥有的和他的品级相符合的权力也不过如此，一旦违背天颜照样逃脱不了被罢官、赶出朝堂的结局，《红楼梦》中的贾政就是一个很好的例子。所以，在晴雯的研究和评价中避免将通俗的“阶级论”引入是一件很重要的事情。

（二）囿于某些传统观点的束缚

“脂批”说：“观者凡见晴雯诸人则恶之。”可见在那个《红楼梦》刚刚出现的时代，最早读到《红楼梦》的人对晴雯的态度是不甚友好的，在接下来“脂批”就对这种浅薄的观点进行了点评：“何愚也！”

另一种传统观点则对晴雯极力赞扬，而这种观点更多的受“阶级论”的影响和支配，将晴雯视为被压迫者的代表，从其具有的反抗精神这一角度来进行评论。

受以上两种观点的影响，人们在研究中不自觉地走了这样的路子。

实际上，正如王蒙先生形象简洁描述的“不奴隶，毋宁死”。

由于贾府家风待下人温和宽大，且各房里丫鬟待遇比普通人家小姐更好，所以，晴雯虽然有性格、有脾气，却从来没有离开怡红院的想法，甚至让她出去，她心里也是死也不甘的心态。

（三）以偏概全，不能全面、综合地分析《红楼梦》中的相关描述，情绪化的评价在晴雯研究和评判中占据的成分较高

现代普通读者对晴雯的评价褒贬不一，究其原因，主要是不能综合、全面地阅读《红楼梦》全书，并在全局观点的指导下，对红楼人物作出全面的评价，也就是犯了以偏概全的问题。

在《红楼梦》人物研究上，鲁迅先生在《中国小说的历史的变迁》中有着精彩的评价，鲁迅先生写道：

> 关于说到《红楼梦》的价值，可是在中国底小说中实在是不可多得的。其要点在于敢于如实地描写，并不讳饰，和从前的小说叙好人完全是好，坏人完全是坏的，大不相同，所以其中所叙的人物都是真的人物。总之，自有《红楼梦》出来以后传统的思想和写法都打破了——它那文章旖旎和缠绵倒还在其次的事。①

我以为这可以作为研究指南。

① 鲁迅：《中国小说的历史的变迁》。

《红楼梦》与中国哲学精神

一、“复杂”的命意

《红楼梦》就是一部小说，这是当代最主流的“学术”观点，但也需要看到，这种观点是近代西方文学理论传入中国后，才被冠到《红楼梦》的头上的。

实际上，曹雪芹早在书中设下了对所有读者的“挑战”：“都云作者痴，谁解其中味？”

假设《红楼梦》只是一部小说，哪里又有什么“谁解其中味”的问题呢？所以，在传统的中国就出现了这样的情况：

> 《红楼梦》是中国许多人所知道……单是命意，就因读者的眼光而有种种：经学家看见《易》，道学家看见淫，才子看见缠绵，革命家看见排满，流言家看见宫闱秘事……[①]

鲁迅在《绛洞花主》“小引”中这段半调侃的话语，说出了一个历史的真实，即不同学术背景的人眼中的《红楼梦》的主题（也即鲁迅所谓的“命意”）不同。

明斋主人在点评《红楼梦》时写道：

> 《石头记》一书脍炙人口，而阅者各有所得：或爱其繁华富丽；或爱其缠绵悱恻；或爱其描写口吻一一逼肖；或爱随时随地各有景象；

① 《鲁迅全集》第八卷《集外集拾遗补编·〈绛洞花主〉小引》。

或谓其一肚牢骚；或谓其盛衰循环，提朦觉瞶；或谓因色悟空，回头见道；或谓章法句法本诸盲左腐迁，亦见浅见深，随人所近耳。[①]

有影响力的著作，主题是决定作品的根本——或者云，是作者关注的根本，技法都是其次的事情。

《红楼梦》是伟大的，作为研究者，应该对其有足够的尊重和谦卑，做自己尽可能的工作。正如李辰冬先生在其博士论文《红楼梦研究》中指出的那样：

> 我们深知，要了解像《红楼梦》这样的著述，不是一年两年的时光，一个两个人的精力，和一个两个时代的智慧所能办到。研究者的眼光不同，它的面目也不同；时代意识变异，它的精神也变异。

也就是说，客观地说，研究者不应该首先给自己和作品定位，《红楼梦》仅仅是一部小说，我已经彻底读懂了曹雪芹和他的《红楼梦》。

二、关于文学与哲学的关系

实际上，这一个题目是《红楼梦》复杂命意中的一个而已。

近代文学研究者引西方文论，往往以小说视《红楼梦》，用各种理论和概念解析此书，认为以现实主义、浪漫主义的手法描写了一个封建大家庭的没落、宝黛爱情的毁灭等，但是，曹雪芹仅仅要讲一个故事吗？

中国传统文学历来有“文以载道”的指导思想，比如，《庄子》以寓言而传道，刘勰《文心雕龙》将“原道”列为第一，传统文人往往视文学为传道的工具，虽然很重要，但那个道才是根本，因此，读故人书，“不欲解其本意”恐辜负了作者；况且曹雪芹自己在书中写道：“都云作者痴，谁解其中味？”“字字看来都是血，十年辛苦不寻常。”可见，曹雪芹的《红楼梦》绝不是仅仅写了一个故事而已，曹雪芹对读者能否“解”《红楼梦》之

① 《增评補图石头记》卷首《明斋主人总评》，作家出版社，2014年。

“味”也表示怀疑。

王希廉在《红楼梦批序》中写道：

> 客有笑于侧者曰：“子以《红楼梦》为小说耶？夫福善祸淫，神之司也；劝善惩恶，圣人之教也。《红楼梦》虽小说，而善恶报施，劝惩垂诫，通其说者，且与神圣同功，而子以其言为小，何询其名而不究其实也？”

又云：

> 《石头记》一书，全部最要关键是“真假”二字。读者须知真即是假，假即是真；真中有假，假中有真；真不是真，假不是假。明此数意，则甄宝玉、贾宝玉是一是二，便心目了然，不为作者冷齿，亦知作者匠心。

可见，早在道咸时期，传统知识分子中《红楼梦》读者并不简单地视《红楼梦》为小说。

因此，了解《红楼梦》的主题，弄明白曹雪芹通过这部书要“表达什么”，并不是一件容易的事情，这就涉及《红楼梦》中哲学与文学的关系问题。

仅就这一点而言，在中国古典文学阅读和研究中，《红楼梦》也足够令人着迷了。

不能在《红楼梦》研究之前，先做一个“《红楼梦》只是一部小说或者首先是一部小说”的定性。当然，就题材而言，可以这么说，但这并不意味着可以以《红楼梦》是一部小说，排斥对《红楼梦》主题思想的探讨。

《红楼梦》到底要讲什么（《红楼梦》之味是什么），除结合《红楼梦》的文本描写外，也还需要结合《红楼梦》上的“脂批”，还需要结合曹雪芹时代的社会思想与文化……

唯有如此，才不至于将曹雪芹视为今人，也才能使今人的解读不至于脱离曹雪芹与《红楼梦》的“本意”。

三、"脂批"所谓《红楼梦》的"纲"

（一）四句乃一部之总纲

《红楼梦》第一回"甄士隐梦幻识通灵　贾雨村风尘怀闺秀"中写道：

> 二仙师听毕，齐憨笑道："善哉，善哉！那红尘中有却有些乐事，但不能永远依恃，况又有'美中不足、好事多魔'八个字紧相连属，瞬息间，则又乐极悲生，人非物换，究竟是到头一梦、万境归空。"[①]

"甲戌侧批"云："四句乃一部之总纲。"

四句盖指"乐极悲生，人非物换，到头一梦、万境归空"。

也就是说，至少在曹雪芹的亲友那里，他们是将此四句作为《红楼梦》的总纲来看的。

（二）此二人乃同部大纲

《红楼梦》第五回"游幻境指迷十二钗　饮仙醪曲演红楼梦"中写警幻仙姑赋，"甲眉"批语云：

> 按，此书凡例，本无赞赋闲文，前有宝玉二词，今复见此一赋，何也？盖此二人乃通部大纲，不得不用此套。

宝玉乃通部大纲自然好理解，因《红楼梦》通书写与宝玉相关诸人物的活动，何以警幻亦是除宝玉外唯一通部大纲呢？

这是因为，警幻仙姑司人间之风情月债、掌尘世之女怨男痴，而宝玉前身神瑛侍者"凡心偶炽……意欲下凡，造历幻缘，已在警幻仙子案前挂了号"[②]，最终还需要回到太虚幻境销号。

实际上，不唯宝玉，《红楼梦》中诸人（风流冤孽）最终都要到太虚幻境警幻仙姑处销号，方能完成他们在世间的命运。

由以上两处脂批，《红楼梦》似乎是在写佛教的人生苦观、解脱观和因

---

① 本文所引《红楼梦》文字，俱准黄霖校点《红楼梦》，齐鲁书社，1994年。

② 《红楼梦》第一回"甄士隐梦幻识通灵　贾雨村风尘怀闺秀"。

果观，当然，这只是作批者的理解，未必等同于曹雪芹本人的思想，而且，即便这是曹雪芹的思想，仔细分析下去，《红楼梦》主题的复杂也要远过于此。

四、《红楼梦》中的毁僧谤道与崇佛信道

宝玉平日不唯“毁僧谤道，调脂弄粉”[①]，还时时表现出对儒家经典的不屑，但是，实际的情况要复杂得多。

贾宝玉平时常读之书，除平日常看的古今人诗作（《红楼梦》第十七回“大观园试才题对额　荣国府归省庆元宵”中宝玉对古人诗的熟悉和引用）外，主要是贾政和贾代儒要求（实际上，是明清时代科举考试要求的）他读的儒家图书。《红楼梦》第三十六回“绣鸳鸯梦兆绛芸轩　识分定情悟梨香院”中写道：

> 那宝玉本就懒与士大夫诸男人接谈，又最厌峨冠礼服、贺吊往还等事……或如宝钗辈有时见机导劝，反生起气来，只说：“好好的一个清净洁白女儿，也学的钓名沽誉，入了国贼禄鬼之流……真真有负天地钟灵毓秀之德！”因此祸延古人，除“四书”外，竟将别的书焚了。

袭人道：“……背前背后乱说那些混话，凡读书上进的人，你就起个名字叫作‘禄蠹’；又说只除‘明明德’外无书，都是前人自己不能解圣人之书，便另出己意，混编纂出来的。”

“明明德”，见“四书”之一的《大学》：“大学之道，在明明德，在亲民，在止于至善。”

既然，宝玉对儒家知识分子多无好感，又焚毁诸书，何以又偏偏对“四书”“明明德”保持敬畏呢？

“己卯”诸本脂批云：“宝玉目中犹有‘明明德’三字，心中犹有‘圣人’二字，又素日皆作如是等语，宜乎人人谓之疯傻不肖。”可见，宝玉之

---

① 《红楼梦》第三十六回“绣鸳鸯梦兆绛芸轩　识分定情悟梨香院”。

人并非肆意妄为，唯是与常人对圣贤经典的理解和态度不同而已。

此外，《红楼梦》第一百一十八回“记微嫌舅兄欺弱女　惊谜语妻妾谏痴人”中有所透露，云：

> 宝玉拿着书子，笑嘻嘻走进来，递给麝月收了，便出来将那本《庄子》收了，把几部向来最得意的，如《参同契》《元命苞》《五灯会元》之类，叫出麝月、秋纹、莺儿等，都搬了，搁在一边。

《庄子》是道家经典之一，也是儒家知识分子学习文章最基本的教材之一；《参同契》，即《周易参同契》，汉魏伯阳撰，述炼丹大道与《周易》道契；《元命苞》，即《春秋元命苞》，“春秋纬”（纬，相对于“经”而言，以天人感应说为指导，结合神秘现象，对儒家经典进行解释）之一；《五灯会元》，南宋以前禅宗公案集，南宋淳祐十二年（1252 年），杭州灵隐寺普济编辑（五灯，指五部记叙禅宗世系源流的灯录）。

可见，贾宝玉日常所好者，既有儒家作品，也有道家和释教作品，不过，这些书都偏向于神秘主义和轻灵。

从这个意义上说，宝玉对儒释道三家经典和思想都不排斥，他所排斥、毁谤的，是世俗的理解、信仰与操作。

那么，在宝玉的意识中，三教原典是怎样的一种关系，他们又是如何统一在一起的呢？

五、《红楼梦》中对“三教归一”的描写与三教归一

作为时代意识的代言人，作者将时代意识、个人意识注入到作品中，因而，了解作品主题，需要从作者的时代意识、个人意识和作品意识三面着力。但就文章本身谈文章是解决不了什么问题的，尤其是像《红楼梦》这种真假时现、古今参用的作品——这也是《红楼梦》何以要重视作者、家族、时代研究的根本原因。

作为研究者，我们能做的只能是强化自己对作者时代、意识、作品的全面深入了解，以期能够离曹雪芹、《红楼梦》的真实立意更近些。

（一）三教归一：曹雪芹生活的时代

曹雪芹（1715—1763）生活的18世纪，是中国传统文化集大成的时代。

这一时期，不仅有结合儒释道三教元素而成的理学（其中，又分为从格致世界求道的程朱学派、以从心看世界的陆王学派），对原始经典的整理、刻印、阅读、反思也非常盛行，尤其是儒学内对原始经典的反思，促进了明朝中叶即已形成的儒学经典考据，并扩展到诸子学、地理学、金石学诸多方面。

作为一个生长在大藏书家家庭（曹雪芹祖父曹寅、舅祖李煦、表叔昌龄都是当世著名的大藏书家）的知识分子，曹雪芹博览群书，博学多知，随着家庭的变故和成长经历，对三教典籍都有涉猎和思考。

曹雪芹生活的18世纪①，社会上，不仅儒释道三教原典存在大量的信众，融合三教元素而成的程朱理学和陆王心学也各自存在大量的接受者，学术视野较宽的知识分子除了要精研“四书”、理学经典外，也对三教的原典有相应的涉猎与理解，只是所“主”不同而已，比如纳兰性德涉猎佛教，但以儒教为主；赵执信、王冈等则对道教痴迷有加。②

曹雪芹家族的许多人在学术方面都涉猎广泛，如李煦、曹寅都是当世著名的大藏书家，皆由儒学起，中晚年后，一主于道家，一主于佛教禅宗。

曹雪芹尤其是一个学问广博的人，这在《红楼梦》的描写中可以看得出来。也就是说，曹雪芹对儒释道三教都有涉猎有时代特殊的背景，当然也有其个人的因素，他与大多数思想家不同的是，他不仅能够发现三教的根本与主张，更能够发现三教主张不同之后的精神一致：这就是我们所谓的三教归一、圣人无二。

（二）《红楼梦》写作中表现出的三教归一

在《红楼梦》中，儒释道三教原典思想不唯支配着贾宝玉的思想，也支配着曹雪芹的意识，这主要表现在对三教思想与贾宝玉等人命运的处

① 汤一介：《论儒、释、道“三教归一”问题》，《中国哲学史》2012年第3期。张雪松：《“三教合一”概念的历史钩沉》，《党政干部学刊》2014年第11期。

② 黄海涛、刘芳、陈雯：《浅析儒家文化的和谐会通之势——以明清时期“三教合一”思想为例》，《孔学研究》，2009年。

理上。

《红楼梦》以石头下凡起，而携其下凡的是一僧（茫茫大士）、一道（渺渺真人）。在二人谈及红尘“瞬息间，则又乐极悲生，人非物换，究竟是到头一梦、万境归空”（“脂批”谓此四句系全书总纲）后，写道：

> 这石凡心已炽，那里听得进这话去，乃复苦求再四。二仙知不可强制，乃叹道：“此亦静极思动，无中生有之数也。既如此，我们便携你去受享受享，只是到不得意时，切莫后悔。”

“静极思动，无中生有”盖出于《周易》与《老子》。《周易·系辞上》云：“动静有常，刚柔断矣。”《老子》第二章云：“有无相生，难易相成……恒也 。”第四十章又云：“天下万物生于有，有生于无 。”

这“到头一梦、万境归空”“静极思动，无中生有”，已经明显地显示出作者对儒释道三家观点的打通与会一。

在曹雪芹笔下，来化甄英莲的是一僧一道，引甄士隐出家的渺渺真人，要化黛玉的茫茫大士，给宝钗金锁的痴赖和尚，引柳湘莲出家的是跛道，引宝玉出家的是一僧一道。

此外，在《红楼梦》中，“甄士隐”是一个重要却被忽视了的人物，其人名“费”，字士隐。研究者一般，按照脂批“托言将真事隐去也”的提示，强调甄士隐是暗示《红楼梦》部分情节来自现实，却忽视了“甄费”二字的意思。

《中庸》第十二章云：“君子之道，费而隐。”可知，甄士隐还意味着儒家君子之道。

在《红楼梦》故事尚未展开之时，曹雪芹先安排甄士隐（其名甄费代表着儒家之道）闻渺渺真人（代表道家之道）“好了歌”（代表着佛教之道）而悟，出家从道。

六、超越与回顾：《红楼梦》对三教归一的讨论

（一）“心”清净：三教归一的“一”

历来，人们往往将儒学定为入世法，将道教与佛教定为出世法。

这种定位总体上说不上不对，但是，在各教创始人的思想里，他们并不作如此的定性，他们将自己的思想看作人生的“至道”，并不讲求脱离现实。

儒学自不待言，《道德经》中处处可以看到老子指导该如何对待世事，其最高境界是“无为无不为”。

释迦也对世法“非常明了”。《大般涅槃经》卷第三“寿命品第一之三”云：“尔时，如来善说世法及出世法……所谓如来常乐我净。”

但是，三圣承认人智慧的差别。《论语·阳货》载：“子曰：‘唯上知与下愚不移。’”《道德经》第四十一章云：“上士闻道，勤而行之；中士闻道，若存若亡；下士闻道，大笑之，不笑不足以为道。《大般涅槃经》卷第三十九“憍陈如品第十三之一”则称：“佛言：‘善男子……知四圣谛有二种智，一者中，二者上。中者声闻缘觉智，上者诸佛菩萨智。’”

那么，如何分别教化呢？可以简单地划分为，老子主张与佛陀所说大乘经为上上慧根者说，孔子所说与佛陀所说小乘经为中慧根者所说。

那么，三圣所说共同的根本指向又是什么呢？

实际上，三圣都认为生存需要以外的过多欲望影响人自身的生存质量，也即三圣通过对天地之道的考察，证明唯有人心清净，世事可为，人人利我，则万事皆休。

不同的是，儒家以规则导人以诚。《中庸》云：“诚者，天之道也。诚之者，人之道也。诚者，不勉而中，不思而得，从容中道，圣人也。诚之者，择善而固执之者也。”《道德经》则以无为作为“道”之根本，第三十七章云：“道常无为，而无不为。”第四十八章云：“为学日益，为道日损。损之又损，以至于无为，无为而不为。”①《杂阿含经》亦云：“尔时，世尊告

---

① 孔子曾见老子，对老子有极高的评价与认同，《史记·老子韩非列传》载：“子适周，将问礼于老子。老子曰：‘子所言者，其人与骨皆已朽矣，独其言在耳。且君子得其时则驾，不得其时则蓬累而行。吾闻之，良贾深藏若虚，君子盛德容貌若愚。去子之骄气与多欲，态色与淫志，是皆无益于子之身。吾所以告子，若是而已。’孔子去，谓弟子曰：‘鸟，吾知其能飞；鱼，吾知其能游；兽，吾知其能走。走者可以为罔，游者可以为纶，飞者可以为矰。至于龙，吾不能知其乘风云而上天。吾今日见老子，其犹龙邪！’”说明孔子对老子是认同的。《论语·先进篇第十一》载：“子路、曾皙、冉有、公西华侍坐……‘点！尔何如？’鼓瑟希，铿尔，舍瑟而作……曰：‘莫春者，春服既成，冠者五六人，童子六七人，浴乎沂，风乎舞雩，咏而归。’夫子喟然叹曰：‘吾与点也！’”孔子何以认同曾皙呢？因为曾皙所言正是孔子的理想，正是无为而化的场景。所以，《论语》中：“子曰：‘予欲无言。’”《道德经》亦言：“不见可欲，使民心不乱。”又云：“知者不言，言者不知。”“我无为而民自化，我好静而民自正。”

诸比丘：‘常当修习方便禅思，内寂其心。’”《大般涅槃经》卷第十三“圣行品第七之三”则云：

> 佛言：“善男子，言实谛者名曰真法……善男子，实谛者，一道清净、无有二也。善男子，有常有乐、有我有净，是则名为实谛之义。”

正如《大学》所言：“天命之谓性，率性之谓道，修道之谓教。”三教之与天命的关系正是如是：三教所言只是率性之教，不扰天命，故清净。

（二）《红楼梦》论三教归一

关于曹雪芹对三教归一思想表达得最明白的文字，是《红楼梦》第一一八回“记微嫌舅兄欺弱女　惊谜语妻妾谏痴人”宝玉与宝钗关于“赤子之心”的争论，云：

> 宝钗道：“我想你我既为夫妇，你便是我终身的倚靠，却不在情欲之私。论起荣华富贵，原不过是过眼烟云，但自古圣贤，以人品根柢为重。”
>
> 宝玉也没听完，把那书本搁在旁边，微微的笑道：“据你说人品根柢，又是什么古圣贤，你可知古圣贤说过‘不失其赤子之心’。那赤子有什么好处？不过是无知无识、无贪无忌。我们生来已陷溺在贪嗔痴爱中，犹如污泥一般，怎么能跳出这般尘网？如今才晓得‘聚散浮生’四字，古人说了，不曾提醒一个。既要讲到人品根柢，谁是到那太初一步地位的?!”
>
> 宝钗道：“你既说‘赤子之心’，古圣贤原以忠孝为赤子之心，并不是遁世离群、无关无系为赤子之心，尧舜禹汤周孔时刻以救民济世为心。所谓赤子之心，原不过是‘不忍’二字。若你方才所说的，忍于抛弃天伦，还成什么道理？”
>
> 宝玉点头笑道：“尧舜不强巢许，武周不强夷齐。”
>
> 宝钗不等他说完，便道：“你这个话益发不是了，古来若都是巢许夷齐，为什么如今人又把尧舜周孔称为圣贤呢?!况且你自比夷齐，更不成话，伯夷叔齐原是生在商末世，有许多难处之事，所以才有托而逃。当此圣世，咱们世受国恩，祖、父锦衣玉食，况你自有生以来，

自去世的老太太以及老爷太太视如珍宝。你方才所说，自己想一想是与不是。”

宝玉听了也不答言，只有仰头微笑。宝钗因又劝道：“你既理屈词穷，我劝你从此把心收一收，好好的用用功。但能搏得一第，便是从此而止，也不枉天恩祖德了。”

宝玉点了点头，叹了口气说道：“一第呢，其实也不是什么难事，倒是你这个‘从此而止，不枉天恩祖德’却还不离其宗。”

……

那宝玉拿着书子，笑嘻嘻走进来递给麝月收了，便出来将那本《庄子》收了，把几部向来最得意的，如《参同契》《元命苞》《五灯会元》之类，叫出麝月、秋纹、莺儿等都搬了搁在一边。

宝钗见他这番举动，甚为罕异，因欲试探他，便笑问道：“不看他倒是正经，但又何必搬开呢。”

宝玉道：“如今才明白过来了。这些书都算不得什么，我还要一火焚之，方为干净。”

宝钗听了更欣喜异常。只听宝玉口中微吟道：“内典语中无佛性，金丹法外有仙丹。”

“赤子之心”见《孟子·离娄下》，云：“孟子曰：‘大人者，不失其赤子之心者也。’”《老子》五十五章：“含德之厚比于赤子。”

“浮生聚散”四字见《全唐诗》卷五六九录李群玉《重经巴丘追感 开成初，陪故员外从翁诗酒游泛》诗，云：“浮生聚散云相似，往事微茫梦一般。”

“不忍”亦见《孟子·离娄上》：“孟子曰：‘……圣人既竭目力焉，继之以规矩准绳，以为方员平直不可胜用也；既竭耳力焉，继之以六律正，五音不可胜用也；既竭心思焉，继之以不忍人之政，而仁覆天下矣。’”

“脂批”许宝钗为“知命知身，识理识性，博学不杂”，“可称为佳人”之人。①

① 《红楼梦》第八回“比通灵金莺微露意 探宝钗黛玉半含酸”“甲戌夹批”。

“内典语中无佛性，金丹法外有仙丹。”这完全是禅宗的主张，要求排除一切文字和外象上对“人性”的束缚、回到人性的原点，即“赤子之心”。正如《金刚经》第十品“庄严净土分”云：

> 佛告须菩提：“于意云何？如来昔在然灯佛所，于法有所得不？”
>
> “不也，世尊，如来在然灯佛所于法实无所得。”
>
> ……是故，须菩提，诸菩萨摩诃萨应如是生清净心，不应住色生心，不应住声香味触法生心，应无所住而生其心。

修行的关键在于自心的认识了知圣人所传的精神，不在于圣人的著作。这正是宝钗所谓“不看他倒是正经，但又何必搬开呢”和宝玉所谓“这些书都算不得什么，我还要一火焚之，方为干净”的来由。

宝玉点头笑道：“尧舜不强巢许，武周不强夷齐。”是说，圣人所行在精神上是一样的，在表现上则视情景和个性各不相同。

（三）空空与非道

《红楼梦》第一回“甄士隐梦幻识通灵　贾雨村风尘怀闺秀”中，空空道人抄写石头上故事，云：

> 空空道人听如此说……方从头至尾抄录回来、问世传奇，因空见色，由色生情，传情入色，自色悟空，遂易名为情僧，改《石头记》为《情僧录》。

何以空空道人可以“因空见色，由色生情，传情入色，自色悟空，遂易名为情僧”呢？

这里面就涉及佛教的辩证法。《大般涅槃经》卷第五“如来性品第四之二”云：

> 解脱者，名不空空。
>
> 空空者，名无所有。无所有者，即是外道尼犍子等所计解脱。而是尼犍实无解脱，故名空空。
>
> 真解脱者，则不如是，故不空空。不空空者，即真解脱。真解脱

者即是如来。

又，解脱者名空不空。如水酒酪酥蜜等瓶，虽无水酒酪酥蜜时，犹故得名为水等瓶，而是瓶等不可说空及以不空。若言空者，则不得有色香味触；若言不空，而复无有水酒等实。解脱亦尔，不可说色及以非色，不可说空及以不空。若言空者，则不得有常乐我净；若言不空，谁受是常乐我净者。以是义，故不可说空及以不空。

空者，谓无二十五有及诸烦恼、一切苦、一切相、一切有为行，如瓶无酪，则名为空；不空者，谓真实善色、常乐我净、不动不变，犹如彼瓶色香味触，故名不空。是故，解脱喻如彼瓶。

外道尼犍子，毗舍离国外道，其人"聪慧明哲，善解诸论，有聪明慢，所广集诸论妙智入微"，与佛辩论"我"与"色""受、想、行、识"的关系，为佛所折（佛以无我立论），皈依佛教。[①]

《大般涅槃经》中"解脱亦尔，不可说色及以非色，不可说空及以不空"，确是佛教的真旨。

正是因为，佛教的解脱是自心对真知的了然与清净，不可以"空""不空"简单说明，不应执着于外相。是故《金刚经》第六品"正信希有分"中云：

诸众生无复我相、人相、众生相、寿者相，无法相，亦无非法相，何以故？是诸众生，若心取相，则为着我、人、众生、寿者；若取法相，即着我、人、众生、寿者，何以故？若取非法相，即着我、人、众生、寿者，是故不应取法，不应取非法。以是义故，如来常说，汝等比丘，知我说法如筏喻者，法尚应舍，何况非法？

是故，《金刚经》第十四品"离相寂灭分"则云："我相即是非相，人相、众生相、寿者相，即是非相。何以故？离一切诸相，则名诸佛。"

---

① 《杂阿含经》有《佛陀度外道萨遮尼犍子》云："如是，火种居士，身婴众苦，常与苦俱，彼苦不断、不舍，不得乐也……我今善求真实之义，都无坚实。"

七、意淫与悟道解：甄宝玉之与《红楼梦》

（一）贾宝玉的“意淫”

《红楼梦》第五回“游幻境指迷十二钗　饮仙醪曲演红楼梦”中，警幻仙姑许贾宝玉为“意淫”，与社会上男女性爱的“皮肤滥淫”相对，云：

> 忽警幻道：“尘世中多少富贵之家，那些绿窗风月，绣阁烟霞，皆被淫污纨绔与那些流荡女子悉皆玷辱。更可恨者，自古来多少轻薄浪子，皆‘以好色不淫’为饰，又以‘情而不淫’作案，此皆饰非掩丑之语也。好色即淫，知情更淫。是以巫山之会、云雨之欢皆由既悦其色、复恋其情所致也。吾所爱汝者，乃天下古今第一淫人也。”

在传统社会，发出“天下古今第一淫人”八字评价，是需要相当的智慧与胆识的。“甲戌侧批”云：

> 不见下文，使人一惊，多大胆量敢作如此之文！

下文写道：

> 宝玉听了，唬的忙答道：“仙姑差了。我因懒于读书，家父母尚每垂训饬，岂敢再冒‘淫’字？况且年纪尚小。不知‘淫’字为何物。”
>
> 警幻道：“非也。淫虽一理。意则有别。如世之好淫者，不过悦容貌，喜歌舞，调笑无厌，云雨无时，恨不能尽天下之美女供我片时之趣兴，此皆皮肤淫滥之蠢物耳。如尔则天分中生成一段痴情，吾辈推之为‘意淫’。‘意淫’二字，惟心会而不可口传，可神通而不可语达。”

“甲戌侧批”云：

> 按，宝玉一生心性只不过是“体贴”二字，故曰“意淫”。

（二）仙境、贾府、世间

学者探讨《红楼梦》、曹雪芹思想多及于“意淫”此，而少将此与前后文对照理解，前文云：

> 宁、荣二公之灵嘱吾云：“……嫡孙宝玉一人，禀性乖张，生性怪谲，虽聪明灵慧，略可望成，无奈吾家运数合终，恐无人规引入正。幸仙姑偶来，万望先以情欲声色等事警其痴顽，或能使彼跳出迷人圈子，然后入于正路，亦吾兄弟之幸矣。”如此嘱吾，故发慈心，引彼至此。先以彼家上中下三等女子之终身册籍，令彼熟玩，尚未觉悟。故引彼再至此处，令其再历饮馔声色之幻，或冀将来一悟，亦未可知也。

“幸仙姑偶来，万望先以情欲声色等事警其痴顽”处，“甲戌侧批”云：“二公真无可奈何，开一觉世觉人之路也。”文末，“甲戌侧批”云：“一段叙出宁、荣二公，足见作者深意。”

后文云：

> 今既遇令祖宁荣二公剖腹深嘱，吾不忍君独为我闺阁增光，见弃于世道，是特引前来，醉以灵酒，沁以仙茗，警以妙曲，再将吾妹一人，乳名兼美，字可卿者，许配于汝。今夕良时，即可成姻，不过令汝领略此仙闺幻境之风光尚如此，何况尘境之情景哉？而今后万万解释，改悟前情，留意于孔孟之间，委身于经济之道。说毕，便秘授以云雨之事，推宝玉入房，将门掩上自去。

又云：

> 警幻道：“此即迷津也。深有万丈，遥亘千里，中无舟楫可通，只有一个木筏，乃木居士掌舵，灰侍者撑篙，不受金银之谢，但遇有缘者渡之。尔今偶游至此，设如堕落其中，则深负我从前谆谆警戒之语矣。”

“戚序夹批”云：“看他忽转笔作词语，则知此后皆是自悔。”

鉴于本回在整部大书中的地位，如何理解上面这些文字与批语就成为探究《红楼梦》主题思想的关键。

以上文字将仙境、宝玉生活环境、世间三个层次区分、打通开来：

> 仙境：贾府诸女之最终结局、灵酒、仙茗及绝色之可卿（“鲜艳妩媚，有似乎宝钗，风流袅娜，则又如黛玉”）。
>
> 贾府：贾府诸钗及宝玉所好之青年男女。
>
> 世间：不过令汝领略此仙闺幻境之风光尚如此，何况尘境之情景哉？而今后万万解释，改悟前情，留意于孔孟之间，委身于经济之道。

《红楼梦》中并无闲文，何以曹雪芹使警幻仙姑将贾宝玉的未来定为孔孟之间、经济之道呢？

（三）甄宝玉的醒悟

《红楼梦》中除贾宝玉外，金陵甄家还有一甄宝玉。此人在《红楼梦》中出现不多，但意义重大，似值得进一步探求。

第二回“贾夫人仙逝扬州城　冷子兴演说荣国府”云：

> 雨村笑道：“去岁我在金陵，也曾有人荐我到甄府处馆……”他说：“必得两个女儿伴着我读书，我方能认得字，心里也明白，不然我自己心里糊涂。”……其暴虐浮躁，顽劣憨痴，种种异常。只一放了学，进去见了那些女儿们，其温厚和平，聪敏文雅，竟又变了一个。

“不然我自己心里糊涂”处，“甲戌侧批”云：

> 甄家之宝玉乃上半部不写者，故此处极力表明，以遥照贾家之宝玉，凡写贾家之宝玉，则正为真宝玉传影。

两个宝玉不仅性格相类，即是模样也是全然一样。第五十六回“敏探春兴利除宿弊　识宝钗小惠全大体”云：

> 众媳妇听了，忙去了，半刻围了宝玉进来。四人一见，忙起身笑

道："唬了我们一跳。若是我们不进府来，倘若别处遇见，还只道我们的宝玉后赶着也进了京了呢。"一面说，一面都上来拉他的手，问长问短。宝玉忙也笑问好。贾母笑道："比你们的长的如何？"李纨等笑道："四位妈妈才一说，可知是模样相仿了。"

又写贾宝玉梦中见甄宝玉云：

宝玉听说，心下也便吃惊。

只见榻上少年说道："我听见老太太说，长安都中也有个宝玉，和我一样的性情，我只不信。我才作了一个梦，竟梦中到了都中一个花园子里头，遇见几个姐姐，都叫我臭小厮，不理我。好容易找到他房里头，偏他睡觉，空有皮囊，真性不知那去了。"

宝玉听说，忙说道："我因找宝玉来到这里。原来你就是宝玉？"

榻上的忙下来拉住："原来你就是宝玉？这可不是梦里了。"

宝玉道："这如何是梦？真而又真了。"

一语未了，只见人来说："老爷叫宝玉。"

唬得二人皆慌了。一个宝玉就走，一个宝玉便忙叫："宝玉，快回来，快回来！"

甄、贾宝玉真正相见是在第一一五回"惑偏私惜春矢素志　证同类宝玉失相知"中，云：

甄宝玉道："弟少时不知分量，自谓尚可琢磨。岂知家遭消索，数年来，更比瓦砾犹残，虽不敢说历尽甘苦，然世道人情略略的领悟了好些。世兄是锦衣玉食，无不遂心的，必是文章经济高出人上，所以老伯钟爱，将为席上之珍。弟所以才说尊名方称。"

贾宝玉听这话头又近了禄蠹的旧套，想话回答。贾环见未与他说话，心中早不自在。倒是贾兰听了这话甚觉合意，便说道："世叔所言固是太谦，若论到文章经济，实在从历练中出来的，方为真才实学。在小侄年幼，虽不知文章为何物，然将读过的细味起来，那膏粱文绣比着令闻广誉，真是不啻百倍的了。"

甄宝玉未及答言，贾宝玉听了兰儿的话心里越发不合，想道："这孩子从几时也学了这一派酸论。"便说道："弟闻得世兄也诋尽流俗，性情中另有一番见解。今日弟幸会芝范，想欲领教一番超凡入圣的道理，从此可以净洗俗肠，重开眼界，不意视弟为蠢物，所以将世路的话来酬应。"

甄宝玉听说，心里晓得："他知我少年的性情，所以疑我为假。我索性把话说明，或者与我作个知心朋友也是好的。"便说道："世兄高论，固是真切。但弟少时也曾深恶那些旧套陈言，只是一年长似一年，家君致仕在家，懒于酬应，委弟接待。后来见过那些大人先生尽都是显亲扬名的人，便是著书立说，无非言忠言孝，自有一番立德立言的事业，方不枉生在圣明之时，也不致负了父亲师长养育教诲之恩，所以把少时那一派迂想痴情渐渐的淘汰了些。如今尚欲访师觅友，教导愚蒙，幸会世兄，定当有以教我。适才所言，并非虚意。"

贾宝玉愈听愈不耐烦，又不好冷淡，只得将言语支吾。幸喜里头传出话来说："若是外头爷们吃了饭，请甄少爷里头去坐呢。"宝玉听了，趁势便邀甄宝玉进去。

不少学人将《红楼梦》后四十回目为高鹗著，以为八十回后文字不能尽合曹雪芹原意，因而，对该段文字注意不够。

如此主张者，有几个问题需要思考：曹雪芹书中向来不设等闲无用文字，那么，曹雪芹何以要设置甄宝玉这一个人物呢？既然设置了甄宝玉这样一个特殊人物，那么，甄、贾宝玉是否当会面呢？若甄、贾宝玉不会面，甄宝玉当如何结局呢？甄、贾宝玉若会面，作者对两人的命运当做如何的处置呢？

思考过这些问题，再结合《红楼梦》神瑛侍者"结缘归境"的大格局、曹雪芹对儒释道三教似乎矛盾实则崇拜的态度，我们才可能认识到后四十回中甄宝玉行为活动的"天然合理性"。

醒悟后的甄宝玉就是《枕中记》中醒后的卢生，不同的是，卢生悟到的万境归空，而甄宝玉，也即曹雪芹悟到的是三教不殊，吃饭睡觉即是禅，百姓日用即是道，道不远人，人自远之，正所谓"世事洞明皆学问，人情练达即文章"。

（四）悲剧说

自王国维《红楼梦评论》倡《红楼梦》为最大之悲剧说始，学界即以悲剧说定性是书。

唯此论为后人认识，未必为曹雪芹之见解。以《红楼梦》文本、脂批、传统中国思想结合而论，《红楼梦》是真知书、大透彻书、得大喜乐书，何来“悲剧”？悲剧者，自众生而言，非自曹子而言。

《红楼梦》第一回空空道人“因空见色，由色生情，传情入色，自色悟空，遂易名为情僧，改《石头记》为《情僧录》”，正是因为破除了执着与色相，得真正的清净，了知空、色、情无异，唯在自心分别，正合了《心经》所谓“五蕴皆空……色不异空，空不异色，色即是空，空即是色，受想行识，亦复如是。舍利子，是诸法空相，不生不灭，不垢不净，不增不减”的道理。

从善无畏大士的出家看
《红楼梦》后四十回的著作权及相关问题

——兼论贾宝玉的唯一结局与《红楼梦》的主题思想

一、贾宝玉出家、中举、别父意味的阐释，关系到《红楼梦》后四十回的著作权与主题思想解读

贾宝玉的最终结局，包括其出家前后中举、别父等故事情节一直是否定《红楼梦》后四十回为曹雪芹著作的重要证据。

贾宝玉中举、出家事，见于程本第一百十九回“中乡魁宝玉却尘缘 沐皇恩贾家延世泽”，云：

看看到了出场日期，王夫人只盼着宝玉、贾兰回来……等到傍晚，有人进来，见是贾兰。众人喜欢，问道：“宝二叔呢？”贾兰也不及请安，便哭道：“二叔丢了。”王夫人听了这话便怔了，半天也不言语，便直挺挺的躺倒床上……袭人等已哭得泪人一般，只有哭着骂贾兰道：“糊涂东西，你同二叔在一处，怎么他就丢了？”贾兰道：“我和二叔在下处，是一处吃一处睡……我们两个人一起去交了卷子，一同出来，在龙门口一挤，回头就不见了。我们家接场的人都问我，李贵还说看见的，相离不过数步，怎么一挤就不见了。现叫李贵等分头的找去，我也带了人各处号里都找遍了，没有，我所以这时候才回来。”……

那一夜五更多天，外头几个家人进来到二门口报喜。几个小丫头乱跑进来，也不及告诉大丫头了，进了屋子便说：“太太、奶奶们大喜。”王夫人打谅宝玉找着了，便喜欢的站起身来说：“在那里找着的？快叫他进来。”那人道：“中了第七名举人。”王夫人道：“宝玉

> 呢？”家人不言语，王夫人仍旧坐下。探春便问：“第七名中的是谁？”家人回说：“是宝二爷。”[1]

贾宝玉别父情形，见《红楼梦》最末之一百二十回“甄士隐详说太虚情　贾雨村归结红楼梦”，云：

> 贾政……自己在船中写家书，先要打发人起早到家。写到宝玉的事，便停笔。抬头忽见船头上微微的雪影里面一个人，光着头，赤着脚，身上批着一领大红猩猩毡的斗篷，向贾政倒身下拜。贾政尚未认清，急忙出船，欲待扶住问他是谁。那人已拜了四拜，站起来打了个问讯。贾政才要还揖，迎面一看，不是别人，却是宝玉。贾政吃一大惊，忙问到：“可是宝玉么？”那人只不言语，似喜似悲。贾政又问道：“你若是宝玉，如何这样打扮，跑到这里？”宝玉未及回言，只见船头上来了两人，一僧一道，夹住宝玉说道：“俗缘已毕，还不快走。”说着。三个人飘然登岸而去。

《红楼梦》中贾宝玉出家前的中举与别父举动，在《红楼梦》传播研究史上本来少有争议。当胡适引张问陶《赠高兰墅鹗同年》“传奇《红楼梦》八十回以后俱兰墅所补”[2]，“证明”《红楼梦》后四十回系高鹗所作后[3]，《红楼梦》中关于贾宝玉出家前中举、出家后别父情节就被俞平伯为首的《红楼梦》研究者视作儒家知识分子、仕宦主义者高鹗，在补作后四十回中名利主义思想的证据，同时，这些情节又反过来作为《红楼梦》后四十回非曹雪芹所作的主要“内证”。

因此，《红楼梦》中，贾宝玉出家前中举和出家后别父问题的阐释，意义重大，不仅关系着《红楼梦》后四十回是否为曹雪芹手笔问题的论证，还关系着曹雪芹《红楼梦》创作目的、表达主题的追索与阐释。因此，弄

① 本文《红楼梦》引文若无特别注明，皆据黄霖点校《红楼梦》，齐鲁书社，1994 年。

② 张问陶：《船山诗草》卷十六。

③ 胡适：《红楼梦考证》（初稿），宋广波编校注释：《胡适红学研究资料全编》，北京图书馆出版社，2005 年，第 37 页。实则，胡适所引系俞樾《小浮梅闲话》中对《船山诗草》“赠高兰墅鹗同年”相关文字。

清楚这一写法到底出自谁手、有什么样的用意，是《红楼梦》研究中最核心的问题之一。

二、俞平伯关于贾宝玉出家前后中举、别父的论断充满时代性的情绪

关于《红楼梦》后四十回中贾宝玉结局的描写，俞平伯最为反对，他在《红楼梦辨》中写道：

> 我先把四十回内最大的毛病，直说一下，听候读者底公决。
>
> 1. 宝玉修举业，中第七名举人。（第八十一、八十二、八十四、八十八、一百十八、一百十九回）
>
> 高鹗费了九牛二虎之力，写了六回书，去叙述这件事，却铸了一个大错。何以呢？（1）宝玉向来骂这些谈经济文章的人是“禄蠹”，怎么会自己学着去做禄蠹？又怎么能以极短之时期，成就举业，高魁乡榜？说他是奇才，决奇不至此。这是太不合情理了，谬一。（2）宝玉高发了，使我们觉得他终于做了举人老爷。有这样一个肠肥腹满的书中主人翁，有何风趣？这是使人不能感动，谬二。……所以我断定这是高鹗底不知妄作，不应当和《红楼梦》八十回相混合。……高鹗总觉得玉既名通灵，决不能不稍示神通，而世间最重要的便是“高魁乡榜”。若不然，岂不是辜负了这块通灵玉？他仿佛说，如宝玉连个举人也中不上，还有什么可宝的在呢？这并不是我故意挖苦高氏，他的确以为如此的：“只有这一入场，用心作了文章，好好的中个举人出来……便是儿子一辈子的事也完了！”（第一百十九回，宝玉语）他明明说道，只要中一个举人，一辈子的事就完了。这是什么话！他把这样的胸襟，来续《红楼梦》，来写贾宝玉，安得不糟！又岂有不糟之理！雪芹是个奇人，高鹗是个俗人，他俩永不会相了解的，偏偏要去合做一书，这如何使得呢？我最不懂，高氏补书离雪芹之死，只有二十七年，何以一点不知道《红楼梦》是一部作者自传，且一点不知道曹雪芹底身世。想是因雪芹潦倒了一世，为举人老爷所不屑注意的也未可知。但既是如此，他又为什么很小心地去续《红楼梦》？

> 2. 宝玉仙去，封文妙真人。（第一百二十回）
>
> 高氏写宝玉出家以后只有一段。“贾政……忽见船头上微微的雪影里面一个人，光着头，赤着脚，身上披了一领大红猩猩毡的斗篷，向贾政倒身下拜。……却是宝玉。……只见船头来了一僧一道，夹住宝玉……飘然登岸而去。”后来贾政来追赶他们，只听他们作歌而去，倏然不见，只有一片白茫茫的旷野了。贾政还朝陛见，奏对宝玉之事，皇上赏了个文妙真人的号（第一百二十回）。这类写法，实不在情理之中。作者写甄士隐虽随双真而去，也是“神龙见首不见尾”，却还没有这么样的神秘。被他这样一写，宝玉简直是肉身成圣的了，岂不是奇谈？况且第一百十九回，虚写宝玉丢了，已很圆满；何必再画蛇添足，写得如此奇奇怪怪？[①]

可见，除了贾宝玉平日称谈经济文章者为禄蠹，可以作为《红楼梦》中贾宝玉不应中举的反证外，俞平伯并没有举出什么过硬的证据来证明这些文字有什么不妥，他的论断都是基于张问陶那句“《红楼梦》八十回后俱兰墅所补”和高鹗有官迷思想做出的——实际上，在传统时代的承平时期，知识分子极少天生就抱有不仕思想的，因为通过仕途来证明自己、治理国家，是他们所受儒家理想影响而自然产生的使命。这也是蒲松龄一生在科举考试中无果也要反复参与科举的基本原因。

虽然俞平伯的论断并不存在坚实的证据，但对于俞平伯基于“本来不能作为证据”的两条“证据”提出的论断，学界却多有认同。最早对俞平伯后四十回相关论断提出反驳的，是毕业于北京大学国学门的容庚。容庚在《〈红楼梦〉的本子问题质胡适之俞平伯先生》中写道：

> 我实不愿在本书的内容上争辩，因怎样合理，怎样不合理，多凭主观，不足以确定这书的真伪。至于俞先生对于后四十回所定底标准，（1）所叙述的，有情理吗？（2）所叙述的，能深切地感动我们吗？（3）和八十回底风格相类似吗？所叙述的前后相应合吗？请读者去批评。又

① 俞平伯：《红楼梦辨》上卷“四、后四十回底批评”，商务印书馆，2011年。

俞先生说："凡高作较有精彩之处，是用原作中相仿佛的事情做蓝本的，反之凡没有蓝本可临摹的，都没有精彩。"我每看到黛玉之死，感受很大的刺激，不忍卒读，以为很有精彩。不知他是不是合所定的标准。

并举黛玉论时文（八股文）的态度，云：

虽不是如宝玉的痛骂，那"内中也有""也觉得""不可一概""这个也……些"这些字，何尝是瞧得起八股的神气?！不过如宝玉所讲"目下老爷口口声声叫我学这个，我不敢违拗"，随便劝劝罢了。所谓"你要"，简直可以当"你老爷要你要"解。"宝玉也知他从来不是这样的人"，"只在鼻子眼里笑了一声"，表示"不甚入耳"的意思，故黛玉也不再劝落去。

批评俞平伯的"研究"思路和问题所在：

偏标题"黛玉赞美八股文字，以为学举业，取功名，是清贵的事情"，来故入人罪。这显微镜何止放大五百倍，"好像戴了副有色的眼镜，看出来天地都跟着受了颜色了"。何苦来！[①]

容庚并没有直接就贾宝玉出家前中举与别父是否合理作为反驳俞平伯的重点，但却在文中直接指出俞平伯《红楼梦》研究的"极度主观性"，并不是客观科学的学术研究，而这一点在红学史上具有里程碑式的意义。

真正直接反对俞平伯关于贾宝玉出家、中举、别父指责的，是著名作家、《红楼梦》翻译家林语堂。在《论晴雯的头发》中，林语堂指出：

至如俞平伯怪最后收场，宝玉要做和尚，大雪途中遇见父亲，作揖一下，以为辞别，认为肉麻，令人作恶。俞平伯意思，这宝玉决不

① 《北京大学研究所国学门周刊》第一卷第五期（1925 年 11 月 11 日），见吕启祥、林东海主编：《红楼梦研究稀见资料汇编》，人民文学出版社，2001 年。

应赴考得功名，以报父母养育之恩，又在雪途中，在出家以前，最后一次看见父亲，与他诀别，应当不拜，应当是掉头不顾而去，连睬都不一睬，这样写法，才是打倒孔家店《新青年》的同志，才是曹雪芹手笔。

何以见得18世纪的曹雪芹，必定是《新青年》打倒孔家店的同志？假定与老父诀别一拜是肉麻，何以见得高鹗可以肉麻，曹雪芹便决不会肉麻？

针对俞平伯的《红楼梦》研究态度与方法，林语堂更是一针见血地指出，其研究并不科学，而导致如此的根本原因则在于其“主观”：

我读一本小说，可以不满意故事的收场，但是不能因为我个人不满意，便“订”为小说末部是“伪”。这样还算科学的订伪工作吗？[①]

三、从善无畏大士的出家与阐释谈《红楼梦》后四十回中贾宝玉的行为合理性

虽然，容庚、林语堂都在为人的“情理上”“研究的态度与方法上”驳斥了俞平伯对贾宝玉出家前后行为不合理的批评，尤其是，林语堂指出生活于18世纪的“曹雪芹”不必思想上与“打倒孔家店《新青年》的同志”一般——这一点已经指出了《红楼梦》的根本解读要回归作者时代的研究思路。

但是，基于对张问陶诗注的认识和主观认为的“高鹗存在官迷思想”，学界对容、林观点的关注和认同不多，多认同俞氏的观点和逻辑。

因此，除了在“情理上”“研究的态度和方法上”反驳俞平伯的研究基础与逻辑外，还需要相应的证据和阐释解决俞平伯对贾宝玉出家前后行径的疑问。只有这样，《红楼梦》中贾宝玉的中举、出家、别父是否合理，是否符合曹雪芹的描写，才能得以解释和确立，也才能够使人客观地看待

① 林语堂：《平心论高鹗》，群言出版社，2010年。

《红楼梦》中相关的描写、进行平心静气的阅读与赏析。

最好的解决途径和方法，是在文本中找到曹雪芹自己的解释——可以结合《红楼梦》中相关人等的解释，但不能完全依靠这些解释，因为我们无法确定《红楼梦》中相关人等解释是否一定代表曹雪芹的想法；其次，是找到曹雪芹的家人或者旁人的例子或者“合理性解释”——这也是曹雪芹家族文化研究的意义之一。

中举、出家、别父的例子并不罕见，但解释这种行为合理性的言辞却不容易查到。今有一例，情节与贾宝玉出家前后行为颇为相似，且有这种行为的直接解释，似乎可以作为《红楼梦》中贾宝玉出家前后行径描写的解释。

唐赵郡李华撰《大唐东都大圣善寺故中天竺国善无畏三藏和尚碑铭并序》记载唐代著名密宗大师、大翻译家善无畏大士幼年故事云：

> 惟和尚输王梵嫡，号善无畏，盖释迦如来季父甘露饭王之后。其先自中天竺，分王焉荼，父曰佛手王，以和上生有圣姿，早兼德艺，故历试焉，十岁统戎，十三嗣位。诸兄举兵构乱，不得已而征之，接刃中体，捍轮伤顶，军以顺胜，兄以爱全。乃白母后、告群臣曰：“向者新征，义断恩也。今已国让，行其志也。”因置位于兄，固求入道。太后哀许，赐以传国宝珠。南至海滨，得殊胜招提，入法华三昧。

按，善无畏（637—735），中印度摩揭陀国人，13 岁继承焉荼国王位，平定兄长内乱后，让位出家。先到印度南方海滨参学，修“法华三昧”；复游历诸国，修行禅观；之后到中印度摩揭陀国那烂陀寺，礼昙无德（又译为达摩鞠多）为师，专研三藏教理及密教奥义，得受密法灌顶，被尊为“三藏阿阇黎”。开元四年（716 年），善无畏来到唐朝国都长安，先住兴福寺，后住西明寺。善无畏是唐代密宗胎藏界的传入者，与金刚智、不空合称“开元三大士”。译有《大毗卢遮那成佛神变加持经》七卷、《苏悉地羯经》三卷等重要密续典籍。

善无畏 13 岁继位，诸位兄长不服，举兵构衅，善无畏前往镇压平叛，得胜后，向母亲、大臣请求出家，把王位让给哥哥。其自己解释先出兵、后让国的理由是：

向者新征，义断恩也。今已国让，行其志也。

按照俞平伯的理解，善无畏大士若出家，似乎也不应先出兵、后请辞，直接出家就是。可见，近、现代人受西方自由思想影响，固与传统时代重视伦理教育古人思维、行事之不同。由此，复可见林语堂对俞平伯反驳的有力：

何以见得18世纪的曹雪芹，必定是《新青年》打倒孔家店的同志？

如果用善无畏大士的行事和解释思路来看待贾宝玉出家前的中举、出家后的别父的行为，我们可以如此说法：

向者中举别父，义断恩也。今以舍身出家，行其志也。

我们已经反驳了俞平伯立论、思路、逻辑的不对，那么，《红楼梦》后四十回关于贾宝玉的出家描写是否符合曹雪芹的思想呢？

当然，如果我们并不接受胡适、俞平伯《红楼梦》后四十回非出曹雪芹之手的结论[①]，不以其结论作为论证后四十回中贾宝玉归途的论证基础，我们可以换一种方式提问，即《红楼梦》后四十回中的贾宝玉出家问题，在前八十回中是否有“相应的”暗示与描写呢？

四、从《红楼梦》的前世姻缘、宝黛判词合一，说贾宝玉的唯一结局

（一）解读《红楼梦》不能脱离《红楼梦》前五回对情节、人物的“预设”

关于曹雪芹《红楼梦》最后贾宝玉的结局问题，历来有两种看法：与

① 樊志斌：《〈红楼梦〉八十回后系曹雪芹著辨》，《红学十论》，新华出版社，2017年，第37—68页。

史湘云结合说——此说由来有据，甚为周汝昌先生所推崇，以及出家说。

不管曹雪芹出于怎样的考虑，其作《红楼梦》的一至五回内容“框定了”整部《红楼梦》的故事与人物写作，也决定了我们对《红楼梦》任何内容的解读不能脱离前五回对故事情节、人物的“事先预设”，否则就容易陷入各说各话、争论不清的境地——现实研究中，诸多鉴赏文章往往有意忽略这一点。

（二）从前世姻缘谈《红楼梦》中相关人物结局

在《红楼梦》第一回“甄士隐梦幻识通灵　贾雨村风尘怀闺秀”中，曹雪芹讲述神瑛侍者、绛珠仙草情缘事云：

> 那僧笑道：“此事说来好笑，竟是千古未闻的罕事。只因西方灵河岸上三生石畔，有绛珠草一株，时有赤瑕宫神瑛侍者，日以甘露灌溉……恰近日这神瑛侍者凡心偶炽，乘此昌明太平朝世，意欲下凡造历幻缘，已在警幻仙子案前挂了号。警幻亦曾问及灌溉之情未偿，趁此倒可了结的。

这里谈到神瑛侍者“下凡造历幻缘”，要先“在警幻仙子案前挂了号”，他与绛珠仙草的灌溉之情，也要趁此“了结”；而在后文中写及甄士隐与一僧一道时，道人则称：“三劫后，我在北邙山等你，会齐了，同往太虚幻境销号。”

也就是说，《红楼梦》中，但凡属于下世历劫的一干风流冤孽，包括贾宝玉、林黛玉、薛宝钗、史湘云、王熙凤等的前世真身，在历劫后，都要到警幻仙姑处销号，其历劫了缘事方算完结——不管曹雪芹这样的设计是否科学进步，他都是这样设计的，我们对《红楼梦》的解读都要服从而不能离开这样的设计。

（三）从黛玉宝钗判词合一说贾宝玉与薛宝钗的婚姻

《红楼梦》第五回“游幻境指迷十二钗　饮仙醪曲演红楼梦”中，贾宝玉观太虚幻境金陵十二钗“正册”：

> 只见头一页上便画着两株枯木，木上悬着一围玉带，又有一堆雪，雪下一股金簪。也有四句言词，道是：

可叹停机德，堪叹咏絮才。玉带林中挂，金簪雪里埋。

金陵十二钗中，各人各有一判词，唯宝钗与黛玉二人判词合一。之所以如此，盖出于曹雪芹善于运用国画留白对照的写作方式。①

由宝钗、黛玉判词合一可知，宝钗的前身与宝玉的前身神瑛侍者亦有情感瓜葛。那么，《红楼梦》写与神瑛侍者有感情纠葛、欲以泪还情的绛珠仙草后身林黛玉泪尽而亡，与神瑛侍者有感情纠葛的薛宝钗的归处何在呢?

按，第五回之《红楼十二支》之《终身误》云：

都道是金玉良姻，俺只念木石前盟。空对着，山中高士晶莹雪；终不忘，世外仙姝寂寞林。叹人间，美中不足今方信。纵然是齐眉举案，到底意难平。

“都道是金玉良姻”“空对着，山中高士晶莹雪”“纵然是齐眉举案，到底意难平”，这都说明贾宝玉最后的婚姻对象只能是薛宝钗，而不可能是史湘云。

（四）关于以史湘云为贾宝玉妻说原因的分析

后世读者之所以将史湘云想象为贾宝玉最终的结婚对象，其原因有二：

一是忽略了《红楼梦》第五回中宝黛判词合一，而湘云判词单独设置这一前提；也忽略了湘云《红楼十二支》涉及湘云曲子“厮配得才貌仙郎……终久是云散高唐，水涸湘江”暗示的史湘云丈夫早卒这一事实。

二是误解了《红楼梦》第三十一回“撕扇子作千金一笑　因麒麟伏白首双星”中“双星”特指牛郎星、织女星的内涵，将贾宝玉所得金麒麟与史湘云佩戴金麒麟想象为“白头到老的夫妻”。

至于那个多人看过将宝玉和湘云结合的本子，实际上，不过是早期《红楼梦》续书的一种罢了，并非什么曹雪芹本。

既然神瑛侍者的后身贾宝玉最终的结局是先与薛宝钗结婚，随后前往

① 樊志斌：《诗画式小说：〈红楼梦〉文学技法论》，《红学十论》，新华出版社，2017年。

太虚幻境销号，那么，除了出家这条“唯一的道路”，还有什么可以行得通、说得清的结局呢？

五、结语

从善无畏大士的平乱、让国、出家及相关解释，我们可以看到《红楼梦》后四十回中的诸多描写，不仅基本同于前五回曹雪芹的预设，某些我们看来似乎不同于作者预设的写作，实际上也存在着不为我们今天知识、意识所知的“合理性解释”，因此，《红楼梦》后四十回中相关描写不同于曹雪芹原意的结论不能轻易设定。

此外，由贾宝玉的出家表现，结合《红楼梦》对甄宝玉、贾宝玉的描写，警幻仙姑、秦钟对贾宝玉的嘱托，后四十回中甄宝玉、贾宝玉的决裂，可以看出，曹雪芹对贾宝玉这种高于皮肤滥淫的“女儿体贴”的否定[①]——针对明、清某些知识分子的“情欲观”进行驳斥，反映了曹雪芹对儒家原始思想的认同，而《红楼梦》中常常说及的“禄蠹”并不是指责信从儒家知识的全部学人，其主要针对对象是以儒学换取私利、实现私欲的“假道学”。

总之，《红楼梦》的思想内涵是极其复杂的，在我们自己的传统知识有所不及之时，不应该预先立下诸多假设和解释；更多地了解曹雪芹生活时代可能触及的儒释道三教原典和宋明理学相关思想，结合文本，探求曹雪芹的哲学观，对解读《红楼梦》无疑是极有裨益的。

---

① 《红楼梦》第五回“游幻境指迷十二钗　饮仙醪曲演红楼梦”：“警幻道：‘非也。淫虽一理。意则有别。如世之好淫者，不过悦容貌，喜歌舞，调笑无厌，云雨无时，恨不能尽天下之美女供我片时之趣兴，此皆皮肤淫滥之蠢物耳。如尔则天分中生成一段痴情，吾辈推之为意淫。意淫二字，惟心会而不可口传，可神通而不可语达。……特引前来，醉以灵酒，沁以仙茗，警以妙曲，再将吾妹一人，乳名兼美字可卿者，许配于汝。今夕良时，即可成姻。不过令汝领略此仙闺幻境之风光尚如此，何况尘境之情景哉？而今后万万解释，改悟前情，留意于孔孟之间，委身于经济之道。’”

论清代《红楼梦》的传播与部分江浙士绅和旗人官员的“禁红”行为

——兼谈王文元所谓的“红学非学术”

《红楼梦》在清代是一部禁书，是在学界、社会上流传甚广的一种说法；人们由此进一步断定，曹雪芹在《红楼梦》中所言“真事隐去”“假语存焉”，不是一种单纯的文学写作手法，而是为了躲避“文字狱”而写下的托词。

从这种思维方式出发，导引出《红楼梦》研究与欣赏中的诸多问题：如何理解曹雪芹的文笔、如何看待八十回后的文学价值、如何看待程伟元、高鹗对《红楼梦》的贡献、如何理解曹雪芹八十回后诸主人公的命运结局等。

从这种思维方式出发，还影响到《红楼梦》的阅读和欣赏：《红楼梦》是曹雪芹为表现曹家兴衰、反映清代政治而作的一部“发愤”之书，还是在清代中叶小说创作盛世时期完成的集大成式的文学创作、思想巨著；《红楼梦》的阅读，要更多的侧重于《红楼梦》背后史实的探索，还是在重视史实研究的基础上，更加重视《红楼梦》本身思想和文学价值的探讨与赏析。

因此，为了探索曹雪芹著述《红楼梦》的本意，了解《红楼梦》的真正价值，我们首先需要讨论这样一个课题：在清代，《红楼梦》是否真的曾经成为中央政府认定的一部禁书？如果是，这说明了什么？如果不是，人们何以形成“清代帝后不容《红楼梦》”这样顽固的印象。

一、《红楼梦》查禁事情主要集中在江浙地区

当我们检视、归纳、反思这些清代“禁红”资料，我们可以发现，查禁《红楼梦》行为多发生于江浙地区，主张禁书者多为江浙士绅和部分旗人文士，今据资料列于下表。

清代禁焚《红楼梦》人员信息表

人物	籍贯	禁书时身份	时间	出处	备 注
玉麟	满洲正黄旗	安徽学政	嘉庆十二年	梁恭辰《池上草堂笔记》	以为此书污蔑满人
某?	不详	在京师	嘉庆二十年前后	吴云《红楼梦传奇》序	呵禁红楼戏曲表演
周祖植	河南商城人	苏松太兵备道	道光十七年	余治《得一录》卷十一	禁书目录有《红楼梦》(即《欢喜冤家》)
裕谦	蒙古镶黄旗人	江苏按察使	道光十八年	吴兆元《劝孝戒淫录》	是年八月，潘遵祁等在金陵、吴县收焚淫书
梁宝常	直隶天津人	浙江巡抚	道光十八年	《劝毁淫书征信集》	杭州士绅张鉴首倡，梁宝常、吴锺骏支持，杭州知府、湖州知府、仁和知县参与
吴锺骏	江苏吴县人	浙江学政			
王大经	浙江平湖人	安徽江安粮道	同治六年	赵烈文《能静居日记》	以《红楼梦》为“淫书”予以查禁
丁日昌	广东丰顺县人	江苏巡抚	同治七年	《札饬禁毁淫词小说》附“书目”	读咏、查禁《红楼梦》

（一）通过上表信息，我们可以发现，清代禁止《红楼梦》传抄、刊刻事情是地方行为，而不是中央政府的统一政策，至少，到目前为止，我们还没有在中央的任何文献中发现查禁《红楼梦》的信息。

基于此，研究《红楼梦》产生环境、研究《红楼梦》的传播、研究《红楼梦》的技法与思想，都不得、也不应该将查禁《红楼梦》的“地方行

为”当作“全国行为”，不当将“个人行为”当作“政府或者集体行为”。

（二）因此现象，我们还应思考一个问题，即何以查禁《红楼梦》行为发生在江浙地区，而不是其他地区，查禁者何以为江浙士绅和部分旗人文士，而不是其他人？

只有正视并回答这些问题，我们才能够排除《红楼梦》在清代是一部禁书、曹雪芹为避文字狱而采用曲笔书写《红楼梦》这些“定论”对《红楼梦》研究、赏析的影响，以更加客观的历史环境和心态去看待《红楼梦》的作者与创作环境、心态，去加深对《红楼梦》的解读与赏析。

二、清代皇族与《红楼梦》

就现有材料来看，我们尚未发现清代中央政府查禁《红楼梦》的资料，不唯如此，我们甚至可以发现清代皇族（宫廷、王府、贝勒阶层）与《红楼梦》有着千丝万缕的关系。

了解清代皇族与《红楼梦》的关系，不仅有利于我们回答《红楼梦》是否写有反满的“隐语”、《红楼梦》在清代中央是否曾经被禁这些问题，还有利于解释《红楼梦》在清代何以迅速传播（除了其本身的魅力之外）。

清代皇族与《红楼梦》的关系，我们可以举出诸多例子，当然不少例子学界耳熟能详，但并未给予足够的重视（除弘晓、永忠、裕瑞等人外），今因探讨此问题，罗列于下。

（一）永忠、墨香、敦诚、敦敏、弘旿与《红楼梦》

永忠读过《红楼梦》这一信息在学界可谓耳熟能详，也比较受到人们的重视，本文之所以专门写到他，是因为其特殊的身份和其读红诗涉及的相关人物。

永忠（1735—1793）系雍正皇帝亲弟、政治死敌允禵之孙，有《因墨香得观〈红楼梦〉小说，吊雪芹三绝句，姓曹》，诗有批，云：“此三章诗极妙。第《红楼梦》非传世小说，余闻之久矣，而终不欲一见，恐其中有碍语也。”[①]

---

① 永忠：《延芬室集》。

按，诗题中的“墨香”名额尔赫宜，系曹雪芹友人敦敏、敦诚叔父，为该诗作批的弘旿系諴亲王允祕次子。

弘旿“不欲”见《红楼梦》不意味着《红楼梦》中有碍于政治的“碍语”，更不意味着《红楼梦》因此而遭禁。

因弘旿诗批语中有“《红楼梦》非传世小说，余闻之久矣，而终不欲一见，恐其中有碍语也”，或者即以为，该诗注即是《红楼梦》中有碍语、《红楼梦》为避文字狱而作暗语、清代因《红楼梦》有碍语故禁《红楼梦》的证据。

胡小伟先生《睿亲王淳颖题红诗与〈红楼梦〉钞本的早期流传——兼评关于〈红楼梦〉曾在清代遭禁的几种说法》曾经指出，永忠诗、弘旿批都留下了对《红楼梦》的文字态度，故《红楼梦》不当有任何涉及“文字狱”的碍语，又谓：

> 乾隆时代的记叙而言，《红楼梦》早期钞本流传范围已逐渐扩大到公开的程度……这种争相传抄，市贾牟利，而且是在名公巨卿的眼皮子底下通行无阻情况，不正说明它在乾隆年间并未被人目为“谤书”吗？①

从个人、社会两个角度，证明弘旿之不欲读《红楼梦》，不能直接证明《红楼梦》中确有碍语，更不能证明《红楼梦》因有碍语而为政府所禁。诚为的论。

（二）乾隆皇帝与《红楼梦》

关于乾隆皇帝与《红楼梦》的关系，出自赵烈文的《能静居笔记》：

> 谒宋于庭丈于葑溪精舍。于翁言：“曹雪芹《红楼梦》，高庙末年，和珅以呈上，然不知其所指。高庙阅而然之，曰：‘此盖为明珠家作也。’后遂以此书为珠遗事。”

① 《红楼梦学刊》1996年第4辑。

这一信息以往常常被学界忽视，认为不足为信。问题是，说这话的是著名经学家宋翔凤（字虞庭，一字于庭），而宋翔凤和著名诗人、戏曲家舒位有交往（舒位系旗人，与礼王家族关系甚密）；加之，乾隆皇帝对汉文化了解极深，对在旗人、达官显贵中盛行的《红楼梦》似不当一无所知，故而，宋翔凤提供信息的可信性很大，而这一点也能够在其他文献中得到证明。

如乾隆五十九年周春《阅红楼梦随笔·红楼梦记》中就写道："相传此书为纳兰太傅而作。"前后两条资料互相对照，可见宋翔凤所谓乾隆阅《红楼梦》而"然之"信息的可靠。

（三）淳颖与《红楼梦》

乾隆时期，睿亲王淳颖亦曾阅《红楼梦》，并作有《读〈石头记〉偶成》诗，感慨《红楼梦》故事，云："满纸喁喁语不休，英雄血泪几难收。痴情尽处灰同冷，幻境传来石也愁。怕见春归人易老，岂知花落水仍流。红颜黄土梦凄切，麦饭啼鹃认故邱。"

淳颖生于乾隆二十六年九月二十一日，乾隆四十三年正月，袭睿亲王，而后历任宗人府宗令、左总政、右总政、玉牒馆副总裁、正黄旗汉军都统、镶红旗满洲都统、正黄旗领侍卫内大臣、总理正红旗觉罗学、理藩院事务、御前大臣等职。

淳颖是乾隆朝比较得宠的皇室成员，其读《红楼梦》并予以题咏足可证明彼时《红楼梦》不曾被中央明文禁止。

不仅淳颖，淳颖的母亲佟佳氏甚至在乾隆中叶，也就是《红楼梦》的早期抄本流传期，就已经读到了《红楼梦》。[①]

淳颖与其母的《红楼梦》阅读和批评，不仅印证了清代中叶北京王公贵族对《红楼梦》的阅读历史和感受，也从一个侧面说明乾隆五十六年《新镌全部绣像红楼梦》中程伟元序所云："好事者每传抄一部，置庙市中，昂其值得数金，不胫而走者矣。"高鹗序言："予闻《红楼梦》脍炙人口，几廿余年。"不是谎言，都是历史的真实记载。

（四）裕瑞、晋昌与《红楼梦》

裕瑞，豫亲王多铎五世孙，豫良亲王修龄次子，因其《枣窗闲笔》多

---

① 詹颂：《族群身份与作品：论清代八旗人士的〈红楼梦〉评论》，《曹雪芹研究》2016年第1期。

谈及《红楼梦》与《红楼梦》之续书，向来为学界所重视；而晋昌与《红楼梦》整理者程伟元的关系虽为人所知，却并未引起学界足够的重视。

晋昌，恭亲王常宁（顺治皇帝第五子）五世孙，字戬斋，号红梨主人，满洲正蓝旗人。嘉庆五年，出任盛京将军。

晋昌与收集、整理、摆印《红楼梦》的程伟元关系甚佳，晋昌为盛京将军，程伟元随其远赴沈阳、为其幕友（晋昌《壬戌冬，余还都，小泉以上下平韵作诗赠行，因次之》中云“宾主三年共此心，好将新况寄佳音”句）。[①]

程伟元为晋昌编纂的诗集《且住草堂诗稿》(即《戎旃遣兴草》上册)中与程伟元有关诗歌计十题、五十首。

如《八月二十五日，招小泉畊畬赏桂，次小泉韵》云：“忘形莫辨谁宾主，把酒临风喜欲狂。”[②]

《壬戌冬，余还都，小泉以上下平韵作诗赠行，因次之》：“文章妙手称君最，我早闻名信不虚”“况君本是诗书客，云外应闻桂子芬”“义路循循到礼门，先生德业最称尊。箕裘不坠前人志，自有诗书裕子孙。”可见二人关系之紧密。

以百二十回《新镌全部绣像红楼梦》在当时的传播与影响而言，晋昌当见、读并谈及《红楼梦》。

（五）奕绘家族与《红楼梦》

奕绘，字子章，又号妙莲居士、太素道人，生于嘉庆四年（1799年）正月十六日，乾隆皇帝第五子荣纯亲王永琪之孙，嘉庆二十年（1815年）袭贝勒。

奕绘《妙莲集》卷二收录有《戏题曹雪芹〈石头记〉》诗，云：“梦里因缘那得真，名花簇影玉楼春。形容般若天明漏，示现毗卢有色身。离恨可怜承露草，遗才谁识补天人。九重斡运何年阙，拟向娲皇一问津。”

该诗作于嘉庆二十四年，直指曹雪芹为《红楼梦》作者，且以《石头记》称，可知其所阅版本当为早期抄本。

彼时，奕绘二十岁。不仅奕绘好《红楼梦》，其侧福晋著名词人顾太清

① 《戎旃遣兴草》重刊本，卷上叶二二下至二五下。

② 《戎旃遣兴草》重刊本，卷上叶一三下至一四上。

（本名西林春）也极好《红楼梦》，并撰有《红楼梦》续书《红楼梦影》（光绪二年隆福寺聚珍堂刊行）。

不唯奕绘夫妇，奕绘家族都沿袭了喜好《红楼梦》的传统，奕绘女婿外蒙古三音诺颜札萨克超勇亲王车登巴咱尔（车王府曲本收藏者，居北京）家中亦藏有《石头记》（至晚为道光年间抄本）；奕绘之孙溥芸喜读《红楼梦》，其家庭教师与《儿女英雄传》作者文康（大学士勒保之孙，勒保之女嫁嘉庆第四子绵忻）友善，溥芸亦曾见过文康；太清外孙富察敦崇（著有《燕京岁时记》），太清外孙婿铁龄、铁龄弟延龄等都是《红楼梦》的收藏者与爱好者。

（六）慈禧太后与《红楼梦》

慈禧太后喜读《红楼梦》首见于徐珂《清稗类钞·孝钦后嗜小说》条，云：

> 京师有陈某者，设书肆于琉璃厂。光绪庚子，避难他徙，比归，则家产荡然，懊丧欲死。一日，访友于乡，友言："乱难之中，不知何人遗书籍两箱于吾室，君固业此，趣视之，或可货耳。"陈检视其书，乃精楷抄本《红楼梦》全部，每页十三行，三十字，抄之者各注姓名于中缝，则陆润庠等数十人也，乃知为禁中物，亟携之归，而不敢视人。阅半载，由同业某介绍，售于某国公使馆秘书某，陈遂获巨资，不复忧衣食矣。其书每页之上均有细字朱批，知出于孝钦后之手，盖孝钦最喜阅《红楼梦》也。①

此条记载之所以受到人们的重视，是因为有其他旁证可以证明其信息的可靠性。一为邓之诚《骨董琐记》卷六云："闻孝钦后好读说部，略能背诵，尤熟于《红楼》，时引史太君自比。"② 另一证据则是，北京故宫长春宫（慈禧寝宫）正房四隅游廊绘以18巨幅《红楼梦》题材壁画，甚至以《红楼梦》游戏为戏。

---

① 徐珂：《清稗类钞》卷十二《宫闱类》。

② 《骨董琐记》，北京富文斋佩文斋，1926年。

文献记载中《红楼梦》与皇族的关系

人名	身份	与《红楼梦》关系	时间
永忠	辅国将军、豫良亲王修龄次子	读咏	乾隆三十三年
乾隆	皇帝	阅而然之	乾隆末年
淳颖	睿亲王	读咏	乾隆末、嘉庆初
晋昌	顺治五子恭亲王常颖五世孙	不详，当有所知	嘉庆五年，为盛京将军，程伟元为之幕友
裕瑞	豫良亲王修龄次子	读、评《红楼梦》	嘉道之交
奕绘	贝勒、荣纯亲王永琪孙	读咏	道光年间
慈禧	太后	读诵	光绪年间

就当前文献列表可以看出，从乾隆中叶至同光年间，皇族上到帝后，下至贝勒多喜读《红楼梦》。正如金启孮先生所云：

> 《红楼梦》在旗兵营房中没有多大影响，但在府邸世家的小范围内影响很大。因为此书即出于府邸世家的曹雪芹之手，书中描写的又是府邸世家内部的情况。所以这部书不但各府及世家中案头都有一部，而且不少人在续作。[①]

实际上，正是因为皇族的热衷与推崇，才促进了《红楼梦》在京师的迅速传播，以至于嘉庆二十二年（1817年）出版的《京都竹枝词》中就有了“闲谈不说《红楼梦》，读尽诗书亦枉然”的说法。

三、关于弘旿不欲观《红楼梦》原因的分析

何以墨香、永忠俱喜读《红楼梦》，弘旿却因恐《红楼梦》“中有碍语”

① 金启孮：《金启孮谈北京的满族》，中华书局，2009年。

而不欲一读呢?

（一）弘旿不欲读《红楼梦》并非家族的原因

弘旿之父允祕为康熙皇帝少子（排行皇二十四子），小雍正 35 岁。

雍正继位时，允祕才 8 岁，雍正让他继续在宫中学习。雍正十一年（1733 年）正月初九日，雍正皇帝谕宗人府、册封 17 岁的允祕为诚亲王，谕旨云：

> 朕幼弟允祕，秉心忠厚，赋性和平，素为皇考所钟爱。数年以来，在宫中读书，学识亦渐增长，朕心嘉悦，封为亲王。

值得注意的是，此谕旨下面写着：

> 皇四子弘历、皇五子弘昼年岁俱已二十外，亦着封为亲王。所有一切典礼，着照例举。[①]

故而，允祕与雍正的关系虽为兄弟，而情同父子。

也就是说，单就与皇帝的关系而言，弘旿比永忠、弘晓、墨香、敦诚、敦敏、淳颖（以上人物，除弘晓外，家族在历史上都曾罹祸，在乾隆朝也特别得宠）等人更没有理由惧怕“文字狱”。

弘旿之所以“闻之久矣，而终不欲一见，恐其中有碍语也”，只能是因为弘旿的“见识所限”。

（二）关于弘旿的见识与曹雪芹写作的差距：弘旿对《红楼梦》的“先入之见”与《红楼梦》的主张

那么，我们如何探讨、解释何以弘旿认为“《红楼梦》非传世小说”这一观点呢?

永忠诗题、诗批中涉及的永忠、墨香、弘旿三人中，弘旿虽然对《红楼梦》“闻之久矣”，但却是唯一没有看过《红楼梦》的人。

也就是说，弘旿对《红楼梦》的认知、态度来源于其他读过《红楼梦》

---

① 《雍正实录》卷之一百二十七。

人的谈论和他对永忠诗的解读。

明末清初，社会上大量流传的是曹雪芹批判的才子佳人类小说。《红楼梦》第一回借石头之口道：

> 市井俗人喜看理治之书者甚少，爱适趣闲文者特多。历来野史，或讪谤君相，或贬人妻女，奸淫凶恶，不可胜数。更有一种风月笔墨，其淫秽污臭，涂毒笔墨，坏人子弟，又不可胜数。至若佳人才子等书，则又千部共出一套，且其中终不能不涉于淫滥，以致满纸潘安子建、西子文君，不过作者要写出自己的那两首情诗艳赋来，故假拟出男女二人名姓，又必旁出一小人其间拨乱，亦如剧中之小丑然。且鬟婢开口即者也之乎，非文即理。故逐一看去，悉皆自相矛盾，大不近情理之话。

而知识界对小说的要求却是道德教化、发泄儿女真情，这不论在明清小说思潮中，还是在曹雪芹看来都是如此。《红楼梦》第一回借茫茫大士之口，比较历来才子佳人小说与《红楼梦》云：

> 历来几个风流人物，不过传其大概以及诗词篇章而已，至家庭闺阁中一饮一食，总未述记。再者，大半风月故事，不过偷香窃玉、暗约私奔而已，并不曾将儿女之真情发泄一二。想这一干人入世，其情痴色鬼，贤愚不肖者，悉与前人传述不同矣。

唯《红楼梦》最能吸引大众读者关注和理解的是，它对其中人物描摹的细腻与深入，而其与传统小说的最大区别，却因为读者的学养和传播信息的不确定，未必能够被及时和全面地传达给读者和听众。

永忠诗云：“传神文笔足千秋，不是情人不泪流”“颦颦宝玉两情痴，儿女闺房语笑私。三寸柔毫能写尽，欲呼才鬼一中之”“都来眼底复心头，辛苦才人用意搜”。

不幸的是，弘旿即是那个没有能够全面和真正了解《红楼梦》信息的人。他在永忠“传神文笔足千秋，不是情人不泪流”“颦颦宝玉两情痴，儿女闺房语笑私。三寸柔毫能写尽，欲呼才鬼一中之”“都来眼底复心头，辛苦才人用意搜”等诗句中，看到的只有永忠对《红楼梦》创作者曹雪芹文笔（包括对《红楼梦》中宝黛感情的传神描摹和对现实作品化技巧）的欣赏与赞叹而已，故误会《红楼梦》不过是写得绮丽的才子佳人小说而已，在这种误会下，以至于写下了那句《红楼梦》“非传世小说”的评语。

其所谓的“碍语”二字，并不只指违背政治的语言，也包括情色方面的语言和内容，这也是清政府查禁图书重点在此类图书的真正原因所在。

实际上，如果我们不被《红楼梦》回避文字狱这样的先入之见所蔽，就可以分析出弘旿所谓的“碍语”不可能指有碍于政治的语言，因为如果那样，弘旿不当题于永忠诗上，永忠亦不当令其存于自己诗上。

四、何以禁毁《红楼梦》集中于江浙：兼论丁日昌对《红楼梦》的“矛盾态度”

（一）何以禁毁《红楼梦》集中于江浙地区

除了指出清中晚期禁《红楼梦》事多发生在江浙外，我们还要分析何以如此。胡小伟在《睿亲王淳颖题红诗与〈红楼梦〉钞本的早期流传》中指出：

> 这些禁令有这样两个共同点：一是时间都在同治年间，这时太平天国刚被镇压下去。号为“中兴”，理学之士纷纷跑出来强调纲纪伦常，因而将《红楼梦》视为“淫辞小说”。二是这些禁令都是地方官员颁布或主张实行的，这些地方又多是太平天国活跃过的。[①]

这种观点主要考量时代特点。

实际上，不全是因为如此，因为早在道光年间，江浙官员就已经在支持查禁《红楼梦》了。地方官员之所以这么做，与他们对江浙民风的固有看法和基于此进行的常规应对举措有关。

江浙一带经济发达，人文兴盛，尤其娱乐业繁荣，其民风较北地为薄，

① 胡小伟：《睿亲王淳颖题红诗与〈红楼梦〉钞本的早期流传》，《红楼梦学刊》1996 年第 4 期。

且人口流动比较频繁，所以，在当时的官员和士人看来，此等地界民风浇漓，不如北地淳朴，从长远看，容易导致社会混乱，影响社会秩序，故而需要禁止、教导。

这些看法不仅反映在各种笔记中，地方官员的禁令也时有反映，一般都是要求勿奢靡、勿游荡。《得一录》卷十六收录曾禁止《红楼梦》的江苏按察使裕谦的《裕中丞示谕》，其中写道：

> 为训勉风俗、以端趋向事：
>
> 照得三吴为文物大邦，士庶军民之知礼义、爱身家者奚可偻指，只因商贾辐辏，习染多歧，平居以相炫为能，积久遂因仍成俗，其力量不能供挥霍者又各出其机械变诈，以求取胜于人，于是，温饱之家大半措撑门面，矫诬之辈甚且干犯刑章，不知守仆守诚。

又云：“当知本部院非以刑民峻法强为之驱，亦非以理学迂谈曲为之解，无非欲尔等黜浮践实、返朴还醇，尽心，知手足之长，以遂其仰事俯育之愿。”

这种态度与清朝初年于成龙、康熙、雍正对江浙士民的态度并无二致，当地士绅作为地方文化的传承和地方道德、秩序的维护者也非常了解这一点，故多有自发购焚“淫词小说”之举。

（二）关于某些旗人何以产生对《红楼梦》的毁禁态度

曹雪芹才大如天，在《红楼梦》中分别设下了数个大小主题，而读者因学养、经历、身份的区别各有其解释。正如鲁迅先生在《〈绛洞花主〉小引》中指出的那样：

> 《红楼梦》……单是命意，就因读者的眼光而有种种：经学家看见《易》，道学家看见淫，才子看见缠绵，革命家看见排满，流言家看见宫闱秘事……在我的眼下的宝玉，却看见他看见许多死亡。[①]

---

① 鲁迅：《鲁迅全集》第八卷《集外集拾遗补编·〈绛洞花主〉小引》，光明日报出版社，2012年。

这一现象不唯近代如是，在《红楼梦》流传的早期也是如此，乾隆认为写明珠家世，永忠、淳颖以为其写感情真挚，玉麟、那彦成则认为，《红楼梦》系刺满人之作，欲加禁止：

> 满洲玉研农先生麟，家大人座主也。尝语家大人曰："《红楼梦》一书，我满洲无识者流，每以为奇宝，往往向人夸耀……其稍有识者，无不以此书为诬蔑我满人，可耻可恨……我做安徽学政，曾经出示严禁，而力量不能及远，徒唤奈何。"
>
> 那绎堂先生亦极言："《红楼梦》一书，为邪说诐行之尤，无非糟蹋旗人，实堪痛恨，我拟奏请通行禁绝，又恐立言不能得体，是以忍隐未行。"①

玉麟、那彦成二人之所以如是，需要结合二人生活时代的时代背景进行考量和解释。

旗人唯以当差、当兵为职业，但是随着承平日久、旗人人口的增多和享乐作风的蔓延，至道光年间，旗人上层中无心学问事功、唯知享乐摆阔的人越发增多，这种情况使得当时的"有识之士"都产生了"恨其不争"的心态。

《红楼梦》描写了一个公侯家庭的因无善理家者而没落的过程，因其描摹世家大族情形细腻真切，故而，在京师，尤其是在旗人上层和知识分子中间广泛传播。

然而，由于学养不同、关注不同，旗人读者各有自己的认识，奕绘、慈禧在《红楼梦》中读到了富贵与情感，而向玉麟、那彦成这样的"有识之士"便读出了"诬蔑我满人，可耻可恨"的念头，以至于产生查禁《红楼梦》的想法与行动。

（三）从丁日昌对《红楼梦》态度的矛盾看江浙地区的禁《红楼梦》事

江浙地区查禁《红楼梦》，以江苏巡抚丁日昌于同治七年的查禁规模最大，其理由也不外"愚民鲜识……忠孝廉节之事，千百人教之而未见为功，

① 梁恭辰：《北东园笔录》四编，同治五年刊本。

奸盗诈伪之书、一二人导之而立萌其祸，风俗与人心相为表里”而已。[①]

在丁日昌的查禁名单中，不仅有《红楼梦》，还有《红楼梦》的各种续书如《续红楼梦》《后红楼梦》《补红楼梦》《红楼圆梦》《红楼复梦》和《红楼重梦》等。

问题是，丁日昌自己是读《红楼梦》的，不仅读，还为友人黄昌麟的《红楼梦二百咏》作序、评诗，对《红楼梦》的文笔给予高度评价。

丁日昌其人好读书、为政有法，但其为人确有瑕疵（也可以称为技巧），故曾国藩称其为“诈人”，对《红楼梦》的查禁来说，其所行非其所欲行，其所言非其所欲言，不过因为行政实际的需要（愚民鲜识……奸盗诈伪之书，一二人导之而立萌其祸）而已，不得以之作为《红楼梦》系实系“淫书”的结论。

最可作为丁日昌在江苏查禁《红楼梦》“反面教材”的是，他的老上司曾国藩、李鸿章都熟读《红楼梦》，而其查禁《红楼梦》行为不仅没有阻止《红楼梦》的传播，反而更进一步促使了《红楼梦》的流传——未读过是书者，因官府查禁反生兴趣。

五、关于所谓“文字狱”与《红楼梦》的写作、传播

文字狱现在已经是人尽皆知的词汇，出自龚自珍《己亥杂诗・咏史・金粉东南十五州》：“避席畏闻文字狱，著书都为稻粱谋。”

一般解释称，文字狱即是因文字获罪。一般又称，文字狱以清康雍乾三朝为最，知识分子缄口不言，以至于知识分子不敢从事史书编纂，纷纷从事经典考据工作，《红楼梦》亦此种文化强制政策下的产物，故书中“隐写”各种文字。

（一）清代考据学的兴起与文字狱无干

实际上，关于清代考据学兴起的原因，学界通过对明中叶以来知识分子的学术梳理，已经认识到清代考据学的兴起是因为自明中叶以来儒家知识分子对宋明理学与孔子原典存在区别进行的反思，进而从事经典原意的

① 丁日昌：《抚吴公牍》卷一《札饬禁毁淫词小说》，光绪丁丑年林达泉校刊本。

考证，与文字狱无甚大关系。

（二）文字狱的具体情况很复杂，不得一体视作因文字而获罪

仔细分析历来列举的文字狱，不难发现所谓文字狱的情况非常复杂。

实际上，清代顺康雍三朝许多被指摘为“文字狱”的案件基本都属于政治案件，也就是说，因文字获罪或者只是表面现象（文字反映了作者的政治态度），或者只是为他们的罪行更加一条罪状而已（根本罪状不在文字），比如人们都很熟悉的康熙初年《明史》案、雍正三年汪景祺《西征随笔》案即涉及政治态度和“党争”问题。

纯粹为文字获罪者固然不少，但基本以朱元璋、乾隆的某些时期为主。

乾隆时期被定为文字狱的诸案，固然不少是因为乾隆皇帝敏感所致，但也有不少案件与写作者不懂避讳（避清朝各皇帝讳、圣贤讳等，如王锡侯《字贯》案、刘峨《圣讳实录》等）、道学家沽名钓誉（如大理寺卿尹嘉铨案）、写作不慎被认为讽刺攻击朝政（贺世盛《笃国策》案、李一《糊涂词》案、祝庭诤《续三字经》案）、拍马屁没拍准的（智天豹《万年历》案、安能敬颂诗案等）、精神病邪教案等有关。

（三）不要用今天的民主思想看待历史上的文字案件：《红楼梦》研究需要回归曹雪芹的时代与身份

在今天讲求自由、民主的环境下看来，以上所举事情都算不得什么，但是在讲求等级制度的传统社会，这些行为皆为大罪，不论是不是在清朝——实际上，即便这些时期的一些诗文也难免有知识分子“暗刺”时政、讥讽帝王的用意，此亦宋以来文人之恶习之一，朱元璋、乾隆深知此点，又复以“和尚”“满洲夷狄”的身份，时加警惕，故不免多有苛刻之举。

我们之所以用诸多笔墨分析文字狱的情况，旨在说明真正以文字罪人，以至于使乾隆时期学人不敢于著述，写作时刻抱有凛凛之心的文化环境并不存在（翻案者或者学养很差，或者心存各种私心，多与名利权势相干），大多数汉人知识分子不存在——从乾隆朝出现的大量诗文、史志著述即可得到证明，曹家这般身份的家族和个人更加不存在。

（四）曹家的身份与身份认同使得他们与文字狱无甚干系

曹雪芹家族系满洲老包衣人，其文化、习俗多从满洲，又与满洲亲贵结亲往来，故而，他们对清政府、对清朝政策、皇帝的态度，不可能如民国以后汉人，尤其是江浙、广东一带汉人对满洲的看法。

这一点，只要看看曹雪芹友人敦诚《四松堂集》论史文字，就可以看出，很多题材和态度似乎都应被纳入我们“认为的”“文字狱”查抄视野，实际上没有。

在《红楼梦》第一回中，空空道人阅读《红楼梦》，其时心态云：

> 上面虽有些指奸责佞贬恶诛邪之语，亦非伤时骂世之旨，及至君仁臣良父慈子孝，凡伦常所关之处，皆是称功颂德，眷眷无穷，实非别书之可比。虽其中大旨谈情，亦不过实录其事，又非假拟妄称，一味淫邀艳约、私订偷盟之可比。

虽然，“甲戌本”“脂批”在“亦非伤时骂世之旨……毫不干涉时世”一段文字间三批“要紧句”，但在其前面的“空空道人听如此说，思忖半晌，将《石头记》再检阅一遍”处，甲侧亦有批语，云：“这空空道人也太小心了，想亦世之一腐儒耳。”

也就是说，曹雪芹在写作《红楼梦》时，为万全，或为文学上的需要，曾在此处略加“声明”，但并不意味着他内心时刻有着文字狱的空气压迫。

乾隆朝大兴“较纯”文字狱的乾隆四五十年，曹雪芹已经去世，且《红楼梦》已经在京师部分达官显贵之间风行了，所以，这点声明丝毫证明不了曹雪芹写作时周遭环绕着文字狱空气的压迫，也不意味着因受文字狱的压迫而作有意危害政权的“隐语”，更不意味着清政府因此而查禁过《红楼梦》，这一点逻辑是需要极力分清的。

（五）从龚自珍“避席畏闻文字狱”说清代的文字狱

论清代文字狱，人们习惯于使用龚自珍“避席畏闻文字狱”作为例证。但是，如果我们的知识量和逻辑性足够，就可以从龚自珍的“避席畏闻文字狱，著书都为稻粱谋”看出另外的意思：如果清朝彼时的文字狱那么厉害，龚自珍还敢于写下这样的文字吗?

龚自珍作此诗的大环境是，嘉庆四年（1799年）二月，也即嘉庆帝真正亲政之初，在论比照大逆缘坐人犯时说：“殊不知文字诗句原可意为轩轾……挟仇抵隙者遂不免藉词挟制，指摘疵瑕，是偶以笔墨之不检，至与叛逆同科，既开告讦之端，复失情法之当。”[①] 某种程度上，废止了纯粹以文字解释罪人。

此外，龚自珍生活于嘉道时期，系著名的今文经学家、诗人，主张变革，诗风夸张，其诗并不反映文化空气的实际情况。

（六）清末革命与清代文字案件的污名化

清末民初，南方革命党出于“驱除鞑虏、恢复中华”革命主义的需要，大量翻印，甚至编造不利于清朝、旗人的文献，用以宣传和鼓舞之用。民国之后，孙文政府消弭民族隔阂，而学界、民众不查，排满之风持续多年。民国二十三年（1934 年），故宫博物院文献馆就出版了《清代文字狱档》一、二辑，以学界和文献的视角，将清代涉及“文字之罪”者统称为“文字狱”，而这种学术思维一直影响到今天，并未对其中各案件进行区别与理剔。

综上，在论及曹雪芹的思想、《红楼梦》的主张、技法时，不当再以笼统的“文字狱”三字作为学术环境使用。

因为这种说法既不符合历史的史实，亦未将曹雪芹、《红楼梦》的写作、流传情况与江浙地方个案相区分，笼统地使用极大地误导了《红楼梦》的研究与深度赏析。

六、论《红楼梦》需要回归曹雪芹的时代与身份

我们一直说，文艺来源于生活，高于生活。

实际上，在论及《红楼梦》时，我们对产生《红楼梦》的生活（社会背景）了解远远不够，不仅如此，研究者还往往有意无意地忽略这一点，认为不会影响到对《红楼梦》的赏析。

关于读书论文，在总结自己中国小说史研究和小说创作的基础上，鲁迅先生曾经有两条意见非常值得注意。

（一）读《红楼梦》因眼光不同而对《红楼梦》的主题认知不同

即如前引鲁迅先生在《〈绛洞花主〉小引》中指出的“《红楼梦》……

---

① 《清实录·嘉庆朝实录》卷三十九“嘉庆四年二月壬子条”。

单是命意，就因读者的眼光而有种种”。

问题不出在《红楼梦》上，问题出在读者的“眼光”上，而决定“眼光”的是学术背景和学术素养。

故而，要正确解读《红楼梦》，研究者当尽可能地脱离“今日意识”，对曹雪芹生活时代有相对客观全面的了解。

（二）论《红楼梦》要顾及全篇、作者的全人及社会状态

关于论文，鲁迅先生又说：

> 世间有所谓“就事论事”的办法，现在就诗论诗，或者也可以说无碍的罢。不过我总以为倘要论文，最好是顾及全篇，并且顾及作者的全人以及所处的社会状态，这才较为确凿。要不然，是很容易近乎“说梦”的。[①]

20世纪80年代，就红学研究的范畴和境界问题，周汝昌先生曾与学界发生过激烈的争论。1985年，周汝昌先生在《云南民族学院院报》第二期上发表了《红学的高境界何处可寻》一文，其中写道：

> 把研究对象的涵量估计得那么低，把自己的能力估计的那么高，最易犯一个“唯我才是最高明”的毛病。红学史上已经出了不少这样的高明人士了，红学仍未见自他出来便有大起色。我看还是放谦虚些的好。我们共同多做点基本功，做得好了，水到渠成，瓜熟蒂落，那自然另一番境界无疑。

孔子的学生说孔子的境界，叫作“瞻之在前，忽焉在后”，不可思议、不可捉摸；佛陀的学生也说，佛陀境界不可思议、难值难信；老子自己说，他的道很简单，但下士必笑之，不笑不足以为道。

曹雪芹与《红楼梦》也一样，作为传统文化集大成时代的一部巨著，因以“小说的体裁”出现，读者往往觉得很好理解，但是，同一个读者在

---

① 鲁迅：《鲁迅全集》第六卷《且介亭杂文二集・题未定草》，光明日报出版社，2012年。

不同年龄、不同经历、不同学术视野看《红楼梦》感觉总是不一样，原因就在于大众把《红楼梦》看得过低了：《红楼梦》不过一部写得好的小说而已。

而当我们把曹雪芹的生平与思想，放在18世纪中国思想史大时空背景下去看，就会发现曹雪芹、《红楼梦》的高度与复杂。

不了解曹雪芹的生活时代、身份、交游情况、思想意识，仅仅看到《红楼梦》的“小说体裁”，以“《红楼梦》只是一部小说”立论，不仅无法深入赏析《红楼梦》，还容易导致各种不解基本史实和制度的“谬论”，一百年来，各种不靠谱的索隐和不靠谱的评论皆属此类情况。

七、从谈王文元的“红学非学术”，说《红楼梦》研究需要回归曹雪芹的时代与身份

（一）王文元《〈红楼梦〉研究的现状与问题——兼论红学非学术》与其中的文本失误

2006年，北京市社会科学院哲学所研究员王文元在2006年第3期《汕头大学学报》（人文社科版）上发表了《〈红楼梦〉研究的现状与问题——兼论红学非学术》一文，指出红学为小说评论学，不在学术的范畴之内。

此文还在《贵州社会科学》2006年第5期上发表过，题目亦同。

王文元其人，没打过交道，不知其为何许人也。相关搜索，知其人系北京社会科学院学者、研究员、作家、诗人，研究涵盖文、史、哲等领域，著作如文学代表作《文房织锦》，史学代表作《权力图腾》，哲学代表作《人与道》，语言文字学代表作《汉字正见》，经济学代表作《日本经济腾飞之根源》，小学代表作《日完录》、儒学代表作《儒家辨章》，佛学代表作《佛典譬喻经全集》，散文代表作《捕猎人生》，学术代表作《人类的自我毁灭》等。

分析其《〈红楼梦〉研究的现状与问题——兼论红学非学术》一文，可以发现用语极不稳健，如其论学术并未规定何谓学术，其论“红学”，更不知道红学的范畴，也不知道百年来红学发展的基本成果，只是就其所见印象而言，论断更多情绪，如曹雪芹不能进入中国文坛前十，红学颇多附会

等，又如：

> 凡歪说歪理必然愈演愈烈。焦大醉酒之后骂出“白刀子进去，红刀子出来”，博得许多“红学家”喝彩，以为焦大喊出了豪言壮语，殊不知这句“名言”现在已经成为黑道上盗贼的习惯用语，这个口号是盗贼行凶时的壮胆剂。这个帮助恶人做坏事的口号不知断送了多少无辜的性命！在“红学家”那里，这句话却每每得到称赞！

焦大醉酒之后骂出“白刀子进去，红刀子出来”一句，不同版本写法不同，“甲戌本”《脂砚斋重评石头记》第七回“送宫花周瑞叹英莲　谈肄业秦钟结宝玉”中：

> 那焦大那里把贾蓉放在眼里，反大叫起来，赶着贾蓉叫：“蓉哥儿，你别在焦大跟前使主子性儿。别说你这样儿的，就是你爹、你爷爷，也不敢和焦大挺腰子呢！不是焦大一个人，你们做官儿，享荣华，受富贵？你祖宗九死一生挣下这个家业，到如今不报我的恩，反和我充起主子来了。不和我说别的还可，若再说别的，咱们白刀子进去，红刀子出来！”

此处，“甲戌本”夹批写道：“是醉人口中文法。一段借醉奴口角闲闲补出宁荣往事近故，特为天下世家一笑。”

“醉人口中文法”意思是说，焦大此处说法都是喝醉后、不理智的说法。

“白刀子进去，红刀子出来”，有的本子写作“红刀子进去，白刀子出来”。何以如此改写，今人不知所据，但强调醉汉的神态、口吻，自是生动。学人据不同版本予以解释，是正常现象，如何又得到王先生的调笑呢?!

此外，需要指出的是，王文元的研究与书写风格一点也不学术，更多的是一种散文式的“牢骚”风格，不过，“外行”的“雷人”观点却不少，试举几例，以见其观点、学识、逻辑。

（二）关于“红学”的附会与非学术

王文元指出：

> 我对“红学”评价不高就是因为它离不开附会……俗话云“《易》无达言”，套用这句话可以说“红（学）无准谱”，怎么说都有理。有人说东你说西，有人正说你反说，可矣，反正贾府门朝南或朝北无关宏旨，薛宝钗美于林黛玉或林黛玉美于薛宝钗也绝不会影响大局，永远没有标准答案。

没有答案，就是附会了吗？就王文元先生所研究的哲学而言，不正如其所言“《易》无达言”吗？是否他与同事的研究就是附会，应该得到不高的评价呢？讨论的问题无关宏旨，就不值得讨论了吗？这恐怕又是见仁见智的事情。其文又云：

> 红学中粗浅的附会，在考证曹雪芹创作动机上体现得尤为明显。作为秘笈的《红楼梦》尚且让人糊涂，比“秘笈”更奥妙的创作动机自然更让人糊涂。所以各种动机说五花八门，无所不有。我们都知道，司马迁创作《史记》是为完成父志，但丁创作《神曲》是为写给心仪的姑娘——贝亚德。曹雪芹为谁创作？除去刨坟问尸，别无他法，因为曹雪芹没有像司马迁、但丁那样直率地吐露写作初衷。如果非要究其动机，在我看来，曹雪芹“披阅十载，增删五次，纂成目录，分出章回”就是为了愚弄“红学家”的：一人藏物，百人难寻，我藏珠匿璧，让你们翻箱倒柜——这不是一种愚弄吗？曹雪芹造疑的水平实在超乎常人。

原来，王文元先生经过深刻思考，认为曹雪芹之所以创作《红楼梦》，其动机不过要跟后人开一个玩笑，测一下智商而已。

曹雪芹竟然这么无聊吗？那么，何以他还要说“都云作者痴，谁解其中味”呢？为什么又有“字字看来皆是血，十年辛苦不寻常”呢？

“在我看来”，凭什么你的“看来”就比别人的看法更不“附会”呢？王先生之自信亦足矣。

（三）关于红学、学术、文学评论

王文元说：

若以为从《红楼梦》中能够研究出正学来，除非重新定义“学”与“学术”。学术不会与小说混同，过去不会，现在不会，将来也不会。

“红学”一词可以用，但它不是学术，《红楼梦》研究应纳入到“文学评论”之中。

王文元所谓的学术指什么，他在文章也并未有明确的界定。但是，从他的相关文字，我们能够看到他的认识和诉求，归纳起来有三点：

1. 小说不是传统学术的研究范畴

王文元认为：“经、史、掌故、义理、词章被称为传统‘五学’，虽然小说与掌故沾点边，终究不是独立一项，正统士大夫从不以治小说为务。”

2.《红楼梦》并不是最伟大的古典文学作品

“红学热”绝不仅仅是因为《红楼梦》作品伟大，中国古典文学作品中比《红楼梦》伟大的不下 20 部，除去《论语》，都没有成“学”，唯《红楼梦》成为“显学”。

3.《红楼梦》热是因为现代性导致中国人的审美层次降低

一切都是“现代性”在搅局。现代性迫使中国人的审美兴趣发生巨大转变，一言以蔽之就是由雅变俗。高雅的诗词歌赋被低俗的小说取代。审美载体由美文转移到小说。俗文学占据了绝对统治地位，小说中的佼佼者《红楼梦》自然成为俗文人的追逐对象。

中国学术史上，就笔者所见，从来没有“经、史、掌故、义理、词章被称为传统‘五学’”的说法。

中国传统学术以经史为根本，义理是唐宋时代儒家与佛家辩论由“四书”延展而来的学问，词章从来就不是学问，它只是一种工具而已，虽不同时代时尚不同，但从来没有脱离“文以载道”的定位，至于掌故，更是明清，尤其是清以来的所谓“学问”。

小说，固然不在传统学术的范畴之内，但《红楼梦》只是借助了小说的体裁讲述作者的思想而已，难道王先生以为，用了“小说的体裁”就够不上研究的层面吗？佛经多有故事（包括王自己所集《佛典譬喻经全集》）、《庄子》多为寓言，以体裁而言，这些景点似乎也没有研究的必要了，那么，王先生何以还要做这样的工作呢？

关于一部作品成学，王文元认为："'红学热'绝不仅仅是因为《红楼梦》作品伟大，中国古典文学作品中比《红楼梦》伟大的不下20部，除去《论语》都没有成'学'。"

中国古典作品中是否有20部比《红楼梦》伟大，个人看法不同，或者认为《红楼梦》当排第一，或者认为可能连前30名也排不进去，这完全取决于评论者的学术水准与个人爱好。

但一部作品成学的，除《红楼梦》外，《昭明文选》就是其一，世称"选学"。《道德经》《庄子》、"四书"虽不称学，但其研究汗牛充栋，远超过《红楼梦》研究，研究的人多，某种程度上就意味着作品高度的卓绝，谁承认不承认无关紧要。

至于说《红楼梦》成为"显学"，都是"现代性"在搅局。现代性迫使中国人的审美兴趣发生巨大转变，一言以蔽之，就是由雅变俗，则属于无知。

小说之兴盛在于城市化，自宋始，明清时代，小说就已经兴盛到学者不能熟视无睹的地步。

曹雪芹之所以以小说体裁作《红楼梦》，他自己说的很清楚。《红楼梦》第一回"甄士隐梦幻识通灵　贾雨村风尘怀闺秀"中写道："市井俗人喜看理治之书者甚少，爱适趣闲文者特多。"

明清学界之所以重视小说，就是因为市井俗人"爱适趣闲文者特多"，故他们主张因俗而治，随缘教化，也就是用小说谈道德教化，实际上，这也是佛学能够兴盛的原因之一。王文元先生研究哲学，大概应该懂得这一点。

至于王文元说现代性迫使中国人的审美兴趣发生巨大转变，由雅变俗：

> 小说中的佼佼者《红楼梦》自然成为俗文人的追逐对象，他们用《红楼梦》来附和现代性，用小说来填补空虚的心灵，为此不惜将《红楼梦》"研究"请上学术殿堂的高阶，将其"金玉其外"，造成学术繁荣的假象，一方面遮掩无聊文人的偃蹇狭陋与喜新厌旧的浮躁心理，另一方面无需劳神，通过炒《红楼梦》冷饭而将自己留名于中国文学史。

作为曹雪芹、《红楼梦》的研究者，虽然自惭学问浅薄，却不敢舒心自受，以无聊文人自居（鄙人治学，除红学研究外，尚有曹学考证、园林史地研究，虽然个人以为这些文字也多为曹雪芹生活环境，属于红学范畴），唯有全璧奉还给作文者而已。

（四）关于《红楼梦》与哲学

王文元还有这样的说法：

> 还有一位专家将《红楼梦》与《周易》并提：在汉语语言文化历史上，我认为有两本书是天书，一本是《周易》，一本是《红楼梦》。将《红楼梦》与《周易》并提，与把体育与哲学归于同类有何差别？

王文元是哲学家，故将《红楼梦》与《周易》并列非常不屑，以为是将体育与哲学等观，唯其不知道，《红楼梦》的阅读和理解并未见得一定比《周易》更来得容易，而清代具有综合国学素养，自然也懂《周易》的学人却在《红楼梦》中看到“易”，不唯能看到“易”，也能看到王文元力崇的其他哲学、文学著作。

护花主人王希廉《红楼梦读法》写道：

> 《石头记》一书，不惟脍炙人口，亦且镌刻人心，移易性情……以读但知正面，而不知反面也……
>
> 《石头记》乃演性理之书，祖《大学》而宗《中庸》，故借宝玉说“明明德之外无书”，又曰“不过《大学》《中庸》”。
>
> 是书大意阐发《学》《庸》，以《周易》演消长，以《国风》正贞淫，以《春秋》示予夺，《礼经》《乐记》融会其中。
>
> 《周易》《学》《庸》是正传，《石头记》窃众书而敷衍之是奇传，故云：“倩谁记去作奇传。”
>
> 致堂胡氏曰：“孔子作《春秋》，常事不书，惟败常反理，乃书于策，以训后世，使正其心术，复常循理，交适于治而已。”是书实窃此意。
>
> “世事洞明皆学问，人情练达即文章。”是此书到处警省处。故其铺叙人情世事，如燃犀烛，较诸小说，后来居上。

《石头记》一百二十回，一言以蔽之，左氏曰："讥失教也。"

《易》曰："臣弑其君，子弑其父，非一朝一夕之故，其所由来者渐矣，故谨履霜之戒。"一部《石头》，记一"渐"字。

王希廉的论断是否正确姑且不论，但就《红楼梦》涉及的内容广度与深度，似不是我们现代西方文学理论下"《红楼梦》只是一部写得好的小说"所能容纳的。但王文元无疑就是这么看待《红楼梦》的。

（五）关于王文元的红学观

实际上，王文元之所以对《红楼梦》的评价较低，不把红学研究视为学术，除了其眼界所限不了解红学研究的历史与范畴外，还与他对《红楼梦》的小说定位、红学就是小说评论的基本定位有关：

《红楼梦》是中国优秀古典章回小说，作者的想象力与表达力都是异乎寻常的，对此我丝毫不否认。我想强调的是，《红楼梦》仅仅是一部小说，小说是可以评的，但必须把它当小说评，而不能当历史评、当自传评，更不能把评小说当作单独的一门学问看待。

这种看法比当年顾献樑的"曹学论"、余英时的"红学论"丝毫未见不同，且把"红学"归结于"评小说"，可见其视野之狭窄，一部红学史，既包括了《红楼梦》著作权、原始著作权、作者生平、家族、时代、身份、交游、思想诸多方面的研究，也包括版本、异文、批评、时代意识、文本分析、文本相应学术研究的研究，"评小说"只是其中重要的一种研究方法而已。

即便说，近几十年《红楼梦》的研究确实存在王文元所指出的问题，那也不等于"红学"的全部，也不影响"红学"的品格，因为学术向来如此，一个时代的研究往往只是为后来人提供基础，甚至反面素材，红学如是，王文元先生研究的哲学更是如是。

八、结语

任何经典的解读都存在两个方向：一是向后的，即结合时代意识和个人意识，使作品向现实低头，这是功利主义的，这种研究不需要考虑作者的创作原意；二是向前的，即努力回到作者的原意，这种研究往往通过对作者时代、作者生平、作者交游和原典的考据来实现。

《红楼梦》自然也不例外，如果要研究曹雪芹的“原意”，可行的路子自然是要回归曹雪芹的时代与身份——而不是由经典的“局域接受”看经典的“原意”。

离开了这一学术基础，一切有关于《红楼梦》的研究和解读就容易成为关于《红楼梦》的附会——当然这种研究自有其价值存在，唯与曹雪芹、《红楼梦》无甚关系。

制度、历史、文学合一视野下的林黛玉财产问题及其他

——陈大康教授黛玉财产下落说批评

一、林黛玉巨额财产问题的提出与陈大康教授的论证逻辑

陈大康教授《荣国府的经济账》(人民文学出版社，2019年)首章《黛玉家产之谜》累三十页近两万字，详细论述了他理解的林黛玉的财产、财产去向与林黛玉的财产观问题，认为林如海为林黛玉留下二三百万银两收入，却皆被贾琏挪用作大观园建设之用。

此论一出，在学界、社会上影响颇大。因工作关系，不时有专业、社会人士咨询此事，故对此问题反复反思，结合陈文出现的问题，撰述此文，以为答复，并求教于方家。

(一)陈大康《黛玉家产之谜》观点、逻辑出自涂瀛《红楼梦论赞》

陈大康《黛玉家产之谜》一文的观点、逻辑、倾向叙述虽然繁复，实则一本于道光间涂瀛《红楼梦论赞》(道光二十二年刊本)：

> 或问："林黛玉数百万家资尽归贾氏，有明证与？"曰："有。当贾琏发急时，自恨何处再发二三百万银子财，一再字知之。夫再者，二之名也。不有一也，而何以再耶？"或问："林黛玉聪明绝世，何以如许家资而乃一无所知也？"曰："此其所以为名贵也，此其所以为宝玉之知心也。若好歹将数百万家资横据胸中，便全身烟火气矣，尚得为

黛玉哉？然使在宝钗，必有以处此。”[①]

也即，因为贾琏说过“再发二三百万银子财”这句话，故而涂瀛即认为贾家曾挣过二三百万银子的财，而涂瀛不知道贾府何时曾挣过二三百万银子的财，故贾府曾经得到过的这二三百万的银子财就是来自林如海留给林黛玉的遗产。

问题是，林黛玉又不蠢，何以所有家财都归了贾家呢？涂瀛认为，是因为林黛玉有名士风流，根本不拿钱当钱看。

陈文两万余字不出涂瀛以上文字，唯论述更加系统、诸多问题详加解析，故而对《红楼梦》读者的“说服力很强”。

（二）《红楼梦》阅读感受的异同、原因和我们的态度

实际上，自《红楼梦》出现以后，诸多读者对小说中人物的相关问题就产生了“极度分裂”的看法，有人视贾政为守成之官，有人视贾政为教子无方之人；有人视贾母为随顺世间之人，有人视贾母为只懂享乐的老糊涂，为争论宝钗、黛玉孰优孰劣，好友挥以老拳的事情更为学界公知。

不过，这些阅读者虽然争执的热闹，却从来没有意识到两点：

> 他们喜欢谁只是他们自己的权利，却未必是《红楼梦》作者的表达倾向。
>
> 他们喜欢谁，与《红楼梦》文本的系统表达关系不大，更多因读者个人的学养、际遇、喜好不同选择了文本之一端，并进行争论。

也就是说，这些不同的感受和争论，更多的是争论者自身的理解，并不干与《红楼梦》文本的系统表达和作者的主观感受。

作为一种经典的传播现象，此种感受异同与表达既无可厚非，亦无足讨论——后世探讨此问题，只作为传播史上此人、此时社会现象的考察。

但是，当《红楼梦》研究进入近现代的学术研究（逻辑论证、发表）后，写作者要提出论点、撰写论文，就需要在《红楼梦》文本中找出能够

---

① 曹雪芹、高鹗著，护花主人、大某山民、太平闲人评：《〈红楼梦〉三家评本》，上海古籍出版社，2014年。

论证自己观点的“确实证据”，同时，要面对《红楼梦》系统文本中出现的与自己观点不和的种种“矛盾表述”的阐释问题。

涂瀛《红楼梦论赞》不过笔记而已，故有论无证，影响亦小，可以不用重视；陈大康教授文系研究文字，故不仅有观点，更有系统的论述，影响亦大，故需要作认真的辨析。

（三）陈大康《黛玉家产之谜》的论证逻辑与错误

陈大康教授之所以认定，黛玉拥有巨量财产，除了基于涂瀛“贾琏所谓再发二三百万银子的财”指的是窃取林黛玉财产的猜测外，更基于以下四个假设（这四个假设也是涂瀛的，只是他未清楚表达出来）：

> 林如海继承有巨量财产
>
> 作为两淮巡盐，林如海贪墨大量财产
>
> 林如海死后，种种丧葬礼仪不需要相当费用
>
> 林如海的所有家产都要归林黛玉继承

因而，陈教授认为，林如海巨量的家产理所当然的应该被林黛玉所继承，而林黛玉曾言自己一无所有，故而这些银子被贾琏占有挪用，用于贾府大观园的修建。

实际上，陈教授以上四个假设，都属于感受，在此基础上，进行的分析自然也是不可靠的。

本文拟结合曹雪芹生活时代、写作时代的明清制度、民俗，在关注《红楼梦》文本系统性和细节描写基础上，对以上问题（假设、论点）逐一辨析，以求尽可能符合作者的描写，廓清读者疑惑。

二、林如海没有巨量财产

（一）林如海是否继承了大量遗产

《红楼梦》第二回“贾夫人仙逝扬州城　冷子兴演说荣国府”中，叙述林如海的出身，云：

> 林如海之祖，曾袭过列侯，今到如海，业经五世。起初时，只封

> 袭三世，因当今隆恩盛德，远迈前代，额外加恩，至如海之父，又袭了一代；至如海，便从科第出身。虽系钟鼎之家，却亦是书香之族。只可惜这林家支庶不盛，子孙有限，虽有几门，却与如海俱是堂族而已，没甚亲支嫡派的。

在陈大康教授看来，一般豪族，每遇分家，家产就少一份，而林家支庶不盛，又是列侯出身，因此，到林如海这里应该继承了不少家产。

一般道理上看来，陈教授的逻辑当然通顺，不过，陈教授似乎忘记了富不过三代的道理；又忽略了《红楼梦》第五十三回“宁国府除夕祭宗祠　荣国府元宵开夜宴”中贾珍的话头：

> 贾珍因问尤氏：“咱们春祭的恩赏可领了不曾？”尤氏道：“今儿我打发蓉儿关去了。”贾珍道：“咱们家虽不等这几两银子使，多少是皇上天恩……除咱们这样一二家之外，那些世袭穷官儿家，若不仗着这银子，拿什么上供过年？真正皇恩浩大，想的周到。”尤氏道：“正是这话。”

除了贾府这样的极少数人家（每家有七八个田庄），“那些世袭穷官儿家，若不仗着这银子”，连“上供过年”都难了!!

如何能够确定林如海是贾府那样的“一二家”，而不是“那些世袭穷官儿家”呢？加之，读书之家如果没有产业维持、生息，再未出仕为显官，琴棋书画、风雅游戏、古籍字画，都是大耗资产的消耗，如何能继承巨量遗产？

可见，陈教授所谓林如海继承大量遗产的基础，只是一个想象罢了。

（二）林如海的兰台寺大夫与两淮盐政

林如海系前科的探花（三年一科），今已升至兰台寺大夫，今钦点出为巡盐御史，到任方一月有余。

兰台寺，为古称，汉代指宫廷藏书之地，由御史中丞主管，因御史中丞主管监察，故后世亦以兰台寺指代御史台、督察院（朱元璋废宰相，改御史台为督察院）。陈大康教授以为，曹雪芹为了凸显林如海的儒雅清逸，此“兰台寺大夫”取前意，相当于今天的国家图书馆馆长。

实际上，这里陈教授忽略了明、清时代的官制和升迁——《红楼梦》以明清时代为写作背景，见《红楼梦》第二回“贾夫人仙逝扬州城　冷子兴演说荣国府”贾雨村称：“近日之倪云林、唐伯虎、祝枝山。”

进士前三名一般入翰林院，状元授翰林院修撰（从六品），榜眼、探花授翰林院编修（正七品）。也即作为探花的林如海一入仕途即是正七品。

其余进士则需要通过朝考，得庶吉士资格，入翰林院庶常馆学习，三年期满考试，成绩优良者留馆，授以编修、检讨之职，其余分发各部为给事中、御史、主事，或出为州县官，谓之“散馆”。《明史·选举志二》：“三年学成，优者留翰林为编修、检讨，次者出为给事、御史，谓之散馆。”①

按，明清时代，中央设督察院，下设十三道监察御史（正七品，至乾隆十七年定为从五品），分管每省监察工作；又有监察六部的六科给事中，都给事中正七品，清初，改称掌印给事中，康熙九年（1670年），定为七品，雍正七年（1729年）升正五品。雍正元年，六科给事中并入都察院，与各道监察御史合称“科道”。

明代，监察御史（正七品）奉命出巡盐务，称巡盐御史，初为临时差遣，明英宗以后，逐渐制度化。清代，巡盐御史自康熙以后或从内务府直接选任，或者由其他职位上的内务府出身的官员兼任，一般用原官品级。

也就是说，不论以明清哪朝作为考察基础，由林如海出任两淮盐政前的身份，或者为科道官出身，或者为内务府出身，身份总不过五品（曹寅即以五品官出任两淮盐政），与国家图书馆的馆长并无关系，也非显宦。

（三）巡盐御史与盐运使

陈大康教授认为：“巡盐御史负责掌管食盐运销、征课、钱粮支兑、拨解以及各地私盐案件、缉私考核等，是盐区最高盐务专官，又称盐政或盐运使。”②

这里，陈教授混淆了盐政（巡盐御史）与盐运使的区别：盐政是御史官、监察官，而盐运使全名“都转盐运使司盐运使”，简称“盐运使”或“运司”，设于产盐各省区，掌盐务，从三品，是实际的行政官。

清代，盐政出自内务府，为钦差官，可独立设衙，又能折奏事务，上

① 赵伯陶校注：《中国科举文化通志·七史选举志校注》，武汉大学出版社，2015年。

② 陈大康：《荣国府的经济账》，人民文学出版社，2019年。

达天听，故为江南所重。

（四）巡盐御史每年的羡余使用与盐商行贿

清康熙年间，巡盐御史每年“羡余”（税额外盈余）五十余万两，这些银子，盐政自然可以支配，却不可以全部归己。

以曹家为例，每年羡余，除用于接驾的庞大费用外，还要弥补织造衙门亏空，办理各种皇帝交办的诸种临时性事务，如办贡、赈灾、刻书、刻碑、照顾退休居南京官员，各种过往官员“打抽丰”等。真正能够落到自己手中的银子，能在八万到十万两上下，就是颇为理想的数目。

羡余当然是盐政肥己的手段，盐商当然也会孝敬盐政，但把羡余当作盐政自己的全部收入，认为盐政敲诈盐商是盐政的主要收入（清代盐商虽然富裕，但大量捐资军政、赈灾，加之不时出现的恶劣天气，往往导致食盐行销折本，不少盐商破产），且每年可有数十万，那是不符合历史实际的。

（五）乾隆三十三年之前的二十年提引“商人交纳余息银两”解

陈教授引乾隆三十三年之前的二十年提引以来，“历年预行提引商人交纳余息银两，共有一千零九十余万两”，用以证明盐政收入之肥。

实际上，该案中，“一千零九十余万两”白银的构成，档案说的非常清楚：其中，淮商人侵吞（未交）达九百二十七万五百四十八两；真正琐事盐商行贿盐政的费用不足八十万两，又分作两项：各商替历任两淮盐政吉庆、高恒、普福购办器物，作价银五十七万六千七百九十二两；前任盐政高恒任内收受商人银至十三万，普福任内收受丁亥纲银私行开销八万余两。[①]

总之，《红楼梦》中，林如海一届盐政，即便放开胆子贪墨，也不过白银十万而已（按曹雪芹了解到的康雍时代两淮盐政年所得信息而言），加上，家族传承下的天地、房屋、陈设（康雍乾时代，物价有比较缓慢的增长），顶到天，也不过二三十万两白银；何况从林如海对贾政大有祖风的赞许、从林黛玉受家教形成的气质来看，林如海并非大恶巨贪，林如海所有家产大概不会超过二十万两白银，哪里会有贾琏所谓的二三百万两？

① 崔来廷著：《明清甲科世家研究》，北京知识产权出版社，2013 年。

三、“发个二三百万银子的财”指的是什么

（一）贾琏“再发个二三百万的财”的前因

既然，前文已经说到林如海根本不可能有二三百万的财，那么，贾琏口中所说的二三百万的财怎么理解呢？

我们先来了解这句话的前因。《红楼梦》第七十二回“王熙凤恃强羞说病　来旺妇倚势霸成亲”：

> 贾琏道：“昨儿周太监来，张口一千两。我略应慢了些，他就不自在。将来得罪人之处不少。这会子再发个二三百万的财就好了。”

这个话的前因是：

> 一语未了，人回：“夏太府打发了一个小内监来说话。”贾琏听了，忙皱眉道：“又是什么话，一年他们也搬够了。”……那小太监便告辞了，凤姐命人替他拿着银子，送出大门去了。这里贾琏出来笑道：“这一起外祟何日是了！”

由于宫里太监以借钱为名的敲诈不时而来，故而，贾琏有此“感慨”。那么，这个感慨的大背景是什么呢，那个“再”字指的是贾府何时曾有“二三百万银子的财”呢？

（二）“发个二三百万银子的财”可能指什么？

实际上，《红楼梦》中倒是有贾府发过“二三百万银子的财”的“可能的答案”。第十六回“贾元春才选凤藻宫　秦鲸卿夭逝黄泉路”中，贾琏、凤姐等说到元妃省亲：

> 凤姐笑道：“……说起当年太祖皇帝仿舜巡的故事，比一部书还热闹，我偏没造化赶上。”赵嬷嬷道：“嗳哟哟，那可是千载希逢的！那时候我才记事儿，咱们贾府正在姑苏、扬州一带监造海舫，修理海塘，只预备接驾一次，把银子都花的像倘海水似的！说起来……”
>
> ……

> 赵嬷嬷道："……还有如今现在江南的甄家，嗳哟哟，好势派！独他家接驾四次，若不是我们亲眼看见，告诉谁谁也不信的。别讲银子成了土泥，凭是世上所有的，没有不是堆山塞海的，'罪过可惜'四个字竟顾不得了。"

甄家接驾四次，"银子成了土泥，凭是世上所有的，没有不是堆山塞海的"，贾府接驾一次，也是"银子都花的像倘海水似的"。

本回，"甲戌本"《脂砚斋重评石头记》回前批云："借省亲事写南巡，出脱心中多少忆昔感今。"

众所周知，明清时代，皇帝真正意义上的南巡不过康熙、乾隆两朝，而《红楼梦》作者曹雪芹家族在康熙朝曾四度接驾：皇帝过江宁，驻跸江宁织造署；过苏州，驻跸苏州织造署。那么，曹、李两家主导接驾的巨额银两从哪里来呢？我们看曹家、李家档案，知道不过是挪用公款（自己捐赠的钱也是来自公款贪墨）罢了，正是为了弥补织造亏空，避免将来被弹劾，故而，皇帝令曹寅、李煦轮管十年两淮盐运，以其每年五六十万两白银的羡余接驾、弥补织造亏空：五年每家"名义上"可得二三百万两。

这一点，实际上，《红楼梦》中有清楚的描写：

> 凤姐道："常听见我们太爷们也这样说，岂有不信的。只纳罕他家怎么就这么富贵呢？"赵嬷嬷道："告诉奶奶一句话，也不过拿着皇帝家的银子往皇帝身上使罢了！谁家有那些钱买这个虚热闹去？"

"拿着皇帝家的银子往皇帝身上使罢了"处，"甲戌侧批"云："是不忘本之言。""谁家有那些钱买这个虚热闹去"处"甲戌侧批"云："最要紧语。人苦不自知。能作是语者吾未尝见。"说明作批者知道曹家接驾花费与花费来源。

如果按照《红楼梦》文本的说法，贾府当年的苏州接驾倒是可能有过发"二三百万银子的财"的历史。

四、林如海的遗产问题

林如海当然是有遗产的，问题是，并不是所有遗产都可以转给林黛玉继承。

林黛玉继承林如海所有遗产的观点，实际上忽略了传统时代家族遗产的分配与使用方式，也忽视了传统时代家庭最重要的一个问题：承嗣。

（一）林黛玉之母（贾敏）、之弟去世

林黛玉入贾府，说到底，是因为母亲贾敏的死，贾母想念外甥女，林如海忙于公务，难以教养。

传统时代，最重红白喜事，白事之铺张、耗费更胜红事，社会上，为了面子好看，往往有倾家办理丧事的。

林如海只生一子，自然钟爱有加；贾敏出身名门，夫妻琴瑟和鸣，感情甚深，则二人之死，想林如海当不会顾虑费用，所耗当在数千白银。

（二）迁移灵柩、丧葬费用

林如海死在扬州，贾琏、林黛玉购买棺木、扶灵往苏州祖茔行礼发葬。

以林黛玉事父母之孝，以林如海之身份，则林如海棺木、车费、雇人、丧葬诸种费用（数十天仪式，各种仪仗、人众费用、按等级安葬）自然不少（葬入祖茔，土地不用费用）。数千金耗费自然是有的。

（三）姬妾遣散安置费用

林如海在《红楼梦》中所写甚少，普通读者知道他的相关信息，也不过列侯家庭出身，好读书，为巡盐，其妻贾敏，为贾母之女，其女林黛玉与贾宝玉有前世因缘而已，甚至连他在黛玉之后曾生一子都未必记得。实际上，除贾敏这个妻子外，林如海是有几房姬妾的。第二回“贾夫人仙逝扬州城　冷子兴演说荣国府”：

> 今如海年已四十，只有一个三岁之子，偏又于去岁死了。虽有几房姬妾，奈他命中无子，亦无可如何之事。

林如海既死，几房姬妾（每人都有丫鬟）不管是守是走，都需要给相应的生活费用安置。以林家的身份，算起来，当又数千两。

（四）房屋、陈设之类的继承问题

林家自然还有房屋、田产、陈设之类，自然可以典卖，归林黛玉所有，不过，传统时代的两个风俗，使得林如海的这些财产不能被转卖，也不能全部甚至大部归林黛玉继承。

首先，传统时代讲求承嗣。林黛玉是女孩子，自然不能为林家香火的继承者，除非将来她招上门女婿，如果以堂族子弟承嗣，则林如海财产中相当部分要归承嗣者继承。从《红楼梦》书写来看，似乎因黛玉年纪尚小，还未及于此事，则房地陈设诸物，应由家人代为看管，如贾府在南京的家产一般。

其次，传统时代讲究亲亲睦族，林家固然“支庶不盛，子孙有限，虽有几门，却与如海俱是堂族而已，没甚亲支嫡派的”，但毕竟各家存在血缘关系，加之，林如海丧事各种奔走、林家祖茔事务照管、林如海年节祭祀等物，房屋、田产、陈设之类，当然要委托承嗣者或者堂族居住、照顾（如贾府在南京的房子）、使用，不可能全部折现归黛玉，并带入京城。

（五）林黛玉又入贾府情形的书写

正是因为前面所说的各种耗费和承嗣问题，林黛玉能够带入贾府的资产不会太多。书中第十六回写林黛玉再入贾府：

> 盼至明日午错，果报：“琏二爷和林姑娘进府了。”见面时彼此悲喜交接，未免又大哭一阵……黛玉又带了许多书籍来，忙着打扫卧室，安插器具，又将些纸笔等物分送宝钗、迎春、宝玉等人。

丝毫未及财产问题。也即是说，林黛玉长大成人之后，才会涉及婚姻、生育和财产继承、支配问题。

总之，林如海作为“世系穷官”，先为冷职，妻妾数房，儿女二人，加上门房、婆子、丫鬟等消耗，每年总在白银千余两，巡盐一年不过数万收入，贾敏之死、林如海之死消耗又大，纵有财产遗留，不过数万而已。因此，无论怎样计算，林如海也没有“二三百万银子的财”可遗留，林黛玉也没有“二三百万银子的财”可继承。认为林黛玉“二三百万银子的财”归了贾府，用以修建大观园，而不顾及《红楼梦》的文本、时代背景、制度等，就会陷入自我想象。

五、大观园的费用问题

大观园是贾宝玉与诸钗的生活起居空间，始于元妃省亲，有皇家园林的性质和规模，自然费用不小。那么，贾府修建大观园一共花了多少钱呢?《红楼梦》第五十三回“宁国府除夕祭宗祠　荣国府元宵开夜宴”中写道：

> 贾蓉等忙笑道：“……头一年省亲连盖花园子，你算算那一注共花了多少，就知道了。再两年再一回省亲，只怕就精穷了。”

大观园的修建虽然拆用了贾府自己的土地、园林材料，山子野巧妙经营，省下大量经费，但毕竟需要人工加工，扩大规模，堆山挖湖，营建房屋，栽花种树，费用庞大。

康熙间，曹寅曾修造畅春园附园西花园、圣化寺两处费用（曹寅为营造司郎中，转广储司郎中，康熙二十九年外放苏州织造），可作为当时园林修建费用的参考。

康熙五十一年十一月十九日《内务府奏详核乌罗图查算西花园工程用银折》，称“共用银十一万六千五百九十七两九钱七厘”：

> 云窗月树大小房屋一百二十七间……大小铺面房二十三间，膳房、清茶房、猪圈等处大小房屋三十七间，马厩西边大小房屋五间，总共修造大小房屋四百八十一间，木桥六座，闸三座……散水六百十七丈六尺五寸，山石泊岸五百二十四丈四尺五寸，用山石云布一百八十四块堆的高峰十八处，挖河土厚四尺、长宽一丈……连同雇工，共用银一万一千四百八十四两零七分三厘；买楠木、杉木……银六千三百九十四两零七厘；买汉白玉、青白石……银九千五百五十一两五钱三分一厘；买砖瓦，连同运工，银一万二千四百十三两五钱六分二厘……

康熙五十一年十一月二十日《内务府奏乌罗图查算西花园工程用银不实应予议处折》则称，除“西花园修建房屋、挖河、堆泊岸等项工程，共用银十一万六千五百九十七两九钱七厘”外，“修建房屋、亭子、船只、雨搭、帘子等项，又用银七万七千八百八十五两余”，共计用银十九万四千余两。

“修建房屋、亭子、船只、雨搭、帘子”等七万七千八百八十五两白银花费如下：

> 修建所用物品细数，开列于后：修建亭子一座，用银三千九百八十四两零二分二厘；六郎庄真武庙，配殿六间，和尚住房八间，用银一千四百三十五两二钱；在六郎庄修造园户住房三十间，用银一千两；圣化寺造船九只，连同船桅、篷子、纤绳，用银三千零四十一两一钱……拆撷芳殿用匠及将拆下物品运至西花园，共用银一千八百八十二两三钱；买春夏悬挂之雨搭、帘子，用银八千八百二十四两六钱八分……花园内之圣化寺等处修缮增用之木石砖瓦……及补修闸门、泊岸所用物料、工匠银共一万四千八百四十四两一钱八分；……买羊角灯及修补旧灯，用银一千零九十五两……①

可见各种石材、名贵木材、人工是修造园林较大的花费。

大观园的修建工程具体费用多少，文本未及，以其规模、建筑格局、用材（大量拆用旧园）、陈设、购买人口等综合考量，佐以《红楼梦》第十六回“贾元春才选凤藻宫　秦鲸卿夭逝黄泉路”言及采办戏子、行头、花烛、帘栊等费用，当在二十余万两上下：

> 贾蔷又近前回说：“下姑苏聘请教习，采买女孩子，置办乐器行头等事，大爷派了侄儿……”贾琏……因问：“这一项银子动那一处的？”贾蔷道：“才也议到这里。赖爷爷说，不用从京里带下去，江南甄家还收着我们五万银子。明日写一封书信会票我们带去，先支三万，下剩二万存着，等置办花烛彩灯并各色帘栊帐幔的使处。”

康熙年间，上好苏州女孩子不过二三百两，钱主要用在戏装、乐器上，曹雪芹的表述李鼎置办行头花费就在数万两②，则贾府修建大观园、各室内外装饰、点景、购买戏子、僧道、花鸟诸费用，当在二十万两上下。

---

① 《关于江宁织造曹家档案史料》，中华书局，1975年。

② 顾公燮的《丹午笔记》：“织造李煦莅苏三十年……公子性奢华，好串戏，延名师以教习梨园，演《长生殿》传奇，衣装费至数万，以致亏空若干万。吴民深感公之德，惜其子之不类也。”

《红楼梦》第五十三回“宁国府除夕祭宗祠　荣国府元宵开夜宴”中，宁国府贾珍接到乌进孝送来本年米粮物资，“外卖粱谷、牲口各项之银共折银二千五百两”：

贾珍皱眉道：“我算定了你至少也有五千两银子来，这够作什么的！如今你们一共只剩了八九个庄子，今年倒有两处报了旱涝，你们又打擂台，真真是又教别过年了。”乌进孝道：“爷的这地方还算好呢！我兄弟离我那里只一百多里，谁知竟大差了。他现管着那府里八处庄地，比爷这边多着几倍，今年也只这些东西，不过多二三千两银子，也是有饥荒打呢。”

则本年荣国府地租收入五千余两，由于地比宁府多几倍（唯不知土地肥瘦，书中亦未写贾府有其他收入），平常年代，收成好时，地租当在白银一两万两间，则荣国府建造（按梨香院未拆，则大观园是在贾府之内，不用另外购买土地；又拆建了荣国府东院花园的大量木石构件）、装饰大观园、接驾花费当在二三十万两白银，也即需要十年上下全部地租。

如果贾府真的吞没了林黛玉从未有过的“二三百万银子的财”，一来贾蓉不必感慨“省亲连盖花园子，你算算那一注共花了多少”；二来恐怕也不会有后面支出紧迫，以至于要典压贾母古董的做法了！

六、任何想象都不应成为论述的前提

（一）林黛玉之“名贵”需借心中无财表明乎？

涂瀛《红楼梦论赞》云：

或问：“林黛玉聪明绝世，何以如许家资而乃一无所知也？”曰：“此其所以为名贵也，此其所以为宝玉之知心也。若好歹将数百万家资横据胸中，便全身烟火气矣，尚得为黛玉哉？然使在宝钗，必有以处此。”

陈大康教授深以为然。但是，却不念林黛玉之名贵与心中无财、一任数百万白银不翼而飞，以至于自己用钱紧张，而只会自怨自艾无干。此种假设不仅悖于人情常理，更与陈教授所引第六十二回“憨湘云醉眠芍药裀　呆香菱情解石榴裙”中“黛玉道：‘要这样才好，咱们家里也太花费了。我虽不管事，心里每常闲了，替你们一算计，出的多，进的少，如今若不省俭，必致后手不接’”等文字矛盾。

林黛玉不仅虑及此事，甚至连贾府一些人等拿不到台面上的事情都知道的一清二楚。第四十五回“金兰契互剖金兰语　风雨夕闷制风雨词”：

> 黛玉叹道：“……只我因身上不好了，每年犯这个病，也没什么要紧的去处。请大夫，熬药，人参肉桂，已经闹了个天翻地覆，这会子我又兴出新文来，熬什么燕窝粥，老太太、太太、凤姐姐这三个人便没话说，那些底下的婆子丫头们，未免不嫌我太多事了。你看这里这些人，因见老太太多疼了宝玉和凤丫头两个，他们尚虎视眈眈，背地里言三语四的，何况于我？况我又不是他们这里正经主子，原是无依无靠投奔了来的，他们已经多嫌着我了。如今我还不知进退，何苦叫他们咒我？”

黛玉固然名贵，其名贵在其超越常人的灵性、出尘上，却不在从无钱财理念上，更不用其有百万家产任其流散来显示其名贵。

阅读者之所以有林黛玉有大量金钱被贾府挪用这种异想天开的思路，无他，不过读到“二三百万银子”，思及两淮盐政肥差，以前之“二三百万银子”归黛玉，并爱屋及乌，爱惜黛玉，故做曲解耳。

（二）任何想象都不应成为论述的前提：以蔡元培《石头记索隐》的立论思路为例

实际上，陈大康教授之所以认定，贾琏所谓的“二三百万银子的财”，系林黛玉家产，除了不了解《红楼梦》中系年、对《红楼梦》文本前后理解不够系统、对清代两淮盐政情况不明外，更多的原因是先在心中存了涂瀛《红楼梦论赞》的主张。

笔者曾论蔡元培先生《石头记索隐》的研究思路，通过考察其研究《红楼梦》的起点、思路，指出蔡元培先生大才，他之所以陷入《红楼梦》讽刺康熙朝名士的观点，系受其尊敬的乡贤徐柳泉（徐时栋，浙江鄞县人）

影响。

光绪二十年（1894 年），蔡元培 27 岁。是年春，蔡应散馆试，授职翰林院编修；九月六日，蔡元培将陈康祺的《郎潜纪闻》《燕下乡脞录》（即《郎潜纪闻二笔》）读完，在《燕下乡脞录》卷五中，发现一条徐柳泉谈《红楼梦》文字，云："嗣闻先师徐柳泉先生云：小说《红楼梦》一书，即记故相明珠家事。"蔡元培在《传略》中自己也写道：

> 孑民深信徐时栋君所谓《石头记》中十二金钗，皆明珠食客之说。随时考检，颇有所得。是时，应《小说月报》之要求，整理旧稿，为《石头记索隐》一册，附《月报》分期印之，后又印为单行本。然此后有继续考出者，于再版、三版时，均未及增入也。①

可见，徐柳泉"《石头记》中十二金钗，皆明珠食客"的说法确定了蔡元培的《红楼梦》研究立足点与思路。

综上，不论是从《红楼梦》的文本的系统叙述，还是从清代的制度解读来看，贾琏所谓"再发二三百万银子的财"都与林黛玉无关，林黛玉也不是胸中无丝毫钱财观念的所谓"名贵"，直如今人所谓的"傻白甜"一般。

不管是徐柳泉的"小说《红楼梦》一书，即记故相明珠家事"，还是涂瀛"林黛玉数百万家资尽归贾氏"，都没有明证，不过自己的"想象"（假设）罢了。

蔡元培、陈大康未经详细论证即深信前人之"想象"，并花费大量的精力、笔墨对其进行论证，以致不能客观看待《红楼梦》中前后文字的系统书写。

"任何想象都不应成为论述的前提"，即是笔者反思蔡元培《红楼梦》研究、陈大康林黛玉财产之谜得出的基本结论。

---

① 《郎潜纪闻》共四部，初笔《郎潜纪闻》，二笔《燕下乡脞录》，三笔《壬癸藏札记》，四笔《判牍余沈》，辑录清代纪闻、掌故、佚事，间及风土人情，为有清一代著名笔记。《蔡元培全集》第三卷，中华书局，1988 年。蔡元培之研究《红楼梦》的前因后果并观点形成诸事，参樊志斌：《蔡元培〈石头记索隐〉评论——写在〈石头记索隐〉发表 100 周年之际》，《曹雪芹研究》2017 年第 4 期。

论红学的研究范畴与未来发展方向

一、分野：从新、旧“红学”到“曹学”

自王国维的《红楼梦评论》发表算起，至今，近代意义上的“红学”已经过去了一百余年。①

一百年来，学界对《红楼梦》的价值、作者、作者家世、时代、文本等诸多问题进行了探讨与研究，这些相关研究“天然地”构成了近代“红学”研究的基本内容。

不过，随着“红学”的发展，“红学”的研究范畴这一本来不曾出现的问题又出现了争议。

1963年，台湾著名文艺评论家顾献樑先生为出席纪念曹雪芹逝世二百周年纪念活动，作《“曹学”创建初议——纪念〈红楼梦〉作者逝世二百周年》一文，指出：

> “红学”不论新旧，差不多都是以“真”为第一，以历史为主，根本不重视《石头记》的文艺价值。因此，我个人乘这大家生不能再逢的“二百周年”愿意提出，以“曹学”取“红学”而代之。②

于是，本来无事的学界掀起了“红学”与“曹学”的争论，伴随而生的就是关于“红学”范畴的谈论。不过，由于顾献樑另立“曹学”于新、

---

① 1904年，王国维在《教育世界》杂志第八、九、十、十二、十三期上连载《红楼梦评论》一文，此为中国学术史上第一篇以西方论文式系统阐述《红楼梦》的文字，所谓近代意义上的“红学”即以《红楼梦评论》的发表开始。

② 顾献樑:《“曹学”创建初议——纪念〈红楼梦〉作者逝世二百周年》，台北《作品》1963年第1辑。

旧“红学”之外的倡导在学界影响不大，真正引发“红学”研究范畴讨论的是美国的余英时。

1974年，余英时在《香港中文大学学报》第二期上发表《近代“红学”的发展与“红学”革命》一文，针对周汝昌的《红楼梦新证》写道：

> 在《新证》里，我们很清楚地看到周汝昌是把历史上的曹家和《红楼梦》小说中的贾家完全地等同起来了……考证派“红学”实质上已蜕变为“曹学”了。

可以清楚地看到，余英时所谓的“曹学”（研究曹家与《红楼梦》对应关系）与顾献樑的“曹学”（研究曹霑与《石头记》）决然不同，倒是更接近于顾献樑所谓的追求“本事”研究的新、旧“红学”。

在余英时眼中，什么样的研究才算是“红学”研究呢？他说得也很明白：要“直接涉及了《红楼梦》旨趣的本身”。[①]

余英时将曹雪芹家世、生平考证研究开除出“红学”的做法，引发了周汝昌的强烈反弹。1980年6月，在美国威斯康星第一次国际“红学”研讨会上，周汝昌指出：

> “红学”之所以发生，正由于《红楼梦》与其它小说很不相同，要想理解它“本身”，首先须对许多问题弄个基本清楚，所以搞“外学”（对历史背景、作家家世生平、其它有助于理解小说的研究、分析、考证）的并没有“离题”，而正是为了“作品本身”……

极力强调曹雪芹家世生平与历史背景对理解《红楼梦》本身的价值。

当然，周、余对《红楼梦》价值和旨趣的理解本不相同，故而对曹雪芹家世生平研究价值的评判自然也不相同。1982年，周汝昌发表《什么是“红学”》一文，指出：

① 余英时：《近代红学的发展与红学革命》，《香港中文大学学报》1974年第2辑。

> “红学”……不能用一般研究小说的方式、方法、眼光、态度来研究《红楼梦》。如果研究《红楼梦》同研究《三国演义》《水浒传》《西游记》以及《聊斋志异》《儒林外史》等小说全然一样，那就无需“红学”这门学问了。①

正如余英时将周汝昌关于曹雪芹与《红楼梦》关系的研究命名为“曹学”，剔除出“红学”的范畴引发了《红楼梦》本事研究者的极大不满一样，周汝昌将一般小说学对《红楼梦》的研究剔除出“红学”范畴的做法同样引发了《红楼梦》小说学研究者的愤慨。

1984年，复旦大学中文系教授应必诚在《文艺报》第3辑发表了《也谈什么是红学》一文，指出，“红学”研究的核心是《红楼梦》本身的研究，曹雪芹家世生平研究很重要，但要有助于曹雪芹思想性格及其与《红楼梦》创作的关系，与曹雪芹本人“直接关系不紧密”的曹雪芹家世研究是“应当克服”的研究中的“不正常状态”，“《红楼梦》本身的研究不仅不应排除在‘红学’研究之外，相反，它应该是‘红学’的最主要的内容”。②

周、应的文章论战引发了学界关于“曹学”“红学”概念，“曹学”意

① 周汝昌：《什么是“红学”》，《河北师范大学学报》1982年第3辑。基于《红楼梦》是曹学自叙传的认知，周汝昌认为，“红学”四大分支：“曹学”，是“红学”的核心有机组成部分；第二个方面是版本学；第三个方面是探佚学；第四个方面是脂学；另外还有注释学与翻译学等。

② 应文发表后，周汝昌有《“红学”与〈红楼梦〉研究的良好关系》（《文艺报》1984年第4期）一文，针对应必诚“红学”以《红楼梦》本身研究为主体，研究内容应该包括以文学理论解析《红楼梦》的研究的观点进行了回应，指出并不是每一部小说都能构成“学”，“红学”之所以形成，是因为自身的“特殊性”。从文中谈及新、旧“红学”对作者和作品关系的探讨，作品内容原型的探讨等，其所谓《红楼梦》的“特殊性”，是指《红楼梦》“自叙传”的定性。

义，“曹学”“红学”关系旷日持久的争论，先后发表了十数篇文章[①]，观点大同小异，除周汝昌极力强调“曹学”是“红学”的核心外，多数研究者认为，“《红楼梦》研究”为“红学”研究核心，但在此基础上，各人又因对《红楼梦》描写与曹家历史关系“亲密度”的理解、“判断”（或预设）不同，对“曹学”研究价值和目的（为“红学”服务）的评判各异。

二、从“红学史”看“红学”的研究范畴及“曹学”“红学”之争

从王国维《红楼梦评论》到顾献樑提倡“曹学”与“红学”的分野、到余英时将“曹学”剔出“红学”，大约经历了半个世纪的时间。

半个世纪的“红学”面貌到底如何，“红学”应该包括哪些内容，何以学术史上出现了“曹学”“红学”之争，对这些问题的回顾与反思，对解决“红学”研究范畴之争（而不是各研究者凭借自己的主观“各自界定”“红学”的研究范畴）有着积极的借鉴意义。

（一）1904—1949 年间的“红学”研究

这一时期的“红学”研究专著和文章，除王国维的《红楼梦评论》、胡适的《红楼梦考证》、俞平伯的《红楼梦辨》、李长之的《红楼梦批判》、李辰冬的《红楼梦研究》、鲁迅各书中论及《红楼梦》的篇幅等影响力极大的相关著述外，吕启祥、林东海主编的《红楼梦研究稀见资料汇编》一书（收录文章涵盖自 1911 年至 1949 年）共收录相关文章三百余篇，虽然并不

---

① 赵齐平：《我看红学》，《文艺报》1984 年第 8 期；周汝昌：《红学的高境界何处可寻》，《云南民族大学学报》（哲学社会科学版）1985 年第 2 辑；刘梦溪：《红学与曹学》，《文学评论》1987 年第 3 期；冯其庸：《曹学叙论》，《红楼梦学刊》1991 年第 4 辑；周汝昌：《还“红学”以学——近百年红学史之回顾》，《北京大学学报》（哲学社会科学版）1995 年第 4 期；王畅：《“红学”与“曹学”》，《渤海学刊》1996 年 3、4 期合刊；王畅：《论“曹学”的发展》，《冀东学刊》1996 年第 3 期；雨虹：《什么是红学》，《红楼梦学刊》1997 年第 2 辑；刘上生：《论“曹学”与“红学”的内在沟通——心理视点中的“曹学”》，《中国文学研究》1998 年第 3 辑；周汝昌：《曹学与红学》，《传统文化与现代化》1998 年第 6 辑；陈维昭：《余英时红学观点的意义及其负面影响》，《红楼梦学刊》2004 年第 3 辑；冯守卫：《“什么是红学”的哲学辨析》，《铜仁学院院刊》2010 年第 7 辑；应必诚：《红学为何，红学何为》，《红楼梦学刊》2012 年第 5 辑；陈维昭：《“红学”何以为“学”——兼答应必诚先生》，《红楼梦学刊》2013 年第 3 辑；周先慎：《书里和书外——关于曹学与红学的断想》，《曹雪芹研究》2013 年第 1 辑。

全面，但一斑窥豹，大约可以从这些文字理解彼一时段《红楼梦》研究的方向。

分析《红楼梦研究稀见资料汇编》中文字，按照内容，大约可以分为以下几类：

1. 涉及索隐者：蔡元培《石头记索隐第六版自序》《红楼梦本事辨证序》，老梅《石头记真谛序文》；

2. 涉及高鹗资料者：敦易《红楼梦杂记》(谈高鹗与张问陶关系)，奉宽《兰墅文存与石头记》；

3. 谈及曹雪芹家世者：李玄伯《曹雪芹家世新考》，葸云《红楼梦著书处》，贤《关于红楼梦之新考证》，严薇青《关于红楼梦作者家世的新材料》，慧先《曹雪芹家点滴》，周黎庵《谈清代织造世家曹氏》，守常《曹雪芹籍贯》，萍踪《曹雪芹籍贯》；

4.《红楼梦》的研究(以证据和逻辑为基础的系统研究，多见于杂志)，如黄乃秋《评胡适红楼梦考证》、容庚《红楼梦的本子问题质胡适之、俞平伯先生》、宋孔显《红楼梦一百二十回均曹雪芹作》等；专题类研究，如刘大杰《红楼梦里性欲的描写》、芙萍《红楼梦脚的研究》、傅惜华《关于红楼梦之戏曲》、华皎《红楼梦的语言和风格》、端木蕻良《向红楼梦学习描写人物》等；

5.《红楼梦》的评论(随感式的感想、评论，多见于报刊)，《红楼梦研究稀见资料汇编》收录文字多属此类。

综合来看，这些文章称为“研究”的并不算太多，更多的属于杂感和借题发挥，关于曹雪芹、高鹗等考证类文章大约占彼时文章总数的3%强，92%以上的都属于版本、文学技巧、感悟、感叹、评论类作品。

(二)1949—1979年间的“红学”研究

1949年以后的“红学”研究，先是1952年俞平伯出版其《红楼梦研究》，1953年周汝昌出版其《红楼梦新证》，1954年，李希凡、蓝翎作《关于〈红楼梦简论〉及其他》(发表在《文史哲》1954年第9期上)，继而引发了批判胡适、俞平伯的运动。

据中国知网(cnki.net)的不完全统计，自1954年至余英时提出“曹学”概念的1979年，中国大陆各种杂志、报纸发表的各类曹雪芹、《红楼梦》文章达601篇。

这些文章虽不乏批判之作，但基本限制在学术讨论的范畴内。综合分析，基本研究方向与民国时期相类，考证类文章占据的比例并不甚大，以发表文章最多的1979年为例。

本年收录各类“红学”研究论文106篇，占中国知网收录本时段文章总量的18%，其中考证类文章共有21篇，占本年度“红学”论文总量的20%，其中涉及“红楼梦考证”者4篇、涉及高鹗者1篇、涉及曹雪芹者10篇、涉及曹寅者4篇、涉及曹氏远祖的只有2篇。

1979年考证类“红学”文章分类表

主题	文章题目	数量	占年“红学”文章总量比例
涉及曹氏远祖	冯其庸:《〈五庆堂重修辽东曹氏宗谱〉考略》,《红楼梦学刊》1979年第1期 曹汛:《曹雪芹远祖世居沈阳新证》,《红楼梦学刊》1979年第2期	2	1.9%
涉及曹寅	王延龄:《论曹寅——〈红楼梦〉研究探讨之一》,《学术月刊》1979年第10期 陈诏:《“西花园”在北京》,《红楼梦学刊》1979年第2期 马国权:《关于马桑格的一件新史料》,《红楼梦学刊》1979年第1期 张书才:《曹颀任镶黄旗包衣旗鼓佐领》,《红楼梦学刊》1979年第2期	4	3.8%

续表

主题	文章题目	数量	占年红学文章总量比例
涉及曹雪芹	茅盾:《读〈曹雪芹佚著及其传记材料的发现〉》,《红楼梦学刊》1979 年第 1 期 洪迅:《香港〈文汇报〉载文讨论曹雪芹小像问题》,《红楼梦学刊》1979 年第 2 期 陈毓罴、刘世德:《论曹雪芹画像真伪问题》,《学术月刊》1979 年第 2 期 宋谋玚:《陆厚信〈雪芹先生小照〉辨》,《山西大学学报》(哲学社会科学版)1979 年第 4 期 胡文彬、周雷:《驳"曹雪芹故居之发现"说——香山清代题壁诗文墨迹考析》,《红楼梦学刊》1979 年第 1 期 徐恭时:《芹红新语》,《上海师范大学学报》(哲学社会科学版)1979 年第 1 期 吴恩裕:《新发现的曹雪芹佚著和遗物》,《红楼梦学刊》1979 年第 1 期 林之樵:《曹雪芹与敦氏兄弟文字缘的新探讨》,《红楼梦学刊》1979 年第 2 期 江慰庐:《"西园""虎门宗学"及其他——有关曹雪芹的资料一例》,《教学与进修》1979 年第 2 期 原水:《今日渐知雪芹事——介绍有关曹雪芹生平家世的史料和文物的重要发现》,《语文教学与研究》1979 年第 2 期	10	9.4%
涉及高鹗	行余:《高鹗档案史料的新发现》,《红楼梦学刊》1979 年第 1 期	1	1%
涉及《红楼梦》考证	朱家溍:《何谓"打秋风"》,《红楼梦学刊》1979 年第 1 期 王利器:《大观园在哪里》,《社会科学战线》1979 年第 1 期 杨乃济:《红边杂俎——〈红楼梦〉建筑词语释五则》,《红楼梦学刊》1979 年第 2 期 陈从周:《恭王府小记》,《红楼梦学刊》1979 年第 2 期	4	3.8%

如果按照顾献樑研究"曹霑与《石头记》"的标准来看,本年度不及主题的文章只有 7 篇(及于高鹗者 1 篇,及于曹寅者 4 篇,及于曹氏远祖者 2 篇),约占年度"红学"研究论文总量的 7% 弱。

这一时段的"红学"研究还增加了以下内容:

学术史的研究，如吕启祥《五四运动与新旧“红学”》[《北京师范大学学报》(社会科学版)1979年第2期]、韩进廉《红学史话（四）》[《河北师大学报》(哲学社会科学版)1979年第1期]、陈涌《鲁迅与五四文学运动的现实主义问题》(《文学评论》1979年第3期)等。

《红楼梦》翻译的相关文章，如梁一孺《蒙古文本〈新译红楼梦〉评介》(《红楼梦学刊》1979年第2期)、姜其煌《〈红楼梦〉西文译本序跋谈》(《文艺研究》1979年第2期)。

关于“红学”研究方法的探讨，如丁振海《谈〈红楼梦〉研究中的方法问题》(《文学评论》1979年第1期)、张长仓、孙国良《影射“红学”的覆灭》[《宝鸡师院学报》(哲学社会科学版)1979年第1期]。

若按照余英时“红学”研究要及于《红楼梦》旨趣的标准来考量，本年度各类文章既不得列入“曹学”，也不得列入“红学”的，当在30篇上下（因衡量标准不同），约占本年度“红学”研究论文总量的28%。

1979年之后《红楼梦学刊》刊发的“红学”论文，虽然每期情况略有不同，但从总体上考察，考证性论文，尤其是不干于“文本”的考证，不论从数量上论，还是从比例上说，都从来没有占据“主流红学”的主导地位，也就根本谈不上考证派“红学”蜕变为“曹学”之说——自然，单就周汝昌本人而言，自然有所谓的“自己的道理”；同时，也可以看出，《学刊》发表的大量论文并没有“直接涉及了《红楼梦》旨趣的本身”，也不能纳入余英时所谓的“红学”范畴。

（三）学术史回顾说明《红楼梦》研究既不存在“典范”，也不存在“回归文本”的问题

通过以上对1979年及以前“红学史”的粗略回顾，可知曹雪芹家世生平研究虽然经常引发学界争论和社会关注，但是，不论是从文章数量上看，还是从研究者的数量上看，从来就没有在“红学史”上占据主流，更遑论有什么“考证派‘红学’”。

从这历史反观余英时的《近代红学的发展与红学革命》，可知余英时对近代红学史的实际情况并不了解，甚至说，对中华人民共和国建立后大陆的“红学”现实也不了解，他只是看到了社会上影响最大的胡适、周汝昌

“自传说”与李希凡、蓝翎的“阶级斗争论”而已。

当然，不可否认，几件重要资料和曹雪芹及家世研究的大部头著作，如周汝昌的《红楼梦新证》(棠棣出版社，1953年)、1963年发现的《五庆堂重修辽东曹氏宗谱》，故宫博物院明清档案部编《关于江宁织造曹家档案史料》(中华书局，1975年)、《李煦奏折》(中华书局，1976年)，曾经引发极大的关注。

不过，这一时期也有两部无干于考证的著作曾引起极大的轰动，一是蒋和森的《红楼梦论稿》(人民文学出版社，1959年)，一是蔡义江的《红楼梦诗词曲赋评注》(北京出版社，1979年)。

通过对“红学史”的分析，我们可以发现，“红学”研究一直都是围绕着《红楼梦》的文本解析展开，解析的方式也是多种多样的，从来也不存在什么“考证派‘红学’”。

也就是说，“红学”研究从来没有离开《红楼梦》的文本，也从来没有离开《红楼梦》的旨趣，因此，将小说当小说来看的“典范说”也好，“红学”研究应当回归文本的呼吁也好，都是一些似是而非的言论，并不符合一百年来“红学”研究的基本情况。

同样的，学术也是复杂的，从来、永远都是多元化，从来也不存在一个一统学界的“典范”——“典范”不过是对某一时段“大众流行”的一种表达而已。

当然，考虑这些提法出现的社会背景，我们知道这些提法的针对性亦有其意义，但是，我们也要清醒地认识到，某种现象和针对某些现象的提法并不及于“红学”的科学性。

但是，作为学人，我们必须分清楚学术求知和社会关注并不是一个问题，不能以社会关注程度来衡量学术的发展方向正确与否。

三、如何看待“红学”中未“直接涉及了《红楼梦》旨趣的本身”的历史考证

既然，一百年来的“红学”从来就没有离开《红楼梦》的文本研究，曹雪芹家世生平也从来没有在“红学”研究中占据主导地位，何以顾献樑、余英时等人还要将曹雪芹家世生平研究“驱逐”出“红学界”呢？我们又

应该如何看待“红学”中未“直接涉及了《红楼梦》旨趣的本身”的历史考证研究呢?

（一）“红学”中的考证性研究何以受到非议

“红学”中的考证性研究之所以受到非议，关键在于其在“红学史”某段时间影响力的增强。正如冯其庸在《曹学叙论》中写到的：

> “曹学”之所以遭到反对，正是因为它比开初不同了，它发展和壮大了，所以才有人反对它。试想，1921 年胡适、顾颉刚的时候为什么没有人反对……现在研究“曹学”这门学问的队伍大大壮大了，有关“曹学”的问题，从国内到国外都在议论了，于是也就有人起来讽刺和反对它了。①

某些《红楼梦》研究者认为，历史性考证占据了学术的中心，影响了（或者说误导了）读者对《红楼梦》文本的赏析。余英时就如此主张：

> 我并不是说这一类的考证与《红楼梦》毫无关系……让边缘问题占据了中心问题的位置。极其所至，我们甚至可以不必通读一部《红楼梦》而成为红学考证专家。②

（二）应该如何看待“红学”中的历史性考证

早在 1981 年，陈诏先生就发表了《论曹学》一文，针对余英时攻击《红楼梦》研究中的“自传说”和“阶级斗争论”，指出：

> 他们认为，《红楼梦研究》偏离了方向；这个半路杀出的“曹学”，不但名不正言不顺，而且喧宾夺主，是对“红学”的干扰和破坏……
>
> 《红楼梦》研究有什么中有什么缺点错误，包括对这部思想名著的思想和艺术探讨不够，是可以批评、应该批评的。但这与曹学的兴起

① 冯其庸：《曹学叙论》，光明日报出版社，1992 年。

② 余英时：《近代红学的发展与红学革命》，（香港）《中文大学学报》1979 年第 2 期。

和发展又有什么关系呢?![1]

或者认为，类似的考证性研究（或者称作“曹学”研究）离曹雪芹、《红楼梦》“过远”，可以留待清史界解决。

这种提法与余英时将曹学研究（他认为是“边缘问题”）驱逐出红学界的做法并无不同。问题是，“曹学”研究中哪些题目离曹雪芹“过远”，不同学养、不同视角的研究者观点并不相同，其中甘苦得失，研究者自知，不需要辩论，也不需要取得共识。

四、关于“红学”研究的范畴

正是因为研究者各自的学术背景、学养不同，研究视角各异，从而造成不同研究者对“红学”研究范畴的态度各异。

（一）研究者对《红楼梦》的定位决定其研究的范畴

《红楼梦》是一部文学作品，还是一部以文学的形式呈现的历史，抑或以文学形式呈现的曹氏哲学?

研究者对《红楼梦》的定位取决于他自己的学术背景、学术修养、学术视角，正如鲁迅在《〈绛洞花主〉小引》中写道的：

> 《红楼梦》……命意，就因读者的眼光而有种种：经学家看见《易》，道学家看见淫，才子看见缠绵，革命家看见排满，流言家看见宫闱秘事……[2]

那么，由不同命意引发出来的相关研究是否属于“红学研究”范畴，在不同学养的研究者看来就大不相同。

（二）关于就小说谈小说

周汝昌、余英时对《红楼梦新证》中大量资料是否“直接涉及了《红楼梦》旨趣的本身”认识不同，原因就是在于他们对《红楼梦》命意认识

---

① 陈诏：《论曹学》，《上海师范学院学报》1981年第4期。

② 鲁迅：《鲁迅全集》第八卷《集外集拾遗补编·〈绛洞花主〉小引》，光明日报出版社，2012年。

不同。

对《红楼梦》研究范畴认识的不同并不起自顾献樑和余英时，早在1947年，“就小说谈小说”的口号就被明确提出来了。林土在《小说的索隐》一文中指出：

> 小说为人所重视，一方面固在于本身文艺上的价值，而另一方面却是它的时代性，所以有人说由小说中可以看出当时的社会情形……
>
> 看小说就欣赏小说，再看看其时代的背影就够了，索隐则大可不必。①

这与余英时所倡导的“新典范”要把“《红楼梦》看作一部小说”的主张完全没有区别。

问题是，如何解读小说《红楼梦》，这一点在文学评论界也有争议，李辰冬和刘梦溪的认识又复代表两派不同的观点。

（三）刘梦溪对“红学”研究范畴的看法

刘梦溪在《秦可卿之死与曹雪芹的著作权》中指出：

> 作品的好坏，是由它本身的思想内容和艺术特点决定的。人以书传，我们喜爱某个伟大作家，主要是赞叹他的作品，因而读其书想见其为人。英国人可以对莎士比亚的著作权提出怀疑，但对莎氏剧作的不朽价值，却无人否认。《红楼梦》也是这样，即使作者不是曹雪芹，它在中国乃至世界文学之林中的地位，仍是确定了的。因此我倒不觉得否认曹雪芹是《红楼梦》的作者，对这部书以及整个红学研究会产生什么威胁。②

虽然刘氏一贯关注“红学”研究，也将曹雪芹家世、生平、文物、文

---

① 林土：《小说的索隐》，《北平新民报》1947年12月7日。

② 刘梦溪：《秦可卿之死与曹雪芹的著作权》，《文艺研究》1979年第4期。

献等各方面也都笼统归入“红学”研究[①]，但是，这一篇文章才真正代表他对“红学”研究的态度，其实刘氏对作品“思想内容和艺术特点”之外的研究并无实在的兴趣，而这种观点也代表着一派研究者对“红学”研究的态度。

刘氏为代表的一派与顾献樑等人的认识还不相同。虽然，顾献樑要“迎以美为第一，文学为主的‘曹学’；送以真为第一，历史为主的‘红学’”；但是，他的“曹学”是“研究曹霑和《石头记》的学问”。而到了刘梦溪这里，是否研究曹雪芹也无关紧要了。

（四）李辰冬对“红学”研究范畴的看法

早在1934年，巴黎大学比较文学、文学批评学博士李辰冬就在他的博士论文《红楼梦研究》中论述了“红学”研究的范畴：

> 一部作品的认识，至少得从时代与个性两方面着手。所谓时代，指由经济生产关系而产生的时代意识。这种时代意识，是作者从事创造的标向，同时，也是读者快感之所在。所谓个性，指由特殊的环境、教育、血统、生活等等而形成的个人意识，这种个人意识，是组合一部作品特点之成因。尽管时代意识彼此相同，若个人意识殊异，则人生的认识，创造的手法，也随之而异。由此而论，可知只做版本、回目、故事及章法等等之方面工作是不够的。[②]

也就是说，李辰冬认为除了作品本身外，还要研究作者、作者的时代意识、个人意识。

由此而论，关于曹雪芹的家世、生平、家族交游、各种相关文物等的各种研究都在李辰冬的“红学”研究范畴之内。

研究文学批评的李辰冬尚且如此重视作品作者与时代的研究，何况那些研究《红楼梦》本事的研究者呢？

---

① 参刘梦溪：《红楼梦与百年中国》，中央编译出版社，2005年；刘梦溪等著《红楼梦十五讲》，北京大学出版社，2007年。

② 李辰冬：《红楼梦研究》，中正书局，1942年。本文引李辰冬文字据李辰冬：《知味红楼：〈红楼梦〉研究》，中国档案出版社，2006年。

因此，“红学”的研究范畴没有一个统一的答案，关键在于研究者的学养和视角，而李辰冬的理论相对客观，涵盖面也广泛，是一比较容易被多方接受的研究模式。

（五）一个值得反思的问题：《红楼梦》研究何以引发不了读者的兴趣与关注

通过对“红学史”的简单回顾，我们知道“红学”研究是多元的，将《红楼梦》作为小说进行解析的文章、书籍一直是“红学”研究的主流，但是，何以影响力（或者说对大多数读者而言的影响力）反而较历史性考证著作为小呢?

笔者认为，这里存在“说服力”与“相似性”的问题。

所谓“说服力”，即历史性考证以材料为基础，以逻辑为构架，容易引发有求知欲读者的兴趣；所谓“相似性”，是说研究者对《红楼梦》文本的解析方法和结论有诸多相似性。

当然，在近几十年的时间里，权威专家言论的影响与地方利益驱动，也是强化“红学”中历史性考证的重要力量，但无关于学术，此不必论。

五、研究者接近曹雪芹及其时代是《红楼梦》研究的重要途径之一

通过对“红学史”的粗略回顾、对学术史上“曹学”“红学”之辩的回顾、分析与反思，总结来看，可以发现两个问题。

（一）不同学术背景和学养的研究者对曹雪芹相关研究与《红楼梦》研究关系的定位不同

一般来说，将《红楼梦》定位为小说或者纯文学的研究者多倾向于认为，“红学”研究首在《红楼梦》的研究，曹雪芹的研究对《红楼梦》的研究虽有其价值，但并非不可或缺，甚至可有可无。

而以史学或者哲学为学术背景的研究者，包括周汝昌、冯其庸、徐恭时等一批曾致力于曹雪芹研究的研究者则倾向于认为，曹雪芹的研究对曹雪芹的生平、思想、写作素材等诸多方面有着极大的影响，不深入了解曹雪芹及其家族就不可能真正品味《红楼梦》的真谛。

之所以有这样的分歧，在于不同研究者对《红楼梦》主旨与曹雪芹家

世生平关系“紧密度”的衡量不同，而这不同的定位就造成了《红楼梦》研究的两条不同途径。

（二）研究者接近曹雪芹及其时代是《红楼梦》研究的重要途径之一

由于研究者的学术背景、学术素养不同，研究者对《红楼梦》的定性（包括曹雪芹家世、生平与《红楼梦》关系密切程度的解读）也不相同，这就导致了《红楼梦》研究路径的不同：

一种是“就红论红”，即集中于《红楼梦》的文学价值、技法等方面进行分析，可以将其视为曹雪芹与《红楼梦》的“阐释派”。

再一种即是“由曹到红”，即通过对曹雪芹生活时代、家庭背景、生平意识等方面的研究，结合《红楼梦》的文本描写，阐释《红楼梦》的价值、艺术手法等，可以将其视为曹雪芹与《红楼梦》的“还原派”。

做一个比喻，前一种研究思路是“这一个苹果如何好吃”，讲的是“本体价值”，也就是周汝昌所谓的小说学普遍性研究，而后一种研究解决的既包括苹果树谁种的问题，同时还包括探求何以这个人种的这个苹果特别好吃的问题，讲的是“个体性”的问题，也就是李辰冬所谓的时代意识与个人意识问题，而这些构成了作品学研究的基础。

哪一种方法更好？不好评定。

以佛教的修行来做比喻，或者读经、或者静坐、或者直入本心……方式不同，没有高低，只看得道与否。正如冯其庸《关于当前研究中的几个问题》中指出：

> 对于研究中的这种各人的爱好和专长，应该尽量各尽所好，扬长避短，而不要强人所难，不要指责他为什么老爱研究这个而不爱研究那个。我们可以评论研究者的成果，指出他的得失，却无权规定他只能研究什么，不能研究什么。[1]

（三）关于“红学危机”说与“红学”的未来

“红学危机”说，似从未见于“红学”研究者，各类提出者多系“外

---

① 冯其庸：《关于当前研究中的几个问题》，《梦边集》，陕西人民出版社，1982年。

行”——对诸多“红学”“曹学”基础并未有系统的了解和深入的研究。①

因此，“红学”是否存在学科危机这能否成为一个课题还未可知；其次，就笔者各人看来，与考察者对“红学研究范畴”的定义相关。

如果按照林土“看小说就欣赏小说”、余英时把“《红楼梦》看作一部小说”的研究思路，“红学”只就阐释学一条路走到头，将其他研究都视作异端，“红学”这门学科的前景和吸引力实足堪忧。

但是，如果按照顾献樑所谓“曹学”（或者称之为“红学”）是“研究曹雪和《石头记》的学问”，则“曹学”（或者称之为“红学”）的前景无限宽广，毕竟我们对“曹雪和《石头记》的学问”还有诸多的探索可能性。

在历史的沿革中，所有文化经典总是在被不断解读和“还原”。中国历史上最有影响的经学，数千年来，一直在经历着回向原典和阐释原典的轮回，注疏、阐释、发展、训诂、回归、阐释……在轮回中不断更新，生生不息。

“红学”也是如此，只要研究者不给自己套上这个是“红学”那个不是“红学”的枷锁，“红学”未知的世界仍旧大量存在，能走多远关键要看研究者的自身的学术修养与层次。周汝昌《红学的高境界何处可寻》（《云南民族学院学报》1985年第2期）中指出：

> 至于“高境界”，那自然是再好没有的了——不过基本功还很差时便侈谈高境界，只能有害无益。把研究对象的涵量估计得那么低，把自己的能力估计得那么高，最易犯一个“唯我才是最高明”的毛病。红学史上已经出了不少这样的高明人士了，红学仍未见自他出来便有大起色。我看还是放谦虚些的好。我们共同多做点基本功，做得好了，水到渠成，瓜熟蒂落，那自然另有一番“境界”无疑。

周先生的言论固然有着自己的目的，也略显刻薄，但却一针见血，指出了问题的所在。冯其庸先生在《关于当前研究中的几个问题》中也指出：

① 参看陈辽：《“脂本”真实存在，“红学”面临危机》，《东南大学学报》（哲学社会科学版）2006年第5期。

“红学”的内容既如此广泛，我们就不可能要求一个“红学”研究者去研究“红学”的一切，而应该向专门化的方向发展……[①]

如今重读，这段话仍有很强的指导意义。

① 冯其庸：《关于当前研究中的几个问题》，《梦边集》，陕西人民出版社，1982 年。

答邯郸红迷问

2019年6月23日，应邯郸红迷会会长宋庆忠之邀，我作为曹雪芹纪念馆副研究员与邯郸红迷会以微信方式进行了一个半小时的互动，就红迷提出的十几个问题展开交流。

一、林黛玉的财产去向：是被贾母托管起来了，还是被用于建造大观园了？“这会子再发个二三百万财就好了”，是不是指林黛玉的财产

这个问题我以前也看到过。我想，这个提问的朋友应该是看过一些网文。那么，我们读《红楼梦》时，有一个很大的问题，就是我们如何看待《红楼梦》的一些“不写之写”的问题。

林黛玉的财产去向问题，首先，曹雪芹没有交代。从这个问题本身来讲，它是个伪命题。

林黛玉有没有财产？她到底有多少财产？她的财产有没有带到京师、带到贾家？这在《红楼梦》的文本中都没有交代，你也不可能得到答案。因此，这个问题提不提都没有太大的意义。

也就是说，看《红楼梦》、针对《红楼梦》提出相关问题，我们先要想这是不是一个真问题。所谓真问题，就是可以从文本得到验证和答案的问题。

在以上我们所说的很多不存在的前提没有解决之前，我们问林黛玉的财产去向，得不到确实的答案。如果我们尝试来回答这个问题。

第一，我们在考虑林黛玉的财产的时候，容易把它跟清代的现实结合起来考量。曹雪芹的爷爷曹寅曾经做过两淮巡盐御史，也就是《红楼梦》中林如海两淮盐政这个角色，每年可以有五六十万两的“羡余”，这个羡余

可以由曹寅自己支配。所以，我们有时候会考虑，林黛玉的父亲林如海大概每年也有这样一个收入。但是，林如海现实是否有曹寅一年这个收入？不太好说。

清代的巡盐御史一年一换，曹寅做巡盐御史，每年五六十万两白银的羡余也不都是他自己用了，他要给清朝的皇帝办事，进贡、刻书、资助地方官员、赈灾的事情等。所以，每年有五六十万两白银的羡余不假，又多少可以用于自己的用度又是一个问题。

第二，我们说《红楼梦》是一部文化名著、文学名著，清代历史、曹雪芹的家族、环境，当然给作者的文学写作以影响，但是对《红楼梦》的解读却不能完全用清朝的这个历史来一一对比。曹雪芹是天才的文学家，他对诸多元素，不管是历史性元素，还是现实性元素的使用、再造，都是超越诸多普通文学家的，他笔下的文学形象，我们可以找寻它的可能元素，却很难做一一的对照。林如海作为两淮盐政，他是不是也像曹寅这样一年有五六十万两的羡余，这个我们不清楚。因此，在这个不确定的前提下，我们不好说，林如海给林黛玉留下了多少财产、她的财产去哪里了、是不是贾府托管还是使用了？

我们知道，林黛玉从南方回来的时候，她带回来的财产是有的：第一是她的书籍，第二是一些小的礼物，在文本描写中她并没有实际的、最根本的、核心的财产。

我们还要知道！林黛玉，本身确确实实是林如海唯一的直系后代。但是，她在苏州老家还是有亲戚的，虽然不是直系，那么林如海的财产，包括房屋啊、土地啊，她需要都得折成银子带到京师去吗？这个恐怕也是不存在的！因此，林黛玉的财产有多少？有多少还在苏州？有多少她带到了北京？这是书中没有交代。

这里还涉及另一个问题，就是薛宝钗对林黛玉说，黛玉需要每天吃燕窝粥补气的问题，这并不是林黛玉没钱、吃不起，是因为林黛玉怕麻烦别人。

黛玉父母早逝，她在外祖母家是处于一种半寄养状态，那些仆人，尤其是婆子们，眼睛都是往上看的，你打搅他们，他们难免不烦、不说坏话。所以，黛玉不吃燕窝粥，并不是她吃不起，也不是她没有财产，也不是她的财产已经被别人拿走！

对贾琏说的“这会子再发个二三百万银子的财就好了”，我们没有任何证据，说这个事情跟林黛玉有任何关系。那么，按照整个文本上下前后来看，我觉得倒是有一个可以作为解释的答案。

也就是，很有可能，大观园在修建的时候，前前后后包括设计、修建、装修、点缀、购买小戏子等，贾府大概花进去得有个二三百万白银的数额。是不是在这种情况下，作为荣府当家人的贾琏才说，我们如果能有这二三百万的，就可能弥补上那个亏空窟窿了?！所以这二三百万应该跟林黛玉没有什么直接关系！

二、能咨询一下樊老师，贾元春究竟是怎么死的吗?

元春之死，我们一定要看前五回（尤其第五回）——贾宝玉神游太虚境的一个判词。

我们解读《红楼梦》，不管是谈元春的结局也好，还是谈林黛玉、贾宝玉及所有人的相应结局也好，都要结合《红楼梦》的前五回来思考。

不管我们认同不认同前五回，也不管我们懂不懂曹雪芹为什么要设计前五回，总之，曹雪芹创作了前五回，他的前五回创作自然有他的目的，整个《红楼梦》的主要故事和《红楼梦》中主要人物都是在前五回的笼罩（规定）之下进行的。

社会上很多人，包括高校很多专家在解读《红楼梦》的时候，都不顾及前五回，这是不可以的。比如很多人说林黛玉为什么喜欢哭，是不是太小心眼儿。这个事情跟小心眼儿没关系，因为在前五回中，曹雪芹设计了林黛玉和贾宝玉的前世因缘，二人的今生就是一个还泪故事，所以林黛玉来到这个世界上，就是要给贾宝玉还泪的。因而在她生命的末期，她对贾宝玉说最近感觉眼泪越来越少。那越来越少是什么意思？就是表示她要离开这个人世了！她跟宝玉的因缘基本也要尽了。

因此，你按照这个思路和逻辑去看，社会上大量的关于《红楼梦》的文字都算不上研究。

元春的命运，我们也是要结合前五回的预设去考量。在第五回贾宝玉神游太虚境中，元春的命运暗示的图册中画有一张弓。弓，谐音是宫殿的宫；此外，图画里有一枝香橼，大家可以查一查香橼是什么?

香橼是一种用来润肺化痰的植物果实。弓暗示元春在宫中生活，香橼呢？很大的可能性是暗示元春入宫之后，事情无多，渐心宽体胖，故有痰疾，最后香消玉殒！这是从科学的角度来推测的；而从前五回因果预设上来讲，则是因为她尘世因缘已了，所以她要回到太虚幻境去销号。

如果我们考量了香橼的作用，我们看一看现在的后四十回关于元春的描写，不正是这样的结果吗？

三、贾政的名字是否含有讽刺的意味，“假正经”，他的朋友、清客名字都是“不顾修”“善骗人”“沾光”“附势”

曹雪芹善于用谐音来表达《红楼梦》中人物的性格和他对这些人的态度，这个是大家都知道的，自然谐音大量使用在对贾府这些清客身上。

从曹雪芹的相关描写来讲，他似乎对清客是不太看重的。从这些人的名字来看，并从道德的角度来讲，确确实实，这些人都是一些趋炎附势之徒，当然不排除说这些人有一定的学问。所以，在贾政率众清客游大观园的时候，脂批谈到“客不可不养”。

我们知道，曹雪芹的爷爷曹寅也好，曹雪芹的舅爷李煦也好，都是养过大量清客的，他们与清客、幕友的交往方式很多，构成了他们江南生活的重要部分，构建其清初江南的文化世界。

贾政身边的这些人，似乎没有特别高明的学养或者特别杰出的道德，虽未描写得特别差，但可以看出有一些相对的、批评性的态度，从名字的谐音可以明显地看出来。

至于说贾政的名字到底是否具有讽刺的意味，我认为是有的，但其含义未必就是“假正经”。

如果你了解曹雪芹的家世生平，你就能够在贾政的身上看到很多类似于曹雪芹的叔叔曹頫的影子，比如说，贾政为人比较端正，喜欢人才，比较有名士之风，包括他读书读得也比较多。刚一开始，贾政想科举出仕，但是皇帝因为祖先的关系，赐了他一个主事职位，后来又升至员外郎。脂批这里有评语，说这是有真事，并不是附会。凡是这些，在曹頫身上都有反映。

不管是贾政，还是曹頫，我们只能说他们都不是一个能吏，但他们当然也不都是庸官。稍微了解一下历史，就知道他们的素养和当时社会为官为宦者的基本素养是差不多，甚至更高明一点的。

在这种背景下考量，贾政的这个名字有没有特殊的用意呢？我看是有的，因为我们要把贾家和甄家对比起来看。

《红楼梦》第十六回“贾元春才选凤藻宫　秦鲸卿夭逝黄泉路”中赵嬷嬷谈江南甄家：“还有如今现在江南的甄家，嗳哟哟，好势派！独他家接驾四次。”“甲戌本”侧批云：“甄家正是大关键、大节目，勿作泛泛口头语看。”脂砚斋等为什么说甄家是大关键、大节目？

本书正面写的当然是贾宝玉的生活，贾宝玉为中心的贾府人众的生活，那么背面就应该是甄家，贾宝玉的背面是甄宝玉，贾政的背面就应该是甄应嘉——“真应嘉”。

若“贾”通真假的“假”，曹雪芹为贾政如此命名，可能的解释就是暗示，贾政在政治上对政务不是很通，所以他才在外放地方的时候出现一些问题，但是跟“假正经”应该是没有什么关系的。

四、古时女子出生时有名字（大名）吗？有字、表、号吗？为什么在《红楼梦》中黛玉、宝钗的名字都是乳名？而李纨，却有字宫裁？李纨的这个字，和宫怨诗里的“宫墙柳”一样，指李纨的“闺怨”吗？

古代的女子一般是没有什么名字，但是要看这个孩子具体出身。家庭条件比较好的达官贵人家族，或者说父母特别有文化，愿意给女孩子一个名字，这种情况也有。李清照她不就有名字吗？

至于《红楼梦》里来讲，有的人有名字，有的人只说了小名，这该怎么解释？只能说曹雪芹有他自己的表达用意，像黛玉、宝钗都是小名，宝玉也是小名，对吧？曹没有给他起大名，原因是什么，这个我还没有弄清楚。

但是说到李纨，倒是可以多说两句。李纨的父亲叫李守中，他本来不愿意让儿女学太多东西，尤其女孩子，因此她只读过“女四书”、《女孝经》，稍微认识几个字，所以里面有句话，叫“女子无才便有德”。但是，即便这样，李纨还是有字，字宫裁，她也能教贾兰读书，偶尔作作诗，评点一番。

宫裁，跟闺怨应该没有关系，因为《红楼梦》中写李纨的时候，说她对外面的事情都没有兴趣，所谓“心如死灰”——这是相对于很多年轻寡居妇女争名争利、言行不谨而言的，她最大的兴趣就是把孩子培养成人。

大家看，《红楼梦》中贾府的最终希望不在贾宝玉身上，而是在李纨的儿子贾兰上。贾兰的成功就是李纨的成功，所以李纨命运的图画和判词里有李纨所谓凤冠霞帔呀，她为什么凤冠霞帔呀，是因为贾兰，才带来了贾府的兴盛，李纨才有的诰命。

所以，我们《红楼梦》里有一个结局，就是“兰桂齐芳”这个问题，“兰桂齐芳”的“兰”字就是在贾兰这里，贾兰的命运是跟李纨捆绑在一起、分不开的。

应该说，李纨是《红楼梦》里传统妇女最合格的一个形象，可能比薛宝钗更合格，所以我记得，原来大概是林冠夫先生，他在谈到李纨时，他说总觉得李纨有曹雪芹母亲的影子。

五、林黛玉两次进京都有贾雨村依附而行，曹公想表达什么？

谈到了林黛玉和贾雨村的这个关系，这个很有意思。曹雪芹为什么让贾雨村两次都依附林黛玉进京。

我们知道，《红楼梦》里的这个“护官符”谈到贾、王、史、薛四大家族。作为贾雨村来讲，他是一个普通的士人家庭出身，很有能力，也很有抱负，算是治世的奸雄，但是，如果单纯靠他自己的能力来达到一个高位，这是不容易实现的。在《红楼梦》里，贾雨村最后的政治地位很高，除了他自己的能力之外，当然还有贾府的扶持。

贾雨村与贾府并没有直接关系，仅仅是跟贾府都姓贾而已，他如何获得贾府的扶持呢？那么，林黛玉就成了他获得贾府扶持的一个媒介。

那么，第一次跟随林黛玉入京师、见贾政，通过林黛玉，重新放了应天府的知府，那么，后来跟着这个林黛玉进京，跟贾府、跟贾政、贾赦产生了更多的各种各样的往来，尤其跟贾赦，在石呆子这个事儿上，贾雨村发挥了很大作用。可能不光这个事儿，所以后来，平儿、袭人骂他，说他是饿不死的狗杂种，认了几年亲，闹出多少事情。“闹出多少事情”，说明贾雨村帮着贾府、或者挂着贾府名头有不少不法行为。所以，到后来贾雨村授了大司马、放了军机。这当然跟他自己的钻营、跟他对贾府的钻营是分不开的，他如何得以钻营贾府，以至于登上高位的，自然是通过林黛玉这个媒介，这大概就是曹雪芹让贾雨村两次依附林黛玉入京师的原因。

贾雨村这个人，是曹雪芹描写的一个奸雄形象，那他并不是像我们一般文学里奸雄尖嘴猴腮、面目可憎的形象。贾雨村长得很英俊，所谓剑眉朗目、虎背熊腰，也很有能力，他一开始入仕时也很有抱负，但是随着时间的发展、随着他对官场上当政者行为方式的了解、随着他对利益的追逐，渐渐放弃了本心，放弃了自己学习圣贤道德的追求，也就成了贾宝玉讨厌的那种“禄蠹”。

贾雨村作为奸雄，从一个低位到了一个最高的高位，然后再掉下来，意识到事情的前因后果、意识到各个人物的前世因果，认识到很多事情的追逐没有意义，这可能是作为他这个阶层能够见证的一些东西。

曹雪芹让贾雨村依附林黛玉进京，曹雪芹也不仅仅要表达我们上面所说的这些解释，当然也让读者看到蝇营狗苟者的结局，引发读者的深思。

曹雪芹描写贾雨村这样一个形象，一个从底层起来，一个曾经有抱负的知识分子，如何一步一步堕落成一个禄蠹，如何一步一步爬到仕途巅峰，如何一步一步又看到这种追逐的不可靠，这可能才是曹雪芹要表达的重大目的，才是设定贾政跟《红楼梦》终极表达之间关系的一个根本点。

六、“金玉良缘”是否薛姨妈和王夫人编造出来的？

这是一个关于金玉良缘的问题。《红楼梦》的阅读中有一个很重要的现象，是一个水平很不高的体现，就是对金玉良缘的排斥问题。

还是那句话，就是说，我们作为红迷也好，作为研究者也好，不仅要像白先勇说的要细读《红楼梦》，要看这个细节，要看它的一些细腻的笔法，我们还应该“系读”，就是系统地读《红楼梦》，怎么系统地读呢？

一个是要把后四十回跟《红楼梦》前八十回系统阅读，再一个，要把前五回跟其他一百一十五回做系统的阅读，一定不能脱开文本的主体去谈看法。

至于后四十回的问题，一会儿我还会回答，我们先说前五回的问题。我们看“金陵十二钗”命运暗示的图画和判词里，只有林黛玉和薛宝钗的判词在一起，其他人都是各是各的判词。为什么林黛玉和薛宝钗的判词在一起，不知道大家想过没有？

当然，书中把贾宝玉和林黛玉的前世交代得比较清楚了，也就是神瑛侍者为绛珠仙草浇灌甘露，然后，绛珠仙草降世之后，把眼泪还给神瑛侍者，完成前缘了结的过程，这就是宝、黛他们命运的一个基本的架构，那么，薛宝钗跟林黛玉、跟贾宝玉、跟贾府到底是什么关系呢？她跟贾宝玉到底是一个什么样的因果关系呢？

在我看来，曹雪芹把林黛玉和薛宝钗的判词放在一块，说明在神瑛侍者、贾宝玉的世界里薛宝钗和林黛玉是一样重要的：在他们的前生里，薛宝钗、林黛玉、贾宝玉三者的前世纠缠着一个因果，但是曹雪芹并没有写这个事情，那么，曹雪芹为什么没有写呢？这就涉及曹雪芹在《红楼梦》写作中的一个特殊的技法。

《红楼梦》是一部中国诗的小说，是一部中国画的小说。如前所述，在中国的诗画里有一个技法叫“不写之写”。什么叫作“不写之写”呢？就是我们把一个东西写的很明确，而把另一个东西稍微暗示一下，而不用很多的笔墨去描述它，这样就避免了笔墨的累赘与重复。那么，作者之所以写林黛玉与贾宝玉的前世，而不写薛宝钗和贾宝玉的前世但又把林黛玉、薛宝钗的命运暗示放到一块，就是采用这个技法。

既然宝钗和黛玉的判词是一体的，那说明宝钗的前世跟贾宝玉的前世，也就是神瑛侍者也有因果关系，薛宝钗在贾府的出现就不是偶然的了，当然也不是所谓的阴谋论。

而且，如果对《红楼梦》读得更细一点，你会发现，在林黛玉、贾宝玉、薛宝钗的今生中，都有茫茫大士和渺渺真人的出现，在他们因果发展过程中不时暗示与点化。

薛宝钗戴璎珞是这两个人点化的，薛宝钗吃药也是两个人点化的。那么，作为本身在前生就跟贾宝玉有因缘关系的薛宝钗进贾府不是再正常不过的一个事情吗？她之所以来世间，也不过是要完成她和神瑛侍者因在前生造下的因造就的今世果而已吗？所以，金玉良缘，不管从哲学上讲也好，还是从整部《红楼梦》的大结构上讲也好，必定是曹雪芹的原意，必定是

《红楼梦》的基本预设、基本结果。

我们读书，如果只是作为一种个人的喜好，当然无所谓，我们不要一个我们不喜欢的结果；但是，如果作为一种学术探讨，还是要尊重作者的原意，那么只能到作者的原书的写作预设、架构里去找寻答案。

通过我们的分析，薛宝钗、林黛玉和贾宝玉的这个纠葛是上面这种情况，所以金玉良缘当然也是《红楼梦》固有的设计，我们不能因为不喜欢薛宝钗，不喜欢薛姨妈，就认为薛宝钗进贾府、金玉良缘是一个阴谋。这是不考虑作者和作品的一种想象，这是一种个人好恶，这不是一种认知，更不是一种学问。

七、袭人的名字是否“袭击人”，王夫人的心耳神意是否是袭人，怡红院中告密者是否袭人

袭人名字的由来，是根据“花气袭人知昼暖”，这是宋代著名诗人陆游的诗，很有诗意的一句诗；而且，袭人的名字是宝玉给的。袭人原来叫珍珠，人世间最美好的事情莫过于珍珠。人世间最美好的感觉，莫过于陆游说的这个“花气袭人知昼暖”。

花气袭人，若是袭击人的话，那么晴雯是什么？晴雯就更说不清了，对不对？所以我们不管如何去理解《红楼梦》，一定要在曹雪芹那里去找答案，在《红楼梦》的描写里来找答案，而不要在自己的脑子里找答案。

如果你只在自己脑子里找答案的话，这就很容易陷入好恶情绪。这不是我们读《红楼梦》应该有的思路，因为如果这样，你也许满足好恶情绪，得不到应有的一些智慧。

至于怡红院事件，告密者是谁，王夫人的心耳神意是谁，这个问题也是没有具体答案。

我们在考虑这个事情的时候，一般会思维偏窄。

第一个，我们知道，王夫人谈及这个问题的时候，她说过，你们以为我什么都不知道，实际上我的心都在那里。这个很正常啊，王夫人只有宝玉这一个儿子，她自己对贾政说嘛，如果珠儿还活着的时候，你打死他（宝玉）我也不管，我现在都五十多的人了，就这么一个孩子，那我当然得考虑他的成长了。

王夫人也好，贾母也好，给宝玉这个身份的公子配的人，是有相应的等级和结构的，既有小厮、仆人，也有婆子、大小丫鬟。这么多人，我们为什么会想的是袭人呢？

袭人的竞争者晴雯被赶走后，宝玉就产生过这样的怀疑，但是，大家注意，宝玉后来自己也释怀了。他说，对呀，你们，包括麝月，是本来就是那样的人呀！所以王夫人肯定不会找你们的问题。我们知道，《红楼梦》中还有一句话，就是王夫人去怡红院，曾经见到晴雯训斥小丫头，很看不上她那张狂的样子，也就是说，晴雯被逐，不仅是一个事情引起的，前面已经给王夫人不好的印象了。

还有，就是我们上面说到的，宝玉身边有很多人，有婆子呀，大丫鬟，还有小丫鬟、小厮之类，与其说，袭人是王夫人的耳目，毋宁说那些婆子里更有可能有王夫人的心腹在。

八、贾家私塾的塾掌叫贾代儒，那他是否和贾代善和贾代化是同辈？如果是，那么王熙凤为什么胆大到害死了他的孙子贾瑞呢？

代儒跟代善、代化应该是同辈。贾代儒是贾府里辈分很高的一个老儒，学养也还过得去，虽然没有那么好。道德上也还是蛮好。但是具体说王熙凤害死贾瑞，这个事情你得这么去理解。

因为贾瑞之死，说到底是因为他自己想着王熙凤，他看那个“风月宝鉴”，自己把自己害死的，这本身和王熙凤本人没有太多关系。

说王熙凤害死贾瑞，这个问题本身可能是一个不是很正确的问题，而且你如果看这段时，脂批说到一个问题，就是贾瑞自己寻死，因为爱慕王熙凤寻死这件事，对贾瑞来讲，叫求仁得仁，何所憾焉？

贾瑞之死的描写就涉及曹雪芹那个时代人们对佛教因果思想的认同，包括这个龄官画蔷的时候，她为什么不喜欢宝玉，反而喜欢贾蔷？就是因为有前世因果啊；智能儿也是，喜欢秦钟，脂批还说，妙，反而不喜欢宝玉。

作为现代人，当然有人喜欢曹雪芹的这种架构方式，有人不喜欢这种架构方式，但是，问题是，在曹雪芹的时代里、在曹雪芹的思维里、在曹雪芹的笔下，他是这么架构这个关系的。所以凤姐和贾瑞也好，这个智能儿跟秦钟也好，这个袭人跟蒋玉菡也好，都是前世因果。

贾瑞之死，是他自己寻死，虽然凤姐多少对他加以颜色、有所戏弄，原意是让他知改，嘴里说“让他死”，实际上，贾瑞的死跟王熙凤的主观愿望、实际行动没有太多关系，也就说不上什么王熙凤敢于害死贾代儒的孙子这个问题。

九、贾代善死后，贾赦袭官，贾政只是后来升职“员外郎”。即是“世袭”，按照中国的传统家产祖业都应世袭，可为何贾赦却不在荣府居住，而是“出了西角门，往东过荣府正门……荣府中花园隔断”出的院宇，这里总感觉贾赦不是贾母亲生一般

贾政和贾赦的这个问题是学界很多年来一直都比较关注的，但是一直没有得到一个好的解决。这个问题是值得谈一谈的。

大概是周汝昌先生提出的，贾赦不是贾母亲生的这个假设。但是，这个问题怎么说呢，周先生对清代的历史制度并不是太了解。我们要解读这个问题，还是要回到曹雪芹生活时代、所见所闻和《红楼梦》的整体描写中去探讨。

这里可能就有两种解释：一种来讲，就是说，袭官问题，在这个旗人里，实际上不是老大来袭。那完全跟皇帝的喜好和好控制有关，如果你看清朝的话，下一代袭爵，一般会找一个年龄小一点儿好控制的人来袭。在《红楼梦》里，曹雪芹让嫡长子、嫡长孙来承袭爵位，这当然按照汉人的常规习惯法来描写的，但是，我们要知道旗人，在财产上他们讲求幼子守灶，也有叫长子析产制。也就是说，一个孩子长到一定年龄，成家，然后给他分一份家产，让他单过，这在满、蒙人中都是比较正常的。贾赦作为荣府之长子，他世袭了爵位，那么，他结婚当然要早啦，所以给他成立了一个小的独立生活起居空间，给他分一块地方，这个与这种满人的析产可能也有一定关系。

但是，我个人看来，关键还不在此，这还涉及贾赦、贾政的这个身份问题。贾赦袭爵不假，但他并没有在政府里担任正式的官职，而贾政则担任了正式的官职。作为主事、员外郎，他的这种职位跟朝官交往的机会就

更多一点，比如说他做了一定职位，那个跟外边这个常来常往，要是住在贾赦那个院子，就不是那么的合适，而且也无法体现贾府的世代荣恩。贾赦只是挂一个虚职，顶多逢年过节、一些礼仪的时候需要他出来一下。而且，我们知道贾赦后来的一个罪名，叫结交外官，因为他本身不是官。他结交的外官是谁，说到底就是结交贾雨村，包括平安州的知州等人，出了一些事情。所以，如果从两个人的身份和在朝廷中实际担任职位、贾府彰显世代荣恩的角度来讲，贾赦住偏院也是有一定道理的。

而且我们也知道贾政实际上平常住的也不是轴线上的大房子，他的生活起居空间是那个主轴线上旁的一个耳房里而已。所以关于贾赦和贾政的这个起居，可能要结合满人汉人两种习俗、贾政贾赦两种身份来考虑。

那至于说贾赦是不是不受贾母喜欢，这个确实是有的。因为贾赦这个人，怎么说，确实有点儿为老不尊，好色贪财，但是贾政是不是特别受贾母喜欢，似乎也没有表现出来，对不对？所以你说贾母喜欢谁，不喜欢谁，贾母好像真喜欢的就是林黛玉和贾宝玉。所以，贾赦住旁院，跟贾母是不是喜欢他、是不是他不是贾母的亲生儿子似乎没有直接的关系。

十、如何看待《红楼梦》中年龄、时间的错乱

这个问题，我在咱们邯郸红迷会成立的现场回答过，在过去的几个月中，我自己也确实下过一番功夫梳理这个问题。

关于《红楼梦》中的年龄和时间问题，很多人说有矛盾，很多人说没有任何矛盾，这个各有各的立足点和表达方式，很难达成一个统一意见。那么，以我用两三个月梳理的这个结果来看，不是说我解决了这个问题，但是确实解决了一些所谓看似矛盾的问题，找到了解释方法。

那么，这又分两个层面去看待：一个就是说，我们说现在的《红楼梦》的本子，都不是曹雪芹的原本；再一个，曹雪芹的描写中，有哪些问题是我们理解有问题的，比如说曹雪芹写完一个事情，他另起头写了另一件事情，这实际上使用了双线并举法，或者我们可以称它为倒叙、插叙法，但是阅读者再考虑时间的时候，可能是根据前一件事情继续向后排时间的，从而像是时间上有矛盾。

再有一个，就是关于年龄的和时间的关系，因为我们现在都是按周岁，

这是一种算法，比较科学，但在历史上，有周岁和虚岁的两种算法。比如纳兰性德，他是十二月生的，玄烨（也就是康熙）他是三月生的，同一个岁数对吧，但是他俩差了七八个月，《红楼梦》也存在这种情况，很多人的年龄是相同的，但是他们的生日差别非常大。在《红楼梦》里谈到他们的年龄时，往往又涉及不同的时间点、时间段。所以，在我梳理《红楼梦》的人物和年龄的时候，我觉得是有大量的所谓的时间和年龄混乱，如果考虑年龄、时间写作的特殊点，是可以解释的，只是我们考虑的太少，没有考虑这个说这个话的时间段，没有考虑他们的生日时间，没有考虑他们的生日大小，没有考虑他到底说的是年龄、时间还是岁数。

所以，《红楼梦》中的年龄和时间混乱这个问题，我觉得我们应该更细致地去看待这些问题，才有可能找到一些可能接近于曹雪芹原意的答案。不能一上来就说这是一个错误的，这是一个矛盾的，这是一个什么样的，我们要多想一想。

只有这样的话，我们才有可能形成一个深入的《红楼梦》的赏析和解读，才能使我们的思考和文字像一点点学术，而不是一种感想。感想，当然也有价值啊，服务于现实也有价值，但它不是学术，这个事情要分开的。所以，我们要多想，多结合到具体的写作场景下，这个是我们需要进一步做的问题。

十一、“秦可卿淫丧天香楼，作者用史笔也。老朽因有魂托凤姐贾家后事二件，的是安富尊荣坐享人不能想得到处。其事虽未行，其言其意则令人悲切感服，姑赦之，因命芹溪删去。”删去这段应该是真的。但被删去的天香楼这段到底写了哪些内容？原文所表达的内容不仅仅是题目中的意思吧？

秦可卿的问题，是红迷们经常问到的，主要涉及两个方面：一个是丧礼，一个是天香楼。

关于秦可卿丧礼的超规格这个问题，实际上有两个解释的渠道：第一个是不是真正的超规格？为什么会写的那么宏大？这又要分成两个问题理解：第一个因为贾珍和她的关系，确确实实有一些东西是超越了规格的，这个不用讨论，这个很明显。第二个解释的就是涉及曹雪芹的写作笔法的问题。秦可卿的丧礼描写太过于细致了，太过于详细了，太过于浩大了。所以，我们就觉得别人的丧礼可能都没有这么浩大。实际上，贾敬死，他的丧礼，曹雪芹没有详写，但是规模应该比秦可卿只大不小。

为什么曹雪芹没有具体写贾敬的丧礼仪式呢？按照我们常规的理解也好，按照脂批的理解也好，曹雪芹不做“复笔”，也就是说前边已经写了，你后边再写，也是这样，所以就没有必要再写。没有必要写贾敬的丧礼的规格，不意味着贾敬丧礼的规格就比秦可卿的丧礼规格低，对吧，这个问题要想明白。第二个问题，通过描写秦可卿的丧礼的规格来展现，这时贾府还没有彻底败落前的那种地位和荣耀。在这个基础上，再加上贾珍跟秦可卿的特殊关系，才会显得秦可卿的丧礼超越了规格。

实际上，秦可卿的丧仪的规格，涉及曹雪芹的笔法，涉及这个故事在整个贾府衰败过程中的时间，也涉及这个主人公和宁府大家长贾珍的关系。综合几方面，我们才觉得她的丧礼超规格。

如果我们把贾敬的丧礼考虑进去，把曹雪芹写的这种超规格、这种用意考虑进去，秦可卿丧礼的那种超规格描写可能就不像我们以前认为的那么不可思议了。

可卿淫丧天香楼这个事情，问的还是很好的一个问题。我们考虑《红楼梦》，会涉及《红楼梦》的创作过程的问题，也就会涉及曹雪芹的生平、曹雪芹的创作和曹雪芹的思想发育。

我们知道，《红楼梦》有一个名字叫《风月宝鉴》，“凡例”上说意思是“戒妄动风月之情”。那么，我们看“脂批”上也说：“曹雪芹旧有《风月宝鉴》之书，乃其弟棠村序也……”很多人说曹雪芹旧有《风月宝鉴》的意思，是他“有”这样一本书而已，并不是他“写过”这样一本书。这个说法如果不是脑子有问题，就是别有用心。你有一本书，就让你的这个弟弟给这本书写序，后来你写的另外一本书，别人就给这本书起那个名字，哪里有这种道理！

实际上，是什么意思呢？曹雪芹早年在写《红楼梦》之前，他是有一个中长篇的小说，叫《风月宝鉴》。这个《风月宝鉴》写作的内容和目的是什么呢？就是戒妄动风月之情，《金瓶梅》就是戒妄动风月之情的书，它表面上写各种男女之情，实际上，却是想告诉你，男女交往过密最终可能没有好的结局。在《红楼梦》之前，曹雪芹有这样一个《风月宝鉴》的故事，

《红楼梦》的主题之一是戒妄动风月之情，所以东鲁孔梅溪“睹新怀旧”，给《红楼梦》题名《风月宝鉴》。

也就是说，《红楼梦》里保存了“戒妄动风月之情”的目的，也保存了一部分是从《风月宝鉴》里借过来的故事，有的就是修理的比较干净，有的修理的没有那么干净，比如贾瑞戏凤姐、比如说淫丧天香楼等，大概就是从里边借过来的。

那么，在《红楼梦》最初的写作过程中，关于秦可卿这一段保持的比较相对完整的，但是因为脂砚斋、畸笏等人说，可卿对贾府是有贡献的，只是王熙凤没有按照秦可卿的嘱托去做；当然，王熙凤也不可能按照她的指示去做，因为那样做的话，贾府似乎就不可能有后来的这种衰落。秦可卿既然起到了这样的作用，畸笏就说，应该对秦可卿保持一定的尊重，有些故事可以不用写的那么明白，可以用一种烟云模糊画画的方式来表达。

曹雪芹接受了这个意见，但是“淫丧”两个字、上吊的图画，很明显成了“不写之写”。所以在《红楼梦》最早的本子里，秦可卿和贾珍这段应该有一些比较赤裸裸的描写。

十二、妙玉神秘而又特殊，名中带“玉”，又在正册中，家世财富似又在贾府之上，才学也高于园中姊妹，究竟是什么样的家世出身？

妙玉确实是《红楼梦》中一个有些神秘的人物，我们看金陵十二钗基本上跟贾府、跟贾宝玉都有或多或少的亲戚关系，但是，妙玉与宝玉没有直接关系的——内心里是否有些，不甚清楚。而且不光没有，她的身份还比较高，她是在正册里。

当然，妙玉家里也比较富有，她对宝玉说的那句，你说我的东西是俗器，这样的俗器，恐怕你们家也未必有。当然，这句话有吹牛的这个劲儿，但是，怎么看待这个事情呢？

首先，按照《红楼梦》里描写，妙玉为官宦之后，那她的父亲到底到什么份儿上，没有具体交代，所以我们也不必妄猜；但是，从历史学的角度，我们也知道很多官宦地位未必高，但钱未必少。此外，还有不同地域不同收入问题，比如说，同样是巡抚，广东的巡抚和甘肃的巡抚收入就不一样，还有冷衙门和热衙门之别，在吏部、户部为官的实际收入就比其他衙门高。所以呢，按照妙玉使用的器物、修养，我们可以推测说，妙玉的祖上可能是做过一些热衙门的差事，所以才能有这样的收入。

但是，这个地方同样也是存在一个我们上面所说的前因问题。妙玉的判词说她“欲洁何曾洁，云清未必清”。为什么玉洁未洁呢？可能就跟她这种假清高、假修行有关。

我们看小说，妙玉出家可不是她想去出家，她跟惜春完全不一样，她也不认同佛教的理论，她只是因为多病才不得不出家。她这种病，我们从佛家的角度讲，是前因。所以，妙玉作为形式上的出家人，她实际上是怀有作为正常女孩子对世俗、对情感，尤其是对男女之情的热情的，这可以从她与宝玉的微妙神态、语言交流看出来，也就是说她对贾宝玉是有情愫的。这种情愫，我可以视作《红楼梦》大故事里的小故事，也可以视为她的前身跟神瑛侍者也有类似的小纠葛，所以，今生才有这种表现。

如果妙玉是一个普通的修行者，出身很低，作为贾府这种公府，不管出于家庭教育也好，外面口碑也好，似乎没法让她进府，那怎么发生与宝玉、与惜春的故事呢？对吧。

那么，妙玉的结局也是很有意思：欲洁何曾洁？本来，除了宝玉，除了惜春，别人，她谁也看不上啊，但是最终落了一个不怎么好的结果：不管是被杀掉了也好，还是被侮辱了也好，总之，是没有得到一个修行者该有的玉洁的结局。

那么，妙玉的这种结果，当然我们可从两方面解释：一种是前因，有前因才有后果。第二个来讲，我们如果看禅门公案的时候，我们也可以看到另外一些东西，就是真修行和假修行的区别：禅门公案里有这么一个公案，有一个寺庙的住持，是信仰禅宗的；天气寒冷，有一个外来的和尚将佛像劈了烧火，他来斥责，外来和尚解释说，佛像只是一个像而已，佛教育的根本不在偶像上，而在说法和说法的精神上，住持听后，将信将疑，天也确实冷，住持也来靠火烤手，火焰燎了他的头发和胡子。这件事情怎么解释呢？禅宗的说法是，住持把佛像当作佛看，别人烧佛像的时候，他来烤火，所以，得到了报应；而外来和尚真心相信佛像只是像，佛在法中，所以没有问题。这个公案说的就是，信什么，真信还是假信的问题。

《红楼梦》里，有个从底层到上层、假信儒学的，就是我们上面说的贾雨村；还有一个混道教的，就是卖膏药的王一贴，当然还有其他人；妙玉呢，妙玉是假信佛教的代表，她是高地位的、似乎真修的代表，像智能儿那些人的师傅根本就是借佛教吃饭的，跟真信、假信没什么关系。

所以，妙玉的身份、修行与宝玉的关系，既要从与宝玉、贾府的关系上考量，也得从曹雪芹设置这个人物的用意去琢磨。

十三、我们现在所读的通行本后四十回是高鹗补写，还是续写的？

这个问题我是有专门一篇文章，大家如果有兴趣的话，可以买一本当代中国出版社出版的《红楼梦程甲本探究》，里边有我的一篇文章，题为《〈红楼梦〉后四十回曹雪芹著辨》。

如果单纯从结论来讲，我们认为后四十回是曹雪芹的原稿，或者说，基本上是原稿，程、高只是做了一定的修正。我们如果从历史学考证的角度讲，关于后四十回是高鹗的续写，只有一条硬证据，就是张问陶那句诗注。

但是，大家要知道，张问陶这句诗注的解析，大家忽略了两个问题：第一，张问陶跟高鹗根本不熟，俩人是13年前一起考大学（中举）、13年后大家一起监了一场考，如此而已，他的话能不能作为证据。第二，我们还要考虑一件事，这首诗是用来赠给高鹗的，这首诗的目的是用来“归美”的东西。比如，我们今天晚上搞的这个答疑活动，当然我们是邯郸红迷会一个单位来搞，比如说我们两个单位来搞或三个单位来搞，我们在记录这件事情或者帮哪个单位写文字，我们就会把这个事情的主办权往你要写的单位归一归，会强调这个事情是这个单位主办的。对吧？能想明白吗？

其他的所谓的“证据”，基本都是以讹传讹，或者说是我都没看见过，所以后来出的都是假的。当然也有把其他的续书当作了真正的原本。比如说湘云和贾宝玉后来结婚的这个结局，很多人就记载过，认为这个结局是原本。因为书中有“因麒麟伏白首双星”。

大家原来以为，“伏白首双星”就是宝玉和湘云因为金麒麟白头到老的意思，实际上，完全不是，后来学界查出来，“白首双星”指牛郎、织女。

牛郎、织女什么关系？双方隔着银河，常年不能相见。“白首双星”用在湘云身上，不过说湘云因金麒麟与她未来的丈夫结婚，但是，二人最终命运并不好，如隔着银河的牛郎织女一般。

我在那篇文章里把所有认为《红楼梦》后四十回不是曹雪芹的各种观点、证据、逻辑进行了归类，这样，就很清楚地看出来他们的问题在哪里。

再一个，不管从哲学上讲也好，还是从整个故事的架构和结局来讲也好，后四十回基本是符合前八十回，尤其是前五回的预设的。

有人说，还不够符合。

但是，我们读《红楼梦》还要知道一个基本原则，即《红楼梦》是诗的语言，诗的语言有什么特点？一个是画意，一个是含蓄。

我们有时候觉得后四十回的某些描写跟前五回不够一致，就是因为我们理解比较粗糙，不能赏析曹雪芹的笔法。比如我举一个例子来讲，就是关于这个巧姐的结局。

巧姐，我们说，她后来做了大地主周家的儿媳妇了，巧姐的命运图画和判词里说她后来成了一个农妇，对不对？所以，大家就说，你看那个巧姐本来的命运做了一个农妇，但是后四十回把她写成了一个大地主的儿媳妇，所以这个描写就不符合曹雪芹的描写，一定不是曹雪芹的笔法。

但是，是不是我们理解的全面、正确呢？

实际上，是我们在读书的时候不认真、不细致。你们注意过没有，周秀才的妈妈当时看到巧姐，刘姥姥说，你喜欢吗，喜欢我给你做个媒呀，让这个姑娘嫁给你们家儿子，你看周秀才母亲说的什么，她说咱们家是庄户人家，人家是公侯家的小姐，人家能看上我们？

看到没有，这就是传统社会的等级，只是有钱，跟那个贵族是完全两回事，虽然，很多有钱人跟贵族之间有很好的交往，甚至婚姻，但是，在主流观念里，有钱跟血统、跟国家制度里等级完全不一样。

我们不能用今天的观念去看过去，觉得有钱就了不起，所以，我们研究经典，一定要强调回到历史现场。关于巧姐，在周秀才母亲的表述里，我们可以看得出我们的理解有多么的“不靠谱”。

当我们了解了这种细致的、符合历史的描写，当我们了解了曹雪芹用含蓄的笔法暗示人物结局的时候，我们再去看十二钗的判词和后四十回关于结局的描写，我们就知道后四十回的描写是符合前五回的预设的。

所以，我们要系统地看《红楼梦》，这是从哲学和基本故事架构上来讲。我们还要学会思维，我们说后四十回程伟元、高鹗整理过，我们觉得不好，那么前八十回，程伟元、高鹗也整理过，你怎么看不出不好呢？

所以，这是我们一个思考的能力问题。实际上，大多数人在谈这个后四十回的问题的时候，不是因为他真看出后四十回不如前八十回好了，是因为他知道学界说了，明明张问陶说，是高鹗续的《红楼梦》，你还看不出来，那是不是觉得我就水平太低了。我们很多人在谈后四十回时，是有这种暗示的。

我在外边讲课的过程中，给我提后四十回问题的人，几乎没有一个是完全自己看《红楼梦》，觉得后四十回写的不如前八十回好的，往往都是因为看了一些专家的书、看了张问陶这句诗注才那么认为的。

当然，也不排除有少数人说，我自己看时就觉得后四十回不好，我就不喜欢。我说你为什么不喜欢？他说，我们不喜欢，是因为不喜欢那个悲剧的结局。

可问题是，鲁迅先生不是说了吗，《红楼梦》最了不起的地方，是它跟其他小说不同，其他小说都是大团圆，《红楼梦》不是大团圆。我们喜欢大团圆，是因为我们人性上的弱点，那个弱点不是曹雪芹的。我们不喜欢后四十回，和后四十回是不是曹雪芹写的没有关系。这个逻辑能听明白吧？

十四、现在市面上《红楼梦》的版本有很多，有的是带评语的，有的是有注释的，作为红迷，我们现在有没有必要去看那些有批语的本子？比如带有脂砚斋批语的？

《红楼梦》的版本确实很多，有的有评语有注释，有的没有。至于说有没有必要看带评语的呢？

是这样，任何经典的阅读和赏析，包括研究，都是两个方向：一个是回到（尽可能的）作者，一个是纯粹审美。

人的认知水平是有差距的，这既取决于人跟人的先天层次，也取决于后天的学养，譬如，某个方面的厚度，不同人文学科的贯通性等。

如果说，我就是喜欢《红楼梦》的文字，它的笔法细腻，它的语言感人，那么你不需要翻检什么本子，你甚至不需要拣选本子，清人、民国人只有程甲、程乙本，也没有耽误《红楼梦》的传播，也没有耽误大众的阅读。

但是，也有一些人喜欢书中的制度、风物、民俗，但是，自己又不懂，又想懂，又没有能力去翻阅参考，那么，有一些有注释的本子就应该去看，对吧？因为它可以减轻你的翻检之苦，能为你的阅读提供一个词典参考。

至于说到“脂批”呢，我倒觉得如果愿意去了解也可以，因为“脂批”里会有一些文字谈到《红楼梦》的创作素材，他会说，你看这个事儿啊，曹雪芹是受什么影响来创作的，那么你看这个地方的描写，他跟《金瓶梅》的描写技法不一样，他跟《水浒传》的描写应该怎么比较，所以“脂评”还会给大家一个文学经典横向比较的维度，那就跟曹雪芹的学养、跟曹雪芹书写对其他经典的借鉴和超越有关。再一个，有一些书中描写细节，因为我们现代人生活和审美水平比较糙，所以我们感受不到，但“脂批”有时候会给你点到的。因此，我们通过“脂批”的提示，会加深我们对某些东西的理解、思考或者是欣赏，从这个角度上来讲，有“脂批”的本子还是需要的。这种需要，倒不在于说，曹雪芹的家庭条件如何如何，很多学者关注的，实际上这个还没那么重要，也就是说不是“脂批”的核心价值。

但是，我要提醒大家，就是一定要知道一个问题，就是说“脂批”作者不是一个人。他们虽然跟曹雪芹关系也很密切，但是他们到底跟曹雪芹的关系密切到什么份儿上，他们怎么抄阅的《红楼梦》，他们怎么批评的《红楼梦》，他们的批评《红楼梦》曹雪芹看到没有，曹雪芹改了没有，这些我们统统都不清楚。因此，“脂批”并不等于曹雪芹，这个一定要清楚。

阅读、欣赏、研究《红楼梦》的时候，首先要把《红楼梦》做系统和细致的阅读，文本当然还是第一位的。当然，曹雪芹生活实际的制度、曹雪芹家庭的环境、曹雪芹的修养、曹雪芹的审美这些东西也很重要。不能用“脂批”去取代作者，取代作者的作品，比如说“脂批”说《红楼梦》有情榜，所以情榜里有多少多少个人，可是你去看第五回，警幻仙姑说得很明白，只有正册、副册、又副册，其他人无足可写、可录。你不按照《红楼梦》里的描写去理解，非要按照脂砚斋的这个提示去理解，那就没有办法了，当然也可以说，曹雪芹在最初的设计里可能有做情榜的考量，但是最终没有做，对不对？

如果你说，我就得按“脂批”，不按文本，那我们就没法去理解警幻仙姑的这套说法。那么，我们的阅读就会陷入一个没有答案又枉费精神的状态。

十五、黛玉和宝钗是《红楼梦》中的两个女主角，我记得以前听过一种说法是“钗黛合一”，这个“合一”如何来理解？

这个“钗黛合一”的提法是俞平伯先生提出来。

实际上，在《红楼梦》的描写里，并没有特别明确地提到这个问题，一方面讲，“脂批”说曹雪芹对宝钗和黛玉的描写叫作双峰并峙、二水并流，就是说，曹雪芹塑造这两个主要人物的形象并没有显出高矮来，而是显出不同的色彩和风格，这是曹雪芹了不起的地方。

小说中唯一提到这两人有一点合一的地方，就是关于秦可卿的描述，就是警幻仙姑的妹妹，可卿，她的长相说，这个鲜艳妩媚有似宝钗，风流袅娜有如黛玉。曹雪芹为什么让可卿的长相集钗黛一身呢？

按照警幻仙姑的解释，仙境最好的女孩子也不过这个样子，贾宝玉跟可卿春风一度后，你对人世间女孩子的那种执着就没有必要了。警幻认为，贾宝玉对女孩子的执着是针对女孩子的美丽入手的，所以她让她的妹妹可卿长得又像林黛玉，又像薛宝钗，让她跟宝玉完成了一场故事，让他能够醒悟。

但是，我们知道，实际上，贾宝玉喜欢女孩子更多的是喜欢女孩子的人性，喜欢那些女孩子把眼泪给他自己，而不仅仅是喜欢她们的长相和肉体。

“钗黛合一”呢，从哲学上讲，它可能有一定的道理，就是说，它是代表了两种不同的文化和美，这种文化和美，在曹雪芹的描写技法里，有这种对照起来的高度。

钗黛是两个人，从现实上讲，自然合不了一，只能从文化和哲学的角度上去考虑。从文化上讲，比如黛玉，她是偏道家的，这个宝钗是偏儒家的。

前些天，随曹雪芹学会去台湾开会的时候，我提了一篇论文《论宝钗的玄同与黛玉的狂狷》，从《道德经》《论语》里找出与宝钗、黛玉相类的文化层次和相应阐释，那么，我们会发现，从终极追求上，道家和儒家、佛家并没有一个根本的区别，他们只是因为教育的对象层次不同，说法不同。道家讲的玄德，是人到了这个层次后，近者不可近，远者不可离，那可不就是儒家君子的一个认同吗？那你看薛宝钗是不是这样，对不对？林黛玉偏道家，但是，她的层次实际上跟这个儒家讲那种狂狷精神的，狂者进取，狷者有所不为，是不是也很相似。

我们细读《论语》，实际上孔子并不想去治理社会，只是不忍心大众沉沦痛苦。道家讲，社会不行啦，我们要治理，最好等世道再循环回来，我们再去治理，现在“与其避人安如避世”。但在孔子看来，不能不管呀，所以这就是佛家讲的慈悲，孟子讲的不忍！所以，在后四十回里，宝钗谈到圣人之心，认为圣人之心也不过是一个不忍。

十六、《红楼梦》里有很多地方的方言，是否可以作为《红楼梦》为多位作者合著或改编的证据之一？

这个问题很好，但这个问题实际上很简单。

方言可以作为《红楼梦》作者学养的证据，不能作为作者生长地域、是否是几个作者合著的证据，不光不是，做一个证据也不行。

首先，我们知道《红楼梦》的作者，曹雪芹是经历过南北方的，尤其北京，北京在清朝的元明清三代叫什么？叫首善之区，五方杂处，曹雪芹又是旗人，跟满人关系又紧密，又在北京，又在两江地区都生活过，所以，他能够接触到很多人，能够接触到很多地方方言，这很正常。尤其是满人汉化过程中，大量的受到山东人、河北人、北京人的影响。所以，方言这个东西对我们来讲很复杂，对曹雪芹来说，则是信手拈来。

十七、程高本的后四十回是曹雪芹早稿还是最后定稿？判定依据是什么？

后四十回是曹雪芹早期稿还是最后定稿，这个问题，前边我们已经谈到过了，应该是曹雪芹的最后定稿。至于说到判断依据是什么，这个很明确，就是说，我们现在最后对后四十回的否定，证据没有一条可以确立。第二个来讲就是他前五回的预测是基本一致的，而且很成熟。如果是早期稿的话，曹雪芹为什么还要改五遍、改十年呢？

十八、请推荐几本可以帮助我们阅读和理解《红楼梦》的参考书籍

读《红楼梦》，当然选择本子很重要，看一些参考书也很重要。

《红楼梦》的文本，比如说人民文学出版社出版的《红楼梦》的整理注释的质量都是可以的，至于有“脂批”的本子，浙江古籍出版社出版的吴铭恩整理的《红楼梦脂评汇校本》，读者反映不错。

其他参考书，红楼梦研究所编的《红楼梦大辞典》，邓云乡先生的《红楼梦风俗谭》，周汝昌先生的《红楼梦艺术》，我有一本《曹雪芹传》，当然，包括李希凡先生的《传神文笔足千秋——红楼梦人物论》，这些都是可以去参考的。

作为普通的爱好者，不一定要读的太多，但一定要学会选择书。因为我们的精力和时间没有那么多，而且可能我们作为非专业者判断能力也没有那么高，有一些文章写得比较晦涩，有些文字写得比较情绪化，读这些东西很容易影响大家的判断。

我刚才指的那几本，是我十五年来阅读、比较、选择出来的，科学性（证据、逻辑、系统性、细节性）、可读性都有相当的水平，可以作为参考。

好吧，今晚就到这里，各位晚安。

跋：我的《红楼梦》研究与我的红学观

行文或者说话的时候，往往会白驹过隙。

待到年纪大了，才真正体味到那是“少年不识愁滋味”。

还没有真正去思考人生，人生已经来到四十。

不惑，离自己还很遥远，不管是人生的，还是学术的。

但，毕竟已经工作十五年，与《红楼梦》的研究也在十年以上，写了一两百万字，出了十来本书。

每每被问到什么是红学、为什么要读《红楼梦》、怎么欣赏《红楼梦》……这些问题，也还是有些话要说。

一、要避免说梦：你知道有代沟、不知道有鸿沟？

作品怎样解读有两种方向：一是向作者回溯，一是与时代发展和个人喜好相符的阐释。

谈到向作者回溯，有两点观点要提及。

一种是作为后来人永远也不可能回到作者，一种是知道鸡蛋好吃就好，不必知道谁是下蛋的母鸡。

对于前者，可谓不能知即不需要研究的代表，作为后一种，则是要赏析不要研究的代表。

如果读者、研究者愿意做一个《红楼梦》的欣赏者，自然是可以的；但作为一个研究者，恐怕这样的思维与研究没什么关系。

作为一个学习清史出身的人，笔者深知前人与今人的不同，不仅是生活环境、基本信仰、思想构成、学养构成、表达方式等，“理解作品”（而不是使用作品）唯一的道路，即是回到作者，即是研究者的“基本学养构成”回到作者的全部。

作为一个懂小说写作又对中国小说史有过精深研究的人，鲁迅先生曾给出自己的意见，他在《且介亭杂文二集》“题未定草七”中写道：

> 我总认为倘要论文，最好是顾及全篇，并且顾及作者的全人，以及他所处的社会状态，这才较为确凿。要不然，是很容易近乎说梦的。

英国莎士比亚诞生地基金会发放的卡片上明白地印着如下文字：

> 领导世界欣赏莎士比亚的作品、生活和时代。

与朋友们聊天，谈到《红楼梦》应该怎么研究，有一个蛮好的比喻：

> 一盘菜上来之后，是赞赏它美食美器、色香味俱佳、有文化内涵、刀工好等，还是去研究哪一个厨师造就、运用哪里的食材、如何的工艺、厨师的师傅是谁、厨师的家庭背景如何、生存环境如何呢？

正常人都选择后者，除了单纯的欣赏者。

何以吃饭知道研究作者，研究红学却要有意无意地忽略作者呢？

研究母鸡，不是为了知道哪只母鸡下了这只蛋，而是要解决何以这只鸡蛋最好吃？

研究作者，当然也不仅仅是为了知道作者是谁，而是要解决何以这位作者可以创作出无可比拟的作品。

一般的鸡蛋和一般的作品，也许可以不知道母鸡和作者，超级的甚至唯一的作品，在条件允许的情况下，怎么能不研究他独特的唯一性呢？

数十年来，那些主张看《红楼梦》就去看《红楼梦》就好了的专家，其中包括很多大家，他们的知识构造和思维方式令人难以理解。

一般和个别的关系，母鸡和鸡蛋的关系，作品与作者的关系，很难理解吗？

可能他们也不知道，大量的现代索隐研究与赏析者对《红楼梦》的文本几乎到烂熟的地步——笔者因工作单位和工作关系接触数十位类似的人；而这些现代索隐研究者缺乏的却是对作者、作者时代、作者身份、作者家族、作者交游……诸如此类的了解。

反面例子似乎更能说明问题。

二、时代、作者、作品：我的《红楼梦》研究

2004年，从中国人民大学清史研究所人员到曹雪芹纪念馆工作，三次短暂外出，从事公园研究、展览策划外，基本都在这个曹雪芹生活过的区域工作。

对我来说，十五年中，前五年用于学习与策展，后十年用于学习、思考和写作。

所有的思考，基于对过往资料和研究的阅读和批评：

哪些材料是一手资料，哪些资料是二手资料；

哪些资料是孤证，哪些资料是多重证据；

矛盾性一手证据的解释点在哪里；

过往的学术研究哪些成果是扎实的，哪些成果存在“不一定”的基础与逻辑；

今天的研究，哪些在踏实前进，哪些在重复，哪些在后退。

通常情况下，没有学术史反思和批判的学问，基本都是伪学问。

基于对经典研究的方法认知和对学界既有成果的了解需要，我的《红楼梦》研究分作回溯曹雪芹与《红楼梦》、《红楼梦》传播史与红学研究史两方面。

我对这两个问题的回溯主要围绕以下几方面展开：

曹雪芹生活时代的北京，尤其是京西风物、建制、商业、习俗；

曹雪芹的家族与家风；

曹雪芹的生活环境与交游；

曹雪芹的生平、文物与学养。

至于传播史（主要是舒位、冯箕、徐宝篆相关红楼画作的探讨）和红

学史研究——两者界限不能分割的非常清晰，主要体现在以下我的文章中：《吴恩裕红学研究述论》《百年曹雪芹家族生平研究述论》《高鹗百年研究述论》《周汝昌红学研究述论》《张伯驹与红学的关系综述》《蔡元培〈石头记索隐〉的解析》。

结集出版的作品有《曹雪芹传》《曹雪芹传说》《三山五园研究》《海淀史地考论》《曹学十论》《红学十论》《曹雪芹家族文化研究——康熙年间文人官员的工作与生活状态》和《曹雪芹生活时代北京的自然与社会生态》等。

实际上，《三山五园研究》《海淀史地考论》《曹学十论》《红学十论》《曹雪芹家族文化研究——康熙年间文人官员的工作与生活状态》及《曹雪芹生活时代北京的自然与社会生态》等是《曹雪芹传》背后的学术支持——虽然，《曹雪芹传》有数以百计的注释。

《曹雪芹家族文化研究——康熙年间文人官员的工作与生活状态》主要谈曹雪芹生活时代的学术、家风、幼年教育、家族交往，《三山五园研究》更多的在解析曹雪芹的生平活动、对园林所见所闻、大观园的基本特点；《曹雪芹生活时代北京的自然与社会生态》《海淀史地考论》考察曹雪芹的生活环境、所知所遇、创作之外的生活节奏、《红楼梦》中相关素材来源；《曹学十论》辨析曹雪芹的生卒、身份认同、信仰、活动、文物、相关研究的问题，《红学十论》辨析《红楼梦》中的素材、艺术手法、思想认同等。

我做这些工作的目的，就是要尽可能知道创作《红楼梦》的那个人到底是怎样的生活、学习、思想变动和创作机缘、创作状态，而不是只惊叹于他的伟大与天才。而这些工作似乎已经将时代、作者、作品三位一体的基本结构搭建了起来，虽然，仍然存在诸多细致的架构。

三、思想才是根本，题材不是思想

如果说我对《红楼梦》研究的第一个前提叫作全方位研究作品、作者、时代的话，我对《红楼梦》研究的第二个观点就是永远不要用题材代替主张和观点。

文以载道。

我们当然可以说：《易经》是占卜与阐释，《尚书》是历史碎片记忆，

《论语》是孔子和学生的对话录，《庄子》是散文，《孟子》是论辩，我们也当然可以说《金刚经》《法华经》和《楞伽经》是辩证法，《地藏经》《华严经》和《阿弥陀经》是故事汇编。但是，题材从来不等于也不能代替主张与智慧。

我们当然也可以说，明清时代，大多数小说只是肤浅生动地讲一个故事，或者简单地阐释了自己的人生观与世界观，但却不能给《红楼梦》这样一个基本的定位作为研究的前提。

关于《红楼梦》，众所周知而又容易被忽略的三个问题是：

第一，《红楼梦》作者生活的年代是中国真正大一统（指在政治、军事、经济、思维、教育上的有效治理）和传统文化集大成的康雍乾时代。

此时，中国知识分子正在接受和研究最为广博的传统文化，上至儒释道三教原典、程朱理学、陆王理学，中到诗词歌赋、琴棋书画，下到烹调园林、室内陈设、茶酒花香、刀剑弓马，这就使得曹雪芹的思想构造和学养层次与其先后学人多有不同。

第二，曹雪芹是有着广泛和上层交游的内务府正白旗汉人包衣，且出身书香世家，他的眼界、交游层次、审美认同、写作元素、思想境界，与其前后时代学人多有不同。

第三，清代《红楼梦》的读者能够在《红楼梦》中读出“易”“淫”“空”来，而民国以后学人读不出这些东西，不是《红楼梦》变化了，是阅读者的能力，也就是说，民国以后学人没有了能够在《红楼梦》中读出“易”“淫”“空”的学术能力了，这与《红楼梦》中是否存在“易”“淫”“空”的主张并不是一回事。

以上三点显而易见，然而在《红楼梦》的具体研究中又往往被轻易否定或忽略。作为研究者，我“可以证明”以上前提的“不正确”，却“不能假定”以上前提的“不正确”。

因此，《红楼梦》只是一部小说，《红楼梦》首先是一部小说的提法，《红楼梦》的阅读要尽可能地控制在文学范畴下的提法，不仅无益于《红楼梦》的研究，反而在潜意识里阻碍了《红楼梦》研究的深入。

正如周汝昌先生所言，就文学谈文学也没有问题，但是，要以曹雪芹学习的文学理论来谈，《文心雕龙》《史通》《文史通义》《诗经》和《论语》中的相关文学理论论述，明清时代文人的诗文论著，是最为基本的参考资料。

我撰有《诗画式小说:〈红楼梦〉文学技法论》《曹雪芹与〈红楼梦〉描写与批评中的“世家”意识》《论〈红楼〉六主：警幻、贾宝玉、林黛玉、薛宝钗、甄宝玉、贾雨村》和《也说晴雯——兼谈曹雪芹人物塑造中的映照手法》等文字，从中国文学理论论《红楼梦》的技法与艺术水准。

当然，作为一种个人喜爱，将《红楼梦》首先当作小说，这样的定位无可厚非，但作为学术的研究前提，这种提法并没有其可以存在的坚实基础，原因只有一点：

题材不是主张!!!

主张是什么才最值得研究!!!

这实际上跟读诗、读文章，要了解作者的表达是一个道理。

难道《庄子》只是一部散文集，难道《道德经》只是一些碎片性的闲话，难道《无量寿经》是给人讲故事，难道《孟子》是一部论辩集？难道韩愈的《马说》，是写马的幸与不幸?!

我们是看这些诸多的主张，还是声明，这些著作只是或者首先是散文、论辩、故事、论文?

道理是一样的。

回到作者的主张，是根本。

回到作者主张的研究途径，即在于对时代（包括历史学术累计)、家族、作者、作品四合一的对证。

只有这样才能避免发生个别读者解读毛泽东《念奴娇》中“我失骄杨君失柳”那种“我丧失了杨，你丧失了柳”的笑谈。

基于此种认识，在广泛阅读、理解三教原典、宋明理学原典基础上，探求曹雪芹的教育背景、思想变化、思想主张，才是重要的事情。

笔者用了二十余年时间持续阅读三教经典，撰写了《〈红楼梦〉与中国哲学精神》《从善无畏大士的出家看〈红楼梦〉后四十回的著作权及相关问题——兼论贾宝玉的唯一结局与〈红楼梦〉的主题思想》《曹雪芹〈红楼梦〉对儒家思想的认同与对三教思想的打通——从〈红楼梦〉对孟子“赤子之心”的辨析说起》。未必得中，尽量向前。侥幸得中，欢喜何似。若未有得，再待来者。似若传火，转手为的。

四、家族教养、阶层阶级、生平交游与素材、思想

红楼研究已有百年历史，这么长时间的积累后，我们的研究是否足够了呢？我们对《红楼梦》作者的研究，尤其是其思想意识的研究是否足够了呢？

且莫说足够，综合看来，似乎仍旧贫乏得可怜，进而影响到《红楼梦》的真正深入研究。

比如认为曹雪芹在江南十四年已经处于曹家没落时代，曹雪芹早年生活并不宽裕，《红楼梦》中诸多描写出于想象。

实则，这种表现实在是将材料当作真实看待的研究幼稚病。

固然，曹寅、曹頫在给皇帝的奏折中极力强调家中的财政困难，但是不要忘记两个前提：

瘦死的骆驼比马大。

《红楼梦》中的贾府走在家族落寞的路上，你看看贾宝玉、十二钗、史太君日常的生活哪里有一点困顿的景象，即便史湘云那样死去父母的贵小姐需要自己做鞋做样子，也不过是一种生活态度与生活方式，难不成不做就已经要饿死了吗？

曹家抄家时的景象倒是真正反映曹雪芹江南生活的境遇。

或者只看到了曹家抄家时不过桌椅板凳、当票数张，却忘记了曹家的善本图书转移到了富察昌龄家，忘记了曹家抄家时还有一百四十余名奴仆、近五百间房屋、近两千亩良田。

如果已经穷到要抵押物品的程度，何以不卖房、地？古籍善本，价值不低，何以都到了堂叔家中？

如果了解彼时的典当业和旗人，尤其是外放内务府人们的行为，就会知道那些被抄没的当票，不意味着家中贫苦无资，不过是换成现银转移了，而房屋、土地、奴仆的变现要慢，才被查抄。

另外，学界以为，曹家既然被抄没，回到北京之后，亲友皆断绝往来，以至于“脂批”中有种种对炎凉的感慨。又见庚辰本第十八回：“那宝玉未入学堂之先，三四岁时，已得贾妃手引口传。”“脂批”云：“批书人领至此教，故批至此，竟放声大哭。俺先姊仙逝太早，不然，余何得为废人耶?!”

以此批者为曹頫，以为曹雪芹姑母、平郡王妃纳尔苏逝世太早，故曹頫、曹雪芹回到京师乏人照顾，曹雪芹生活贫困。

他们既不考虑曹雪芹旗人的身份，亲友多为旗人，不知道清代旗人升降既多因功劳，更多的由与皇帝关系的亲疏，升降随时；复不考量曹雪芹两个姑母皆为王妃、大表哥福彭系雍正、乾隆二帝心腹，礼王、顺承郡王与平王同出代善家族，庄亲王允禄亦与李煦家族有各种关系，流放外地，固难援手，曹家留在京师，且有皇帝少留房产谕旨，何得不加照顾。

又，今查得乾隆十四年福彭去世前为乾隆十三年皇后驾崩、母亲不得与其事恳请皇帝复为赐号事，可知至少至乾隆十四年《红楼梦》已经写作过半时候，曹雪芹姑母曹氏仍在人间。

若云曹氏对兄长唯一之子不加体恤照顾，将以何处曹氏家族家风？又何以解释曹雪芹广博的知识来源呢？难不成曹雪芹没有收入到琉璃厂蹭书不成？又何以理解《红楼梦》中，曹雪芹对贾府人等富贵精雅生活的细致如实描写呢？难道一句天才的想象与创作就可以轻轻解释过去吗？

或者以为，奴才是奴隶，所以作为深受汉文化影响的曹雪芹充满了对这种身份的反感、反抗，甚至在《红楼梦》中也有描写，如《红楼梦》第四十五回“金兰契互剖金兰语　风雨夕闷制风雨词”中，赖嬷嬷叹道：

> 我那里管他们，由他们去罢！前儿在家里给我磕头，我没好话，我说：“哥哥儿，你别说你是官儿了，横行霸道的！你今年活了三十岁，虽然是人家的奴才，一落娘胎胞，主子恩典，放你出来，上托着主子的洪福，下托着你老子娘，也是公子哥儿似的读书认字，也是丫头，老婆，奶子捧凤凰似的，长了这么大。你那里知道那‘奴才’两字是怎么写的！只知道享福，也不知道你爷爷和你老子受的那苦恼，熬了两三辈子，好容易挣出你这么个东西来。从小儿三灾八难，花的银子也照样打出你这么个银人儿来了。到二十岁上，又蒙主子的恩典，许你捐个前程在身上。你看那正根正苗的忍饥挨饿的要多少？你一个

奴才秧子，仔细折了福！如今乐了十年，不知怎么弄神弄鬼的，求了主子，又选了出来。州县官儿虽小，事情却大，为那一州的州官，就是那一方的父母。你不安分守己，尽忠报国，孝敬主子，只怕天也不容你。”

“你那里知道那‘奴才’两字是怎么写的！”历来被用来视为曹雪芹不满主奴关系的例证，却不想曹寅、张纯修、李煦这些满洲奴才得到了怎样待遇，他们自己是怎样看待这种奴隶身份的。

各地的地方志何以写曹寅为满洲，即是因为在清代统治者那里，“但问旗民，不问满汉”。自己人是旗人、民人为他人，自己人里有区别，那也首先是自己人。这才是康熙南巡，至江宁织造，对着文武百官，称曹雪芹曾祖母“此吾家老人也”的原因。

又，曹雪芹于乾隆九年始创作《红楼梦》，那么这一时期前后，有哪些事情刺激了曹雪芹的思想，他的思想在这些年中有了怎样的转变？如何想起来用甄、贾二家故事进行创作，为什么将写作对象集中于女性？

这些问题不是靠对《红楼梦》的艺术赏析和赞叹可以解决的，那就要考量他的交游、学习、经历、时代相关元素，“小心地”寻找“可能性答案”。

五、生活空间、时代风范与艺术描写

雍正六年以后，14 岁的曹雪芹跟随家人回到京师，先住崇文门商业区十七间半房屋，往来于京师北城与南城之间，既能接触民人的生活、商业、习俗、景物，更能接触旗人上层的家庭、生活、社会要闻、亲戚荣辱、景物、风俗等。如果说，书中的醉金刚倪二反映了南城市井豪侠（有功利的）的风貌，柳湘莲反映的正是旗人子弟中（随性的）的豪侠气概。

且不论那些廊下的、花枝巷、兴隆街“并不唯一”的元素，曹雪芹实际生活中的元素不少是写进了书中的，如自东北进京的“鲟鳇鱼二个”、各种汤羊、汤猪等。

另如《红楼梦》第四十九回“琉璃世界白雪红梅　脂粉香娃割腥啖膻”中，描述大观园诸人赏雪场景：

一时，史湘云来了，穿着贾母与他的一件貂鼠脑袋面子、大毛黑灰鼠里子、里外发烧大褂子，头上带着一顶挖云、鹅黄片金里、大红尚烧、昭君套，又围着大貂鼠风领。

对于湘云的打扮，嘴快眼尖的林黛玉首先笑道："你们瞧瞧，孙行者来了。他一般的也拿着雪褂子，故意装出个小骚达子来。"

"骚达子"一词，历来以为，是曹雪芹对与满洲人联姻的蒙古人的讽刺，认为曹雪芹不满于满洲，写《红楼梦》是为了反满。

却不想，如果如此，林黛玉以之形容史湘云，不但不是刻薄，简直是没有教养，其他人等不怒反笑，如何称得上大家闺秀?!

实则，"骚达子"一词实"哨达子"的转音。

在俄罗斯文中，"哨达子"指步兵、小兵。曹雪芹未至俄国，何以知此并将其写入《红楼梦》? 实在与他的所见所闻密切相关。

北京东直门内"罗家"胡同原驻有俄罗斯佐领。所谓俄罗斯佐领，即镶黄旗满洲都统第四参领第十七佐领，由顺治、康熙年间归附或俘虏的俄罗斯人丁组成，男丁百余。他们因作战需要，衣着通常较常规旗人样式更为紧身。

这即说明曹雪芹不仅到过东直门"罗家"胡同并见过这些俄罗斯人，且对他们印象深刻，写及史湘云身姿时，顺手将其元素没入书中，起到如画的作用。

又如土番，《红楼梦》第六十三回"寿怡红群芳开夜宴　死金丹独艳理亲丧"中写道：

（宝玉）因又见芳官梳了头，挽起纂来，带了些花翠，忙命他改妆，又命将周围的短发剃了去，露出碧青头皮来，当中分大顶，又说："冬天作大貂鼠卧兔儿带，脚上穿虎头盘云五彩小战靴，或散着裤腿，只用净袜厚底镶鞋。"

芳官笑道："我说你是无才的。咱家现有几家土番，你就说我是个小土番儿。况且人人说我打联垂好看，你想这话可妙?"

过去常以为"土番"是对西南少数民族的统称，实则不然。清政府对西南少数民族的统称往往是“苗”，而“番”则用于称呼四川、西藏、甘肃、青海交界地区的藏民。“土番”二字见于乾隆朝中后期成书的《平定两金川方略》，云：

> 赞拉、绰斯甲布、布拉克底、巴旺、瓦斯等处，其男妇俱跣足披发、步行山，官书称为甲垄部，各土司民人俱呼之为“土番”。

所谓“甲垄部”，就是嘉绒部，也即生活在四川西北一带的嘉绒藏族，该族人处万山之中，多信仰自然万物为神。

终曹雪芹一生，未远至四川西北，他笔下的“土番”形象来自距离其居所京西寿安山正白旗南两三里万安山上的金川“番子”（乾隆十四年由四川西北金川俘虏而来）。

第三回“金陵城起复贾雨村　荣国府收养林黛玉”中谓：

> 宝玉道：“《古今人物通考》上说：‘西方有石名黛，可代画眉之墨。’况这林妹妹眉尖若蹙，用取这两个字，岂不两妙！”

黛石，即出产于北京西郊冷泉画眉山，山前樱桃沟也有出产，远郊门头沟斋堂也有出产。

土番与黛石之所以重要，还不仅仅在于是《红楼梦》书写的素材，还关联着曹雪芹的生活，即第三回中写京西的黛石、第六十三回写及乾隆十四年来京的土番，则曹雪芹之来京西时间、《红楼梦》修改过程的未必如以前所想的那般直接简单。

六、生平研究、素材研究见得作者高明的艺术手法

了解了曹雪芹的身份、生活、教育、素材，才能真正赏析《红楼梦》的赏析，而不至于发出胡适所谓的曹雪芹教育环境不好，所以《红楼梦》写作技法一般的说法，也不会发出俞平伯所谓《红楼梦》包罗万象、一个人怎么能写出的感慨，也不会像某些学人所谓曹雪芹对奴才身份不满、《红楼梦》有反满思想的妄测……

《红楼梦》作者、作者时代的研究有什么用？除了提供素材、提供思想变化的可能解读，不误读《红楼梦》、不胡思乱想《红楼梦》，可能是最大的一个用处。

比如将《红楼梦》中大观园有没有原型，或者说取材于哪里的问题。学界往往谈及其中有南方事物写作、有北方事物写作。

却不知，在清朝的皇家园林中，相当多的南方事物都在园林中出现，不管是植物，还是装饰，又或是饮食。

另外，大观园研究需要注意的三个重大问题，却往往被忽略：

> 大观园中有规模宏大的土山堆积，可以对诸多建筑形成空间分割，但相距又不甚遥远——这一特点，因为空间限制，在南方园林中基本没有体现。
>
> 大观园中有可以行舟的狭长水道——这一点在私人园林中基本也不能实现。
>
> 大观园有相应面积的稻田——林黛玉咏诗：“一畦春韭绿，十里稻花香。”

这三个特点只能在清代京西海淀的皇家园林，如康熙朝创立的畅春园、静明园，雍正朝创立的圆明园，乾隆朝创立的清漪园中才可以看到。

另外，通过对大观园建筑格局与圆明园格局、圆明园四十景图的考察，基本可以断定曹雪芹的大观园相当程度上取材或者参考圆明园的建制；而这一点又为曹雪芹的生平与创作研究奠定了基础。第十八回“皇恩重元妃省父母　天伦乐宝玉呈才藻”中写元妃省亲时礼仪并太监反应云：

> 一时，传人一担一担的挑进蜡烛来，各处点灯。方点完时，忽听外边马跑之声。[“庚辰双行夹批”云：静极故闻之。细极。]
>
> 一时，有十来个太监都喘吁吁跑来拍手儿。[“庚辰双行夹批”云：画出内家风范。《石头记》最难之处别书中摸不着。]这些太监会意，[“庚辰侧批”云：难得他写的出，是经过之人也。]都知道是“来了，来了”，各按方向站住。
>
> 贾赦领合族子侄在西街门外，贾母领合族女眷在大门外迎接。

半日静悄悄的。忽见一对红衣太监骑马缓缓的走来，［“庚辰双行夹批”云：形容毕肖。］至西街门下了马，将马赶出围幕之外，便垂手面西站住。［“庚辰双行夹批”云：形容毕肖。］半日又是一对，亦是如此。

或者以为，“脂批”以“形容毕肖”“一丝不乱”“画出内家风范”形容曹雪芹善于描写，而论其如何能？则谓曹雪芹听别人说也可以写出，曹雪芹在皇家礼仪进行中以街人的身份看看也可以写出。

岂不知，传统时代，礼仪森严，莫说皇族行进不容随便观看，即便跪街迎奉，亦不可随便抬头，如何以街人看看？又如何能随便听听，就能细细模拟？又不论“庚辰侧批”云：

难得他写的出，是经过之人也。

此则与民间传言，曹雪芹因亲戚关系曾为皇帝侍卫可以勾连。

又如，《红楼梦》中写到的红稻米名“御田胭脂稻”。

固然，曹家在江南替皇帝推广种植，曹雪芹可能因此及私有过食用，固能写及书中，实际上，曹雪芹往来京师西郊途中玉泉山、六郎庄一带是清朝的稻田厂，其中就有御田胭脂稻的种植。

从此点的描写与批语，则可以分析见过与听过的区别。《红楼梦》第五十三回“宁国府除夕祭宗祠　荣国府元宵开夜宴”中乌进孝贡单中“御田胭脂米二石”，“庚辰双行夹批”云：

在园杂字曾有此说。

按，《在园杂字》即《在园杂志》，曹雪芹祖父曹寅友人、镶红旗汉军刘廷玑著。《在园杂志》卷一载：

浙闽总督范公时崇，随驾热河，每赐御用食馔，内有朱红色大米饭一坛，传旨云：“此本无种，其先特产上苑，只一两根苗，穗迥异他禾，及登剖子，粒如丹砂，遂收其种，种于御苑，令兹广获其米，一岁两熟，只供御膳。”

此作批之人，只知道《在园杂志》中有“御田胭脂稻”，竟然不知道北京西郊种植胭脂稻，似乎也不知道曹家曾推广胭脂稻。则“庚辰本”的抄录者与批评者与曹雪芹的关系值得思议——笔者之所以不做《红楼梦》版本的研究，即是因为抄录的人、抄录者与作者的关系、抄录的过程曲折、抄录者的素养等诸多方面说不清楚，比较容易，结论难成。

我们历来主张，艺术来源于生活，艺术高于生活。

但是，作为儒家文化浸淫于生活的中国人，一定不要走极端，不管是为人，还是治学，既不可以单纯强调艺术，也不可以单纯强调生活。

我们考察曹雪芹的生活，既是要了解他的创作思想、创作节奏、创作素材（不称原型），更是要更好地赏析曹雪芹的天才与《红楼梦》的写作。

至于研究有没有用，唯有经历了相应滋味的人知道滋味如何，而这种知道是无法传播与传递的：历尽沧海难为水。

七、系统研究与深入研究：反对片段式、印象式、情绪式“研究”

有人问，你为什么不做人物论？

有人问，你如何看待《红楼梦》中的某个人物？

你如何看待后四十回？

你如何看待各版本的不同？

实则，在我看来，人物论是最容易做的题目。

每个人都有自己的答案，这种现象正是一千个人心目中有一千个贾宝玉的写照，就像欧洲人所说的“在一百个人心中有一百个别样的哈姆雷特”一样。

但是，为什么一千个人心目中有一千个贾宝玉？

因为，随着年龄的增长、学养的变化、经历的变化，人们对贾宝玉的态度和看法会有变化。

贾宝玉一直在那里，他没有任何变化。

变化的是读者，是做人物赏析的人，是赏析者的学养构成、人生阅历、学术境界变化了。

你做了父母，知道父母的不易；你对《红楼梦》读的越多，发现作者笔下的贾宝玉有诸多相互矛盾的举动；你读了《论语》《楞严经》《金刚经》《庄子》《五灯会元》，你就知道贾宝玉真正的主张与反对，与何以主张和反对；你了解了明末清初真假理学家、真假道士和尚的主张和社会反映，你就知道贾宝玉的反对和主张何以产生……

而这些问题很难推荐一两篇文章，甚至三五十篇文章，能让人迅速体会到。

但是，我们应该知道最基本的一点，就《红楼梦》的解读而言，我们的学养比曹雪芹差得太多，我们的阅历比曹雪芹差得太多，我们的境界比曹雪芹差得太多……

那么，如何接近曹雪芹、接近曹雪芹的《红楼梦》?

只有一个态度，一个努力，能使我们稍稍进步。

> 谦虚的态度，不要动辄假定《红楼梦》是这个、不是那个——你可以去证明。
>
> 多全面踏实的研究，不要动辄说《红楼梦》中的这个如何、那个如何——在踏实研究基础上，对《红楼梦》的阅读要系统。

所谓不要动辄假定，就是要知道曹雪芹的基本素养和《红楼梦》中基本主张，谈盛极而衰、一元复始，当然是《周易》；谈由色悟空，当然是《佛经》；谈某事有原型，自然该索隐……

何以动辄言不是《周易》、不是《佛经》、不是索隐，要回到文学的赏析上来呢?

不知道学问不足不足以赏析吗？不知道学问不足只能陷入自说自话、自我高兴吗?

版本问题，前文已及，对比容易，结论颇难。

在我看来，当前十二个抄本加程甲、程乙，才叫曹雪芹的原意。

固然是偷懒的办法，但也是实际。

需要知道的是，早期抄本未必只有当前的十二个，程、高比我们见到的早期抄本要多，也就是说，他们能够参考的本子要比我们多，不要看到哪个地方与当前抄本不同，便以为是程、高妄改。

至于后四十回程、高作问题，不仅当前缺乏真正的一手资料，连逻辑上都讲不通。

又或为，后四十回文字如何不好，如何看不下去。

却不想，前八十回，程、高也整理了不少，你怎么看的下去？又不想那么多续书，为什么跟现行的后四十回相比，都跟狗屎似的，这到底是程、高伟大到他人都不可及，还是本来这部分主体就是曹雪芹的？

又以为，巧姐的判词图画中明明是纺线的农妇，后四十回中嫁给大地主，明显不合判词，故后四十回中相关描写必然为假。

却不看周秀才的母亲一口一个人家是贵家小姐，如何看得上我们这些农民？在封建社会，大地主也是农民，落魄的小姐也是小姐。

说到自我高兴，举几个极端的例子，也可以当作笑话听听。

某位学者说，薛宝钗是大脸盘子，其“面若银盆”，不好看。

却忘了《红楼梦》第五回“游幻境指迷十二钗　饮仙醪曲演红楼梦”中写秦可卿：

> 更可骇者，早有一位女子在内，其鲜艳妩媚，有似乎宝钗，风流袅娜，则又如黛玉。

在这位学者那里，“鲜艳妩媚”是不好看的意思。而且“鲜艳妩媚”不好看的薛宝钗还能让贾宝玉看呆了、林黛玉吃醋了。

又有诸多解读林黛玉何以经常流泪，说林黛玉从小寄人篱下，小性，所以好哭。

又不想，《红楼梦》故事由贾宝玉前身神瑛侍者为林黛玉绛珠仙草浇灌甘露、绛珠仙草许愿以泪相还开始。林黛玉之泪多由需跟贾宝玉了缘而来，与什么寄人篱下、小性有什么关系？

又或者以为，薛宝钗进贾府就是阴谋，为了和贾宝玉结婚。

却不看唯有林黛玉和薛宝钗的判词一处，自然薛宝钗要有与贾宝玉的最密切关系，而林黛玉与贾宝玉的因缘，曹雪芹明写了而已。

又不看，薛宝钗的金锁是癞头和尚让做的，又不想林黛玉幼年癞头和尚曾去度她出家？

又比如说，“寒塘渡鹤影”，林黛玉是淹死的。

却忘了“玉带林中挂”，林黛玉应该是吊死的。

当我们批评贾宝玉不该出家的时候，又忘了他来世间时，茫茫大士所云，要在警幻仙姑处挂号，尘缘了毕，需要回到太虚幻境销号。

当我们批评贾宝玉不应该中举、不应该辞父时，却又忘记了贾宝玉跟贾政、王夫人也有着相应的因缘，需要了结；忘记了我们是新时期青年，曹雪芹却不必为新时期青年的道理。

当我们说，《红楼梦》是悲剧时，却忘了在曹雪芹的学养里是没有悲剧的感念的，他学习和认同的儒释道三教最终的归向都是了然、无为、清净，尤其在佛教看来，出家是心的出家，心的出家是离苦得乐，是大自在。

诸如此类，举不胜举。

我们知道，曹雪芹工诗善画，他经常将诗与画的技法融入到《红楼梦》的写作中，当我们读不明白、觉得矛盾的时候，了解一下中国诗画的虚实对照、留白含蓄也许更好。

当人们说“红学”还有什么可研究的，你们都研究出什么来了，看《红楼梦》就直接看书就好，曹雪芹研究很重要，但现在差不多到了……时，实际上都在犯上面的笑话，只不过不自知罢了。

八、走近曹雪芹

一个小插曲作为结语。

几年前，帮北京电视台录一个节目。

私下里，与编导聊天，编导问：“樊老师，你觉得你弄明白曹雪芹了吗？”

我答道：“在历史面前，研究者永远不能说‘弄明白’这三个字。我能告诉你的是，近几年，我觉得离他更近了，他的形象似乎又明晰了一点，我似乎可伸手去触摸他。”

“樊老师，你觉得曹雪芹、《红楼梦》没有缺点，没有可以批评的地方吗？”

我的回答有两点：

“首先，我没有能力去批评曹雪芹与《红楼梦》，不管从哪个角度，因为从文化方面讲，曹雪芹与《红楼梦》的高度，是中华文化集大成时代超级牛人的成绩，只有那个时代学养超越曹雪芹、又能通达三教的人有能力批评他，这样的人，或者没有，或者寥寥可数，但绝对不是今天这个时代的我。”

“第二，所谓缺点，在那个时代或许是社会的常态，这不应该成为被批评的理由，曹雪芹是18世纪的人，他不是自由派，不是共产主义战士，不要跨越时代，强求古人。另外，关于缺点，换一个角度也许不算缺点。比如爱喝酒，在我们是腻酒，在曹雪芹就是风流佳话。评价古人容易，评价准极难。所以，我不去评价曹雪芹，更不会评价他的所谓缺点。我要做的，只有赞美与探求。”

周汝昌先生去了，冯其庸先生去了，李希凡先生去了……

还会有先生不断地离去。

我们也终究会离去。

作为《红楼梦》的研究者和阅读者，有我们的《红楼梦》，有曹雪芹的《红楼梦》，最理想的结果是，我们的《红楼梦》能够尽可能地比较靠近曹雪芹的《红楼梦》。

也有人说，作者死了，人们永远不能真正走近作者！

是的，这句话是对的。

但，也只是对的而已。

因为没有任何意义。

人们也许永远不能揭示曹雪芹和《红楼梦》的真相，那么，我们就要放弃揭示真相的需求和努力吗？

如果如此，这个社会就不用存在了，因为吃饭和娱乐就是一切。那样的世界，真的就与我们看到的动物世界一样了。

九、红学研究的基础与工作

笔者的红学研究基于以下认识：

（一）古人有“文以载道”的学术传统，“文”是工具，不是目的，不可以在“没有论证的情况下”，将《红楼梦》定义为“一部写得好的小说而已”。

（二）没有学术的典范，“典范”只是相对于某一时段的大众接受而言的，与真理相隔远甚。研究基础成就一切，研究不应该受到外行与社会的影响。

（三）一切有助于了解作者时代、思想、修养、家庭、交游等的研究，都是《红楼梦》研究的前提，没有对《红楼梦》研究、赏析“无用的学问”，只有研究的不好的学问，“有用与否”取决于研究者的知识含量、思维高度，不应只强调文本而排斥相关研究。

（四）研究者不是圣人，不要想“直入本心”这种事情，根本做不到，只有更深的研究基础，才可能距作者的灵魂和作品的表达目的与方法更近。

（五）研究者是“瞎子摸象”，不可能最终了解作者和作品，并不意味着就不应该研究作者与作品，至少对相当部分“求真”的研究者和读者是这样，“作者死了”是妄人的妄语。只关注读者，而不关注作者，是一种阅读，不是学问，研究则相反。

“文章千古事，得失寸心知。”
这是杜甫在《偶题》中的感慨。
是也！是也！

樊志斌
二〇二二年四月十八日于宝梦楼